BASTEI
LÜBBE

CLARE DARCY

Cressida und der charmante Abenteurer
Rolande und das gefährliche Maskenspiel
Gwendolen und der verschmähte Kapitän
Eugenia und der verfolgte Vetter

BASTEI LÜBBE

BASTEI-LÜBBE-TASCHENBUCH
Band 12041

Die amerikanischen Originalausgaben erschienen
unter folgenden Titeln:
Cressida/Eugenia © 1977; Gwendolen © 1978;
Rolande © 1978 by Clare Darcy.

Lizenzausgabe: Gustav Lübbe Verlag GmbH,
Bergisch Gladbach
Printed in Germany Januar 1994
Einbandgestaltung: Roland Winkler
Titelfoto: THREE LIONS
Satz, Druck und Bindung: Ebner Ulm
ISBN 3-404-12041-8

Der Preis dieses Bandes versteht sich einschließlich
der gesetzlichen Mehrwertsteuer.

Inhalt

CLARE DARCY

Cressida und der charmante Abenteurer

Aus dem Englischen von
Elisabeth Epple

BASTEI
LÜBBE

1

Die beiden Damen in dem reizenden Frühstückszimmer des Hauses in der Mount Street hielten an diesem schönen Morgen Anfang Mai die Köpfe tief über ihre Korrespondenz gebeugt. Miß Calverton sortierte rasch den kleinen Stoß von Einladungskarten auf cremefarbenem, dickem Papier sowie die Briefe und Haushaltsrechnungen, die der Butler Harbage neben ihren Teller gelegt hatte. Lady Constance Havener dagegen brütete über einem einzigen, sehr hübsch in einer runden, energischen Handschrift verfaßten Schreiben. Es schien ihre Aufmerksamkeit von der übrigen Post völlig abzulenken.

Miß Calverton, die kurz vor ihrem sechsundzwanzigsten Geburtstag stand, sah so aus wie jeden Morgen, ehe Moodle, ihre Zofe, am Werk gewesen war und sie in ein elegantes Geschöpf verwandelt hatte, das zu Recht in den höchsten Kreisen den Ruf genoß, stets nach der neuesten Mode gekleidet zu sein. Noch wirkte sie wie ein Schulmädchen, die lohfarbenen Locken mit einem Band zusammengebunden und die Unterlippe zwischen den ebenmäßigen weißen Zähnen, wie immer, wenn sie sich auf etwas konzentrierte.

Lady Constance war vierundfünfzig und sah so aus, wie sie war: hübsch, leicht exzentrisch, eine modebewußte Dame, deren Ehrgeiz, jünger zu erscheinen, sich in einem übertrieben modischen Negligé und einem Kopf voller pechschwarzer Haare, die hinten kurz geschnitten und vorne zu wilden Locken gedreht waren, ausdrückte. Ihre stattliche Erscheinung und ihre unvergleichlich hervorstehende Nase schrieb sie mit Stolz ihren Plantagenbesitzer-Vorfahren zu.

Diese Vorfahren hatten sie jedoch nicht vor den Schlingen und Pfeilen eines schändlichen Schicksals bewahrt, wie sie es mit dramatisch gefärbter Stimme, die gut zum Theater gepaßt hätte, zu bezeichnen gewohnt war. Vor etwa einem halben Dutzend Jahren stand sie als Witwe mit einem völlig unstandesgemäßen Einkommen durch den verstorbenen Mr. Jeremy Havener da, der wenig besessen hatte, was ihn als Ehemann empfahl, außer daß er zu seiner Zeit der schönste Mann Londons war. Damals war Lady Constance sehr froh gewesen, die einigermaßen auffallende Würde ihrer Erscheinung dem Haushalt der verwaisten Miß Calverton zur Verfügung stellen zu können.

»Ich finde wirklich«, sagte sie jetzt mit noch immer gerunzelter Stirn, als sie endlich die Stille durchbrach, »daß Leute, die wollen, daß man etwas für sie tut, einem nicht das Gefühl geben sollten, sich wie ein elender Wurm vorzukommen, wenn man es nicht tut. Noch dazu, ohne natürlich ein einziges Wort des Vorwurfs zu äußern. Oder vielmehr zu schreiben, meine ich, denn dies ist ja schließlich ein Brief.«

Miß Calverton, die an Lady Constance gewöhnt war, warf ihr über den Tisch hinweg einen ruhigen, von den temperamentvollen Worten völlig unbeeindruckten Blick zu. Sie erkundigte sich, auf eine Weise lächelnd, die den Schulmädcheneindruck noch verstärkte, wer ihr denn dieses wurmähnliche Gefühl vermittle.

»Ein Mädchen, das ich kaum kenne«, sagte Lady Constance. »Kitty Chenevix, die Tochter meiner Kusine

Emily Mortmain. Emily heiratete einen Chenevix, weißt du, und sie waren schrecklich arm, denn er starb beinahe sofort, und die arme Emily war gezwungen, in Devonshire zu leben. Und jetzt ist Kitty neunzehn, und es wird höchste Zeit, daß jemand sie in die Gesellschaft einführt. Aber ihre Tante Mills, die das tun sollte, ist krank geworden, und daher fragt sie, ob ich das vielleicht an ihrer Stelle tun könnte. Auf die allerdemütigste Weise, verstehst du«, fuhr sie fort und blickte den Brief mit einem Ausdruck äußerster Mißbilligung an, »sie deutet diese Möglichkeit lediglich auf die herzerweichendste, schüchternste Art an, so daß ich mir wie das größte Scheusal auf Erden vorkomme, wenn ich ablehne . . .«

»Warum lehnen Sie dann ab?« fragte Miß Calverton nüchtern, ihre Aufmerksamkeit noch immer hauptsächlich ihrer eigenen Korrespondenz widmend.

»Aber meine liebe Cressidy . . .«

Lady Constance war nun nicht mehr zu bremsen. Sie hoffe, erklärte sie wortreich, sie wüßte sich besser zu benehmen, als irgend jemanden aus ihrer Verwandtschaft in ein Haus einzuladen, das nicht das ihre sei, oder gar, was noch schlimmer wäre, Cressidy für eine ganze Saison ein völlig unbekanntes junges Mädchen unterzuschieben. Da wäre die lästige Plage, sie als Anstandsdame zu den Vorbereitungsbällen bei Almack zu begleiten. Eine öde Angelegenheit für jeden, es sei denn, man war Debütantin oder hingerissene Mama, die darauf brannte, die Tochter auf die Gesellschaft loszulassen, oder ein Gentleman, der sich über die neuesten Zugänge auf dem Heiratsmarkt informieren wollte. Und falls sich mit einigem Glück herausstellte, daß sich das Mädchen zu einer Schönheit entwickelte anstatt zu einem Mauerblümchen, das ohnehin nie einen Ehemann fand, dann traktierten die jungen Männer den Türklopfer zu jeder Stunde des Tages und

trieben sich gerade dann im Salon herum, wenn man sich am meisten Ruhe und Frieden wünschte.
»Nicht«, fügte Lady Constance hastig hinzu, als ihr plötzlich ihr Mangel an Takt bewußt wurde, »daß du nicht aus eigener Erfahrung durchaus daran gewöhnt wärst, meine liebste Cressidy. Ich bin sicher, das Haus ist von deinen Bewunderern belagert, wann immer du in der Stadt bist . . .«
Cressida, die nur mit halbem Ohr auf den Redeschwall ihrer Gesellschafterin geachtet hatte, lächelte bei diesem Punkt spöttisch und sagte dann mit ihrer frischen warmen Stimme, die einen seltsam singenden Tonfall hatte: »Unsinn! Wollen Sie mir etwas schmeicheln, Lady Con? Sie wissen, ich bin auf dem absteigenden Ast.«
Lady Constance entrüstete sich. »Nun, ich bin sicher, du hast keinerlei Grund, so etwas zu sagen«, bemerkte sie schroff. »Niemand würde dich für mehr als einundzwanzig halten, wenn du dein Alter nicht jedem sagen würdest. Und was den absteigenden Ast anbelangt – Pah! Ich weiß, du hast vor nicht weniger als zwei Monaten einen Antrag des armen Gérard de Levalle abgelehnt. Und weshalb du derartige Dinge ständig tust«, fügte sie theatralisch hinzu, »ich meine, Jahr für Jahr Anträge von durchaus standesgemäßen Männern abzulehnen, das kann ich mir nicht vorstellen. Als ich dich nach dem Tod deiner Großtante Estella zu deiner ersten Saison nach London brachte, wäre es mir nicht im Traum eingefallen, daß du ein halbes Dutzend Jahre später noch immer ›Miß Calverton‹ sein könntest.« Plötzlich strahlte sie. »Aber vielleicht fügt sich letzten Endes doch alles noch zum besten, nachdem Langmere so unendlich aufmerksam geworden ist, seit du mit dem armen Gérard gebrochen hast. Denn ich kann nicht umhin, mir vorzustellen, daß es sehr viel befriedigender ist, einen englischen Marquis statt eines

französischen Grafen zu heiraten. Es ist einfach zu verwirrend mit diesem Ungeheuer Bonaparte, der herumgeht und all diese ungewöhnlichen neuen Titel schafft, obwohl natürlich jetzt alles genauso ist wie vor der Revolution und endlich wieder ein Bourbone auf dem Thron sitzt. Aber weißt du, du hast dich dem armen Gérard gegenüber recht schockierend benommen«, und damit kehrte sie zu ihrem ursprünglichen Kummer zurück, »denn ich bin sicher, du gabst ihm jeden Grund zu der Annahme, seine Werbung würde Erfolg haben. Allerdings hast du ihm nicht ganz so übel mitgespielt wie dem armen Lord Mennin. Die Verlobung aufzulösen, nachdem die Anzeige in der ›Morning Post‹ erschienen war!«

Cressida sah bekümmert aus. Sie war keine Schönheit im eigentlichen Sinn des Wortes, denn obwohl groß und schlank, war sie nicht dunkel, wie es der gegenwärtigen Mode entsprach, und ihre Gesichtszüge waren alles andere als klassisch. Aber es war etwas an diesem ungeheuer lebhaften Gesicht mit den grün-braunen Augen und dem reif-roten, spöttischen, bittersüßen Mund – wie ihn einer ihrer mehr poetisch veranlagten Bewerber bezeichnet hatte –, was es durchaus verständlich machte, daß es ihr nie an Bewunderern gemangelt hatte, seit die Gesellschaft vor sechs Jahren auf sie aufmerksam geworden war.

»O ja«, sagte sie. »Das klingt ja, als wäre ich ein schrecklich flatterhaftes Geschöpf, Lady Con. Aber das will ich doch gar nicht sein! Der Himmel weiß, ich hatte wirklich die Absicht, Jack Mennin zu heiraten, nur als die Sache dann ins Stocken kam . . .«

»Du hast sie zum Stocken gebracht!« Lady Constance wurde ernst. »Aber du mußt mit diesem Gebaren wirklich aufhören, ehe es zur Gewohnheit wird und du in den Ruf kommst, jeden nur an der Nase herumzuführen. Das ist auf keinen Fall angenehm, ganz gleich, wie wohlhabend man auch sein mag. Mir kommt es in der Tat so vor, als wäre es für dich besser gewesen, deine Großtante hätte dir kein Vermögen hinterlassen. Denn dann wärst du gezwungen gewesen, wie jedes anständige weibliche Wesen ohne große Erwartungen, den ersten standesgemäßen Antrag anzunehmen, den man dir gemacht hätte.«

Cressida lachte. »Nun, es hat keinen Sinn, jetzt darüber nachzudenken, denn sie hat es mir nun einmal hinterlassen«, sagte sie. »Und wenn Sie so sehr darauf aus sind, in dieser Saison eine Ehe zu stiften, Lady Con, dann wünschte ich, Sie würden Ihre junge Kusine zu uns einladen. Ihre Energien in dieser Richtung sind bei ihr bei weitem besser angebracht als bei mir.«

Sie hatte ihre Briefe durchgelesen und nahm nun die »Morning Post«, die neben ihrem Teller lag. Nach einem flüchtigen Blick auf die offensichtlich langweilige Ansammlung von Meldungen über ausländische und inländische politische Angelegenheiten wandte sie sich der Seite zu, die von den gesellschaftlichen Neuigkeiten berichtete. Die Anzeige über die Verlobung der sehr simplen, ältlichen Tochter eines Grafen mit einem der vielen fremden Glücksjäger, die die Stadt zu überschwemmen schienen, entlockte ihr eine amüsierte Bemerkung. Danach herrschte wieder Stille, bis Lady Constance, die noch immer überlegte, ob sie Cressidas Angebot annehmen und Kitty Chenevix für die Saison in die Mount Street einladen sollte, plötzlich durch einen Ausruf ihrer Gefährtin erschrocken hochfuhr.

Fragend blickte sie über den Tisch. »Was ist, meine Liebe? Schlechte Nachrichten?« fragte sie besorgt. »Ich hoffe doch, niemand aus deiner Bekanntschaft ist gestorben.«

»Gestorben? Nein. Eher wieder auferstanden, würde ich

sagen«, bemerkte Cressida, die jetzt, da Lady Constance sie genauer beobachtete, eher kühlen Abscheu zu empfinden schien als auch nur die winzigste Andeutung von Kummer. Sie schwenkte die Zeitung. »Es ist nur Dev Rossiter«, sagte sie. »Er ist aus dem Ausland zurückgekehrt und besucht den Duke of York in Oatlands. Und anscheinend hat er die Absicht, in Kürze in die Stadt zu kommen und die Saison ›mitzumachen‹. Wie achtbar Geld die Leute doch macht!«
Sie faltete die Zeitung zusammen und legte sie ziemlich heftig auf den Tisch. Lady Constance sah sie an, und auf ihrem Gesicht lag ein etwas verwirrter Ausdruck.
»Rossiter?« sagte sie nach einer Weile. »Ich glaube nicht, daß ich . . .«
»Du lieber Himmel, Lady Con, natürlich haben Sie«, sagte Cressida ungeduldig. »Er war letztes Jahr einer derjenigen, über die geklatscht wurde. Wie Sie wissen, hieß es, der Finanzier Rothschild sei der einzige Mann in England gewesen, der am Tag nach Waterloo wußte, daß Wellington dort nicht besiegt worden war, denn er hielt sich am Tag der Schlacht in Brüssel auf und fuhr über den Kanal, sobald er erkannt hatte, daß Bonaparte geschlagen war. Hier in England wußte er sein Wissen nutzbringend anzuwenden. Er machte eine Million Pfund, indem er Staatspapiere kaufte, als jeder andere auf die Falschmeldung hin, Bonaparte sei bereits in Brüssel einmarschiert, voller Panik verkaufte. Aber er war nicht der einzige Mann in England, der einen solchen Coup ausführte. Rossiter verdoppelte dieses Kunststück. Auch er war am Tag von Waterloo in Brüssel und segelte in einem offenen Boot bei diesigem Wetter über den Kanal. Nur ein paar Stunden nach Rothschild. Er machte durch seine Manipulationen sein eigenes Vermögen. Von diesem Klatsch müssen Sie doch gehört haben!«

»Natürlich fällt es mir jetzt wieder ein, wo du mich daran erinnerst«, sagte Lady Constance mit Würde, »aber du weißt doch, ich habe einfach keinen Sinn für Geschäfte, meine Liebe. Das einzige, woran ich dachte, als du den Namen aussprachst, war, daß es einen Herrn namens Rossiter gab, den deine Kusine Letitia mir gegenüber einmal erwähnte. Er war in der Armee und interessierte sich für dich, als deine Großtante Estella noch lebte. Nur kam eine Verlobung natürlich überhaupt nicht in Frage, denn er war keineswegs standesgemäß ...«

»Es ist derselbe Mann«, sagte Cressida. »Und wir waren tatsächlich verlobt – jedenfalls eine Woche lang. Dann hatten wir einen fürchterlichen Streit und machten die Sache rückgängig – oder vielleicht sollte ich sagen, er machte sie rückgängig.«

»Er machte sie rückgängig?« Lady Constance sah entsetzt aus. »Aber meine Liebe, kein Gentleman würde ...«

»Oh, Rossiter ist eine sehr seltsame Art von Gentleman«, sagte Cressida kühl. »Von Geburt her hätte er alle Voraussetzungen – der jüngere Sohn des jüngsten Bruders der Rossiters aus Derbyshire, der eine Vetter ein Graf und ein anderer Bischof –, aber er war sogar schon vor sieben Jahren, als ich ihn kannte, in jeden nur erdenklichen Aufruhr und Krawall verwickelt. Und obwohl er meines Wissens seitdem nicht mehr in England gewesen ist, außer um seinen Waterloo-Coup zu landen, kursieren einige brühwarme Gerüchte über seine Abenteuer in verschiedenen Kontinenten, sowohl in der Armee als auch draußen.«

»Keine«, sagte Lady Constance und gab sich den Anschein allergrößter Tugendhaftigkeit, »von denen ich jemals gehört hätte, da bin ich sicher. Nach meiner Meinung, meine liebste Cressy, ermutigst du die Gentleman dazu, viel zu freizügig über Dinge mit dir zu sprechen, von denen wir Frauen am besten überhaupt nichts wissen. Und was Mr. Rossiter betrifft, so bin ich sicher, du siehst dich nicht gezwungen, deine eigene Bekanntschaft mit ihm zu erneuern, wenn er nach London kommt. Nicht, daß ich annehme, du könntest das wünschen, nachdem er eine Verlobung gelöst hat, in die du, wie ich es mir nicht anders vorstellen kann, nur hineingeschlittert bist, weil du noch ein sehr junges und unerfahrenes Mädchen warst.«

»Mit beiden Vermutungen haben Sie sehr recht. Ich will die Bekanntschaft nicht erneuern, und ich war . . . sehr jung und sehr unerfahren, genau das«, sagte Cressida und widmete sich wieder ihrer »Morning Post«.

Aber als Lady Constance das Frühstückszimmer ein paar Minuten später verließ, wurde die Zeitung wieder beiseite gelegt, und Cressida saß lange Zeit mit dem Kinn in den Händen, blickte ins Leere und ließ ihre Gedanken beinahe unbewußt zu der Cressy Calverton vor sieben Jahren zurückwandern.

Sehr jung und unerfahren – das war gewiß eine Untertreibung für das Mädchen, das von einer verwitweten Mutter unter elenden Bedingungen in einem Dorf in den Cotswolds erzogen worden war und nach dem Tod der Mutter drei Jahre lang mit einer alten, kränklichen und unermeßlich reichen Großtante in Cheltenham gelebt hatte. Einen Mann wie Captain Deverell Rossiter hatte sie in ihren ganzen achtzehn Jahren noch nie getroffen. Es hatte damit begonnen, daß ihr Onkel Arthur während einer Jagdwoche in der abgeschiedenen Villa der Großtante Estella aufgetaucht war. Durch irgendeine Gefühlsregung – vermutlich aus Mitleid, daß sie ihre Jugend in der stickigen Atmosphäre von Lavendelwasser, Hirschhornsalz und Alter verbringen mußte – fühlte er sich veranlaßt, sie auszuführen, damit sie sich an den gesellschaftlichen Lustbarkeiten erfreue, die Cheltenham während dieser Mitt-

sommersaison zu bieten hatte. Er hatte sie zu Rennen mitgenommen und auf Gesellschaften, er hatte ihr einen neuen Hut und einen Topas-Schmuck gekauft (trotz ständiger Geldknappheit, da in Calverton Place die Hypotheken jedes Jahr wie Frühlingsblumen sprossen, war Onkel Arthur unverbesserlich großzügig), und er hatte ihr vor allem Dev Rossiter vorgestellt.
Daß sie sich innerhalb von vierundzwanzig Stunden, nachdem sie ihn zum erstenmal erblickt hatte, Hals über Kopf in ihn verliebte, erschien ihr jetzt im Licht ihrer halbdutzendjährigen Erfahrung als absolut vorhersehbar. Sie war jung, voll rastloser Energie und romantischer Vorstellungen, und Rossiter, obwohl gewiß nicht schön, besaß einen hintergründigen, sardonischen Charme, der bereits mehr als ein weibliches Wesen dazu gebracht hatte, die offensichtlichen Unvorteilhaftigkeiten seines ziemlich derb geschnittenen Gesichtes und seines schroffen und recht ruppigen Benehmens zu übersehen.
Weshalb er sich in sie verliebt hatte, falls er sich überhaupt verliebt hatte, anstatt sich nur, wie sie jetzt argwöhnte, über die Geistlosigkeit eines für seinen Geschmack unzweifelhaft provinziellen Pferderennens mit einem kleinen Flirt hinwegzuhelfen, der unerwartet in tieferes Wasser geraten war, konnte sie nur schwer beurteilen. Gewiß, dachte sie, hatte Cressida Calverton mit achtzehn Jahren wenig, was sie einem erfahrenen und zynischen Soldaten empfehlenswert machte, weder landläufige Schönheit noch feine Lebensart oder modische Erscheinung. Doch in diesem Punkt war sie zu bescheiden, denn obwohl sie keinen dieser Vorzüge besessen hatte, ging eine Frische, eine durch einen unkonventionellen Geist und eine lebhafte Persönlichkeit geprägte Freude am Leben von ihr aus, was eine Anzahl von Gentleman veranlaßte, während dieses Rennens mehr als nur

einen zweiten Blick auf das schlanke junge Mädchen am Arm von Arthur Calverton zu werfen. Und dies trotz des offensichtlichen Mangels an Stadtblässe und ihres sehr langweiligen, wenn auch sehr guten Kleides.

Sie selbst jedoch hatte nur Augen für Rossiter. Er hatte sie gebeten, auf der Gesellschaft mit ihm zu tanzen, tat dies aber so beiläufig, daß sie sich zu einer ihrem halb scheuen, halb lebhaften Wesen ganz fremden Gleichgültigkeit gezwungen sah. In der Mitte des Tanzes hatte er dann unvermittelt zu ihr gesagt: »Was zum Teufel ist los mit Ihnen? Wenn Ihnen nichts daran liegt, mit mir zu tanzen, warum haben Sie dann gesagt, Sie würden?« Und sie hatten aufgehört. Sie hatte ihm mit der gleichen unkonventionellen Offenheit geantwortet und in Mißachtung der Feinheiten der Ballsaal-Etikette – zu deren Pflege sie ihres zurückgezogenen Lebens wegen wenig Gelegenheit gehabt hatte, was zu ihrer Verteidigung angeführt werden muß – unverzüglich den Raum verlassen.

Er war ihr gefolgt. Nach Ablauf einer halben Stunde hatten sie ihren Streit ausgetragen und unterhielten sich, als hätten sie sich schon ihr ganzes Leben gekannt. Nach vierundzwanzig Stunden wußte sie, daß sie ihn liebte, und nach einer Woche waren sie verlobt. Sein Regiment war nach Portugal abberufen worden, doch sie war willens, ja sie brannte sogar darauf, zusammen mit ihm dem Ruf der Trommel zu folgen. Selbstverständlich mußte Großtante Estella in Kenntnis gesetzt werden. Sie hatte wenig gesagt, aber mit diesem wenigen eindringlich darauf hingewiesen, daß sie beide sich zu kompletten Narren machen würden, und im übrigen den Dingen ihren Lauf gelassen.

Den hatten sie dann natürlich auch genommen, was einerseits zu einer rasch zerbrochenen Verlobung und zu einem (nur einem, wie Cressida zu glauben gezwungen war) vorübergehend zerbrochenen Herzen führte. Falls Rossiters Herz auch nur den leisesten Knacks erlitten hatte, wußte er das sehr gut sowohl vor ihr als auch vor dem Rest der Welt zu verbergen nach diesem entsetzlichen Abend, als sie – wie sie Lady Constance erzählt hatte – diesen fürchterlichen Streit gehabt hatten, in dessen Verlauf sie ihre Verlobung auflösten.

Wenn sie in den darauffolgenden Monaten an den giftigen Sumpf von Bitterkeit und Demütigungen zurückdachte, kam es ihr so vor, als habe Rossiter diesen Streit absichtlich provoziert. Denn er war es, das stand fest, der als erster vorschlug, sie solle es sich zweimal überlegen, ehe sie ihre Zukunft der Unsicherheit einer Offizierskarriere in einer Linientruppe zu Kriegszeiten aussetze. Sie seien beide ohne Erwartungen, hatte er betont – denn damals hatte noch niemand die leiseste Ahnung gehabt, wo Großtante Estella ihr Vermögen zu lassen beabsichtigte. Und wer wollte ihr vorwerfen, daß sie zu dem Schluß gekommen war, sein Drängen in diesem Punkt bedeutete, er selbst habe gründlich darüber nachgedacht, ob es sehr weise sei, ein mittelloses Mädchen zu heiraten.

Sie erinnerte sich, ihm voller Verachtung geantwortet zu haben. Sein Temperament war ebenso grob und impulsiv wie ihres aufbrausend und heftig, und es fielen Worte, die keiner von ihnen jemals verzeihen oder vergessen konnte. Also war er allein nach Portugal gegangen. Sie war eines Morgens nach einigen Monaten gräßlich ätzenden Elends – als sei irgendwie Säure in ihr Inneres gelangt und fräße all die glücklichen und erwartungsvollen Wünsche auf, die zu bewahren ihr trotz allem gelungen war – erwacht, um Großtante Estella tot und sich selbst als Besitzerin eines Vermögens zu finden, das ihre wildesten Träume übertraf.

Seitdem hatte sie sich oft gefragt, was Captain Deverell

Rossiter wohl empfunden haben mochte, als er erfuhr, daß er an dem Tag, als er seine Verlobung löste, ein ungeheures Vermögen weggeworfen hatte. Sie wäre ein übermenschliches Wesen gewesen, hätte der Gedanke an seinen Verdruß sich nicht wie Balsam auf ihren Kummer gelegt. Und ebenso übermenschlich wäre es gewesen, hätte die durch Großtante Estellas Tod herbeigeführte Veränderung ihres Lebens nicht viel dazu beigetragen, die Erinnerung an jene kurze Verlobung auszulöschen. Ihr Onkel Arthur war zufällig auf eine angeheiratete Verwandte mütterlicherseits gestoßen, auf Lady Constance, eine in der mondänen Welt bestens bewanderte Dame. Sie war die richtige Person, Cressidas neuem Haushalt vorzustehen und sie in die Gesellschaft einzuführen. Eine hektische Londoner Saison folgte, während der Heiratsanträge wie Herbstlaub auf sie herniederschwebten und sie, wie Lady Constance anerkennend feststellte, in den Kunstfertigkeiten des gesellschaftlichen Lebens erstaunlich gut »vorankam«.
In jener ersten Saison hatte sie sich verlobt – mehr, so schien es ihr jetzt, um sich selbst zu beweisen, daß sich im Gegensatz zu Rossiter eine Menge Männer darum rissen, sie zu heiraten. Aber die ganze Geschichte hatte nichts von dem wilden, zauberhaften Glück ihrer Verlobung mit Rossiter. Und dies, obgleich der junge Mann gut aussah, sowohl Vermögen als auch Titel besaß, liebenswürdig, intelligent und in jeder Hinsicht die allerbeste Partie war. Schließlich hatte sie die Verlobung ganz plötzlich gelöst und sich selbst deswegen so hart verurteilt, wie es selbst die allerspießigste alte Witwe nicht strenger hätte tun können. Ihre innere Verwirrung jedoch hielt sie unter einer Kaltblütigkeit verborgen, die ihr von da an den Ruf eintrug, eine durchtriebene und sogar herzlose Flirterin zu sein.

Natürlich hatte dieser Ruf in den folgenden Jahren eine lange Liste von Gentlemen nicht davon abgehalten, nach der Hand der reichen und reizvollen Miß Calverton zu streben, und mehr als einer von ihnen hatte es so weit gebracht, daß in der Gesellschaft bereits Gerüchte einer baldigen Heirat kursierten. Aber es hatte keine weiteren Verlobungen mehr gegeben. »Zum Teufel«, dachte Cressida in kläglichem Ernst, als sie, das Kinn in die Hände gestützt, vor ihrer Tasse mit kaltem Kaffee saß. »Ich nehme an, ich sollte Leonard wirklich heiraten.« Womit sie Lord Langmere meinte, den neuesten und wichtigsten ihrer Bewerber, einen Marquis, eine bedeutende Persönlichkeit in der Regierung, einen gutaussehenden Mann Ende dreißig, dessen Vermögen dem ihren gleichkam und dessen Interesse für Politik, gute Konversation und Pferderennen sich mit dem ihren traf. »Es ist völlig idiotisch zu erwarten, daß man sich wieder wie ein achtzehnjähriges Mädchen fühlt, das sich blindlings in einen Fremden verliebt.« Und dann steckte Lady Constance ihren Kopf wieder zur Tür herein und fragte mit klagender Stimme, was sie denn nun mit diesem Chenevix-Mädchen anfangen solle.

»Du lieber Himmel, bitten Sie sie doch, für die Saison hierherzukommen, falls Sie sich entschlossen haben, die Strapazen einer Anstandsdame auf sich zu nehmen«, sagte Cressida. Zu diesem Akt der Wohltätigkeit fühlte sie sich durch die Erinnerung an ein anderes junges Mädchen bewogen, das ebenso arm wie Kitty Chenevix gewesen war, ehe Großtante Estella es unerwarteterweise mit einem Vermögen ausgestattet hatte. Außerdem überlegte sie, daß Lady Constance vielleicht eine tiefe Befriedigung darin finden könnte, Miß Chenevix in eine standesgemäße Ehe hineinzumanövrieren. Hatte es ihr doch großen Spaß gemacht, den verstorbenen Mr. Jeremy Havener in Zeiten schlechter Laune (die bei ihm hauptsächlich dann auftraten, wenn keine Gelegenheit bestand, Geld für irgendwelche Wetten auszugeben) zu lenken und zu leiten. Vernünftigerweise hatte sie jedoch von dem Versuch Abstand genommen, Cressida herumzukommandieren, die genug eigene Willensstärke besaß.

Lady Constance sah zufrieden aus. »Wie schrecklich großzügig von dir, meine Liebe!« rief sie. »Ich nehme an, sie wird wirklich keine große Belastung sein, denn sie schreibt einen sehr hübschen, bescheidenen Brief und scheint überhaupt keines von diesen neumodischen Mädchen zu sein. Mir fällt gerade ein, wie ich sie in diesem kleinen Haus sah, das Emily einmal in Bath gemietet hatte – sie leidet so unter Verdauungsbeschwerden, die arme Märtyrerin – Emily natürlich, nicht das Kind. Damals war sie noch ein kleines Ding, sehr blond und still, kann ich mich erinnern, und mit ganz reizendem Benehmen. Es wäre ja so traurig, wenn sie nicht die Gelegenheit bekäme, wenigstens eine einzige Saison in der Stadt zu erleben.«

Cressida pflichtete ihr höflich bei, daß dies in der Tat sehr traurig wäre, sprang dabei auf und erklärte, sie müsse sofort nach oben gehen und sich anziehen, sonst käme sie zu ihrer Verabredung mit Sir Octavius Mayr in der City zu spät.

»Du weißt, ich kann es nicht gutheißen, wenn du einen Gentleman an seiner Arbeitsstelle aufsuchst, meine Liebe«, sagte Lady Constance zum vielleicht dutzendstenmal, seit sie bei Cressida Wohnung genommen hatte. »Es würde ihm viel besser anstehen, hier auf dich zu warten.«

Aber Cressida lachte nur.

»Selbstverständlich würde er das tun, wenn ich ihn darum bäte – und das wäre von meiner Seite eine ganz schöne Unverschämtheit«, sagte sie. »Versuchen Sie doch, sich ins Gedächtnis zu rufen, meine Liebe, daß Octavius einer der bedeutendsten Männer in der City ist. Und daß der einzige Grund, weshalb er sich freundlicherweise um meine Geschäfte kümmert, in einem Gefühl der Dankbarkeit für Großtante Estella liegt. Und wenn Sie mir erzählen, daß er kein Gentleman ist«, fuhr sie fort und nahm damit einen weiteren von Lady Constances Lieblingseinwänden vorweg, »werde ich Sie daran erinnern, daß Sir Walter Scott selbst mit Wärme von seinem Geist und seinem Können gesprochen hat, daß er eine der schönsten Kunstsammlungen Englands besitzt und daß Mitglieder der königlichen Familie in seinem Haus dinieren, wann immer es ihm gefällt!«

»Gütiger Himmel!« rief Lady Constance bestürzt aus. Sie hatte diese Lobrede zwar schon früher gehört, aber, wie es ihr schien, noch niemals mit so viel Feuer und Gefühl. »Du denkst doch nicht etwa daran, diesen Mann zu heiraten, meine Liebe? Er ist alt genug, dein Vater zu sein, was ich gehört habe. Und mag er auch noch so märchenhaft reich und bedeutend sein, so kann man ihn doch nicht wirklich einen . . .«

»Einen Gentleman nennen?« Cressidas boshaftes Lächeln war nicht zu übersehen. »O nein, etwas viel Besseres – den klügsten Mann, den ich kenne! Aber keine Angst, ich bin überhaupt nicht die Art von Frau, mit der er erwägt, sich zu verbinden. Allerdings glaube ich, daß er die Absicht hat, sich mit einer Dame, die in Rang und Jahren zu ihm paßt, zusammenzutun, wenn er sich aus dem Geschäftsleben zurückzieht. Er besprach die ganze Angelegenheit einmal ganz ernsthaft mit mir, und ich entdeckte, daß ich gewogen und für zu leicht befunden worden war . . .«

»Zu leicht! Du! Eine Calverton!« rief Lady Constance im Brustton tiefster Entrüstung aus. »Der Mann, meine Liebe, ist ein unverschämter Narr!«

»Keineswegs«, sagte Cressida und lachte wieder. »Allerdings will ich nicht behaupten, daß er in dieser Hinsicht nicht das Steckenpferd des Sammlers reitet, der es darauf anlegt, nur den kostbarsten und vorzüglichsten Artikel seiner Art zu besitzen. In der Tat hatte ich ihn manchmal im Verdacht, seine Wünsche auf die königlichen Prinzessinen zu richten. Es gibt so viele davon, und alle schmachten sie nach Ehemännern, die armen Dinger. Aber als er meine Ansprüche verwarf, war er wirklich sehr schmeichelhaft. ›Ich durchschaue Sie, meine Liebe‹, sagte er zu mir, ›und trotzdem lasse ich es zu, daß Sie mich um Ihren kleinen Finger wickeln. Das ist für einen Ehemann eine recht armselige Position. Was Sie brauchen, ist ein Mann, der Sie durchschaut und zugleich Ihrem Willen und Ihrem Charme widerstehen kann . . .‹«

»Nun, das wäre Langmere, Langmere könnte das«, sagte Lady Constance dickköpfig, um ein gutes Wort für den abwesenden Marquis einzulegen. Aber diese Feststellung war völlig absurd, denn der liebestolle Lord Langmere war dafür bekannt, auf Geheiß seiner Geliebten und wider besseres Wissen durch Feuer und Wasser zu gehen. Selbst Lady Constance spürte, daß dieser Vorschlag nicht zu ihren besten gehörte.

2

Etwas weniger als eine Stunde später stieg Miß Calverton vor einem Haus in der Nähe einer von Wrens reizenden kleinen City-Kirchen, St. Mildred's Poultry, aus ihrer Kutsche. Sie wurde von einem unterwürfigen Angestellten von Sir Octavius Mayr empfangen und nach oben in das elegant möblierte Büro geführt, wo Sir Octavius sie erwartete.

»Nun, Cressy?« begrüßte er sie, während er spöttisch eine Augenbraue hochzog und sich aus dem großen Lehnsessel erhob, in dem er hinter einem prächtigen, mit grünen Bronzebeschlägen verzierten und auf acht in Mahagoni geschnitzten geflügelten Löwen ruhenden Bellangé-Schreibtisch gesessen hatte. »Nur eine Viertelstunde zu spät heute? Sie machen Fortschritte! Kamen Sie gestern abend so spät vom Ball der Campetts, daß Sie sich nicht dazu überwinden konnten, heute morgen Ihr Bett zu verlassen? Oder soll ich vermuten, daß der Grund für Ihre Säumigkeit in diesem verführerischen Kostüm liegt, das meinetwegen angezogen wurde und dessen Wahl eine Menge Zeit und Überlegung beanspruchte?«

Cressida, die an diesem Morgen tatsächlich sehr hübsch aussah in einem Straßenkleid aus wassergrünem Krepp und einem gewagten Husarenhütchen, das keck auf ihren lohfarbenen Locken saß, schnitt ihm eine Grimasse. Dann sah sie zu der Vulliamy-Uhr auf dem Kaminsims hinüber, deren Zeiger unnachgiebig auf dreiviertel nach der Stunde zeigten.

»Ich wage zu behaupten, daß Ihre Uhr falsch geht«, sagte sie. »Ich kann unmöglich so spät dran sein.«

»Die Uhr«, sagte Sir Octavius ruhig, »hält sich vorzüglich an die Zeit. Ich wünschte, meine liebe Cressy, daß man dasselbe auch von Ihnen sagen könnte. Ich will jedoch in Anbetracht des reizenden Bildes, das Sie abgeben, nicht einer kleinen Viertelstunde wegen nörgeln.«

Er zeigte ihr sein liebenswürdiges, zynisches Lächeln, das schon mehr Menschen als Miß Cressida Calverton hatte erkennen lassen, wie sinnlos es war, an ihm die üblichen kleinen gesellschaftlichen Betrügereien ausprobieren zu wollen. Er war ein ziemlich kleiner, zierlicher Mann mit einem edlen, von eisgrauem Haar gekrönten Kopf. In seiner Redeweise fand sich auch nicht eine Spur seiner dänischen Muttersprache, ungeachtet der Tatsache, daß er achtzehn Jahre alt gewesen war, als er nach England kam. Hier begann er seine Karriere als Angestellter in den Büros eines bekannten baltischen Kaufmanns.

Sein Aufstieg in der Geschäftswelt war kometenhaft gewesen. Im Lauf von vier Jahren hatte er ein kleines Vermögen angesammelt und sich selbständig gemacht. Damals war Miß Estella Calverton auf ihn aufmerksam geworden, die zu dieser Zeit in London lebte. Miß Calverton, eine exzentrische und willensstarke Dame, hatte ihn unter ihre Fittiche genommen, ihn in die literarischen und künstlerischen Salons eingeführt, die sie häufig besuchte, und ihr beachtliches Vermögen seiner Obhut anvertraut. Eine Tat, die sich über die Jahre hinweg als höchst scharfsinnig erwies, da das Vermögen unter seinem Management zu einem wahrlich großartigen heranwuchs.

Bei Miß Estella Calvertons Tod hatte Octavius Mayr (er war damals schon Sir Octavius und für Verdienste gegenüber der Krone geadelt worden, die der Öffentlichkeit unbekannt geblieben, aber von enormem Wert für eine Monarchie waren, die des französischen Krieges wegen in ständigen Geldschwierigkeiten steckte) die ihm in ihrem Testament auferlegte Bürde auf sich genommen, als einer der Treuhänder der Großnichte zu fungieren. Der zweite war Arthur Calverton, der sich weder um Finanzen kümmerte noch etwas davon verstand, außer wie man zu Hypotheken und Darlehen kam. Er war es deshalb sehr zufrieden, die ganze komplizierte Angelegenheit des Vermögens seiner Nichte in Sir Octavius' Händen zu wissen.

Wäre Cressida ein gewöhnliches Mädchen gewesen, so

wäre es Sir Octavius zweifellos gelungen, sofort nachdem sie volljährig war, die Verantwortung für ihr Vermögen auf andere Schultern abzuladen und sich ausschließlich seinen eigenen, wichtigeren Geschäften zu widmen. Aber Cressida war kein gewöhnliches Mädchen, und Sir Octavius, der die neunzehnjährige Erbin scheu, sonderbar und entzückend gefunden hatte, fand sie immer entzückender, wenn auch nicht mehr scheu oder sonderbar, als ihr Stern aufging und sich zu seiner gegenwärtigen glänzenden Höhe in der Gesellschaft aufschwang. Er war kein Mann, der es jemals als selbstverständlich angenommen hatte, sich zu verlieben, denn die Hochfinanz war seine goldene und anspruchsvolle Geliebte. Dennoch beglückwünschte er sich manchmal zu der Tatsache, daß er Cressida nicht zwanzig Jahre früher begegnet war, als er vielleicht noch jung genug gewesen wäre, die Torheit zu begehen, Kopf und Herz an eine junge Frau zu verlieren, die, dessen war er sich durchaus bewußt, ungeachtet ihres Charmes und ihres hochherzigen Wesens ungestüm, starrsinnig und für männliche Begriffe einfach zum Verrücktwerden unvernünftig sein konnte. Nachdem er dafür gesorgt hatte, daß sie es sich in einem venezianischen Sessel aus vergoldetem Holz und mit grünen Polstern bequem machte, steuerte er nicht sofort auf die geschäftliche Angelegenheit zu, die er mit ihr besprechen wollte, sondern gestattete sich ein paar Minuten Konversation. Er hatte sie schon einige Wochen nicht mehr gewesen. Während dieser Zeit hatte die Tochter des Regenten, Prinzessin Charlotte, mit großer Zeremonie Prinz Leopold von Coburg geheiratet, und der Byron-Skandal hatte seinen Höhepunkt mit diesem unseligen Ball bei Almack erreicht, der von den wenigen ihm verbliebenen Freunden in der Absicht veranstaltet worden war, ihn in den

Augen der Gesellschaft zu rehabilitieren, und der sich am Ende jedoch als bodenloser Fehlschlag erwies.

»Es war gräßlich«, sagte Cressida, die dabeigewesen war, »der Raum leerte sich buchstäblich in dem Augenblick, als er eintrat. Ich glaube schon, daß er einem auf die Nerven gehen kann, mit seinen Gefühlsduseleien und den Cheltenham-Tragödien, die er einem dauernd vorspielt, aber andererseits empfinde ich nicht das leiseste Mitgefühl für Lady Byron. Jede vernünftige Frau hätte es verstanden, mit den Dingen besser fertig zu werden, anstatt sie beide in die Hexenküche des Skandals zu zerren. Aber wie ich höre, genießt sie ihr eigenes Martyrium, und vor allem genießt sie es, Byron zum Paria von ganz England gemacht zu haben.«

Sir Octavius sagte in seiner üblichen zynischen Klugheit, daß er zu behaupten wage, auch Byron genieße es und setze jetzt, nachdem man ihn aus England vertrieben habe, alles daran, »Ishmael« in ganz Europa aufführen zu lassen. »Und weil wir gerade von ›Ishmael‹ reden«, bemerkte er, »kann ich Ihnen vielleicht verraten, daß Sie für Ihren Mangel an Pünktlichkeit durch das Zusammentreffen mit einem Mann belohnt werden, der – obwohl sein Ruf nicht ganz denjenigen Byrons erreicht – zweifellos in dieser Saison seinen Platz einnehmen wird, um die Stadt mit interessantem Klatsch zu versorgen. Mit anderen Worten, ich erwarte den berühmten, oder soll ich sagen berüchtigten, Captain Rossiter. Und wenn er eintrifft, wird es mir eine Freude sein, ihn Ihnen vorzustellen, damit Sie sich vor Ihren Freunden damit brüsten können, Sie seien diejenige gewesen, die ihn zuerst kennengelernt hat.«

Er brach ab und zog fragend die Augenbrauen hoch, denn bei der nicht sehr angenehmen Überraschung über das soeben Gehörte hatte sie es nicht vermeiden können,

leicht zu erröten und beunruhigt dreinzuschauen. Sie bemerkte es, und aus Verärgerung über diese unerwartete Unbeherrschtheit ihrerseits gelang es ihr, mit kühler und ganz gleichgültiger Stimme zu sagen: »Unnötig! Ich kenne Captain Rossiter bereits.«
»Tatsächlich?« Sir Octavius fuhr fort, sie mit hochgezogener Augenbraue anzusehen. »Entdecke ich vielleicht«, erkundigte er sich nach einigen Augenblicken, »eine leichte Kühle in Ihrer Stimme?«
Cressida zuckte mit den Schultern und sagte nichts.
»Ja«, beantwortete Sir Octavius seine eigene Frage nachdenklich, »eine sehr deutliche Kühle, glaube ich. Wo nur, frage ich mich, können Sie die Bekanntschaft des flotten Captains gemacht haben. Soviel ich weiß, war er nur sehr wenig in England . . .«
»In Gloucestershire und vor Jahren«, sagte Cressida und behielt ihren gleichgültigen Tonfall bei. »Lassen Sie uns das Thema wechseln, Octavius. Falls es Sie tatsächlich verärgert hat, daß ich zu meiner Verabredung zu spät kam, wundere ich mich, weshalb Sie Ihre Zeit mit Klatsch zu verschwenden wünschen.«
Sir Octavius wirkte über diese verächtliche Abweisung des Themas Captain Rossiter alles andere als befriedigt. Aber er machte keinen Versuch, darauf zurückzukommen, und wandte sich statt dessen dem Geschäftlichen zu, das er mit ihr zu besprechen hatte. Zu Beginn ihrer Bekanntschaft war er angenehm überrascht gewesen, als er entdeckte, daß sie sehr wohl fähig war, für die Verwaltung ihres Vermögens verständiges Interesse zu zeigen, und er traf jetzt niemals irgendeine diesbezügliche Entscheidung, ohne sie erschöpfend zu informieren. Demzufolge führten sie eine kurze und sehr geschäftsmäßige Unterhaltung über die neuesten Geldanlagen, die er für sie durchführen wollte. Da klopfte es an der Tür, und ein äl-

terer Angestellter trat lautlos ein und murmelte ein paar Worte in Sir Octavius' Ohr.

»Ah, ja. Führe sie sofort herein, Smollett«, sagte Sir Octavius mit einem Seitenblick auf Cressida.

Der Angestellte verschwand, und Cressida erhob sich und begann, ihre Handschuhe anzuziehen.

»Ich überlasse Sie also Captain Rossiter, Octavius«, sagte sie. »Ich nehme an, Sie werden eine bezaubernde Unterhaltung ...«

»Was – davonlaufen?« tat Sir Octavius spöttisch überrascht. »Zaghaftigkeit paßt doch gar nicht zu Ihnen, Cressy! Was hat Rossiter getan, daß Sie ihn so fürchten?«

»Ich habe keine Angst vor Dev Rossiter«, antwortete Cressida mit etwas mehr Heftigkeit als nötig. Einen Moment stand sie da und blickte Sir Octavius aufgebracht an, dann setzte sie sich wieder. »Also schön, ich bleibe«, sagte sie. »Aber nur lange genug, um Ihren Kopf von der Vorstellung zu befreien, mir läge nichts daran, ihn zu treffen. Er ist mir nur völlig gleichgültig.«

»Ist er das, tatsächlich?« sagte Sir Octavius höflich. Dann, als er sich nähernde Schritte hörte, wandte er seinen Blick zur Tür. Im nächsten Augenblick erschien ein großer Mann Mitte dreißig mit dem schwarzen Haar und den beunruhigend arroganten Augen der dunklen Kelten, im Reitdreß anstatt im modischeren Stadtanzug mit Pantalons und Schaftstiefeln, auf der Schwelle. Er wurde begleitet von einem ebenso großen, aber etwas jüngeren blonden Mann von bescheidenerem Auftreten und mit einem angenehmen Lächeln.

Cressida, die sich natürlich an einen viel jüngeren Rossiter erinnerte, hatte, als ihre Augen das dunkle Gesicht des ersten Ankömmlings mit den strengen Falten und den direkten, durchdringenden, ziemlich zynischen Augen in sich aufnahm, die eigentümliche Empfindung, einen

Fremden anzusehen – vielleicht den engen Verwandten eines Menschen, den sie einmal gekannt hatte, aber trotzdem einen Fremden. Der Überraschungsschock war in der Tat so groß, daß sie kaum hörte, wie er Sir Octavius begrüßte und seinen Begleiter als Captain Miles Harries vorstellte. Nach diesen kurzen Artigkeiten wanderten seine Blicke gleichgültig in ihre Richtung und blieben dann mit einem plötzlich harten, ungläubigen Ausdruck auf ihr haften.

Als hätte dieses jähe Aufeinandertreffen der Blicke ihre Lebensgeister wieder geweckt, lächelte sie ihn gefaßt an.

»Ja, ich bin es wirklich«, sagte sie mit einer Stimme, die nun sehr viel gesitteter klang als vorher, als sie mit Sir Octavius gesprochen hatte. Als sei sie eine Schauspielerin, die gerade auf die Bühne gekommen war, um die Rolle einer flotten, mondänen jungen Dame zu spielen. »Wie geht es Ihnen, Dev? Oder vielleicht sollte ich Captain Rossiter sagen? Es ist schließlich sehr lange her, und unsere Bekanntschaft war von ziemlich kurzer Dauer.«

Rossiter erwiderte ihr Lächeln nicht. Er betrachtete sie stirnrunzelnd und schien noch immer nicht ganz zu glauben, was er sah.

»Sie haben sich verändert«, sagte er nach einigen Momenten schroff.

»Aber mein lieber Mann, natürlich! So ist das nun einmal, wissen Sie. Schließlich sind es Jahre her. Haben Sie erwartet, ich wäre noch immer das gleiche arme kleine grüne Mädchen, das Sie in Cheltenham kannten?« Sie wandte sich an Captain Harries. »Aber wir sind sehr unhöflich. Wollen Sie mir Ihren Freund nicht vorstellen?«

Captain Harries wurde ordnungsgemäß vorgestellt und reagierte mit unverhohlener Bewunderung und einem Akzent, der ihn für Cressidas feines Gehör sofort als nicht den höheren Kreisen der englischen Gesellschaft zugehörig verriet. Trotzdem und weil er in Begleitung des verhaßten Rossiter kam, mochte sie ihn vom ersten Augenblick an. Auch zeigte sein Benehmen eine gewinnende Offenherzigkeit, gepaart mit einer Art von geradlinigem Scharfsinn – eine Verbindung, die man in den vornehmen Kreisen nicht oft antraf.

»Sie sind also in der Armee, Captain Harries?« sagte sie und wandte ihm höflich ihre volle Aufmerksamkeit zu, während sie Rossiter nicht weiter beachtete. Der hatte sich gesetzt und unterzog sie, noch immer stirnrunzelnd, einer genauen Prüfung.

Captain Harries sagte, er sei während des Krieges bei den Light Bobs gewesen, habe aber zu Beginn des Friedens seinen Abschied genommen und sei jetzt in kleinem Ausmaß an Rossiters geschäftlichen Unternehmungen beteiligt.

»Captain Rossiter, kann ich Ihnen verraten«, warf Sir Octavius ein und wandte sich mit dem Ausdruck reinster Unschuld auf seinem Gesicht an Cressida, »auch durch seinen Coup von Waterloo noch nicht zufriedengestellt – von dem Sie sicherlich ebenso wie ganz England gehört haben –, versucht jetzt, uns auf dem Gebiet der neuen Entwicklung der Dampflokomotive zuvorzukommen.«

»Wirklich? Aber das ist ja geradezu langweilig ehrenhaft«, sagte Cressida und tat das Thema mit einem hochmütigen Mangel an Interesse ab, wofür Sir Octavius sie am liebsten geschüttelt hätte. Und dann fragte er sich, welche möglicherweise noch heftigeren Regungen hinter Rossiters dunklem, unbeweglichem Gesicht unterdrückt wurden. »Und gerade jetzt, wo man so auf Sie angewiesen ist«, fuhr Cressida, an Rossiter gewandt, fort, »daß Sie Ihrem Ruf gerecht werden und diese öde Saison durch etwas ganz und gar Unehrenhaftes beleben! Wie in Indien – es war doch Indien, nicht wahr, wo Sie mit dem

Lieblingstanzmädchen des örtlichen Machthabers davongelaufen sind und beinahe einen Krieg verursacht hätten?«
Rossiters Ausdruckslosigkeit änderte sich nicht im mindesten. Höflich wandte er sich an Sir Octavius.
»Ich glaube, Sir, wir müssen Nachsicht mit Miß Calverton haben«, sagte er kühl. »Ich wage zu behaupten, es versetzt den zarten Empfindungen der meisten jungen Damen einen verständlichen Schock, wenn sie plötzlich dem Mann gegenüberstehen, mit dem sie einmal verlobt waren.«
Sir Octavius' rechte Augenbraue, die äußerstes Interesse verriet, war bei den Worten »dem Mann gegenüberstehen, mit dem sie einmal verlobt waren« in die Höhe geschnellt. Cressida wurde sofort dunkelrot, aber es gelang ihr, recht gefaßt zu sagen: »Das können Sie sich aus dem Kopf schlagen, Captain Rossiter. Was Sie betrifft, habe ich keine ›zarten Empfindungen‹!«
»Nein, die haben Sie wohl wirklich nicht«, pflichtete Rossiter ihr bei und betrachtete sie nachdenklich. »Wenn man so oft verlobt war wie Sie, bekommt die Sache schließlich etwas Alltägliches. Ich erinnere mich, gehört zu haben, Sie seien mit einem Viscount verlobt, als ich England vor einigen Jahren kurz besuchte. Und falls das Gerücht zutrifft, können wir Sie in Kürze zu Ihrer Verlobung mit einem Marquis beglückwünschen. Darf ich mich erkundigen, ob es Ihre Absicht ist, es dabei bewenden zu lassen und diesen Herrn zu heiraten, oder halten Sie Ausschau nach einem Grafen?«
Selbst in der größten Empörung über diese wirklich schändliche Rede ertappte sich Cressida bei dem flüchtigen Gedanken, wenn Rossiter sie verändert fand, konnte sie mit Sicherheit dasselbe von ihm sagen. Der Rossiter, den sie in Gloucestershire kannte, hätte ihr ohne Zweifel

einen ebenso scharfen Verweis für ihre nur dünn verschleierte Unverschämtheit ihm gegenüber erteilt, wie der Mann ihr gegenüber es gerade getan hatte. Aber in jenem Fall wären die Worte rauh und direkt gewesen und nicht verborgen in Ausdrücken eines mit Widerhaken versehenen behaglichen Sarkasmus, der noch wirkungsvoller war als der, den sie gegen ihn anwenden konnte. Noch hätte er sie mit dieser sardonischen Ruhe angesehen.
Sie sagte rasch und wie um sich zu verteidigen, da sie sich den drei Paar männlicher Augen gegenüber im Nachteil fühlte, die sie teils mit interessiertem Vergnügen (Sir Octavius), teils mit überraschtem Unbehagen (Captain Harries) oder mit leidenschaftsloser Erwartung (Rossiter) beobachteten: »Ich bin nicht mit Lord Langmere verlobt. Aber falls ich es jemals sein werde, können Sie sicher sein, daß ich ihn auch heiraten werde.«
»Gut!« pflichtete Rossiter lässig bei. »Es freut mich zu sehen, daß wenigstens in diesem Fall Ihre Absichten ehrenhaft sind.«
Cressida wollte gerade heftig erwidern, sie finde diese Worte ziemlich eigenartig in Anbetracht der Tatsache, daß er es war, der den ersten Anstoß zur Auflösung ihrer Verlobung gegeben hatte. Er kam ihr jedoch zuvor, indem er sofort in dem Tonfall fortfuhr, in dem man einer Unterhaltung von geringer Bedeutung ein Ende setzt: »Aber jetzt, wenn Sie nichts dagegen haben . . . Der Zweck meines Kommens war, Geschäftliches mit Sir Octavius zu besprechen, und ich glaube, wir sollten nicht noch mehr Zeit mit Trivialitäten verschwenden.«
Das war ein derart unverblümter Hinauswurf, daß Cressida sofort beschloß, Rossiter zum Trotz mindestens noch eine halbe Stunde zu bleiben. Und sie hätte es auch getan, versicherte sie sich selbst, als sie ging, wäre sie nicht zu der demütigenden Überzeugung gelangt, aus diesem Zwei-

kampf nur als Zweitbeste hervorgegangen zu sein. Während sie den Raum verließ und die Treppe zu ihrer wartenden Kutsche hinunterging, dachte sie daran, wie oft sie sich damals, als sie nach London gekommen war und ihre Unreife abgestreift hatte wie der Schmetterling seinen Kokon, ausgemalt hatte, wie sie sich verhalten würde, sollte sie Captain Rossiter in einem Londoner Ballsaal, im Theater oder bei einem Ritt im Park jemals wieder begegnen. Wie kühl und selbstsicher war sie bei diesen gedanklichen Begegnungen immer gewesen, wie völlig hatte sie jegliche Hoffnungen seinerseits auf eine Wiederaufnahme ihres früheren Grades der Vertrautheit zerschmettert!

Doch jetzt, nachdem beinahe sieben Jahre vergangen waren und sie der verwöhnte Liebling der Gesellschaft, ein von allen anerkanntes Vorbild in Modesachen war, hatte sie sich dazu hinreißen lassen, wie ein Schulmädchen die Beherrschung zu verlieren. Während er nicht nur ihr, sondern ebenso Sir Octavius und Captain Harries gegenüber klar demonstriert hatte, daß ihm der Wunsch selbst nach einer ganz gewöhnlichen Freundschaft mit ihr so unendlich fern lag, daß er nicht die geringsten Gewissensbisse empfand, wenn er abscheulich grob zu ihr war. »Wenn man so oft verlobt war wie Sie, bekommt die Sache etwas Alltägliches«, hatte er zu sagen gewagt, und sie schwor sich, und wenn es das letzte war, was sie im Leben tat, den Marquis von Langmere in einer ganz großartigen, unaussprechlich aufwendigen Feier in der Kirche St. George am Hanover Square zu heiraten, und die ganze Welt inklusive Captain Rossiter sollte zuschauen!

Dann, nachdem sie wütend den Wagen bestiegen und den Kutscher angewiesen hatte, zur Bruton Street zu fahren, wo man immer ein frivoles und umwerfend teures neues Hütchen kaufen konnte, das dazu bestimmt war, die Knochen auch des mittelmäßigsten, unempfänglichsten Angehörigen des männlichen Geschlechts in Wasser zu verwandeln, wenn er es, auf einer Krone aus lohfarbenen Locken prangend, ein Paar der funkelndsten Augen von ganz England beschatten sah, kam ihr das Spaßige der Situation zum Bewußtsein, und sie begann zu lachen. Gewiß hatten sie und Rossiter Sir Octavius und Captain Harries einen kurzen, aber geistvollen Schlagabtausch geboten, die, wie es ihr schien, den Kampf zwischen Molyneux dem Schwarzen und dem Champion Tom Cribb in den Schatten gestellt hätte, obwohl sie natürlich bei diesem feierlichen Anlaß nicht zugegen war.

»Sie werden bei White Wetten darüber abschließen, wer letzten Endes als Sieger hervorgehen wird, wenn wir nicht vorsichtig sind«, sagte sie zu sich selbst. »Armer Captain Harries! Was um alles in der Welt mag er bloß von mir denken! Aber ich will das Beste hoffen. Vielleicht, wenn das Glück mir hold ist, bin ich nicht gezwungen, Rossiter noch einmal zu begegnen.«

Aber sie fuhr trotzdem zur Bruton Street, um dieses umwerfend teure und gefährlich attraktive Hütchen zu kaufen.

3

Lady Constance hatte mittlerweile ihre Einladung an Miß Kitty Chenevix gesandt, die Saison in der Mount Street zu verbringen. Ein paar Tage später erhielt sie einen Brief, den die junge Dame postwendend abgeschickt hatte. Darin kündigte sie ihre umgehende Ankunft an und bedankte sich sowohl bei Lady Constance als auch bei Miß Calverton in den wärmsten Tönen für

ihre Freundlichkeit. Lady Constance zeigte den Brief natürlich Cressida, die mit ihr darin übereinstimmte, daß Miß Chenevix sich genauso ausgedrückt hatte, wie sie sollte, und daß sie sich zweifellos als sehr gut erzogenes Mädchen benehmen würde, das im Haus zu haben recht angenehm sein würde.
Es stimmte, Cressida hegte zu dieser Zeit einige Zweifel, ob es klug gewesen war, für eine längere Weile ein Mädchen in ihr Haus einzuladen, das sich ihren Erfahrungen nach entweder als unbezähmbarer Wildfang oder als Langweilerin entpuppen könnte. Aber die Ankunft von Miß Chenevix ein paar Tage später stellte diese unangenehmen Überlegungen ein für allemal ein. Als Cressida eines Morgens nach einem Ritt mit Lord Langmere im Park das Haus betrat, fand sie sich einem schlanken, blonden, sehr attraktiven jungen Mädchen in einem erdfarbenen Reisekleid und mit einem Basthut gegenüber. Das Mädchen wurde von Lady Constance begrüßt, während Harbage die Unterbringung ihres bescheidenen Handkoffers und zweier Hutschachteln in ein oberes Stockwerk beaufsichtigte.
»Oh, Cressy, meine Liebe. Hier ist Kitty«, sagte Lady Constance sogleich und zog Miß Chenevix nach vorne zu Cressida. »Und dies ist Miß Calverton, mein Schätzchen. Denke nur, Cressy«, fuhr sie umgehend fort und unterband Kittys Versuch zu sprechen, »sie verbrachte die Nacht in einem gräßlichen kleinen Wirtshaus in Turnham Green, nur weil sie uns durch ihre späte Ankunft nicht stören wollte! War das nicht rücksichtsvoll von ihr! Aber wirklich ganz unnötig, wie ich ihr bereits gesagt habe . . .«
»Ja, ganz unnötig«, sagte Cressida freundlich. »Aber kommen Sie doch ins Morgenzimmer und setzen Sie sich, Miß Chenevix – oder soll ich alle Förmlichkeiten einfach beiseite lassen und Sie gleich Kitty nennen?«

Sie war es gewöhnt, sich sehr rasch eine Meinung über Leute zu bilden, die sie kennenlernte, und als Kitty sie ein wenig zu schüchtern anlächelte und sagte »ja, bitte, tun Sie das«, stand für sie fest, daß weder sie noch Lady Constance irgendwelche Skrupel wegen der Einladung zu haben brauchten. Es lag etwas sehr Einnehmendes in Kittys Wesen, eine Art stiller, bescheidener Gelassenheit mit einer Spur rührender Schüchternheit. Und ihre Erscheinung war durchaus anziehend. Sie hatte eine schlanke, elegante Figur und ein feingeschnittenes, für ihr Alter etwas zu nachdenkliches Gesicht. Ihr blondes, beinahe flachsblondes Haar trug sie zu einer einfachen Mädchenfrisur geordnet, und ihre blauen Augen standen weit auseinander unter sanft geschwungenen, feingezeichneten Brauen. Alles in allem, dachte Cressida zufrieden, als sie ihr in dem gelben Morgenzimmer gegenübersaß, durchaus ein Mädchen, mit dem man sich sehen lassen konnte. Kein Diamant vom reinsten Wasser, gewiß, aber unter dem Schutz von Miß Cressida Calverton und Lady Constance Havener würde sie bestimmt in London ihr Glück machen, trotz des bedauerlichen Mangels an Vermögen.
Was Miß Chenevix betraf, so war es ihr erstes Anliegen, nachdem sie mit Cressida und Lady Constance im Morgenzimmer Platz genommen hatte, ihre große Dankbarkeit für deren Einverständnis, sie in die Gesellschaft von London einzuführen, auszudrücken.
»Ich fürchte, Sie haben es für schrecklich keck gehalten, daß ich an Sie geschrieben habe«, sagte sie mit ihrer sanften, klaren Stime und wandte sich dabei an Lady Constance. »Aber Mama hat immer so viel von Ihnen gesprochen, daß ich das Gefühl habe, Sie schon viel besser zu kennen, als dies in Wirklichkeit der Fall ist, und ich habe überhaupt nicht richtig begriffen, daß . . . daß ich ja auch Miß Calverton zur Last falle . . .«

»Unsinn!« sagte Cressida. »Von ›zur Last fallen‹ ist gar keine Rede. Lady Con und ich werden viel mehr Spaß an der Saison haben, wenn jemand bei uns ist, dem alles noch neu ist. Ich hoffe, Sie sind darauf eingestellt, Freude an Parties und Bällen zu haben? Eine Freundin von mir, Lady Dalingridge, gibt morgen abend einen Ball, und sie hat mich gebeten, Sie mitzubringen. Es wird ein schreckliches Gedränge geben – das ist bei ihren Parties immer so –, aber Sie treffen dort jeden, der irgend etwas ist, und ich werde Sie allen passenden jungen Männern vorstellen, deren ich habhaft werden kann.«
Kitty erklärte mit vor Freude gerötetem Gesicht, daß sie sich ganz besonders freue.
»Dann müssen wir uns sofort Ihre Garderobe ansehen«, sagte die praktisch veranlagte Cressida, »und überlegen, was Sie anziehen sollen, denn nichts ist wichtiger als der erste Eindruck.« Sie machte eine Pause, als sie sah, wie Kittys Gesicht noch röter wurde. Jetzt war es allerdings keine Röte der Freude mehr. »Macht nichts, Sie brauchen mir nichts zu sagen«, sagte sie lebhaft. »Alles, was Sie haben, ist ein bißchen unelegant, nicht mehr ganz in Mode oder paßt eher in ein Tanzlokal in der Provinz als in einen Londoner Ballsaal – ist es das? Das kenne ich alles – ich war nicht immer so gutsituiert, wissen Sie!« Ihre Blicke glitten rasch über Kittys schlanke Gestalt. »Wir sind beinahe gleich groß«, bemerkte sie, »obwohl Sie vielleicht eine Spur schlanker sind. Moodle, meine Zofe, wird sich darum kümmern. Sie geht sehr geschickt mit der Nadel um, und obgleich Sie die meisten meiner Kleider in Ihrer ersten Saison nicht tragen können, finde ich sicher eines oder zwei, bei deren Anblick niemand die Augenbrauen hochziehen wird. Kommen Sie, wir gehen hinauf und sehen nach.«
Sie erhob sich, und Kitty, ein wenig verwirrt über diese

herrische Einmischung in ihre Angelegenheiten, folgte ihr nach oben ins Schlafzimmer, wo Cressida sofort damit begann, Kleider aus dem hohen französischen Garderobenschrank herauszuziehen.
»Aber ich könnte nicht – Miß Calverton, ich kann wirklich nicht ...«, protestierte Kitty, während ihre blauen Augen vor ungläubiger Freude wie die jedes anderen jungen Mädchens beim Anblick der exquisiten Kreationen leuchteten, die Cressida aufs Bett warf. »Mama gab mir eine Fünfzig-Pfund-Note, bevor ich abreiste«, fuhr sie fort, als rede sie von unermeßlichen Reichtümern, »und sie sagte, wenn ich irgend etwas brauche, soll ich es damit kaufen ...«
»Fünfzig Pfund«, sagte Cressida lächelnd. »Ja, das reicht gut, wenn Sie den Pantheon Basar besuchen wollen und dort ein Paar Seidenhandschuhe sehen oder einen reizenden Sonnenschirm, ohne den Sie einfach nicht mehr leben können. Aber Kleider sind schon eine ganz andere Sache. Sie sind gräßlich teuer, und wenn wir Sie zu Fanchon schicken, wird sie diese fünfzig Pfund und mehr verschlingen, nur um Sie mit einem einzigen mittelmäßigen Kutschenkleid auszustatten. Und Abendkleider – davon reden wir gar nicht!« Sie hielt ein Kleid aus weißer, mit Silbereicheln bestickter Gaze hoch, dessen züchtiges Leibchen vorne mit winzigen Satinrosetten geschlossen wurde. »Das wird gehen, glaube ich«, sagte sie. »Ich kann mir nicht vorstellen, wie ich dazu kam, das für mich zu kaufen, denn aus dem Unschuldsalter bin ich gewiß heraus, aber Sie müssen zugeben, es ist sehr hübsch. Es wird Ihnen wundervoll stehen. Bitte, probieren Sie es an, und wenn Änderungen erforderlich sein sollten, wird Moodle das vor morgen abend zustande bringen.«
Kitty blieb nichts anderes übrig, als das Kleid anzuziehen, und nach ein paar Minuten bestaunte sie sich im Spiegel.

Ihre Einwände wurden von dem, was sie sah, vollkommen erstickt, während Cressida in Schubladen herumkramte und die ellbogenlangen französischen Ziegenlederhandschuhe und die Silberstola suchte, die, wie sie sagte, unbedingt nötig waren, um die Aufmachung ihres jungen Schützlings zu vervollständigen.
Lady Constance, die ein paar Minuten später herauskam, um Cressida zu ermahnen, sie müsse jetzt wirklich ihr Reitkostüm ausziehen, damit sie ihre Morgenbesuche bei der Herzogin von Webwood und Lady Camlin, die soeben in die Stadt gekommen waren, abstatten konnte, fand Moodle mit einem Mund voller Nadeln neben Kitty auf dem Boden kniend. Das hielt die Zofe jedoch nicht davon ab, mit ihrer Herrin einen lebhaften, wenn auch irgendwie unverständlichen Streit über ein unpassendes Kleid aus blaßgrünem Samt zu führen, das Cressida Kitty vorschlug.
Weiß, sagte sie, oder höchstens Blaßrosa oder Blau sei viel kleidsamer für eine junge Dame in ihrer ersten Saison.
»Oh, Lady Constance«, sagte Kitty und hob ihr Gesicht, das selbst jetzt, während es vor Aufregung und Freude glühte, noch immer diese für ein Mädchen ihres Alters so ungewöhnliche stille Gefaßtheit bewahrte. »Sie können sich nicht vorstellen, wie liebenswürdig Miß Calverton zu mir ist! Sie hat mir dieses Kleid gegeben und einen Opernmantel und so viele andere Dinge. Ich bin sicher, ich werde ihr mein ganzes Leben lang dafür dankbar sein.«
Cressida lachte und sagte, das würde bestimmt nicht notwendig sein. Kitty brauche sich nur am folgenden Abend auf dem Ball zu amüsieren, das sei ihr Lohn genug. Als sie und Lady Constance eine halbe Stunde später in der Kutsche saßen, um ihre Morgenbesuche zu machen, sagte

Lady Constance mit unbeteiligter Stimme, daß es vielleicht wirklich viel weniger ermüdend sei, Kitty zu begleiten, als sie sich das gedacht hatte. So hübsch wie sie sei, und besonders nachdem Cressida sich um sie kümmerte, würde sie sicherlich überall den größten Erfolg haben.

»Ich wage zu behaupten, daß ich eine ganz beachtliche Partie für sie zustande bringen werde«, sagte sie, »worauf sie kaum hätte hoffen können, wenn sie zu ihrer Tante Mills gegangen wäre, die sich, wie ich glaube – obwohl ich natürlich nicht persönlich mit ihr bekannt bin –, nicht in den besten Kreisen bewegt. In der Tat stellt es sich als großes Glück für Kitty heraus, daß Mrs. Mills krank geworden ist, obwohl es für das Kind natürlich schrecklich tragisch war, als es von der Krankheit erfuhr und fürchten mußte, um die Saison betrogen zu werden.« Cressida pflichtete ihr bei, und das Thema Kitty war vergessen, bis sie sich nach ihrer Rückkehr in die Mount Street nach ihr erkundigten und von der Zofe erfuhren, sie sei oben in ihrem Schlafzimmer und bessere einen Riß aus, den Moodle im Besatz eines von Cressidas Abendkleidern entdeckt hatte.

»Wirklich, Miß, sie hat mich direkt darum gebeten«, sagte Moodle, als Cressida ihre Mißbilligung und Überraschung darüber ausdrückte, daß Kitty mit einer derartigen Arbeit beschäftigt war, »und ich muß sagen, sie kann mit der Nadel genauso geschickt umgehen wie jede Näherin, und sie macht so winzige Stiche, das glauben Sie nicht. Eine sehr wohlerzogene junge Dame, Miß, wenn ich das sagen darf, und eine so elegante Haut und Figur. Es wird ein richtiges Vergnügen, sie anzuziehen, da bin ich sicher.«

Bei diesen anerkennenden Worten der spröden Moodle, die ihre Nase wer weiß wie hoch getragen hatte, seit sie von dem jungen Gast wußte, der ohne eigenes Mädchen

kam, tauschten Cressida und Lady Constance vielsagende Blicke aus.
»Ein Musterbeispiel, in der Tat«, bemerkte Cressida, als sie zusammen die Treppe hinaufgingen. »Wenn Sie Moodle herumgekriegt hat, ist ihr auch ein Marquis nicht zu schwierig. Soll ich Langmere lieber vor ihr verstecken, was meinen Sie?«
Lady Constance, die immer alles ziemlich wörtlich nahm, sagte ernsthaft, das werde wohl nicht möglich sein, da er sich so oft in diesem Haus aufhalte, daß Kitty ihm zwangsläufig begegnen müsse. Aber sie fügte hinzu, bei seiner Lordschaft offensichtlicher Verliebtheit sei es höchst unwahrscheinlich, daß er sich von einem anderen weiblichen Wesen, noch dazu von einem so jungen und unfertigen, würde beeindrucken lassen.
»Ja, aber bei Gentlemen weiß man nie«, sagte Cressida, die mit dem Spaß einfach nicht aufhören konnte. »Langmere ist über dreißig und war nie verheiratet. Es gibt mehr als einen Fall, wo Männer dieses Alters sich wegen eines Schulmädchens zum Narren gemacht haben, wissen Sie.«
Lady Constance blickte ihr mit einiger Verblüffung ins Gesicht, aber als sie Cressidas geschürzte Lippen und tanzende Augen sah, schwand ihre Angst.
»Jetzt machst du dich wieder lustig, meine Liebe«, sagte sie ernst. »Aber das ist wirklich keine Angelegenheit, die man leichtfertig behandeln sollte. Langmere ist der begehrteste Mann in London, ganz zu schweigen davon, daß er am besten zu dir paßt, und obgleich ich Kitty gern habe, würde ich ihr nicht raten, ihn dir zu stehlen. Nicht, daß ich überzeugt wäre, sie könnte so etwas tun, aber . . .«
»Aber auf die Herren ist kein Verlaß. Wirklich nicht!« beendete Cressida den Satz für sie und lächelte dabei boshaft. »Es sind flatterhafte Geschöpfe, nicht wahr? Immer

auf der Jagd nach der neuesten Sensation. Und dann besitzen sie noch die Unverfrorenheit, zu behaupten, wir seien die Wankelmütigen!«

Sie fanden den Gegenstand ihrer Unterhaltung im Schlafzimmer, wie Moodle gesagt hatte. Sie machte eben den letzten sorgfältigen und makellosen Stich am Besatz eines apfelgrünen Kleides.

»Aber solche Sachen müssen Sie wirklich nicht für mich machen«, protestierte Cressida. »Sie sind hier, um sich zu amüsieren, und das hier ist völlig unnötig.«

Im nächsten Augenblick wünschte sie, sie hätte den Mund gehalten, denn Kitty sah gekränkt aus und sagte, sie habe das wirklich gern getan, weil Miß Cressida so freundlich zu ihr gewesen sei, worauf sich Cressida aus Schuldgefühl über ihre niederträchtige Undankbarkeit gezwungen sah, ihrerseits die Näharbeit zu bewundern und zu betonen, daß selbst Moodle das nicht hätte besser machen können. Das wird ein wenig anstrengend werden, dachte Cressida, als sie ein paar Minuten später in ihr eigenes Schlafzimmer flüchtete, wenn Kitty ihr dauernd so entsetzlich dankbar war, daß sie selbst wiederum zu ständiger Dankbarkeit gezwungen wurde. Aber sie tröstete sich mit dem Gedanken, daß die junge Miß Chenevix etwas von diesem übertriebenen Eifer, sich jeder erwiesenen Wohltat würdig zu erweisen, verlieren würde, wenn sie erst einmal erfaßt wurde von dem unaufhörlichen Reigen von Bällen, Venezianischen Frühstückspartie, Theatergesellschaften und Abendgesellschaften, die während der Londoner Saison für Zerstreuung sorgten.

Und in der Tat, als sie am folgenden Abend in den Salon kam, wo Lady Constance und Kitty bereits saßen und auf die Ankunft von Lord Langmere warteten, der sie zum Ball begleiten sollte, fand sie ihren jungen Schützling so voller Begeisterung, wie sie es sich nur wünschen konnte.

Cressida musterte sie mit einem raschen, kritischen Blick und mußte mit Lady Constances befriedigter Feststellung übereinstimmen, daß ihr der Erfolg sicher war. Das Kleid aus weißer Spitzengaze gab ihr das zerbrechliche Aussehen einer Märchenprinzessin. Ihr blondes Haar war von Moodles geschickten Fingern zu einer Aureole von Lokken frisiert worden, die die leichte Starrheit ihrer feinen Züge milderte. Und ihre Toilette mit den weißen Satinsandalen, den langen Ziegenlederhandschuhen und der über die Oberarme geschlungenen Silberstola, war dank Cressidas Großzügigkeit komplett bis zum letzten modischen Detail.
Falls Lady Constance noch immer die geringsten Befürchtungen hegte, Kittys jugendlicher Charme könnte Lord Langmere dazu verleiten, auch nur einen Augenblick in seiner Ergebenheit für Cressida zu schwanken, erkannte sie bald, daß ihre Ängste unbegründet waren. Lord Langmere, ein Muster an Artigkeit, bezeigte Miß Chenevix, als er ihr vorgestellt wurde, in der Tat seine höflichste Aufmerksamkeit, aber er hatte offensichtlich nur Augen für Cressida, die an diesem Abend selbst in einer von Fanchons elegantesten Schöpfungen äußerst vorteilhaft aussah, einem Kleid aus narzissenfarbenem italienischem Krepp, tief dekolletiert, mit einem festonierten Rüschensaum, der mehr von einem Paar schlanker Fesseln sehen ließ, als eine weniger kühne Dame für schicklich gehalten hätte.
Lord Langmere jedoch, obwohl selbst eine Säule der Wohlanständigkeit, zeigte keinerlei Zeichen der Mißbilligung, sondern äußerte sich im Gegenteil anerkennend über ihre Erscheinung. Er war ein gutaussehender Mann Mitte dreißig, lebensvoll und männlich, mit einer wohlproportionierten Figur, die bewundernswert zu der Abendmode mit den knapp geschnittenen, enganliegen-

den Röcken, Kniehosen und Seidenstrümpfen paßte, und er wäre wie jeder Gentleman der besten Gesellschaft vom Kleid der Dame seiner Wahl nur dann enttäuscht gewesen, wenn es der letzten und gewagtesten Laune der gegenwärtigen Mode nicht entsprochen hätte.

Als er in seiner eleganten Stadtkutsche saß, nachdem er zuerst dafür gesorgt hatte, daß seine drei Damen es sich in den Samtkissen bequem gemacht hatten, sagte er zu Cressida mit dem anziehenden und lässigen Lächeln, das mehr als ein weibliches Herz zum Flattern und selbst seine verbittertsten politischen Gegner dazu verleitet hatte, zuzugeben, er sei trotz allem ein famoser Bursche: »Soviel ich weiß, wird Dolly uns heute abend nicht enttäuschen. Sie wissen, daß sie sich damit brüstet, ihren Gästen bisher noch immer das Ungewöhnliche geboten zu haben. Nun, heute abend hat sie Rossiter. Hat sie Ihnen das gesagt?« Da Cressida, in der seltsame und hauptsächlich unangenehme Gefühle erwachten, nicht umgehend antwortete, fuhr er fort: »Sie wissen doch selbstverständlich, wer er ist? Der Mann, der Rothschild überlistete und nach Waterloo den Kanal bei unmöglichem Wetter in einem offenen Boot überquerte, um einen schwindelerregenden Coup zu starten. Er ist jetzt endlich nach England zurückgekehrt. York hatte ihn für ein paar Tage in Oatlands, aber er war anscheinend zu sehr mit seinen eigenen Angelegenheiten beschäftigt, um irgendwelche anderen Einladungen anzunehmen. Bis heute abend. Dolly hat wieder einmal das Glück, ihn als erste auf ihre Seite zu ziehen.«

Cressida sagte ein wenig zu spöttisch, sie halte Dev Rossiter für keine so umwerfende Erwerbung, daß Dolly Dalingridge unbedingt damit angeben müßte.

»Oh«, sagte Lord Langmere überrascht. »Dann haben Sie bereits seine Bekanntschaft gemacht?«

»Ich habe nicht nur seine Bekanntschaft gemacht, ich war einmal mit ihm verlobt«, sagte Cressida etwas schroff, »wie er zweifellos während der letzten Woche jedem in London erzählt hat, der ihm zuhörte. Jedenfalls verlor er keine Zeit, mich selbst in aller Öffentlichkeit in Octavius Mayrs Büro daran zu erinnern, als ich das Pech hatte, ihm dort über den Weg zu laufen.«
Lord Langmere, anscheinend etwas verschreckt, sagte noch einmal »oh«, weil ihm nichts Besseres einfiel, was Lady Constance dazu verleitete, in die Bresche zu springen und ihn freundlich darüber aufzuklären, daß das alles Jahre her sei, ehe Cressida überhaupt nach London gekommen sei, und außerdem habe die Geschichte nur eine Woche gedauert.
»Trotzdem«, sagte Lord Langmere, der sich inzwischen ein wenig gefangen hatte, entschieden, »mir scheint, er hätte ganz gewiß Cressy nicht darauf ansprechen sollen. Ein bißchen ein Geck, nehme ich an? Nun, das konnte man ja erwarten . . . all diese seltsamen Geschichten über seine Abenteuer im Ausland, die man da so hört . . .«
»Er ist kein Geck«, sagte Cressida aufgebracht. »Ich mag unendlich grün und unreif gewesen sein, als ich in Cheltenham lebte und mich mit ihm verlobte, aber ich war doch niemals so idiotisch, eine Verbindung mit einem Gecken einzugehen. Er ist nur unerträglich grob und äußerst egoistisch, und ich begreife nicht, weshalb man so viel Theater um ihn macht. Und«, fügte sie mit einem gefährlichen Unterton hinzu, »wenn mir noch irgend jemand davon erzählt, daß er in einem offenen Boot bei unmöglichem Wetter über den Kanal gesegelt ist, wird man sehr bald erfahren, wie unerträglich grob ich sein kann!«
Lord Langmere sah etwas besorgt aus, und das nicht ohne Grund, denn die ersten Worte, die Cressida von Lady Dalingridge hörte, als sie ein paar Minuten später

die überfüllte Treppe in Dalingridge House hinaufkam, wo sie vom Gastgeber und der Gastgeberin begrüßt wurde, lauteten: »Oh, Cressy, meine Liebe, hast du schon gehört? Rossiter wird heute abend kommen! Ja, wirklich! Er ist der Mann, weißt du, der den Kanal in einem offenen Boot...«

4

Natürlich war es für eine anständige Dame unmöglich, grob zu irgend jemandem zu sein, während sie im Lichtschein eines Kristallüsters am Ende einer großen, mit rotem Teppich belegten Treppe stand, umgeben von Dutzenden von illustersten Mitglieder der Londoner Gesellschaft, die alle fröhlich in einer Aura von Seidenkleidern, vorzüglich geschnittenen Abendanzügen, teuren Parfüms und eindrucksvollen Orden plauderten und darauf warteten, ihren Gastgebern vorgestellt zu werden. Und außerdem hätte es sowieso niemand bemerkt.
Lady Dalingridge sicherlich nicht, denn sie war ungeheuer kurzsichtig und hatte ihr Lorgnon fallen lassen, als sie unklugerweise Cressidas beide Hände ergriff. Und Lord Dalingridge schon gar nicht. Er mochte keine Bälle und hatte es sich im Laufe des Vierteljahrhunderts, in dem seine Ehe mit einer extrem geselligen Frau ihn gezwungen hatte, sie zu ertragen, zur Gewohnheit gemacht, niemandem zuzuhören und seine eigene Konversation auf ein gelegentliches Grunzen oder ein hastiges »Ja, tatsächlich!« zu beschränken. Heute beschäftigte er sich im Geiste mit den weitaus interessanteren Handgriffen des Whistspieles, dem er sich bei Brooks hingegeben hatte. Cressida, die das alles wußte, kochte innerlich, aber nach

außen hin kam sie ihrer Pflicht nach, Kitty mit Lord und Lady Dalingridge bekannt zu machen. Erst als sie ihre junge Schutzbefohlene sicher in der Obhut von Lord Langmere und im Ballsaal wußte, wo man sich soeben zu einem Countrydance formierte, bot sich ihr Gelegenheit, ihre Meinung über die Aufmerksamkeit Ausdruck zu verleihen, die von den sensationslüsternen Angehörigen der besseren Gesellschaft an Rossiter vergeudet wurde.
Und selbst dann machte sie es nicht richtig, denn die Gelegenheit näherte sich in Person des Honourable Drew Addison, der den Ruf genoß – natürlich nach Mr. Brummell –, die schärfste Zunge und die vernichtendste Augenbraue Londons zu besitzen. Es war ihm niemals ganz gelungen, Brummells Stellung als »premier dandy« zu gefährden. Nach der allgemeinen Ansicht lag dies an seinen Schneidern. Nachdem sie ihn wunschgemäß mit Röcken von knappstem Sitz ausstatteten und auch seine mit beinahe teuflischer Kunstfertigkeit drapierten Halstücher den vollendetsten Geschmack verrieten, haftete dem Mann selbst eine gewisse Steifheit an, die ihn davon abhielt, die Lässigkeit zu erreichen, die so wichtig war, um wie Brummell der Prinz der Mode zu sein.
Addison war ein Mann Ende Dreißig, groß und gutaussehend, wenn man bereit war, die ziemlich lange Nase und die Eiseskälte der blauen Augen unter jenen hochmütigen Augenbrauen zu übersehen. Cressida mochte ihn nicht, duldete ihn aber in ihrem inneren Kreis, denn er war amüsant und nur äußerst schwer von irgendeiner Zusammenkunft fernzuhalten. »Wie eine Wespe beim Picknick«, hatte sie einmal von ihm gesagt. Diese Bemerkung, die ihm von einem hilfreichen Freund hinterbracht worden war, hatte sie ihm auch nicht liebenswerter gemacht und zum Umlauf zahlreicher und ziemlich widerlicher Aphorismen über sie geführt, die wiederum ihr zugetra-

gen wurden, denen sie aber überhaupt keine Beachtung schenkte.
Er hatte auf der anderen Seite des überfüllten Ballsaales gestanden, als sie hereinkam, aber immer darum bemüht, im Laufe eines Gesellschaftsabends im Gespräch mit jeder Person von Bedeutung gesehen zu werden, verließ er sofort den sehr unbedeutenden Angehörigen eines europäischen Königshauses, mit dem er gerade gesprochen hatte, und kam zu ihr herüber.
»Was sind das doch für mittellose junge Langweiler, diese deutschen Prinzlinge, die nach England einströmen, seit Leopold unsere junge Prinzessin mitgenommen hat«, bemerkte er, nachdem die unumgänglichen Höflichkeitsfloskeln ausgetauscht worden waren, und sah über seine Nase hinweg zu seinem vormaligen Gesprächspartner hinüber. »Wie Preisvieh – sehr fett, sehr langweilig und mit kleinen, eigensinnigen Augen. Und die meisten von ihnen, wage ich zu behaupten, ohne einen Penny. Wenn Sie also den geheimen Wunsch hegen sollten, liebste Cressy, Prinzessin zu werden, brauchen Sie bloß Ihr Taschentuch fallen zu lassen, und es wird ein Gedränge geben, um es aufzuheben. Wußten Sie, daß Leopold selbst, als er vor zwei Jahren das erstemal London besuchte, es sich nicht leisten konnte, in einem Hotel abzusteigen, und sich statt dessen über einem Gemüseladen in der Marylebone Street einmietete? Das war natürlich bevor Prinzessin Charlotte ihn aufnahm. Wie vorteilhaft es für einen jungen Mann ist, blondes Haar, haselnußbraune Augen, eine wohlproportionierte Figur und ein einnehmendes, wenn auch etwas dünkelhaftes Wesen zu haben, zeigt sich in diesen modernen Zeiten mehr, als meiner Meinung nach gut ist.«
Cressida sagte, er und die Prinzessin seien doch sehr glücklich, und die Prinzessin bedauere jetzt nicht mehr,

ihre Verlobung mit dem Prinzen von Oranien gelöst zu haben, wenn das seinerzeit auch großen Staub aufgewirbelt habe. Dann biß sie sich auf die Lippen und wünschte, sie könnte ihre letzte Bemerkung zurücknehmen, die Addison die beste Gelegenheit gab, von einer anderen gelösten Verlobung, nämlich der ihren mit Rossiter, zu sprechen.

Doch zu ihrer Überraschung griff er das Thema nicht auf, und sie war gezwungen zu glauben, und zwar mit leichtem Ärger, daß sie Rossiter falsch beurteilt hatte, als sie ihn verdächtigte, die Geschichte dieser alten Verlobung überall zu verbreiten. Denn wenn irgend jemand außer den vier Menschen, die an jenem Morgen in Sir Octavius' Büro anwesend waren, etwas davon erfahren hätte, wäre Addison mit Sicherheit darunter gewesen. Er kannte jedermanns Geheimnisse und hatte keinerlei Skrupel, sie zum Nachteil ihrer Besitzer zu benützen.

Es wäre allerdings zuviel verlangt gewesen, zu erwarten, daß Rossiters Name überhaupt nicht erwähnt wurde, was Addison auch prompt tat. In seiner üblichen gelangweilten Art bemerkte er, der Löwe des Abends sei noch nicht eingetroffen und zöge es wohl wie alle Löwen vor, sein Gebrüll vor dem größtmöglichen Publikum erschallen zu lassen.

»Und wie viele wollige Lämmer«, fuhr er fort und sah sich scheel in dem strahlend hellen Ballsaal um, »in Gestalt heiratsfähiger junger Damen mit ehrgeizigen Müttern hier herumhüpfen, um von ihm begutachtet zu werden, überlasse ich Ihrer Beobachtungsgabe, meine liebe Cressy. Ein halbes Dutzend in ein solides englisches Vermögen verwandelter, märchenhafter indischer Rubine – ich nehme an, Sie haben davon gehört, daß dies die Quelle war, aus der er seine Geldgeschäfte speiste – tilgen anscheinend jede Menge schwarzer Flecken in der Vergangenheit eines Mannes, ungeachtet dessen, was Lady Macbeth dazu sagen würde. Um in Shakespeares Diktion fortzufahren, ich könnte über das Thema Captain Deverell Rossiter eine Geschichte offenbaren, meine Liebe, die deine Seele zerreißen, dein junges Blut gefrieren lassen . . .«

»Hören Sie auf zu deklamieren, Drew!« sagte Cressida. »Als nächstes werden Sie mir erzählen, Sie würden meine geflochtenen und verschlungenen Locken teilen und jedes einzelne Haar zu Berge stehen lassen wie die Stacheln eines verärgerten Igels. Das ist überhaupt nicht modern, wissen Sie. Und ich wage zu behaupten, daß mindestens die Hälfte aller Geschichten, die über Captain Rossiter erzählt werden, nicht wahr ist. Dolly ist dazu imstande, mit Leichtigkeit ein halbes Dutzend um Haaresbreite mißlungener Fluchten und amouröser Abenteuer zu erfinden, nur damit ihre Party interessanter wird.«

»Aber da stimme ich ja ganz mit Ihnen überein, meine Liebste«, sagte Addison. »Zweifellos wird er sich als völlig zahmer Löwe entpuppen, als ganz entsetzlich langweilig, wie die meisten Militärs. Nebenbei, ich darf doch annehmen, er ist ein Gentleman? Ich hatte gerade das Mißgeschick, einem Captain Harries vorgestellt zu werden, der anscheinend nicht nur sein Geschäftspartner ist, sondern auch ein enger Freund, und ich kann Ihnen versichern, er ist nun wirklich nicht . . .«

»Captain Harries? Ist er hier?« Cressida sah sich rasch im Raum um und hatte keine Schwierigkeiten, ihr Ziel am anderen Ende zu entdecken, denn da der Captain einen guten Kopf größer war als alle anderen, überragte er sie wie die St. Pauls Kathedrale die sie umgebenden niederen Gebäude. »Ich muß mit ihm sprechen«, sagte sie. »Ich bin ganz sicher, er kennt in diesem Raum keine Menschenseele, und trotz Ihrer verächtlichen Bemer-

kung, Drew, ist er wirklich ein sehr angenehmer Mensch.«
»Meine liebe Cressy, um eine derart gütige Bemerkung von Ihnen zu erringen, muß er ja ein Musterknabe sein. Aber ich flehe Sie an, gehen Sie jetzt nicht! Ich möchte, daß Sie mich Ihrem jungen Schützling vorstellen, wenn Lord Langmere seinen Pflichttanz mit ihr beendet hat. Eine Miß Chenevix, soviel ich weiß? Eine Verwandte von Lady Con?«
»Weshalb so neugierig, mein Lieber, wenn Sie ohnehin bereits alles wissen?« fragte Cressida und war keineswegs überrascht, daß Addison darauf brannte, vor allen anderen alles über Kitty herauszubekommen. »Aber ich werde Sie mit Vergnügen vorstellen«, fuhr sie fort, »wenn Sie mir versprechen, Ihr möglichstes zu tun, um sie einzuführen. Sie ist Barry Chenevix' Tochter, wissen Sie, und ich brauche Ihnen ja nicht zu sagen, daß kein Vermögen vorhanden ist. Lady Con wäre deshalb für jede Hilfe dankbar, sie in dieser Saison anzubringen.«
»Wenn sie meine Hilfe hat, liebe Cressy, braucht sie keine andere«, antwortete Addison, der nicht gerade dafür bekannt war, sein Licht unter den Scheffel zu stellen. Er schaute durch sein Monokel, um Kitty besser beobachten zu können, während sie sich mit Leichtigkeit und Exaktheit im Tanz bewegte. Die natürliche Zartheit ihres Körpers wurde noch betont durch das schimmernd weiße Gazekleid. »Passabel«, bemerkte er sogleich und ließ das Glas fallen, »aber einen Aufruhr wird sie wohl kaum verursachen. Sie haben Glück, wenn Sie sie in dieser Saison an den Mann bringen, trotz dieses Kleides, an dem ich doch mit Sicherheit Fanchons Hand entdecke . . .«
»Glücklicherweise ist nicht jeder so wählerisch wie Sie«, sagte Cressida und zuckte leicht mit den Schultern. »Ich bin überzeugt, sie wird es recht gut machen. Sie versteht

es, sich gefällig zu erweisen. Wollen Sie mir den Gefallen tun und sie zum nächsten Tanz auffordern? Sie wissen, wie ihr Ansehen steigen wird, wenn man sieht, daß Sie sich dazu herabgelassen haben, sie zum Tanz zu bitten.«

Addison, dessen Verstand gewöhnlich ebenso nadelspitz war wie der ihre, nahm diese schamlose Schmeichelei vollkommen gelassen hin, und als nach Beendigung des Tanzes Lord Langmere Kitty zu Cressida brachte, da sich Lady Constance bereits ins Spielzimmer zurückgezogen hatte, erteilte er Kitty den gewünschten Ritterschlag, indem er sie um den folgenden Country-dance bat. Als er sie zu der Reihe der Tanzenden führte, wurde Cressida von Lord Langmere und nicht weniger als drei anderen Herren bedrängt, ihnen zu erlauben, mit ihr das gleiche zu tun, aber sie schlug es ihnen allen fürs erste ab.

»Da ist jemand, mit dem ich zuerst sprechen muß«, sagte sie. »Ja, Sie können den nächsten Tanz haben, Leonard, und jeder von Ihnen«, sie wandte sich an ihre drei anderen Verehrer, »einen Walzer, aber jetzt bringt mir bitte diesen sehr großen, blonden jungen Mann, der so traurig dort drüben an der Wand steht. Sein Name ist Captain Miles Harries.«

Der jüngste ihrer Bewunderer entfernte sich pflichteifrig, und Lord Langmere sah sie mit einem fragenden Lächeln an.

»Harries?« sagte er.

»Ja«, sagte Cressida, »ich traf ihn neulich in Octavius Mayrs Büro. Er ist ein Schäfchen, aber jetzt gerade ein sehr unglückliches, fürchte ich. Sie müssen sehr liebenswürdig zu ihm sein, Leonard, denn Addison hat mir gerade auf gräßliche, verletzende Weise gesagt, daß er nicht ganz hierher paßt, und er wird sicher rundum verächtlich behandelt, wenn sich nicht jemand um ihn kümmert. Oh, Captain Harries, wie nett, Sie wiederzusehen!« fuhr sie fort und hielt dem schüchternen Captain die Hand entgegen. »Dies ist Lord Langmere, der Sie jetzt gleich in den Salon mit den Erfrischungen bringen wird, wo Sie sich mit Champagner und Hummerpasteten bedienen können, die meiner Meinung nach der beste Vorwand sind, einen Ball zu besuchen. Aber zuerst müssen Sie sich zu mir setzen und mir sagen, was sie von uns allen halten.«

Sie ging ihm voran zu einem kleinen vergoldeten Sofa an der Wand, weg von den Tänzern. Captain Harries folgte ihr gehorsam, aber mit dem Ausdruck eines jungen Subalternen auf dem Gesicht, der sich zum erstenmal in den Kampf begibt und sich nicht etwa vor der Gefahr fürchtet, sondern vor der Möglichkeit, etwas zu tun, was die Ehre seiner Uniform verletzen könnte.

»Sie haben doch keine Angst vor mir, nicht wahr?« fragte Cressida, als er sich neben sie aufs Sofa setzte. »Ich weiß, Sie müssen seit jenem Morgen in Octavius Mayrs Büro eine ziemlich schlechte Meinung von mir haben, aber ich versichere Ihnen, ich benehme mich nicht immer so schockierend schlecht. Das war nur Devs wegen. Ich nehme an, Sie sind ein großer Freund von ihm und Sie beide haben nie Streit miteinander, aber wir begannen unsere Bekanntschaft mit Püffen, und ich fürchte, das wird sich nicht ändern.«

Dann ärgerte sie sich, daß sie Rossiters Namen in die Unterhaltung gebracht hatte, und redete sich ein, daß Captain Harries sicherlich glauben würde, sie habe dieses Tête-à-tête nur deshalb herbeigeführt, um von ihm reden zu können. Darum setzte sie eine so unnahbare Miene auf, daß ihr Partner nur den Mut hatte, ziemlich betreten zu sagen, er und Dev hätten nur einmal gestritten, und das

zähle eigentlich gar nicht richtig, denn es sei um eine Flasche sehr armseligen roten Weins gegangen.
»Eine Flasche Wein?« fragte Cressida interessiert und vergaß ihre Verärgerung.
»Ja«, erklärte der Captain ernsthaft. »Verstehen Sie, man konnte keine mehr bekommen, und ich ließ sie fallen, aber das wäre nicht passiert, wenn er mich nicht am Ellbogen gestoßen hätte. Es war in Portugal und ein sehr heißer Tag«, fügte er hinzu, als erkläre dies alles.
Das Bild, das seine Worte von dem heiß umworbenen Helden der Londoner Gesellschaft und dem blonden jungen Riesen neben ihr malten, die wie Schulbuben wegen einer Flasche billigem Rotwein stritten, war zuviel für Cressida. Sie brach in schallendes Gelächter aus, und Captain Harries, der überrascht, aber sehr erleichtert dreinschaute, grinste sie ziemlich albern an.
»Sie müssen sehr bald in die Mount Street kommen – vielleicht morgen?« sagte Cressida, »und mir alles über Ihre Abenteuer erzählen. Auf einem Ball kann man nicht richtig sprechen. Waren Sie in Waterloo? Oder haben Sie schon vorher Ihren Abschied genommen?«
»Ja. Dev und ich, wir haben beide '14 unseren Abschied genommen, nachdem Boney geschlagen und nach Elba geschickt worden war«, sagte Captain Harries. »Wissen Sie, Dev war in Indien gewesen und wollte zurück . . .«
»Wegen dieser berühmten Rubine – natürlich!« sagte Cressida. »Ich möchte, daß Sie mir morgen weiter darüber erzählen. Ich werde von all meinen Freunden beneidet werden, wenn ich die einzige bin, die die ganze Geschichte kennt – es sei denn, Dev zieht es vor, heute abend die Geschichte selbst zu verbreiten. Soviel ich weiß, wird er doch heute abend hier erscheinen – oder?«
»Ja – sonst wäre ich nicht hier«, sagte der Captain mit einem kläglichen Grinsen. »Ich bin ja nicht einmal einge-

laden! Ich hab' ihm gesagt, er braucht mich nicht mitzuschleppen, wenn er auf Gesellschaften geht, denn ich fühlte mich bei solchen Gelegenheiten wie eine Katze auf dem heißen Backofen . . .«

»Unsinn«, sagte Cressida rundheraus. »Sie können sich hier ebenso gut unterhalten wie irgendwo anders in London. Ich wage zu behaupten, hier ist nicht ein einziger Mann, der Sie nicht um Ihre Abenteuer beneidet, ganz zu schweigen von diesen breiten Schultern, die ihre eigenen, jämmerlich ausgestopften in den Schatten stellen. Und was die jungen Damen betrifft . . . tanzen Sie gerne? Ich bin sicher, ich kann Sie mit jeder gewünschten Anzahl hübscher Mädchen bekannt machen, die glücklich sind, sich mit Ihnen sehen zu lassen.«

Eine leichte Röte stieg im Gesicht des Captains hoch, und seine blauen Augen wanderten zum Ballsaal und blieben dort anscheinend an einer ganz bestimmten Tänzerin hängen.

»Ja, da ist . . . ich meine, ich möchte sehr gerne, daß Sie mich mit einer jungen Dame bekannt machen«, murmelte er befangen. »Die . . . die junge Dame, die heute abend zusammen mit Ihnen kam . . .«

»Miß Chenevix? Aber natürlich!« sagte Cressida herzlich. »Sie wird entzückt sein. Sie ist gerade erst in London angekommen, wissen Sie, und hat so wenig Bekannte wie Sie selbst, denn sie hat fast ihr ganzes Leben in Devonshire zugebracht.«

Captain Harries unterbrach sie aus Freude über diesen Zufall beinahe und sagte, er käme ebenfalls aus Devonshire. Offensichtlich entschloß er sich in diesem Augenblick, Cressida nicht als Feindin, sondern als Freundin zu betrachten, und entspannte sich soweit, daß er ganz unbeschwert über sein Heim in Plymouth plaudern konnte. Er hoffe, sagte er, mit der Zeit dank seiner Verbindung zu

Rossiter gut genug dazustehen, um sich einen respektablen Besitz in der Nachbarschaft erwerben zu können, um dann dem Landleben zu frönen.

»Ich bin nicht im entferntesten wie Dev, wissen Sie«, gestand er ihr. »In der Tat, ich kann ums Leben nicht begreifen, wieso er sich mit mir abgibt, außer daß wir an ziemlich vielen Orten zusammen waren. Aber er ist überall zuhause, ob das jetzt Kalkutta ist oder Rio de Janeiro oder London, und man kann nie wissen, verstehen Sie, wie hoch er hinauswill, wenn ihm danach ist. Nun, er heiratet vielleicht die Tochter eines Grafen.«

Cressida verspürte in ihrem Innern ein ganz unangenehmes Gefühl und wollte schon fragen, ob Rossiter eine bestimmte Grafentochter im Sinn habe, als Captain Harries' Gesicht plötzlich strahlte und er ausrief: »Aber da ist er ja jetzt!« Cressida folgte seinem Blick und sah Rossiter, dessen hohe Gestalt in einem äußerst vorteilhaften Abendanzug steckte, der, obwohl vollkommen nach der Mode, keinerlei Anzeichen von Dandytum zeigte, unter der Tür stehen und die strahlende Szenerie vor sich mit der kühlen Reserviertheit eines Habichts betrachten, der über einer Versammlung von Federvieh schwebt.

5

Es war nicht zu erwarten, daß es dem Löwen des Abends gestattet sein würde, weiter als bis zur Schwelle des Ballsaales zu kommen, ehe er zum Mittelpunkt der Aufmerksamkeit würde. Cressida rechnete damit, daß ihr eigenes Zusammentreffen mit ihm lange hinausgeschoben oder – falls das Glück ihr hold war – bei dem

Gewirr der sich in den Räumen von Dalingridge House drängenden Gäste überhaupt nicht stattfinden würde. Aber sie hatte die Rechnung ohne den Löwen gemacht oder, vielleicht treffender ausgedrückt, ohne den Habicht, um das Gleichnis zu gebrauchen, das sich ihr aufgedrängt hatte, als sie ihn unter der Tür stehen sah. Denn wie jener scharfäugige Räuber lässig seine Opfer aus luftiger Höhe aussucht, so spähte Rossiter über die Köpfe der ihn Umdrängenden hinweg, bis er sein Opfer am anderen Ende des Saales erblickte und dann rücksichtslos mit kaum einem Wort der Entschuldigung durch die Menge auf sein Ziel lossteuerte. Als er sie beinahe erreicht hatte, bemerkte Cressida, daß sie dieses Ziel war. »Hallo, Miles«, begrüßte er Captain Harries. »Ich sehe, Sie haben Fuß gefaßt. Habe ich es Ihnen nicht gesagt? Miß Calverton«, er verbeugte sich leicht, während er sie mit seinem schiefen, sardonischen Lächeln anschaute, »ich hoffe, Sie heute abend bei besserer Laune anzutreffen als bei unserer letzten Begegnung. Und darf ich nun um die Ehre des nächsten Tanzes bitten?«
Cressida sah ihn fest an. »Ich begreife nicht, was Ihnen daran liegen sollte, nach unserer letzten Begegnung«, sagte sie. »Aber wenn Sie es wirklich ernst meinen – und ich bin äußerst geneigt, das zu bezweifeln –, darf ich Sie dahingehend informieren, daß ich bereits vergeben bin.«
»Sie sind anscheinend immer vergeben«, sagte Rossiter und betrachtete sie herausfordernd. »An Lord Langmere diesmal?«
»Ja, an Lord Langmere – aber nicht so, wie Sie andeuten«, zischte Cressida und fragte sich, wieso es Rossiter stets gelang, sie so auf die Palme zu bringen, daß sie ihre guten Manieren ganz vergaß. »Nur für den nächsten Tanz.«
»Ein Jammer! Ich dachte, Sie würden ihn rascher zur Strecke bringen. Also gut. Der Tanz danach.«

»Ich fürchte wirklich sehr«, sagte Cressida süß, aber mit gefährlich funkelnden Augen, »daß ich auch dafür vergeben bin.«
»Und für den nächsten und den nächsten und nächsten, nehme ich an«, sagte Rossiter liebenswürdig. »Da ich leider nicht schwer von Begriff bin, Miß Calverton, vermag ich den Sinn Ihrer Worte zu erfassen. Um es auf die einfachste aller möglichen Arten auszudrücken, Sie legen keinen Wert darauf, mit mir zu tanzen.«
»Um es auf die einfachste aller möglichen Arten auszudrücken, Captain Rossiter, Sie haben völlig recht!«
Inzwischen hatte der Tanz geendet, und da sich Lady Constance noch immer im Kartenzimmer aufhielt, brachte Addison Kitty zu Cressida, und zwar gerade in dem Augenblick, als Lord Langmere erschien, um seinen Tanz zu beanspruchen. Cressida, die wußte, daß weder Addison noch Lord Langmere Rossiters Bekanntschaft gemacht hatten, war gezwungen, die Vorstellung zu übernehmen, was sie in einer ausgesprochen ungezwungenen Art tat. Dann fiel ihr ein, daß sie es unerklärlicherweise versäumt hatte, Rossiter und Harries Kitty vorzustellen. Sie wollte dies gerade nachholen, als Rossiter selbst, seine Augen in kühler, aber unverhohlener Bewunderung auf Miß Chenevix geheftet, sie auf dieses Versäumnis aufmerksam machte.
»Gut!« sagte er, nachdem sie der üblichen Form Genüge getan hatte, »es wäre unschicklich gewesen, wissen Sie, hätte ich Sie, Miß Chenevix gebeten, mit mir zu tanzen, bevor ich ihr durch Sie, Miß Calverton, als alte Bekanntschaft mit untadeligem Ruf empfohlen wurde.« Er wandte sich mit lässiger Höflichkeit an Kitty. »Darf ich um die Ehre bitten, Miß Chenevix . . .?«
Kitty warf Cressida pflichtschuldig einen fragenden Blick zu, aber sie wünschte die Einladung so offensichtlich an-

zunehmen, daß Cressida gezwungen war, zustimmend zu nicken, wollte sie keine Szene unter Addisons Augen heraufbeschwören. Rossiter entfernte sich, mit Kitty am Arm, während Addison, die Brauen über seinen kalten blauen Augen hochgezogen, Cressida fragend anstarrte.

»Eine alte Bekanntschaft von Ihnen, Cressy?« erkundigte er sich. »Sie sind sehr schlau, meine Liebe, nicht wahr? Man wäre niemals auf den Gedanken gekommen, als wir vorhin über den galanten Captain sprachen, daß Sie eine alte Bekannte von ihm sind.«

»Es war eine sehr kurze Bekanntschaft, das versichere ich Ihnen«, sagte Cressida ohne Hoffnung, die Tatsache dieser Bekanntschaft vor Addisons Neugier geheimhalten zu können. Und nachdem sie so unbedacht gewesen war, sowohl mit Lady Constance als auch mit Lord Langmere darüber zu sprechen, fügte sie hinzu: »Nur lange genug, daß wir einander ewige Treue schwören und sie wieder brechen konnten, was für ein unerfahrenes Mädchen, wie Sie wissen, mein Lieber, eine Angelegenheit von Wochen ist – mehr nicht. Leonard, sollten wir nicht lieber tanzen?«

Lord Langmere, der sich gemäß ihren Anweisungen liebenswürdig mit Captain Harries unterhielt und letzteren dadurch der Gelegenheit beraubt hatte, Kitty zum Tanz aufzufordern, ehe Rossiter sie ihm vor der Nase weggeschnappt hatte, nickte und entfernte sich mit ihr. Captain Harries ließen sie bei Mr. Addison zurück, der ihm einen kalten, hochnäsigen Blick zuwarf und dann ebenfalls ging.

»Ich wünschte sehr, ich wäre nicht gezwungen gewesen, Rossiter Kitty vorzustellen«, sagte Cressida in ärgerlichem Tonfall zu Langmere, als sie ihre Plätze in der Quadrille einnahmen. »Er gehört keineswegs zu der Art von Männern, die ein junges Mädchen kennen sollte – aber am Ende zählt das gar nicht. Gewiß wird er sie nicht zum Ziel seiner Galanterie machen.«

Und sie schob den Gedanken beiseite, bis sie am Ende des Tanzes entsetzt sehen mußte, daß Rossiter, anstatt Kitty zu ihr zurückzubringen, angeregt plaudernd mit ihr stehenblieb, während er die Schmeicheleien von Lady Dalingridge einfach ignorierte, die mit ihrem eingefangenen Löwen vor ihren Gästen prunken wollte. Offensichtlich hatte er die Absicht, auch den nächsten Tanz mit Miß Chenevix zu tanzen.

»Teufel!« dachte Cressida, und ihre Entrüstung wuchs noch mehr. »Das tut er nur, weil er glaubt, mich damit ärgern zu können.«

Aber wieder konnte sie nichts tun, ohne eine höchst unerwünschte Szene heraufzubeschwören. Deshalb erlaubte sie ihrem eigenen Partner, sie zur nächsten Quadrille zu führen. Insgeheim war sie entschlossen, am Ende des Tanzes Kitty beiseite zu nehmen und sie darüber aufzuklären, wie unratsam es für ein junges Mädchen sei, dadurch aufzufallen, daß es an einem Abend zweimal mit einem Mann von Rossiters Ruf tanzte.

Es ergab sich jedoch, daß sie der Notwendigkeit, Kitty über diesen Punkt zu unterrichten, durch die Ankunft einer atemlosen Lady Constance enthoben wurde, die anscheinend von einer wohlmeinenden Witwe mitten aus dem Vergnügen einer Klatschpartie Whist gerissen worden war durch die Bemerkung, Lady Constance würde doch sicher gerne erfahren, daß Miß Chenevix zwei Tänze hintereinander mit Captain Rossiter getanzt habe. Und daß Dolly Dalingridge schon ganz grau vor Enttäuschung sei, denn ihr selbst war es noch nicht möglich gewesen, mehr als zwei Worte mit ihrem Gast zu wechseln; und daß sie jedem erzählte, sie wisse überhaupt nichts von Kitty, aber man könne ja sehen, daß sie ohne ordentliche Grundsätze erzogen worden sei.

»Und ich hatte mich so auf dich verlassen, liebste

Cressy«, sagte Lady Constance, und der Federbusch auf ihrem Turban zitterte vorwurfsvoll, »dafür zu sorgen, daß sie nicht unter die Räuber fällt, denn sie ist ganz unerfahren, verstehst du, und wußte nicht einmal – ich mußte sie erst darauf aufmerksam machen –, daß sie unter keinen Umständen in der Öffentlichkeit ohne die Erlaubnis einer der Schutzherrinnen von Almack Walzer tanzen darf! Natürlich habe ich Captain Rossiter niemals kennengelernt, aber ich werde ihm mit Sicherheit meine Meinung sagen, falls er unverschämt genug sein sollte, die arme Kitty zu bitten, ein drittesmal mit ihm zu tanzen!«
Sie eilte davon, und kurz darauf konnte man sehen, wie sie auf sehr hochmütige Art Kitty von einem belustigten Rossiter wegzog. Mit dieser Geste hätte sie jeden von der Berechtigung überzeugt, ihre Herkunft aus dem Blut der Plantagenet abzuleiten.
Lord Langmere, der zufällig neben Cressida stand, als dieses stumme Spiel stattfand, und der es mit mäßigem Interesse beobachtete, bemerkte, daß Lady Constance seiner Meinung nach zu viel Lärm um nichts mache.
»Tatsächlich«, sagte er, »erweist sie deiner kleinen Miß Chenevix möglicherweise einen schlechten Dienst. Rossiter ist offensichtlich angetan von dem Mädchen, und falls er sich zu diesem Zeitpunkt seines Lebens entschlossen haben sollte, seßhaft zu werden – was durch seine Rückkehr nach England möglich scheint –, wäre er in der Tat eine gute Partie für ein mittelloses junges Mädchen.«
»Rossiter! Das kann nicht dein Ernst sein!« Cressida wandte ihm ihr erstauntes Gesicht zu. »Ein Mann mit seiner ... seiner Erfahrung, um den höflichsten Ausdruck zu gebrauchen, sollte ein Mädchen heiraten, das kaum das Schulzimmer verlassen hat! Er würde sich nach einer Woche zu Tode langweilen, und sie ...« Sie schüttelte entschieden den Kopf. »Nein, es ist völlig absurd. Das ist

nur eine seiner plötzlichen Launen. Er war beleidigt, weil ich ihm keinen Tanz schenken wollte, und auf diese Weise rächt er sich an mir.«

»Natürlich magst du recht haben«, gab Lord Langmere zu, sah aber keineswegs überzeugt aus. »Es wäre allerdings eine sehr gedankenlose und unbesonnene Rache, meine Liebe, ein junges Mädchen auszuwählen und Erwartungen zu wecken, die zu erfüllen er nicht die Absicht hat. Ist er ein derart erbärmlicher Kerl? Ich habe ihn eben erst kennengelernt, aber diesen Eindruck machte er nicht auf mich.«

»Ja – nein«, sagte Cressida und zwang sich, den Ärger hinunterzuschlucken, der ihre erste Antwort ausgelöst hatte, und Rossiter Gerechtigkeit widerfahren zu lassen. »Er ist nicht wirklich falsch, glaube ich. Aber dies . . .« Sie hörte plötzlich auf zu sprechen, als sie sah, daß Rossiter, sich der Zudringlichkeiten Lady Dalingridges entledigend, die erneut versuchte, seiner habhaft zu werden, nachdem er von Lady Constance stehengelassen worden war, zielstrebig auf sie zukam. »Oh, du lieber Himmel! Da kommt er! Was jetzt?« sagte sie rasch. »Leonard, falls er beabsichtigt, ich bin bereits mit dir verabredet – verstehst du?«

Lord Langmere sagte höflich, es sei ihm das allergrößte Vergnügen, sie zum Abendessen hinunterzuführen, denn eben zu dem Zweck, sie um die Erlaubnis dieses Vergnügens zu bitten, sei er gekommen. Und da war schon Rossiter bei ihnen.

»Nun, Cressy?« sagte er spöttisch, als er ihre leicht gerötete und höchst abweisende Miene sah. »Ich wußte, ich würde mich verlorenen Hoffnungen hingeben, aber wie verloren sie sind, kann ich an Ihrem Gesicht erkennen, ehe ich meine Frage auch nur gestellt habe. Sie sind fest entschlossen, schätze ich, mit mir ebensowenig zu essen, wie Sie mit mir tanzen!«

Cressida gab sich den Anschein von Gleichgültigkeit, hob die Schultern und sah Langmere an.
»Ich nehme an, Sie haben bereits erraten, daß ich zum Abendessen an Lord Langmere vergeben bin«, sagte sie spitz. »Und darf ich Sie insbesondere darum ersuchen«, fügte sie aus einem plötzlichen niederen Impuls hinzu, den sie sicherlich unterdrückt hätte, wäre ihr nicht durch die ungewohnte Beunruhigung bei Rossiters Nahen die Farbe ins Gesicht gestiegen, »Miß Chenevix nicht darum zu bitten, mit Ihnen hinunterzugehen? Sie steht augenblicklich in gewisser Weise unter meinem Schutz, da sie unter meinem Dach lebt, und ich darf Ihnen sagen, Sie haben sie meiner Meinung nach bereits unnötig ins Licht der Aufmerksamkeit gezogen, indem Sie sie baten, heute abend zweimal mit Ihnen zu tanzen.«
»O Gott, wirklich?«
Cressidas Augen, angelegentlich auf ihren Fächer geheftet – ein hübsches Ding aus gestärktem Krepp auf Elfenbeinstäbchen –, hoben sich blitzschnell zu seinem dunklen Gesicht empor. Ein leichter Anflug von Ärger zeigte sich darin, und als sie ihn ansah, fuhr er barsch fort: »Sie sind verantwortlich für Ihre eigenen Handlungen und Neigungen, Mädchen, aber wenn Sie versuchen sollten, sich auch für die meinen verantwortlich zu machen, muß ich Ihnen leider sagen, daß Sie zu weit gehen! Ich lasse mich weder von Ihnen maßregeln, noch bin ich Ihnen irgendwelche Rechenschaft schuldig. Wenn Miß Chenevix' Erziehungsberechtigte zu der Ansicht gelangen, ich sei eine für sie untragbare Bekanntschaft, werde ich die Angelegenheit mit ihnen regeln. Aber was Sie damit zu tun haben – außer dem Wunsch, sich in Dinge einzumischen, die Sie nichts angehen –, entzieht sich meinem Verständnis.«
Er drehte sich um und ging ohne ein weiteres Wort weg.

Lord Langmere, der bei dieser Auseinandersetzung den unbehaglichen Beobachter gespielt hatte, sah sich an diesem Punkt bewogen, gerechterweise, aber ziemlich unklug zu Cressida zu sagen: »Wirklich, meine Liebe, er war vollkommen im Recht, weißt du. Die Angelegenheit liegt in Lady Cons Händen, und ich bin sicher, sie hat bereits alles gesagt, was nötig ist.«
»O ja, ganz klar, als Mann stellst du dich auf seine Seite«, fauchte Cressida noch würdeloser, umklammerte die zerbrechlichen Elfenbeinstäbchen ihres Fächers so fest, daß sie fühlte, wie einige zwischen ihren Fingern zerbrachen, und entschwand ebenfalls rasch.
Natürlich wußte sie, daß sie sich schlecht benommen hatte. Deshalb gab sie sich mit ihrem nächsten Partner, einem von Addison verachteten deutschen Prinzlein, betont fröhlich. Sie flirtete mit ihm in so auffallender Weise, daß Addison ernsthaft zu überlegen begann, ob seine Andeutung, sie könne eine Prinzessin werden, Wurzeln geschlagen hatte. Und einige der allerachtbarsten Witwen sahen sich dazu veranlaßt, miteinander zu tuscheln – »also wirklich, meine Liebe, wenn Cressida Calverton ihr Benehmen nicht ändert, wird jeder sagen, sie sei flatterhaft« – und empört mit den Köpfen zu wackeln.
Mittlerweile hatte sich Rossiter direkt dorthin begeben, wo Lady Constance, die in der Person des sehr jungen und schüchternen dritten Sohnes eines Barons einen passenden, wenn auch nicht aufregenden Partner für Kitty ergattert hatte, neben einer jener gestrengen Witwen auf einem vergoldeten kleinen Stuhl saß, fest entschlossen, während des restlichen Abends über ihren Schützling zu wachen. Cressida, obwohl scheinbar völlig von ihrem Flirt mit dem Prinzlein absorbiert, war sich jeder Bewegung Rossiters vollkommen bewußt. Erstaunt mußte sie mit ansehen, wie er vor Lady Constances Stuhl halt-

machte, ein paar Augenblicke mit ihr und ihrer Begleiterin sprach, sich dann einen dritten Stuhl heranzog und sich setzte. Die beiden ältlichen Damen, konnte sie sehen, unternahmen den tapferen Versuch, angesichts dieses Frontalangriffs des Captains den Anschein lebhafter Mißbilligung zu wahren. Aber sie waren ebensowenig immun gegen die Schmeichelei, vom Löwen des Abends ausgezeichnet zu werden, wie es die von ihnen bewachten jungen Damen gewesen wären. Schon bald gaben sie sich lächelnd einer offensichtlich angeregten Unterhaltung à trois hin.

Als der Tanz endete, wurde Cressida von Lord Langmere wie versprochen zum Abendessen hinuntergeführt. Und das nächste, was sie von Rossiter sah, war erstaunlicherweise, daß er im Speiseraum in einer Gruppe saß, die aus Lady Constance und der Witwe, mit der er im Ballsaal gesprochen hatte, der Tochter der Witwe, Captain Harries, Kitty und dem nun vollständig mundtoten dritten Sohn eines Barons bestand, der mit Kitty getanzt hatte.

»Gleich und gleich«, sagte Addison, als er neben dem Stuhl stehenblieb, in dem Lord Langmere Cressida plaziert hatte, während er ging, um einen Teller für sie zu füllen, »gleich und gleich gesellt sich anscheinend nicht immer. Ich spreche, meine liebe Cressy, von Ihrem Freund Captain Rossiter und dieser ungewöhnlich bundscheckigen Gruppe, die er um sich versammelt hat. Drei Säuglinge, zwei Witwen und der arme Captain Harries, der Ihre Miß Chenevix anstarrt, als sei er ein gläubiger Moslem, der seine erste Huri an den Pforten des Paradieses entdeckt. Wenn ich meine Vergleiche ziemlich schlimm durcheinanderbringe, rührt das daher, daß ich von dieser Zusammenstellung in einen Zustand äußerster Verwirrung versetzt wurde. Können Sie mir das erklären? Dolly, fürchte ich, ist nahe daran, Lady Con vor Eifersucht die

Augen auszukratzen, und es könnte sehr wohl zum Pistolenduell auf zwanzig Schritt auf dem Paddington Green kommen, wenn Lady Con ihr Rossiter nicht bald überläßt.«

Zu Cressidas Erleichterung enthob sie in diesem Moment Lord Langmeres Ankunft – er erschien mit zwei Tellern voller Köstlichkeiten, die Lady Dalingridge für ihre Gäste bereitgestellt hatte – einer direkten Antwort. Sie widmete sich angelegentlich ihrem Teller, während Addison und verschiedene andere Mitglieder ihrer Clique, die ebenfalls auf dem Weg zum Büffet bei ihrem Stuhl stehengeblieben waren, witzige Bemerkungen über die Enttäuschung ihrer Gastgeberin und Rossiters komische Wahl seiner Tischgenossen machten.

Ihre eigenen Gedanken waren verwirrt. Konnte es möglich sein, fragte sie sich, daß Rossiter tatsächlich so von Kitty eingenommen war, daß er bereit war, die entschieden langweilige Unterhaltung seiner Tischgesellschaft zu ertragen, nur um ihr nahe zu sein? Gewiß, das Mädchen sah ganz gut aus, und ebenso sicher entwickelte es sich an diesem Abend im Glanz des schimmernden Kleides zu ihrem Vorteil. Aber sie war keine Schönheit, und ihre stille Art der Erscheinung war nicht so, daß sie einen Mann wie ein Blitzstrahl traf.

Die einzig mögliche Erklärung dieser Situation schien die von Lord Langmere vorher gegebene zu sein – daß Rossiter nach England zurückgekehrt war, um sich hier auf die Dauer niederzulassen, und daß er sich zu diesem Zweck so schnell wie möglich nach einer passenden Braut umsah.

Daß diese Erklärung auch in Lady Constances Kopf herumspukte, wurde Cressida klar, sobald sie sich nach dem Ende des Balles in Lord Langmeres Wagen auf dem Heimweg in die Mount Street befanden. Sie war erfüllt

von Kittys Erfolg an diesem Abend – »Ob du es glaubst oder nicht, meine Liebe, abgesehen von den Walzern, die zu tanzen ich ihr selbstverständlich nicht erlaubte, mußte sie nur zwei Tänze aussetzen!« – und besonders von Rossiter, der sich von einem Ungeheuer, das Kittys Ruf zerstören würde, zu »einem reizenden Mann« gemausert hatte. »Eigenartige, rauhe Manieren, aber wirklich ein äußerst interessanter Unterhalter! Und so von Kitty eingenommen! Er hat mir doch wirklich das Kompliment gemacht, sie sei ein so angenehmes Mädchen, überhaupt nicht neumodisch, wie so viele andere junge Damen – nicht, daß ich dafür verantwortlich wäre, und das sagte ich ihm auch, obwohl natürlich ich es war, die ihr sagte, wie sie sich auf einem Londoner Ball aufzuführen habe.«
Lord Langmere, seinem Ruf als höflicher Mann gerecht werdend, meinte, er sei sicher, Miß Chenevix habe ihren Erfolg wirklich verdient; er selbst habe den Tanz mit ihr sehr genossen. Kitty lächelte ihn an. War es dieses kleine Lächeln, fragte sich Cressida plötzlich, so bescheiden und wie um Entschuldigung bittend, das Rossiter in diesem Raum voller plappernder, umherstolzierender Weiblichkeit gefangengenommen hatte? – Sie sagte aber nichts.
Das Mädchen schaute durch das Fenster hinaus auf die Straßen Londons, die sehr dunkel waren und voll tintenschwarzer Schatten, trotz des flackernden Lichtes der neuen Gaslampen. Cressida, die Kitty beobachtete, glaubte einen nachdenklichen Ausdruck auf ihrem zarten, hellen Gesicht zu entdecken.
Die Unterhaltung drehte sich weiter um Rossiter, aber Kitty selbst trug nichts dazu bei außer einem gelegentlichen »Ja, in der Tat, Ma'am«, als Antwort auf eine von Lady Constances Fragen. Erst, als der Wagen in der

Mount Street anhielt und der Lakai von seiner Stange sprang, um die Treppe zum Aussteigen herunterzulassen, kam eine unbeabsichtigte Bemerkung von ihren Lippen.
»Er ist sehr reich, nicht wahr?« fragte sie mit leiser, kaum hörbarer Stimme an Lady Constance gewandt.
»Oh, meine Liebe, ja – reich genug, um eine Abtei zu kaufen, will man alles glauben, was man hört«, sagte Lady Constance sofort. Dann stiegen die drei Damen in einem Durcheinander aus schleppenden Kleidern, Abendmänteln und Ridiküls mit Hilfe von Lord Langmere aus dem Wagen und gingen ins Haus.

6

»Ich nehme an«, sagte Lady Constance am nächsten Morgen beim Frühstück mit einiger Befriedigung, »daß Rossiter heute hier vorspricht. Er fragte mich gestern abend, ob er dürfe, und so, wie er von Kitty angetan zu sein scheint, wird er kaum Gras unter seinen Füßen wachsen lassen. Sie ändert jetzt gerade das blaue Kutschenkleid, das du ihr gegeben hast, für den Fall, daß er sie bitten wird, mit ihm auszufahren. Ich sagte ihr, Moodle könne das sehr gut machen, aber du weißt ja, wie unangenehm es ihr ist, den Dienstboten zusätzliche Arbeit zu verursachen. Wirklich, es ist kaum verwunderlich, daß Rossiter sie so ungeheuer anziehend findet! Ihr reizendes Benehmen, schlicht und zurückhaltend, ohne die leiseste Andeutung von Hochnäsigkeit, was die Herzen immer so aufbringt, wie du weißt. Und sie hört so interessiert allem zu, was man zu ihr sagt ...«
»Was hatte Rossiter ihr denn zu sagen?« fiel Cressida ihr ins Wort, denn diese Frage hatte sie während einiger

Stunden stark beschäftigt, ehe sie am Abend zuvor einschlafen konnte. »Ich könnte mir denken, sie haben nichts gemein.«
»Aber keineswegs«, sagte Lady Constance hoheitsvoll. »Kitty hat einen ausgezeichneten Verstand und ist sehr wohl fähig, Interesse an jedem Thema zu zeigen, das ein Gentleman mit ihr zu diskutieren wünscht. Und ich muß sagen, es fällt einem auch überhaupt nicht schwer, wenn Captain Rossiter von den neuen Dampfeisenbahnen spricht, die, wie er sagt, in Zukunft die Pferde ersetzen werden. Ich erinnere mich noch sehr gut, wie mein lieber Jeremy mich mitgenommen hat, um Mr. Trevithicks ›Hasch mich wer kann‹ zu besichtigen, als es vor einigen Jahren hier in London ausgestellt war, obgleich ich natürlich nichts von dem Prinzip verstand, nach dem es läuft. Aber ich bin davon überzeugt, Kitty wird es ganz und gar verstehen, falls Rossiter je versuchen sollte, es ihr zu erklären.«
Es lag Cressida schon auf der Zunge zu sagen, daß Kitty gewiß eine ausgezeichnete Vorführung einer Dame abgeben würde, die selbst die idiotischsten Details von allem ganz blendend verstand, was Rossiter ihr erklärte. Aber sie schluckte die Worte hinunter, überrascht und halb beschämt, daß sie sie überhaupt in Gedanken formuliert hatte. Sie hatte keinen Grund, sagte sie sich, anzunehmen, daß Kitty in Worten oder Taten heuchelte, gleichgültig, ob sie sich auf Rossiter bezogen oder auf etwas anderes. Und doch klangen die leisen Worte des Mädchens – »Er ist sehr reich, nicht wahr?« – unangenehm in ihren Gedanken nach.
Sie konnte sich nicht von dem Gefühl frei machen, daß Kittys ganzes Interesse an Rossiter an jenen Worten lag – und warum auch nicht? Kitty wäre nicht das erste mittellose Mädchen, das sich vorsichtig nach dem zur Frage

stehenden Vermögen erkundigte, bevor es sein Herz verschenkte. Nicht jedes junge Mädchen war so unbesonnen, als sie ihre Zuneigung ohne einen Gedanken an die Zukunft einem armen Soldaten geschenkt hatte.

In der Zwischenzeit fuhr Lady Constance fort, über ihr Thema zu sprechen, ohne zu bemerken, daß sie ihre Zuhörerin verloren hatte. Sie unterhielt sich mit sich selbst darüber, wann es wohl für Kitty passend wäre, den Wagen zu nehmen, der sie nach Hans Town bringen sollte, um ihre Tante Mills zu besuchen – »denn sie will natürlich die Aufmerksamkeit ihrer Tante gegenüber nicht vernachlässigen, und es ist nur anständig, wenn sie sich nach deren gegenwärtigem Gesundheitszustand erkundigt, nachdem sie nun in London ist. Wirklich, ich kann mich des Gedankens nicht erwehren, besonders nach dem letzten Abend, daß es die Vorsehung war, die Mrs. Mills zu so unpassender Zeit hatte krank werden lassen. Denn wenn Kitty bei ihr gewesen wäre, hätte sie niemals eine Einladung zum Ball bei den Dalingridges bekommen und daher auch Captain Rossiter nie kennengelernt. Es ist so, wie ich immer sage – die Dinge sind vorherbestimmt. Und ich bin sicher, die arme Kitty verdient jedes Glück, das ihr daraus erwächst.«

Cressida, die mittlerweile Kitty, Mrs. Mills und Rossiter satt hatte, erklärte hastig, Kitty könne die Kutsche an diesem Nachmittag haben, falls ihr das recht sei, und floh vom Frühstückstisch. Sie hoffte, nach oben zu gelangen, Hut und Handschuhe zu schnappen und zu ihren Morgenbesuchen unterwegs zu sein, ehe Rossiter – falls Lady Constance tatsächlich mit ihrer Einschätzung seiner Absichten recht haben sollte – auf der Schwelle erschien.

Aber das Glück ließ sie im Stich, denn gerade, als sie die Treppe herunterkam, wurde der Türklopfer betätigt, und

sie kam in der Halle an, als Harbage über den schwarzweiß-gefliesten Boden trottete und Rossiter einließ.
Er sah sie sofort und kam, während er Harbage Biberpelz und Stock reichte, auf sie zu.
»Ein unerwartetes Mißgeschick, meine Ankunft in diesem Augenblick«, sagte er kühl, als könne er ihre Gedanken lesen. »Ohne Zweifel hätten Sie sich verleugnen lassen, wären wir uns nicht zufällig auf diese Weise begegnet oder noch besser«, da er ihren Hut und die Handschuhe bemerkte, »Sie wären überhaupt außer Haus gewesen, und die Notwendigkeit, mich zu sehen, hätte gar nicht bestanden. Aber Sie brauchen sich nicht zu ärgern. Ich bin nicht gekommen, um Sie zu besuchen, sondern Miß Chenevix.«
Cressida, die nach einer Nacht voll quälender Überlegungen bereit war, reumütig einzugestehen, daß sie sich am vergangenen Abend schlecht aufgeführt hatte, und die sich gegenüber Rossiter bei ihrer nächsten Begegnung zivilisiert hatte benehmen wollen, verkrampfte sich bei dieser sarkastischen Begrüßung.
»Miß Chenevix ist oben, glaube ich«, sagte sie eisig und vergaß all ihre guten Vorsätze im gleichen Augenblick. »Harbage wird ihr Bescheid sagen, daß Sie hier sind. Möchten Sie in den Salon gehen, bis sie herunterkommt?«
»Das ist mir entschieden lieber, als hier eingefroren zu werden«, sagte Rossiter offen, als Harbage sich entfernte, »außer natürlich, Sie beabsichtigen, dort Ihre kühle Behandlung fortzusetzen, bis Miß Chenevix eintrifft.« Dann änderte er sein Benehmen unvermittelt. »Guter Gott, Cressy, können wir einander denn niemals treffen, ohne daß wir uns spinnefeind sind?« fragte er stirnrunzelnd. »Diese Geschichte zwischen uns ist seit sieben Jahren aus und vorbei . . .«

»Guten Morgen, Captain Rossiter«, sagte eine ruhige Stimme über ihnen. Cressida und Rossiter blickten hoch und sahen Kitty mit einem liebenswürdigen Lächeln auf dem Gesicht die Treppe herunterkommen. »Wie freundlich von Ihnen, uns zu besuchen«, fuhr sie fort und hielt Rossiter schüchtern ihre Hand hin, als sie unten ankam. Dann warf sie einen etwas unsicheren Blick auf Cressida und sagte: »Ich glaube allerdings, Miß Calverton ist eben im Begriff, auszugehen . . .«

»Ich bin nicht gekommen, um Miß Calverton zu besuchen, sondern um Sie zu bitten, mit mir auszufahren«, sagte Rossiter sofort. »Ich habe ein neues Pferdegespann, das ich heute morgen ausprobieren möchte – walisische Graue –, und da es ein so herrlicher Tag ist, kam mir der Gedanke, Sie hätten vielleicht Freude daran, aufs Land zu fahren, zum Richmond Park vielleicht.«

»Oh, das würde mir die allergrößte Freude machen«, sagte Kitty sogleich. Dann hielt sie ein und blickte fragend zu Cressida. »Das heißt«, verbesserte sie sich, »wenn Miß Calverton nicht wünscht, daß ich etwas für sie tue . . .«

»Unsinn! Was sollte das sein?« sagte Cressida barsch. »Sie sind in London, um sich zu amüsieren, also müssen Sie tun, was immer Ihnen Freude macht. Captain Rossiter, ich darf Ihnen einen guten Morgen wünschen.«

Sie ging zur Vordertür hinaus und die Treppe hinunter zu ihrer wartenden Kutsche und versuchte, den bösartigen Gedanken zu ersticken, daß Kitty mit verdächtiger Eile die Treppe heruntergekommen war, was den Schluß zuließ, daß sie Harbages Ankündigung von Rossiters Ankunft gar nicht bedurfte, da sie am Fenster gewartet hatte. Überdies war sie trotz jenes rücksichtsvollen kleinen Angebots, ihre eigenen Wünsche auf ein Wort von Cressida zurückzustellen, so gut darauf vorbereitet, seine Einla-

dung anzunehmen, daß sie bereits das soeben geänderte blaue Kutschenkleid trug.
Cressida war gerade im Begriff, in ihren Wagen zu steigen, als sie das Geräusch eines weiteren sich nähernden Fahrzeugs veranlaßte, sich umzublicken. Sie sah Captain Harries in einem hübschen kleinen Phaeton vor ihrer Tür halten. Sie wartete, während er die Zügel seinem Burschen übergab und dann rasch heruntersprang, um sie zu begrüßen.
»Guten Morgen!« sagte sie und sah lächelnd zu ihm auf. »Sind Sie gekommen, um uns zu besuchen? Ich fürchte, da werden Sie enttäuscht sein. Wie Sie sehen, bin ich gerade unterwegs zu einigen Morgenbesuchen, und Miß Chenevix ist im Begriff, mit Captain Rossiter zum Richmond Park zu fahren.« Sie sah den flüchtigen Schatten, der über sein Gesicht huschte, und sagte impulsiv: »Wenn Sie nichts dagegen haben, Captain Harries, warum fahren Sie nicht mit mir? Ich habe heute morgen nicht vor, irgendwelche großartigen Damen zu besuchen, sondern nur eine alte Freundin von mir, die das ganze Jahr auf dem Land lebt und über nichts anderes als Pferde spricht. Und dann muß ich noch eine Dame besuchen, die ein Patenkind meiner Großtante war und die ich schon seit vielen Jahren nicht mehr gesehen habe. Ein Pflichtbesuch, Sie könnten mich unterstützen, wenn sie sich als unerträglich langweilig herausstellen sollte.«
Captain Harries, der sich nach seinen Beobachtungen des vergangenen Ballabends sehr wohl bewußt war, daß die soeben von Miß Calverton ausgesprochene Einladung von einer Menge Herren in weitaus höherer Position als der seinen als äußerst schmeichelhaft empfunden worden wäre, stammelte, daß er sich geehrt fühle.
»Gut! Dann kommen Sie in meinen Wagen«, sagte Cressida und gab einem ihrer Lakaien den Befehl, dafür zu

sorgen, daß der Phaeton des Captains gut untergebracht würde. Captain Harries reichte ihr die Hand, damit sie in die Barutsche einsteigen konnte, und setzte sich gerade selbst hin, als sich die Vordertür des Hauses noch einmal öffnete und Kitty, nun mit Hut und Handschuhen, in Begleitung Rossiters heraustrat. Eine rasche Röte überflog Captain Harries' Gesicht, während Cressida zur gleichen Zeit Rossiters Augen unwillig aufblitzen sah, als er bemerkte, daß sein Freund ganz offensichtlich bereits auf so vertrautem Fuß mit ihr stand, daß er sich in ihrer Kutsche entführen ließ.

»Gütiger Himmel, kann er wirklich so idiotisch sein und glauben, ich würde absichtlich einen Flirt mit Captain Harries beginnen und ihm den Kopf verdrehen oder ihn zu einem ausschweifenden Leben verführen oder was immer skrupellose Weiber angeblich mit unschuldigen jungen Männern anfangen?« dachte sie verärgert und befahl ihrem Kutscher, abzufahren, ohne Rossiter Zeit zu geben, an die Kutsche heranzutreten.

Als Reaktion auf dieses Zusammentreffen redete sie sehr freundlich mit Captain Harries, während sie durch die geschäftigen Londoner Straßen fuhren. Ihr Ton war so sehr der einer erfahreneren älteren Schwester, daß sich Captain Harries, der mehrere ältere Schwestern hatte, ganz wohlfühlte und sich ihr bald mit noch weniger Zurückhaltung als am vergangenen Abend auf dem Ball anvertraute.

»Sie können sich nicht vorstellen, was die Erfahrung für mich bedeutet, daß jemand wie Sie, der ganz oben auf der Spitze des Baumes sitzt – o ja, soviel habe ich inzwischen erfahren! –, so, nun, so in Ordnung ist«, sagte er aufrichtig. Darüber mußte Cressida lachen. Sie sagte ihm, falls er jemals in der Tinte säße wegen irgend jemand, der nicht so »in Ordnung« sei, solle er zu ihr kommen, sie würde

ihm helfen, sich mit einem Mindestmaß an Schwierigkeiten aus der Affäre zu ziehen.
»Danke, Miß Calverton«, sagte der Captain, der ihr wirklich dankbar war, denn er sah, daß es ihr trotz ihres Lachens ernst war. »Aber wenn Sie die Gesellschaft meinen, so werde ich wohl nicht lange genug darin sein, um unter die Räuber zu fallen. Ich bin nur nach London gekommen, um Dev einen Gefallen zu erweisen, und ich würde jetzt daran denken, nach Devonshire zurückzukehren, wäre nicht . . .«
Er brach unvermittelt ab, sein Gesicht glühte.
»Wäre nicht Miß Chenevix«, beendete Cressida den Satz für ihn. »Dev scheint Ihnen da zuvorgekommen zu sein, nicht wahr? Aber machen Sie sich nichts draus. Es ist noch nicht aller Tage Abend, und wenn Sie sich anstrengen, können Sie ihn ausstechen. Ihr Benehmen ist viel angenehmer als seines, wissen Sie!«
Die Kutsche hielt in diesem Augenblick vor einem schmalen Haus in der Half Moon Street, und die gestammelten Worte des Captains, er habe nicht die Absicht, sich zwischen seinen Freund und irgendeine junge Dame zu drängen, gingen in dem Durcheinander des Aussteigens unter. Wie Cressida vorausgesagt hatte, fand sich Captain Harries im Haus sofort mit seiner jungen und hübschen Gastgeberin in ein Pferdegespräch verwickelt. Nach einer sehr angenehm verbrachten halben Stunde war er fähig, dem folgenden Besuch mit sehr viel mehr Gleichmut entgegenzusehen, als er es noch beim Aufbruch in der Mount Street für möglich gehalten hätte.
Dieser zweite Besuch in der Keppel Street erwies sich jedoch als viel weniger auf seiner Linie liegend, denn die Gastgeberin und alle ihre Morgenbesucher waren respektable ältliche oder alte Damen, die sich vertraulich miteinander über ihre jeweiligen Krankheiten unterhielten und

den großen jungen Mann mißtrauisch anblickten, der in ihren Hühnerstall – wie Captain Harries es im stillen nannte – eindrang. Zu seiner Erleichterung schien die Unterhaltung auch für Cressida von keinem großen Interesse zu sein, und nachdem sie Mrs. Torrance ihre Aufwartung gemacht hatte, warf sie ihm einen Blick zu, mit dem sie andeutete, sie sei bereit zu gehen. Da schob die Ankunft einer neuen Besucherin und der damit verbundenen Vorstellungsrunde ihrem Vorhaben einen Riegel vor. Die neue Besucherin war eine vernünftig aussehende Frau von etwa fünfundvierzig Jahren, die einen etwas unmodernen Rock und ein ebensolches Hütchen trug. Sie wurde der Gesellschaft als Mrs. Mills, eine alte Schulfreundin von Mrs. Torrance, vorgestellt. Cressida fiel ganz nebenbei auf, daß dies der gleiche Name war wie der von Kittys Tante, und sie fragte sich, ob da eine Verbindung bestand, verwarf diesen Gedanken aber sofort wieder, denn der Name war ein recht häufiger. Zweifellos lebten Dutzende von Mills in London.

Allerdings konnte sie nicht übersehen, daß die Nennung ihres eigenen Namens auf Mrs. Mills' Gesicht einen Ausdruck starken Interesses hervorrief. Bevor sie ihr Vorhaben, sich zu entfernen, ausführen konnte, kam die Dame auf sie zu und setzte sich neben sie.

»Das ist doch Miß Cressida Calverton, nicht wahr?« erkundigte sie sich. Und als Cressida etwas überrascht nickte, fuhr sie fort: »Ich dachte doch, ich kann mich nicht irren, obwohl Selina Ihren Vornamen nicht erwähnte. Ich bin Kittys Tante, verstehen Sie, und Sie müssen mir erlauben, Ihnen zu danken – was Kitty gewiß schon selbst getan hat, da bin ich sicher – für Ihre große Liebenswürdigkeit. Selbstverständlich war ich darauf vorbereitet, sie selbst in die Gesellschaft einzuführen, aber die Vorteile, die ich ihr bieten könnte, sind im Vergleich zu denen unter Ihrer und Lady Constances Schutzherrschaft verschwindend gering. Ich kann nur hoffen, sie weiß ihr Glück zu schätzen. Aber ja«, fügte sie zufrieden hinzu, »ich kenne die liebe Kitty, und ich bin ganz sicher, das tut sie. So ein stilles, kluges Mädchen, finden Sie nicht auch?«

Sie blickte Cressida an, als erwarte sie eine Antwort, und diese nahm sich rasch zusammen und erwiderte automatisch: »Ja, in der Tat.« Sie war jedoch zu überrascht von den Enthüllungen, die Mrs. Mills' Worte für sie bedeuteten, als daß sie sich die Frage hätte verkneifen können: »Aber – Sie haben sich sehr rasch erholt, nicht wahr, Ma'am? Ich hörte, Sie seien krank gewesen . . .«

»Krank?« Jetzt war es an Mrs. Mills, überrascht zu sein. »Nun, nein«, sagte sie. »Woher haben Sie bloß diese Idee? Ich bin glücklich, sagen zu können, daß ich mich ausgezeichneter Gesundheit erfreue.« Liebevoll sah sie zu Mrs. Torrance am anderen Ende des Zimmers hinüber. »Zweifellos haben Sie etwas mißverstanden, was Selina sagte«, bemerkte sie, »was mich kaum überrascht, denn sie ist dauernd in einem solch jämmerlichen Zustand, daß sie immer besorgt ist, mit ihren Freunden könnte auch etwas los sein.«

Cressida, die spürte, daß dies weder die Zeit noch der Ort war, um Mrs. Mills darüber aufzuklären, daß ihre Annahme, sie sei krank, nicht von irgendwelchen von Mrs. Torrance zufällig fallengelassenen wirren Bemerkungen herrührte, sondern von sehr präzisen Angaben von Kitty selbst, war still. Und nach ein paar weiteren üblichen Worten der Dankbarkeit, die Mrs. Mills wegen Cressidas Liebenswürdigkeit Kitty gegenüber äußerte, ergriff Cressida die Gelegenheit, zu entkommen. Aber in ihrem Kopf ging alles durcheinander: Trotz ihres Mißtrauens in bezug auf Kittys Ehrlichkeit konnte sie kaum glauben, daß

das Mädchen der berechnenden Täuschung schuldig war, die Mrs. Mills' Worte ihr unwissentlich enthüllt hatten.
Und doch war kein Zweifel möglich: Kitty mußte diesen ersten flehenden Brief an Lady Constance in der vollen Gewißheit sowohl über Mrs. Mills' ausgezeichnete Gesundheit als auch über ihre Bereitschaft, sie in die Gesellschaft einzuführen, geschrieben haben. Es war ein Wagnis gewesen, diesen Brief zu schreiben, denn ungeachtet der Tatsache, daß sich Mrs. Mills nicht in den gleichen Kreisen bewegte wie Cressida oder Lady Constance, bestand doch die Möglichkeit, daß durch einen Zufall wie heute bei Mrs. Torrance ihre Lüge ans Licht kam. Aber dieses Risiko war Miß Kitty Chenevix anscheinend kalt berechnend bereit, im Interesse ihres Ehrgeizes einzugehen. Und offenbar war es einfach für sie gewesen, ihrer Mutter Sand in die Augen zu streuen und sie davon zu überzeugen, daß Lady Constances Angebot spontan erfolgt und nicht das Ergebnis einer Bitte ihrerseits war. Ohne Zweifel war sie sich des Erfolgs ihrer Täuschung bei ihrer Ankunft in London sehr sicher gewesen.
Noch immer tief in Gedanken, stieg Cressida in ihre Kutsche und befahl ihrem Kutscher, zur Mount Street zurückzufahren. Erst als Captain Harries sich neben sie setzte, kam sie soweit zu sich, um zu bemerken, daß sie nicht allein war.
»Oh, Entschuldigung!« sagte sie und wandte sich ihm mit dem besten Lächeln zu, das ihr im Moment gelingen wollte. »Ich war geistesabwesend, um die Wahrheit zu sagen . . .«
Sie verstummte, ein wenig erstaunt, als sie bemerkte, daß Captain Harries sie mit einem sehr ernsten Gesichtsausdruck beobachtete, als teile er ihre Besorgnis, in die sie Mrs. Mills' Worte gestürzt hatten. Natürlich, fiel ihr jetzt

ein, war er nahe genug bei ihr gesessen, als Mrs. Mills mit ihr gesprochen hatte, um alles mitzuhören, was geredet wurde. Aber ihr schien, die Unterhaltung konnte einem Außenstehenden keine Rückschlüsse auf die wirkliche Situation erlauben, und ebensowenig auf ihr Erstaunen und – ja, sie war bereit, es zuzugeben – ihren Ärger, als sie entdeckt hatte, wie hübsch sie von der jungen Miß Chenevix an der Nase herumgeführt worden war.
Aber jener Eindruck, den sie bei ihrer ersten Begegnung von dem angeborenen und unerwarteten Scharfsinn des Captains gewonnen hatte, wurde jetzt verstärkt, als er mit ruhiger, besorgter Stimme sagte: »Es geht um Miß Chenevix, nicht wahr? Sie waren sehr überrascht, als Mrs. Mills Ihnen sagte, sie sei gar nicht krank gewesen . . .«
»War ich das? Nun, vielleicht«, unterbrach ihn Cressida in dem Versuch, unbeschwert zu klingen. »Anscheinend bin ich heute wirklich etwas durcheinander. Ich weiß nicht, was die arme Mrs. Mills gedacht haben muß . . .«
»Ich glaube, ich kann Ihnen versichern, sie dachte nicht dasselbe, was ich jetzt denke«, sagte Captain Harries in dem gleichen leichten Tonfall, und er fuhr schnell fort: »Ich will ja nicht auf den Busch klopfen, Miß Calverton – aber es war Miß Chevenix, die Ihnen sagte, ihre Tante sei krank, nicht wahr? Und deshalb führen Sie und Lady Constance sie statt Mrs. Mills in die Gesellschaft ein.«
Cressida sah ihn mit erstaunter Hochachtung an.
»Sie sind wirklich ein ungewöhnlicher Mann, Captain Harries«, sagte sie. »So viel aus jenen wenigen Worten erraten zu haben . . .«
»Das kommt nur daher, weil ich sehr großes Interesse an Miß Chenevix habe«, sagt der Captain schlicht. »Normalerweise bin ich sonst nicht so scharfsinnig.« Als er sie ansah, war die Besorgnis in seinen ehrlichen blauen Augen sichtbar. »Ich nehme an, Sie sind sehr böse auf sie«, sagte

er, »und ich kann Ihnen das nicht übelnehmen, aber ich hoffe, Sie versuchen, sie zu entschuldigen, Miß Calverton. Sie ist – sehr jung, wissen Sie, und – ich nehme an, es war für sie eine großartige Gelegenheit . . .«
»Ja, da bin ich ganz sicher, sonst hätte sie dieses Risiko nicht auf sich genommen«, meinte Cressida achselzukkend. »Sehr jung und . . . sehr ehrgeizig, das könnten Sie noch hinzufügen, Captain Harries.«
»Und was, bitte, haben Sie jetzt vor zu unternehmen?« Fragend sah Captain Harries sie an, und sie merkte, daß er es nicht wagte, seine Befürchtungen in Worte zu kleiden. Dieser Beweis einer Liebe auf den ersten Blick, und daß er auf Biegen und Brechen trotz der klargelegten Unwürdigkeit der jungen Dame daran festhielt, rührte sie so, daß sie einen Moment ihre Hand auf die seine legte.
»Bitte, machen Sie sich darüber keine Gedanken«, sagte sie beruhigend. »Ich bin kein solcher Drache, daß ich sie in Schande nach Hause zurückschicke. Ich werde ihr nicht einmal etwas von der Entdeckung sagen, die ich gemacht habe. Dadurch würde das Zusammenleben im gleichen Haus allzu ungemütlich! Aber ich will Ihnen nicht verhehlen, daß ich meine Gefühle ihr gegenüber ändern muß. Ich halte nichts von Doppelzüngigkeit, und ich habe die Erfahrung gemacht, wenn man sie in einem Punkt bei einem Menschen entdeckt hat, entdeckt man sie immer wieder.«
Der Captain sah unglücklich aus, machte aber keinen Versuch, ihre Feststellung zu widerlegen. Und Cressida dachte zynisch über die Fähigkeit der Liebe nach, dem Augenfälligen gegenüber blind zu sein, wenn es das geliebte Wesen besudeln würde. Sie war mit diesen Gedanken beschäftigt, bis der Wagen in der Mount Street ankam.
Da sie Captain Harries versprochen hatte, Kitty nicht für

ihre Täuschung büßen zu lassen, war sie mittlerweile zu dem Entschluß gekommen, überhaupt nichts von der ganzen Sache Lady Constance gegenüber verlauten zu lassen, der man ganz sicherlich nicht zutrauen konnte, daß sie es für sich behielt. Als Ergebnis davon war sie gezwungen, noch mehr von den Lobgesängen dieser Lady auf Kittys Charakter und Eroberungen mitanzuhören, als sie einander später in Cressidas Ankleidezimmer begegneten.

»Und du wirst nie erraten, wer heute morgen, nachdem du weg warst, nach ihr gefragt hat«, bemerkte Lady Constance überschwenglich. »Addison – ja, meine Liebe, kein Geringerer! Natürlich gab er vor, dich und mich besuchen zu wollen, aber nachdem ich ihm sagte, Kitty sei mit Captain Rossiter in den Richmond Park gefahren, war es offensichtlich, wie die Dinge standen. Er war ganz giftig auf Rossiter – du kennst ja seine spitze Zunge – und sagte, Dolly Dalingridge sei so wütend auf ihn, weil er sie gestern abend vernachlässigt hatte, daß sie heute morgen überall in London herumrenne und ihre Freunde bitte, ihn von ihren Einladungslisten zu streichen.«

»Als ob Rossiter sich auch nur einen Pfifferling darum kümmern würde«, sagte Cressida achselzuckend. »Außerdem werden sie es nicht tun, nicht solange jeder in London von ihm redet.«

»Ja, aber wenn Addison eine Abneigung gegen ihn hat, könnte er eine ganze Menge tun, um die Leute gegen ihn aufzubringen«, betonte Lady Constance. »Du weißt, welchen Einfluß er besitzt, und der wird um so größer, je mehr sich dieses Gerücht bewahrheiten sollte – du hast doch sicherlich davon gehört? –, nämlich daß Brummell seiner Schulden wegen außer Landes fliehen mußte... Halb London wird auf ein Stirnrunzeln dieses Mannes hin zittern...«

»Ja, in der Tat – Emporkömmlinge, Karrierehengste, Nichtsnutze, die sich einbilden, Dandys zu sein«, sagte Cressida verächtlich. »Guter Gott, Lady Constance, Sie machen doch nicht etwa ernsthaft den Vorschlag, Rossiter sollte sich darum kümmern, ganz gleichgültig, wieviel Gift Addison um sich spritzt, weil er bei Dolly Dalingridges Ball ausgestochen wurde. Was kann er denn schließlich tun, um ihm zu schaden?«

»Nun, das weiß ich nicht«, sagte Lady Constance würdevoll, »denn man weiß ja nie, welch verrückte Dinge sich die Herren in den Kopf setzen, wie der alte General Kincheloe, als er dachte, der Buchhalter seines Rechtsanwaltes steche ihn bei einer höchst unpassenden jungen Dame aus, mit der er sich eingelassen hatte – äußerst schockierend in seinem Alter, er war schließlich gute siebzig, und seine Töchter, beide sehr anständige Frauen, wagten nicht mehr, ihre Köpfe in der Gesellschaft hochzuhalten . . .«

»Nun – was hat er denn getan?« erkundigte sich Cressida, deren Neugier erwachte, als Lady Constance innehielt und mit ernstem Gesicht über die skandalöse Vergangenheit nachzudenken schien.

»Ich muß leider sagen«, berichtete Lady Constance leidenschaftlich, »daß er versuchte, den jungen Mann mit der Reitpeitsche zu schlagen, als der in Begleitung der jungen Dame in der Bond Street spazierenging, und daß die junge Dame ihm die Reitpeitsche entwand und statt dessen den General damit schlug. Natürlich«, fügte sie hinzu, »hat er – der General, meine ich – dem Rechtsanwalt all seine Geschäfte entzogen, was ihn – den Anwalt selbstverständlich – äußerst wütend machte . . .«

Aber Cressida hörte nicht mehr zu, aus Angst, wie ein Schulmädchen über diese blödsinnige Geschichte kichern zu müssen. Aber irgendwie empfand sie dadurch das Leben im allgemeinen wieder angenehmer. Oder vielleicht war es die Nachricht, daß der Honourable Drew Addison ebenfalls ein gewisses Interesse an Kitty zeigte, denn trotz ihrer Verachtung für ihn konnte sie sich des Gefühls nicht erwehren, er könnte vielleicht ein weitaus stärkeres Hindernis sein als Captain Harries, wenn es darum ging, Rossiter davor zu bewahren, sich von dieser falschen jungen Frau zum Narren halten zu lassen.

Nicht, dachte sie bei sich, daß Rossiter es nicht verdiente, eine solche Frau zu bekommen. Und sie würde ganz bestimmt auf seiner Hochzeit tanzen, falls es jemals dazu kommen sollte.

7

In den folgenden Tagen hatte Cressida allen Grund, anzunehmen, daß sie tatsächlich ihre in Gedanken gefaßte Bereitschaft in die Tat umsetzen müßte, auf der Hochzeit von Rossiter und Kitty Chenevix zu tanzen. Es bestand jedenfalls kein Zweifel, daß der Captain jede Gelegenheit ergriff, die Gesellschaft von Miß Chenevix zu suchen. Er sprach fast täglich in den Mount Street vor, nahm sie auf Spazierfahrten in den Park mit, und auf jedem Ball der oberen Zehntausend absolvierte er so viele Tänze mit ihr, wie Lady Constances Sinn für Schicklichkeit zulassen wollte.

Captain Harries schien mittlerweile ganz aus dem Rennen zu sein, obwohl auch er häufig in der Mount Street Besuche machte. Aber dies geschah, so vermutete zumindest Lady Constance, um Cressida zu sehen, nicht Kitty. Dies wiederum war der Anlaß zu einer ziemlich turbulenten und zusammenhanglosen Unterhaltung zwischen ihr

und Cressida, bei der sie fragte, was denn Langmere davon halten werde, wenn der junge Mann sich so oft im Haus aufhalte. Cressida erwiderte, sie kümmere sich keinen Deut darum, was Langmere oder sonst irgend jemand denken mochte, und sie würde ihre Freunde aussuchen, wie es ihr paßte.
Das alles machte das Leben in dem eleganten Haus in der Mount Street etwas ungemütlich, und es wurde – zumindest für Cressica – dadurch noch ungemütlicher, daß sie jeden Morgen dasitzen mußte mit der Zunge zwischen den Zähnen, während Lady Constance sich in Lobgesängen auf Kittys Erfolg, ihren Charakter und ihre Manieren erging. Ein so süßes Mädchen! Und wußte Cressida, daß selbst Mrs. Drummond Burrell, die förmlichste aller August-Schutzherrinnen von Almack, ihr bescheidenes Wesen angesichts des ihr durch Rossiters Aufmerksamkeit zuteil gewordenen Bekanntheitsgrades erwähnt hatte?
Was Addison anbetraf, meinte Lady Constance – obwohl auch er jetzt Kitty zum Ziel seiner Aufmerksamkeit machte –, so bestand sicher keinerlei Hoffnung in dieser Richtung. Deshalb hatte sie, Lady Constance, sie auch gewarnt. Denn Addison war ein eingefleischter Junggeselle und schätzte seine Freiheit viel zu sehr, um sich in der Mausefalle eines Priesters fangen zu lassen, und sei es auch von einem noch so geschickt gelegten Köder. Es war aber nicht zu leugnen, daß er sehr charmant sein konnte, wenn er wollte. Jede junge Dame mußte sich glücklich schätzen, seine Aufmerksamkeit zu erringen, denn das erhöhte ihre Wirkung.
Was Kitty selbst betraf, so nahm sie ihr Glück derart still und gefaßt hin, daß sich Cressida zeitweise fragte, ob sie das bereits vorausgesehen hatte, als sie ihren Plan faßte, die Welt der oberen Zehntausend durch ein kühnes Täuschungsmanöver zu betreten.

»Wie macht sie das bloß?« hörte sie Dolly Dalingridge an einem Ballabend neben sich fragen, als sie sich gerade – während sie zusah, wie Kitty mit Rossiter tanzte – genau dieselbe Frage stellte. Dollys geschminkte Lippen waren in einem Ausdruck verächtlicher Unzufriedenheit geschürzt. Sie hatte ihren Groll auf Rossiter noch nicht überwunden, und Kittys Erfolg, dort zu beeindrucken, wo sie selbst versagt hatte, veranlaßte sie, das Mädchen auf die Liste ihrer Abneigungen zu setzen. »Das kleine Aschenbrödel und dieser – dieser Seeräuber! Wirklich, das bringt meine ganze Vorstellungswelt durcheinander. Was findet er bloß an ihr?«
»Frieden. Ruhe. Häusliche Wonne«, mischte sich Addisons Stimme hinter ihr höflich in die Unterhaltung. »Nein, nennen Sie mich nicht schwülstig«, fuhr er fort, als Dollys Lippen sich unwillig kräuselten. »Offensichtlich ist der Seeräuber seines bewegten Lebens müde geworden und sehnt sich nach der Ruhe seines eigenen Herdes. Und Sie werden zugeben, Dolly, daß Miß Chenevix ihm die angenehmste Frau abgeben wird, wenn er sie zur Herrin des stattlichen Besitzes macht, den er anscheinend gerade sucht, wenn man der Dame Gerücht Glauben schenken darf – die, wie Sie wissen, oftmals so unangenehm korrekt ist.«
»Rossiter ... sucht ein Haus? Unsinn! Das kann nicht Ihr Ernst sein«, rief Cressida, die sich durch Addisons unerwartete Worte hatte hinreißen lassen, ihre Überraschung zu verraten. »Er ist der geborene Zugvogel.«
»Meine Liebe, einmal kommen wir alle dahin«, sagte Addison sententiös. »Hausschuhe und ein warmes Feuer ...« Cressida hob ungläubig die Schultern. »Aus welch anderen Gründen, meine Liebe«, bohrte Addison weiter, »sollte er sonst einem saft- und kraftlosen Mädchen nachstellen und von einem Heim auf dem Lande

träumen? Er ist nicht verliebt. Nicht einmal ihr schlimmster Feind könnte die kleine Miß Chenevix beschuldigen, eine übermächtige Leidenschaft in irgendeines Mannes Brust zu entflammen ...«

»Nun, hier irren Sie sich, denn das hat sie bereits«, sagte Cressida mit Entschiedenheit.

»Wer? Wer?« schrien Addison und Dolly gleichzeitig. Aber Cressida ließ sich nicht verleiten, Captain Harries' Geheimnis zu verraten. Sie drehte statt dessen den Spieß um und fragte Addison, wie es denn mit ihm stehe.

»Ich? Meine liebe Cressy, das ist Bosheit, nicht Liebe«, sagte Addison gelassen, ließ eine elegante Sèvres-Schnupftabaksdose aufspringen und nahm sich à la Brummell eine Prise mit Daumen und Zeigefinger. »Es amüsiert mich, wissen Sie, den eroberungsgewohnten Captain in einer Ecke brüten zu sehen, während sein Liebchen mit mir tanzt. Und was die kleine Miß Chenevix betrifft – ich lebe, ich gestehe es, in atemloser Erwartung des Tages, an dem sich ihre süße Gelassenheit in völlige Verwirrung verwandelt, wenn sie sich bemüht, zwischen Rossiter und mir zu wählen.«

»Ja, aber Sie haben doch nicht die Absicht, das Mädchen zu heiraten«, sagte Dolly und klopfte ihm tadelnd auf den Arm. »Sie sind wirklich ein entsetzliches Biest, Drew. Und das Schlimmste ist, Sie reden so schamlos offen über Ihre Machenschaften. Befürchten Sie denn nicht, Cressy könnte schnurstracks nach Hause laufen und Miß Chenevix alles über Ihre Absichten erzählen – oder sollte ich lieber sagen, über Ihren Mangel an Absichten? Das würde Ihrem hübschen kleinen Spielchen dann ein Ende setzen.«

»Keineswegs«, sagte Addison und wischte sich einen unsichtbaren Schnupftabakskrümel mit einem eleganten goldgesprenkelten Taschentuch vom Ärmel. Es war eines jener Taschentücher, die den Prinzregenten veranlaßt hatten, sich ebenfalls sofort in neidvollem Wettstreit ein halbes Dutzend Kopien zu je zwölf Guineas anfertigen zu lassen. »Eine derartige Handlungsweise würde sie nur davon überzeugen, daß Cressy wegen meiner Aufmerksamkeit ihr gegenüber eifersüchtig ist, ganz zu schweigen von der Tatsache«, fügte er hinzu und sah Cressida nachdenklich an, »daß ich nicht glaube, Cressy habe auch nur die mindeste Absicht, etwas Derartiges zu sagen. Ein wenig Eifersucht, allen Ernstes, meine Liebe?«

»Was – auf Sie oder auf Rossiter?« fragte Cressida leichthin. »Welch eitle Geschöpfe ihr Männer doch seid!«

»Und trotzdem, meine Liebe, gestehen Sie! – Sie machen sich nicht das geringste aus der süßen, der bescheidenen, der beinahe zu vollkommenen Miß Chenevix?«

»Unsinn! Was heißt schon ›sich etwas aus jemand machen‹?« sagte Cressida. »Sie ist ein sehr angenehmes Mädchen, und Sie könnten etwas viel Dümmeres tun, als sie heiraten. Nach allem, was ich von Ihnen beiden weiß, würden Sie ausgezeichnet zusammenpassen . . .« Mit dieser ziemlich geheimnisvollen Bemerkung erhob sie sich und verließ den Raum, denn sie fürchtete, Addison, der der Wahrheit in einer Hinsicht bereits unangenehm nahegekommen war, könnte ihr irgend etwas sagen, was sie nicht hören wollte.

Sie hielt es nicht für ihre Pflicht, Kitty über diese Unterhaltung zu informieren, als sie an diesem Abend in die Mount Street zurückkehrten, aber sie gab Lady Constance einen deutlichen Wink, daß Addison an diesem Abend offener als üblich von seinem gänzlichen Mangel an ernsthaften Absichten gegenüber dem Mädchen gesprochen hatte. Sie wußte, Lady Constance würde die Information dazu benützen, ihre Warnung zu verstärken, die sie in dieser Beziehung Kitty gegenüber bereits ausge-

sprochen hatte. Was sie selbst betraf, so kreisten ihre Gedanken mit geradezu lächerlicher Beständigkeit um das Gerücht, daß sich Rossiter nach einem Landhaus umsehe – wirklich ganz lächerlich, denn von welchem Interesse konnte es für sie sein, wo er wohnte oder ob er sich wirklich entschlossen hatte, seßhaft zu werden und Kitty Chenevix zu heiraten?
Und dann geschah am folgenden Tag etwas, was sie erkennen ließ, daß sie dies alles doch eine Menge anging.
Es begann damit, daß ihr eine Nachricht von Sir Octavius überbracht wurde, worin er sie bat, ihm einen passenden Zeitpunkt zu nennen, zu dem er sie in einer dringenden geschäftlichen Sache aufsuchen könne. Sie war soeben dabei, in ihre Kutsche zu steigen, um sich bei Hatchard die neueste Ausgabe von Sir Walter Scotts Gedichten zu kaufen und ihre Modistin zu besuchen, die ihr zu verstehen gegen hatte, sie habe einige neue und hinreißende Kreationen anzubieten. Aber als sie von dem Angestellten, der die Nachricht gebracht hatte, erfuhr, daß Sir Octavius jetzt frei sei, falls sie sofort in sein Büro fahren würde, änderte sie ihre Pläne und bedeutete ihrem Kutscher, in die City zu fahren.
Sie traf Sir Octavius in seinem prächtigen Büro an und erkannte bald, daß er ganz darauf eingestellt war, eine ungewöhnlich lange Zeit mit Gesellschaftsklatsch zu vertun, ehe er zu dem kam, was ihr als dringende geschäftliche Sache geschildert worden war.
»Worauf wollen Sie hinaus, Octavius?« erkundigte sie sich in ziemlich mißtrauischem Ton. »Und sagen Sie nicht ›auf nichts‹, denn ich kenne Sie zu gut, um Ihnen etwas Derartiges zu glauben. Es kann Sie unmöglich interessieren, wie oft ich auf dem Ball der Herrings mit Lord Langmere getanzt habe.« »Ah, aber das tut es«, sagte Sir Octavius ruhig. »Verstehen Sie, es macht einen

Unterschied, wie Sie meine Neuigkeiten aufnehmen, wenn Sie vorhaben, ihn zu heiraten.«

Er sah sie forschend an und beobachtete, daß sich ihre Gesichtsfarbe nicht änderte.

»Natürlich habe ich nicht vor, ihn jetzt zu heiraten«, sagte sie. »Um genau zu sein, er hat mich noch nicht gefragt.«

»Was sehr wenig besagt, wissen Sie«, bemerkte Sir Octavius, »denn morgen geben Sie mir möglicherweise genau die gegenteilige Antwort, und das mit einem ebenso guten Gewissen. Das ist das Schlimmste an den Frauen: die ändern ständig ihre Meinung.«

»Männer auch«, sagte Cressida und mußte unerklärlicherweise und sehr zu ihrem Ärger an einen jungen Rossiter denken, der sie gebeten hatte, ihn zu heiraten, und der offensichtlich auch gewünscht hatte, daß sie es tun würde. Und dann hatte er es sich aber doch anders überlegt. »Sie sollten mir lieber sagen, worum es sich handelt, ganz gleichgültig, was es ist«, sagte sie zu Sir Octavius. »Und ich begreife nicht, welchen Unterschied es in irgendeiner Beziehung machen sollte, ob ich Langmere heirate oder nicht.«

Sir Octavius sah sie mit ausdrucksvoll hochgezogener – höher als sonst hochgezogener – rechter Augenbraue an und sagte, er könne sich vorstellen, daß die Marquise von Langmere mit Besitzungen in Sussex, Leicestershire und Derbyshire, ganz zu schweigen von einem der begehrenswertesten Stadthäuser in London, möglicherweise weniger als Miß Cressida Calverton an der Tatsache interessiert sei, daß Calverton Place verkauft werden solle.

»Calverton Place?« Cressida starrte ihn an. »Von was um Himmels willen reden Sie, Octavius? Wollen Sie mir etwa erzählen, daß Onkel Arthur daran denkt, es zu verkaufen? Aber das kann er nicht. Es ist Erbgut.«

»Mr. Walter Calverton, der Erbe, hat zugestimmt, die

Erbfolge abzubrechen, glaube ich«, sagte Sir Octavius. Und als Cressida noch immer ungläubig zu ihm aufsah, fuhr er fort: »Mein liebes Mädchen, das ist das Vernünftigste, was er tun konnte. Sie müssen doch wissen, daß Ihr Onkel bereits alles Land verkauft hat, das er verkaufen konnte, und daß außer dem Haus selbst und den Gärten und dem Park nur noch sehr wenig übrig ist – und auch das ist schwer mit Hypotheken belastet. Wie die Dinge gegenwärtig liegen, kommt Mr. Walter Calverton in die Lage, einen Berg von Schulden und ein Haus zu erben, in dem zu leben er sich nicht leisten kann und das sehr schnell verfallen wird, wenn man es vernachlässigt. Und da er ein sehr entfernter Verwandter Ihres Onkels ist – nicht wahr? –«

Cressida nickte.

» – und keine sentimentale Bindung haben kann«, fuhr Sir Octavius fort, »ist es gewiß klüger, mit Ihrem Onkel die Dinge auf die Weise zu regeln, daß es ihm – ich meine Ihrem Onkel – möglich ist, das sehr vorteilhafte Angebot anzunehmen, das er erhalten hat.«

»Ein vorteilhaftes Angebot? Für Calverton Place? Aber wer kann das kaufen wollen?« fragte Cressida. »Ich habe das Haus seit Jahren nicht mehr gesehen, aber schon damals war es am Zusammenbrechen.«

»Ich glaube«, sagte Sir Octavius und sah auf seine Fingerspitzen, die er wie zum Gebet aneinandergelegt hatte, während er eine Augenbraue noch immer spöttisch hochzog, »daß der voraussichtliche Käufer ein Herr namens Rossiter ist. Um genauer zu sein, Captain Deverell Rossiter ...«

Falls er eine lebhafte Reaktion auf seine Worte erwartet hatte, wurde er nicht enttäuscht. Cressida sagte »Rossiter« in einem absolut ungläubigen Tonfall, und dann noch einmal »Rossiter«, und diesmal überwog die Empö-

rung. Danach erhob sie sich und begann, im Zimmer auf und ab zu gehen, und dabei sah sie so hübsch in ihrem Zorn aus, daß Sir Octavius noch einmal bedauerte, nicht zwanzig Jahre jünger zu sein und von seinen Geschäftsinteressen davon abgehalten zu werden, sich zu verlieben.
»Dies«, sagte sie dann, blieb stehen und sah ihn mit einem kriegerischen Leuchten in den Augen an, »dies ist unerträglich!«
»Nein, wirklich?« Sir Octavius sah sie offen an. »Ich gestehe, ich begreife eigentlich nicht recht, weshalb.«
»Er tut es absichtlich«, sagte Cressida anklagend.
»Nun ja«, pflichtete ihr Sir Octavius bei. »Ein Mann kauft für ungewöhnlich keinen Besitz, glaube ich, ohne es mit Absicht zu tun.«
»Ich meine, er tut es absichtlich, um mir gegenüber ekelhaft zu sein«, stellte Cressida unerbittlich fest. »Es muß Dutzende anderer Häuser geben, die er kaufen könnte. Hunderte! Und er kann Gloucestershire nicht einmal ausstehen! Das hat er mir einmal gesagt.«
»Vielleicht«, sagte Sir Octavius mit vorgetäuschter Gleichgültigkeit, »hat er seine Ansicht geändert?«
Cressida warf ihm einen wütenden Blick zu und nahm ihre Wanderung wieder auf.
»Nun, ich will es nicht«, erklärte sie dann. »Wenn jemand das Recht hat, Calverton Place zu kaufen, dann bin ich das – ich! Und weshalb Onkel Arthur so idiotisch war, sich nicht an mich zu wenden, als er am Nullpunkt angekommen war, anstatt den Besitz an einen vollkommen Fremden zu verkaufen ...«
Sir Octavius schüttelte den Kopf. »Nun, ich will nicht sagen, daß es nicht besser gewesen wäre, wenn er das getan hätte«, pflichtete er unparteiisch bei. »Aber Mrs. Arthur Calverton hat sich nie – Sie verzeihen mir, wenn ich das sage, meine Liebe – auch nur durch einen bescheidenen

Grad an Vernunft ausgezeichnet. Und zweifellos empfand er eine gewisse Scheu, Ihnen zu offenbaren, in welch trostlosen Zustand er ihm Anvertrautes hatte sinken lassen.«

»Nun, er wird noch mehr Scheu empfinden, wenn ich ihm sage, was ich von seinem unsinnigen Plan halte«, erklärte Cressida. »Den er selbstverständlich nicht durchführen wird! Ich werde sofort selbst nach Gloucestershire reisen.«

»Aber ich könnte mir denken, Sie kommen zu spät, mein Kind«, sagte Sir Octavius, etwas amüsiert von dem Gefühlsausbruch, den seine Enthüllung hervorgerufen hatte. Aber zur gleichen Zeit betrachtete er Cressida noch durchdringender als üblich, als entdecke er etwas höchst Verräterisches an ihrem Zorn. »Den Informationen zufolge, die ich erhalten habe, ist die Angelegenheit bereits so weit gediehen, daß ein Versuch Ihrerseits, sich da einzumischen, vermutlich vollkommen nutzlos wäre.«

»Unsinn!« sagte Cressida ungeduldig. »Falls Dokumente schon unterschrieben sind, muß man sie eben – nun, eben die Unterschrift ungültig machen oder die Papiere zerreißen oder was man eben machen muß, damit sie unwirksam sind. Das alles ist absolut absurd. Als eine Calverton muß natürlich ich Calverton Place haben!«

»Aber Sie haben bis jetzt noch nie das geringste Interesse daran gezeigt«, erinnerte sie Sir Octavius und sah immer belustigter aus. »Woher sollte Ihr Onkel wissen, daß Sie so empfinden? Nein, nein, Cressy, das geht nicht«, fuhr er fort, als sie sich ihm zuwandte und eine heftige Bemerkung machen wollte. »Sie haben Rossiter beschuldigt, Calverton Place nur deshalb zu kaufen, um Ihnen eins auszuwischen. Aber sind Sie ganz sicher, daß es andererseits nicht so ist, daß Sie nicht wollen, daß er es bekommt, nur um ihm eins auszuwischen?«

Röte überzog Cressidas Gesicht. »Das«, sagte sie und bemühte sich mit einiger Anstrengung um einen würdevollen Ton, »ist Ihrer ganz unwürdig, Octavius.«
»Im Gegenteil, meine Liebe, wenn es stimmt, ist es Ihrer unwürdig. Es paßt nicht zu Ihnen. Groll gegen jemand zu hegen . . .«
»Ich hege keinen Groll! Es ist nur, daß . . . daß ich einfach nicht will, daß Rossiter Calverton Place bekommt«, sagte Cressida in dem plötzlich schrecklichen Gefühl, daß Sir Octavius ganz recht hatte und daß sie nicht halb so verärgert wäre, hätte ein anderer als ausgerechnet Rossiter die Absicht geäußert, Calverton Place zu kaufen.
Im Gegensatz zu den meisten Menschen söhnte sie das Bewußtsein, unrecht zu haben, leider keineswegs mit der Situation aus. Als sie kurz danach Sir Octavius verließ, hielt sie noch immer unerschütterlich an ihrem Entschluß fest, sofort nach Gloucestershire zu reisen und zu sehen, was man tun könnte, um Rossiter Calverton Place aus den Klauen zu reißen.
Während sie zur Mount Street zurückfuhr, wunderte sie sich, weshalb Sir Octavius so daran gelegen war, daß sie von Rossiters Kaufabsichten erfuhr, besonders da er das Gefühl zu haben schien, daß jede Einmischung ihrerseits in die Transaktion nicht nur unbesonnen, sondern auch nutzlos wäre. Aber sie hatte keine Zeit, sich näher mit dem Gedanken zu befassen, weil sie zu sehr damit beschäftigt war, Pläne für eine Reise nach Calverton Place zu schmieden.
Sie hatte die Absicht, diese Pläne sofort nach ihrer Ankunft in der Mount Street in die Tat umzusetzen. Sie mußte anordnen, daß man ihre Reisekutsche bereithielt und daß Moodle eine angemessene Anzahl von Kleidern und andere für die Reise notwendige Dinge packte. Außerdem mußte sie eine Armee von Boten losschicken, die

ihre Entschuldigungen für all die gesellschaftlichen Ereignisse der nächsten Tage überbringen sollten, für die sie Einladungen angenommen hatte. Aber zu ihrem Ärger wurde sie an der Tür von Harbage mit der Nachricht erwartet, daß Lord Langmere vor ein paar Minuten gekommen sei, um sie zu besuchen, und ihre Rückkehr im Salon erwarte.

»Verdammt!« murmelte sie und ging sofort in den Salon, wo sie Lord Langemere dmait beschäftigt fand, mit einem Ausdruck lauwarmsten Interesses auf dem Gesicht einen Band von Southeys neuesten Gedichten durchzublättern.

»Nun, Leonard, was ist?« erkundigte sie sich, auf eine formelle Begrüßung verzichtend, als sie direkt auf ihn zukam.

Er erhob sich, legte das Buch beiseite, und der Ausdruck leichten Erstaunens, der sich auf seinem Gesicht beim Klang ihrer ziemlich ungeduldigen Stimme gezeigt hatte, vertiefte sich noch, als er ihr gerötetes Gesicht sah.

»Ist irgend etwas schiefgegangen?« entgegnete er. »Du wirkst aufgeregt ...«

»Nun, das bin ich auch«, gestand Cressida freimütig, streifte ihre Handschuhe ab und warf sie auf einen Sessel. »Kannst du das glauben, Leonard? – Dieser widerliche Rossiter hat vor, Calverton Place von meinem Onkel zu kaufen. Die Erbfolge soll unterbrochen werden – ich nehme an, du kennst meinen Vetter Walter Calverton nicht, der der Erbe ist, aber er ist ein ebenso leichtsinniger Bursche wie mein Onkel Arthur, und den kennst du! Und noch viel geistloser! Und Rossiter – von allen Männern ausgerechnet Rossiter! – steht in Verhandlungen, um den Besitz zu kaufen. Natürlich werde ich das nicht zulassen. Ich reise sofort nach Gloucestershire, um die Dinge in Ordnung zu bringen.«

»Nach Gloucestershire?« Lord Langmere setzte sich wie-

der. Er sah nach dieser plötzlichen Mitteilung etwas verblüfft aus. »Aber meine liebe Cressy, mitten in der Saison – ist das denn wirklich notwendig?« fragte er. »Gewiß können deine Anwälte die Angelegenheit regeln.«
»Meine Anwälte«, sagte Cressida, »können Onkel Arthur nicht regeln. Ich kann es. Weißt du, das geht einfach nicht, Leonard, daß Rossiter Calverton Place besitzt. Das ist ganz undenkbar. Falls Onkel Arthur irgendeine Zustimmung gegeben hat, muß er sie einfach wieder zurücknehmen.«
Lord Langmere merkte an diesen Worten, daß an der Sache mehr dran war, als er zuerst gedacht hatte, und machte ein ernstes Gesicht.
»Ist es zwischen den beiden schon zu einer Vereinbarung gekommen?« fragte er. »Wenn das der Fall ist, dann fürchte ich, daß du sehr wenig machen kannst – das heißt, falls Captain Rossiter an dem Kauf festhalten will.«
»Ich kann ihm ein gut Teil mehr bieten, als er selbst für den Besitz bezahlt hat«, erwiderte Cressida. »Das funktioniert bei den meisten Männern. Ob es auch bei Rossiter klappt, bleibt abzuwarten. Aber er wird Calverton Place nicht bekommen! Dafür werde ich sorgen, und wenn es mich mein halbes Vermögen kostet.«
Lord Langmere war von ihrer Vehemenz immer überraschter. »Aber sicherlich kann es dir doch nicht so viel bedeuten«, sagte er. »Du schienst dich nie dafür zu interessieren . . .«
»Na schön – dann habe ich mich eben nicht interessiert. Aber ich habe mir auch bisher nie vorgestellt, daß Onkel Arthur daran denken würde, den Besitz zu verkaufen – und ausgerechnet an Rossiter.« Unvermittelt stand sie auf. »Es tut mir leid, Leonard, aber ich muß wirklich einiges für die Reise vorbereiten«, sagte sie. »Du wolltest mich doch aus keinem bestimmten Grund besuchen, oder?«

Lord Langmere, der plötzlich ziemlich kläglich dreinsah, erklärte, er sei in der Tat genau deswegen gekommen.
»Oh?« Cressida sah ihn fragend an. »Die Abendgesellschaft der Boltons? Es ist mir natürlich nicht möglich, daran teilzunehmen.«
»Nicht die Abendgesellschaft der Boltons.« Lord Langmeres Gesichtsausdruck wurde immer kläglicher. »Ich bin mir dessen völlig bewußt, daß dies nicht der passende Augenblick ist, dich zu fragen«, sagte er, »aber ich habe meinen ganzen Mut zusammengekratzt, und ich weiß nicht, wann ich wieder dazu in der Lage sein werde. Cressy, mein Liebes, willst du mich heiraten und Gloucestershire und Calverton Place und alles andere vergessen, was uns auch nur für vierundzwanzig Stunden trennen könnte?«
Cressida hatte das Gefühl, einen jener Träume zu erleben, in denen einem alle Arten von wichtigen, beängstigenden und großartigen Dingen in den allerunpassendsten Augenblicken passieren. Sie fühlte ihre beiden Hände von einem leidenschaftlichen, männlichen Griff gepackt, und nur durch große Geistesgegenwart gelang es ihr, einer Umarmung zu entgehen.
»Leonard – nein!« sagte sie, rasch einen Schritt zurücktretend. »Ich meine nicht direkt nein, aber – aber du hast ganz recht, dies ist nicht die richtige Zeit ...«, fuhr sie fort und war selbst erstaunt, daß sie dummes Zeug faselte wie ein Mädchen, das bei seinem ersten Ball seinen ersten Antrag bekommt. »Du hast mich wirklich sehr überrascht ...«
Wenn Lord Langmere seinerseits einer vernünftigen Rede fähig gewesen wäre, hätte er ihr gesagt, daß jede junge Frau, die Überraschung bekundet, wenn die ihr über Monate hinweg erwiesene augenfällige Aufmerksamkeit in einem Heiratsantrag gipfelt, entweder idiotisch

ist oder sich unerträglich ziert. Da er jedoch nicht fähig war, so vernünftige Gedanken anzustellen, fand er ihre Verwirrung nur bezaubernd und versuchte erneut – diesmal mit mehr Erfolg –, sie in die Arme zu schließen.
»O du meine Güte«, sagte Cressida. »Wirklich, Leonard, das darfst du nicht. Ich brauche Zeit zum Nachdenken.«
»Du hattest bereits genügend Zeit«, antwortete Lord Langmere. »Du mußt gewußt haben, wie ich für dich empfinde . . .«
Mittlerweile hatte Cressida, auf die während mehrerer Jahre im Umgang mit lästigen Verehrern erworbenen Erfahrungsreserven zurückgreifend, die Situation wieder fest in der Hand und sagte mit Entschiedenheit:
»Genügend Zeit, das ist es . . . Du kannst nicht einfach eine Frau bitten, dich zu heiraten, die gerade im Begriff ist, nach Gloucestershire abzureisen, und dann noch erwarten, daß sie dir eine vernünftige Antwort gibt.«
»Aber du brauchst nicht nach Gloucestershire zu reisen«, protestierte Lord Langmere und machte einen weiteren Versuch, seine Geliebte zu umarmen. Doch plötzlich fand er sich – nie würde er genau wissen, wieso – ganz allein mitten im Zimmer stehend, während Cressida vor dem Spiegel über dem Kamin aus grünem Jaspis-Wedgwood ihre Frisur in Ordnung brachte.
Sehr kühl und typisch London, dachte seine Lordschaft bitter. Er hielt sich für ehrlich verliebt, wenn auch irgendwie jenseits des Alters heftiger romantischer Hirngespinste. Aber so war Cressida. Sie war bekannt dafür, niemals irgendeinem ihrer Verehrer die Genugtuung zu gönnen, sie in den Armen gehalten und ordentlich geküßt zu haben.
Jetzt ging sie nach oben, nachdem sie Lord Langmere sehr freundlich mit dem Versprechen entlassen hatte, ihn sein Schicksal in dem Moment wissen zu lassen, in dem

sie von Gloucestershire zurückkehrte. Fünf Minuten lang war sie sehr böse auf sich selbst, sich so lächerlich geziert und seiner Lordschaft keine einfache, klare Antwort gegeben zu haben, die sie beide aus ihrem Jammer herausgeführt hätte.

Nun mußte sie sich auf dem Weg nach Calverton Place und während ihrer Verhandlungen mit ihrem Onkel überlegen, ob sie ja sagen sollte oder nicht. Aber um die Wahrheit zu gestehen, in dem Durcheinander ihrer Reisevorbereitungen hatte sie den armen Lord Langmere innerhalb einer Viertelstunde vollkommen vergessen und dachte erst wieder an ihn, als sie sich an diesem Abend in dem sehr komfortablen Schlafzimmer eines Gasthauses in Oxford, wo sie ihre Reise unterbrach, zu Bett begab. Was seine Lordschaft, hätte sie davon gewußt, vielleicht auch nicht als günstiges Omen gewertet hätte.

8

Da Cressida ihre Postillione seit ihrer Abreise von Oxford zu Höchstleistungen angespornt hatte, war es ihr möglich, noch vor der Dinnerstunde des nächsten Tages in Calverton Place einzutreffen.

Sie war mehrere Jahre nicht mehr in Cotswold Country gewesen, und der Anblick goldfarbener Steinhäuser mit moosbedeckten Schieferdächern neben kleinen, von Miniaturbrücken überspannten Bächen, der vom Rosa und Gold des Wiesenschaumkrautes und der Schlüsselblumen bedeckten Wiesen und der sich in der Ferne verlierenden Höhenzüge von sanfter grüngrauer Färbung erfüllte sie mit dem erheiternden und nostalgischen Gefühl, wieder sehr jung zu sein. Wieder das unreife Mädchen zu

sein, das unbeschwert diese Hügel und Wälder durchstreift hatte und das mit Zittern und Abneigung nach Cheltenham mit seinen hübschen, ordentlichen Terrassen und Stuckvillen zurückgekommen war. London fiel von ihr ab, als sei es nie mehr gewesen als der modische Umhang aus schieferfarbenem, geköpertem Tuch, den sie trug. Während ihre Kutsche durch das Tor von Calverton Place fuhr, mußte sie an das Schulmädchen von einst denken, dessen schlichter, runder Kattunrock nach einem Tag des Umherstreifens in den Wäldern von Brombeerranken zerrissen und von Obstflecken beschmutzt war.
Claverton Place war ein klassisches Gebäude aus dem siebzehnten Jahrhundert, gebaut aus blaßgoldenem Kalkstein. Es lag in einem tiefen, mit Bäumen bepflanzten Tal, hinter dem sich die Hügel erhoben. An den etwas zurückgesetzten Hauptblock schlossen sich an beiden Enden flache Vorsprünge an. Über dem von Säulen getragenen Eingang spreizte im Giebelfeld der Calverton-Adler seine ungeheuren Schwingen. Selbst in Cressidas frühester Erinnerung waren der Park überwuchert und die Gärten vernachlässigt gewesen, aber alles hatte sich nun sanft vom Schlimmen zum Schlechteren entwickelt, so daß es jetzt fast so aussah, dachte sie, als sei dies mit Absicht geschehen – wie bei dem undurchdringlichen Dickicht im Märchen, das emporgewachsen war, um Dornröschens Schlummer zu bewachen.
Auch das Haus selbst umgab die gleiche bezaubernde melancholische Aura des jahrzehntelangen Verlassenseins von jedem menschlichen Wesen. Dieser Eindruck wurde jedoch auf ihr Klopfen hin durch das Erscheinen eines völlig unpassenden jungen und frischgesichtigen Butlers zerstört, den sie noch nie zuvor gesehen hatte und der mit offensichtlichem Erstaunen ihre Reisekutsche anstarrte, aus der Moodle soeben ihren Kleiderkoffer her-

vorzuzerren versuchte, während sich einer der Postillione mit dem übrigen Gepäck abmühte.
»Nein, ich werde nicht erwartet«, sagte Cressida als Antwort auf den stumm fragenden Gesichtsausdruck des Butlers. »Ist mein Onkel da? Ich bin Miß Calverton.«
Der Butler trat zurück, um sie in die Halle eintreten zu lassen, und sagte, er bedauere, Mr. Calverton sei nicht da, aber er werde sicherlich bald zurückkehren, er zeige nur gerade dem Herrn den Park.
»Dem Herrn? Sie meinen nicht . . . Sie können nicht etwa . . . Captain Rossiter meinen?« fragte Cressida bestürzt.
»Ja, Miß«, sagte der Butler und sah ein wenig nervös zu Moodle hin, die Cressida ins Haus gefolgt war und sich mißbilligend in der Halle umsah, aus der alle guten Stücke verkauft waren – und das, was übriggeblieben war, sagten ihm ihre vorwurfsvollen Augen, hätte eine Politur bitter nötig gehabt. »Darf ich fragen«, erkundigte er sich, indem er sich an Cressida wandte, »ob . . . ob Sie vorhaben zu bleiben?«
»Nun, es ist ein bißchen ungeschickt, daß mein Onkel nicht hier ist, um mir diese Frage zu stellen, aber ich habe diese Absicht«, sagte Cressida offen. »Vielleicht könnte ich das Blaue Schlafzimmer bekommen . . .«
Der Butler sah Moodle noch nervöser an, die jetzt ob dieses Mangels an Benehmen kalte Verachtung ausstrahlte, und sagte, es tät ihm leid, aber Captain Rossiter habe gegenwärtig das Blaue Schlafzimmer belegt.
»Was, er bleibt hier?« rief Cressida ein wenig aufgebracht. »Oh, gut, also dann das – das Grüne.«
Des Butler gesunde Gesichtsfarbe wurde noch gesünder, und er stammelte mit einem furchtsamen Blick auf Moodle, daß es ihm wirklich sehr leid täte, aber das Grüne Schlafzimmer sei ebenfalls besetzt.

»Von einer Lady«, erläuterte er seine Aussage, das Wort so offensichtlich betonend, daß Cressida sofort begriff, daß es sich um eine Dame mit dem Titel einer Lady handelte.

»Oh?« sagte sie neugierig und fragte sich, welch seltsame Gesellschaft ihr Onkel für Rossiter aufgetrieben haben mochte oder ob »die Lady« zusammen mit Rossiter gekommen war.

»Eine Lady?«

»Ja, Miß. Lady Letitia Conway«, antwortete der Butler, was Cressida so sehr überraschte, daß sie unwillkürlich ausrief: »Guter Gott, was macht die denn hier?«

Denn Lady Letitia war eine ältere Kusine von Arthur Calverton, die in Cheltenham lebte, sich der Wohltätigkeit hingab, unverheiratet geblieben war, eine Menge Zeit hatte und von ihrem Vetter Arthur als höllisch langweilig empfunden wurde. Der Butler, offenbar fühlend, daß eine Beantwortung der Frage Cressidas seine Pflichten bei weitem überstieg, sagte, das wisse er nicht, fügte aber hilfreich hinzu, sie sei am vergangenen Abend eingetroffen. Er behielt die interessante Tatsache für sich, daß auch Lady Letitia offensichtlich nicht erwartet worden war und daß heute morgen in der Bibliothek zwischen ihr und ihrem Gastgeber ein Streit von titanischen Ausmaßen stattgefunden hatte. Leider hatte er nur die weniger interessanten, aus den Erwiderungen seines Arbeitgebers bestehenden Teile mithören können, da Lady Letitia, eine Lady in jeder Beziehung, ihre Stimme niemals erhob und zweifellos, wäre sie dazu aufgefordert worden, selbst den fürchterlichen Kirchenfluch von Anathema Maranatha in der sanften, vertraulichen Lautstärke eines im Salon stattfindenden Tête-à-tête verkündet hätte.

Aber selbst wenn es seine Absicht gewesen wäre, hätte er Cressida diese Mitteilung nicht machen können, denn

nachdem sie gehört hatte, daß sich Lady Letitia im Augenblick in der Bibliothek aufhielt, eilte sie sofort in dieser Richtung davon.
Die Bibliothek in Calverton Place war ein riesiger, quadratischer, mit vergoldetem, jetzt von der Zeit traurig nachgedunkeltem Leder tapezierter Raum. In der Mitte der für ihre Zeit typischen Stuckdecke prangte ein Kranz dichtgeflochtener Blätter und Blüten. Zwei auffallende Kerzenleuchter in der Form unbekleideter Nymphen, die Kammuscheln auf ihren Köpfen balancierten, flankierten den Kamin aus italienischem Marmor. Und neben einer dieser Nymphen saß kerzengerade Lady Letitia Conway in einer Haltung resignierender Mißbilligung, die durch die schamlose Nacktheit an ihrer Seite erregt worden sein konnte, andererseits vielleicht von den offensichtlich unerfreulichen Gedanken herrührte, die sie im Augenblick beschäftigten. Lady Letitia Conway war eine übermäßig dünne Frau mit einem langen, etwas melancholischen Gesicht und unordentlich oben auf dem Kopf zusammengewursteltem grauem Haar. Sie trug ein formloses, unmodisches Kleid aus irgendeinem grauen Stoff.
Ihr Gesicht erhellte sich jedoch sofort bei Cressidas Anblick, deren ganz unerwartete Ankunft in Calverton Place zumindest sie überhaupt nicht zu überraschen schien. »Cressida, Liebling«, sagte sie mit ihrer unhörbaren Stimme, als sie sich erhob, um Cressida zu umarmen. »Wie schön, daß du gekommen bist. Und so bald! Ich hatte es kaum zu hoffen gewagt – es ist ein solch langer Weg von London. Aber nun bist du hier, und wir müssen sofort unsere Köpfe zusammenstecken. So etwas Schreckliches, nur der Gedanke daran, es zu tun . . .« Sie legte den Kopf auf eine Seite und betrachtete Cressida forschend. »ich bin sicher, du wirst mir zustimmen.«
»Falls du Onkel Arthurs Verkaufsabsichten meinst,

stimme ich dir voll und ganz zu«, sagte Cressida, warf ihr elegantes Hütchen auf einen Tisch und setzte sich. »Aber wie konntest du wissen, daß ich komme, Kusine Letty? Das ist einfach unmöglich. Ich wußte es selbst erst wenige Stunden ehe ich London verließ.«

»Oh«, sagte Lady Letitia und sah erstaunt drein, »dann hast du meinen Brief gar nicht bekommen? Aber – ja, natürlich, das hast du nicht!« Sie spähte in ihr Ridikül – eine aus Papiermaché geformte etruskische Vase, wie sie zur Zeit des Directoire in Frankreich modern gewesen waren – und förderte triumphierend ein versiegeltes Schreiben zutage, das sie Cressida entgegenhielt. »Ich habe das ja erst heute morgen geschrieben und noch nicht zur Post gegeben«, sagte sie. »Aber ich habe dich ganz dringend darum gebeten zu kommen, und natürlich glaubte ich . . .« Sie senkte ihre Stimme zu einem noch unhörbareren Flüstern. »Selbstverständlich bin ich selbst sofort gekommen, als ich erfuhr, was er plant«, sagte sie. »Ich hielt es für meine Pflicht, mit ihm zu sprechen. Nichts, wie ich ihm sehr nachdrücklich heute morgen erklärte, wird mich dazu bewegen, den Verkauf von Calverton Place zu unterstützen. Nicht«, fügte sie hinzu, wobei sie Cressida mit flehenden Blicken ansah, während eine leichte Röte ihre dünnen Wangen überzog, »daß ich irgend etwas tun könnte, um ihn davon abzuhalten. Aber ich bin sicher, daß du, liebste Cressida . . .«

»Nun, ich werde sicherlich mein möglichstes tun«, sagte Cressida, hatte aber irgendwie das Gefühl, durch Lady Letitias Einmischung im Nachteil zu sein. Die Menschen – besonders Menschen wie ihr Onkel Arthur, die die Dinge gern ohne übertriebenes Getue oder Schwierigkeiten selbst regelten – hatten die unangenehme Angewohnheit, ihre Hacken einzugraben und die Ohren anzulegen, wenn Widerspruch einen bequemen »status quo« zu stören drohte, und die Tatsache, daß Lady Letitias wohlgemeinte Einmischung offensichtlich bereits diesen Prozeß ausgelöst hatte, würde ihre Aufgabe mit Sicherheit nicht erleichtern.

Aber sie hatte keine Gelegenheit zu überdenken, welche Änderung ihrer Taktik dieser unerwartete Wechsel der Situation erforderte, den ihr Onkel betrat den Raum, gefolgt von Rossiter.

Arthur Calverton war ein kleiner, adretter Mann mit einem guten Geschmack für Westen, einer besonderen Gabe, langsame Pferde zu besteigen, und einer Vorliebe für stille, kleine Spiele Whist um große Einsätze, aus denen er kaum jemals als Gewinner hervorzugehen schien. Cressida hatte ihr ganzes Leben so etwas wie erbitterte Zuneigung für ihn empfunden, spürte aber jetzt, daß die Erbitterung die Oberhand über die Zuneigung gewann, als sie das erschrockene Augenrollen sah, mit dem er ihre unerwartete Anwesenheit in seiner Bibliothek zur Kenntnis nahm.

»Cressy, mein Liebes! Dich in dieser Gegend zu sehen, hätte ich nicht erwartet – mitten in der Saison und alles ...« sagte er in einer zur Schau gestellten, recht fadenscheinigen und falschen Art willkommenheißender Fröhlichkeit, als er näher trat, sie kurz umarmte und ihr recht lustlos die Wange tätschelte. »Doch nichts los in der Stadt – oder?«

»Überhaupt nichts«, sagte Cressida kühl. Dann beschloß sie, den Stier bei den Hörnern zu packen, und fuhr sogleich fort: »Ich bin gekommen, weil ich hörte, daß du daran denkst, Calverton Place zu verkaufen.«

»Calverton Place verkaufen?« Einen Augenblick lang hatte es den Anschein, als würde Arthur Calverton feige Zuflucht im Leugnen suchen, aber da Rossiter höflich schweigend hinter ihm stand, erkannte er sofort die Sinnlosigkeit eines solchen Kurses und sagte hastig und darum bemüht, seine Worte belanglos klingen zu lassen: »Das beste, was man unter den Umständen tun kann, meine Liebe. Mühlstein um den Hals in den letzten Jahren ... fällt alles zusammen ... müßte ein Nabob sein, um das erhalten zu können. Und Walter stimmt zu ... sagt, daß er froh ist, das Zeug loszuwerden.« Er brach ab und sah sich ziemlich schuldbewußt nach Rossiter um. »Ihr beide kennt euch doch, oder?« fragte er. »Glaube mich zu erinnern ...«

»Wir waren einmal verlobt, Onkel Arthur«, sagte Cressida, und dabei sah sie Rossiter mit einem Ausdruck an, der ihm zu verstehen gab, daß sie das nur gesagt hatte, um ihn des Vergnügens zu berauben, selbst diese Bemerkung zu machen.

Aber anstatt hinzunehmen, daß er schachmatt gesetzt worden war, grinste er sie nur an.

»Ein Kapitel in deinem Leben, das du am liebsten vergessen möchtest, Cressy?« sagte er gedehnt. »Nein – gib mir darauf keine Antwort. Heute bin ich allen Calvertons gegenüber voll freundlicher Gefühle, ich kann es einfach nicht übers Herz bringen, mit einem von ihnen zu streiten.« Er schlenderte durchs Zimmer und ließ sich ihr gegenüber nieder. Und wieder spürte sie – wie schon mehr als einmal seit der Erneuerung ihrer Bekanntschaft zu Beginn der Saison – die spöttische, rücksichtslose Eindringlichkeit seines Blickes, als bemühe er sich, die Tünche der Londoner Verfälschung von ihr abzureißen und zu dem wirklichen Menschen darunter vorzudringen. Natürlich veranlaßte sie dies zu dem Entschluß, daß ihm das ganz gewiß nicht gelingen sollte, und so gab sie sich sehr hoheitsvoll und sagte, auch sie hoffe, sie würden nicht streiten. »Sie brauchen mir nur zu sagen, daß Sie einsehen, wie unpassend es wäre, wenn jemand außerhalb der Familie Calverton Place kaufte, und ich versichere Ihnen, ich werde eine Seele von Liebenswürdigkeit sein«, sagte sie heiter und war keineswegs überrascht, seine dunklen Brauen in einem plötzlichen Stirnrunzeln zusammenschnellen zu sehen.

»Brauche ich nur, bei Gott?« sagt er, was Lady Letitia ihre blassen, ängstlichen blauen Augen sehr weit aufreißen ließ, während sie etwas mit vorwurfsvoller Stimme, aber glücklicherweise so unhörbar murmelte, daß es niemand verstand. »Deshalb sind Sie also hier«, fuhr der Captain verärgert fort, »um mir Prügel zwischen die Beine zu werfen. Nun, das klappt aber nicht, Cressy – nicht einmal, wenn Sie darauf vorbereitet sind, Calverton Place selbst zu kaufen . . .«

»Genau darauf bin ich vorbereitet«, sagte Cressida in einem derart ruhigen, wohlerzogenen und herablassenden Ton, daß jedermann Captain Rossiter den Wunsch vergeben hätte, sie zu schlagen, was auch für einen Augenblick klar und deutlich auf seinem Gesicht zu lesen war. »Und mehr noch, genau das werde ich auch tun.«

Arthur Calverton ahnte das heraufziehende Ungewitter, läutete hastig nach seinem Butler und sagte, sie wollten alle etwas Sherry trinken.

»Nicht für mich, Arthur, Lieber«, sagte Lady Letitia entrüstet. »Und ich würde sagen, auch für dich nicht, besonders jetzt. Wir reden über Geschäftliches, und ich erinnere mich, daß der liebe Papa immer sagte, Sherry nach dem Geschäft, denn man braucht einen klaren Kopf . . .«

Arthur Calverton erwiderte verdrießlich, soweit er das beurteilen könne, rede man keineswegs über Geschäftliches, und falls sie da Haus meine, so sei das jetzt erledigt. »Wir wollen den Oloroso nehmen«, sagte er zum Butler, der mittlerweile unter der Tür erschienen war. Er wandte sich an Rossiter: »Nicht der beste Jahrgang, den haben die Blutsauger bekommen. Verkauft, um eine Schneiderrechnung bezahlen zu können, ob Sie's glauben oder nicht. Da könnte ein erwachsener Mann das Heulen kriegen.«

Rossiter, der kein Interesse mehr daran zu haben schien, mit Cressida die Klingen zu kreuzen, meinte, er habe den leeren Zustand der Weinkeller bemerkt und würde bei einer Neuauffüllung gerne Mrs. Calvertons erfahrenen Rat einholen. Diese Aussicht beruhigte Mr. Calverton und ließ ihn sich in einem fachkundigen Monolog über die vergleichsweisen Vorzüge von Oloroso und Manzanilla ergehen und über die Schwierigkeiten, sich heutzutage den guten Berg-Malaga zu beschaffen, den man in seiner Jugend bekommen konnte. Cressida war mittlerweile an den Felsen ihrer eigenen Empörung gestrandet, saß auf dem trockenen und kam so keinen Schritt in ihrem Vorhaben weiter, den geplanten Verkauf von Calverton Place an Rossiter zu vereiteln.

Sie war jedoch nicht im mindesten entmutigt, dieses Vorhaben auszuführen, sondern nützte die augenblickliche Ablenkung der Herren durch das Gespräch über den Wein, indem sie sich neben Lady Letitia setzte und mit gedämpfter Stimme zu ihr sagte: »Es führt zu nichts, jetzt noch irgend etwas über die Angelegenheit besprechen zu wollen, solange Rossiter im Zimmer ist. Ich werde es so einrichten, daß ich mich mit Onkel Arthur etwas später allein unterhalten kann.«

»Ja, tu das, meine Liebe«, flüsterte Lady Letitia eifrig. »Auf mich hört er ja nicht, das weißt du. Das hat er noch nie. Ich kann mich ganz genau daran erinnern, als wir beide noch kleine Kinder waren . . .«

Die Ankunft des Butlers mit dem Sherry unterbrach die zweifellos interessanten Reminiszenzen, in denen Lady Letitia zu schwelgen drohte, und Cressida ergriff die Gelegenheit zu verschwinden, indem sie ihre Müdigkeit von der Reise ins Feld führte. Sie ging nach oben in das Schlafzimmer, das für sie hergerichtet worden war.

9

Cressida verlor keine Zeit, eine private Unterhaltung mit ihrem Onkel herbeizuführen. Allerdings stellt das auch keine Schwierigkeit dar, denn die Tür ihres Schlafzimmers lag genau der seinen gegenüber, und sie brauchte sie nur einen Spalt angelehnt zu lassen, während sie beide sich zum Dinner umkleideten. Und als sie ihn herauskommen hörte, brauchte sie ihm nur zu folgen und ihn, etwas gegen seinen Willen, in den kleinen Salon zu drängen, der auf der Zwischenetage lag.

»Ich möchte mir dir reden, Onkel.« Bei diesen unheilverkündenden Worten hätte er am liebsten Reißaus genommen, wurde aber von Cressida, die unter der Tür stand, davon abgehalten.

Für einen unvoreingenommenen Beobachter hätte Cressida in dem Kleid, das sie für diesen Abend gewählt hatte – eine Tunika aus blaßgrünem, spinnwebdünnen Musselin verschleierte ein Unterkleid aus meergrüner Seide –, ein reizendes Bild geboten. Doch für Mr. Calverton, der ob seiner Pflichtvergessenheit von schlechtem Gewissen geplagt wurde, hatte sie eher das Aussehen der rächenden Nemesis.

»Ja, meine Liebe«, sagte er hastig. »Gewiß. Aber nicht in diesem Augenblick. Meine Gäste, weiß du – Letty, Captain Rossiter –, ich fürchte, die beiden kommen nicht besonders gut miteinander aus. Man kann sie nicht zu lange allein lassen . . .«

»Kusine Letty ist noch nicht heruntergekommen, du wirst es hören, wenn sie da ist«, sagte Nemesis rücksichtslos, und dann machte sie alles nur noch schlimmer, indem sie zu ihm trat und einen Arm einschmeichelnd durch den seinen steckte. »Laß uns nur für einen Moment hier miteinander sitzen, Onkel«, gurrte sie.
Mr. Calverton merkte, daß seine widerstrebenden Füße unwiderstehlich zu einem scheußlich unbequemen kleinen Sofa mit einer Rückenlehne aus Rohrgeflecht gelenkt wurden, das sich nur deshalb hier befand, weil das Hepplewhite-Sofa, das sonst an dieser Stelle stand, verkauft worden war. Er setzte sich und zappelte nervös hin und her.
»Zapple nicht herum, Liebling«, sagte Cressida beruhigend. »Dazu besteht nicht der geringste Grund, weißt du. Du brauchst Calverton Place nur mir statt Captain Rossiter zu verkaufen, und alles wird ganz gemütlich. Wieviel hat er dir dafür geboten? Ich bin bereit, um einen ganzen Tausender höherzugehen.«
Mr. Calverton sah sie unglücklich an. Er hatte gewiß nicht das geringste dagegen, sein Ahnenschloß an seine Nichte zu verkaufen, und tausend Pfund extra stellten für einen Gentleman, der – wie er es ausdrückte – beständig ohne Federn zum Fliegen war, keinen unbeträchtlichen Köder dar. Unglücklicherweise war er nach Lage der Dinge, und hätte er es noch so gerne gewollt, nicht fähig, Cressidas Angebot anzunehmen, und sagte ihr das auch reumütig.
»Die Papiere sind bereits von Rossiter unterzeichnet, Liebes«, sagte er. »Könnte von dem Handel nicht zurücktreten, selbst wenn ich wollte. Schade, denn wenn ich gewußt hätte, daß du dich für den Kauf interessierst, wäre ich natürlich glücklich gewesen, an dich zu verkaufen.«
»Du hättest es erfahren«, sagte Cressida mit gnadenlo-

sem Vorwurf, »hättest du mir nur den geringsten Fingerzeig gegeben, daß du so etwas planst. Wirklich, Onkel, du hast sehr schlecht gehandelt, weißt du!«
»Nun, woher sollte ich wissen, daß du es dir in den Kopf gesetzt hast, so ein verfallenes altes Ding zu kaufen?« erwiderte Mr. Calverton, der durch Cressidas Frontalangriff in die Verteidigung gedrängt wurde. »Nach allem, was ich in letzter Zeit von dir hörte, bist du im Begriff, dich mit Lord Langmere zu verbinden, und der braucht weiß Gott keine Häuser mehr!«
Cressida sagte würdevoll, daß Leute, die auf Klatsch hören, leider sehr oft getäuscht werden.
»Du meinst, du wirst ihn nicht heiraten?« fragte Mr. Calverton ungläubig. »Der größte Fang der Saison, und du willst drauf pfeifen? Du mußt nicht ganz richtig im Kopf sein, Mädchen!«
»Doch«, sagte Cressida ärgerlich. »Ich habe auch nicht gesagt, daß ich ihn nicht heirate. Ich habe mich nur einfach noch nicht entschieden.«
»Nun, das solltest du dann lieber bald tun«, riet ihr Mr. Calverton mit dem für Männer üblichen Mangel an Takt. »Ein Mann wie Langmere wird nicht ewig um dich herumschwirren, weißt du. Zu viele andere Frauen in erreichbarer Nähe.« Und wie in plötzlicher Eingebung fuhr er fort: »Wenn du dir nichts aus ihm machst, weshalb heiratest du dann nicht Rossiter? Du sagst, du warst schon mal mit ihm verlobt – mußt es also damals für eine gute Idee gehalten haben. Das würde das Problem doch vortrefflich lösen. Dann könnt ihr beide Calverton Place haben.«
Cressida warf ihm einen vielsagenden Blick zu und meinte, sie habe noch nie einen schwachsinnigeren Vorschlag gehört, denn sie würde Rossiter nicht für hundert Calverton Places heiraten, und außerdem sei sie sicher, er habe selbst andere Pläne.

»Ja, hat er das?« sagte Mr. Calverton und sah interessiert drein. »Ich habe mich da auch schon gefragt, weißt du – ich meine, nachdem er dies hier kauft und all das . . . Wer ist sie? Jemand, den ich kenne?«

»Nein«, sagte Cressida und ärgerte sich dann über sich selbst wegen dieser momentanen und unerklärlichen kleinen Feigheit, denn warum, um Himmels willen, konnte sie nicht in schlichten Worten sagen, daß man in London allgemein annahm, Rossiter stehe kurz davor, Kitty Chenevix einen Antrag zu machen? »Das hat alles gar nichts mit der Sache zu tun«, fuhr sie rasch fort. »Wirklich wichtig ist nur, daß du Rossiter sagst, du hättest dich entschlossen, Calverton Place nun doch nicht zu verkaufen . . .«

»Aber das kann ich nicht tun!« sagte Mr. Calverton ganz entsetzt über die Ungehörigkeit eines solchen Ansinnens. »Guter Gott, Mädchen, auf so eine Idee kommt auch nur eine Frau. Und Octavius Mayr sagt, du hast einen Sinn fürs Geschäftliche!«

»Den habe ich – mindestens ebenso wie du«, verteidigte sich Cressida. »Aber ich kann nicht verstehen, weshalb nicht, wenn doch jeder weiß, daß du Calverton Place lieber mir als Rossiter verkaufen würdest, hättest du nur die leiseste Ahnung gehabt, daß ich bereit bin, es zu kaufen . . .«

»Nein!« sagte Mr. Calverton mit unerwarteter Schärfe. Er stand auf und sah sie mit einem Ausdruck grimmiger Entschlossenheit an. »Jetzt hör mal zu, Cressy«, sagte er, »ich bin erledigt, wenn ich mich in meinem eigenen Haus von zwei Frauen in einer Sache herumkommandieren lasse, in die sich einzumischen keine von beiden das mindeste Recht hat. Ich habe mir bereits von Letty die Leviten lesen lassen, und ich will mir das gleiche nicht noch einmal von dir anhören. Du bist eingeladen, so lange hier-

zubleiben, wie du willst – nein, da fällt mir eben ein, es ist ja jetzt Rossiters Haus, aber er wird sicher nichts dagegen haben –, aber nur, wenn du aufhörst, mich mit etwas zu quälen, an dem ich nichts ändern kann . . .«
Zum Glück für das Fortbestehen ihrer guten Beziehungen wurden sie an diesem Punkt durch das Geräusch von Lady Letitias Schritten unterbrochen, die vorsichtig die Treppe hinunterging.
»Da ist Letty«, sagte Mr. Calverton hastig. Er flüchtete davon und überließ es Cressida, sich verärgert darüber klarzuwerden, daß ihr nur noch die Möglichkeit offenstand, sich in dieser Angelegenheit direkt an Rossiter zu wenden. Vielleicht, dachte sie, wenn sie sehr artig zu ihm war und ihm in ruhiger und logischer Weise darlegte, wie unerhört es von ihrem Onkel war, einen Besitz zu veräußern, der sich seit den Zeiten Charles I. in der Familie befand, würde er Einsehen zeigen.
Aber sie hegte in dieser Beziehung keine großen Hoffnungen. Sehr viel wahrscheinlicher würde er wie üblich spotten und nicht einlenken, und sie würde die Beherrschung verlieren. Und was die Möglichkeit betraf, ihm eine wesentlich höhere Summe für das Haus zu bieten, als er selbst dafür bezahlt hatte, so glaubte sie nicht, damit irgendeinen Erfolg zu haben, da er ja so ekelhaft reich geworden war. Aber sie war bereit, auch das als letzten Ausweg wenigstens zu versuchen.
Beim Dinner, das dank Lady Letitias mißbilligendem Schweigen und Cressidas Zorn für Rossiter und ihren Onkel keine sehr gemütliche Mahlzeit war, feilte sie an ihren Plänen zum Angriff gegen ihn. Er und Mr. Calverton würden selbstverständlich bei ihrem Wein im Eßzimmer bleiben, nachdem sie und Lady Letitia sich in den Blauen Salon zurückgezogen hatten. Aber wenn sich dann die Herren wieder zu ihnen gesellten, mußte sie

einen Weg ersinnen, dachte sie, Rossiter für sich zu haben, und wenn es nur für kurze Zeit war.
Eine weniger kühne und weniger erfahrene junge Dame hätte sich vielleicht schwergetan, dies in einer so kleinen Gesellschaft durchzuführen, aber Cressida war nicht umsonst in den Ruf geraten, auf direktestem Weg zum Ziel zu schreiten, ungeachtet der Konventionen. Und als Rossiter mit ihrem Onkel im Blauen Salon erschien und zu ihrem Sessel hinüberschlenderte, sagte sie sofort mit ruhiger Stimme: »Es ist ein zu unerträglich warmer Abend, um hier drinnen zu bleiben, finden Sie nicht auch? Wollen wir eine Runde im Garten drehen? Sie können dort eine Manilazigarre zum Nachtisch rauchen, ohne Kusine Letty zu stören. Ich nehme doch an, Sie pflegen ebenfalls diese Gewohnheit, wie alle anderen Männer, die ich kenne und die auf der Pyrenäenhalbinsel gedient haben?«
Jeder andere Mann ihrer Bekanntschaft – mit der möglichen Ausnahme von Addison, der glaubte, sein Anspruch auf die Rolle des »premier dandy« schließe ihn davon aus, irgendeine andere Regung als Langeweile zu zeigen – hätte diese Einladung mit dankbarer Bereitschaft angenommen. Aber Rossiter blickte nur mit einem, wie sie fand, ziemlich sardonischen Ausdruck auf seinem dunklen Gesicht zu ihr hinab.
»Also haben Sie noch nicht aufgegeben«, bemerkte er. »Ich erkenne das an, Cressy, Sie kämpfen bis zum letzten Graben. Aber es wird Ihnen nicht das mindeste nützen, wissen Sie. Ich bin völlig immun gegen Ihren Charme, meine Liebe, denn ich weiß, hinter all den angeblich um meinetwillen zur schau gestellten Reizen steckt nichts als kalte Berechnung.«
Cressida lag eine niederschmetternde Antwort auf der Zunge, aber eingedenk ihres Entschlusses, nicht die Be-

herrschung zu verlieren, schluckte sie ihre Wut mit einiger Mühe hinunter und lächelte ihn statt dessen anmutig an.
»Kommen Sie, Dev«, sagte sie. »Sie haben selbst gesagt, es sei dumm von uns, jedesmal aufeinander loszugehen, wenn wir uns treffen. Ich will Calverton Place von Ihnen haben – das gebe ich offen zu –, aber ich bin hier in diesem heißen Raum am Ersticken, und Kusine Letty wird natürlich aufschreien, wenn ich vorschlage, die Fenster zu öffnen. Weshalb bestehen die Leute darauf, in fest verschlossenen Räumen zu sitzen, selbst in der schwülsten Nacht?«
Während sie sprach, erhob sie sich, legte ihre Hand auf Rossiters Arm, blickte zu ihm auf und war bereit, sich von ihm in den Garten begleiten zu lassen. Er grinste und zuckte mit den Schultern.
»Also gut«, stimmte er zu. »Es sei mir fern, die Gelegenheit zu einem Tête-à-tête mit der reizenden Miß Calverton zurückzuweisen. Aber ich warne Sie schon im vorhinein, mein Mädchen, Sie machen sich die ganze Mühe umsonst. Ich habe Calverton Place bekommen, und ich gedenke es zu behalten, ganz gleichgültig, wie sehr Sie den Neidhammel spielen.«
Wieder würgte Cressida eine vernichtende Erwiderung hinunter, die sich ihr auf die Lippen drängte, warf ihrem Onkel ein Scherzwort zu, der sich vorsichtig neben Lady Letitia gesetzt hatte, die er offensichtlich für das kleinere von zwei Übeln hielt, und ging neben Rossiter aus dem Zimmer.
Der italienische Garten, an den ein Calverton im achtzehnten Jahrhundert eine Menge Kosten und Ärger verschwendet hatte (sein schottischer Gärtner widersetzte sich allen fremden Einflüssen), war schon seit langem dem viel stärkeren Widerstand der Natur erlegen: Die einst ordentlich gestutzten Hecken waren wunderlich

überwuchert, und ein Dickicht aus allen auf dem Land bekannten Ranken streckte seine Arme aus und krallte sich an Cressidas Kleid fest, als sie mit Rossiter langsam die Wege entlangschlenderte.
»Was für ein gräßlicher Ort«, sagte sie absichtlich unbekümmert, als sie merkte, daß Rossiter nicht den Versuch machte, selbst die Unterhaltung in Gang zu bringen. »Ich kann mir nicht vorstellen, was Sie dazu verleitet hat, einen derart heruntergekommenen Besitz zu kaufen! Es wird ein Vermögen notwendig sein, um ihn wieder instand zu setzen.«
»Ja, ich denke, das wird es wohl«, pflichtete ihr Rossiter gelassen bei. »Aber wissen Sie, darauf bin ich vorbereitet. Im nächsten Monat werde ich hier eine Armee von Arbeitern beschäftigen, und ich glaube, bis zum Herbst wird es hier ganz ansehnlich aussehen, obwohl man natürlich an einem Tag keine Gärten anlegen kann.«
Er hielt inne, um kritisch einen moosbedeckten Steinsatyr zu betrachten, der schief über dem Weg lehnte. Im ersten schwachen Sternenlicht des Abends wirkte das böse grinsende Gesicht des Satyrs noch unheimlicher, als sein Schöpfer das möglicherweise beabsichtigt hatte. Cressida ignorierte die Figur und konzentrierte sich auf den lebenden Mann, der ihr im Moment noch hassenswerter erschien. Sie fragte Rossiter, ob er denn nicht die leiseste Absicht habe, sich wenigstens die Gründe anzuhören, aus denen heraus sie wünschte, er würde Calverton Place aufgeben.
»Nein«, sagte Rossiter trocken. Er wandte seine schwarzen Augen von dem Satyr ab und musterte sie mit einem unangenehm durchdringenden Blick, der auch durch das schwache, spöttische Lächeln, das seine Lippen kräuselte, nicht erträglicher für sie wurde. »Mein liebes, gutes Mädchen«, sagte er, »Sie können ruhig aufhören mich ver-

bindlich anzulächeln und in sanften Tönen mit mir zu sprechen. Ich bin mir darüber im klaren, daß Sie mir am liebsten die Augen auskratzen würden, trotz all dieser zur Schau gestellten Liebenswürdigkeit. Aber ich kann Ihnen versichern, weder Schmeicheleien noch Wutausbrüche werden Ihnen Calverton Place zurückerobern. Sie können keinen einzigen Grund vorbringen, weshalb ich Ihnen das Gut überlassen sollte.«

»Oh, was sind Sie doch für ein verabscheuungswürdiger Mann!« schrie Cressida, die ihre Entrüstung bei dieser unumwundenen Erklärung nicht länger zurückhalten konnte. »Ich kann Ihnen den besten aller Gründe nennen: Ich bin eine Calverton, Sie nicht!«

»Na – das hört sich schon anders an«, sagte Rossiter und sah ihr dabei anerkennend in die zornfunkelnden Augen. »Ich dachte schon lange, diese ganze Liebenswürdigkeit müßte allmählich ein Ende nehmen.«

»Kein Wunder!« wetterte Cressida. »Sie stellen jedermanns Geduld mit Ihrer bissigen Zunge auf eine harte Probe. Ich habe mich redlich bemüht, höflich zu Ihnen zu sein ...«

»Aus purem Egoismus, Mädchen, vergessen Sie das nicht«, sagte Rossiter, völlig ungerührt von diesen selbstherrlichen Worten.

Er tätschelte den moosbewachsenen Satyr mit dem Recht des Besitzers, worauf dieser prompt umkippte und auf den Weg fiel, von wo er unheildrohend zu ihnen hinaufstarrte.

»Jetzt sehen Sie nur, was Sie getan haben«, sagte Cressida und wurde augenblicklich zur entrüsteten Gutsbesitzerin. »Ich bin sicher, er ist zerbrochen – ein äußerst wertvolles Stück!«

»Ich mache ihn Ihnen zum Geschenk«, sagte Rossiter verbindlich. »Und falls Reparaturen nötig sind, können Sie mir die Rechnung schicken.«

»Was in aller Welt sollte ich damit anfangen?« fragte Cressida verblüfft, und Rossiter erwiderte sofort, er nehme doch an, zu jedem von Langmeres Landsitzen gehöre auch ein italienischer Garten, und nach der Heirat könne sie dann entscheiden, wohin er am besten paßt.
»Und wer, bitte sehr, hat Ihnen gesagt, daß ich Lord Langmere heiraten werde?« erkundigte sich Cressida mit beachtlichem Hochmut.
»Was – tun Sie das etwa nicht? Sagen Sie mir bloß nicht, Sie treiben auch mit diesem armen Teufel nur Ihr Spielchen«, sagte Rossiter grob. »Sie sollten diese Gewohnheit lieber ablegen, Cressy. Abgesehen davon, daß sie nicht sehr schön ist, sind am Ende Sie es, die auf der Strecke bleibt. Wenn Sie auf diesem Weg weitergehen, wird Ihnen nicht einmal Ihr Vermögen einen Mann verschaffen. Es ist nicht angenehm, vor aller Welt zum Narren gehalten zu werden, wissen Sie. Langmere hat mein Mitgefühl ...«
Inzwischen war Cressida so wütend, daß sie kaum sprechen konnte.
»Oh«, keuchte sie. »Ich wünschte, ich wäre ein Mann, damit ich Sie fordern könnte, Dev Rossiter! Wie können Sie – Sie! – es wagen, so zu mir zu sprechen. Ich habe Ihnen nicht den Laufpaß gegeben ...«
»Nein, meine Liebe, was diese kleine Affäre betrifft, so geschah es im gegenseitigen Einverständnis«, sagte Rossiter sanft. Seine dunklen Augen hatten einen Ausdruck, der beim schwachen Licht der Sterne nicht recht zu erkennen war. »Aber Sie waren jung und unerfahren und hatten noch nicht entdeckt, wie amüsant es sein kann, mit einem Mann wie mit einem Fisch an der Angel zu spielen und ihn einfach loszuschneiden, wenn man des Spiels überdrüssig geworden ist. Aber es gibt eines«, fuhr er fort, und seine Stimme hatte plötzlich einen ernsten Unterton,

»wovor ich Sie warnen sollte. Denken Sie nicht daran, Miles Harries in die Reihe Ihrer Opfer einzufügen, oder Sie bekommen es mit mir zu tun! Er ist keiner Ihrer hochgestochenen Filous, die das Spiel ebenso gut kennen wie Sie und es mit ebensowenig Herz spielen können.«
Er machte eine Pause und Cressida sagte mit eisiger Ruhe: »Sind Sie jetzt fertig?«
»Ich denke«, antwortete Rossiter kühl. Er zog eine Schachtel aus der Tasche und entnahm ihr eine spanische Zigarre. »Sie vermutlich noch nicht, aber ich gebe Ihnen einen guten Rat, damit Sie Ihren Atem sparen. Mir zu sagen, wie sehr Sie mich hassen, mag zwar ihre Gefühle erleichtern, aber auch die schlimmste Biergartenbeschimpfung kann mich nicht von meinem Entschluß abbringen. Darf ich vielleicht statt dessen vorschlagen, daß Sie Ihrem Onkel und Lady Letitia Gesellschaft leisten? Sie können sich damit unterhalten, mich nach Herzenslust zu beschimpfen, und ich kann in Frieden ein Wölkchen in die Luft blasen.«
»Ja, ich nehme an, Sie wünschen, daß ich mich entferne«, sagte Cressida, die spürte, wie heiß ihre Wangen in der Dunkelheit waren. Selbst in ihrem Zorn mußte sie sich fragen, woher es kam, daß Rossiter immer den Panzer ihrer vornehmen Gleichgültigkeit durchdringen konnte und sie auf den Stand eines wütenden und plumpen Schulmädchens reduzierte. »Aber das werde ich nicht – nicht, bevor ich Ihnen noch eines gesagt habe. Wenn Sie es wagen, zu glauben, ich wäre eine so jämmerliche Kreatur, daß ich mein Vergnügen daran finden könnte, Captain Harries in mich verliebt zu machen, dann ... dann ...«
Rossiter hob die Hand. »Schon gut«, sagte er spöttisch. »Sie brauchen mir nicht zu sagen, Sie würden mir am liebsten ein Loch in den Kopf schießen, wenn Sie nur die

Gelegenheit dazu hätten; wir wollen das als abgemacht betrachten. Und ich hoffe, ich kann es ebenfalls als abgemacht betrachten, daß Sie mit Miles keinerlei Spielchen treiben. Er ist ein zu anständiger Mann, als daß ihm das Herz gebrochen werden darf von ...«

»Von?« sagte Cressida, und ein gefährliches Licht glühte in ihren Augen.

»Von der Trinkspruchkönigin der Londoner Snobs, die nicht die leiseste Absicht hat, ihn zu heiraten«, beendete Rossiter liebenswürdig seinen Satz.

»Und woher wollen Sie wissen, wen ich zu heiraten beabsichtige, bitte sehr?« erwiderte Cressida und entfernte sich auf dem überwucherten Pfad.

Aber sie ging nicht sofort ins Haus. Komischerweise war sie den Tränen sehr nahe, keine Tränen des Zorns, sondern hoffnungsloser, verlorener Nostalgie, hervorgerufen durch die weiche, stille Maiendunkelheit, durch Rossiters Stimme und Anwesenheit und durch die Erinnerung an eine andere Frühlingsnacht vor sieben Jahren, als sie mit ihm auf den sauberen, gepflegten Pfaden des Gartens ihrer Großtante Estella in Cheltenham gewandelt war. Für wie verliebt hatte sie sich damals gehalten! Jetzt war nichts mehr übrig als Bitterkeit, Beschuldigungen und diese gräßliche, kreischende Feindseligkeit, in die sie verfielen, wann immer sie zusammen waren.

Nicht, daß ihr das irgend etwas ausgemacht hätte – nicht im mindesten! Rossiter würde diese verschlagene, humorlose Kitty Chenevix heiraten, was ihm ganz recht geschah –, und sie, sie würde Langmere heiraten und die Königin der Londoner Gesellschaft werden und ein glückliches Leben führen. Ganz klar, das war das Vernünftigste. Verärgert stellte sie fest, daß sie ihren Beutel im Haus und darin ihr Taschentuch gelassen hatte, also wischte sie sich mit der Hand die paar heißen Tropfen weg, die ihr trotz dieser glücklichen Lösung beharrlich in die Augen gestiegen waren, und ging entschlossen ins Haus.

10

»Ich weiß, es wird dich erleichtern zu hören«, vertraute Lady Letitia Cressida am nächsten Morgen beim Frühstück an, »daß Captain Rossiter das Haus verlassen hat. Ich traf Arthur, als ich die Treppe herunterkam, und er sagte, er – ich meine Captain Rossiter – habe heute morgen sehr früh sein Kabriolett kommen lassen und sei nach London zurückgekehrt. Warum, weiß ich nicht, aber ich denke, es ist am besten so. Vielleicht kann man den armen Arthur jetzt, nachdem er nicht mehr unter seinem Einfluß steht, dazu bringen klarzusehen.«
Cressida, die eine höchst unerfreuliche Nacht durchwacht hatte, während der sie zwischen dem fieberhaften Wunsch, sie möge nie mehr ein Auge auf Rossiter werfen müssen, und dem ungeduldigen Erwarten des Morgens hin und her schwankte, an dem sie ihm all die brillanten, niederschmetternden Dinge sagen konnte, an die sie während ihrer Unterhaltung im Garten leider nicht gedacht hatte, empfand bei dieser Neuigkeit etwas sehr Seltsames, beinahe so etwas wie Enttäuschung, wäre das nicht vollkommen absurd gewesen.
Natürlich war sie froh, daß er weg war, sagte sie zu sich selbst. Und um das zu beweisen, schenkte sie sich eine Tasse Schokolade ein, nahm ein Stück gebutterten Toast und begann munter ihr Frühstück zu essen, als sei sie ebenso fröhlich wie die Vögel, die draußen vor dem Fenster im strahlenden Maimorgen sangen.
»Nun, ich meine, es ist sehr gut, daß er fort ist«, sagte sie

zu Lady Letitia mit einer Stimme, von der sie hoffte, daß sie ungemein ruhig klang, »aber ich fürchte, wir können uns nicht darauf verlassen, daß dies irgendeinen Unterschied macht. Onkel Arthur glaubt jetzt vollkommen machtlos zu sein, da die Papiere bereits unterzeichnet sind, und ich muß leider sagen, daß wir von Captain Rossiters Seite nichts zu hoffen haben. Er ist fest entschlossen, Onkel Arthur an die Abmachung zu binden.«

Der Ausdruck betrübter Mißbilligung vertiefte sich auf Lady Letitias Gesicht.

»So etwa Unangenehmes« seufzte sie. »Ich hatte gehofft, ich gestehe es, daß vielleicht dein Einfluß meine Liebe ... Schließlich hat Captain Rossiter dich einmal sehr gern gehabt. Aber ich muß sagen, die Herren vergessen diese Dinge schneller als wir schwachen Frauen.«

Cressida, die die Familiengeschichte kannte, wonach Lady Letitia noch immer die Erinnerung an einen gewissen Augustus Horsham pflegte, der in dem einzigen romantischen Erlebnis ihres ansonsten unbewegten Daseins eine Rolle gespielt und sich wegen der Tochter eines wohlhabenden Juweliers mit einer Mitgift von fünfzigtausend Pfund ihr gegenüber sehr schlecht benommen hatte, sagte kühl, daß es in Rossiters Fall sehr wenig zu vergessen gäbe.

»Oh, aber ja, meine Liebe«, sagte Lady Letitia ernst und öffnete ihre verblaßten blauen Augen weit. »In solchen Dingen irre ich mich nie, das versichere ich dir. Natürlich fand deine Großtante Estella das nicht. Sie hat damals sogar ein paar sehr verletzende Bemerkungen gemacht, daran erinnere ich mich. Sie sagte, ich sei ein großer Einfaltspinsel, und du solltest froh sein, daß du den Mann los bist und daß es von seiner Seite sowieso nur eine vorübergehende Leidenschaft war. Aber das konnte ich nicht glauben, weiß du – nicht nach dem, wie er sich bei dieser ungemein peinlichen Unterredung verhielt.«

Cressida sah sie erstaunt an, die Tasse auf halbem Weg zu ihren Lippen wie erstarrt haltend.

»Welche Unterredung?« fragte sie. »Doch nicht etwa zwischen dir und Rossiter, Kusine Letty? Aber du kanntest ihn ja kaum . . .«

»Ja, ja, ich weiß«, sagte Lady Letitia, und eine hektische Röte überzog ihre eingefallenen Wangen. »Genau das, was ich damals zu deiner Großtante Estella sagte. ›Ich kenne den Mann kaum‹, sagte ich. Aber du weißt ja, wie unnachgiebig sie sein konnte, meine Liebe!« Sie sah Cressida um Verzeihung bittend an. »Natürlich hätte ich die Sache dir gegenüber nicht einmal jetzt erwähnt«, fuhr sie fort, »wenn du dich nicht endlich verheiraten würdest und im Begriff wärst, Lord Langmeres Antrag anzunehmen, wie mir von zuverlässigen Quellen versichert wurde. Ich hatte immer solche Angst, verstehst du, daß es vielleicht nicht das richtige war – für dein Glück, mein Liebes. Und dann, als du nicht heiratetest, habe ich mich manchmal ganz entsetzlich gefühlt, das kann ich dir versichern. Aber jetzt, wo zwischen dir und Lord Langmere alles arrangiert ist . . .«

Cressida setzte ihre Tasse ab.

»Kusine Letty«, sagte sie, »wenn du nicht aufhörst, in Rätseln zu sprechen, und mir nicht genau sagst, was du mit all dem meinst, werde ich verrückt. Wovon redest du eigentlich? Du hattest also irgendeine Unterredung mit Rossiter? Wann? Zu der Zeit, als ich mit ihm verlobt war?«

»Nun ja, mein Liebes – aber wie ich schon sagte, es war nur, weil Tante Estella darauf bestand«, sagte Lady Letitia und sah Cressida mitleidheischend an. »Sie sagte, Arthur sollte es eigentlich tun, aber er würde mit Sicherheit alles verderben, und außerdem sollte er nicht erfahren, daß sie dir ihr ganzes Vermögen hinterlassen wollte. Des-

halb sagte sie, ich sollte das an seiner Stelle machen, weil dieser Trottel von einem Arzt – du weißt ja, wie sie redete, mein Liebes, obwohl ich selbst Dr. Hurley immer für einen sehr vernünftigen Mann hielt – ihr nicht erlaubte, irgend etwas zu tun, was in Aufregung enden könnte . . .«
»Aber was war es denn, was du Rossiter sagen solltest?« fragte Cressida und spürte, daß sie wirklich verrückt werden würde, wenn Lady Letitia fortfuhr, in dieser unklaren und vollkommen unbefriedigenden Art weiterzureden. »Und was hatte es damit zu tun, daß sie mir ihr Vermögen hinterließ? Ich flehe dich an, Kusine Letty, nimm dich zusammen und sag mir alles!«
Lady Letitia legte gehorsam Messer und Gabel beiseite und erklärte, sie würde ihr Bestes tun, obwohl sie wirklich nicht begreifen konnte, was das alles jetzt noch für eine Rolle spielte, da es ja vor so langer Zeit geschehen war und da sie – damit meinte sie Cressida – Lord Langmere heiraten würde.
»Siehst du, mein Schätzchen«, sagte sie geduldig, »deine Großtante Estella war fest davon überzeugt, daß der Hauptgrund für Captain Rossiters Antrag in der Vermutung bestand, sie würde dir ihr Vermögen hinterlassen – nicht, daß sie auch nur die mindeste Ursache hatte, so etwas von ihm zu denken, worauf ich sie selbst hinwies, da niemand, nicht einmal die Familie, bis zu diesem Zeitpunkt auch nur die leiseste Ahnung davon hatte, ob sie dir einen Penny hinterlassen würde. Ich bin sicher, Arthur rechnete immer damit, daß er der Erbe sein würde, und ich glaube, er lieh sich im Vertrauen darauf eine Menge Geld. Wie unangenehm für seine Kreditgeber, aber eigentlich denke ich, daß sie keineswegs zu der Sorte von Männern gehören, die einem leid tun müßten, denn man hört ja so entsetzliche Geschichten von Geldverleihern . . .«

»Ja, ja«, unterbrach sie Cressida, die voller Entsetzen merkte, daß Lady Letitia, wenn man sie nicht drängte, zweifellos die nächste Viertelstunde damit verbringen würde, glücklich in dem Thema der Unmenschlichkeit der Geldverleiher zu schwelgen und es mit weitläufigen Illustrationen aus den Erfahrungen der unglücklichen menschlichen Wracks, die ins Schußfeld ihrer Wohltätigkeit gerieten, auszuschmücken.
»Aber Rossiter?«
»Nun ja – Captain Rossiter«, sagte Lady Letitia, widerwillig zu ihrem Hauptthema zurückkehrend. »Ich sagte Tante Estella, ich hielte es für sehr unwahrscheinlich, daß er glaubte, du könntest etwas zu erwarten haben, denn niemand wußte ja davon. Aber sie hatte sich die Idee in den Kopf gesetzt – du weißt ja, welche Wahnvorstellungen Kranke manchmal haben –, und nichts konnte sie davon abbringen, daß ich mit Captain Rossiter sprechen und ihm von den Vorkehrungen berichten sollte, die sie zu treffen beabsichtigte.«
»Die – Vorkehrungen?« fragte Cressida.
»Nun ja, mein Liebes – die testamentarischen Vorkehrungen«, erklärte Lady Letitia. »Ich mußte ihm mitteilen, daß du das gesamte Vermögen erben würdest – außer natürlich ein paar unerhebliche Zuwendungen an andere – für den Fall, daß du ihn nicht heiratest. Solltest du ihn aber heiraten, würde sie dich ohne einen Schilling abfertigen. Und sie sagte mir, ich sollte die Summe nennen, um die es sich handelte«, fuhr Lady Letitia mit noch leiserer Stimme als bisher fort, »wirklich eine enorme Summe, meine Liebe! Ich hatte keine Ahnung, weißt du – sie lebte immer so einfach, ganz ohne Gepränge. Und ich konnte sehen, daß sich Captain Rossiter in eine wirklich schreckliche Situation versetzt sah. Zuerst erklärte er mir höflich, aber bestimmt, wenn es dir nicht gelingen sollte, die Ein-

willigung deiner Verwandten zu einer Heirat mit ihm zu erlangen, sei er bereit, bis zu deiner Volljährigkeit zu warten. Als er dann aber erfuhr, welches Opfer du wegen einer Heirat mit ihm bringen müßtest – nun, mein Liebes, ich konnte wirklich sehen, daß sich ihm die Situation in einem ganz anderen Licht darstellte. Ich versichere dir, ich habe mit ihm gefühlt, denn es war ganz sonnenklar, daß seine Liebe zu dir ehrlich war und daß ihn die Entscheidung deiner Großtante in eine äußerst schwierige Position brachte . . .«

Cressida unterdrückte einen Laut.

»Sagtest du etwas, Liebes?« fragte Lady Letitia und spähte vorsichtig über den Tisch.

»Nein. Ich . . .«, Cressida hatte das komische und betäubende Gefühl, daß die Zeit sieben Jahre rückwärtsgelaufen und sie wieder die junge Cressida Calverton war – in einem Kleid mit rundem Ausschnitt, das Haar von einem Band zusammengehalten –, die im stickigen Salon in der Villa ihrer Großtante Estella mit herausfordernd ausgestellter Hüfte wie ein Schulmädchen und dem Ausdruck trotzigen Grolls im Gesicht zuhörte, wie ein junger und sehr ernster Rossiter ihr seine finanzielle Lage darlegte.

»Aber ich habe nicht verstanden!« wollte sie ausrufen. »Ich dachte, er wollte mir nur klarmachen, daß er keine Lust habe, sein ganzes Leben lang arm zu bleiben, weil er ein Mädchen ohne Vermögen geheiratet hatte! Weshalb hat Tante Estella nicht mir gesagt, welche Wahl ich hatte? Oh, ich weiß, warum! Weil sie wußte, ich würde Dev wählen und nicht das Geld. Und weil sie wußte, wenn sie mich in Unkenntnis der Sachlage ließ, würde sie ihm die ganze Bürde aufladen. Dann mußte er die Verantwortung übernehmen, an meiner Stelle zwischen ihm und dem unheimlich großen Vermögen zu entscheiden. Natürlich mußte sie ihr Spiel gewinnen, ob ihm nun etwas an mir lag oder nicht, denn ein Glücksjäger würde niemals ein Mädchen heiraten, das keinen Penny bekam, wenn es ihn heiratete. Und ein Mann, der mich liebte... Oh, wie konnte sie ihn in eine solche Lage bringen, in der er das, was er mir geben konnte, gegen dieses Vermögen abwägen mußte!«

Als sie flüchtig aus diesem Taumel ihrer Gedanken auftauchte, merkte sie, daß Lady Letitia sie ängstlich musterte.

»Mein Herzchen, bist du ganz sicher, daß du dich heute morgen gut fühlst? Du siehst sehr eigenartig aus«, sagte sie besorgt. »Ich hoffe, es hat dich nicht gestört, daß ich diese traurige Geschichte zur Sprache brachte.«

»Nein, nicht im geringsten«, sagte Cressida, während sie versuchte, sich zusammenzureißen und in die Gegenwart zurückzukehren. »Es ist nur ... weißt du, ich wußte von alldem nichts, Kusine Letty – ich meine, daß du mit Captain Rossiter über Großtante Estellas Absichten gesprochen hast. Was hat er denn – was hat er dazu gesagt?«

»Nun, er war natürlich sehr bestürzt, das ist ja verständlich«, sagte Lady Letitia ernst. »Wie ich schon sagte, ich hatte wirklich Mitleid mit ihm, denn ich konnte erkennen, daß ihn das in ein schreckliches Dilemma versetzte. Ich sagte nachher auch deiner Tante Estella, ich sei davon überzeugt, daß seine Zuneigung zu dir echt war. Aber natürlich würde sich unter diesen Umständen kein Gentlemen aufdrängen, sofern er auch nur den geringsten Grad an edlen Grundsätzen besitzt. Und er stimmte völlig mit Tante Estellas Wünschen überein, dich in Unkenntnis der Situation zu lassen, denn die Sache war viel zu wichtig, um einem Mädchen von achtzehn Jahren die Entscheidung ...«

»Und so habt ihr alle für mich entschieden – du, Dev, Großtante Estella –, daß mich die Erbschaft eines Vermögens viel, viel glücklicher machen würde als eine Heirat mit ihm!« brach es aus Cressida heraus, die plötzlich nicht mehr fähig war, all die Bitterkeit länger zurückzuhalten. »Ihr alle drei ... Oh, ich könnte euch umbringen!«

Sie stand so ungestüm auf, daß der Tisch ins Wanken geriet und der Salzsteuer umfiel. Lady Letitia starrte sie voll mitleidigem Schrecken an.

»Aber, mein Liebes – liebste Cressy – du bist doch glücklich! Du wirst Lord Langmere heiraten!« stammelte sie. »Das kann dir doch jetzt nichts mehr ausmachen!«

»Nun, das tut es aber«, schrie Cressida wütend. »Es war mein Leben, über das ihr entschieden habt, ihr alle – Großtante Estella spielte den lieben Gott mit ihrem Vermögen, Dev den Großzügigen, Noblen – Dev! – Ich bin sicher, es war das einzige Mal in seinem Leben ...«

Sehr zu Lady Letitias Beunruhigung versetzte sie dem Tisch einen weiteren Stoß, als wolle sie ihn vollends umwerfen und Teller und Tassen zu Boden schleudern, und verließ den Raum.

»Oje! Oje!« flüsterte Lady Letitia und begann zu weinen.

Cressida schnappte sich einen breitkrempigen Hut, zog die Bänder wütend fest und ging hinaus ins Freie, um durch einen Spaziergang den Tumult zu beruhigen, der durch Lady Letitias Enthüllungen in ihrem Inneren tobte. Es war ein schöner Maimorgen mit strahlendem Sonnenschein und fröhlichem Vogelgezwitscher, aber sie hätte ebensogut in einem Tunnel gehen können, wo sie die Hand nicht vor den Augen sah, so wenig Eindruck machte die Landschaft auf sie. Ihr war, als sei in ihrem Leben, und besonders in dem Teil, in dem Rositer eine Rolle gespielt hatte, das Unterste zuoberst gekehrt worden, so daß sie nun alles von einer ganz neuen Perspek-

tive aus sah. Also hatte Rossiter sie geliebt. Wie sie vermutet hatte, war der Streit damals von ihm tatsächlich zu dem Zweck provoziert worden, um sie dazu zu bringen, die Verlobung aufzulösen, allerdings aus einem ganz anderen Beweggrund, als sie ihn ihm all die Jahre zugeschrieben hatte. Er hatte an sie, nicht an sich selbst gedacht, hatte aus Ritterlichkeit gehandelt – »zum ersten und einzigen Mal in seinem Leben!« dachte sie rachsüchtig. »Wenn er mir nur etwas gesagt hätte! Mir nur erlaubt hätte, zu entscheiden ...!«
Aber natürlich hatte er sehr gut gewußt, das mußte sie anerkennen, wie ihre Entscheidung ausgefallen wäre. Sie war achtzehn und bis über beide Ohren verliebt. Ein Vermögen, gleichgültig wie ehrfurchteinflößend auch immer, hätte ihr damals nichts bedeutet. Aber später? Sie konnte sich vorstellen, wie Rossiter sich diese Frage gestellt hatte. Später, wenn sie von dem Elend als Frau eines Marschsoldaten gekostet, wenn sie älter, reifer geworden war, wenn sie erkannte, was sie weggeworfen hatte ...? Da er kein Stutzer war, hatte er natürlich daran gezweifelt, ob ihr dann das Glück, das er ihr geben konnte, noch als befriedigender Ausgleich für das erschienen wäre, was sie so übereilt aufgegeben hatte.
Und deshalb, dachte sie bitter, war er aus ihrem Leben verschwunden, hatte sie zurückgelassen mit dem Vermächtnis der Desillusion und der Möglichkeit, die ungeheuer reiche Miß Calverton zu werden, die von den besten Freiern des ganzen Reiches umschwärmt wurde. Und er selbst ...?
Plötzlich blieb sie wie angewurzelt mitten auf der Straße stehen, auf der sie dahingegangen war, ohne es zu merken. Über ihr waren keine Bäume mehr, gelbes Morgenlicht stach ihr in die Augen und machte sie fast blind, als sie nach Osten in die aufgehende Sonne blickte. Aber

nicht blinder, als sie die vergangenen Wochen gewesen war, dachte sie. Warum war er nach England zurückgekehrt, warum hatte er nach ihr gesucht, warum war er anfangs in die Mount Street gekommen? »Ich glaube mich zu erinnern, daß ich gehört habe, Sie seien mit einem Viscount verlobt, als ich England vor einigen Jahren kurz besuchte«, hatte er anläßlich ihrer Begegnung in Octavius Mayrs Büro gesagt. Er war damals zurückgekehrt – mit der Hoffnung auf Versöhnung? Möglicherweise. Und er war gegangen, als er sie mit einem anderen Mann verlobt fand.

Und jetzt hatte sie, die selbst nach sieben Jahren noch verärgert und voller Bitterkeit war, ihr Bestes getan, ihn wieder wegzutreiben. Sie war spröde und kühl und herablassend gewesen, hatte sich sogar geweigert, mit ihm zu tanzen, hatte jeden Ansatz seinerseits zu einem Gespräch als Aufforderung zum Kampf angesehen.

»Und als Ergebnis«, sagte sie wütend zu sich selbst, während sie langsam in den blendenden Sonnenschein hineinging, »hast du ihn direkt in Kitty Chenevix' Arme getrieben! Was für eine Idiotin warst du doch, Cressy Calverton! Was für eine eigensinnige, zerstörerische kleine Idiotin! Und nun mußt du für den Rest deines Lebens mit dem fertig werden, was du angestellt hast.«

Aber selbst als sie die Worte in Gedanken sagte, wußte sie, daß sie nicht wahr waren. Sie war eine Idiotin gewesen – ja, daran bestand kein Zweifel. Aber falls sie irgend etwas tun oder sagen konnte, was die Kraft hatte, das Ergebnis ihres dummen und abscheulichen Benehmens zunichte zu machen, würde sie es mit Sicherheit tun oder sagen. Sie hatte nicht aufgehört, Dev Rossiter zu lieben – es hatte keinen Sinn, sich das jetzt nicht einzugestehen – und sollte es auch nur die entfernteste Chance geben, daß er sie trotz ihrer Widerwärtigkeit ihm gegenüber und seinem daraus resultierenden Abscheu ebenfalls noch liebte, wollte sie ihm ganz unzweifelhaft die Gelegenheit zu der Entdeckung geben, daß seine Gefühle erwidert wurden. Der erste Schritt in dieser Richtung war die sofortige Abreise von Calverton Place, deshalb machte sie sogleich kehrt und ging zum Haus zurück. Als sie die Eingangstür öffnete, stieß sie auf Arthur Calverton und ersuchte ihn ohne große Vorrede, zu den Ställen zu schicken und ihre Kutsche für die sofortige Abreise nach London bereitmachen zu lassen.

»Was – du reist schon ab?« fragte Mr. Calverton und sah sie erstaunt, aber auch etwas erleichtert an. »Ich weiß nicht, was heute morgen in die Leute gefahren ist – erst jagt Rossiter im Morgengrauen davon, nachdem er mir gesagt hatte, er wolle bis Ende der Woche bleiben, und jetzt du ...«

Cressida löste sich von ihren Gedanken und schenkte ihm ein flüchtiges, boshaftes Lächeln.

»Und sag mir bloß nicht, du wärst nicht glücklich, mich von hinten zu sehen«, meinte sie, »denn ich weiß es besser. Wo ist Kusine Letty? Ich muß sie auch noch sprechen, bevor ich gehe.«

»Du denkst nicht daran, sie mitzunehmen?« fragte Arthur Calverton hoffnungsvoll. »Kein Grund mehr vorhanden, daß sie hierbleibt ...«

»Was, und stundenlang zu warten, bis sie sich entscheidet, mitzukommen oder hierzubleiben, und bis sie ihre Koffer gepackt hat? Ich habe es sehr eilig, hier wegzukommen, Onkel Arthur. Bitte versteh das und schick sofort nach den Ställen!«

Dann ging sie die Treppe hinauf und ließ einen ob dieses plötzlichen heißen Verlangens, diesen Ort zu verlassen, äußerst verwirrten Mr. Calverton zurück. Sie hatte das Glück, Lady Letitia anzutreffen, als diese gerade ihr

Schlafzimmer mit einem sehr feuchten Taschentuch in der Hand verließ, in das sie ohne Unterbrechung hineingeweint hatte, seit Cressida aus dem Haus gegangen war.

»Oh, Kusine Letty, wie freue ich mich, dich zu sehen«, sagte Cressida, wirbelte auf sie zu und umfing sie mit einer derart heftigen Umarmung, daß Lady Letitia Angst bekam. »Ich reise sofort nach London ab, aber zuerst muß ich dir danken, daß du mir alles gesagt hast! Und wenn sich nicht alles genau so entwickelt, wie ich es will, dann darfst du dir wirklich keine Vorwüfe machen, denn ich weiß, es war am allerwenigsten dein Fehler – Großtante Estella konnte immer die Leute dazu zwingen, das zu tun, was sie wollte!«

Dann veschwand sie in ihrem eigenen Schlafzimmer, aus dem man unmittelbar darauf hören konnte, wie sie Moodle Anweisung gab, ihren Handkoffer in allergrößter Eile zu packen. Lady Letitia – allein im Gang zurückgelassen – hatte das schreckliche Gefühl, daß es ihr durch ihre Enthüllung irgendwie gelungen war, die Büchse der Pandora zu öffnen (allerdings hatte sie nicht die leiseste Ahnung, was sich in diesem geheimnisvollen Behälter befand). Erst dachte sie, sie müsse vielleicht schon wieder weinen, aber dann fand sie die Situation im ganzen zu interessant, um dafür Zeit zu haben, und erging sich statt dessen in ziemlich aufregenden, aber höchst befriedigenden romantischen Spekulationen.

11

Erst als ihre Reisekutsche über die graugrünen Cotswold-Hügel rollte, überlegte Cressida, daß es schön und gut war, so schnell sie konnte nach London zurückzueilen,

aber einmal dort, hatte sie nicht die leiseste Ahnung, wie sie das erreichen sollte, weswegen sie in solcher Eile von Calverton Place abgereist war.
Wenn es sich um die Frage gehandelt hätte, einen Flirt mit einem Mann – irgendeinem Mann – anzufangen ... schließlich war sie nicht umsonst seit sechs Jahren in London! Sie hätte die Sache während eines einzigen Walzers erledigt, ohne einen falschen Schritt zu machen und ohne daß ihr Herz auch nur den Bruchteil einer Sekunde schneller geschlagen hätte. Aber es war etwas völlig anderes, einen ganz bestimmten Mann darüber informieren zu müssen, daß man seit sieben Jahren grundlos schlecht von ihm gedacht und sich deshalb ihm gegenüber ganz gräßlich benommen habe, daß man aber nicht das geringste dagegen hätte, wenn er sich jetzt wieder in einen verlieben wollte.
»Das schlimmste ist«, dachte sie verzweifelt, »wenn ich ganz einfach versuche, ihm offen zu sagen, wie ich fühle, wird er zweifellos glauben, ich sei wieder abscheulich, nur auf eine andere Weise, und habe im Sinn, etwas sehr Schlaues und Widerwärtiges zu tun, sobald ich ihn herumgekriegt habe. Und wenn er eine derartige Andeutung macht, werde ich ganz bestimmt die Beherrschung verlieren, und alles endet wieder in einem Streit. Hol's der Teufel, warum müssen die Männer so schwierig sein?«
Was Captain Rossiter gegenüber vielleicht nicht sehr fair war, denn er war sicherlich nicht schwieriger als sie. Aber ihr Geist befand sich in einem solchen Durcheinander von Erstaunen, Freude und Besorgnis, daß es nicht erstaunte, wenn sich ihre Denkprozesse etwas ziellos abspielten.
Der Tumult in ihrem Innern wurde auch nicht durch die zusätzliche Überlegung besänftigt, daß sie nach ihrer Ankunft in London als erstes nach Lord Langmere schicken

und ihn informieren mußte, daß sie jetzt unter keinen Umständen von seinem schmeichelhaften Angebot, seine Frau zu werden, Gebrauch machen könne. Dies war eine Unterredung, der sie ohne die geringste Freude und mit einem beachtlichen Schuldgefühl entgegensah, denn es bestand nicht der leiseste Zweifel, daß sie seiner Lordschaft allen Grund zu der Annahme gegeben hatte, sein Antrag würde Erfolg haben.

Es war jedoch eine Tat, die getan werden mußte, denn sie konnte Rossiter niemals davon überzeugen, daß sie jetzt bereit war, seinen Antrag anzunehmen, wenn sie nicht zuvor kristallklar bekundete, daß sie nicht die Absicht hatte, einen von Langmere anzunehmen. Als sie am folgenden Tag kurz vor Mittag in London ankam, begab sie sich daher als erstes an ihren Schreibtisch, um eiligst eine Nachricht an seine Lordschaft zu verfassen, in der sie um einen möglichst umgehenden Besuch bat.

Dies war nicht durchzuführen ohne zahllose Unterbrechungen von seiten Lady Constances, die nicht begreifen konnte, weshalb sie den ganzen Weg nach Gloucestershire reisen mußte, nur um sofort nach ihrer Ankunft wieder umzukehren und zurückzufahren. Sie stellte ihr zuerst eine Menge Fragen und erzählte ihr dann, daß Rossiter auf dem Ball der russischen Botschaft am vergangenen Abend dreimal mit Kitty getanzt hatte. Er war sehr spät gekommen und hatte Drew Addison bloßgestellt, indem er sie gerade in dem Augenblick zum Supper führte, als Addison auf seine widerlich überhebliche Art einem ausgewählten Kreis intimer Freunde seine Absicht erklärt hatte, ihr die Ehre zu erweisen und sie selbst hinunterzuführen.

»Ich glaube, er – ich meine natürlich Captain Rossiter – ist im Begriff, ihr einen Antrag zu machen«, vertraute ihr Lady Constance an, und verständlicher Stolz über die

Aussicht, ihrem Schützling einen solchen Kapitalfang ins Netz zu treiben, schwang in ihrer Stimme mit. »Er hat ganz besonders ihr seine Aufmerksamkeit geschenkt, meine Liebe, und alle sagen jetzt, der Kauf von Calverton Place beweist, daß er die Absicht hat, sich auf Dauer in England niederzulassen, und daß die liebe Kitty die Braut sein muß, die er im Auge hat. Wenn es nur Addison nicht irgendwie gelingt, ihnen einen Prügel zwischen die Beine zu werfen – du weißt ja, er kann ein Teufel sein, wenn seine Eitelkeit verletzt wird, und wenn er in Wut gerät, weiß er nicht mehr, was sich schickt. Ich bin ziemlich davon überzeugt, daß wir Kitty in Calverton Place sehen werden, ehe das Jahr um ist.«

Dies alles trug natürlich nicht dazu bei, den Aufruhr in Cressidas Gedanken zu beruhigen. Sie mußte sehr an sich halten, sich nicht sofort hinzusetzen und eine zweite Nachricht zu schreiben, diesmal an Rossiter, und ihn zu bitten, sofort in der Mount Street vorzusprechen, damit sie ihn über die Veränderung ihrer Gefühle unterrichten konnte.

Aber das war ganz und gar unmöglich. Dies war eine Angelegenheit, die weit mehr Fingerspitzengefühl verlangte als die offene Erklärung Lord Langmere gegenüber. Jedenfalls war sie froh, Lady Constances Unterhaltung entnehmen zu können, daß sie Rossiter treffen würde, wenn sie den Ball besuchte, den Lady Maybridge an diesem Abend zu Ehren eines der zu Besuch weilenden deutschen Prinzlein gab. Sie war entschlossen, sich bis dahin in Geduld zu üben.

In der Zwischenzeit mußte sie Lord Langmere gegenübertreten, der sich eine halbe Stunde nach Erhalt ihrer Nachricht mit liebender Ungeduld in der Mount Street einfand.

»Nein – nicht!« mußte sie hastig abwehren, als er sie bei

ihrem Eintritt in den Salon, wohin Harbage ihn gebracht hatte, umarmen wollte. »Leonard – lieber Leonard, es steht dir frei, mich für das verdorbenste Luder aller Zeiten zu halten, aber ich muß es dir sofort sagen – ich kann dich nicht heiraten. Ich hatte Zeit, sehr gründlich darüber nachzudenken, und es geht wirklich nicht!«
Zu sagen, Lord Langmere sei über diese offene und ungeschminkte Feststellung bestürzt gewesen, wäre nur eine sehr unzutreffende Beschreibung seiner Gefühle in diesem Moment. Es bestand keine Hoffnung, daß das, was er soeben gehört hatte, das schamhafte Sichwinden einer jungen Dame war, die nur darauf wartete zu einer Meinungsänderung gedrängt zu werden. Er war genötigt zu glauben, daß man ihm den Laufpaß gegeben hatte und daß Cressida nicht die Absicht hatte, ihre Meinung zu ändern.
Lord Langmere war ein sanftmütiger Mann, und zu behaupten, er sei in Liebe entbrannt, wäre vielleicht ein zu kräftiger und hochtrabender Ausdruck gewesen für seine Verehrung der hinreißenden Miß Calverton, für seinen Stolz, vor aller Welt ihre Vorliebe für ihn zeigen zu können, und für seine ganz ehrliche Absicht, sich ein Leben mit ihr einzurichten und sie zum Musterbeispiel einer Ehefrau zu machen. Aber selbst sanftmütige Männer, die sanftmütig lieben, haben es nicht gern, wenn all ihre Erwartungen mit einem Augenzwinkern zunichte gemacht werden, und es ist daher kaum verwunderlich, daß sich im Salon des Hauses in der Mount Street eine ziemlich unerfreuliche Szene abspielte. Seine Lordschaft vergaß sich soweit, voll Bitterkeit zu bemerken, er fühle sich an der Nase herumgeführt. Cressida wußte zwar, daß er mit einer gewissen Berechtigung so sprach, war aber viel zu sehr mit ihren eigenen Problemen beschäftigt, um für die seinen Mitgefühl empfinden zu können. Sie versäumte es

daher, ihn mit Beteuerungen ihrer unsterblichen Hochachtung und anderem schmeichelhaften Unsinn zu besänftigen, was ihm wenigstens die befriedigende Überzeugung vermittelt hätte, in eine von den Sternen nicht begünstigte Romanze verwickelt zu sein, statt sich nur in einem herzlosen Flirt zum Narren gemacht zu haben.
Folglich verließ er den Salon hastig und in offensichtlich schlechter Laune bereits eine Viertelstunde später. In der Halle stieß er beinahe mit Kitty zusammen, die ihn nachdenklich betrachtete und dann selbst in den Salon ging, um Cressida, die sie seit deren Rückkehr noch nicht gesehen hatte, zu sagen, wie sehr sie sich freue, sie so bald schon wieder in London begrüßen zu können.
Cressida, auf deren Liste bezüglich der Menschen, die sie im Augenblick am wenigsten zu sehen wünschte, Kitty an oberster Stelle stand, sagte kurz angebunden, sie sei froh, wieder zurück zu sein. Dan riß sie ihre Gedanken mit einiger Anstrengung von der Auseinandersetzung mit Lord Langmere los und fügte freundlich hinzu, sie hoffe, Kitty habe sich während ihrer Abwesenheit gut amüsiert.
»O ja, Miß Calverton«, sagte Kitty mit so leiser, natürlicher Stimme, daß Cressida, die plötzlich das ziemlich unangenehme Gefühl gehabt hatte, Kittys blaue Augen beobachteten sie mit scharfer und irgendwie forschender Eindringlichkeit, dachte, sie hätte sich getäuscht. »Ich kann Ihnen niemals genug dafür danken, mir eine so ausgezeichnete Chance geboten zu haben«, fuhr Kitty fort, ihre Augen mit Ergebenheit ausstrahlendem Blick zu Cressida erhoben.
Cressida fragte sich flüchtig, welche Veränderung in diesem bescheidenen, selbstbewußten Benehmen vor sich gehen mochte, wenn sie Kitty über die Unterhaltung informieren würde, die zwischen ihr und Mrs. Mills in der Keppel Street stattgefunden hatte. Aber da sie sich einer

gewissen Doppelbödigkeit ihres eigenen Verhaltens bewußt war, indem sie Kitty nicht von ihrer Absicht unterrichtete, alles in ihrer Macht Stehende zu tun, um ihr Rossiter wegzunehmen, fühlte sie, daß es ihr im Augenblick schlecht anstand, irgend jemandes Betragen zu kritisieren, und sie ging in ziemlich gedrückter Stimmung in ihr Schlafzimmer hinauf. Diese änderte sich auch nicht durch die Tatsache, daß es soeben in trostloser Weise zu regnen begonnen hatte. Und es bestand die Aussicht, daß es noch mindestens vierundzwanzig Stunden so weiterregnen würde.
Ihre Stimmung hob sich auch nicht durch eine zunehmend nervösere Befangenheit, der sie sich seit Jahren entwachsen glaubte, je näher die Stunde rückte, zu der sie zum Ball der Maybridges aufbrechen mußte, wo sie Rossiter zum erstenmal seit dem bemerkenswerten Gefühlsumschwung treffen würde. Sie konnte sich nicht entscheiden, welches Kleid sie anziehen sollte, verwarf eines mit orangefarbenen Blüten als zu damenhaft und ein anderes aus wassergrüner Seide als zu gewagt, ließ sich von Moodle das Haar wie Sappho und dann à la Tite frisieren, und das Ergebnis davon war, daß der Honourable Drew Addison, der sich herabgelassen hatte, die Damen aus der Mount Street zum Ball zu begleiten, eine halbe Stunde mit Kitty und Lady Constance im Salon warten mußte. Dies brachte ihr einige bissige Bemerkungen ein, auf die sie so abwesend antwortete, daß Addison, nicht daran gewöhnt, daß seine Pfeile ihr Ziel verfehlten, aufs äußerste erzürnt war.
»Ich schätze, meine liebe Cressy, Sie hatten keinen Erfolg damit, den ungalanten Captain zu überreden, Ihnen Calverton Place zu überlassen«, bemerkte er spitz, als er sich neben sie in die Kutsche setzte. »Nein, Sie brauchen nicht überrascht auszusehen, mein gutes Kind. Selbstverständ-

lich weiß ich alles über den Grund Ihres plötzlichen Ausflugs nach Gloucestershire. Ich weiß ebenfalls«, fuhr er fort, als die Kutsche die Straße hinunterrollte, »daß Langmere sein Schicksal endlich auf die Probe gestellt und den Laufpaß bekommen hat. O ja, meine Liebe. Er war heute nachmittag bei White und in einer derartig trübsinnigen Verfassung, daß man nur zwei und zwei zusammenzählen mußte. Ich glaube, er gewann zweitausend von Dalingridge beim Glücksspiel. Unglück in der Liebe, Sie wissen ja...«

Hier mischte sich Lady Constance, die nicht länger an sich halten konnte, als sie diese erschütternde und höchst unwillkommene Nachricht erfuhr (denn Cressida hatte ihr nichts von dem gesagt, was am Nachmittag zwischen ihr und Lord Langmere vorgefallen war) in die Unterhaltung ein, um zu fragen, was um alles in der Welt Addison mit dieser absurden und vollkommen unwahren Behauptung meine.

»Natürlich ist nichts dergleichen geschehen«, schalt sie ihn, »und ich darf Sie sehr bitten, nicht jedem, den Sie treffen, derartigen Unsinn zu erzählen! Es stimmt, bis jetzt besteht noch keine Vereinbarung zwischen Cressida und Langmere...«

»Und wird auch niemals bestehen«, sagte Addison lässig. »Habe ich nicht recht, Cressy, meine Liebste? Sie haben wieder eines Ihrer Opfer in den Staub geworfen und verspüren jetzt gewiß nicht den Wunsch – nachdem Sie sich erneut als triumphierende Göttin gezeigt haben –, es aufzuheben.«

»Hören Sie auf, solchen Schwulst zu reden, Drew«, sagte Cressida kühl. »Man könnte denken, Sie schwelgen in Leihbücherei-Romanen, die Sie angeblich so verabscheuen.«

»Das tue ich auch, meine Süße«, sagte Addison und lächelte sie milde an. »Aber wenn die eigenen Freunde sich ständig so benehmen, als gehörten sie zwischen die Dekkel jener ekelhaft sentimentalen Werke, was soll man da tun? Sie müssen wirklich mit der Angewohnheit brechen, törichte Männer bis an den Rand der Ehe zu führen und dann im letzten Moment davor zurückscheuen, mit ihnen über den Rand zu springen, Schätzchen. Das wirkt sich immer so bedrückend auf die allgemeine Unterhaltung aus.«

Cressida, die gehofft hatte, Rossiter selbst auf sehr würdevolle Weise erklären zu können, sie und Langmere hätten erkannt, daß sie nicht zueinander paßten und daß eine Ehe zwischen ihnen nicht mehr in Frage käme, fühlte ihr Herz sinken. Aus Addisons Worten war klar ersichtlich, daß ihre Ablehnung von Lord Langmeres Antrag eines der Spitzengesprächsthemen beim heutigen Ball sein würde, so daß Rossiter gewiß von allen Seiten mit farbig ausgeschmückten Interpretationen ihres Verhaltens traktiert würde, die Klatsch, und zum Teil auch bösartiger Klatsch, nur hervorbringen konnte. Eine herzlose Kokette würde man sie nennen. Und Rossiter hatte genau dies im Garten von Calverton Place zum Ausdruck gebracht. Wie sollte sie ihm in einem überfüllten Ballsaal erklären, daß sie Langmere nur deshalb den Abschied gegeben hatte, weil sie ihre Liebe zu ihm wiederentdeckt hatte? Wenn sie ihn nur allein treffen könnte . . .

Aber die Unmöglichkeit, an diesem Abend einen solchen Wunsch erfüllt zu bekommen, wurde ihr hinreichend klar, als der Wagen in den Cavendish Square einbog, wo ein noch größeres Chaos herrschte als gewöhnlich zur Ankunftsstunde bei einem großen Ball. Lady Maybridges Gesellschaften waren berühmt für die größten Menschenansammlungen der Saison. Als die ankamen, war der Platz bereits erfüllt von sich rempelnden Kutschen

und aufgeregten Pferden, so daß es ausgeschlossen schien, überhaupt jemals die Tür von Maybridge House zu erreichen.
»Ermüdend«, bemerkte Addison und beobachtete voller Abscheu die Bemühungen eines fluchenden Kutschers, eine elegante Stadtkutsche mit einem Helmschmuck auf dem Sattelkissen vor ihnen in die Reihe der langsam vorrückenden Wagen hineinzudrängen. »Man fragt sich wirklich, ob die Teilnahme an Gussie Maybridges Bällen all diese Anstrengungen wert ist. Selbst wenn es einem gelingt, hineinzukommen, steht man mindestens eine halbe Stunde auf der Treppe, höchstwahrscheinlich dicht an irgendeinen wenig gesprächigen ausländischen Botschafter gepreßt, während einen die Straußenfedern seiner Frau in der Nase kitzeln. Andererseits ist es leider völlig unmöglich, eine Party zu besuchen, die so wenig Erfolg hat, daß man das Haus ohne Schwierigkeiten betreten kann. Das wäre wirklich zu deprimierend . . .«
Er redete weiter, aber Cressida hörte ihm nicht mehr zu. Sie hatte durch den strömenden, silbernen Regen eine hohe Gestalt aus einer Kutsche steigen sehen, die soeben vorgefahren war. Sie konnte nur die breiten Schultern, den geraden Rücken und den wohlgeformten Kopf mit dem kurzgeschnittenen schwarzen Haar erkennen, aber sie wußte, sie konnte sich nicht geirrt haben. Es war Rossiter. Wenn sich nur, dachte sie plötzlich in wilder, hoffnungsvoller Ungeduld, Addisons Kutscher beeilen würde, ihren Wagen zur Tür zu bringen! Dann könnte es ihr gelingen, diese endlose halbe Stunde auf der überfüllten Treppe, auf die Addison angespielt hatte, in unmittelbarer Nähe von ihm zu verbringen, so daß vielleicht etwas von dem, was sie ihm über ihre Gefühlsänderung zu verstehen geben wollte, auf ihn überspringen würde, trotz der ausländischen Botschafter, ihren Frauen und deren Straußenfedern.

12

Natürlich geschah nichts dergleichen. Statt dessen war sie dazu verurteilt, während der fünfundzwanzig Minuten, die sie damit verbrachte, die großartige, mit roten Teppichen belegte Treppe von Maybridge House Schritt für Schritt emporzusteigen, Tantalusqualen zu erdulden. Sie sah Rossiters dunklen Kopf die ganze Zeit direkt vor sich, war aber von ihm getrennt durch eine übermäßig umfangreiche Dame in einem dunkelbraunen Satinkleid und einem Diamantendiadem. Bis sie das Ende der Treppe erreichte, hatte er bereits Lord und Lady Maybridge begrüßt und war im Ballsaal verschwunden. Und ihn dort zu suchen – inmitten von sechshundert Menschen, von denen die eine Hälfte tanzte, die andere sich wie die bunten Splitter in einem Kaleidoskop hinter den roten Samtkordeln bewegte, welche die Tanzfläche vom übrigen Raum trennten –, war gewiß ein ermüdendes und vielleicht erfolgloses Unterfangen.

Wen sie allerdings zu ihrem Mißvergnügen sofort sah, war Lord Langmere. Er war im Gedränge dicht an sie gedrückt worden, machte errötend eine kurze Verbeugung und bemühte sich, so schnell wie möglich aus ihrer Nähe zu verschwinden.

»Sie haben ihm also nicht den Marschbefehl gegeben?« ertönte Addisons zynische Stimme hinter ihr. »Liebste Cressy, halten Sie mich wirklich für so schwachsinnig, daß Sie erwarten, ich würde auf diesen Unsinn hereinfallen? Er könnte ebensogut ein Plakat mit der Aufschrift ›Verschmähter Liebhaber‹ auf dem Rücken tragen. Und was wollen Sie mir vorflunkern«, fügte er nachdenklich hinzu, »daß der junge Harries nicht der nächste ist, der ihm in dieser Ehre folgt? Die Spekulanten bei White, das kann ich Ihnen verraten, werden ganz schön auf dem trockenen sitzen, wenn er es nicht ist. Er war in letzter Zeit so viel in Ihrer Nähe, daß eine ganze Menge schwer auf ihn setzen. Aber da kommt er ja. Werden Sie mit ihm tanzen und die Wetten noch mehr zu seinen Gunsten hochtreiben, oder beabsichtigen Sie, eine Panik auszulösen, indem Sie ihn abweisen?«

Wenn es möglich und gesetzlich gewesen wäre, jemanden in einem Ballsaal umzubringen, wäre Drew Addison in diesem Augenblick von Cressidas Hand getötet worden, aber so war sie gezwungen, sich damit zu begnügen, ihn vollkommen zu ignorieren und so zu tun, als hätte sie nicht ein einziges Wort gehört, und Captain Harries mit großer Herzlichkeit zu begrüßen.

»Guten Abend, Miß Calverton. Ich möchte Sie gerne fragen, ob Sie mir die Ehre erweisen würden, den nächsten Tanz mit mir zu tanzen«, sagte der Captain, der wie üblich unter der Verpflichtung litt, sich seinem eleganten Rock und den Kniehosen entsprechend benehmen zu müssen. Aber er freute sich, sie zu sehen. »Man sagte mir allerdings, es wird eine Quadrille sein, und ich komme einfach für mein Leben nicht mit den Schritten zurecht.«

Dann sah er Kitty an, die an diesem Abend in einem von kleinen Silberspangen zusammengehaltenen Kleid aus blaßblauem Krepp über einem Unterkleid aus weißer Spitze äußerst vorteilhaft aussah. Er war im Begriff, sich an sie zu wenden, als sie sich, nachdem Addison ihr ein paar Worte ins Ohr geflüstert hatte, zu Lady Constance umdrehte und sie sehr sittsam um die Erlaubnis bat, die Quadrille mit ihm tanzen zu dürfen. Lady Constance sah sie mißbilligend an, aber sie war sich der Macht Addisons in der Gesellschaft zu sehr bewußt, um die Schwerter mit ihm zu kreuzen, und so gab sie mit einem Achselzucken ihre Zustimmung.

»Ein widerlicher Mann«, sagte sie, als die beiden mitein-

ander weggingen. »Er schenkt ihr nur seine Aufmerksamkeit, um Rossiter eins auszuwischen, und obwohl ich genauso gut wie jede andere Frau weiß, daß bei gewissen Männern nichts so wirkungsvoll ist wie ein bißchen Eifersucht, um sie auf Trab zu bringen, scheint mir Rossiter nicht zu dieser Sorte von Männern zu gehören. Wenn Kitty nicht aufpaßt, wird sie feststellen müssen, daß sie ihn verscheucht hat.«
Sie brach ab, um eine Witwe in purpurner Seide zu begrüßen, mit der sie sogleich den Raum verließ. Cressida sah Captain Harries an.
»Ich sehe«, sagte sie, »Sie haben während meiner Abwesenheit nicht sehr viel Erfolg gehabt.«
Der Captain sah niedergeschlagen aus und sagte, nein, das habe er nicht.
»Aber ich muß sagen«, fügte er hinzu, »es ist dieser Addison-Bursche, der die meiste Zeit mir ihr verbringt, auch als Dev weg war. Und es heißt, die Sicherheit besteht in der Vielzahl.«
»Ja, vielleicht«, sagte Cressida und verspürte plötzlich den unwiderstehlichen Wunsch, ihre Schwierigkeiten dem Captain anzuvertrauen, der schließlich genau in dem gleichen Dilemma steckte wie sie und ein ebenso großes Interesse daran hatte, daß Rossiter Kitty nicht heiratete. »Aber es ist ein großes Glücksspiel: Es besteht immer die Gefahr, daß genau der, von dem man es nicht will, das Rennen macht!«
Sie sah sich ungeduldig in dem langen, überfüllten Raum um. Es war ganz sinnlos zu erwarten, daß sie in diesem strahlenden Gedränge irgendwo für ein paar Minuten ein privates und ungestörtes Gespräch mit ihrem Begleiter haben konnte. Aber sie war mit den Örtlichkeiten von Maybridge House vertraut und erinnerte sich plötzlich, daß sich hinter den schweren karmesinroten Brokatdra-

perien, vor denen sie im Augenblick standen, flache Nischen verbargen, die zu den hohen Doppelfenstern des Ballsaales führten. Jedem dieser Fenster war ein schmaler Balkon vorgebaut.
»Ich möchte mit Ihnen reden – kommen Sie«, sagte sie zum Captain, teilte die schweren Vorhänge und schlüpfte schnell in eine Nische.
Der Captain folgte ihr gehorsam, entriegelte und öffnete das hohe Fenster und trat mit ihr hinaus auf den schmalen, überdachten Vorsprung.
»Das ist viel besser«, sagte Cressida erleichtert und sah sich in der nebligen Dunkelheit um. Sie fühlte sich in der Tat so erleichtert nach Addisons abscheulichen Worten und dem Wissen, daß genau in diesem Moment eine gleichermaßen niedriggesinnte Person Rossiter zweifellos die unerfreulichste Version, die sie oder er aus Langmeres Zurückweisung zusammenbrauen konnte, ins Ohr flüsterte, daß sie das plötzliche Verlangen verspürte, ihren Kopf an die breiten, tröstlichen Schultern des Captains zu lehnen und ihren Kummer hinauszujammern wie ein Schulmädchen. »Oh«, sagte sie und riß sich gerade noch rechtzeitig zusammen, ehe sie diesem unedlen Impuls nachgab, »Sie werden mich für idiotisch halten, Captain, aber ich muß einfach mit jemandem reden. Verstehen Sie, ich habe gerade erfahren, daß Dev unsere Verlobung auflöste, weil man ihm gesagt hatte, ich würde das Vermögen meiner Großtante nicht erben, wenn ich ihn heiratete. Und ich glaubte all die Jahre, er habe es getan, weil er kein mittelloses Mädchen heiraten wollte. Und das hat meine Gefühle für ihn natürlich vollkommen verändert und – und ich will jetzt gar nicht mehr, daß er Kitty Chenevix heiratet, genausowenig wie Sie das wollen. Nur sagen alle, er stehe kurz davor, um Kittys Hand anzuhalten, und – Oh, Captain Harries, was sollen wir bloß tun?«

Captain Harries, der in Miß Calverton bis dahin eine Art Göttin gesehen hatte, die auf eine Weise fähig war, ihre eigenen Probleme zu ihrer vollsten Zufriedenheit zu regeln, die jede männliche Einmischung nicht nur als unnötig, sondern als unverschämt erscheinen ließ, war über alle Maßen entsetzt, ein Gesicht flehend zu sich emporgerichtet zu sehen, das sogleich in Tränen auszubrechen drohte. Aber er faßte sich schnell, legte seinen Arm auf eine unendlich tröstende und brüderliche Art um sie und sagte, er habe das alles schon lange vermutet.

»Was vermutet?« fragte Cressida mit unterdrückter Stimme und gab sich in ungewohnter Weise dem Luxus hin, jemanden zu haben, an den sie sich in ihrer Verzweiflung anlehnen konnte.

»Daß sie ihn lieben und er Sie«, sagte der Captain schlicht.

»Oh!« rief Cressida aus und sah mit strahlendem Gesicht zu ihm auf. »Oh, glauben Sie das wirklich?«

Und genau in diesem Augenblick teilten sich die Vorhänge, und Rossiter betrat die Nische.

Man konnte es ihm nicht verübeln, daß er das Bild, das sich ihm bot – die reizende Miß Calverton in der Umarmung eines Mannes, den Blick strahlend zu ihrem Begleiter erhoben –, falsch auslegte. Ja, eine Mißdeutung war in der Tat so gut wie unvermeidlich. Einen Augenblick blieb er wie angewurzelt stehen, den Arm erhoben, um die Vorhänge zurückzuhalten, so daß helles Kerzenlicht aus dem Ballsaal auf das erschrockene Paar vor ihm strömte. Dann sagte er mit rauher, fast tonloser Stimme: »Ich bitte um Verzeihung! Ich kam, um Sie um diesen Tanz zu bitten, Miß Calverton. Ich wußte nicht, daß Sie anderweitig vergeben sind.«

»Aber ich war nicht ... ich meine, ich bin nicht ...«, stammelte Cressida vollkommen idiotisch, als sie die Sprache endlich wiederfand.

Rossiters verächtlicher Blick versengte sie. »Guter Gott«, rief er wild, »schieben Sie doch Miles nicht einfach beiseite, weil Sie versuchen wollen, auch mich in die Liste Ihrer Eroberungen von heute abend einzutragen! Genügt es Ihnen denn nicht, Langmere zum Gespött gemacht zu haben, wollen Sie Miles Gleiches zufügen?«
Und ohne ein weiteres Wort trat er zurück in den Ballsaal und ließ die Vorhänge hinter sich zufallen. Das Licht erlosch wie abgeschnitten. In der feuchten Dunkelheit sahen Cressida und Captain Harries einander an, blaß und bestürzt.
»Ich gehe ihm am besten nach und erkläre ...«, begann der Captain hastig in dem Moment, als Cressida mit erstickter Stimme sagte: »Ich muß ihm erklären ...«
Dann hörten beide gleichzeitig auf zu sprechen, und der Ausdruck erschrockenen Erkennens machte sich auf ihren Gesichtern breit.
»Wir können unmöglich«, sagte Cressida verzweifelt. »Er wird niemals glauben, daß ich Sie nur deshalb hierhergebracht habe, um Ihnen zu sagen, ich sei in ihn verliebt. Er wird glauben, wir treiben nur unser Spiel mit ihm.«
Der Captain, dem der gleiche Gedanke gekommen war, sah zwar erschüttert aus, sagte aber, er wolle trotzdem wenigstens den Versuch unternehmen.
»Nein, nicht!« sagte Cressida besorgt. »Jedenfalls nicht gerade jetzt. Er kocht vor Wut, verstehen Sie? Er wird nicht auf Sie hören, und wenn Sie versuchen, mich zu verteidigen, wird er glauben, ich hätte Sie verhext – zum Teufel auch, ich werde nicht weinen! Der widerliche Addison würde es sofort bemerken und sagen, ich bedauere wohl, Langmere weggeschickt zu haben – oder irgend etwas Ekelhaftes in dieser Art.«
Zu Captain Harries' Bewunderung putzte sie sich ent-

schlossen die Nase, meinte, sie sei jetzt wieder in Ordnung, und sie sollten wohl besser in den Ballsaal zurückkehren.
»Ich würde am liebsten direkt nach Hause fahren, aber ich kann nicht wegen Kitty und Lady Con, und außerdem würden die Leute sicher klatschen«, sagte sie. »Wir müssen zurück und so tun, als sei alles in bester Ordnung, und morgen vielleicht, wenn er nicht mehr so wütend ist, können Sie versuchen, mit ihm zu sprechen.«
Der Captain, der bei der Aussicht auf diese Unterhaltung noch unsicherer als sonst dreinschaute, erklärte, er würde sein Bestes tun – aber was solle er eigentlich sagen?
»Ich weiß nicht«, gab Cressida zu und betupfte verärgert ihre Augen mit dem Taschentuch. »Ich nehme an, es könnte vielleicht ein bißchen helfen, wenn Sie ihm sagen, Sie seien keineswegs in mich, sondern in Kitty verliebt . . .«
Der Captain sah sie entsetzt an. »Aber das kann ich nicht!« sagte er ernst. »Nicht, wenn er – er könnte ja selbst für sie eingenommen sein!«
Dann erkannte er, daß er genau das Falsche gesagt hatte, und errötete tief. Aber Cressida, die sich inzwischen wieder ganz in der Hand hatte, sagte nur entschieden, das sei nicht der Fall und wenn ja, dann dürfe es nicht so sein.
»Wenn er so idiotisch ist, sie zu heiraten, bringt er sie womöglich um, bevor die Flitterwochen zu Ende sind«, sagte sie. »Er hat kein so engelsgleiches Wesen wie Sie, und er kann Leute nicht ertragen, die ihn langweilen oder anlügen. Sie würde sicherlich beides tun. Als ich noch böse auf ihn war, habe ich mir immer gedacht, es geschähe ihm recht, wenn er sie heiratet. Denn dann wäre er genauso teuflisch unglücklich wie ich es war, als er unsere Verlobung löste. Aber jetzt will ich nicht mehr, daß er unglücklich ist.«

Captain Harries sah bei diesen freimütigen Worten äußerst schockiert aus und fühlte sich auch so, besonders was die Anspielungen auf seine Angebetete betraf. Aber da er einen offenen, schlichten Charakter hatte, der ihn die Unvollkommenheiten des geliebten Wesens erkennen ließ, ohne daß er dadurch im mindesten in seiner hartnäkkigen Bewunderung erschüttert worden wäre, verzieh er Miß Calverton rasch – vor allem, da er sie im Augenblick auch für nicht ganz zurechnungsfähig hielt – und sagte tröstend, er sei ganz sicher, alles werde sich zum Guten fügen.
»Vielleicht, vielleicht aber auch nicht«, seufzte Cressida, die geneigt war die Dinge realistischer zu betrachten.
Aber das bedeutete nicht, daß sie sich geschlagen gab, denn sie schmiedete in Gedanken bereits Pläne, damit sich alles zum Guten wenden konnte.
Einen schlechten Dienst würde sie sich jedoch erweisen, wenn sie noch länger mit Captain Harries auf dem schmalen Balkon bliebe. Deshalb schickte sie ihn mit dem ausdrücklichen Befehl in den Ballsaal zurück, Kitty um den nächsten Tanz zu bitten und um so viele weitere, wie er nur bekommen konnte. Nach einer kurzen Pause folgte sie ihm.
Rossiter war nirgends zu sehen, als sie hinter den Brokatvorhängen hervorschlüpfte, noch konnte sie Kitty oder Lady Constance irgendwo entdecken. Also ließ sie sich von ihrem neuesten Bewunderer, einem jungen und sehr feurigen Captain der Dragoner, zu einer Folge von Country-Tänzen führen. Er hatte offensichtlich von ihrem Bruch mit Lord Langmere gehört und war davon so ermutigt, daß er sogar unter den ihm von den Tanzfiguren auferlegten Einschränkungen eine ziemlich beklemmende Glut entwickelte und nach Beendigung der Tanzserie sofort in sie drang, ihm das Privileg zuteil werden zu lassen, sie später zum Supper hinunterführen zu dürfen.

Aber das Recht auf diese Ehre wurde ihm sofort von einem halben Dutzend Herren streitig gemacht, die das Ende der Tänze herbeigesehnt hatten, um sich Cressida zu nähern. Sie stand lächelnd und diskutierend zwischen all diesen Angeboten, als sich ein neuer Anwärter, ein junger Baron, zu der Gruppe gesellte.
»Also ich muß sagen«, bemerkte dieser mit gelangweilter Stimme, welche durch die erregte Röte auf seinem Gesicht Lügen gestraft wurde, »das ist ja wohl das Unglaublichste! Rossiter hat Miß Chenevix einen Heiratsantrag gemacht und ist erhört worden! Fragt mich nicht, wann er bei diesem Gedränge die Gelegenheit dazu gefunden hat – aber ich schätze, er ist nicht von der Sorte, die sich durch irgend etwas abhalten läßt . . .«
Das Lächeln gefror auf Cressidas Lippen, die Töne, Bilder und Düfte des strahlenden, überfüllten Ballsaales schienen zusammenzuschmelzen und in eine Explosion aus Licht und Farbe zu münden. Dies, zusammen mit dem ihr höchst ungewöhnlich erscheinenden Beben des Bodens unter ihren Füßen, gab ihr einen Augenblick lang das Gefühl, in einem Boot auf stürmischer See zu sein. Als sie sich soweit gefaßt hatte, um wieder sprechen zu können, waren die Fragen, die sie dem jungen Baron hätte stellen wollen, bereits von anderen aufgeworfen worden, und der junge Mann antwortete nach bestem Vermögen.
»Ich habe es von Lady Con Havener, also muß es wahr sein«, sagte er. »Sie ist im Spielzimmer und erzählt es allen, die es hören wollen. Addison brütet finster vor sich hin. Natürlich weiß jeder, daß er selbst Köder nach dem Mädchen ausgeworfen hat . . .«
Er unterbrach sich, als Cressida mit tonloser Stimme »Im Spielzimmer?« sagte und wie eine Schlafwandlerin direkt über ihn hinwegmarschierte, oder es getan hätte, wäre er

nicht im letzten Augenblick verblüfft beiseite gesprungen. Sie ging bis zum Ende des Ballsaales, wo Flügeltüren in einen Raum führten, in dem man Spieltische für jene Gäste aufgestellt hatte, die sich mehr aus Karten als aus dem Tanzen machten. Wie der Ballsaal war auch dieser Raum bis in den letzten Winkel voller Menschen, Spieler und Zuschauer, und hier war es fast noch unerträglicher heiß. Cressida fand Lady Constance auf einem Sofa sitzend, umgeben von mehreren Herren und Damen, und ging direkt auf sie zu.

»Lady Con«, sagte sie, »ich muß mit Ihnen sprechen.«

»Ja, Liebes«, antwortete Lady Constance und versuchte, pflichtschuldig beiseite zu rücken, um ihr neben sich auf dem Sofa Platz zu machen. Dabei sah sie so stolz aus wie eine Katzenmutter, die einen prächtigen Wurf junger Kätzchen zustande gebracht hatte. »Oh, Cressy, mein Schatz, hast du gehört, was geschehen ist? Rossiter hat ...«

»Nicht hier«, sagte Cressida kurz, und zum Erstaunen und zur Bewunderung aller Beobachter, die wußten, daß nichts schwieriger war, als Lady Constance von der Stelle zu bewegen, wenn sie sich zu einem gemütlichen Klatsch niedergelassen hatte, dessen Star sie obendrein noch war, brachte sie sie allein durch die Macht ihres gebieterischen Blickes auf die Füße, aus dem Spielzimmer hinaus, durch den Ballsaal, bis hin zu einem jener schmalen Balkone, wo ihre unglückselige Unterhaltung mit Captain Harries stattgefunden hatte.

»Aber ist das nicht gefährlich?« erkundigte sich Lady Constance, die selbst in geringer Höhe nervös wurde, als sie vorsichtig über das niedere Eisengitter hinunterspähte.

»Nein«, sagte Cressida. »Aber ich werde es gleich, wenn Sie mir nicht sofort haargenau erzählen, was geschehen ist. Hat Rossiter ...«

»Nun, mein Liebes, das habe ich doch versucht, dir im Spielzimmer zu erzählen, und statt dessen schleppst du mich hierher«, sagte Lady Constance ärgerlich. »Aber ja, er hat Kitty tatsächlich einen Antrag gemacht, während sie eine Reihe von Country-Tänzen tanzten, ob du es glaubst oder nicht! Höchst ungewöhnlich – aber ich meine, er ist überhaupt ein ungewöhnlicher Mann. Jeder konnte ihn hören, das heißt alle, die in seiner Nähe tanzten, und ich glaube wirklich, es wirft ein gutes Licht auf Kittys gesunden Menschenverstand, daß sie nicht vollkommen überrumpelt war ...«

»Sie hat den Antrag angenommen?« unterbrach Cressida sie mit erstickter Stimme.

»Nun, meine Liebe, nicht direkt während des Tanzes, natürlich!« sagte Lady Constance. »Sie brachte Rossiter nachher zu mir und fragte mich sehr sittsam, was sie tun solle – obwohl es natürlich völlig klar war, was sie tun wollte. Und ich sagte selbstverständlich, sie müßten ihre Mama fragen, die ihr Vormund ist, aber daß ich, die ich im Augenblick an ihrer Stelle stünde, keine Einwände hätte und ganz sicher sei, Emily Chenevix würde genauso denken wie ich, und daß es eine höchst passende Wahl sei ...«

»Und dann haben Sie die Geschichte von der Verlobung überall in diesem Ballsaal verbreitet – was bedeutet, daß ganz London es erfährt«, unterbrach Cressida sie erneut mit bebender Stimme. »Oh, Lady Con, Sie sind eine Klatschbase!«

»Nun, ich weiß nicht, wie du dazu kommst, so etwas zu behaupten«, verteidigte Lady Constance sich entrüstet. »Ich denke, ich war sehr geschickt! Du magst sagen, was du willst, mein Schätzchen, aber in solch einem Fall ist es immer besser, einen Mann festzunageln, denn gleichgültig, wie feurig sie auch sind, manchmal überlegen sie es

sich doch noch anders! Und außerdem ist es ja nicht so, daß niemand seinen Antrag mit angehört hätte – oh, Liebes, was ist denn los?« untrbrach sie sich, als sie plötzlich selbst in der Dunkelheit die Tragödie auf Cressidas Gesicht und die Tränen in ihren Augen erblickte. »Du kannst nicht meinen, daß du – daß er ...«
»Ja – nein! Das spielt doch keine Rolle«, sagte Cressida völlig verzweifelt und mit erstickter Stimme und wandte den Kopf ab.
Lady Constance, von dieser Entwicklung wie vom Donner gerührt – denn der Gedanke war ihr buchstäblich nie gekommen, daß die alte Verbindung zwischen Cressida und Rossiter nicht völlig der Vergangenheit angehörte –, fuhr fort, sie in höchster Verwirrung anzustarren.
»Aber, mein Liebes, ich verstehe überhaupt nicht«, jammerte sie. »Du hast niemals die geringste Neigung für Captain Rossiter gezeigt. Im Gegenteil, ich hatte immer den Eindruck, daß ihr euch streitet, sobald ihr einander nur begegnet. Und wenn er etwas für dich empfindet, weshalb macht er dann Kitty einen Antrag?«
»Oh, das kann ich nicht erklären. Es ist alles ein so verdammtes Durcheinander«, sagte Cressida wütend. »Ich weiß nicht, was man jetzt noch tun kann – nichts, vermute ich, nachdem es sich in ganz London herumgesprochen hat, daß er ihr einen Antrag gemacht hat. Er kann jetzt nicht mehr abspringen, selbst wenn er wollte – und Kitty tut es bestimmt nicht! Wir sollten lieber in den Ballsaal zurückkehren«, brach sie die Unterhaltung ab. »Es hat keinen Sinn, noch länger darüber zu diskutieren.«
»Ja, aber ...«, Lady Constance sah sie zweifelnd an. »Bist du ganz sicher? Ich habe Captain Rossiter natürlich gebeten, uns beim Supper Gesellschaft zu leisten,

und es würde sich überhaupt nicht schicken, wenn du die ganze Geschichte ignoriertest und so tätest, als sei nichts geschehen, denn Kitty wohnt nun einmal in deinem Haus . . .«

»Schon gut! Ich leiste euch beim Supper auch Gesellschaft«, sagte Cressida mit düsterer Resignation in der Stimme. »Aber ich warne Sie, es wird sehr ungemütlich sein. Rossiter ist wütend auf mich, wissen Sie!«

»Ja? Aber ich dachte, daß du . . . daß er . . .«

Lady Constance gab es auf und folgte Cressida mit einem hilflosen Achselzucken in den Ballsaal. Hier wurde letztere sofort von ihren Bewunderern mit Beschlag belegt, die sie sehr enttäuscht hatte, als sie auf der Suche nach Lady Constance so rasch in das Spielzimmer geeilt war. Nachdem sie den soeben beginnenden Walzer dem jungen Baron gewährte, der die Nachricht von Rossiters Verlobung überbracht hatte, wählte sie den ältesten der Gruppe, einen bekannten Diplomaten, dazu aus, sie nachher zum Supper zu führen, denn seine Erfahrung würde ihm wohl sehr nützlich sein, mit der unangenehmen Situation fertig zu werden, in die er gleich geraten sollte.

Und unangenehm war sie in der Tat. Rossiter sah finster drein und war betont aufmerksam zu seiner erwählten Braut. Lady Constance, dies eine Mal völlig aus dem Tritt geworfen, plapperte – gelinde ausgedrückt – unermüdlich sinnloses Zeug; Cressida war viel zu fröhlich und begegnete nicht ein einziges Mal Rossiters Blicken; der Diplomat, mit dem sechsten Sinn seines Berufsstandes erkennend, daß er sich in unergründlichem Wasser befand, zog sich schlauerweise wie eine Muschel in die Schale zurück und trug zur Unterhaltung nichts bei außer einem gelegentlichen Lächeln oder einem Achselzucken. Nur Kitty sah so heiter und gelassen aus wie immer, wid-

mete sich unterwürfig ihrem Verlobten und konnte doch einen gewissen stillen Triumph nicht ganz verbergen. Sie hatte erreicht, was sie wollte, das war klar – einen Ehemann, ein Vermögen und eine gesicherte Stellung in der Gesellschaft. Der kleine Betrug, den sie zu diesem Zweck begehen mußte, dürfte ihr als ein unbedeutender Preis erscheinen, dachte Cressida.
»Und sie ist nicht wirklich wie die Prinzessin am Ende des Märchens«, flüsterte Addison, der den ganzen Abend herumgelaufen war und geistreiche, herabsetzende Bemerkungen über das frischverlobte Paar von sich gegeben hatte, in Cressidas Ohr, als sie ein wenig später den Raum verließen, »die fortan nichts weiter zu tun hat, als glücklich zu leben? Aber über den Prinzen muß man sich doch sehr wundern, nicht wahr? Eine ziemlich fragwürdige Art von Hoheit – finden Sie nicht auch –, trotz all dieses vulgären Geldes. – Kitty, meine bewundernswerte Liebste«, unterbrach er sich, als Kitty mit Lady Constance erschien, fertig zur Abfahrt in die Mount Street, »meine tiefstempfundenen Glückwünsche! Sie werden in einer Kutsche fahren und ein silbernes Kleid tragen – was Sie natürlich sowieso gerade tun –, aber, meine Süße, mit mir, wie ich mir zu bemerken erlaube, und ohne Ring am Finger. Darum sollte man sich doch schleunigst kümmern.«
Cressida blickte rasch zu ihm auf, aber in diesem kalten, selbstbewußten, hübschen Gesicht konnte sie nichts lesen als den üblichen Spott. Zweifellos war es vollkommen verrückt von ihr, dachte sie, aus dieser Richtung Hilfe zu erwarten, denn selbst wenn Addison verstimmt war, daß Rossiter ihm Kitty weggeschnappt hatte, würde er ihr niemals die Ehe antragen.
Sie stieg traurig mit Kitty und Lady Constance in die Kutsche, und es vergingen keine zehn Minuten – in denen der Kutscher sein Fahrzeug aus dem Verkehrsgewirr auf dem

Square gelöst hatte, ohne ihm das gleiche Schicksal zuteil werden zu lassen wie dem Kabriolett vor ihnen, dessen Pferd sich irgendwie mit den Hinterbeinen im Vorderrad einer Barutsche verfangen hatte –, bis ihr natürlicher Optimismus wieder die Oberhand gewann. Sie sagte sich, daß die Schlacht noch nicht verloren war, bis die fatalen Worte in der Kirche gesagt waren. Und sollte sie am Ende doch verlieren, dachte sie, wollte sie wenigstens die Befriedigung haben, nicht kampflos zu Boden gegangen zu sein.

13

Sie brauchte nicht lange, um zu erkennen, daß sie, wollte sie den Kampf gewinnen, Verbündete benötigte, die ihr mit Rat und Tat beistehen konnten. Lady Constance, entschied sie, war in dieser Beziehung wegen ihrer gespaltenen Loyalität – sie wurde hin- und hergerissen zwischen ihrem Mitgefühl für Cressidas mißliche Lage und ihrer Freude über Kittys Triumph – nutzlos, und deshalb beschloß sie noch in dieser Nacht, ihr Vertrauen in Sir Octavius zu setzen. Sie hatte einst Lady Constance gesagt, er sei der klügste Mann, den sie kenne, und gewiß war die Weisheit Salomons nötig, um dieses ungewöhnliche Chaos zu entwirren, das ihre Affären verursacht hatten.

Am folgenden Morgen schickte sie demgemäß eine Nachricht an Sir Octavius und fragte an, ob sie ihn in einer Angelegenheit von größter Wichtigkeit sprechen könne. Nachdem sie umgehend eine Zusage erhalten hatte, wollte sie gerade das Haus verlassen, um in die City zu fahren, als sie durch die Ankunft von Lady Dalingridge daran gehindert wurde.

»Ich bleibe nur für einen ganz winzigen Moment, liebste Cressy«, sagte Lady Dalingridge, die Cressidas Hut und Handschuhe und die vor der Tür wartende Kutsche gesehen hatte, aber keineswegs beabsichtigte, sich davon zurückhalten zu lassen. »Ich bin nur gekommen, verstehen Sie, um Sie vor dieser charmanten Schlange Addison zu warnen – einer der unwiderstehlichsten Männer, die mir je begegnet sind, gewiß, aber unglaublich hochmütig, wie Sie ja selbst wissen. Ich erinnere mich, daß Prinz Pückler-Muskau einmal gesagt hat – Sie erinnern sich doch noch an Pückler, nicht wahr, einer der wenigen wirklich attraktiven Deutschen, die wir hier hatten, habe ich immer gesagt. Es hat mich niemals überrascht, daß er im Handumdrehen Lady Lansdowne und ihr Vermögen mitnahm, ehe ihre Tochter ihm einen Prügel zwischen die Räder werfen konnte – nun, jedenfalls pflegte er immer zu sagen, er könne nicht verstehen, weshalb unsere englischen Dandys sich aufgerufen fühlten, selbst die unbedeutendste Mißachtung in der Gesellschaft auf die allergrausamste Weise zu rächen. Wirklich erschreckend, schien es ihm, und ich muß sagen, in Addisons Fall ist es keine Übertreibung. Glauben Sie, er könnte jetzt irgendeinen Vorwand finden, um Rossiter zu fordern?«
»Nicht«, sagte Cressida ungeduldig, »wenn er sich nicht vor aller Welt zum Gespött machen will, indem er zugibt, daß es ihm nicht gleichgültig ist, ob Rossiter Kitty heiratet oder nicht. Und jetzt, Dolly, muß ich . . .«
». . . gehen. Ja, ich weiß«, sagte Lady Dalingridge zuvorkommend, machte aber keine Anstalten, sich aus dem sehr bequemen Sessel zu erheben, in den sie sich gesetzt hatte. »Und ich werde Sie auch nicht einen Augenblick länger aufhalten – ich dachte nur, Sie und Lady Con müßten es wissen, denn Sie sind ja im Augenblick für Miß Chenevix verantwortlich. Man schließt bei White

Wetten ab, daß Addison das Mädchen am Ende doch noch bekommt. Dalingridge war gestern nach dem Maybridge-Ball dort, und er sagt, die Affäre hat den allergrößten Wirbel verursacht, kein Wunder natürlich, denn jeder konnte von Anfang an sehen, wie Addison sich grün und blau geärgert hat, daß Rossiter ohne seine Zustimmung von der Gesellschaft aufgenommen wurde, und dann jetzt noch die Geschichte mit dem Mädchen . . .«

»Gewiß, ja – Sie müssen das alles Lady Con erzählen. Ich höre sie gerade die Treppe herunterkommen«, sagte Cressida, immer ungeduldiger werdend. Dann floh sie eilends zu ihrer Kutsche.

Sie wurde sofort nach ihrer Ankunft in Sir Octavius' Büro geführt. Erst als sie in ihrem Lieblingssessel in Form einer Gondel Platz genommen hatte und seine erste spöttische Frage über den Grund ihres hastigen Besuches hörte, fiel ihr ein, daß sie keine Ahnung hatte, wie sie mit ihrer Geschichte beginnen sollte oder was sie dann nach ihrer Schilderung von Sir Octavius erwartete.

Zu ihrer ungeheuren Überraschung begann Sir Octavius, der ihre Verlegenheit bemerkte, jedoch selbst von dem Thema zu sprechen.

»Ich hörte«, bemerkte er freundlich, »daß Rossiter Miß Chenevix gebeten hat, seine Frau zu werden.«

Cressida starrte ihn an. »Ja, das hat er«, sagt sie. »Aber woher . . .«

»Woher ich weiß, daß es diese Geschichte ist, derentwegen Sie mich in solcher Eile zu sprechen wünschten? Wirklich, meine liebe Cressy, Sie dürfen mich nicht für einen vollkommenen Schwachkopf halten«, sagte Sir Octavius und lehnte sich bequem in seinem Sessel zurück. Seine Augen funkelten amüsiert. »Es war mir vom ersten Augenblick an, als ich Sie und Rossiter in diesem Büro miteinander sah, vollkommen klar, daß ihr zwei bis über

beide Ohren ineinander verliebt seid. Nichts sonst könnte euer maßlos ungezogenes Benehmen erklären. Und weshalb sonst«, fuhr er unerbittlich fort, als Cressida versuchte, ein Wort einzuwerfen, »glauben Sie, habe ich Sie sofort informiert, als ich von Rossiters Kaufabsichten bezüglich Calverton Place erfuhr! Sie sollten ihm nachreisen und euch beiden somit die Gelegenheit geben, euch auszustreiten und eure Differenzen beizulegen, wie das verliebte Leute häufig zu tun pflegen. Allerdings schätze ich, daß die Sache in diesem Fall schiefgegangen ist.«
»Ja, das ist sie«, sagte Cressida etwas schroff. »Sie hätten schließlich nicht so hinterhältig zu sein brauchen. Ich hasse und verabscheue hinterhältige Menschen!«
»Genau deshalb sind Sie heute zu mir gekommen«, sagte Sir Octavius milde. »Aber gut, wenn Sie Offenheit so sehr vorziehen, weshalb sagen Sie Rossiter nicht einfach, daß Sie ihn lieben und möchten, daß er Sie heiratet und nicht Miß Chenevix?«
»Als ob ich so etwas tun könnte oder tun würde«, sagte Cressida entrüstet. »Sie wissen, daß dies völlig unmöglich ist.«
»Wirklich?« entgegnete Sir Octavius. Er hob die Schultern. »Nun, vielleicht. Es gäbe keine dreibändigen Romane, wenn die Typen direkt auf ihr Ziel lossteuerten und immer genau das sagten, was ihnen in den Sinn kommt. Und die Menschen im wirklichen Leben neigen auf ermüdende Weise dazu, sich gleichermaßen zu benehmen, so als wären sie von einem Schriftsteller erfunden, der mehr Seiten füllen muß, als er Stoff dafür hat. Sehr schön, mein zweiter Rat lautet also: finden Sie jemand anderen für Miß Chenevix!«
»Aber den habe ich bereits! Ich meine, es gibt jemand«, sagte Cressida. »Captain Harries ist sehr ernsthaft in sie verliebt und würde sie am liebsten morgen heiraten, wenn

sie ihn nur nähme. Aber er ist nicht annähernd so reich wie Dev, und ich bin sicher, sie denkt gar nicht daran, ihn zu wählen, wenn sie Dev bekommen kann.«

»Das alles«, sagte Sir Octavius und sah sie dabei mit sehr hochgezogener Augenbraue an, »klingt ja, als wären Sie bemerkenswert sicher, daß Miß Chenevix nicht aus Liebe heiratet.«

»Nun, das tut sie auch nicht«, sagte Cressida überzeugt. »Ich glaube in der Tat, sie weiß nicht einmal, was das heißt, zu lieben, und sie wird es auch nie wissen. Sie ist eines jener ehrgeizigen, den Luxus liebenden Geschöpfe, die wie Katzen immer darum bemüht sind, das größte Rahmschüsselchen und das weichste Kissen im Haus zu haben. Und wenn das so klingt, als sei ich die größte Katze der Christenheit«, fügte sie nachdenklich hinzu, »dann kann ich nichts dafür, denn es ist die Wahrheit.«

»Da ich die junge Dame nie kennengelernt habe, kann ich meine Meinung in dieser Hinsicht nicht äußern«, sagte Sir Octavius. »Aber ich kenne Rossiter, und ich würde sagen, es ist im höchsten Grade unwahrscheinlich, daß er eine junge Dame Ihrer Beschreibung für sich eingenommen hat. Falls Miß Chenevix romantisch angehaucht wäre, sähe die Sache natürlich anders aus. Er verfügt über alle notwendigen Eigenschaften, um eine verhängnisvolle Leidenschaft bei einer jungen Dame dieser Gefühlsrichtung zu entfachen. Aber bei einem Mädchen mit dem – wie Sie es so eindrucksvoll beschrieben haben – Temperament einer Katze – nein! Sein Benehmen ist viel zu ungehobelt, um etwas anderes als Abscheu in ihr zu wecken. Wenn Sie also recht haben, sind es nur sein Vermögen und seine Stellung, die sie anziehen, und deshalb erscheint es mir gerechtfertigt, wenn wir ihr ein Bein stellen.«

Cressida sagte verzweifelt, sie würde ihr sehr gerne mehrere Beine stellen, wenn nur die leiseste Chance dafür bestünde, daß Rossiter sie noch mochte. Aber dessen konnte sie keineswegs sicher sein.

»Verstehen Sie, er findet, ich habe mich Langmere gegenüber sehr schlecht benommen, und das stimmt auch, nur wäre es niemals soweit gekommen, wenn er nicht nach London zurückgekehrt wäre«, sagte sie. »Und jetzt denkt er, ich sei in Miles Harries verliebt oder versuche zumindest, ihn zu umgarnen und in meine Klauen zu bekommen wie eine Schurkin in einem Schauerstück.«

»Guter Gott, weshalb sollte er das glauben?« fragte Sir Octavius, und Cressida erzählte ihm schuldbewußt von der Szene auf dem Balkon beim Ball der Maybridges.

»Ich weiß nicht«, sagte Sir Octavius kopfschüttelnd, »weshalb Ihnen immer derartige Dinge passieren. Ich nehme an, es kommt daher, weil Sie so unverschämt attraktiv sind, so daß die Männer unwillkürlich immer das Schlechteste von Ihnen denken. Wenn Sie häßlich wären, würde das die Sache für mich erheblich erleichtern.«

Cressida sagte aufgebracht, wenn sie häßlich wäre, würde Rossiter kaum den Wunsch verspüren, sie zu heiraten.

»O doch, das würde er«, schmunzelte Sir Octavius. »Er hat sich in sie verliebt, als Sie – nun, ich will nicht sagen, häßlich waren, denn das waren Sie nie, aber doch ein unfertiges Schulmädchen ohne die geringste Ahnung, wie man sich anzieht oder benimmt. So, wie Sie halt waren, als auch ich Sie zum erstenmal sah. Inzwischen haben Sie sich in die hinreißende Miß Calverton verwandelt, der ganz London zu Füßen liegt, und natürlich glaubt er jetzt, Sie seien eine herzlose Isebel.« Er seufzte. »Also schön«, sagte er, »Sie können am nächsten Mittwoch bei mir dinieren – Sie und Miß Chenevix und, falls Sie sie überreden können, Lady Constance. Ich werde natürlich auch an Harries und Rossiter Einladungen verschicken. Es

wird eine höchst ungemütliche Dinner-Party werden, aber ich schätze, nicht ungemütlicher als die meisten.«
Cressida starrte ihn an. »Aber weshalb eine Dinner-Party?« fragte sie. »Welchem Zweck soll das denn dienen?«
»Zum einen, meine Liebe, wird es Sie und Rossiter im gleichen Raum zusammenbringen, und zwar ohne fünf- oder sechshundert Menschen, die die Dinge nur komplizieren«, sagte Sir Octavius. »Und zum anderen haben Sie etwas, womit sie sich in Gedanken während der nächsten Tage beschäftigen können, während Rossiter und Miß Chenevix erkennen – was wir tunlichst hoffen wollen –, daß es bei weitem nicht so angenehm ist, miteinander verlobt zu sein, wie sie dachten. Und drittens verschafft es mir die Gelegenheit, mich einzumischen, weshalb Sie doch in erster Linie zu mir gekommen sind, oder? Also gehen Sie jetzt, mein gutes Kind. Ich bin heute morgen sehr beschäftigt und habe keine Zeit mehr, mich mit Liebesgeschichten abzugeben.«
Daraufhin fuhr Cressida ziemlich kleinlaut, aber in etwas hoffnungsvollerer Stimmung nach Hause. Und da sie großes Vertrauen in Sir Octavius setzte, war es ihr möglich, die folgenden Tage ganz gut zu überstehen, trotz solch unvermeidlicher Begleitumstände wie die Gratulationsbesuche für Kitty, Lady Constances unterschiedliche Stimmungen – sie schwankte zwischen unendlichem Stolz und Schuldgefühlen gegenüber Cressida hin und her, denn sie machte sich den Vorwurf, ihr Leben ruiniert zu haben – und Rossiters gelegentliche Anwesenheit im Haus, wenn er Kitty zu einer Ausfahrt in den Park abholte.
Es entging Cressidas Aufmerksamkeit nicht, daß Kitty von diesen Ausflügen bemerkenswert niedergeschlagen zurückkehrte. Sie vertraute weder Cressida noch Lady

Constance die Gründe hierfür an, doch Cressida erfuhr von Dolly Dalingridge, daß Rossiter einmal seine Braut bei einer solchen Gelegenheit ermutigt hatte, die Zügel seines Phaetons zu nehmen, denn er wollte ihr das Fahren beibringen. Sie hatte sich jedoch als eine derart ungelehrige Schülerin erwiesen, daß er sein Temperament nur schwer im Zaum halten konnte, ihr eine scharfe, beißende Lektion erteilte und geschworen hatte, sie dürfe nie mehr mit irgendeinem seiner Tiere in Berührung kommen.

»Und da mußte natürlich ausgerechnet Addison«, hatte Dolly weitererzählt, »auf seinem prächtigen neuen Fuchs dazukommen und anfangen, dem Mädchen die ungewöhnlichsten Galanterien zu sagen, so daß er ihre ganze schlechte Laune und ihre Angst verscheuchte. Wenn Sie meine Meinung hören wollen, so sage ich Ihnen, sie ist viel mehr in Addison verliebt, als sie es jemals in Rossiter war, und kein Wunder, denn Drew legt es darauf an, so charmant wie nur möglich zu sein, wenn er mit ihr beisammen ist. Rossiter saß da und schenkte ihnen nicht die geringste Aufmerksamkeit, sondern brütete nur düster vor sich hin, meine Liebe, und dann gab er seinen Pferden die Peitsche, und sie schossen davon und ließen Addison mitten in einem Kompliment stehen. Man kann sich wirklich nicht vorstellen, weshalb Rossiter dem Mädchen überhaupt einen Antrag gemacht hat, denn es ist ganz klar, die beiden passen niemals zusammen. Aber sie hat ihn bekommen, und ich wette, sie beabsichtigt auch, ihn zu behalten. Völlig mittellos, sagt man . . . und er soll ja so reich sein, daß er sich ein Schloß kaufen könnte . . .«

All dies war von zwiespältigem Trost für Cressida, denn so befriedigend es auch sein mochte, ihren Verdacht bestätigt zu sehen, daß Rossiter Kitty gar nicht liebte, so unbefriedigend war die Überlegung, daß es für ihn keinen ehrenhaften Weg gab, von seinem Heiratsversprechen zurückzutreten, solange Kitty ihn darauf festnagelte. Aber sie faßte sich in Geduld, bis sie am Mittwochabend mit Kitty und Lady Constance (letztere unter Protest, denn sie konnte es Sir Octavius trotz seiner jetzigen Bedeutung niemals verzeihen, daß er seine Karriere in einem Kontor begonnen hatte) zu dem eleganten Haus in der Pall Mall, Sir Octavius' Stadtwohnung, fuhr.

Lady Con war selbstverständlich noch nie durch dieses hehre Portal getreten, aber Cressida konnte sehen, daß sie überwältigt war von dem Luxus und dem guten Geschmack, der sie hier umgab. Sir Octavius, Freund und Schutzpatron der meisten Großen in der Londoner Welt der Kunst und Literatur in den letzten dreißig Jahren, war während dieser ganzen Zeit ein großer Sammler gewesen, und seine Kunstschätze erregten den Neid der Kunstsachverständigen des Königreichs. Chinesisches Porzellan, französische Täfelungen und Tapeten, eine seltene etruskische Hydra, eine mit kunstvoll ziselierten und gravierten gotischen Buchstaben geschmückte Silberschale aus dem Mittelalter, flämische Miniaturen, japanische Vitrinen – jedes Fach enthielt etwas Ungewöhnliches, Exquisites, mit erlesenem Geschmack Angeordnetes.

Cressida, die schon mehrmals im Haus diniert hatte, war darauf vorbereitet, sich aufs neue bezaubern zu lassen, und sie sah, daß auch Lady Constances Augen sich beim Anblick all dieser Herrlichkeiten anerkennend verengten. »Ganz wie der Single-Cube-Raum in Wilton«, lobte sie den hervorragend proportionierten Salon mit dem Kamin aus italienischem Marmor, der reichverzierten Spiegeldecke und der üppigen Auswahl an geschnitzten und vergoldeten Möbeln – und selbst Kitty, deren Kunstverständnis über ihre neueste Arbeit am Stickrahmen nicht hinausging, war offensichtlich überwältigt. Zum Glück für Cressidas Selbstsicherheit war Rossiter noch nicht anwesend, sie fanden nur Captain Harries im Gespräch mit ihrem Gastgeber vor. So war es ihr möglich, ihn bei seinem Eintreffen aus der vorteilhaften Position als Mitglied einer Gruppe begrüßen zu können. Zudem trug die Feststellung zur Hebung ihrer Stimmung bei, daß er offensichtlich nicht gewußt hatte, wen er heute abend hier treffen würde.

Das überraschte sie ziemlich, denn sie hatte doch erwartet, daß Kitty es ihm erzählt hätte. Aber bald schon erkannte sie, daß die Verbindung der verlobten Liebenden kaum von der Art zu sein schien, die zu Vertraulichkeiten selbst ganz gewöhnlicher gesellschaftlicher Art ermutigte. Sie saßen beim Dinner Seite an Seite, aber ihre Unterhaltung – soweit Cressida sie hören konnte – beschränkte sich auf Gemeinplätze, und beide schienen erleichtert, als sie sich dem Nachbarn beziehungsweise der Nachbarin zuwenden konnten.

»Die fragen doch keinen Pfifferling nacheinander«, dachte Cressida, und die Erkenntnis hätte sie eigentlich recht froh stimmen müssen. Da aber Rossiter sich ihr gegenüber so kühl verhielt, daß sein Benehmen Kitty gegenüber im Vergleich dazu feurig wirkte, fand sie leider wenig Grund, sich zu gratulieren.

Wie üblich hielt Sir Octavius seine männlichen Gäste für einige Zeit beim Wein im Eßzimmer zurück, während sich die Damen in den Salon zurückzogen. Während dieser Zeit hatte Cressida ausreichend Gelegenheit, sich zu fragen, was um alles in der Welt sich Sir Octavius von dieser langweiligen und ungemütlichen Dinner-Party versprach. Sie fragte sich auch, ob sie wohl die Gelegenheit haben würde, ein privates Wort mit Rossiter zu sprechen – was Sir Octavius offenbar bezweckte –, und was sie ihm in einem solchen Fall sagen sollte.

Alles hing von Rossiters Verhalten ab, das spürte sie. Und

sie spürte auch, daß sich dieses Verhalten sehr zum Schlechteren verändert hatte, als Rossiter nach einer Weile mit Sir Octavius und Captain Harries den Salon betrat. Die Kühle schien einer ausgesprochenen Gereiztheit Platz gemacht zu haben, und der Blick, den er ihr zuwarf, war so überaus unfreundlich, daß sie sich hastig zu einem Tisch auf der anderen Seite des Raumes begab und Pocockes »Description of the East« in die Hand nahm, die dort herumlag.

Aber Sir Octavius, der ebenso herrisch sein konnte, wenn die Situation es erforderte, wie er sich feinfühlig zeigte, wenn Feinfühligkeit am Platz war, bereitete dieser Qual bald ein Ende.

»Nun, meine liebe Cressy«, sagte er und nahm ihr Mr. Pocockes Buch aus der Hand und legte es auf den Tisch zurück, »ich werde Ihnen mein ägyptisches Zimmer zeigen. Es ist jetzt ziemlich vollständig, und ich weiß, es interessiert Sie. Kommen Sie.« Und als sie gehorsam mit ihm ging, führte er sie zum Kamin, an dem Rossiter mürrisch lehnte. »Die anderen werde ich nicht damit langweilen, aber Sie, Rossiter«, damit faßte er den widerstrebenden Captain scharf ins Auge, »werden es sicher ebenfalls gerne ansehen. Ich meine mein neues ägyptisches Zimmer.« Und wiederholte, diesmal für Captain Rossiter bestimmt: »Kommen Sie.«

Wollte Rossiter nicht sehr unhöflich zu seinem Gastgeber sein und ihm erklären, daß er nicht das mindeste Interesse an einem ägyptischen Zimmer habe, blieb ihm nichts anderes übrig, als Sir Octavius und Cressida durch die breite Halle zu einem kleinen Gemach zu folgen. Es war in blaßgelben und blaugrünen Tönen gehalten, von Schwarz und Gold belebt, Farben, die, wie Sir Octavius freundlich erklärte, im alten Ägypten vorherrschten.

»Vielleicht fällt Ihnen besonders die Statue von Sen-

Nefer auf«, bemerkte er, als er sie durch den Raum führte. »Ich glaube, es ist ein sehr ungewöhnliches Stück. Und nun muß ich zu meinen anderen Gästen zurückkehren.«
Mit seinem unschuldigsten Lächeln entfernte er sich und ließ Cressida und Rossiter allein vor der massiven Granitfigur stehen, von der er eben gesprochen hatte. Es war Rossiter, der als erster etwas sagte und dabei die Lippen verächtlich kräuselte.
»Ziemlich durchsichig«, höhnte er. »Dein Werk? Aber zu welchem Zweck? Sollte es darum gehen, mir zu versichern, daß die kleine Szene, deren Zeuge ich in jener Nacht bei den Maybridges wurde, völlig harmlos war und du keinerlei Anschläge auf Miles im Schilde führst, so ist es Mayr bereits gelungen, mir eine Andeutung zu machen, wie die Dinge in dieser Beziehung stehen. Es ist nur schade«, fuhr er in noch wütenderem Tonfall fort, denn offensichtlich hatte ihn dieser Abend voller Unbehagen und plötzlicher Enthüllungen an die Grenzen seiner Geduld getrieben, »daß niemand soviel Grips hatte, mir von Miles' Zuneigung für Miß Chenevix zu erzählen, bevor ich ihr selbst einen Antrag machte. Meiner Meinung nach lief er dir nach!«
Wenn Cressida getan hätte, was jede kluge Frau tun würde – und was zu tun sie sich vorgenommen hatte, sollte sich irgendeine Gelegenheit dazu ergeben –, wäre sie jetzt in Tränen ausgebrochen, hätte sich an Rossiters Brust geworfen und ihm mit bebender, erstickter Stimme ihre Liebe erklärt.
Was sie jedoch wirklich tat, war, ihm geradeheraus und mit beachtlicher Heftigkeit zu sagen, wenn er kein solcher Stoffel gewesen wäre, hätte er selbst sehen müssen, wie die Dinge stehen. Dann merkte sie, daß sie genau das Falsche gesagt hatte, und begann in dem Versuch, den Fehler

wieder gutzumachen, hastig draufloszureden, wurde aber sofort von Rossiter unterbrochen.
»Wie zum Teufel«, fragte er zornig, »sollte ich wissen, wie die Dinge stehen, wenn Miles mir jedesmal vor die Füße lief, wenn ich zu deiner Haustür in der Mount Street reinkam? Und dann ihn dabei zu erwischen, wie er dich umarmte . . .«
»Auf eine rein brüderliche Weise«, warf Cressida mit großer Würde ein, das Kinn emporgereckt.
»Na schön, auf brüderliche Weise, wenn du darauf bestehst. Aber umarmt hat er dich trotzdem. Wenn du nur nicht dauernd flirten würdest . . .«
»Ich flirte nicht! Und besonders nicht mit jemandem wie Miles. Ich sagte dir, ich würde es nicht tun«, schrie Cressida aufgebracht, indem sie die Pose entrückter Überlegenheit, die sie bis jetzt angenommen hatte, als recht unpassend für diese Gelegenheit empfand und in mehr irdische Gefilde hinabstieg.
»Genau«, sagte Rossiter böse. »Du hast mir gesagt, du würdest es nicht tun, und ich Trottel habe dir geglaubt. Und als ich euch beide dann bei diesem verdammten Ball zusammen gesehen habe, dachte ich, daß du . . . daß er . . .«
»Oh, Dev«, rief Cressida halbwegs zwischen Lachen und Weinen über diese plötzliche Enthüllung all der Mißverständnisse, die zu dem überstürzten Heiratsantrag beim Ball der Maybridges geführt hatten. »Willst du damit sagen, du hast gedacht, ich wolle Miles heiraten, und hast deshalb Kitty mitten in einer Folge von Country-Tänzen einen Antrag gemacht? Aber wie konntest du? Du mußt mich für das leichtsinnigste Luder halten, das jemals gelebt hat, wenn du glaubst, ich könnte in einem Atemzug Langmere abweisen und den armen Miles erhören.«
»Ich habe gute Gründe dafür«, sagte Rossiter bissig,

»dich für das leichtsinnigste Luder zu halten, mein Mädchen! Seit meiner Rückkehr nach London kommen mir nichts als Geschichten über deine Eroberungen zu Ohren – wie du einen armen Teufel nach dem anderen zappeln läßt, jeden bis an den Rand des Ehestandes lockst, bevor du ihn in die Pfanne haust und dich nach grüneren Wiesen umsiehst. Aber wenn du glaubst, du könntest mich auch auf deine Liste setzen, dann hast du dich getäuscht. Weiß Gott, wenn ich nur die leiseste Ahnung gehabt hätte, daß Miles sich für Miß Chenevix interessiert, ich hätte ihr niemals einen Antrag gemacht. Aber wenn es nicht Miß Chenevix gewesen wäre, das kann ich dir versichern, dann lieber jedes andere weibliche Wesen in London, bloß du nicht!« Er brach ab und betrachtete ungerührt ihr jetzt wutentbranntes Gesicht. Dann fuhr er mit zusammengepreßten Zähnen fort: »Was willst du eigentlich genau von mir, Cressy? Dir selbst beweisen, daß du mich zurückpfeifen kannst, wann immer es dir paßt, genau wie all die anderen? Nun, ich will dir jetzt einmal was sagen, dafür besteht nicht die geringste Chance! Ich habe nicht den Ehrgeiz, mich zum Gespött der ganzen Stadt machen zu lassen, wie der arme Langmere es war, nachdem du ihn abserviert hast . . .«

»Oh!« keuchte Cressida, die sich nicht mehr länger beherrschen konnte. »Was bist du doch für ein niederträchtiges Subjekt! Als ob ich Langmere absichtlich unglücklich oder lächerlich gemacht hätte! Ich war viel unglücklicher als er, da bin ich sicher. Aber das begreifst du natürlich nicht. Und wenn ich«, fuhr sie so wütend und enttäuscht fort, daß sie ihre bebende Stimme kaum unter Kontrolle halten konnte, »wenn ich die letzte Frau in London bin, der du einen Heiratsantrag machen würdest, so kannst du sicher sein, du wärst der letzte, von dem ich einen annehmen würde! Arrogant, widerlich, unmäßig,

das bist du – die arme Kitty Chenevix tut mir wirklich in tiefster Seele leid!«
Sie spürte, sie konnte keinen Augenblick länger bleiben und ihn da vor der großen, ernsten Statue stehen sehen, die in ihrer granitenen Geduld Tausende von Jahren überdauert hatte, während Liebende gestritten und sich die Herzen gebrochen hatten und schließlich ins Dunkel der Vergangenheit entschwunden waren. Sie ging rasch an ihm vorbei aus dem Zimmer, blieb in der Halle stehen und wischte sich unter dem ebenfalls unbeteiligten Blick eines neben der Tür postierten livrierten Bediensteten die Tränen der Wut aus den Augen, ehe sie den Salon wieder betrat.
Wäre sie nicht so sehr mit ihren eigenen unglücklichen Gefühlen beschäftigt gewesen, hätte sie das Bild, das sie bei ihrem Eintritt vor sich sah, etwas in Erstaunen versetzen müssen. Captain Harries und Kitty standen am anderen Ende des Raumes vor einer großen Vitrine, die eine herrliche Auswahl an Steinschloßgewehren aus dem frühen siebzehnten Jahrhundert enthielt, deren Schäfte mit Silber, Perlmutt, vergoldetem Messing und geschnitztem Elfenbein verziert waren. Sie gaben sich den Anschein, diese Dinge zu betrachten, schienen allerdings viel mehr an ihrer Unterhaltung als an den Kostbarkeiten vor ihnen interessiert zu sein. Am Kamin saßen Lady Constance und Sir Octavius tief in einem vertraulichen Gespräch versunken. Die beiden waren in der Tat so vertieft, daß eine Weile keiner von ihnen Cressidas Anwesenheit bemerkte. Sie konnte sich nicht vorstellen, welches Thema die beiden bei dieser ersten Begegnung gefunden haben mochten, das von so großem gegenseitigem Interesse war, aber als sie über den Teppich auf sie zuging, hörte sie mit Sicherheit die Worte »Vereinbarungen nach der Heirat« aus Lady Constances Mund, und sie fragte sich verbittert,

ob es möglich sei, daß selbst Sir Octavius trotz seiner diesbezüglichen Bemühungen ihren Fall aufgegeben hatte und jetzt mit Lady Constance die Regelungen besprach, die Rossiter für Kitty treffen würde, wenn sie verheiratet waren.
Allerdings stellte sie, als sie sich neben sie setzte, etwas überrascht einen erschrockenen und beinahe schuldbewußten Ausdruck auf Lady Constances Gesicht fest, als diese aufblickte und sie sah, was kaum der Fall gewesen wäre, hätte sie nur über Kitty gesprochen. Und selbst Sir Octavius schien seine spöttische Ruhe vorübergehend verloren zu haben. Ein ungewohnter Hauch von Befriedigung zeigte sich in seinem Verhalten, und in den für gewöhnlich klug verschleierten dunklen Augen stand ein Leuchten, das – wie Männer, die aktiv an der Börse tätig waren, ihr (einige sehr reuevoll) hätten mitteilen können – nur dann erschien, wenn der Besitzer ein höchst vorteilhaftes Geschäft abgeschlossen hatte.
Cressida jedoch war nicht in der Stimmung, um über die Bedeutung dieser Einzelheiten Vermutungen anzustellen. Sie war voll und ganz mit ihren eigenen quälenden Gedanken beschäftigt, die im Augenblick schwankten zwischen Verzweiflung darüber, daß sie ihre letzte Chance, Rossiter von Kitty zu trennen, verspielt hatte, und rachsüchtiger Befriedigung, daß sie sich wenigstens, so gut sie konnte, während dieser abscheulichen Szene im ägyptischen Zimmer geschlagen hatte. Nicht einmal für die Strafe, mit einem gebrochenen Herzen durchs Leben zu gehen zu müssen, dachte sie wütend, hätte sie auf die Genugtuung verzichtet, ihn ebenso grausam zurückzuweisen, um sie, die noch immer die Kriegsfahne schwang, durch den restlichen Abend zu bringen, der glücklicherweise nicht von langer Dauer war, denn Rossiter verabschiedete sich nach seiner Rückkehr in den Salon beinahe sofort.

Dies war das Signal für Cressida, den gleichen Wunsch zu äußern, und obwohl Lady Constance eine überraschende Unwilligkeit, so bald zu gehen, an den Tag legte, und selbst Kitty, die für Rossiters beinahe völlige Vernachlässigung auf die angenehmste Weise durch Captain Harries' bewundernde Aufmerksamkeiten entschädigt wurde, eher geneigt war, zu bleiben als zu gehen, trug Cressida den Sieg davon und ließ nach dem Wagen schikken.

Als sie sich in der Halle von ihrem Gastgeber verabschiedeten, nahm Sir Octavius die Gelegenheit zu einem privaten Wort mit ihr wahr.

»Ich vermute«, sagte er und sah sie forschend an, »meine Einmischung hatte keinen guten Erfolg?«

»Überhaupt keinen«, sagte sie knapp und zog ihre Handschuhe an.

»Ein Jammer«, sagte Sir Octavius und fügte vielsagend hinzu: »Ansonsten hätte ich diesen Abend als besonders erfolgreich betrachtet.«

Sie sah ihn erstaunt an, aber der Wagen fuhr soeben vor, und die anderen traten schon aus der Tür. Es blieb ihr nichts anderes übrig, als ihnen zu folgen, und das tat sie auch, aber welch mögliche Art von Erfolg Sir Octavius an einem Abend entdeckte, der – soweit sie das beurteilen konnte – lediglich aus Langeweile und Ärger bestanden hatte, überstieg ihre Einbildungskraft bei weitem.

14

Das Ende des Abends war, soweit es sie betraf, wie sein Anfang – Rossiter war so fest mit Kitty verlobt wie zuvor und hatte noch immer nicht die geringste Ahnung vom wahren Zustand ihrer Gefühle für ihn. Die ganze Situation war so hoffnungslos verwirrt, und sie war darüber so verzweifelt, daß sie beinahe wünschte, der Brief, der an Kittys Mama nach Devonshire geschickt worden war und in dem man sie von den glänzenden Aussichten ihrer Tochter informierte und um ihren Segen für die Verbindung bat, möge schon am nächsten Tag eine zustimmende Antwort erhalten, damit umgehend mit den Hochzeitsvorbereitungen begonnen werden konnte.

»Wenn er erst einmal wirklich verheiratet ist, wird es mir sicherlich möglich sein, ihn ganz leicht zu vergessen«, sagte sie sich am nächsten Morgen, mehr aus Trotz als aus Überzeugung. Und um sich selbst zu beweisen, wie wenig sie sich tatsächlich aus dem abscheulichen Captain machte, nahm sie die Einladung eines feurigen polnischen Grafen an und fuhr mit ihm in den Botanischen Garten, wo sie schließlich mit ihm flirtete und ihm versprach, er dürfe sie zu dem venezianischen Frühstück begleiten, das am kommenden Tag in einem großen Haus in Chiswick gegeben würde.

Das alles änderte aber nichts an der Bedrückung, die seit dem Abend des Maybridge-Balles so schwer auf ihr lastete. Als sie ihr Haus in der Mount Street betrat, nachdem sie sich mit ihrer fröhlichsten Stimme von dem polnischen Grafen verabschiedet hatte, hoffte sie inständig, niemand möge zu Besuch sein oder zu Besuch kommen, denn es verlangte sie danach, in ihr Zimmer hinaufzugehen und sich die Augen auszuweinen.

Ihr Wunsch wurde so weit erfüllt, daß keine Anzeichen höflicher Konversation ihr Ohr erreichten, als sie an der Tür zum Salon vorüberging, aber sie war noch keine fünf Schritte weitergegangen, als Lady Constance plötzlich herausschoß und sich auf sie stürzte.

»Oh, Cressy, ich bin ja so froh, daß du nach Hause gekommen bist«, rief sie aus, und Cressida sah mit einiger Überraschung Zeichen allergrößter Erschütterung auf ihrem Gesicht. »Ich habe nicht die geringste Ahnung, was ich tun soll«, fuhr Lady Con fort, »und da sitzt dieses verdammte Mädchen oben und tut so, als ob sie nichts Schlimmeres im Schilde führe, als einen Riß in meinem Satinkleid zu flicken, während ich die ganze Zeit weiß, was in ihrem Gehirn vor sich geht, und sie nur darauf wartet, daß ihr diese Nachricht überbracht wird.« Und zu Cressidas Erstaunen stopfte sie ihr einen zerknüllten Zettel in die Hand und fügte mit tragisch vibrierender Stimme hinzu: »Natürlich wußte ich sofort, was es war, als ich Harbage damit erwischte und er mir sagte, Mr. Addisons Bursche habe das persönlich für Miß Chenevix abgegeben. Ich hatte so eine Vorahnung und sagte deshalb, ich würde es ihr selbst bringen, und statt dessen öffnete und las ich die Nachricht – es war verwerflich, ich weiß, aber es wäre weit verwerflicher gewesen, sie den Zettel lesen zu lassen, wo ich doch genau wußte, daß er nur Übles bedeuten konnte! Es schien alles viel zu schön, um wahr zu sein – ein derart vorteilhafter Heiratsantrag, noch dazu in ihrer ersten Saison –, und nun wird sie alles wegwerfen und sich außerdem zugrunde richten, denn Addison wird sie niemals heiraten, ganz gleich, was er auch sagt.«

Während dieses Wortschwalls, dem Cressida nur ihre halbe Aufmerksamkeit widmete, las sie die wenigen, in einer eleganten maskulinen Handschrift zu Papier gebrachten Zeilen auf dem Zettel, den Lady Constance ihr gegeben hatte.

»Meine innigst Geliebte«, lauteten die Worte, »ich habe alles vorbereitet. Du wirst mich im White Hart in Welwyn treffen. Wie besprochen mußt du heute nachmittag unter irgendeinem Vorwand in die Bond Street kommen, und

zwar nur in Begleitung von Lady Cons Mädchen. Dann mußt du ihr entwischen, der Wagen wartet an der Ecke Bruton Street. Der Kutscher wird eine weiße Kokarde tragen. Setz nicht alles aufs Spiel, indem du irgend jemanden mitbringst, und wenn du mich liebst, hinterlasse keine Nachricht. Das wäre viel zu spießbürgerlich, meine Liebe, und Cressy und Lady Con werden mit einem echten Verschwinden viel mehr Ehre einlegen. In der Mitte der Saison, wenn alle Welt der Bälle und Frühstückseinladungen müde wird, ist man dankbar für eine Sensation. A bientôt. Dein ganz ergebener Addison.«
Cressida blickte in sprachlosem Erstaunen auf. »Nein, ich kann es nicht glauben!« sagte sie nach einer Weile. »Kitty plant eine Entführung mit Addison – und das bei hellem Tageslicht! Sie muß verrückt sein! Sie müssen beide verrückt sein! Er kann sie doch unmöglich heiraten wollen . . .«
»Oh, nein! Da bin ich ganz sicher«, pflichtete ihr Lady Constance bei. »Aber zweifellos hat er sie so weit belogen, daß sie es glaubt. Dieses Gerede, daß er sie in Welwyn treffen wird – natürlich glaubt sie, er werde sie in den Norden zur Grenze bringen – aber kannst du dir von allen Männern ausgerechnet Addison vorstellen, wie er in Gretna Green über dem Amboß getraut wird? Es ist vollkommen klar, daß er nur vorhat, das Mädchen unmöglich zu machen, um sich an Rossiter zu rächen.«
Cressida, die blaß geworden war, hatte sich jetzt wieder etwas gefaßt, starrte jedoch weiterhin ungläubig auf die Mitteilung.
»Aber kann er sich denn wirklich die Konsequenzen überlegt haben?« sagte sie nach einer Weile, mehr zu sich selbst als zu Lady Constance. »Wenn er Kitty bloßstellt, wird Rossiter ihn sicherlich fordern . . .«
»Oh, meine Liebe, ich wette, das ist ihm gleichgültig«,

sagte Lady Constance. »Er wird für einen ausgezeichneten Schützen gehalten, das habe ich mehrmals gehört, und du weißt, er ist schon mehr als einmal gefordert worden – ich denke zum Beispiel an diese Geschichte mit dem armen jungen Worthington.« Sie hob vielsagend die Schultern. »Mein lieber Papa pflegte immer zu sagen«, fuhr sie mit schneidender Stimme fort, »wenn die niederen Instinkte in einem Mann erwachen, fürchtet er nichts, und ich glaube, das ist genau der Zustand, in dem Addison sich befindet, sonst hätte er niemals einen so ungeheuerlichen Plan ersonnen. Aber was sollen wir tun, um ihn daran zu hindern?«
Cressida wurde in diesem Augenblick gewahr, daß sie einen sehr ungünstigen Ort für ihre Unterhaltung gewählt hatten, an dem jeder vorübergehende Dienstbote mithören konnte. Sie führte deshalb Lady Constance in den Salon und schloß die Tür.
»Tun?« sagte sie dann langsam. »Nun, ich würde sagen, man könnte sie in ihrem Zimmer einsperren – das würde zumindest für heute den Plan vereiteln. Aber mit Bestimmtheit können wir sie nicht für immer dort festhalten, und wenn sie in London bleibt, gelingt es ihm sehr leicht, sie wiederzusehen und einen anderen Fluchtplan auszuhecken. Er besitzt genügend Unverschämtheit dazu, selbst wenn wir ihn mit seiner Nachricht konfrontieren. Und wir können Rossiter nichts davon erzählen. Das hieße Öl ins Feuer gießen. Er würde Addison ganz bestimmt fordern ...«
»Und dann gibt es einen Skandal, und zweifellos wird er Kitty schließlich doch nicht heiraten«, sagte Lady Constance und sank mit einem tragischen Gesichtsausdruck auf ein Sofa aus Atlasholz. »O je! O je! Dieses elende, idiotische Mädchen! Sie machte immer einen so vernünftigen Eindruck – und dann, gerade wenn sie im Begriff ist,

so aussichtsreich zu heiraten, tut sie so etwas Niederträchtiges, Dummes wie dies.«

»Sie liebt ihn nicht, wissen Sie«, sagte Cressida und stand regungslos und mit einem starren Gesichtsausdruck im Zimmer. »Ich wage zu behaupten, die Wahrheit ist, daß sie keinen von beiden liebt, nur hat sie Angst vor Dev, und von Addison ist sie geblendet. Die Auserwählte des ›premier dandy‹ von London zu sein . . .« Sie machte plötzlich eine Geste heftiger Ungeduld. »Guter Gott, ist sie wirklich so von sich eingenommen, daß sie glaubt, ein armes kleines Nichts von einem Mädchen wie sie hätte dieses Mannes Rüstung aus Gleichgültigkeit und Stolz durchdrungen?« rief sie aus. »Um das zu erreichen, bedürfte es einer königlichen Prinzessin! Aber wir dürfen nicht hier herumstehen und nichts tun. Wir müssen irgendeinen Plan machen, oder der Himmel weiß, was dabei herauskommt!«

Sie sank auf einen Sessel nieder, der vor einem eleganten kleinen französischen Schreibtisch stand, breitete Addisons Nachricht vor sich aus und las sie mechanisch noch einmal durch, als hoffe sie gegen alle Hoffnung, irgend etwas zu entdecken, das auf einen Irrtum hindeutete. Aber es war nur zu klar: Addison wollte Kitty mit Sicherheit ruinieren, und Cressida hielt ihn für durchaus fähig, dieses Vorhaben auch auszuführen, selbst wenn sie und Lady Constance das Mädchen umgehend aus London entfernen und wieder zurück nach Devonshire schicken würden. Man konnte von Devonshire ebensogut weglaufen wie von London. Und dann mußte man bedenken, daß jegliche drastische Maßnahme zu Kittys Schutz notwendigerweise verraten mußte, was – zumindest für Cressida – der eigentliche Zweck war, nämlich Rossiter über Addisons Absichten im dunkeln zu lassen.

Denn wenn er Addisons Vorhaben erriet, würde er –

mußte er – ihn fordern. Und sosehr sie auch auf Rossiters Fähigkeit vertraute, seinen Gegner zu treffen, so konnte sie doch in keiner Weise sicher sein, daß Addison – ebenfalls ein blendender Schütze, wie Lady Constance sie erinnert hatte – nicht gleichermaßen in der Lage war, Rossiter zu treffen. Sie hatte den Gedanken an ein Duell weit von sich gewiesen, als Lady Dalingridge vor ein paar Tagen das Gespräch darauf gebracht hatte, denn sie konnte nicht einen Moment glauben, daß Addison aller Welt durch eine Forderung Rossiters kundtun wollte, wie sehr er darüber verärgert war, daß dieser ihm Kitty weggeschnappt hatte, trotz seiner eigenen betonten Aufmerksamkeiten.

Aber sie wußte, daß Addison kein Feigling war, und die Aussicht, daß Rossiter in der Rolle des betrogenen Verlobten ihn forderte, würde seinem Triumph die Krone aufsetzen.

»Ich muß einen Weg finden, um dies alles zu verhindern«, dachte sie verzweifelt. »Wenn es mir nur irgendwie gelingen würde, Addison zu einer lächerlichen Figur zu machen! Das ist das einzige, was diesem entsetzlichen Plan ein Ende bereiten kann, denn er ist nirgends verletzbar, nur in seiner Eitelkeit.«

Wie ein leises Wimmern drang Lady Constances Stimme an ihr Ohr.

»Oh, was sollen wir bloß tun? Ich fühle mich so verantwortlich. Schließlich hat sich das Kind so vertrauensvoll in unsere Obhut begeben. Und nun haben wir sie da hineingeführt!«

»Unsinn«, sagte Cressida, deren Erbitterung überkochte bei dieser völlig ungerechtfertigten Beschuldigung. »Wir haben sie in überhaupt nichts hineingeführt; es ist nur ihre eigene Dummheit und ihr Ehrgeiz. Wenn sie uns nicht die dreisteste Unwahrheit aufgetischt hätte, indem sie uns weismachte, ihre Tante sei krank, wäre sie niemals in die Nähe der Mount Street gekommen und hätte die Saison mit einer Bande von langweiligen, ehrenwerten Niemanden verbracht – was ihr nicht im mindesten zugesagt hätte, wissen Sie. Trotzdem können wir nicht zulassen, daß sich das verdammte Mädchen selbst ruiniert. Wir sind gezwungen, irgend etwas zu unternehmen. Wir müssen dafür sorgen, daß Rossiter nicht umgebracht wird.«

Lady Constances Aufmerksamkeit war im Augenblick von dem unmittelbaren Problem abgelenkt. Sie starrte Cressida an. »Aber was kannst du damit meinen, mein Liebes?« fragte sie. »Eine dreiste Unwahrheit . . .?«

»Ja«, sagte Cressida, »mit Mrs. Mills' Gesundheit war – und ist – alles in schönster Ordnung. Ich traf sie keine Woche nach Kittys Ankunft bei Mrs. Torrance in der Keppel Street, und sie sagte mir selbst, sie sei nicht krank gewesen. Natürlich hatte sie nicht die leiseste Ahnung, daß Kitty dies als Grund für ihren Wunsch angegeben hatte, zu uns zu kommen. Sie dachte nur, wir hätten sie aus purer Freundlichkeit zu uns eingeladen. Nein«, fuhr sie fort, als Lady Constance den Mund aufmachte, um etwas zu sagen, »ich habe ihr diese Illusion nicht genommen. Ich wünschte nur jetzt, ich hätte es getan und dann Kitty nach Hause geschickt. Das war mein einziger Fehler in dieser Angelegenheit.«

Sie erhob sich und begann ungeduldig in dem großen Zimmer auf und ab zu gehen. Sie mußten bald zu einer Entscheidung kommen, das spürte sie, denn Kitty wurde oben sicherlich ungeduldig, weil die Nachricht, die sie erwartete, nicht kam. Und sie konnten nicht wissen, zu welchen Unklugheiten sie sich in ihrer Sorge, das vereinbarte Rendezvous zu versäumen, verleiten ließ. Addison hatte die Worte »wie geplant« gebraucht. Es war also klar, sie hatten erst vor kurzem über sie Sache gesprochen, und Kitty wußte vielleicht sehr gut, daß die Kutsche auf sie in der Bruton Street wartete. Sie brauchte nur aus dem Haus zu entwischen und zu dem fatalen Treffpunkt zu gehen, und in Windeseile war sie unterwegs zu Addison.

Und wenn jemand anderer an ihrer Stelle ginge? schoß es Cressida plötzlich durch den Kopf. Wenn Addison entdeckte, daß er anstelle eines errötenden und unerfahrenen Mädchens im Hof des Gasthauses White Hart der ungestümen Miß Calverton aus der Kutsche half, bewaffnet mit kühlem Sarkasmus und dazu entschlossen, die Geschichte seiner Niederlage in ganz London zu verbreiten . . .?

»Ich hab's!« verkündete sie triumphierend. »Das ist die Lösung! Ich selbst gehe an Kittys Stelle!«

Lady Constance, die in Gedanken noch immer entrüstet über Kittys Doppelzüngigkeit im Falle von Mrs. Mills brütete, sah sie mißtrauisch an.

»Was sagtest du, Liebes?« erkundigte sie sich.

»Ich sagte, ich werde an ihrer Stelle gehen«, wiederholte Cressida ungeduldig und begab sich zur Tür.

Lady Constance stieß einen leisen Schrei aus.

»Nun, bitte, bitte, kriegen Sie nicht gleich Zustände!« mahnte Cressida und umarmte sie ermunternd. »Ich verspreche Ihnen, mir geschieht gar nichts, aber ich habe vor, Addison den Schock seines Lebens zu versetzen. Ich wette, er wagt es kein zweites Mal, mit Kitty zu fliehen, wenn er erkennt, daß ich die Macht habe, jedermann in London an dem Spaß teilhaben zu lassen, daß er die aufwendigsten Pläne geschmiedet hat, um eine junge Dame zu entführen, und dann entdecken mußte, daß er eine ganz andere bekommen hat, die nicht im mindesten geneigt war, sein unschuldiges Opfer zu werden. Und jedermann in London wird davon erfahren, wenn ich nicht

seine ganz zuverlässige, ernst gemeinte Zusicherung erhalte, daß er niemals wieder etwas Derartiges versuchen wird. Liebste Ma'am, ich flehe Sie an, halten Sie mich nicht auf«, fügte sie hinzu, als Lady Constance, überwältigt von ungläubigem Erstaunen und Mißbilligung, wieder Einwände erheben wollte. »Ich bin fest entschlossen zu gehen. Lassen Sie mich nur noch einen Hut aufsetzen, der mein Gesicht verbirgt – obwohl ich sicher bin, daß die Postillione, die mit der Kutsche in der Bruton Street warten, gemietet sind und keine Ahnung haben, wie Kitty aussieht – und schon bin ich weg!«
Sie umarmte Lady Constance noch ein letztes Mal beruhigend, eilte aus dem Zimmer und befahl in der Halle Harbage, sofort die Barutsche vorfahren zu lassen. Zehn Minuten später, nachdem sie rasch ein schlichtes blaues Kleid aus französischem Batist angezogen und einen großen Pamela-Hut aufgesetzt hatte, der ihre lohfarbenen Locken und die Hälfte ihres Gesichts verbarg, saß sie in ihrer Kutsche auf dem Weg zur Bond Street. Lady Constance war, ihrer Sinne fast beraubt, im Salon zurückgeblieben, das Riechfläschchen in erreichbarer Nähe und vollkommen davon überzeugt, daß dieser schicksalhafte Tag kein Ende finden würde, ohne daß sie den Ruin eines ihrer Schützlinge miterlebte.
Cressida selbst hatte keinerlei derartige Vorahnungen. Sie würde nach Welwyn fahren, Addison stellen und in die Mount Street zurückkehren. Dann würde sie Kitty mit deutlichen Worten von dem Schicksal unterrichten, dem sie entgangen war, und versuchen, einen Funken von Vernunft in ihren Kopf hineinzubekommen bezüglich des Umgangs mit Männern wie Addison, die ihre eigene Eitelkeit mehr liebten, als sie je eine Frau lieben würden. Sie war sich ihres Erfolges jedoch nicht allzu sicher, denn junge Damen, die von ihrer eigenen Eitelkeit dazu getrie-

ben worden waren, alle Brücken hinter sich zu verbrennen in dem Glauben, ihre Schlauheit würde am Ende schon alles hinbiegen, waren ihrer Erfahrung nach nicht bereit, ihre goldenen Träume kampflos aufzugeben.
Wenn Addison dagegen für sein Teil damit aufhörte, ihr nachzustellen, konnte sie nicht viel anderes tun, als diese Träume zu begraben und sich mit der für sie erreichbaren Realität zufriedenzugeben – nämlich Rossiter zu heiraten.
Es war dieser Gedanke – indem sie Kitty vor Addison rettete, verspielte sie zweifellos die letzte Gelegenheit, die Verlobung zwischen ihr und Rossiter zum Scheitern zu bringen –, der Cressida, als sie in ihrem Schlafzimmer das Kleid wechselte, beinahe bewogen hatte, ihren Entschluß aufzugeben und den Dingen einfach ihren Lauf zu lassen, was Addison und Kitty betraf.
Aber ein Augenblick weiteren Überlegens hatte ihre Entschlossenheit gefestigt. Sie konnte Rossiter einfach nicht in eine Situation hineinschlittern lassen, in der er sich gezwungen sehen würde, Addison zu fordern. Und genausowenig konnte sie es zulassen, daß ein Mädchen, das sich in ihrem Schutz befand, ruiniert wurde, ohne daß sie auch nur einen Finger rührte.
Sie war also mit ihren Vorbereitungen fortgefahren, und als sie jetzt in der Bond Street ankam, befahl sie dem Kutscher zu halten, stieg aus und schickte ihn zurück in die Mount Street. Ein Weg von wenigen Minuten brachte sie in die Bruton Street, und das erste, was sie sah, als sie um die Ecke bog, war eine gelbbauchige Chaise und daneben am Randstein der Kutscher, der eine weiße Kokarde trug.
Sie trat näher, in ihrem Benehmen Schüchternheit und Furcht zum Ausdruck bringend – ziemlich gut, wie sie sich selbst loben mußte. Einer der Postillione, der sie kommen sah, sprang ab, öffnete die Tür der Chaise und wartete darauf, daß sie einstieg. Sie tat es, indem sie wie-

der Unsicherheit vortäuschte, die sie nicht im entferntesten empfand, und in wenigen Augenblicken hatte sich die Tür hinter ihr geschlossen, der Postillion war wieder auf sein Podest gesprungen, und die Chaise ratterte rasch durch die belebten Londoner Straßen davon.
Cressida lehnte sich bequem in die Kissen zurück und faltete ihre Hände im Schoß.
»Und jetzt, Mr. Addison«, sagte sie zu sich selbst mit einem Glitzern in den Augen, das dem Gentleman nichts Gutes verhieß, »jetzt wollen wir sehen, wer der Betrogene ist – die junge Dame, die Sie dazu überredet haben, sich mit Ihnen im White Hart in Welwyn zu treffen, oder sie selbst!«

15

Cressida, die ungeduldig auf ihre Begegnung mit Addison wartete, erschien die Reise nach Welwyn unendlich lang, obgleich die Postillione, die offensichtlich den Befehl hatten, so schnell wie möglich zu fahren, ihre Pferde galoppieren ließen und sich nicht einmal in Barnet Zeit zu einem Pferdewechsel nahmen.
Es war deshalb erst kurz nach sieben Uhr, als sie in den Wirtshof des White Hart hineinbrausten. Cressida blickte zum Fenster hinaus, um zu sehen, ob Addison nach der Kutsche Ausschau hielt, aber er war nirgends zu entdekken. Stirnrunzelnd ob dieses Mangels an Artigkeit – denn im Interesse einer erfolgreichen Verführung hätte er ihrer Meinung nach wenigstens die Ungeduld vortäuschen können, die er nicht empfand – raffte sie ihre Röcke zusammen und wollte eben aussteigen, als zu ihrem Erstaunen eine der Türen aufgerissen wurde, ein sehr großer,

breitschultriger Mann einstieg und sich neben sie setzte. Im gleichen Augenblick bemerkte sie, daß die Postillione abgesprungen waren und zwei Stallknechten Beine machten, die ihnen ein frisches Gespann besorgen sollten.

»Was ...?« begann sie in entrüstetem Erstaunen, aber der breitschultrige Mann unterbrach sie sofort.

»Nur keine Angst, Miß«, sagte er in einer Art, die wohl als einschmeichelnd gedacht sein mochte. Doch der gewöhnliche Akzent und das verschlagene Lauern in seinem unrasierten, breiten Gesicht wirkten alles andere als beruhigend auf sie. »Alles geritzt. Der Master schickt mich, damit ich Sie sicher bis ans Ende der Reise bring'.«

»Ans Ende meiner Reise? Aber – Sie meinen doch nicht etwa nach Schottland?« stieß Cressida hervor und fragte sich einen unangenehmen Moment lang, ob der Mann verrückt sei. Sie machte erneut den Versuch, sich von der großen Hand loszureißen, die sich schwer auf ihren Arm gelegt hatte, als sie Anstalten machte, die Chaise durch die andere Tür zu verlassen.

Der Mann kicherte. »Nee, so weit is es nich«, sagte er. »Nur 'ne Angelegenheit von ein paar Meilen, das is alles. Und dort wartet der Master auf Sie.«

»Ich wünsche«, sagte Cressida zornig, »daß Sie Ihre Hand von meinem Arm nehmen, Sir. Ich möchte die Kutsche verlassen ...«

»Nee, nee – das würd' dem Master gar nicht gefall'n«, sagte der Mann und wurde ernster, als sie ihre Bemühungen, sich von ihm zu befreien, verstärkte. »Sie kommen jetzt direkt mit mir. Das hat er gesagt.«

»Wenn Sie mich nicht loslassen«, sagte sie wütend, »werde ich schreien!« Im gleichen Augenblick fühlte sie sich in die Kissen gedrückt, während eine schwere Hand sich über ihren Mund legte. Im selben Moment sprangen die Stallburschen, die auf Drängen der Postillione die Prahlerei ihres Arbeitgebers, in seinem Gasthaus könne in nicht mehr als neunzig Sekunden ein Pferdewechsel vorgenommen werden, noch übertroffen hatten, von den Köpfen der Pferde zurück, und die Kutsche ratterte in rasender Fahrt zum Wirtshof hinaus auf die dahinterliegende Straße.

Als sie die Umgebung von Welwyn verlassen hatten und die Chaise wieder auf der Landstraße dahinrollte, wurde Cressida unvermittelt losgelassen, während das Schafsgesicht über ihr sie angrinste.

»Konnte nichts dafür, Missy«, sagte Ihr Begleiter entschuldigend. »Der Master sagt, ich muß Sie direkt zu ihm bringen . . .«

»Der Master! Der Master! Wer ist dein Master?« fauchte Cressida und versuchte, sich den Hut, der bei der erlittenen Mißhandlung zur Seite gestoßen worden war, etwas schicklicher aufzusetzen.

Der Mann sah sie überrascht an. »Na, aber doch Mr. Addison«, sagte er. »Sie sind doch ganz verschossen in ihn, und er wartet auf Sie im Haus.«

»Addison!« Cressida verschlug es beinahe den Atem. Also war der Mann nicht verrückt, sondern er war von Addison geschickt, um sie zu begleiten. Wohin? »Im Haus« hatte er gesagt, und plötzlich fiel ihr ein, daß Addison tatsächlicch in dieser Gegend eine Jagdhütte besaß. Also lag die Vermutung nahe, daß es seine Absicht war, Kitty dort zu verführen. Plötzlich erschien ihr die Vorstellung, ihm auf seinem Besitz in einem abgelegenen Landhaus entgegenzutreten, wo nur seine eigenen Dienstboten zugegen waren – und möglicherweise nicht einmal viele davon, denn er lebte zu dieser Zeit ja nicht dort –, weit weniger angenehm, als es die Idee gewesen war, ihn in einem öffentlichen Gasthaus zu stellen, wo sich viele an-

dere Menschen aufhielten und sie jederzeit Hilfe bekommen konnte, sollte sie welche brauchen.
Es blieb ihr jedoch nichts anderes übrig, als die Sache mit Unverfrorenheit durchzustehen, denn ganz offensichtlich gab es jetzt keine Möglichkeit mehr, die Begegnung mit ihm zu vermeiden. Folglich lehnte sie sich so gelassen sie nur konnte in die Kissen zurück und versuchte darüber nachzudenken, was sie ihm sagen wollte. Und das war fatal. Je länger sie an die bevorstehende Szene dachte, um so mehr kam sie zu der Überzeugung, daß sie genau den falschen Weg gewählt hatte, um die Sache zu regeln. Ihr einziger Trost war, daß nach dem äußerst unangenehmen Schock, den sie erlitten hatte, als sie gegen ihren Willen aus dem Hof des White Hart entführt wurde, Addison nun ein gleichermaßen unangenehmer bevorstand, wenn sein Diener sie und nicht Kitty in seine Klauen lieferte.
Sie brauchte auf diesen Augenblick nicht lange zu warten, denn wie der Mann in dem grünen Mantel vorausgesagt hatte, war die Kutsche erst wenige Meilen gefahren, als sie von der Straße auf einen holprigen Weg abbog, den sie mehrere Minuten entlangschaukelte. Dann kamen sie an ein Parktor, von dem aus eine kurze Auffahrt zu einem Haus führte, das so dicht von Bäumen umstanden war, daß man es vom Weg aus kaum sehen konnte.
Diese Auffahrt hinauf wurden jetzt die Pferde gelenkt. Die Chaise hielt vor der Eingangstür des Hauses. Der Mann im grünen Mantel sprang aus der Kutsche und half Cressida – die den flüchtig auftauchenden Gedanken, die Postillione zu bestechen, damit sie ihre Pferde antrieben und sie wieder zum White Hart zurückbrächten, sofort als unsinnig abtat – beim Aussteigen. Mit der einen Hand ihren Arm umklammernd, führte er sie dann die Stufen hinauf zur Tür, die ihnen sofort von einer Person – für einen Butler konnte man sie nicht halten – geöffnet

wurde, die ebenso schurkisch aussah wie ihr Begleiter. Der Kerl grinste sie verschlagen an und deutete mit dem Kopf auf eine Tür auf der linken Seite der Halle.
»Dort drin«, sagte er. Und ohne weitere Umstände führte sie der Mann im grünen Mantel, noch immer ihren Arm umklammernd, quer durch die Halle und durch eine offene Tür in eine gemütliche Bibliothek, in der Addison es sich bequem gemacht hatte und in einer Ausgabe des »Racing Chronicle« las.
Beim Klang ihrer Schritte blickte er hoch und legte seine Zeitschrift mit einem vorbereiteten, lässigen Lächeln auf den Lippen beiseite. Aber im nächsten Augenblick verschwand dieses Lächeln blitzartig auf seinem Gesicht und machte einem Ausdruck (ade, gepriesener Ruf, sich niemals durch irgendeinen Anlaß, gleichgültig, wie störend oder ungewöhnlich er sein mochte, aus seiner gelangweilten Ruhe bringen zu lassen!) blanken Erstaunens Platz.
»Sie!« stieß er in einem ungläubigen und, in der Tat, recht verblüfften Ton hervor. »Aber – aber wo ist . . .?«
»Wo ist Kitty?« beendete sie kühl den Satz für ihn, und ihre Lebensgeister erwachten beim Anblick seiner Verwirrung schnell. Sie trat weiter ins Zimmer hinein, jetzt frei von der Umklammerung des grünbemäntelten Mannes, der sich vorsichtig in die Halle zurückgezogen hatte, und begegnete seinem Blick mit einem verächtlichen und, wie sie hoffte, überzeugend spöttischen Lächeln. »Mein lieber Mann, haben Sie wirklich geglaubt, Lady Con und ich kümmern uns so herzlich wenig um sie, daß sie in Postkutschen herumfahren könnte, ohne daß wir dessen gewahr werden?« fuhr sie fort. »Was sind Sie doch für ein Einfaltspinsel! Sie sind überlistet worden, verstehen Sie! Kitty, unglücklicherweise für Sie, ist in Sicherheit in der Mount Street, und – was noch bedauernswerter ist – Sie

fürchte ich, werden bald das Gespött von ganz London sein. Eine durch und durch lächerliche Situation, in der Sie sich befinden, nicht wahr! Nachdem sie so aufwendige Pläne geschmiedet haben, um Kitty in Ihr Netz zu locken, komme ich nun an ihrer Stelle. Ich bin sicher, alle unsere Freunde werden entzückt sein, wenn ich ihnen die Geschichte erzähle.«

Sie machte eine Pause und sah ihn fragend an, als warte sie nach dieser sarkastischen Rede auf eine Erwiderung. Aber was sie sah, ließ sie unwillkürlich einen Schritt zurücktreten, und das Lächeln erstarb auf ihren Lippen. Sie hatte schon Männer in Wut gesehen, aber noch nie einen, aus dessen Augen derart verderbenbringender Haß loderte, so daß sie das Gefühl hatte, er müsse sie versengen. In diesem Augenblick kam ihr zu Bewußtsein, daß das Haus sehr still war, und wie ein Schlag traf sie die Erkenntnis, daß sie und Addison aller Wahrscheinlichkeit nach mit dem Schurken, der sie hierhergebracht, und demjenigen, der ihnen die Tür geöffnet hatte, alleine hier waren. Sie war kein Feigling, aber die alarmierende Überzeugung begann jäh in ihr zu wachsen, daß sie nicht nur etwas Idiotisches, sondern etwas ausgesprochen Gefährliches getan hatte, als sie Kittys Platz eingenommen hatte. Statt nun mit heftigen Beschimpfungen über sie herzufallen oder noch Schlimmeres zu tun, drehte ihr Addison zu ihrer Überraschung lediglich den Rücken zu, entfernte sich von ihr zur anderen Seite des Zimmers und nahm eine Karaffe, die dort auf einem Tisch stand, zur Hand. Er goß sich etwas von ihrem Inhalt in ein Glas und hob dieses an die Lippen. Dann drehte er sich wieder zu ihr um.

»Wie nachlässig von mir«, sagte er mit trockener, grimmiger Stimme. »Würden Sie mir bei einem Glas Madeira Gesellschaft leisten, meine Liebe?«

»Nein, danke«, sagte Cressida, sehr erleichtert darüber, daß die gesellschaftlichen Spielregeln, noch immer zwischen ihnen galten. »Um ehrlich zu sein«, fuhr sie fort, »wäre mir nichts lieber als eine Kutsche und Pferde, die mich umgehend zum White Hart zurückbringen. Es ist spät geworden, und ich reise nicht gerne in der Dunkelheit.«

Addison, der nach ihrer Weigerung, mit ihm zu trinken, erneut das Glas an die Lippen gehoben hatte, leerte es bedächtig, bevor er es wieder auf den Tisch stellte.

»Was das betrifft«, sagte er dann mit der gleichen beherrschten Stimme, »brauchen Sie sich keine Sorgen zu machen, meine liebe Cressy. Sie werden weder nach Welwyn noch sonst irgendwohin reisen, ehe es nicht heller Tag ist. Kurz gesagt«, fuhr er fort, indem er sie mit einem leisen, unangenehmen Lächeln auf den Lippen scharf beobachtete, als sie eine Geste des Nichtverstehens machte, »Sie werden die Nacht hier verbringen, meine Liebe. Schließlich ist das doch nur Fair play, nicht wahr? Sie wollten Kittys Platz einnehmen. Sehr schön, das können Sie. Darf ich vorschlagen, daß Sie jetzt Ihren Hut abnehmen und es sich bequem machen? Sie müssen hungrig sein nach der Reise, und im Eßzimmer ist ein ausgezeichnetes kaltes Buffet angerichtet.«

Cressida hatte häufig in romantischen Romanen den Ausdruck »Sein (oder ihr) Blut lief kalt durch die Adern« gelesen, aber sie hatte ein derart beschriebenes Gefühl niemals selbst erlebt, ja, sie war geneigt gewesen zu glauben, daß es ein solches Gefühl im wirklichen Leben überhaupt nicht gab.

Jetzt erkannte sie ihren Irrtum. Ihr Blut lief in diesem Augenblick vielleicht nicht wirklich kälter durch ihre Adern, aber sie hatte das sichere Gefühl, als wäre es so, und dieses Gefühl war absolut nicht angenehm. Falls es jetzt Addisons Absicht war, statt Kittys Ruin den ihren herbeizuführen, so befand sie sich in einer höchst prekären Situation. Das Haus stand abseits. Die Dienstboten – möglicherweise für diese Gelegenheit aus irgendeiner Spelunke in Tothill Fields gemietet – taten bestimmt nichts, um die Pläne ihres Herrn zu durchkreuzen. Und sie hatte absolut keine Möglichkeit, sonst jemanden zu Hilfe zu rufen. Ihre einzige Zuflucht, das sah sie ein, lag in ihrer Zunge, und sie bot nun all ihren Geist auf, um diese nach besten Kräften zu nutzen.

»Ich bitte Sie, seien Sie nicht absurd, Drew«, sagte sie in der gelangweiltesten Londoner Salonmanier. »Sie wissen, ich finde nicht den geringsten Geschmack an melodramatischen Spielen. Ich kann nicht abstreiten, daß mich ihr kaltes Buffet reizt, aber ich bin sicher, das White Hart führt eine gute Küche, und mit Pferden aus ihrem Stall bin ich in einer halben Stunde dort . . .«

»Meine liebe Cressy, Sie mißverstehen mich«, Addison hatte sich jetzt wieder ganz unter Kontrolle. Er sprach gelassen, aber in seinen kalten grauen Augen glitzerte es noch immer gefährlich. »Ich spiele kein Spiel – oder wenn ja, dann ist es eines, das Sie selbst begonnen haben. Es würde mich betrüben, das versichere ich Ihnen, wenn Sie keinen Geschmack daran fänden, es zu beenden, aber, meine Liebe, das zählt jetzt wirklich kaum noch. Es gibt nur eine Möglichkeit für mich, verstehen Sie, ganz sicher sein zu können, daß Sie über diesen unerfreulichen kleinen Vorfall Stillschweigen bewahren werden, und die besteht darin, daß es ebensowenig für Sie wie für mich von Vorteil wäre, in der Gesellschaft die Sprache darauf zu bringen. Ich glaube nicht, liebste Cressy, daß Ihnen sehr viel daran liegt, die Geschichte meiner Niederlage publik zu machen, wenn ich in der Lage bin, sie durch eine reizende Erzählung davon zu übertreffen, wie Sie die

Nacht hier mit mir verbrachten und am Morgen Ihrer Abreise Ihre Tugend – sollen wir so sagen? – etwas mehr befleckt war, als sie es bei Ihrer Ankunft gewesen ist.«

Er machte eine Pause und betrachtete sie mit dem Ausdruck selbstzufriedener, erwartungsvoller Genugtuung. Cressida beobachtete ihn wachsam, mit zusammengepreßten Lippen. Ihr war jetzt klar, daß die Taktik, mit der sie begonnen hatte, zu nichts führte. Addison, der – das zuzugeben war sie gezwungen – einen unfehlbaren Plan entwickelt hatte, sich ihr Stillschweigen zu sichern, war bestimmt weder durch Mißbilligung noch durch Beschämung dazu zu bringen, sich seinen Vorteil durch die Finger gleiten zu lassen.

Aber würde er wirklich, fragte sie sich beinahe ungläubig, einen so grausamen und durch und durch verachtenswerten Plan ausführen, nur um sich aus der Klemme zu ziehen? Sie erinnerte sich an Dolly Dalingridges Erzählung von Prinz Pückler-Muskaus' bestürzten Bemerkungen über die maßlose Rachsucht eines englischen Dandy angesichts gesellschaftlicher Schande – ungerechtfertigt, ganz gewiß, wenn man sich auf einen gutmütigen Mann wie Alvanley bezog, unzutreffend sogar bei einem Brummell, der erbarmungslos sein konnte, aber eine Art von kaltem Stolz besaß, der ihn sich voller Abscheu vor einer Rache wie dieser hätte abwenden lassen.

Aber Addison – Addison, entschied sie und sah ihm mit einer durch die Gefahr geschärften Auffassungsgabe in das hübsche, selbstzufriedene Gesicht, war fähig, genau das zu tun, was er angedroht hatte. Für einen Mann, der seine gesellschaftliche Stellung so hoch bewertete wie er, war Lächerlichkeit eine Art Tod, und um sich dieses Schicksal zu ersparen, war ihm zweifellos jedes Mittel

recht. Die Tatsache, daß sie ihn verachtete und sich jahrelang nur wenig Mühe gegeben hatte, dies zu verbergen, verlieh seinem Sieg nur noch mehr Würze.
Sie traf eine plötzliche, vollkommen instinktive Entscheidung, drehte sich um und rannte zur Tür.
Sie öffnete sich sofort, als sie den Knopf drehte, aber als sie hindurchstürmte, sah sie sich einem großen und sehr soliden Hindernis gegenüber – dem Mann im grünen Mantel.
»Tomkins«, ertönte Addisons Stimme im gleichen Augenblick gebieterisch hinter ihr. Und noch ehe das Wort seinen Mund verlassen hatte, packte sie eine schwere Hand am Arm. Gleichzeitig sah sie, daß die Außentür noch immer von demselben Schurken bewacht wurde, der sie vor ein paar Minuten eingelassen hatte. Weitere Fluchtversuche waren ganz offensichtlich sinnlos.
Eiskalt drehte sie sich zu Addison um. »Sie sind«, sagte sie, jedes Wort betonend, »eine elende Kröte, Addison. Doch wie sehr, das wußte ich bis zu diesem Augenblick nicht. Wollen wir also zum Supper hineingehen? Wenn ich schon gezwungen bin, Ihre Gesellschaft zu ertragen, so brauche ich es zumindest nicht hungrig zu tun.«
Addison grinste sie widerwärtig an.
»In keiner Weise, meine Liebe«, sagte er und ging ins Speisezimmer voran.

16

Ungefähr zur gleichen Zeit, als Cressida in die Postkutsche gestiegen war, die sie – oder besser gesagt Kitty – in der Bruton Street erwartete, ertönte der Klopfer an ihrem Haus in der Mount Street, und Harbage, der würdevoll

zur Eingangstür geschritten war, bat Captain Rossiter herein.
»Ist Miß Chenevix zu Hause?« fragte der Captain.
Harbage, der ohne die leiseste Veränderung in seiner Haltung zur Kenntnis nahm, daß der Gesichtsausdruck des Besuchers wenig dazu angetan schien, Freude in das Herz seiner Verlobten zu bringen, sagte, er vermute, Miß Chenevix halte sich gegenwärtig bei ihrer Ladyschaft auf, und wenn der Captain die Güte haben wolle, im Kleinen Salon zu warten, während er sich vergewisserte ...
»Danke, das ist nicht nötig. Sie sind im Wohnzimmer, nicht wahr? Ich gehe hinauf«, sagte der Captain, der sich, wie Harbage später der Haushälterin anvertraute, nicht mit Förmlichkeiten aufhielt. Obwohl er – Harbage – es in diesem Fall für sehr viel besser gehalten hätte, denn nach dem, was er vor ein paar Minuten gehört hatte, als er an der Tür des Wohnzimmers vorüberging – »ganz per Zufall natürlich« –, war ihre Ladyschaft dabei, Miß Kitty eine Gardinenpredigt zu halten, und es stehe eins zu hundert, daß Miß Kitty, die bereits heulte, in ein paar Sekunden einen hysterischen Anfall bekäme.
Von alldem wußte Rossiter selbstverständlich nichts, als er die Treppe hinaufstieg und das Wohnzimmer betrat. Aber da sein Eindringen von Lady Constance mit einem entsetzten Blick und von Kitty mit einem Aufschluchzen begrüßt wurde, hätte er schon sehr begriffsstutzig sein müssen, um nicht sofort zu erkennen, daß er unbeabsichtigt in eine Auseinandersetzung größeren Ausmaßes hineingestolpert war.
Mit dem Ausdruck des Abscheus auf dem Gesicht blieb er auf der Schwelle stehen.
»Ich bitte um Verziehung«, sagte er knapp. »Anscheinend bin ich zu ungelegener Zeit gekommen.«
»Nun ja, in der Tat, das sind Sie, ziemlich ...«, sagte

Lady Constance außer sich. »Ich fürchte, Kitty ist im Augenblick nicht ganz sie selbst.« Sie warf ihrem weinenden Schützling einen drohenden Seitenblick zu. »Kitty, Liebes, bemühe dich doch, dich zu fassen, und entschuldige dich bei Captain Rossiter«, sagte sie. »Dein Benehmen ist unmöglich.«

Kitty jedoch, die soeben den Schock erlitten hatte, von Lady Constance zu erfahren, daß alles entdeckt worden war und daß sie das verdorbenste, undankbarste Mädchen der Christenheit sei, sah sich wirren Gefühlen aus Scham, Angst und Enttäuschung ausgeliefert. Sie flüchtete sich in eine bei dieser Enthüllung nicht unverständliche Halsstarrigkeit und schluchzte nur noch heftiger als zuvor.

»Ich gehe besser, denke ich«, sagte Rossiter und warf seiner Verlobten einen Blick zu, der keinen Zweifel daran ließ, daß er die Entdeckung wenig angenehm fand, eine junge Dame, die er für ein Muster an stiller Gefaßtheit gehalten hatte, zu solch tränenreicher Widerspenstigkeit auflaufen zu sehen. »Bitte um Verzeihung, Lady Constance . . .«

Lady Constance, offensichtlich erleichtert, diese Worte zu vernehmen, sagte sofort, es wäre in der Tat vielleicht besser, er würde der armen Kitty ein wenig Zeit geben, sich zu fassen.

»Ein Brief ihrer Mama«, sagte sie rasch und einfallsreich improvisierend, »oder nicht eigentlich von ihrer Mama, vielmehr ihre Mama betreffend, denn diese ist zu krank, so scheint es, um selbst zu schreiben. Ein solcher Schock für die liebe Kitty!«

Rossiter drückte auf herkömmliche Weise sein Mitgefühl aus, sagte, es täte ihm sehr leid, und wandte sich zum Gehen, als Kitty – wie alle zurückhaltenden und verschlossenen Naturen, wenn sie einmal völlig einer dramtischen Si-

tuation ausgesetzt sind, unfähig zu erkennen, wann man aufzugeben hat – plötzlich zu schluchzen aufhörte und ausrief: »Halt!«
Rossiter blieb stehen.
»Ich will, daß Sie wissen«, sagte Kitty mit noch immer von Schluchzen unterbrochener Stimme und bebendem Busen, »daß ich Sie niemals, niemals heiraten werde! Ich liebe . . .«
»Kitty, sei still!« rief Lady Constance zornig.
Kitty sah sie aufsässig an. »Nein, das bin ich nicht«, sagte sie. »Für heute mögen Sie mich zurückgehalten haben, aber ich werde niemals jemand anderen heiraten als . . .«
»Du wirst jetzt sofort auf dein Zimmer gehen, du ungezogenes, ungezogenes Mädchen«, unterbrach Lady Constance sie hastig und sah die Anstrengungen von Wochen zum Fenster hinausfliegen. Sie schenkte Rossiter ein beschwichtigendes Lächeln. »Das arme Kind ist ganz außer sich«, sagte sie. »Sie weiß nicht im mindesten, wovon sie spricht.«
Rossiter betrachtete sie kalt.
»Im Gegenteil«, sagte er, »mir scheint, sie weiß genau, was sie sagt, und es wäre vielleicht noch sehr viel besser, wenn sie Gelegenheit hätte, alles zu sagen.« Er ging zu Kitty hinüber und stellte sich vor sie hin. »Was ist es?« fragte er sie nicht unsanft. »Du möchtest, daß ich dich freigebe, ist es das?«
»Ja«, rief Kitty im gleichen Augenblick, als Lady Constance ein leidenschaftliches »Nein!« hervorstieß. Letztere fuhr in einer Art flehentlichem Appell fort: »Captain Rossiter, Sie dürfen nicht auf das hören, was das Kind sagt – sie ist jetzt so aufgebracht . . .«
»Ich bin nicht so aufgebracht, daß ich nicht wüßte, daß es nicht Captain Rossiter ist, den ich zu heiraten wünsche, sondern Mr. Addison«, sagte Kitty, jetzt gleichfalls mit

einem dramatischen Unterton in der Stimme. Herausfordernd sah sie Lady Constance an. »Sie können mich nicht daran hindern, Ma'am. Es besteht in der Tat für niemanden Grund, dies zu versuchen. Mrs. Addison ist ein Gentleman aus guter Familie, mit einer ausgezeichneten Stellung in der Gesellschaft und sehr angenehmen Manieren, ganz abgesehen davon, daß er mich liebt – und«, fügte sie mit einer aus Enttäuschung und Erregung geborenen Unverschämtheit hinzu, »er ist ebenso reich wie Captain Rossiter . . .«

Lady Constance warf die Hände in die Höhe. »Oh, schweig, du elendes Geschöpf«, befahl sie, völlig verzweifelt über diese unglückselige Wendung der Dinge. Erneut wandte sie sich an Rossiter. »Captain Rossiter, Sie dürfen wirklich nicht zu viel auf das geben, was das Kind sagt«, bat sie. »Sie ist so jung und unerfahren, und dieser herzlose Mann hat natürlich nur mit ihrer Zuneigung gespielt, ohne die mindeste Absicht, etwas Ernsthaftes daraus werden zu lassen . . .«

»Er spielt nicht mit meiner Zuneigung«, rief Kitty empört. »Hätten Sie sich nicht eingemischt, wäre ich jetzt unterwegs, um ihn zu heiraten.«

Rossiter sah – so schien es Lady Constance, deren eigenes Gesicht Empörung der wildesten Art ausdrückte – mit einem höchst ungewöhnlichen Mangel an Gemütsbewegungen seiner Verlobten in das trotzige und eigensinnige Gesicht.

»Wissen Sie«, sagte er milde, »ich glaube, ich sollte mich lieber setzen und mir das Ganze anhören. Sie hatten also vor, heute Addison zu heiraten, Miß Chenevix? Darf ich mich erkundigen, weshalb ich – als die mehr oder weniger interessierte und betroffene Partei – von dieser Entscheidung Ihrerseits nicht unterrichtet wurde?«

Kitty warf ihm einen ängstlichen Blick zu und brach, anstatt zu antworten, in Tränen aus.
»Um Himmels willen, nicht!« befahl Rossiter gereizt, dessen Gleichmut offensichtlich mehr durch ihren Mangel an Selbstkontrolle gestört wurde als durch die Tatsache, daß sie vorgehabt hatte, ihn schamlos zu betrügen. »Wenn Sie glauben, mir sei nicht ebenso wie Ihnen bewußt, daß unsere Verlobung von Anfang an ein Fehler war, müssen Sie mich für einen Schwachkopf halten, denn nichts war eindeutiger. Aber weshalb, bei Zeus, konnten Sie nicht zu mir kommen und offen sagen, daß Sie frei sein wollen?«
»Aber sie will ja gar nicht frei sein«, stammelte Lady Constance und klammerte sich noch immer verzweifelt an die Hoffnung, irgend etwas aus dem Wrack retten zu können, das Kitty aus ihrer Zukunft zu machen im Begriff war. »Captain Rossiter, gehen Sie, bitte, und geben Sie dem Kind Zeit, sich zu erholen! Sie weiß überhaupt nicht, wovon sie spricht!«
Aber Kitty, die immer störrischer wurde, übertönte Lady Constances Bemühungen, weiterzureden, und sagte entschlossen, sie wüßte sehr genau, was sie sage, und außerdem würde sie jetzt sofort nach Welwyn fahren, ganz gleichgültig, wer sie daran zu hindern suche. Sie fügte weiter hinzu, sie halte Miß Calvertons Tat, an ihrer Stelle hinzufahren, für die unehrlichste Handlungsweise, von der sie je gehört habe, und allmählich komme ihr der dunkle Verdacht, daß Cressidas Grund dafür mehr etwas mit ihrem eigenen Interesse an Addison zu tun habe als mit dem selbstlosen Wunsch, sie – Kitty – vor einem unheilvollen Fehler zu bewahren.
Da schnitt ihr Rossiters scharfe Stimme die Rede ab.
»Miß Calverton?« stieß er hervor. »Was hat sie mit der Angelegenheit zu tun?«

Fragend und gebieterisch sah er Lady Constance an. Diese machte einen Augenblick Anstalten, alles abzuleugnen, aber dann gab sie mit einer wegwerfenden Geste auf.

»Sie ist nach Welwyn gefahren, um Addison an Kittys Stelle zu treffen, verstehen Sie«, jammerte sie und sah mehr als nur ein bißchen verängstigt aus, da sich Rossiters Blick bei jedem Wort, das sie sprach, mehr zu verdunkeln schien. »Wirklich, ich konnte sie nicht aufhalten«, verteidigte sie sich. »Sie war fest entschlossen . . .«

»Fest entschlossen – ja, das kann ich mir denken«, sagte Rossiter wild. »Sich dauernd in fremde Sachen einzumischen, so etwas Hirnloses . . .« Er brach ab und erhob sich unvermittelt. »Und was hoffte sie mit diesem hirnverbrannten Unsinn zu erreichen?« fragte er, wütend vor Lady Constances Sessel stehenbleibend. »Nicht einmal sie ist schwachsinnig genug, nehme ich an, sich einzubilden, sie könne an Addisons bessere Natur appellieren.«

»Nein, nein! Das ist es überhaupt nicht«, versicherte ihm Lady Constance unglücklich. »Ihre Meinung über Addison ist ganz genau die gleiche wie die Ihre oder meine. Aber sie ist davon überzeugt, wissen Sie, daß nichts ihn davon abhalten kann, Kitty nachzustellen, als ihn lächerlich zu machen . . .« Sie unterbrach sich, um dann unter seinem verächtlichen Blick mit einer gewissen Bitterkeit fortzufahren: »Nun, ich kann nichts dafür. Sie wissen, wie sie ist. Es ist, als wolle man versuchen, einen – einen Wirbelwind aufzuhalten.«

Er zuckte die Schultern. »Ja, das kann ich mir lebhaft vorstellen«, mußte er ihr beipflichten. »Darin habe ich Erfahrung. Nun, sie wird mir nicht dankbar sein, wenn ich mich einmische, aber offensichtlich muß es jemand tun, und da ich niemand anderen sehe, der die Rolle ihres Befreiers übernimmt, muß ich wohl selbst nach Welwyn fah-

ren. Ist ihr denn niemals in den Sinn gekommen, daß ein Mann wie Addison unter solchen Umständen sehr wohl gefährlich sein könnte?«
Er brach ab, als Kitty mit einem Aufschrei von ihrem Platz sprang und sich zwischen ihn und die Tür stellte.
»Nein, nein«, keuchte sie. »Das werden Sie nicht! Das dürfen Sie nicht! Oh, Captain Rossiter, um meinetwillen . . .«
»Was zum Teufel ist mit dem Mädchen los?« fragte Rossiter, dessen ohnehin nicht gerade sanftes Temperament Gefahr lief, bei diesem neuerlichen Ausbruch seiner ehemaligen Verlobten völlig aus den Fugen zu geraten. »Weshalb sollte ich nicht nach Welwyn fahren?«
»Sie denkt natürlich«, sagte Lady Constance ernst, »daß Sie beabsichtigen, Addison zu fordern, Captain Rossiter. Ich kann nur hoffen, daß kein solch verwerflicher Gedanke je Ihr Gehirn gekreuzt hat. Es wäre für alle Beteiligten verheerend!«
»Verheerend für Addison, würde ich sagen, falls ich so etwas täte«, sagte Rossiter böse, »aber das werde ich nicht. Ich gönne Sie ihm herzlich, Miß Chenevix, das heißt, wenn er Sie haben will, was ich – Sie werden mir verzeihen, wenn ich das sage – aufs heftigste zu bezweifeln geneigt bin. Sie haben jedoch Ihre Wahl getroffen, wodurch es mir freisteht, die meine ebenfalls zu treffen.« Er wandte sich an Lady Constance. »Wo in Welwyn darf ich erwarten, dieses saubere Pärchen zu treffen?« erkundigte er sich. »In einem der Gasthöfe?«
»Ja – im White Hart.« Lady Constance, die endlich einsah, daß jede weitere Anstrengung ihrerseits, die Scherben zu kitten, in die sich die Verlobung zwischen Rossiter und Kitty verwandelt hatte, vergebens war, blickte düster zum Captain hoch. »Addison hat eine Postkutsche in der Bruton Street warten lassen, um sie – oder besser gesagt

Kitty – dorthin zu bringen, wo er sie treffen wollte. Es ist noch keine halbe Stunde vergangen, seit sie das Haus verlassen hat. Sie könnten sie vielleicht sogar noch auf der Straße erreichen, wenn Sie mit Ihren schnellen Grauen fahren. Aber was werden Sie ihr sagen, wenn es soweit ist«, fügte sie in plötzlich wiederkehrender Angst hinzu. »Möglicherweise wird sie entsetzlich wütend auf Sie sein, weil Sie versuchen, sie aufzuhalten . . .«

»Ja, das nehme ich an«, sagte Rossiter kühl. »Trotzdem werde ich sie sicher nach Hause bringen, welche Stürme das auch immer hervorrufen wird.«

»Ich denke . . .«, sagte Lady Constance, die während dieses kurzen Wortwechsels in ihrem Kopf eine rasche Kalkulation angestellt hatte und zu dem Ergebnis gekommen war, daß sie nun, nachdem Kittys Fall unwiederbringlich verloren war, ebensogut auf die andere Seite überwechseln und in Cressidas Interesse tätig werden könnte, »ich denke, ich habe kein Recht, Ihnen zu sagen . . .«

»Dann tun Sie's auch nicht«, befahl Rossiter und begab sich zur Tür.

». . . aber ich tue es«, fuhr Lady Constance unbeirrt fort. »Sie liebt Sie, wissen Sie.«

»Sie? Wer?« Rossiter wirbelte mit einem wie vom Donner gerührten Gesichtsausdruck herum. »Sie meinen doch nicht etwa . . .«

»Cressy? Oh, doch«, sagte Lady Constance ernst. »Ich weiß, das erscheint Ihnen höchst unwahrscheinlich, denn sie bricht ewig Streit mit Ihnen vom Zaun, aber es ist wahr. Sie hat es mir selbst gesagt an jenem Abend, als Sie sich mit Kitty verlobten – natürlich nicht mit so vielen Worten, aber jeder konnte sehen, wie unglücklich sie war, und als ich ihr deswegen Vorhaltungen machte, sagte sie, das zähle nicht. Aber es zählt natürlich doch, wenn sie Sie wirklich liebt, was mir ganz merkwürdig vorkommt. Aber

man hat ja schließlich schon von seltsameren Fällen gehört ...«
Rossiter ignorierte diese versteckten Anspielungen auf seine Erwünschtheit als Liebhaber und Ehemann und unterbrach sie, um sich bissig zu erkundigen, ob Lady Constances Meinung über Cressidas gegenwärtige Gefühle ihm gegenüber nur auf diesem wenig überzeugenden Beweisstück basiere.
»Nein, das tut sie nicht«, sagte Lady Constance würdevoll. »Das heißt«, gab sie zu, »das tat sie bis heute, aber ich bekam mit der Morgenpost einen Brief von Lady Letitia Conway«. Sie unterbrach sich und sah ihn forschend an. »Sie sind mit ihr bekannt, denke ich?«
»Ja«, sagte Rossiter knapp. »Nun? Fahren Sie fort.«
»Also, es ist wirklich ein höchst ungewöhnlicher Brief«, sagte Lady Constance geheimnisvoll, »und ich bin nicht ganz sicher, was ich davon halten soll, denn die liebe Letty drückt sich so unklar aus, wissen Sie. Aber ich denke, sie will mir mitteilen, daß sie zu der Erkenntnis gekommen ist, daß Cressida Sie all die Jahre wirklich geliebt hat, sie hatte nur den Eindruck, Sie machen sich nichts aus ihr, weil Sie die Verlobung gelöst haben ...«
»Ich habe sie nicht gelöst«, unterbrach Rossiter sie, »aber ich will nicht sagen, daß ich es ihr nicht verdammt einfach gemacht habe. Aber fahren Sie fort«, bat er noch einmal.
»Nun, es scheint«, sagte Lady Constance, die in ihrer üblichen Flatterhaftigkeit über ihrem Interesse an diesem neuen Höhepunkt der Unterhaltung vorübergehend Kittys mißliche Lage vergessen hatte, »daß Letty zufällig der lieben Cressy gegenüber eine Unterhaltung erwähnte, die sie damals mit Ihnen geführt hat, worüber Cressida sich fürchterlich aufgeregt hat und gewisse Bemerkungen fallenließ, die Letty zu der Überzeugung brachten, daß sie jetzt die ganze Geschichte – ich meine, daß Sie die Verlo-

bung auflösen wollten – in einem völlig neuen Licht sieht . . .«

Sie machte eine Pause und blickte neugierig zu Rossiter, auf dessen Gesicht sich dunkle Röte auszubreiten begann.

»Ich glaube«, fuhr sie nach einer Weile zufrieden fort, »sie – ich meine Letty – meint, daß sie – das heißt Cressy – jetzt Ihr damaliges Handeln als von den nobelsten Motiven geleitet betrachtet – obwohl ich sagen muß, daß jeder wirkliche Gentleman seinen Antrag sofort zurückziehen würde, wenn er mit der Tatsache konfrontiert wird, daß die junge Dame, mit der er verlobt ist, Gefahr läuft, ein Vermögen zu verlieren, wenn sie ihn heiratet . . .«

An diesem Punkt platzte Kitty – die wie alle selbstsüchtigen Menschen nicht das geringste Interesse an Dingen hatte, die nicht dazu angetan waren, ihr zum Vorteil zu gereichen, und die noch immer vor Wut und Enttäuschung über ihre eigenen vereitelten Pläne kochte – noch einmal in die Unterhaltung hinein und forderte Rossiter auf, sie wenigstens mitzunehmen, falls er tatsächlich beabsichtige, nach Welwyn zu fahren. Lady Constance sah sie empört an.

»Dich mitnehmen«, rief sie. »Hast du denn überhaupt kein Gefühl für Anstand, Kind! Einen Mann, den du betrogen hast, zu bitten, dich zu einer Verabredung mit dem Mann mitzunehmen, mit dem du ihn betrogen hast! Unerhört! Einfach unerhört!«

Rossiter, der mit einem Schlag seine Erbitterung vergessen zu haben schien und außergewöhnlich guter Laune war, grinste.

»Unerhört – nun, vielleicht«, sagte er. »Aber ein Auftrag, den ich liebend gern ausführen würde, wenn ich nur die geringste Zuversicht hätte, daß Addison das Mädchen heiratet. Da er das sicherlich nicht tut, muß ich Miß Chenevix bitten, mich zu entschuldigen. Und jetzt gehe ich. Ich habe bereits viel zuviel Zeit hier vergeudet.«

Und er verließ den Raum mit dem für ihn typischen Mangel an Förmlichkeit. Wenige Augenblicke später hörten sie, wie sich die Eingangstür hinter ihm schloß.

Kitty brach wieder in heftiges Weinen aus. »Ich werde nach Welwyn fahren – ich werde, ich werde«, erklärte sie im gleichen Moment, als unten der Türklopfer ertönte.

»Guter Gott«, sagte Lady Constance und sah Kitty mit deutlichem Mißfallen an. »Ich denke, ich sage Harbage lieber, daß wir für den Rest des Tages für niemanden mehr zu sprechen sind.« Doch ehe sie ihm diese Anweisung erteilen konnte, waren rasche Schritte auf der Treppe zu hören, und im nächsten Augenblick trat Captain Harries ins Zimmer.

17

Rossiter fuhr seinen eigenen Phaeton mit den Grauen davor und scheute keine Mühe, sein Ziel so rasch wie möglich zu erreichen. Er kam etwas mehr als eine Viertelstunde nach dem Moment in White Hart an, da Cressida, die Hand des Grünbemäntelten über ihrem Mund, mit der Chaise weggebracht worden war. Er stieg sofort aus und erkundigte sich bei dem Besitzer, der gekommen war, um persönlich den Eigentümer einer so teuren und prächtigen Kutsche zu begrüßen, ob eine junge Dame, die allein in einer Kutsche reiste, kurz zuvor in seinem Hotel angekommen sei.

Der Gastwirt sah ihn verständnislos an. Eine junge Dame? Nein, wirklich, er habe heute keine junge Dame, allein oder in Begleitung reisend, in seinem Gasthaus begrüßt.

»Zum Teufel, Mann, sie muß hier angekommen sein«, sagte Rossiter ungeduldig. »Ich bin auf der Straße sicherlich nicht an ihr vorbeigefahren. Darauf habe ich geachtet.«

Der Gastwirt, eine Romanze witternd, meinte mitfühlend, es täte ihm sehr leid, aber in seinem Gasthaus wohne wirklich keine junge Dame.

»Und auch kein Gentleman namens Addison, schätze ich«, sagte Rossiter verärgert.

Er gab eine prägnante Beschreibung des Mannes, den er suchte, worauf dem Gastwirt offensichtlich die Erleuchtung kam, denn er rief aus: »Ach, Sir, das ist der Honourable Mr. Drew Addison, von dem Sie sprechen, und ich kenne ihn gut. Er besitzt eine Jagdhütte, nur ein paar Meilen von hier entfernt. Aber er war heute weder in meinem Gasthaus noch in der Nähe. Darauf kann ich einen Eid schwören.«

Rossiter, der nun eine recht genaue Vorstellung davon hatte, wie die Dinge liefen, sagte, er wolle mit den Stallknechten reden, die zu der Zeit gearbeitet hatten. Nach fünf Minuten hatte er ihnen mit Hilfe einiger geschickter Fragen und mehrerer Silbermünzen die Information entlockt, daß tatsächlich vor kurzer Zeit eine Kutsche, in der einer der Stallknechte eine junge Dame mit geschlossenem Hut erblickt hatte, in den Hof gefahren war. Die Postillione hätten in rasender Eile die Pferde gewechselt und seien sofort danach weitergefahren. In der Zwischenzeit sei ein großer Mann in einem grünen Mantel zugestiegen, der sich etwa schon eine halbe Stunde lang auf dem Hof herumgetrieben habe, als erwarte er die Ankunft der Kutsche.

Durch ein paar weitere Erkundigungen erfuhr er die genaue Richtung, in der Addisons Jagdhütte lag, und wenige Minuten später war er auf dem Weg dorthin durch

das lange, zunehmende Zwielicht dieses Mittsommertages. Mittlerweile überwog seine Angst bei weitem das Chaos aus Euphorie und Zorn, das ihn nach Welwyn getrieben hatte.
Das Haus, hinter dem dunklen Schirm der Bäume beinahe unsichtbar, zeigte kaum Anzeichen von Bewohntheit, als der Phaeton rasch die Einfahrt hinaufrollte und vor der Eingangstür zum Stehen kam. Als er jedoch absprang und rasch die Pferde festband, öffnete sich die Tür, und er sah im Türrahmen einen großen Mann im grünen Mantel stehen, der sich mißtrauisch erkundigte, was er hier wolle.
»Sag Mr. Addison«, antwortete Rossiter knapp, »daß er Besuch hat«, und damit stieg er die Treppe empor und wollte das Haus betreten.
Der große Mann im grünen Mantel vertrat ihm den Weg. »Na, wart' mal 'ne Minute, Freundchen . . .« begann er und wurde im gleichen Augenblick von einer kräftigen Schulter beiseite gestoßen.
Rossiter ging in die Halle, und dort sah er sich einem weiteren schurkisch aussehenden Spitzbuben gegenüber, der beinahe ebenso groß und furchterregend war wie der erste.
»Wollen Sie bitte so freundlich sein und Mr. Addison davon in Kenntnis setzen, daß er Besuch hat«, wiederholte Rossiter in einer lässigen Art, die die beiden Männer völlig aus der Fassung brachte, denn als der zweite Schurke darauf wartete, daß der erste hinter dem unerwarteten und unerwünschten Besucher auftauchte und ihn packe, drehte sich der Besucher plötzlich um und ließ mit einem einzigen, überwältigenden Schlag den grünbemäntelten Mann gegen die Wand taumeln, während seine Hände ins Leere griffen.
Der zweite Halunke hatte sich inzwischen von seiner

Überraschung über dieses unvorhergesehene Manöver erholt und stürzte sich auf Rossiter, nur um Empfänger eines gleichermaßen heftigen Schlages zu werden, der ihn gegen einen Pfeilertisch krachen ließ, den er mit beträchtlichem Lärm umwarf.

Die Geräusche und die Unruhe dieser Vorgänge drangen natürlich bis ins Eßzimmer, wo Cressida mit Addison bei Tisch saß und sich das Gehirn nach irgendwelchen Möglichkeiten zermarterte, wie sie sich aus dieser äußerst unangenehmen Lage befreien konnte, in die sie da geraten war. Angewidert aß sie kaltes Huhn und Früchte so langsam wie nur irgend möglich, um den Augenblick hinauszuzögern, in dem Addison ihr vielleicht weitaus unangenehmere Aufmerksamkeit schenken würde. Sie hatte wenig Hoffnung auf Rettung von irgendeiner Quelle außerhalb ihrer eigenen Einfälle, denn selbst wenn Lady Constance nach einiger Überlegung genügend Angst bekommen haben sollte, um ihr jemand nachzuschicken, so hätte derjenige keine Ahnung, wo sie zu finden war. Jetzt wagte ihr Herz aber doch einen hoffnungsvollen Freudensprung, als das Handgemenge in der Halle draußen anhielt.

Als es begann, hatte sie einen Blick auf Addison geworfen und das erschrockene Stirnrunzeln bemerkt, das darauf schließen ließ, daß seine Überraschung ebenso groß war wie die ihre. Dann sah sie, wie er sich vom Sessel erhob, seine Augen wanderten rasch durchs Zimmer, offensichtlich auf der Suche nach einer Waffe, denn er eilte sofort zum Kamin hinüber und nahm eines der beiden Rapiere, die gekreuzt darüber an der Wand hingen.

Im nächsten Augenblick sprang die Tür zur Halle auf, und Rossiter, im Zustand leichter Unordnung und mit einer blutenden Wunde neben einem Auge, betrat rasch den Raum. Seine Augen überflogen die Szene vor ihm –

Addison neben dem Kamin, das Rapier in der Hand; Cressida am Tisch sitzend, ihre Hand mit der Gabel und einem aufgespießten Stück Huhn auf halbem Weg zum Mund noch immer in der gleichen Stellung haltend wie vorher beim Lärm des Zanks vor der Tür. Dann, als hastige Schritte in der Halle hörbar wurden, drehte er sich schnell um, schloß die Tür, sperrte sie hinter sich ab und steckte den Schlüssel in die Tasche.

»Und nun«, sagte er mit beißender Schärfe zu Addison und ignorierte völlig das heftige Poltern gegen die Tür hinter sich, »nun, wenn es Ihnen recht ist, Addison, möchte ich den Grund wissen, weshalb Sie, da Sie offensichtlich nur ein angenehmes Supper-Tête-à-tête mit Miß Calverton genießen, es für nötig erachten, ein Paar gemietete Raufbolde anzustellen, um zu verhindern, daß Sie gestört werden.«

Cressida sprang vom Stuhl auf und konnte sich nur mit Mühe davor zurückhalten, ihre Arme um Rossiters Nakken zu werfen vor Freude, ihn im Zimmer zu sehen.

»Aber es ist kein angenehmes Supper«, sagte sie ernst. »Er hat mich gezwungen zu bleiben, mit diesen beiden gräßlichen Männern draußen vor der Tür, genauso wie er mich von dem einen richtiggehend kidnappen und hierherbringen ließ . . .« Sie brach ab, denn plötzlich kamen ihr die gespannten, wachsamen, wütenden Gesichter der beiden Männer zum Bewußtsein und das in Addisons Hand schimmernde Rapier. »Oh, Dev, laß uns sofort gehen«, flehte sie. »Bring mich nach London zurück. Ich war eine solche Idiotin . . .«

»Das – ja«, sagte Rossiter in demselben beißenden Tonfall, in dem er vorher gesprochen hatte. Aber seine Augen ließen Addisons Gesicht nicht los. »Das entschuldigt jedoch in keiner Weise Mr. Addisons Rolle in dieser Geschichte . . .«

»Velangen Sie Satisfaktion, Rossiter? Ist es das?« fragte Addison lauernd.
»Sie fordern? Das würde ich gerne«, sagte Rossiter wütend. »Aber nicht dieser Geschichte wegen.«
»Ja – Sie würden eine ziemlich traurige Figur abgeben, nicht wahr?« höhnte Addison. »Der betrogene Liebhaber war noch nie eine sehr bewundernswerte Rolle, glaube ich, und Duelle ziehen heutzutage eine solch widerwärtige Anzahl trauriger Berühmtheiten an.« Das Hämmern gegen die Tür dauerte unvermindert an. »Guter Gott, was für geräuschvolle Burschen«, sagte er gedehnt. »Ich fürchte, sie haben Sie etwas roh behandelt in ihrem Bestreben, meine Privatsphäre zu schützen. Dieser Riß in Ihrem Gesicht . . .«
». . . wird mich nicht davon abhalten, Ihnen etwas von der gleichen Kost zu verabreichen«, sagte Rossiter und ging zielstrebig auf ihn zu. »Einer gegen einen, Addison – diesmal zu fairen Bedingungen, nicht wahr?«
Er stand nur noch wenige Schritte von Addison entfernt, als plötzlich das Rapier nach vorne schnellte und die Spitze sich in den Stoff seines Mantels bohrte.
»O nein, mein lieber Freund – nicht so schnell«, sagte Addison mit einem unangenehmen Lächeln. »Ich fürchte, ich kann keinen Geschmack an Faustkämpfen finden, und Sie sind, soviel ich von den Stammgästen von Gentleman Jacksons Box-Salon weiß, in dieser Richtung ganz unvergleichlich. Wenn Sie bei Angelo (damit nannte er den Namen eines Etablissements, wo ein berühmter Fechtmeister in seiner Kunst unterrichtete) ebenfalls so bekannt wären, würde ich Ihren Wunsch begrüßen, sich mit mir zu messen.«
Rossiter verzog keine Miene. Er trat einen Schritt zurück, befreite sich von der Degenspitze, ging dann zum Kamin und nahm das dort befindliche zweite Rapier herunter.

»Dev – nein!« schrie Cressida, der ganz übel vor entsetzlicher Angst wurde. Sie wußte, daß Addison als einer der besten Fechter in einem London galt, das augenblicklich wenig Interesse an dieser Kunst zeigte, denn man trug Ehrensachen fast ausschließlich mit der Pistole aus. Mantons Schießgalerie war jetzt der Ort, an dem die Herren sich in der todbringenden Kunst übten. Sie lief zu Rossiter und legte ihre Hand bittend auf seinen Arm. »Du darfst nicht«, rief sie. »Kitty und ich, wir waren beide idiotisch; aber könntest du es nicht dabei bewenden lassen und von hier fortgehen?«

Rossiter sah ungeduldig zu ihr hinunter. »Unterstreiche deine Torheit nicht, indem du dich ein zweitesmal wie eine Närrin benimmst«, sagte er barsch. »Ich werde ihn nicht töten. Dessen kannst du sicher sein.«

»Nein, das denke ich auch nicht«, sagte Addison, indem er kühl und gelassen seinen Rock auszog und die Schuhe abstreifte, wodurch Cressidas Angst sich noch steigerte.

Sie hatte viele romantische Romane gelesen – ihre Großtante Estella fühlte sich zu dieser Art Lesestoff stark hingezogen und besaß eine große Bibliothek voll mit derartigen Werken, aber sie hatte nie zu jenen Mädchen gehört, die sich genüßlich vorstellten, in einem von Kerzen erleuchteten Raum zuzusehen, wie zwei Männer mit Rapieren kämpften, wenn auch nicht direkt ihretwegen, so zumindest ihres verhaltenen Grimms wegen und ihrer Abneigung voreinander auf Grund eines gräßlichen kleinen Dramas, in dem sie gewiß eine Rolle gespielt hatte. Plötzlich war sie so wütend auf die beiden, die sie in eine Situation gebracht hatten, in der sie, würde einem von beiden etwas zustoßen, sich schuldig fühlten müßte, daß sie am liebsten den Raum verlassen und ihre Hände in Unschuld gewaschen hätte.

Aber die Tür war verschlossen und der Schlüssel in Rossiters Tasche. Also mußte sie es dabei belassen, ihre Augen fest zu schließen, während die beiden Männer hastig den schweren Tisch und die Stühle aus dem Weg räumten, und sie dann das erste Klirren von Stahl hörte.

Sie erinnerte sich an einen dreibändigen Roman aus der Bibliothek ihrer Großtante, der eine Episode beschrieb, in der sich die Heldin in einem Duell zwischen die beiden Kontrahenten geworfen hatte, um Einhalt zu gebieten, aber nichts weiter erreichte als eine tödliche Wunde, an welcher sie schließlich in einer rührseligen Szene starb. Aber da sie viel zu vernünftig war, um nicht zu erkennen, daß jede Ablenkung der Kämpfenden von ihrem Tun eher in einer tödlichen Wunde für einen von ihnen als für sie enden würde, verwarf sie diese aufopfernde Idee wieder. Unfähig, noch länger die Anspannung zu ertragen, nur das Schleifen der bestrumpften Füße auf dem Boden zu hören, das rasche, keuchende Atmen der beiden Männer und das Klirren von Stahl, ohne die geringste Ahnung zu haben, wie der Kampf stand, öffnete sie die Augen wieder.

Sofort sah sie, daß in Rossiters linkem Ärmel ein Riß klaffte, um den herum sich langsam ein roter Fleck ausbreitete. Er selbst schien das überhaupt nicht zu bemerken. Sie erkannte, daß es Addison war, der den Angriff führte und die brillante Fechtarbeit ausführte, die ihn zu Angelos Lieblingsschüler gemacht hatte. Aber soviel er sich auch Mühe gab, es gelang ihm nicht, Rossiters Dekkung zu durchdringen. Rossiters Stil war hausbacken, hartnäckig und von eiserner Ausdauer, und nach einiger Zeit erkannte sie die Strategie, die sich dahinter verbarg: jede Bewegung Addisons vorauszusehen, ihn hinzuhalten, bis er ermüdete, und dann in einem Augenblick nachlassender Konzentration selbst anzugreifen.

Ihr kam zum Bewußtsein, daß das Hämmern gegen die

Tür aufgehört hatte. Die beiden Halunken wollten offenbar nichts mit dem tödlichen Kampf zu tun haben, den sie vor sich gehen hörten, und hatten sich aus dem Staub gemacht. In ihrer Verzweiflung dachte sie daran, den Leuchter auf dem Tisch umzuwerfen, der die einzige Lichtquelle des Zimmers darstellte, da die Vorhänge zugezogen waren. Aber auch da konnte sie nicht sicher sein, daß im Augenblick des Durcheinanders nicht der fatale Stich ausgeführt wurde. Erleichtert stellte sie fest, daß es ungeachtet der Tatsache, daß Rossiters Hemd den Blutfleck aufwies, Addison war, der jetzt ermüdete. Er atmete in kurzen, heiseren Stößen, und die Schnelligkeit und Heftigkeit seiner Angriffe ließ nach. Rossiters Gesicht war grimmig, wachsam und unerbittlich, als er die Attakken mit einem Handgelenk und einem Arm parierte; er wirkte so flexibel und unermüdlich wie der Stahl, mit dem er kämpfte.
Und dann stieß plötzlich sein Rapier in einem blitzartigen Ausfall in einer hohen Quarte nach vorn; ein langer, sich rötender Schnitt erschien auf Addisons rechtem Ärmel nahe der Schulter; die Klingen lösten sich voneinander. Addisons Rapier fiel scheppernd zu Boden, als er keuchend, das Gesicht so weiß wie sein Hemd, stehenblieb und seinen Schwertarm mit der linken Hand umfing.
»Genug?« fragte Rossiter schwer atmend. Noch immer war sein Gesicht grimmig und unnachsichtig. Rasch ging er auf Addison zu, ließ seine Klinge sinken und packte Addisons Arm. Er riß den Ärmel auf und untersuchte die Wunde. »Ich sagte Ihnen, ich würde Sie nicht töten«, bemerkte er kühl, zog sein Taschentuch aus der Tasche und verband damit die Wunde.
»Übrigens, ich bewundere Ihre Geschicklichkeit, aber es mangelt Ihnen an Durchhaltevermögen. Das stellten wir immer bei den Franzosen fest.«

»Verdammt, tun Sie nicht so gönnerhaft!« fauchte Addison. Mit leichenblaßem Gesicht sank er auf einen Stuhl. »Kann den Anblick von Blut nicht ertragen – konnte ich nie«, sagte er schaudernd. »Geben Sie mir – Brandy ...«

»Ihres eigenen Blutes, meinen Sie«, sagte Rossiter unbeeindruckt. »Der Anblick des meinen schien Sie nicht besonders zu stören.«

Er ging zum Sideboard, goß aus einer Karaffe Brandy in ein Glas und brachte es seinem besiegten Widersacher.

Cressida, die sich in einem Zustand der Genugtuung über Addisons Niederlage, Sorge um Rossiters Wunde und Zorn auf beide befand, die sie durch ihre männliche Sturheit, ihre Differenzen mit dem Schwert austragen zu müssen, fast um den Verstand gebracht hatten, so daß sie sich noch nicht so weit erholt hatte, um ein Wort sagen zu können, bemerkte eine neuerliche Störung in der Halle vor der verschlossenen Tür. Angst, daß Addisons gemeine Diener zurückgekehrt sein könnten, ließ sie Rossiters Blick suchen. Er hob den Kopf.

»Was zum Teufel«, rief er. »Frauenstimmen? Ist das Lady Con?«

Er ging zur Tür, zog den Schlüssel aus der Tasche, drehte ihn im Schloß und öffnete.

Im nächsten Augenblick stürzten, wild durcheinanderredend, Lady Constance und Kitty ins Zimmer, gefolgt von Captain Harries, der den Versuch machte, die beiden zurückzuhalten.

18

Alle drei Neuankömmlinge hielten erstaunt inne bei dem Anblick, der sich ihnen beim Betreten des Raumes bot: in Unordnung gebrachte Möbel, am Boden liegende Rapiere und ein sehr blasser Addison, am Tisch sitzend mit einem Glas Brandy in seiner zitternden linken Hand, den rechten Arm mit einem blutgetränkten Taschentuch verbunden, während Rossiter, ebenfalls mit allen Anzeichen des vorangegangenen Kampfes, und eine höchst ungewohnterweise außer Fassung geratene Cressida sie ungläubig anstarrten.

Es war Lady Constance, die als erste würdevoll ihre Gedanken in Worte kleidete: »Sie sehen«, sagte sie zu Captain Harries, als setze sie damit einen Schlußpunkt hinter einen Streit, der schon einige Zeit anzudauern schien, »ich hatte ganz recht, mitzukommen. Ich hatte so eine Ahnung, daß ich gebraucht würde, und es war weit angenehmer als zu Hause zu bleiben mit Kitty, die hysterisch wurde, weil Sie sie nicht mitnehmen wollten. Cressy, mein Liebes«, fuhr sie fort und trat ganz ins Zimmer, »ich weiß nicht, was hier vor sich gegangen ist, aber ich kann sehen, daß es für dich sehr peinlich war. Zu meiner Zeit«, sagte sie und warf Rossiter einen mißbilligenden Seitenblick zu, »trugen Gentlemen ihre Unstimmigkeiten nicht in Gegenwart von Damen aus.«

»Zu Ihrer Zeit«, erwiderte Rossiter hitzig und bedachte seinerseits Cressida mit einem mißbilligenden Blick, »mischten Damen sich nicht in Dinge, die sie nichts angehen.«

Aber Kitty, die offensichtlich dieses akademische Gerede über Schicklichkeit und Anstand völlig nebensächlich fand, zog alle Aufmerksamkeit auf sich, indem sie durchs Zimmer flog und neben Addisons Stuhl auf die Knie sank.

»Du bist verletzt«, rief sie ziemlich überflüssigerweise aus, denn dieser Tatsache war er sich sehr wohl bewußt, wie auch alle anderen im Raum.
Addison machte eine angewiderte Geste, die – da er das Glas mit dem Brandy noch immer in der Hand hielt – den unerwünschten Erfolg hatte, etwas von dessen Inhalt auf ihren Rock zu schütten. Als sie zurückwich, sagte er böse: »Entschuldigung, Ma'am! Obwohl Sie mir gerechterweise Ihre Entschuldigung anbieten sollten, denn nur durch Ihr jämmerliches Verhalten befinde ich mich in dieser Lage. Vielleicht gelingt es Ihnen, wenn Sie das nächste Mal fliehen wollen, die Angelegenheit für sich zu behalten, anstatt zuzulassen, daß sich Außenstehende einmischen.«
»Aber das habe ich nicht«, begann Kitty, entsetzt über die Heftigkeit des sonst so gesitteten Addison. »Es war wirklich nicht mein Fehler, und ich bin voll und ganz bereit, sie m-morgen zu h-hheiraten, gleichgültig, was Lady Constance dazu . . .«
Addison stieß ein unangenehmes Lachen aus. »Reizend von Ihnen – aber, wie Ihre äußerst scharfsinnigen Bewacher längst erraten haben, eine Heirat war nie meine Absicht, meine Liebe«, sagte er.
Kitty sah ihn ungläubig an. »Aber Sie können nicht meinen . . .«, stammelte sie.
»Im Gegenteil«, sagte Lady Constance lebhaft, »es ist genau das, was er von Anfang an meinte, du dummes, dummes Mädchen. Aber jetzt, wenn es recht ist«, fuhr sie fort und näherte sich Addison, während Kitty in Tränen ausbrach, aufsprang und aus dem Zimmer gerannt wäre, hätte sie nicht Captain Harries aufgehalten, an dessen breiter Schulter sie ihre Enttäuschung und ihre zerstörten Illusionen sehr bequem ausweinen konnte, »jetzt, Addison, werde ich mir mal Ihre Wunde ansehen. Sie sehen

ziemlich grün aus, und diese gräßlich dicke Bandage, die Sie da tragen, stoppt offensichtlich die Blutung nicht.«
Während die übrigen ihr respektvoll zusahen, löste sie den notdürftigen Verband, den Rossiter aus einem Taschentuch gemacht hatte, und schnalzte mit der Zunge beim Anblick der tiefen Wunde im Fleisch des Oberarms, die nun zum Vorschein kam.
»Sie werden zweifellos«, prophezeite sie mitleidlos, »bis morgen hohes Fieber bekommen. Sofort ins Bett, Sir. Sind irgendwelche Dienstboten im Haus?«
»Keine«, brachte Addison mit einiger Schwierigkeit heraus, denn ihm drohten beim Anblick der Wunde die Sinne zu schwinden.
»Also schön, Captain Rossiter und Captain Harries werden Sie nach oben in Ihr Schlafzimmer bringen«, entschied Lady Constance, als sie den Verband erneuerte.
Cressida fand erst jetzt ihre Stimme wieder und sagte entrüstet, Rossiter sei ebenfalls verwundet.
»Nur ein Kratzer, scheint es«, erklärte Lady Constance nach einem kurzen Blick auf den nicht sehr eindrucksvollen Blutfleck an seinem Hemdsärmel. »Du kannst ihm jedoch etwas Basilikumpuder drauftun, falls hier im Haus einer zu finden ist, sobald er Addison ins Bett geholfen hat.«
Sie machte eine gebieterische Geste zu Captain Harries, der gehorsam die weinende Kitty beiseite schob, herüberkam und mit Rossiters Hilfe Addison auf die Füße half.
Addison stolperte zwischen ihnen dahin, Lady Constance ging voran die Treppe hinauf, und Cressida und Kitty folgten unsicher hinterher.
In einem Schlafzimmer am Ende der Treppe schimmerte Kerzenlicht über einer Szene von wollüstigem Luxus, der Cressida stark an einige der farbigeren Beschreibungen fernöstlicher Serails in Lord Byrons vielbewunderten Ge-

dichten erinnerte. Da gab es seidene Vorhänge und mit Quasten verzierte Kissen, sogar ein purpurner Samtmantel prangte lässig quer über dem Bett. Cressida betrachtete diese Beweise einer bei dem nüchternen Addison völlig unerwarteten Romantik und mußte sich zusammennehmen, um nicht wie ein Schulmädchen loszukichern.
Zweifellos, sagte sie sich ernst, verursachte der in Unordnung geratene Zustand ihrer Nerven diese ungeziemende Reaktion auf den Anblick der für Kittys – und dann zwangszweise für ihre eigene – Verführung vorbereiteten Szene. Aber da trafen ihre Augen auf die von Rossiter. Sie sah ihre Belustigung in seinen Augen gespielt, und ihr Herz tat einen erleichterten Sprung, so als ob all die Angst der vergangenen Stunde dahingeschmolzen wäre wie der Nebel eines Sommermorgens.
Mittlerweile hatte sich Lady Constance angewidert in dem Raum umgesehen. Dann befahl sie Rossiter und Captain Harries, Addison ins Bett zu helfen, und ging selbst, Cressida und Kitty im Schlepptau, auf die Suche nach Bandagen und Medikamenten. Für ersteres blieb ihr nichts anderes übrig, als rücksichtlos ein feines Leintuch zu zerreißen, im zweiten Fall mußte sie sich mit Hirschhorngeist und Basilikumpuder zufriedengeben. Als sie zu ihrem Patienten zurückkehrte, lag er an Kissen gelehnt in seinem Prunkbett und sah jämmerlicher aus als zuvor.
»Wir müssen natürlich einen Arzt für ihn holen«, sagte sie im Kommandoton. »Captain Harries, würden Sie bitte so gut sein und nach Welwyn zurückfahren, um den Ortsarzt herzubringen? Captain Rossiter wird hierbleiben und sich seine eigene Wunde – die, soviel ich sehe, überhaupt nicht ernst ist und deshalb auch nicht meiner Pflege bedarf – von dir, meine liebe Cressy, behandeln lassen. Kitty, du bleibst hier bei mir. Ich brauche deine Hilfe, um mit Mr. Addison fertig zu werden.«

Kitty, tränenüberströmt und reuevoll, sah aus, als wäre sie viel lieber mit Captain Harries gegangen, der ihr als der einzige Anker in diesem Sturm der Ereignisse erschien, der all ihre Hoffnungen zerschlagen hatte. Aber Lady Constance duldete keinerlei Widerspruch, und so blieb Kitty, wo sie war. Captain Harries ging, ebenfalls gehorsam, die Treppe hinunter, und Cressida, die sich einen Vorrat an Basilikumpuder und einige Leinenstreifen angeeignet hatte, führte den noch immer belustigten Rossiter auf die andere Seite der Halle zu einem zweiten Schlafzimmer.
»Ist sie immer so?« erkundigte er sich, während er sich auf einen Stuhl neben dem Waschtisch setzte und zuschaute, wie sie aus einem Krug Wasser in die Schüssel goß. »Guter Gott, ich hätte nie gedacht, daß sie so ein Leuteschinder sein kann.«
»Ich auch nicht«, gestand Cressida und vermied es aus einem unerklärlichen Gefühl heftiger Schüchternheit, seinem Blick zu begegnen. »Ich nehme an, sie – man könnte vielleicht so sagen – zeigt sich der Sachlage gewachsen. Genau wie du«, fügte sie sehr viel leiser hinzu und widmete ihre ganze Aufmerksamkeit einem nassen Tuch, mit dem sie seine Wunde auswusch, »als du jetzt eben zu meiner Rettung kamst. Ich – ich war viel zu aufgeregt, um mich richtig zu bedanken . . .«
Er antwortete nicht. Sie war gezwungen, hochzublicken, und merkte, daß er sie mit einem höchst seltsamen Ausdruck, gemischt aus Belustigung und etwas viel Unergründlicherem und Beunruhigendem in seinen dunklen Augen, ansah.
»Dankbarkeit – von dir, Cressy?« neckte er sie. »Ganz unnötig, würde ich sagen. Ist es denn möglich, daß du dir nicht schon selbst einen glänzenden Plan, wie du Addison eins auswischen und entfliehen könntest, zurechtgelegt hattest, ehe ich auf der Bildfläche erschien?«

Cressida, die eben den zerrissenen Hemdsärmel aufrollen wollte, um die Wunde freizulegen, hörte damit auf und nahm statt dessen die Schüssel, als würde diese ihr Schutz gegen den beunruhigenden Ausdruck in seinen Augen bieten.
»Nun«, gab sie zu, »ich habe daran gedacht, ihm den Inhalt der Pfefferbüchse in die Augen zu streuen und durchs Fenster zu fliehen, solange er halbblind gewesen wäre. Aber ich war mir nicht ganz sicher, ob ich schneller rennen könnte als diese beiden Schurken ...«
Entrüstet brach sie ab, als Rossiter laut auflachte.
»Oh, Cressy, mein Liebling«, prustete er los, »ich werde dich gegen eine Armee von Addisons schützen, jeden Tag der Woche. Ich war bereit, ihn umzubringen, als ich hereinkam und sah, was er vorhatte; in der Tat, ich war bereit, auch dich umzubringen, weil du dich in eine solche Klemme gebracht hattest. Aber ich hätte es wissen müssen ...«
Er verstummte, als er sah, daß sie ihn mit einem eigenartigen Gesichtsausdruck beobachtete, so als ob sie etwas hätte explodieren sehen und nun darauf wartete, daß es noch einmal geschehen würde.
»Oh! Was hast du gesagt?« fragte sie nach einer Weile schwach. »Du hast mich ›mein Liebling‹ genannt – und du bist mit Kitty verlobt ...«
»Ich bin gegenwärtig weder mit Miß Chenevix noch mit sonst jemandem verlobt«, korrigierte Rossiter sie sachlich. »Aber ich bin durchaus willig, mich mit dir zu verloben, wenn man mir nur halbwegs die Chance dazu gäbe.« Er erhob sich unvermittelt, und Cressida fühlte sich umfangen in einer ungestümen Umarmung, der Unannehmlichkeiten wie Blutflecke, äußerst riskant gehaltene, überschwappende Schüsseln voll Wasser und die ziemlich unschickliche Tatsache, daß sie sich allein

im Schlafzimmer eines anderen Mannes aufhielten, nichts auszumachen schienen. Cressida stellte die Schüssel hastig ab, die einzige Unannehmlichkeit, die ihr zum Bewußtsein kam, und ermöglichte dadurch eine noch zunehmende Heftigkeit der Umarmung. »Ich fürchte«, hörte sie Rossiters Stimme über ihrem Kopf, »daß Lady Constance dich hintergangen hat, Cressy. Sie sagte mir, und ich kann nur hoffen, sie hatte recht, daß du mich liebst.«

»Nun, das stimmt«, sagte Cressida und entwickelte ein großes Interesse am obersten Knopf seines Hemdes, so daß es ihr völlig unmöglich war, ihm ins Gesicht zu sehen. »Oh, Dev, ich habe dich immer geliebt – ich dachte nur all diese Jahre, du hast gewollt, daß ich die Verlobung löse, weil du kein Mädchen ohne Vermögen heiraten wolltest.« Jetzt blickte sie zu ihm auf, überwältigt von plötzlicher Entrüstung. »Nun, wie sollte ich auch ahnen, daß du dich nur edel verhalten hast?« fragte sie. »Ausgerechnet du ...«

»Und damit«, sagte Rossiter nachdenklich, »geschah mir alles ganz recht. Das war zweifellos die Belohnung dafür, daß ich einmal im Leben versucht habe, den tapferen Kavalier zu spielen. Aber zum Teufel, wie konnte ich dich dazu veranlassen, vom mageren Lohn eines Offiziers zu leben, wenn du nur durch die simple Tatsache ein Vermögen gewinnen konntest, daß ich aus deinem Leben verschwinde?«

»Du hättest mir die Entscheidung überlassen sollen«, sagte Cressida noch immer so aufgebracht, wie es ihr möglich war, mit seinen Armen um ihren Hals und ihre Brust so fest gegen die seine gepreßt, daß sie das heftige Klopfen seines Herzens spüren konnte. »Wenn du so idiotisch warst zu glauben, ein Vermögen könnte mich glücklich machen, nun, es hat mich nicht glücklich gemacht! Ich habe versucht, andere Männer zu lieben, aber ich konnte es nicht . . .«

»Was ich als Entschuldigung gelten lassen muß, nehme ich an, für deine Art von Benehmen, die mir jedes Recht zu der Annahme gab, du hättest dich in die herzloseste Verführerin von ganz London verwandelt«, sagte Rossiter, und seine dunklen Augen lachten auf sie hinunter. »Oh, Cressy, Cressy, in was, zum Teufel, für ein Durcheinander hast du uns beide da gestürzt, mich praktisch in die Arme dieses lausigen Mädchens getrieben, den armen Langmere betrogen . . .«

»Es war nicht nur mein Fehler«, protestierte Cressida und versuchte vergeblich, mit einigem Hochmut zu sprechen. »Du hättest eher zurückkommen sollen. Schließlich ist Großtante Estella seit Jahren tot.«

»Nun, ich bin zurückgekommen«, sagte Rossiter, »und hatte die mieseste Meinung von mir als einem Burschen, der nur darauf gewartet hat, daß du von deinem Vermögen Besitz ergriffen hast, ehe ich meinen Antrag erneuerte. Aber damals war ich noch immer bis über beide Ohren verliebt, verstehst du, und mein Edelmut hatte sich mittlerweile ziemlich abgenutzt. Nur entdeckte ich, daß du dich inzwischen mit dem jungen Menning verlobt hattest, und da blieb mir nichts anderes übrig, als wieder zu verschwinden . . .«

»Aber ich wußte damals nicht, daß du mich liebst«, entgegnete sie.

»Und ich nicht, daß du dir auch nur einen Pfifferling aus mir machst«, sagte Rossiter und sah plötzlich mit einem derart zweifelnden Ausdruck auf seinem dunklen Gesicht zu ihr hinab, daß sich ihr das Herz vor Liebe fast umdrehte. »Es stimmt doch, nicht wahr?« fragte er. »Du liebst mich? Ich habe es nie wirklich zu hoffen gewagt – nicht, nachdem ich damals in Mayrs Büro kam und du mich angesehen hast, als wäre ich etwas, das du unter einem Stein im Garten ausgebuddelt hast.«

»Ich war lächerlich«, sagte Cressida heftig. »Ich wunderte mich, daß du mich danach überhaupt noch sehen wolltest. Ich an deiner Stelle hätte es nicht gewollt.«

Aber Rossiter erklärte, daß er nicht nur damals gewollt habe, und es immer weiter tun würde, sie wieder und wieder zu sehen, sondern daß es seine Absicht sei, sie niemals mehr aus den Augen zu lassen, ganz gleichgültig, mit wieviel anderen sie verlobt gewesen sei. An diesem Punkt angelangt, wurden sie plötzlich zurückgewirbelt und verwandelten sich auf mysteriöse Weise in einen viel jüngeren Captain Deverell Rossiter und eine scheue und neugierige Cressida Calverton, die im sehr ordentlichen Garten der Villa ihrer Großtante Estella in Cheltenham ihre erste Erfahrung in der Liebe machte.

Lady Constance, die das Zimmer ohne Warnung betrat, fand die elegante Miß Calverton, wie sie ihren großen Captain küßte und von ihm wiedergeküßt wurde, und zwar in einer Art und Weise, die Londons Society erstaunt hätte, war sie doch daran gewöhnt, in ihr eine junge Dame zu sehen, die zwar feurig war, aber niemals ihre vornehme Haltung verlor.

»Das ist alles sehr schön, Cressy, Liebes«, sagte Lady Con und betrachtete mit Mißbilligung das unbenützte Wasser in der Schüssel auf dem Waschtisch und Rossiters nicht verbundene Wunde, »und ich bin sehr glücklich zu sehen, daß du und Captain Rossiter eure Differenzen beseitigt habt, denn es besteht kein Grund mehr zu der Erwartung, daß er Kitty jetzt noch heiraten wird. Aber es ist nicht das, wozu ich euch hierher geschickt habe.«

Sie nahm den Leinenstreifen, den Cressida in der Schüssel angefeuchtet hatte, näherte sich rücksichtslos Rossiter und zwang ihn, Cressida loszulassen, machte seinen verletzten Arm frei und wies ihn in einem Ton, der keinen Widerspruch duldete, an, sich zu setzen, während sie sich um die Wunde kümmerte. Cressida, vor Glück betäubt, sah etwas rebellisch drein, weil sie glaubte, dem ihr auf solche Weise geraubten Geliebten behilflich sein zu müssen, aber dann erkannte sie, daß sie in ihrem gegenwärtigen Zustand sehr viel weniger als Lady Constance in der Lage war, das zu tun, was getan werden mußte. Daher gab sie sich damit zufrieden, neben ihm zu stehen und seine freie Hand zu halten. Als Lady Constance mit dem Arm fertig war, beanspruchte sie auch diesen Platz für sich, damit sie den Schnitt in Rossiters Gesicht baden und Heftpflaster darauftun konnte.

»Ich kann mir nicht vorstellen, was Sie getan haben, daß Sie sich in einem derartigen Zustand befinden«, sagte sie streng. »Hatten Sie zusätzlich zu dem Degenkampf mit Addison noch einen Unfall? – Übrigens eine ganz unmoderne Art des Duells, aber eine, die ich persönlich viel romantischer finde als Pistolen. Sie erinnert mich an meine Jugend.«

Hierbei sah sie so sibyllinisch aus, daß Cressida und Rossiter sie mit respektvoller Scheu betrachteten und sich Dutzende von Dandys mit Perücken und prunkvollen Satinanzügen vorstellten, die sich gegenseitig um Lady Constances Gunst willen vernichteten.

Cressida sagte stolz, daß Rossiter gezwungen war, zwei riesige Schurken zu überwältigen, ehe es ihm möglich war, sie zu retten.

»Wie entsetzlich unangenehm«, sagte Lady Constance gelassen. »Wohin können die sich bloß aus dem Staub gemacht haben, frage ich mich. Es ist außer uns niemand im Haus, so daß ich sehr fürchte, wir müssen hierbleiben und uns um den elenden Addison kümmern, bis jemand anderer gefunden wird, der das übernehmen kann. Ich denke jedoch, so ist es letzten Endes am besten, denn es wird sicherlich ganz dunkel sein, bis Captain Harries mit dem Arzt zurückkommt, und ich habe nicht das geringste Verlangen, heute abend noch den ganzen Weg bis nach Welwyn zu fahren.«

Cressida tauchte aus ihrer Glückswoge auf und wies darauf hin, daß praktisch noch niemand von ihnen zu Abend gegessen habe, und da keine Dienstboten im Haus waren, sei es sehr wahrscheinlich, daß sie gezwungen wären, sich selbst etwas zu suchen, und das vielleicht ohne großen Erfolg.

»Unsinn«, sagte Lady Constance scharf. »Mir schien, da stand ein sehr annehmbares Abendessen auf dem Tisch im Eßzimmer, als wir hereinkamen, und wenn es nicht für alle reicht, so bin ich sicher, irgend etwas wird sich in der Küche finde lassen. Ich schätze, die Herren werden glücklich sein, Brot und Käse zum Abendessen zu haben, und da Addison, soviel ich weiß, ein ausgezeichneter Weinkenner ist, ist sicherlich irgendwo eine Flasche mit etwas Ordentlichem zu trinken im Haus.«

Rossiter, der sich im Augenblick auch ohne Wein, ob nun ausgezeichnet oder nicht, etwas betrunken fühlte, sagte, er für sein Teil könne zwar von der Liebe leben, würde aber zu Brot und Käse nicht nein sagen, aber seiner Meinung nach gäben sie eine sehr seltsame Hausgesellschaft ab, und der Arzt, der hier einen Patienten mit einer Schwertwunde vorfände, könnte sehr gut darauf bestehen, die Geschichte vor den Richter zu bringen.

»O nein«, sagte Lady Constance großartig. »Auf gar keinen Fall, mein lieber Mann! Ich werde ihm sagen, da keine Dienstboten im Haus sind, war Addison gezwungen, mir beim Tranchieren eines Huhns für das Abendessen zu helfen, und dabei hat er sich unabsichtlich geschnitten.«

Rossiter lachte auf, und Cressida, obwohl bezaubert von dem Bild eines eleganten Addison, der ein Federvieh auseinandernimmt, protestierte: »Aber er wird Ihnen nicht glauben!«

»Natürlich wird er das nicht. Aber er wird nicht beweisen können, daß es nicht so war«, sagte Lady Constance triumphierend, »und das ist es, was die Lügen immer so nützlich macht. Ich meine, die anderen müssen beweisen, daß sie nicht wahr sind. Und«, fügte sie mit unheilvoll glitzernden Augen hinzu, »wenn Addison nur ein Wort vom Gegenteil sagt, weiß er sehr gut, welche Geschichten dann in Kürze über ihn in Umlauf gesetzt werden. Aber er wird nicht. Er hat mir gesagt, daß er meinen Rat annehmen und sich für eine unbestimmte Zeit ins Ausland absetzen wird – was meiner Meinung nach ein weitaus besseres Los ist, als er es verdient. Allerdings habe ich dich noch sie so glücklich gesehen, meine liebe Cressy, und das ist eigentlich alles sein Werk, wenn man die Sache einmal genau betrachtet. Und dann glaube ich, bringe ich zu guter Letzt Kitty auch an. Captain Harries scheint sehr für sie eingenommen zu sein, und ich bin sicher, diese Erfahrung wird genügen, daß sie ihr Kinn ein bißchen weniger hoch trägt und die wahren Werte in einem Mann sucht, anstatt nur nach dem Vermögen Ausschau zu halten. Ach, das erinnert mich daran«, fügte sie genüßlich hinzu, »daß ich vielleicht vergessen habe, dir neulich mitzuteilen, daß Sir Octavius Mayr und ich beschlossen haben, im Herbst zu heiraten.«

Cressida starrte sie völlig erschlagen an.

»Sie und Octavius«, rief sie. »Aber Sie können nicht! Ich meine, Sie haben ihn doch erst kennengelernt!«

»Ja, meine Liebe, aber siehst du, er hat so ein hübsches Haus und so reizende Sachen darin, und es ist auf die Dauer so ermüdend, eine mittellose Witwe zu sein«, sagte

Lady Constance, indem sie das Heftpflaster und den Basilikumpuder an sich nahm und sich anschickte, zu ihrem anderen Patienten zu gehen. »Du hast mir immer gesagt, er sei der klügste Mann, den du kennst, und du scheinst ganz recht gehabt zu haben. Er war sich beim ersten Anblick darüber im klaren, sagte er mir, daß ich genau die richtige Herrin sei, die sein Haus – oder ich sollte besser sagen, seine Häuser, denn er besitzt noch ein sehr annehmbares in Kent – braucht. Mein Plantagenet-Blut, verstehst du. Wenn man Sammler ist, möchte man nur das Beste haben, scheint es. Deshalb brachte er umgehend das Gespräch darauf bei seiner Dinner-Party – ich liebe Männer von Entschlußkraft, die einen einfach mitreißen! –, und dann trafen wir uns heute morgen mit meinem Anwalt und leiteten alles in die Wege. Ich darf hinzufügen, daß die Verfügungen, die er in bezug auf mich getroffen hat, äußerst großzügig sind.«
Und sie verließ das Zimmer, während Rossiter und Cressida einander in überraschtem Schweigen anstarrten.
»Nein, ich kann es nicht glauben«, sagte Cressida nach einer Weile. »Octavius und Lady Con! Natürlich hat er immer den geheimen Ehrgeiz gehabt, sich mit königlichem Blut zu verbinden – ich glaube, so viele königliche Häuser stehen in seiner Schuld wegen seiner Finanzhilfe, daß er der Ansicht ist, besondere Würde zu verdienen – und Lady Con hat wirklich Plantagenet-Blut in den Adern. Aber sie hat immer die Haare aufgestellt, wenn ich nur seinen Namen erwähnte!«
»Ah, das war, bevor er ihr einen Heiratsantrag gemacht hat«, stellte Rossiter klar, und seine Augen lachten. »Mir ist aufgefallen, das macht bei den meisten Frauen einen großen Unterschied, besonders wenn einer außer Hand und Herz auch noch ein großes Vermögen anzubieten hat. In unserem Fall ist es Gott sei Dank unwahrschein-

lich, daß einer den anderen seines Vermögens wegen nimmt, es sei denn, einer von uns beiden wäre unmäßig gierig oder du hättest es für wert erachtet, mich zu heiraten, um Calverton Place in die Hände zu bekommen.«

»Schuft!« sagte Cressida, die entdeckt hatte, daß in Ermangelung eines passenden Sofas, das sie mit ihrem Geliebten hätte teilen können, ein an seinen Sessel herangezogener Fußschemel einen höchst befriedigenden Ersatz bot, der es seinem Arm ermöglichte, sie auf sehr angenehme und bequeme Weise zu umfangen. »Ich kann mir noch immer nicht denken, warum du es haben wolltest, außer um mir eins auszuwischen – aber ich habe beschlossen, dir zu verzeihen, denn ich muß dir gestehen, daß der einzige Grund, weshalb ich es haben wollte, darin bestand, dir eins auszuwischen. Und es ist sehr schön, finde ich, daß wir beide so reich sind, daß keiner von uns um des Geldes willen heiraten muß«, fuhr sie fort, »aber ich glaube wirklich, du hättest wissen müssen, mein Liebling, daß ich dich viel lieber vor Jahren schon geheiratet und Großtante Estellas Vermögen dann eben nicht bekommen hätte.«

»Das weiß ich jetzt«, sagte Rossiter und wollte gerade demonstrieren, wie erdbewegend wichtig er dieses Wissen fand, als Lady Constance ins Zimmer zurückkam und sagte, da Addison jetzt so gut wie möglich versorgt sei, würden sie und Kitty hinuntergehen und sehen, was man wegen des Abendessens machen könne, und ob sie beide mitkommen wollten.

»Nein«, sagten Cressida und Rossiter wie aus einem Mund, worauf Lady Constance sie nachsichtig betrachtete.

»Na schön, fünf Minuten also«, gestand sie ihnen zu. »Wir brauchen Sie, um den Wein zu öffnen, Captain Rossiter, sofern einer zu finden ist. Und denkt daran, ihr habt

den ganzen Rest eures Lebens für euch.« Worauf sie hinausging und noch sibyllinischer aussah als zuvor.
»Den Rest unseres Lebens«, sagte Cressida und seufzte glücklich. »Welch wunderschöner Gedanke!«
»Ja, aber jetzt nur fünf Minuten, denk daran«, erinnerte Rossiter sie, und nicht willens, irgend etwas von dieser kostbaren Zeit zu verlieren, zog er sie sofort an sich und küßte sie.

CLARE DARCY

Rolande und das gefährliche Maskenspiel

Aus dem Englischen von
Lydia L. Dewiel

BASTEI
LÜBBE

1

Mr. Jasper Carrington, der an einem Juniabend das elegante Haus seiner Tante in der Half Moon Street zu einer Stunde betrat, als viele Gäste ihrer musikalischen Soirée sich bereits verabschiedet hatten, wurde dennoch freudig empfangen. Seine Cousine, Baronesse Lebanoff, begrüßte ihn im Treppenhaus und zog ihn schnell in einen kleinen Salon, der als Erfrischungsraum gedient hatte, in dem sich jetzt jedoch nur noch zwei ermattete Lakaien mit einem der ziemlich entleerten Tische beschäftigten. »Gehen Sie fort – aber bitte schnell!« rief ihnen die Baronesse zu und winkte gebieterisch mit ihrer Hand, die in einem luxuriösen rosa Glacéhandschuh steckte. Die meisten Leute reagierten sofort auf ihre Befehle, vor allem aber auf den unduldsamen Blick in ihren dunklen Augen, der dem eines Papageien glich, wie auch ihre gebogene Nase durchaus einem dieser tropischen Vögel hätte gehören können.

Die Lakaien machten keine Ausnahme. Sie blickten einander fragend an, waren sich einig und verließen schweigend ihre Plätze. »Gut«, sagte die Baronesse, ließ ihren Taftumhang auf einen Stuhl gleiten und machte es sich auf einem der Sessel bequem. »Jetzt können wir uns endlich gemütlich unterhalten. Lieber Jasper, bist du gerade angekommen? Ich habe gehört, daß du in Wien warst, und habe dir dorthin einige Briefe geschrieben, aber natürlich wirst du mir jetzt sagen, daß du sie nicht bekommen hast. Wenn das der Fall ist, werde ich sofort laut schreien, denn es ist alles außerordentlich kompliziert, und ich kann es nicht leiden, dieselbe Geschichte zweimal zu erzählen. Das kommt mir so fürchterlich phantasielos vor.« Die Baronesse gehörte der Generation von Mr. Carringtons Mutter, nicht seiner eigenen an, denn sie war über fünfzig, und er selbst war noch nicht dreißig. Mr. Carrington war ein so prächtiger, angenehmer und dabei noch gutaussehender Mann, daß die Baronesse es sicher unterlassen hätte, laut loszuschreien, selbst wenn er ihr gesagt hätte, daß er die Briefe nicht bekommen habe. Im allgemeinen fanden ihn die Frauen unwiderstehlich, und gerade heute wirkte er in seinem tadellos geschneiderten Frack und der kunstvoll geschlungenen schneeweißen Krawatte besonders anziehend.

Er sagte jedoch keinesfalls, daß er die Briefe nicht bekommen habe, sondern setzte sich nur ruhig neben sie und fragte, weswegen sie annehme, daß er ausgerechnet jetzt nach London gekommen sei, mitten in der Gesellschaftssaison, wo noch keine Aussicht bestünde, auf die Jagd zu gehen.

»Weil du meine Briefe bekommen hast und daher alles von diesem Betrüger weißt«, sagte die Baronesse und blickte ihn erleichtert an. »Ich weiß, daß es für dich eine schrecklich langweilige Jahreszeit ist, liebster Jasper, aber – acht Millionen Pfund! Um den Preis würde man doch wirklich alles tun!«

»Sogar einen Mord begehen?« fragte Jasper. »Das habe ich mir überlegt.«

»Oh, aber sicherlich auch das«, sagte die Baronesse und klopfte ihm mit ihrem hübschen Elfenbeinfächer munter auf den Arm. »Nur leider müßte dann deine Tante Honoria das Opfer sein, nicht dieser fade Junge, den sie aufgegabelt hat und den sie für Giles Arcourt ausgibt. Obwohl der wirklich auch mörderisch ist, wenn ich das so ausdrücken darf. Rosarote Wangen und helles Haar und so scheinheilige Engelsaugen, dazu noch diese klebrige Stimme, wie Österreicher sie so oft haben.«

»Ist er wirklich ein Betrüger?« fragte Jasper.

»Aber, mein Lieber, natürlich! Ich habe ja noch nie viel für John Arcourt übrig gehabt, aber weder er noch diese französische Frau, die er geheiratet hat, können so ein zuckersüßes Geschöpf hervorgebracht haben wie dies. Sie war viel zu groß, und wenn auch nicht gerade plump, so doch sicher nicht schön, aber immerhin hat sie Vornehmheit besessen und war zweifellos aus einem guten Stall –«

»Mit anderen Worten«, half Jasper ihr nach, »du meinst, daß meine liebe Tante Honoria zwar nicht bereit ist, einen Mord zu begehen, sonst aber zu allen Schandtaten fähig, um an diese acht Millionen Pfund zu kommen? Traust du ihr diese teuflischen Absichten zu?«

»Ja, weiß Gott, mein lieber Junge«, sagte die Baronesse, »das mußt du doch zugeben, so nonchalant du die Sache auch zu nehmen scheinst. Da denken wir alle seit hundert Jahren, daß du eines Tages reich wie Krösus sein wirst, wenn endlich dieses absurde Testament in Kraft tritt, und nun taucht da, obwohl sich so etwas weiß Gott niemand vorstellen konnte, ein Kind auf, nachdem es vierzehn Jahre nicht existiert hat. Weiß der liebe Himmel, was du schon alles darauf gepumpt hast – sicherlich genug, um jeden Geldverleiher in London zu ruinieren. Und nun, gerade wenn man endlich ein Urteil erwarten kann – jedenfalls wird man es erwarten können, sobald das Gericht zur nächsten Sitzung zusammentrifft –, da kommt Honoria daher, beziehungsweise ihr gräßlicher Berater Croil, und erklärt, daß man nach all diesen Jahren Leute namens Schmidt entdeckt hat, denen das Kind von den Dubruls anvertraut wurde, bevor sie starben. Und sie haben alle möglichen Dokumente vorgelegt, um ihren Anspruch zu beweisen – du weißt doch, wie verrückt das Kanzlergericht auf Dokumente ist. Gar nicht zu sprechen von einem Opalring, von dem Honoria schwört, daß sie ihn John Arcourt geschenkt hat, bevor er nach Frankreich gegangen ist. Hab' ich nicht immer schon gesagt, daß Opale Unglück bringen?«

Das Testament, von dem die Baronesse sprach, war das berühmte »Arcourt Testament«, das in England seit dem 17. Jahrhundert eine ›cause célèbre‹ darstellte. Damals war John Arcourt von Arcourt's Hall, Buckinghamshire, der auf schlechtem Fuß mit seinem Sohn und Erben stand und von seinem Enkel eine noch schlechtere Meinung hatte, auf die glänzende Idee gekommen, sein gesamtes Vermögen, das er seiner zweiten Frau zu verdanken hatte, hundertfünfzig Jahre auf Eis zu legen und es dann dem Arcourt zukommen zu lassen, der zu dieser Zeit erbberechtigt wäre. Natürlich hatte die ganze Angelegenheit auf dem Kanzleigericht geendet, und jeder Arcourt-Erbe jeder Generation hatte versucht, das Testament zu ändern, jedoch ohne den geringsten Erfolg. Als Resultat dieser stetig geweckten und immer wieder enttäuschten Hoffnungen war Arcourt's Hall zu Zeiten glanzvoll renoviert, zu Zeiten wieder grausam vernachlässigt worden. In solch einem Zustand des Verfalls befand es sich im Augenblick und war daher fast nicht bewohnbar. Jasper Carrington, der den Besitz geerbt hatte, da er nicht im Testament enthalten war, konnte es sich nicht leisten, dort zu wohnen, so daß Arcourt's Hall jetzt mitsamt seiner prachtvollen Einrichtung aus der Restaurationszeit in der Obhut eines älteren Paares vor sich hin dämmerte.

Diese Sachlage hatte Jasper niemals sonderlich bekümmert, da er die Monate, die er nicht in London oder bei seinen Freunden auf dem Land verbrachte, am liebsten mit Reisen ausfüllte. So exotische Länder wie Syrien, Ägypten, die Türkei und Griechenland waren seine bevorzugten Reiseziele, denn dort konnte er sich ausgesprochen gut amüsieren, allerdings nicht ohne hin und wieder in zweifelhaften Ruf zu geraten.

Als direkter Erbe in der männlichen Linie der Arcourts (John Arcourts Sohn Giles war als kleines Kind verschwunden, ohne eine Spur zu hinterlassen, nachdem er während der Kriegswirren nach Österreich gebracht worden war) hatte Jasper eine ganze Weile in dem glücklichen Glauben gelebt, daß seine finanziellen Schwierigkeiten eines Tages behoben sein würden. Es war daher kein Wunder, daß er, bei aller ihm nachgesagten weltmännischen Unerschütterlichkeit, die Nachricht von dem Auftauchen des verschwundenen Giles Arcourt nicht ganz ohne Schockwirkung erhalten hatte. Jasper, der sich gerade in Wien befand, war sofort nach London gereist, nicht ohne sich – wie er nun seiner Cousine eröffnete – seine eigenen Gedanken zu machen, wie man am besten mit dieser Situation fertig würde. »Du mußt wissen«, sagte er, »ich habe da ein ganz großes Glück gehabt. Da gibt es nämlich ein Mädchen –«

Die Baronesse tippte ihm vorwurfsvoll auf den Arm.

»Mein lieber Jasper, wenn es um acht Millionen Pfund geht, könntest du deine Weibergeschichten wirklich einmal vergessen«, sagte sie lächelnd.

»Aber das hat doch damit gar nichts zu tun«, protestierte Jasper. »In Wirklichkeit ist die gar nicht nach meinem Geschmack. Großes Mädchen, eine Figur wie ein Junge – deswegen geht es ja auch – und sie hat sogar das tizianrote Haar –«

»Welches tizianrotes Haar?«

»Entschuldige bitte, ich war nicht ganz bei der Sache. Aber bevor ich dir lange Erklärungen abgebe – bist du ganz sicher, daß dieser Bursche, den Tante Honoria zum Vorschein gebracht hat, wirklich ein Schwindler ist? Es hat nämlich nicht den geringsten Zweck, überhaupt damit zu beginnen, wenn es sich herausstellt, daß er der Bona-fide-Giles ist, der nach all diesen Jahren auf wunderbare Weise in den Schoß der Familie zurückkehrt.«

»Natürlich bin ich sicher«, sagte die Baronesse, zu deren Kodex es gehörte, niemals Zweifel zu haben. »Du weißt so gut wie ich, daß Honoria seit Jahren versucht, dich um das Erbe zu bringen, um es selbst zu bekommen beziehungsweise um es ihrem lieben Jungen Geraint zukommen zu lassen, was letztlich dasselbe ist. Gehen Sie fort!« unterbrach sie sich, um einen einsamen Gast anzufahren, der ins Zimmer spähte, weil er offenbar hoffte, auf einem der abgeräumten Tische noch etwas zu finden. »Gehen Sie fort! Es ist nichts mehr da.«

Sie winkte mit ihrem Fächer nach ihm wie eine Bauersfrau, die lästige Hennen verscheucht, und er verschwand enttäuscht um die Ecke. »Das ist der alte General Pusey«, bemerkte sie. »Er war der Botschaft in Petersburg zugeteilt, während mein armer Lebanoff noch lebte, und er hat öfter versucht, mich zu verführen. Wo war ich noch stehengeblieben? O ja – Honoria. Ich kenne diesen Blick von ihr, seit ich vier Jahre alt bin und deine Mama mich mit ihr zusammen im Kinderzimmer besucht hat. Sie hat immer schon genau gewußt, was sie will, und hat es immer bekommen und dabei ausgesehen wie die Tugendhaftigkeit in Person. Wahrscheinlich hat man sie nie verdächtigt, weil sie so klein ist, doch ich könnte dir Sachen von ihr erzählen, da würden dir die Haare zu Berge stehen. Hast du, zum Beispiel, gewußt, daß der arme Lord Prest ganz wahnsinnig in ein Mädchen namens Radnor verliebt war und die Absicht hatte, ihr einen Antrag zu machen, bis Honoria auf der Bildfläche erschien und sie so schlechtgemacht hat, daß er statt dessen ihr einen Antrag machte?«

»Nein, das habe ich nicht gewußt«, sagte Jasper. »Er hat ihr ja eine ganze Menge hinterlassen, nicht wahr? Weshalb ist sie so darauf aus, meine acht Millionen zu bekommen?«

»Sie verabscheut dich natürlich. Du bist alles, was der arme Geraint nicht ist – charmant, intelligent, in keinem Sport zu schlagen, in modischer Hinsicht perfekt, um nur ein paar deiner vielen Vorzüge zu nennen. Und daher ist sie entschlossen, dich wenigstens in einer Hinsicht zu übertreffen. Ganz abgesehen davon ist sie habsüchtig.«

Jasper sagte, daß dies alles schön und gut sei, doch müsse Lady Prest sich sehr sicher sein, daß sie die Hand auf die Moneten legen könne, sobald sie den Gerichtshof dazu gebracht hätte, sie dem falschen Giles Arcourt zu übergeben.

»Natürlich ist sie sich sicher«, sagte die Baronesse. »Sie kann immer damit drohen, ihn als einen Betrüger hinzustellen, wenn er nicht genau tut, was sie will. Daher bin ich auch so davon überzeugt, daß er ein Betrüger ist. Sonst würde sie sich das alles nicht leisten können.«

»Andererseits«, bemerkte Jasper, »hat mir Birdwhistell gesagt, daß das Gericht sehr wohl dazu neigen könnte anzunehmen, daß der Junge der echte Erbe ist. Er selbst allerdings ist sehr skeptisch, ob wirklich ein Tropfen Arcourtblut in ihm ist.«

»Oh, du hast Birdwhistell gesehen? Mein lieber Junge, das sagt er, weil er Anwalt ist, denn Anwälte sind ebenso verrückt auf Dokumente wie das Gericht. Sie können gar nicht anders. Doch sie kennen Honoria nicht. Die kann es sich leisten, ein halbes Dutzend Wiener Familien namens

Schmidt zu bestechen, damit sie schwören, daß sie diejenigen waren, denen das Kind von den Dubruls übergeben wurde. Denn daß sie das getan hat, davon bin ich fest überzeugt.«

»Nun, dieses Spiel kann ich mitspielen«, sagte Jasper nachdenklich. »Und wenn ich das beweisen kann, was du sagst, wird das Gericht mir wahrscheinlich glauben. Und das ist genau der Punkt, wo man dieses Mädchen einsetzen kann. Sie ist nämlich Schauspielerin, mußt du wissen –«

»Ja, ich weiß alles von deinen Schauspielerinnen, liebster Jasper«, sagte die Baronesse leicht resigniert. »Im Augenblick habe ich jedoch für sie kein Interesse.«

»Du würdest dich aber für diese eine interessieren, wenn du sie sehen könntest«, sagte Jasper. »Sie sieht dem Porträt im Elfenbeinsalon von Arcourt's Hall, das die französische Braut von John Arcourt darstellt, so ähnlich, daß sie ihre Schwester sein könnte, mitsamt dem tizianroten Haar. Und wenn sie Breeches trägt, könnte sie ihr Sohn sein, wenn du weißt, was ich meine. Ich habe dir schon gesagt, daß sie eine Figur wie ein Junge hat, sie ist phantastisch in Hosenrollen. Und was nicht unwichtig ist, sie paßt in diese drittklassige Truppe in Calais nicht hinein, die sich gerade ihrer Talente bedient, und wäre sicherlich gerne bereit, sich anderweitig ihr Geld zu verdienen.«

Die Baronesse blickte ihn überrascht an. »Du meinst doch nicht –«, sagte sie nach einer Weile.

»Doch, ich meine«, sagte Jasper. »Niemand, der sie in Hosen gesehen hat, käme auf die Idee, daß sie nicht der Junge von siebzehn ist, den sie darstellt. Ich glaube allerdings, daß sie eher um die Zwanzig ist, denn sie tut das, was sie tut, viel zu gut, um siebzehn zu sein. Ihr Name ist übrigens Miß Henry – ich nehme an, sie ist halbe Engländerin. Und sie spricht – soviel ich durch diskrete Erkundigung weiß, denn ich kenne sie nicht persönlich – mit österreichischem Akzent. Was meinst du wohl, liebste Louisa, werden Croil und all diese gelehrten Herren vom Kanzleigericht sagen, wenn ich meinen eigenen Giles Arcourt herbeibringe, der seiner vielbeklagten Mama so ähnlich sieht, daß ihr eigener Kandidat dagegen wie ein Niemand aussehen wird?«

»Liebster Jasper«, sagte die Baronesse nahezu sprachlos vor Bewunderung, »das wirst du doch nicht wagen?«

»Werde ich es nicht?« fragte Jasper zurück, und in diesem Augenblick betrat seine Tante, Lady Prest, zusammen mit ihrem Sohn Geraint, ihrer verwitweten Nichte, Mrs. Falkirk, und einem jungen hellblonden Mann mit hübschem Gesicht, doch schwerfälligen Bewegungen den Raum.

»General Pusey sagte mir, daß ich dich hier finden würde«, rief Lady Prest, wandte sich sofort an Jasper und ging mit ausgestreckten Händen auf ihn zu. Sie blickte ihn dabei mit einem so scheinheiligen Lächeln an, daß die Baronesse völlig in ihrer Meinung gerechtfertigt wurde. »Wie unartig von dir, liebster Jasper, nach London zu kommen und es mich nicht wissen zu lassen! Wir dachten alle, du seist auf dem Weg nach Buda.«

Honoria, die verwitwete Lady Prest, war eine sehr kleine Frau, doch sie hielt sich so gerade, daß man, wie ihre Cousine, die Baronesse, einst von ihr bemerkte, immer den Eindruck hatte, sie erwarte von jedermann einen Hofknicks. Sie war einst eine Schönheit gewesen und hatte immer noch die gewisse lässige Sicherheit an sich, über die Schönheiten verfügen, die aber meist mit über Fünfzig verlorengeht. Daß sie noch über sie verfügte, war der Tatsache zu verdanken, daß sie in ihrer Familie eine absolute Herrscherrolle spielte. Ihre Nichte Peggy hatte auf ihren Befehl hin mit achtzen Jahren einen Herrn mitt-

leren Alters geheiratet, der den großen Vorzug hatte, kurz zuvor eines der größten Vermögen in Lancashire geerbt zu haben. Dann war es ihm nach heroischer Anstrengung gelungen, das meiste davon zu verprassen, bevor er – etwa zehn Jahre nach der Hochzeit – starb. Daher war Peggy Falkirk jetzt eine mittellose Witwe, die von der Gnade ihrer Tante lebte und sich jeden Tag anhören mußte, daß sie an ihrem beklagenswerten Zustand selbst schuld sei.
Was Geraint, Lady Prest Sohn, betraf, der gerade erst seine Volljährigkeit erreicht hatte, so stand er derart unter dem Einfluß seiner gebieterischen Mama, daß man ihn nur ein trauriges Muttersöhnchen nennen konnte, trotz all seiner unzweifelhaften Vorzüge. Er war ein dunkler, gutaussehender junger Mann von zurückhaltendem Wesen, der wenig zu sagen hatte und immer hoffnungslos seinen Vetter Jasper bewunderte.
Lady Prest, die ihren Vorwurf losgeworden war, daß er sich von der Baronesse hatte okkupieren lassen, statt sie als Gastgeberin aufzusuchen, ging nun dazu über, ihm seinen »Vetter«, den angeblichen Giles Arcourt vorzustellen, »der uns durch eine wunderbare Fügung des Schicksals zurückgeschenkt wurde«, wie sie sich ausdrückte. »Ich nehme an, daß die liebe Louisa dir schon alles erzählt hat?«
Jasper, der den schwerfälligen jungen Mann betont gleichgültig begrüßte, erklärte, daß die Baronesse es ihm gesagt habe, wenn auch nicht mit diesen Worten. Das veranlaßte den jungen Mann, der Jaspers höflich ablehnenden Blick kaum auszuhalten vermochte, Lady Prest hilflos anzusehen und dann einige erschrockene Worte zu stammeln, des Inhalts, daß er außerordentlich glücklich sei, die Bekanntschaft des Gentleman zu machen.
»Du mußt ihn Jasper nennen, mein lieber Giles«, sagte Lady Prest in zuckersüßem Ton. »Er ist dein Vetter, und

sicher wird er dich außerordentlich gern haben, sobald er über seinen ersten Schmerz hinweggekommen ist, weil er ja nun weiß, daß er nicht das Arcourt-Vermögen erben wird.«

»Schmerz«, sagte Jasper, der nun die Musterung des angeblichen Arcourt abgeschlossen hatte, »ist kaum das mot juste, meine liebe Tante. Ich möchte lieber sagen ›Ungläubigkeit‹ oder vielmehr ›noch nicht festgelegte Meinung‹. Ich habe gehört, daß du eine Reihe beeindruckender Dokumente zusammengetragen hast, um den Fall dieses jungen Mannes zu unterstützen. Ich schlage vor, daß du Birdwhistell erlauben wirst, sie zu prüfen, und ich werde dann zu einem endgültigen Entschluß kommen, ob ich bereit bin, ihn in der Familie willkommen zu heißen.«

Er wandte sich nun Peggy Falkirk zu, die eine große Freundin von ihm war und ihn tatsächlich – zusammen mit einigen anderen Damen – einst hoffnungslos geliebt hatte, was ihn jedoch nicht dazu hatte bringen können, sein Junggesellendasein aufzugeben. Doch Lady Prest, die – wie eine königliche Hoheit – ein Gespräch nie für beendet hielt, wenn sie es nicht selbst beendet hatte, unterbrach ihn sofort und sagte, daß sie nicht hoffe, er werde sich abscheulich verhalten.

»Ich bin niemals abscheulich«, sagte Jasper, was keine besonders zutreffende Antwort war, denn er war abscheulich, wann es ihm paßte, jedoch immer ohne Bosheit, so daß er niemals verletzte. »Doch ich bin von Natur aus sehr vorsichtig, Madam. Und wenn es um acht Millionen Pfund geht, muß ich zugeben, daß meine vorsichtige Natur die Überhand gewinnt. Peggy«, fuhr er fort und wandte sich an Mrs. Falkirk, »deine Augen sind, wenn überhaupt möglich, noch größer und blauer geworden, seit ich dich zuletzt gesehen habe.«

Mrs. Falkirk, die trotz ihrer neunundzwanzig Jahre im-

mer noch erröten konnte, tat dies sehr charmant, jedoch nicht ohne nervösen Seitenblick auf ihre Tante, und sagte, daß sie über das Alter von Komplimenten hinaus sei.
»Nun, ich bin es nicht«, sagte die Baronesse freimütig, »und deswegen fahre ich auch nächste Woche nach Paris. Willst du mit mir kommen, Peggy? Ich kann dir ganze Körbe voller Komplimente versprechen, allesamt bedeutend eleganter, als du sie je von Jasper bekommen wirst. Er ist viel zu faul, um sich die nötigen Gedanken darüber zu machen.«
Peggy, die nun noch nervöser wurde, sagte, daß ihre Tante sie sicher gerade dann nicht entbehren könne, und Lady Prest, die wieder zum Thema kommen wollte, fragte Jasper mißbilligend, ob er vorhabe, in London zu bleiben.
»Oh, das glaube ich nicht«, sagte Jasper, der die Angewohnheit hatte, sich nie in die Karten blicken zu lassen. »Es gibt da einiges, um das ich mich zu kümmern habe – an verschiedenen Orten, denke ich.«
Lady Prest, die erwartet hatte, daß er sich über das Auftauchen von »Giles Arcourt« mehr aufregen würde, bekam das Gefühl, daß er etwas verberge, und durchbohrte ihn mit einem ihrer kalten, kalkulierenden Blicke.
Was die Baronesse, die sehr wohl wußte, was er vorhatte, betraf, so entschloß sie sich auf der Stelle, sogar ihre Reise nach Paris zu verschieben, um die Bekanntschaft der mysteriösen Miß Henry zu machen. Denn daß Jasper sie, sobald es ihm nur möglich wäre, seiner Tante präsentieren würde, war ihr vollkommen klar.

2

Als Folge dieses Entschlusses befand sich die Baronesse etwa zehn Tage später in einem privaten Raum des Gasthofs »Ship« in Dover und inspizierte die junge Frau, die gerade mit dem Postschiff von Calais gekommen war und die sich als Miß Rolande Henry vorstellte.

Das erste, was ihr auffiel, als sie auf Miß Henrys große, schlanke und zweifellos anmutige Gestalt blickte, war, daß Jasper durchaus recht hatte mit seiner Erklärung, sie gehöre nicht zu der Sorte Damen, die ihn faszinierte. Jasper bewunderte blonde Frauen mit schmelzenden blauen Augen und klassischen Gesichtszügen – wenn er überhaupt gesonnen war, sich von seinen Interessen, zu denen vor allem Pferde, Fuchsjagden und andere Sportarten gehörten, ablenken zu lassen.

Miß Henry, die in einem ziemlich feuchten Reisecape und einem beklagenswert häßlichen Hut vor ihnen erschien, hatte statt dessen eine Menge tizianroter gelockter Haare, und ihre blauen Augen blickten so ehrlich in die Welt, daß sie sicherlich zu einem schmelzenden Ausdruck niemals fähig waren.

Andererseits, so stellte die Baronesse fest, ähnelte sie tatsächlich in erstaunlicher Weise dem Porträt der verstorbenen Mrs. John Arcourt im Elfenbeinsalon von Arcourt's Hall. Die Ähnlichkeit wurde geradezu frappant, als die Augen von Miß Henry auf Jasper fielen und genau denselben hochmütigen und argwöhnischen Ausdruck bekamen, den der Künstler – es war Reynolds, wenn auch leider nicht mit einer seiner besten Leistungen – auf Mrs. Arcourts Gesicht für die Ewigkeit festgehalten hatte.

»Oh«, sagte Miß Henry, als sie Jaspers elegante Gestalt wahrnahm und seinen prüfenden, weltmännischen Blick auf sich spürte. »Ich habe gedacht, Sie wären ein – ein

älterer Herr.« Dann blickte sie die Baronesse an, die von Kopf bis Fuß die Eleganz in Person war, und fragte: »Und wer ist dies?«
»Meine Cousine, die Baronesse Lebanoff«, sagte Jasper, der erleichtert feststellte, daß Miß Henry Englisch ohne Akzent sprach und nur durch die Deutlichkeit ihrer Aussprache merken ließ, daß es nicht ihre Muttersprache war. Jasper selbst beherrschte mehrere Sprachen, doch er nützte diese Kenntnisse wenig aus, da er jede überflüssige Anstrengung tunlichst mied. »Sie hat sich freundlicherweise bereit erklärt, bei dieser Besprechung anwesend zu sein«, sagte er. »Ich dachte, daß es vielleicht für Sie angenehmer sei. Möchten Sie nicht Platz nehmen, Miß Henry?«
Miß Henry nahm Platz. Sie war, wie die Baronesse zu ihrer Überraschung feststellte, offensichtlich eine Dame, wenn sie auch nicht deren Charme besaß und durchaus entschlossen schien, sich zu dem, was sie war, zu bekennen. Und daß sie Schauspielerin in einer Theatertruppe war, wurde bald sehr deutlich. Die Baronesse, die sich nicht vorstellen konnte, wie Jasper sie dazu verleiten hatte können, so schnell zu ihnen zu kommen, blickte ihn einigermaßen verärgert an. Sie fühlte sich sofort zu Miß Henry hingezogen, die einen ebenso aufrichtigen und starken Charakter zu besitzen schien wie sie selbst, und sie entschloß sich sofort, alles zu tun, um sie vor Jasper zu schützen, der die Angewohnheit hatte, alle Leute mit größter Sorglosigkeit für seine Ziele in Anspruch zu nehmen.
Es war natürlich notwendig, Miß Henry sofort darüber aufzuklären, weswegen man sie nach England hatte kommen lassen. Doch Jasper, der für seine Verhältnisse ungewöhnlich aufmerksam war, fragte erst, ob Miß Henry schon gegessen hatte, und ließ dann, als sie dies verneinte,

einen Kellner kommen und ihr ein schnell zubereitetes Essen auf den Tisch stellen. Als dies geschehen war und Miß Henry sich von ihrem feuchten Umhang und dem scheußlichen Hut befreit hatte, kam er bald zur Sache. Er versuchte sie davon zu überzeugen, daß er ein bemerkenswert vertrauenswürdiger Mann sei und die Baronesse bei all ihrer modischen Eleganz eine Dame der besten Gesellschaft und nicht die Besitzerin eines luxuriösen Bordells, was Miß Henry offenbar anzunehmen schien. Dann begann er sie ohne weitere Umschweife nach ihrer Herkunft und Lebensgeschichte auszufragen. Es hatte nämlich, so war er mit der Baronesse auf ihrer Reise nach Dover übereingekommen, gar keinen Zweck, sich mit diesem Mädchen zu befassen, wenn sich herausstellen sollte, daß sie vielleicht eine Mutter besaß, die sie wie ein Drache bewachte. Doch es zeigte sich, daß eine Mutter nicht existierte. Miß Henry, die über einen außerordentlich guten Appetit verfügte und die Hammelkoteletts, die man ihr vorgesetzt hatte, ganz nach ihrem Geschmack zu finden schien, erklärte in knappen Worten, daß sie eine Waise sei, einen englischen Vater und eine französische Mutter besessen habe, in Frankreich geboren sei, jedoch ihre Jugend auf Reisen in Europa verbracht habe. Dies habe sich so gefügt, weil ihr Vater, ein früherer Offizier der Gardedragoner (hier gingen Jaspers Brauen skeptisch in die Höhe), seine Familie dadurch ernährte, sich fremden Herren zu verdingen oder seine Reitkünste in Unternehmen zu zeigen, die etwa mit Astley's Amphitheater zu vergleichen seien.

Sie war jedoch nicht willens, weitere Details preiszugeben, und während sie eines der Pflaumentörtchen verzehrte, die man ihr zum Dessert gebracht hatte, sagte sie streng zu ihm: »Ich glaube, Mr. Carrington, es wäre bedeutend besser, wenn Sie mir sagten, wo Ihre Theater-

truppe sich im Moment befindet und welche Rollen ich bei Ihnen spielen soll.«
»Nun, es handelt sich nicht um eine Theatertruppe«, erklärte Jasper einigermaßen amüsiert. »Doch als ich Ihnen schrieb, habe ich gedacht, Sie würden nicht kommen, wenn ich sagte, daß ich etwas ganz anderes mit Ihnen im Sinn habe.«
Miß Henry legte Gabel und Messer beiseite.
»Das habe ich mir doch gedacht«, sagte sie mit kaum unterdrücktem Zorn und stand auf. »Ich brauchte Sie nur anzusehen, da war ich mir dessen sicher, Mr. Carrington«, fuhr sie fort, während sie Umhang und Hut vom Haken nahm. »Sie und ein Theateragent!« Sie stülpte den beklagenswerten Hut über ihre tizianfarbenen Locken und blickte Jasper bitterböse an. »Nehmen Sie es bitte zur Kenntnis, mein Herr«, sagte sie, »daß ich nicht diese Sorte Frau bin. Und was Sie betrifft, Madam«, fuhr sie fort und wandte sich mit Schwung zu der Baronesse um, »so kann ich Ihnen nur sagen: Wenn Sie tatsächlich eine Baronesse sind, dann können Sie Ihre Zeit mit anderen Dingen besser verbringen, als ahnungslose und ehrliche junge Frauen in die Falle zu locken, die diese – diese Viper aufgestellt hat.«
Die Baronesse war so fasziniert von diesem plötzlichen Angriff, daß sie nicht wußte, was sie sagen sollte, doch Jasper reagierte mit einer Schnelligkeit, die bei ihm ungewohnt war. Er stand auf und stellte sich zwischen Miß Henry und die Tür. »Wenn Sie mich bitte nur einen Augenblick anhören wollen«, begann er, doch Miß Henry blickte ihn nur verächtlich an und erkärte, daß sie laut schreien werde, wenn er sie nicht sofort hinausließe.
»Das wäre höchst unklug, meine Liebe«, sagte die Baronesse, die nun wieder ihre gewohnte Gelassenheit zurückgewonnen hatte und Jasper freundschaftlich zu Hilfe

kam. »Wenn Sie nicht bleiben und ihn anhören, bringen Sie sich um die wirklich glänzende Gelegenheit, zehntausend Pfund zu verdienen – ich glaube, von der Summe hattest du gesprochen, lieber Jasper? – und den armen Mr. Carrington davor zu bewahren, daß man ihn um acht Millionen Pfund bringt, die ihm rechtmäßig gehören. Er will ja gar nichts von Ihnen, als daß Sie eine Weile vorgeben, sein Vetter Giles Arcourt zu sein, der natürlich ein Junge ist, doch ich habe gehört, daß Sie Hosenrollen meisterhaft beherrschen, und außerdem haben Sie wirklich eine außerordentliche Ähnlichkeit mit Giles Mama –«

Miß Henry schien durch diese Eröffnung einigermaßen verwirrt, was jedoch den Vorteil hatte, daß sie Jasper gegenüber eine weniger aggressive Haltung einnahm. Er machte sich dies auch sofort zunutze und bot ihr ein weiteres Stück Pflaumentorte an. »Seien Sie doch vernünftig, Miß Henry«, sagte er und versuchte, überzeugend zu wirken, was ihm bisher noch immer gelungen war, wenn er es wirklich wollte. »Immerhin sind Sie ja den ganzen Weg bis hierher gekommen, und das mindeste, was Sie tun können, ist, mir zuzuhören, bevor Sie zu dieser abstoßenden Truppe zurückkehren, bei der ich Sie angetroffen habe – wenn Sie dann immer noch gehen wollen, was ich sehr bezweifle. Ich versichere Ihnen, die ganze Angelegenheit ist außerordentlich seriös –«

Miß Henry sagte mit düsterer Miene, daß sie nichts Seriöses darin sehen könne, Leute unter falschen Voraussetzungen in fremde Länder reisen zu lassen, doch sie war wenigstens willig, sich hinzusetzen und ihre Pflaumentorte zu essen, während sie Jasper zuhörte. Der begann nun die Verzwicktheit des Arcourtschen Testaments zu erklären und eröffnete ihr, wie er es anstellen wolle, Lady Prest zu überlisten, damit sie nicht die acht Millionen Pfund für ihren Protegé bekäme. Sie hörte ihm aufmerksam zu, ohne dabei jedoch das Pflaumentörtchen zu vernachlässigen, und sobald er geendet hatte, sagte sie schnell und mit Überzeugung: »Das ist der absurdeste Plan, von dem ich jemals gehört habe. Niemals würde man mir glauben, daß ich ein Junge bin.«

»Natürlich würde man Ihnen das glauben«, sagte Jasper, der es nun nicht mehr vermochte, die Höflichkeit vor die Wahrheit zu stellen. »Ich hätte es selbst auch geglaubt, als ich Sie in Calais auf der Bühne gesehen habe, wenn Sie nicht auf dem Programm als ›Mademoiselle Henry‹ ausgewiesen worden wären. Sie hatten nichts von den Manieriertheiten einer Frau, als Sie die Rolle spielten –«

Und haben jetzt auch keine, wäre er am liebsten fortgefahren, hielt sich jedoch aus Gründen des Taktes zurück. Denn tatsächlich trat Miß Henry mit der Freiheit eines jungen Mannes auf, was darauf schließen ließ, daß sie niemals die Zwänge des konventionellen Verhaltenskodex kennengelernt hatte, denen sich die jungen englischen Damen fügen mußten. Miß Henry schien aber nicht überzeugt und sagte, daß sie sicher alle von der Polizei ergriffen werden würden, wenn sie versuchten, dieses verrückte Spiel in Szene zu setzen. Sie habe bereits von der Unerbittlichkeit der englischen Beamten gehört.

»Unsinn«, sagte Jasper, »da besteht nicht die geringste Gefahr. Wenn jemand Sie wirklich verdächtigt, dann werden Sie ganz einfach wieder zur Miß Henry, und Giles Arcourt verschwindet, ohne eine Spur zu hinterlassen. Ich will sowieso nicht, daß Sie länger Giles Arcourt bleiben, als es nötig ist, um den Kandidaten meiner Tante verdächtig zu machen und diese Idioten im Kanzleigericht dazu zu zwingen, sich seine Dokumente genauer anzusehen. Sobald er als Schwindler entlarvt worden ist, werden Sie verschwinden, worauf ich mit dem größten Bedauern zugeben werde, daß auch ich einem Schwindler auf den

Leim gegangen bin, um dann ganz legal zu meinen acht Millionen Pfund zu kommen. Und wir alle – natürlich bis auf Tante Honoria – werden dann kreuzfidel sein.«
Miß Henry machte immer noch keinen überzeugten Eindruck, doch Jasper und die Baronesse stellten fest, daß sie wenigstens schwankte. Immerhin, so dachten sie sich ein wenig selbstgefällig: zehntausend Pfund sind zehntausend Pfund.
Doch diesbezüglich irrten sie sich in ihr, denn sobald sie den letzten Bissen ihres Törtchens verspeist hatte, fragte sie ohne Umschweife, welche Garantie sie ihr geben könnten, daß Jasper wirklich das Opfer eines Justizirrtums würde, wenn sie nicht damit einverstanden wäre, ihm zu helfen.
Jasper und die Baronesse blickten einander an.
»Ich könnte Ihnen vorschlagen, Sie mit meinem Anwalt zusammenzubringen«, sagte Jasper nach einer Weile, »doch das Problem ist, daß er der Meinung ist, der Kandidat meiner Tante könnte tatsächlich echt sein.«
»Nur weil er ein Narr ist«, sagte die Baronesse bestimmt. »Alle Anwälte sind Narren. Das kommt daher, daß sie gezwungen sind, den ganzen Tag über logisch zu sein. Das Leben, müssen Sie wissen, mein Kind«, fuhr sie fort und wandte sich an Miß Henry, »ist nicht logisch. Weit davon entfernt. Die unwahrscheinlichsten Dinge stellen sich als wahr heraus, wie in dem Fall, mit dem wir es jetzt zu tun haben. So unglaublich es ist, hat sich meine Cousine Honoria auf eine Geschichte eingelassen, die eine Dame von Geburt weit von sich zu weisen hat, und die Folge davon ist, daß der arme Mr. Carrington – wenn Sie nicht bereit sind, ihn zu retten – seines gesamten Vermögens beraubt wird und sein Leben im Armenhaus beschließen muß.« Jasper, dem es nicht gefiel, als »armer Mr. Carrington« dazustehen,

protestierte und sagte, daß es ganz so schlimm vielleicht doch nicht werden würde.
»Keine Einwände bitte«, sagte die Baronesse majestätisch. »Miß Henry hat sowieso schon genug zu verdauen, so daß wir sie nicht mit unwichtigen Einzelheiten verwirren dürfen. Keiner von den Carringtons ist jemals vorausblickend gewesen, und es ist kaum anzunehmen, daß du eine Ausnahme machen wirst. Andererseits kenne ich niemanden in der Familie, der acht Millionen Pfund besser nutzen könnte. Du hast einen ausgezeichneten Geschmack und eine großzügige Natur, was man von Honoria oder Geraint nicht behaupten kann.«
Miß Henry, die den Worten der Baronesse nicht viel Aufmerksamkeit schenkte, weil sie immer noch an die Antwort dachte, die Jasper ihr gegeben hatte, sagte an dieser Stelle, daß sie geneigt sei zu glauben, was sie ihr gesagt hätten. Wahrscheinlich sei er wirklich das Opfer einer Ungerechtigkeit, weil er zugegeben hatte, daß sein Anwalt den Giles Arcourt, den seine Tante vorgezeigt habe, möglicherweise für den echten Erben halte.
»Menschen, die hartgesottene Betrüger sind«, sagte sie leicht verbittert, »geben nie etwas zu, was ihren Betrug nicht noch unterstützt. Das habe ich erst vor kurzem gelernt.«
Die Baronesse und Jasper, die beide von dieser Information entzückt schienen, fragten gleichzeitig, wie sie das gelernt habe. »Es war vor einigen Monaten, kurz nachdem Maman gestorben war«, sagte Miß Henry, die unter dem Eindruck der guten Speisen, des warmen Feuers im Kamin und der Aufmerksamkeit ihrer Zuhörer etwas aufzutauen schien. »Maman, müssen Sie wissen, war eine Schauspielerin, doch sie wollte nie, daß ich es auch würde, und daher schickte sie mich, als ich vierzehn war, in ein Schweizer Pensionat, wo ich alles lernen sollte, was

eine junge Dame können muß, um sich angemessen zu verheiraten. Ich fand es allerdings dort furchtbar langweilig, und obwohl ich mir schließlich alle notwendigen Fähigkeiten angeeignet hatte und Papa der Sohn eines Barons war, wollte mich niemand heiraten – oder jedenfalls niemand, den Maman für geeignet hielt –«
An dieser Stelle wurde sie von der Baronesse und Jasper unterbrochen, die gleichzeitig, wie im griechischen Chor, fragten: »Der Sohn eines Barons?« Dann setzte die Baronesse im Solo fort: »Aber natürlich! Die Henrys aus Northumberland! Alle ziemlich verrückt, und da gab es tatsächlich einen Sohn, der den Dienst in der Armee quittierte und eine französische Schauspielerin heiratete. Ihr Papa, meine Liebe?«
Miß Henry nickte. »Ich glaube, sie sind jetzt alle tot«, fuhr die Baronesse fort, »jedenfalls habe ich seit Jahren nichts von ihnen gehört. Da gab es ein älteres Fräulein, das jedes Jahr in der Gesellschaftssaison in den verrücktesten Kleidungen erschien und sich einen Affen hielt, doch die ertrank in Brighton in einem Badekarren. Ich glaube, der Titel ist letztes Jahr an einen sehr entfernten Vetter gegangen, als Sir Peregrine, der mindestens neunzig war, starb.«
Miß Henry nickte noch einmal. »Mein Großvater«, sagte sie traurig. »Er und Papa haben sich nicht verstanden.«
»Und Ihr Papa ist auch tot?«
»O ja. Seit drei Jahren«, sagte Miß Henry. »Und danach hat Maman gesagt, daß es für uns besser wäre, wenn wir nach England führen und dort eine kleine Unterredung mit Sir Peregrine hätten, doch er war nicht sehr ermutigend, als wir ihm schrieben – das heißt, er hat gar nicht erst geantwortet –, und daher sind wir nicht gefahren.«
Die Baronesse und Jasper murmelten einige teilnehmende Worte. »Aber das war es nicht, was ich Ihnen sa-

gen wollte«, sagte Miß Henry. »Sie fragten, wieso ich etwas von hartgesottenen Betrügern wüßte. Ich weiß etwas davon, weil ich, sofort nachdem ich in der Welt allein war, das Pech hatte, zwei von ihnen kennenzulernen.« Und mit lebhafter Stimme fuhr sie fort: »Einer von ihnen – ein junger Mann, der Sohn unseres Vermieters und sehr freundlich, jedenfalls nach außen hin – versuchte mich von seiner tiefen Leidenschaft zu mir zu überzeugen. Sie müssen wissen, daß ich damals in einer sehr schwierigen Situation war, denn ich hatte kein Geld. Als ich mich mit äußerstem Widerstreben schließlich bereit erklärte, seinen Antrag anzunehmen, sagte er mir, daß ich ihn mißverstanden hätte, und er machte mir statt dessen ein höchst zweifelhaftes Angebot.« Die Baronesse schnalzte mit der Zunge, und Jasper – der zwar insgeheim dachte, daß jeder Mann, der Miß Henry ein Angebot machte, einen Tapferkeitsorden bekommen sollte und außerdem blind sein müßte, da eine chèreamie wirklich andere Vorzüge aufzuweisen hätte – tat ebenso.

»Ich beschloß also«, fuhr Miß Henry fort, »zur Bühne zu gehen, und suchte einen Freund von Maman auf, der Theateragent ist. Er sagte, daß es ein Kinderspiel sei, für mich ein Engagement zu finden, und daß ich bald zu den Leuchten der Comédie Française gehören würde, und dann machte er mir ein unsittliches Angebot. Als ich nein sagte, war er fürchterlich erbost und hatte mir auf einmal nichts mehr zu vermitteln als die Stelle in einer drittklassigen Theatertruppe, die nur in den allerkleinsten Provinzstädten gastierte.«

»So ist es. Ihren Talenten in keiner Weise würdig«, sagte Jasper, der die Gelegenheit am Schopf ergriff. »Liebe Miß Henry, weswegen wollen Sie nicht sofort alles aufgeben und mein Angebot annehmen? Ich kann Ihnen versprechen, daß damit keinerlei Anträge verbunden sind –

weder sittliche noch unsittliche – und Sie können sich dann ganz damit befassen, welch phantastischen Ehemann Sie sich mit diesen zehntausend Pfund angeln werden. Enkelinnen von Baronen gibt es in England wie Sand am Meer, doch junge Frauen mit einer Mitgift von zehntausend Pfund können die allererste Wahl treffen. Nun, vielleicht nicht die allererste«, gab er zu, weil er keine Lust hatte, ebenfalls als hartgesottener Betrüger zu erscheinen, »doch jedenfalls eine außerordentlich gute Wahl.«

Miß Henry erklärte praktisch, daß sie mit zehntausend Pfund überhaupt keinen Mann brauche, was die Baronesse, die Freude an diesem Beweis französischer Weisheit hatte, zu einem beifälligen Händeklatschen veranlaßte. Dann meinte sie, daß es schon spät sei und daß man nun damit beginnen solle, Miß Henry in Giles Arcourt zu verwandeln. Miß Henry jedoch erklärte renitent, daß sie noch keineswegs beschlossen habe, ob sie Giles Arcourt werden wolle.

»Unsinn«, sagte die Baronesse ermunternd. »Natürlich haben Sie es beschlossen. Verlassen Sie sich darauf, wenn Sie nach Calais zurückkehren, wird man Sie dort zur Rede stellen, weshalb Sie so unvermittelt abgereist sind, und Sie werden Ihre Tugend aufs Spiel setzen müssen, um nicht zu verhungern. Das kann ich doch guten Gewissens nicht zulassen. Kommen Sie jetzt mit in mein Schlafzimmer, mein Kind. Jasper und ich haben eine außerordentlich soignierte Garderobe für Giles Arcourt ausgesucht, obwohl die Schuhe«, bemerkte sie mit einem Blick auf Miß Henrys schlanke Füße, »vielleicht etwas zu groß sein werden. Wir werden natürlich Ihr Haar schneiden müssen, doch Sie werden bezaubernd aussehen, wenn wir Sie au coup de vent frisieren.«

Miß Henry setzte nun der Baronesse keinen Widerstand

mehr entgegen und ließ sich von ihr vom Stuhl hochziehen, während Jasper sich verbeugte, und nach wenigen Minuten befand sie sich im Zimmer der Baronesse am Ende des Ganges. Dort nahm Disbrey, die Zofe der Baronesse, einen Frack aus rostbraunem Samt aus dem Schrank, dazu eine hübsche lederne Weste, ein strenggeschnittenes Hemd nach der letzten Mode, erstklassige Doeskin-Pantalons und ein Paar auf Hochglanz polierte Stiefel und zuletzt schwarze Unterhosen und Seidenstrümpfe. »Vielleicht eine Spur zu elegant«, sagte die Baronesse und betrachtete das Ensemble kritisch, »jedenfalls für einen Jungen, der unter den Umständen aufgewachsen ist, die wir anzugeben haben. Doch weder Jasper noch ich konnten uns dazu entschließen, Ihnen etwas Altmodisches anzuziehen, so werden wir also sagen, Sie seien von Ihren Pflegeeltern sehr verwöhnt worden. Sie werden die ganze Geschichte Ihrer Vergangenheit hören, wenn Sie mit Jasper nach Arcourt's Hall fahren. Ich glaube, es ist alles hieb- und stichfest. Wir haben uns sehr gut dabei unterhalten, als wir es uns auf dem Weg hierher ausgedacht haben.«
Miß Henry blickte etwas verdrossen auf die Kleidungsstücke, die man vor ihr auf dem Bett ausgebreitet hatte, und sie beargwöhnte sogar die Anwesenheit von Disbrey, einer mürrischen Schottin, deren ständig mißbilligende Miene wahrscheinlich darauf zurückzuführen war, daß sie gezwungen wurde, mit ihrer jeweiligen Herrschaft viel im Ausland zu leben. Wahrscheinlich wäre Miß Henry in letzter Minute noch ausgerissen, wenn man sie nicht in Sekundenschnelle vor einen Spiegel gesetzt, die Haarnadeln aus ihrer tizianfarbenen Mähne entfernt und damit begonnen hätte, ihre Haare abzuschneiden. Und hinterher war es natürlich zu spät, um den Rückzug antreten zu können. Sie war es gewohnt, sich für ihre Hosenrollen in

Kniehosen stecken zu lassen und sich mit einer weißen Rokokoperücke in einen jungen Herrn der vorletzten Generation zu verwandeln, doch was sie jetzt vor sich sah, war ein junger Mann in modernstem Haarschnitt, der genau zu der eleganten, dandyhaften Kleidung paßte, die man für sie angeschafft hatte.
»Exzellent, wirklich exzellent!« rief die Baronesse hingerissen aus, als sie »Giles Arcourt« schließlich in seinem neuen Gewand vor sich sah. »Meine Liebe, Sie sehen himmlisch aus, an Ihnen ist wirklich ein Mann verlorengegangen. Diese wunderbaren langen Beine – es ist wirklich ein Verbrechen, sie unter Röcken zu verbergen. Können Sie ein ganz kleines bißchen stolzieren? Ich habe es wahnsinnig gern, wenn sich ein junger Mann mit edler Anmut bewegt.«
Miß Henry, die sich kritisch im Spiegel betrachtete, war selbst der Ansicht, daß die Verkleidung gut gelungen war. Sie erzählte der Baronesse, daß ihr Vater ihr schon im jungen Alter erlaubt habe, im Herrensitz zu reiten, sehr zum Entsetzen ihrer Mutter, und daß sie es immer bedauert habe, sich wie ein wohlerzogenes junges Mädchen benehmen zu müssen.
»Vielleicht«, sagte sie nun zustimmend, »werden die Leute tatsächlich glauben, daß ich ein junger Mann bin.« Und um ihre neuerworbene Männlichkeit unter Beweis zu stellen, schritt sie wie eine Amazone durch das Zimmer, stellte sich breitbeinig vor den Kamin und steckte die Hände nachlässig in die Taschen ihres Breeches.
»Ausgezeichnet«, sagte die Baronesse. »Genauso müssen Sie es machen. Gehen Sie jetzt mal die rückwärtige Treppe hinunter – ich habe Disbrey vorausgeschickt, um diese Möglichkeit auszukundschaften –, und dann kommen Sie zur Eingangstüre herein und fragen den Wirt nach einem Zimmer zum Übernachten. Ich möchte gern

ausprobieren, ob er Sie erkennt, aber ich bin überzeugt, daß er es nicht tut. Hier ist Ihr Hut und Mantelsack«, sagte sie, nachdem Disbrey beide Gegenstände aus dem Schrank gezaubert hatte: »Und sicher werden Sie auch etwas Geld brauchen –«

Sie warf Miß Henry einen Geldbeutel zu, den diese auffing und ohne nachzusehen, was darin war, in die Tasche steckte.

»Ich werde Ihre eigenen Sachen zusammen mit den meinen einpacken lassen«, sagte die Baronesse und blickte leicht schaudernd auf das rauhe wollene Reisecape, den bejammerswerten Hut und den uneleganten Rock, den Miß Henry abgestreift hatte. »Obwohl ich annehme, daß Sie keine Verwendung mehr dafür haben werden, wenn Sie Ihre zehntausend Pfund bekommen haben. Ich würde von Jasper verlangen, daß er einen Vertrag unterschreibt. Nicht, daß an seiner Ehrlichkeit irgendein Zweifel bestünde, doch ich sage immer, daß es ein großer Fehler ist, mit einem Mann irgendeine Verbindung einzugehen, ohne ihn festzunageln. Die ganze Angelegenheit wird so die richtige geschäftliche Basis bekommen, genau wie ein Ehevertrag. Er wird Sie morgen, wie ich Ihnen schon sagte, nach Arcourt's Hall bringen. Es liegt gänzlich einsam und ist total verlassen bis auf ein altes Dienerehepaar, so daß Sie dort völlig abgeschlossen sein werden und alles lernen können, was wir uns über Ihre glanzvolle Herkunft ausdachten. Doch lassen Sie nicht zu, daß Jasper Sie drangsaliert. Allerdings glaube ich nicht, daß ihm das gelingen würde, denn ich habe sofort gemerkt, daß Sie einen sehr starken Charakter haben. Gibt es sonst noch Unklarheiten?« fragte sie dann, als präsidiere sie bei einer Sitzung und habe nun beschlossen, sie zu beenden.

Miß Henry sah so aus, als gäbe es noch eine ganze Menge Unklarheiten, doch sie begnügte sich damit zu fragen, wie

die erste Zusammenkunft zwischen »Giles Arcourt« und Mr. Jasper Carrington zustande kommen werde. »Das wird Jasper arrangieren«, sagte die Baronesse unbekümmert. »Wir haben uns gedacht, daß Sie vielleicht in der Gaststube miteinander ins Gespräch kommen und daß er so verblüfft sein wird, wenn Sie ihm Ihren Namen sagen, daß es zu einer Szene kommt, an die sich die Leute erinnern, falls diese lästigen Anwälte später Erkundigungen einziehen sollten. Und was Sie betrifft, Sie haben gerade erst entdeckt, wer Sie sind, und sind auf dem Weg nach Arcourt's Hall, um dort Ihre Verwandten zu finden. Da Sie Schauspielerin sind, wird es Ihnen nicht schwerfallen, die Stichworte, die man gibt, aufzugreifen.«
Miß Henry, die sehr wenig Erfahrung als Schauspielerin hatte, schien diese Informationen ziemlich ungenügend zu finden. Trotzdem stand sie drei Minuten später im strömenden Regen hinter dem Gasthaus, einen Mantelsack in der Hand, von dem sie nicht wußte, was er enthielt, und einen Geldbeutel in der Tasche, von dem sie nicht wußte, wieviel er enthielt.
»Wenn ich nur die geringste Vernunft hätte«, sagte sie sich und schüttelte dabei leicht den Kopf, »dann würde ich hier sofort abreisen und so schnell wie möglich nach Frankreich zurückkehren. Vraiment, c'est incroyable!«
Doch so unglaublich ihre Situation zweifellos war, tat sie dennoch nicht, was ihr die Vernunft sagte. Anstatt dem »Ship« den Rücken zu kehren, machte sie sich vorsichtig auf den Weg zur Eingangstür. Ihr Auftritt war so außerordentlich, daß sie, wäre sie auf der Bühne gewesen, mit rauschendem Beifall belohnt worden wäre.

3

Zum Glück gehörte Miß Rolande Henry zu den jungen Mädchen, die sich schnell in ungewohnte Situationen finden. Als sie am nächsten Morgen in einem englischen Gasthausbett erwachte und draußen einen englischen Hahn in der strahlenden englischen Sonne krähen hörte, mußte sie allerdings erst einige Augenblicke verwundert im Zimmer herumblinzeln, besonders als sie die Männerkleidung sah, die ziemlich unordentlich herumlag. Doch die Erinnerung an die erstaunlichen Ereignisse der letzten Nacht kam schnell zurück, und nach einem kurzen Moment der Panik – da sie sich nicht gleich an den Namen des jungen Mannes erinnern konnte, den sie darstellte – war sie bereit, die Situation mit philosophischer Gelassenheit zu akzeptieren. Immerhin, so dachte sie sich, konnte es nicht schlimmer werden als damals in St. Petersburg, als sie und ihre Eltern mitten in der Nacht bei bitterster Kälte und eisigem Schneesturm aus der Stadt fliehen mußten, weil sie kein Geld hatten, um ihre Miete zu zahlen.

Wäre sie mit Mr. Jasper Carringtons Angewohnheiten vertraut gewesen, hätte sie gewußt, daß es viel zu früh war, um ihn jetzt, um halb acht, schon beim Frühstück anzutreffen. Doch da sie dies nicht wußte, schlenderte sie hinunter, um sich mit einem Tee zu stärken. Das war dringend nötig, da sie die allergrößten Anstrengungen gemacht hatte, um sich mit dem ellenlangen gestärkten Band auseinanderzusetzen, das sie sich als Krawatte um den Hals schlingen mußte. Im übrigen jedoch stellte sie zu ihrer Befriedigung fest, daß ihre Erscheinung makellos war. Diese Feststellung fand ihre Bestätigung, als sie beim Frühstück – das aus gepökelten Heringen, Eiern, Butter und Toast bestand – mit einem älteren Herrn aus Hert-

fordshire ins Gespräch kam, der gerade vom Kontinent zurückgekehrt war und sie genau als das zu akzeptieren schien, was ihre Kleidung bekundete. Zufrieden mit diesem Erfolg, beschloß sie, ihre Verkleidung einer weiteren Probe zu unterziehen und einen kurzen Bummel in die Stadt zu machen, von der sie noch nicht viel gesehen hatte, da sie in der Dunkelheit angekommen war. Den Hafen fand sie besonders interessant, zumal hier eine Menge Schaluppen, Zollkutter, Brigantinen und Prahmen zu sehen waren und ständig neue Boote anlegten.
Noch ehe sie jedoch ihren Plan in die Tat umsetzen konnte, hörte sie plötzlich hinter sich einen Pfiff. Sie drehte sich um und entdeckte Jasper, der sie ziemlich verärgert ansah. Er trug einen hervorragend geschnittenen Frack aus feinstem Tuch, hellgelbe Breeches und Stiefel mit weißen Stulpen. Seine Krawatte war in dem hochmodischen Stil geschlungen, der als Trône d'Amour bekannt war, und ein eleganter Zylinder krönte seine hellen Lokken. Das einzige, was nicht zu seiner dandyhaften Erscheinung paßte, war der Ausdruck seines Gesichts, der alles andere als blasiert und gelangweilt war. Jasper fand das Leben viel zu interessant, um sich davon langweilen zu lassen, und selbst wenn er aufgebracht war wie jetzt, blickten seine grauen Augen aufmerksam in die Welt und schienen jederzeit bereit, sich amüsieren zu lassen.
»Was machen Sie denn hier?« fragte er Rolande gereizt. »Hat Ihnen die Baronesse nicht gesagt, daß Sie mich beim Frühstück in der Gaststube zu treffen haben?«
»Ich habe bereits gefrühstückt. Ich war hungrig«, sagte Rolande, ohne mit der Wimper zu zucken.
Jasper blickte sie streng an. »Das«, sagte er, »ist eine sehr schlechte Entschuldigung, mein Kind. Sie können nicht erwarten, zehntausend Pfund zu verdienen, ohne auch einige kleine Opfer zu bringen.«

»Vielleicht kann ich Sie beim Lunch treffen«, schlug Rolande vor und schien durch seinen Verweis wenig beeindruckt. »Wie gefallen Ihnen meine Kleider und mein Haar? Meinen Sie nicht auch, daß ich jetzt wie ein Junge aussehe?«
Sie nahm ihren Hut ab, um ihre Frisur vorzuzeigen. Jasper blickte sie an und stöhnte.
»Was ist denn los?« fragte sie gekränkt. »Ich glaube, ich sehe sehr hübsch aus.«
»Mit diesem – diesem Ding um den Hals? Nennen Sie das vielleicht eine Krawatte?« fragte Jasper. »Was um des Himmels willen haben Sie denn damit angestellt?«
»Ich habe nie richtig gelernt, eine Krawatte zu binden«, sagte Rolande mit Würde. »Es ist nicht comme il faut für eine jeune fille bien-élevée, so etwas zu können.«
»Nun, im Augenblick sind Sie kein jeune fille bien-élevée, sondern ein Junge«, antwortete Jasper. »Und ich habe keine Lust, mich in der Öffentlichkeit mit einem solchen Scheusal zu zeigen! Kommen Sie mit in mein Schlafzimmer, dort werde ich sie Ihnen binden, wie es sich gehört.«
Er ging mit langen Schritten auf das Gasthaus zu, so daß sie beinahe laufen mußte, um mithalten zu können.
»Aber ich habe Sie doch noch gar nicht kennengelernt«, sagte sie protestierend, als es ihr gelungen war, etwas Atem zum Sprechen zu schöpfen. »Sie haben gesagt, wir sollten erst miteinander ins Gespräch kommen –«
»Wir sind bereits miteinander ins Gespräch gekommen«, sagte Jasper kurz. »Am Hafen. Ich habe entdeckt, daß Sie mein Vetter sind, und ich werde Sie nach Arcourt's Hall mitnehmen.«
Rolande sagte etwas ungehalten, daß er offenbar seine Pläne sehr schnell umwerfe, doch insgeheim bewunderte sie ihn für seine Improvisationskunst. Kaum waren sie in

seinem Zimmer angekommen, klopfte die Baronesse an die Türe. Sie sagte, daß sie sich dazu entschlossen habe, nicht nach Paris zu fahren. »Dann würde ich nämlich die interessantesten Szenen unseres Schauspiels versäumen«, sagte sie. »Ich weiß, du hast mir gesagt, daß das Gericht jetzt keine Sitzung hat, so daß sich im Augenblick nichts ereignen kann, doch du hast ja sicher vor, deinen Giles Arcourt Honoria vorzustellen, nicht wahr? Das mußt du nämlich unbedingt tun! Ich habe schon die aufregendsten Pläne für dieses Zusammentreffen gemacht – zwei Giles Arcourt in einem Raum, und Honoria bemüht, ihr holdseligstes Lächeln aufzusetzen, während grüne Zornesblitze aus ihren Augen schießen. Ja, ich weiß, ihre Augen sind blau – sehr zu Unrecht, denn man ist immer geneigt anzunehmen, daß blauäugige Menschen die Wahrheit sagen.«
Jasper sagte, daß sie ruhig nach Paris fahren solle, denn so eine Szene würde sich leider nicht abspielen. Es sei nämlich sein fester Vorsatz, Miß Henry zu verbergen, bis der geeignete Moment gekommen sei, sie auf die Richter loszulassen, um seine Tante Honoria zu verwirren. Er setzte Rolande dann in einen Sessel, entfernte die beleidigende Krawatte und ersetzte sie durch eine eigene, die er kunstvoll im Stil »Osbaldeston« schlang, der, wie er sagte, ihrer Jugend und Unerfahrenheit angemessen sei.
Die Baronesse gab inzwischen Anweisung, daß ihr umfangreiches Gepäck wieder in der großen Reisekutsche verstaut werden solle, die sie hergebracht hatte, und nicht auf das Paketboot nach Calais gebracht werden dürfe.
»Ich werde nach Brighton fahren«, sagte sie. »Das ist im Augenblick das beste, denn Honoria ist schon dort, und dann bin ich in der Nähe, wenn sich doch etwas ereignen sollte.«
Jasper wiederholte, daß sich nichts ereignen werde, doch

sie glaubte ihm offenbar nicht und spann weiter ihre Pläne, wozu auch gehörte, eventuell General Pusey aus dem erstrebenswerten Haus zu vertreiben, das er für den Sommer gemietet hatte, wenn sich für sie nichts Geeignetes fände.

»Er hofft immer noch, mich zu verführen«, sagte sie großartig, als Jasper ihr erklärte, daß sie den General kaum vertreiben könne. Dies hielt er jedoch für noch weniger wahrscheinlich, da der General ja immerhin auf die Achtzig zuging.

Als er mit Rolande in der Postkutsche saß, gab er dann allerdings zu, daß seine Cousine Louisa immer alles bekäme, was sie wolle, ganz gleich, welche Hindernisse sich ihr in den Weg stellten. Wenn sie also nicht den alten General Pusey vertreiben würde, dann jemand anderen, bis sie zu dem Haus gekommen sei, das ihr als geeignet erschien.

Rolande, die zur Sachlichkeit neigte und nur auf eine Gelegenheit gewartet hatte, um von Jasper weitere Informationen über ihre neue Rolle zu bekommen, begann an dieser Stelle, ihn einem Kreuzverhör zu unterziehen. Da sie jedoch noch nie in diesem Teil von England gewesen war, ging ihr Blick öfter zum Fenster hinaus, wo sich die liebliche Landschaft Kents vor ihr ausbreitete. Kirschgärten, lichte Kiefernwälder, hin und wieder ein Gutshaus aus Ziegelstein, das wie ein Pilz aus dem Boden wuchs, und die konischen Formen der Darren zogen an ihr vorüber.

»Es ist alles wie ein Traum«, sagte sie plötzlich und unterbrach Jasper. »Was denn?« fragte er.

»Alles. Meine Kleidung, diese Landschaft, was Sie mir erzählen von diesen Machenschaften, um Ihnen die acht Millionen zu rauben. Ich weiß noch gar nicht, ob ich es glauben soll. Vielleicht wache ich sehr bald auf und stelle fest, daß ich wieder in Calais bin.«

Jasper versicherte ihr, daß nichts dergleichen geschehen würde, und da er merkte, daß sie wieder schwierig zu werden begann und man sie bei Laune halten müsse, wies er die Postillione an, beim nächsten Gasthaus zu halten. Dort bestellte er eine riesige Mahlzeit für sie, bestehend aus flämischer Suppe, Garnelen, Pilzragout und Kalbsbraten. Sie verspeiste alles in größter Gemütsruhe, was Jasper zu der Bemerkung veranlaßte, daß er gezwungen sei, ihre Verköstigung von den zehntausend Pfund abzuziehen, da sie ihn sonst ruinieren werde.

»Das ist mir leider ganz egal«, sagte sie. »Ich weiß, daß es für eine jeune fille bien élevée nicht convenable ist, so viel zu essen, doch haben Sie mir ja bereits erklärt, daß ich jetzt ein Junge bin, und Jungen können essen, soviel sie wollen. Außerdem habe ich, seit Maman starb, nie genug zu essen gehabt. Das schätze ich an Ihnen außerordentlich«, gestand sie ihm, »sie sind ein guter Ernährer.«

Jasper sagte ihr, daß er das schon einmal gehört habe, worauf sie ihn plötzlich sehr argwöhnisch anblickte und fragte, wen er denn alles zu ernähren habe. »Oh, die verschiedensten Leute, hier und dort«, sagte er ausweichend.

Rolande zuckte weltklug die Achseln.

»Ihre Angelegenheiten«, sagte sie streng, »gehen mich nichts an, Mr. Carrington, doch ich hoffe, Ihnen ist klar, daß unsere Beziehung rein geschäftlicher Natur ist. Ich betrachte mich im Augenblick als bei Ihnen angestellt, ebenso wie Ihre Haushälterin, mit der sie kaum in intimere Beziehung treten würden.«

Jasper erklärte ihr, daß sie mit ihrer Annahme völlig recht habe, das werde sie sofort feststellen, wenn sie Mrs. Gilray in Arcourt's Hall kennengelernt hätte. Sie bedachte ihn mit einem strafenden Blick und begann

dann, kaum daß sie wieder in der Postkutsche Platz genommen hatten, noch einmal die Sprache auf den vermißten Giles Arcourt zu bringen.
»Wieso können Sie so sicher sein, daß dieses unglückliche Kind wirklich tot ist?« fragte sie. »Es scheint mir sehr unachtsam von der Familie, nicht dafür gesorgt zu haben, daß man es nach England zurückholt, sobald es von seinen Eltern nach Frankreich gebracht worden war. Was ist denn aus seinen Eltern geworden?«
Jasper erklärte, daß sie beide in Frankreich gestorben seien, nachdem sie beim erneuten Ausbruch des Krieges zwischen England und Frankreich im Jahr 1803 Giles in Sicherheit gebracht hatten. »Natürlich hätten sie ihn – ich meine meinen Onkel und seine Frau – gar nicht erst nach Frankreich bringen sollen«, sagte Jasper. »Doch meine Tante war als echte Französin nicht davon zurückzuhalten, sofort nach Kriegsende über den Kanal zu fahren, um nachzusehen, wer von ihrer Verwandtschaft die Schrecken der Revolution überstanden hatte. Und da sie außerdem noch romantisch veranlagt war, bestand sie darauf, ihren Sprößling mitzunehmen, damit er das Land seiner französischen Vorfahren kennenlernen konnte. Als dann der Krieg wieder ausbrach und sie keine Möglichkeit sahen, Frankreich bald wieder zu verlassen, beschlossen sie, das Kind ihrem Dienerehepaar, den Schweizer Dubruls, zu geben. Den Dubruls gelang es, mit ihm nach Wien zu kommen – die Arcourts waren bei Ausbruch des Krieges in Straßburg, so daß der Fluchtweg nach Osten geeigneter erschien als ein Versuch, direkt nach England zu kommen –, doch sobald sie dort ankamen, wurden sie von einem Fieber befallen, und er kleine Giles landete in den Händen eines Paares namens Schmidt. Und mehr brauchen Sie nicht zu wissen. Ist Ihnen klar, wieviel Schmidts es in Wien gibt, Miß Henry?«

Rolande sagte, daß es wahrscheinlich eine ganze Menge gäbe, doch weshalb hätten diese bestimmten Schmidts sich nicht gemeldet, um das Kind seiner Familie zurückzugeben, nachdem doch auch intensive Nachforschungen angestellt wurden?
»Das weiß der Himmel«, sagte Jasper offen. »Die plausibelste Erklärung scheint, daß das Kind auch starb und daß Sie Angst hatten, es einzugestehen und für seinen Tod verantwortlich gemacht zu werden. Andererseits gibt es noch eine Version, die sich meine Tante Honoria ausgedacht hat, um das dramatische Auftauchen ihres Giles Arcourt zu erklären. Nach dieser Version haben die Schmidts unglücklicherweise die Dokumente verloren, die ihnen die Dubruls gegeben hatten und die ein Beweis für die Identität des Kindes gewesen wären. Sie fürchteten dann, von der Polizei gefaßt zu werden, wenn sie den Versuch machten, ihn einer reichen englischen Familie als vermißten Erben unterzuschieben. Schließlich gelang es der Überzeugungskraft von Mr. Croil – der Anwalt meiner Tante –, der sie mit der Zähigkeit einer Bulldogge aufgespürt hatte (dies natürlich alles nach dessen Version), sie zum Unterschreiben einer Erklärung über die Ereignisse des Jahres 1803 zu veranlassen. Er war es auch, der einen Opalring vorlegte, den meine Tante Honoria angeblich John Arcourt vor seiner Abreise nach Frankreich schenkte. Können Sie mir folgen, Miß Henry?«
»Ja«, sagte Rolande. »Es erscheint mir alles ganz plausibel.«
»Natürlich tut es das«, sagte Jasper. »Meine Tante Honoria ist eine außerordentlich erfindungsreiche Frau und darüber hinaus sehr gründlich. Die Sache mit dem Opalring ist ein Meisterstreich. Ich glaube jedoch, daß die Geschichte, die die Baronesse und ich für Sie erfunden ha-

ben, ebenfalls sehr raffiniert ausgedacht ist. Ihre Schmidts haben Sie so liebgewonnen, nachdem die sterbenden Dubruls Sie ihnen anvertraut hatten, daß sie die Papiere, welche Ihre Identität bewiesen, in einer alten Truhe versteckten und Sie als ihren eigenen Sohn aufzogen. Selbst als Sie zufällig vor ein paar Monaten diese Papiere entdeckten, weigerten sie sich, Sie aufzugeben, und vernichteten alles, so daß Sie gezwungen waren, sich allein auf die Suche nach Ihrer wirklichen Familie zu machen. Dabei wußten Sie nicht mehr, als daß Sie Giles Arcourt sind, der Sohn des verstorbenen John Arcourt von Arcourt's Hall in Buckinghamshire. Natürlich ist es jetzt an uns, in Wien ein Ehepaar Schmidt ausfindig zu machen, das einen durchgebrannten Sohn besitzt – zum Glück brennen ja junge Männer außerordentlich häufig von zu Hause durch, so daß diesbezüglich keinerlei Schwierigkeiten bestehen dürften. Und da sie natürlich nichts von einem Giles Arcourt wissen, werden sie die ganze Sache leugnen, wenn sie beschuldigt werden, was natürlich seitens der anwaltschaftlichen Herren erfolgen wird. Das wird also keinerlei Problem bereiten.«

Rolande, die seiner komplizierten Erklärung aufmerksam gefolgt war, sagte nach einer Weile, daß seine Version ihr im Augenblick genauso plausibel erscheine wie die von Lady Prest, was Jasper erfreute.

»Danke«, sagte er. »Ich bin selbst einigermaßen zufrieden damit. Auf jeden Fall werden die Herren vom Gericht einigen Stoff zum Nachdenken haben. Wir können zwar sicher nicht so viele Dokumente wie Tante Honoria vorlegen, doch dafür hat sie keinen Giles Arcourt, der genau wie seine Mama aussieht.«

Rolande war nun sehr neugierig, das Porträt der Dame zu sehen, mit der sie soviel Ähnlichkeit haben sollte, doch als sie in Arcourt's Hall ankamen, war es schon spät, so daß sie nur noch den Wunsch nach einem heißen Bad und einem bequemen Bett hatte, und beides wurde ihr auch sofort zur Verfügung gestellt. Dies alles jedoch nicht ohne beträchtliches Herumgetrappel der aufgescheuchten und verwunderten Gilrays, die natürlich nicht die geringste Ahnung gehabt hatten, daß ihr Herr an diesem Abend in Begleitung eines jungen Mannes, der behauptete, der vermißte Erbe der Arcourt-Millionen zu sein, an der Tür erscheinen werde.

4

Zu sagen, daß die Gilrays verwundert waren, als ein neuer Giles Arcourt in Arcourt's Hall erschien, ist eine milde Beschreibung des Zustandes, in den sie durch dieses Ereignis versetzt wurden. Sie waren ein älteres Paar, sahen sich, wie ältere Paare es oft tun, so ähnlich wie ein Groschen dem andern und waren Jasper ergeben, den sie bereits gekannt hatten, als er noch in kurzen Hosen steckte, und von dem sie immer noch glaubten, daß er nicht in der Lage sei, für sich selbst zu sorgen. Diese Ansicht wurde nun bestätigt durch die Tatsache, daß er einen Jungen ins Haus gebracht und gewissermaßen ans Herz genommen hatte, dessen Existenz allein ihn wahrscheinlich um die acht Millionen Pfund brachte, die ihm als Erbgut zustanden. Sie behandelten ihn daher mit der größten Sorgsamkeit, während sie Rolande mit argwöhnischen Blicken verfolgten und ihr nichts als kühle Worte zukommen ließen. Dies machte auf sie jedoch nicht den geringsten Eindruck. Am nächsten Morgen, nach einem herzhaften Frühstück, begann sie ihre Umgebung zu erkunden. Arcourt's Hall stammte aus der Restaurationszeit. Es war aus hellem Kalkstein gebaut, die Fensterumrahmungen bestanden aus dunklerem Stein, die Giebel wurden durch phantasievolle ionische Voluten betont, die so aussahen, als bestünden sie aus Zuckerwatte und nicht aus Stein.

Die Wände der Innenräume waren mit verblaßten Damastdraperien und vergoldeten Ledertapeten ausstaffiert, und auf den Böden lagen prächtige persische und türkische Teppiche, die allerdings einen ziemlich vernachlässigten und verstaubten Eindruck machten. Im Elfenbeinsalon blickte ihr eigenes Gesicht aus einem trüben Goldrahmen auf einen langen, halbleeren Raum, dessen anmutige Sessel und Louis-seize-Sofas trotz ihrer zerschlissenen Seidenbezüge romantisch wirkten.

Die Fenster blickten auf einen großen verwilderten Ziergarten, in dem eine völlig ungereimte Gesellschaft von Hunden, Katzen, Vögeln, Korkenziehern, Bällen und riesigen Hüten, einst kunstvoll aus Eiben und Buchsbäumen geschnitten, ein phantastisches Durcheinander merkwürdiger Gestalten bildete.

Es erinnerte Rolande sehr an die Märchen, die man ihr als Kind vorgelesen hatte, und sie dachte, daß Dornröschen, wenn es Engländerin gewesen wäre, sicher in Arcourt's Hall gelebt hätte. Ihre offensichtliche Zufriedenheit erleichterte Jasper, der schon befürchtet hatte, daß die kühlen Blicke der Gilrays und der schlechte Zustand des Hauses sie so unangenehm berühren könnten, daß sie es schon bedauerte, die Rolle von Giles Arcourt übernommen zu haben. Als Belohnung für ihr gutes Verhalten versprach er ihr einen Besichtigungsritt auf den alten Gäulen, die noch in den Ställen standen, obwohl er eigentlich kein Interesse daran hatte, daß man sie in der Nachbarschaft erblickte. Er wußte jedoch, daß keine Aussicht bestand, sie völlig zu verbergen, denn sobald die

Nachricht von ihrer Ankunft sich herumgesprochen hatte, würden einige neugierige Nachbarinnen ihre Männer dazu überreden, einen Besuch in Arcourt's Hall zu machen, um zu entdecken, was er vorhatte. Er hatte schon beschlossen, ihnen zu erzählen, daß Rolande der Sohn eines belgischen Freundes sei, der vor kurzem gestorben war und ihm Rolande anvertraut hatte. Das würde ihren ausländischen Akzent ebenso wie die Tatsache erklären, daß der trauernde junge Mann sich nicht an Dinnerpartys und Ausflügen beteiligte, zu denen man ihn einlud.

Und was die Ähnlichkeit zwischen dem jungen Belgier und dem Porträt im Elfenbeinsalon betraf, so konnte man allen Schwierigkeiten zuvorkommen, indem man das Bild einfach von der Wand nahm. Zum Glück hatte die verstorbene Mrs. John Arcourt nur kurz in Arcourt's Hall gelebt, und das war jetzt schon so lange her, daß sich wahrscheinlich niemand mehr daran erinnern konnte, wie sie aussah.

Natürlich könnte er auch direkt sagen, daß er seinen Vetter Giles Arcourt bei sich beherberge, doch das würde Rolande einer zu intensiven und neugierigen Musterung aussetzen, noch bevor sie sich genügend mit allen Tücken ihrer Rolle auseinandergesetzt und er genügend Einzelheiten über die Familie Schmidt erfahren hätte, die ein Wiener Freund gerade für ihn aussuchte. Es war daher im Augenblick das beste, Rolande so gut wie möglich zu verbergen und, sollte es notwendig sein, auf die belgische Erklärung zu vertrauen.

Glücklicherweise waren die bestimmten Damen, deren Neugierde er am meisten gefürchtet hatte, schon in ihr Sommerdomizil Worthing gereist, und nachdem einige Tage vergangen waren, begann er sich bereits zu der angenehmen Einsamkeit zu gratulieren, die sie zusammen genossen. Allerdings hatte er ständig kleine Streitereien mit

Rolande zu bestehen, zumal sie es immer noch nicht gelernt hatte, ihre Krawatte sachverständig zu binden, doch wenigstens langweilte er sich nicht mit ihr. Er hatte sich jedoch zu früh beglückwünscht, denn als sie eines Morgens von ihrem täglichen Ausritt zurückkamen, sahen sie vor der Eingangspforte eine Postkutsche stehen, der gerade ein kleiner, dicker, sorgfältig gekleideter Mann mittleren Alters entstieg. »Ach, du lieber Gott, das ist Birdwhistell!« rief Jasper aus und zügelte sein Pferd, wobei er Rolande erschrocken anblickte. »Mein Anwalt«, erklärte er schnell, »und was er hier tut, weiß ich wirklich nicht. Ihm kann ich ja nicht sagen, daß Sie Belgier sind, denn er wird Sie als Giles Arcourt seinen Amtskollegen präsentieren müssen. Also gut! Irgendwie werde ich das schon schaffen. Ev avant, mon enfant!«
Er ritt auf Mr. Birdwhistell zu, der die beiden schon gesehen hatte und sie mit einem wohlwollenden Lächeln erwartete. Mr. Birdwhistell hatte eine große Nase, sanfte blaue Augen und ein kleines Kinn, und er erinnerte sehr viel mehr an einen gelehrten Landpfarrer als an einen Londoner Anwalt, der mit allen juristischen Wassern gewaschen war.
Seine sanften Augen betrachteten Rolande jetzt eingehend, als sie ihr Pferd vor der Eingangstreppe zügelte, und sein wohlwollendes Lächeln verwandelte sich in den Ausdruck komischen Erstaunens, als er Jasper begrüßte.
»Lieber Junge«, stammelte er, während er nur mit Mühe seinen Blick von Rolande abwandte und Jaspers Hand nahm, die dieser ihm entgegenstreckte. »Sie müssen mich entschuldigen, ich fürchte, ich störe Ihre ländlichen Freuden.« Dann fügte er mit einem weiteren faszinierten Blick auf Rolande hinzu: »Ich hoffe, Sie werden mich Ihrem jungen Freund vorstellen.«
»Oh«, sagte Jasper so unbekümmert wie möglich, »dies

ist mein junger Vetter, Giles Arcourt. Giles, Mr. Birdwhistell. Willst du vielleicht die Pferde zum Stall bringen?« fügte er hinzu und blickte Rolande bedeutungsvoll an, die gerade dabei war abzusteigen. »Ich glaube, Birdwhistells Besuch ist geschäftlicher Natur, und ich werde eine Weile mit ihm zu tun haben.« Er blickte sie noch einmal vielsagend an und schob den Anwalt ins Haus hinein. Sobald Gilray Mr. Birdwhistells Hut genommen hatte, warf Jasper seinen eigenen Hut, Handschuhe und Reitgerte auf einen Tisch in der Halle, sagte dem Diener, er solle Sherry bringen, und führte seinen Gast in den Elfenbeinsalon. Das war ein taktischer Fehler, denn Gilray hatte entgegen Jaspers Anweisung das Porträt der verstorbenen Mrs. John Arcourt noch nicht von seinem Platz an der Wand entfernt. Nun trottete Mr. Birdwhistell direkt darauf zu und begann es zu betrachten.

»Eine bemerkenswerte Ähnlichkeit! Sehr bemerkenswert!« rief er aus, zog ein großes Taschentuch hervor und wischte sich damit zerstreut über die Stirn. »Tatsächlich, ich kann es kaum glauben. Als ich hörte, daß Sie einen geheimnisvollen jungen Mann hier zu Besuch haben, der eine verblüffende Ähnlichkeit mit der verstorbenen Mrs. John Arcourt habe, mußte ich lachen. Aber jetzt –« Er wandte sich zu Jasper um und blickte ihn fast ehrfürchtig an. »Ich denke, Ihnen ist klar, mein lieber Junge«, sagte er, »in welch unangenehme Lage dies Ihre Tante, Lady Prest, versetzt. Der junge Mann, den sie als Sohn ihres verstorbenen Bruders zum Vorschein gebracht hat, ist offensichtlich –«

»Ein Schwindler«, sagte Jasper schnell, der sofort überlegte, welchen Kurs er einschlagen sollte, denn Mr. Birdwhistell mußte sich ja wundern, weshalb er seinen Giles Arcourt versteckte, wenn er ihn tatsächlich als seinen Vetter anerkannte.

»Ja, natürlich, das ist mir auch aufgefallen«, sagte er lässig. »Andererseits – können wir wirklich sicher sein, daß dieser Junge tatsächlich echt ist? Ich weiß, er sieht meiner verstorbenen Tante sehr ähnlich –«
»Mein lieber Mr. Carrington, die Ähnlichkeit steht außer Zweifel!«
Mr. Birdwhistell folgte der Aufforderung Jaspers, Platz zu nehmen, und da Gilray in diesem Augenblick mit einer Flasche Oloroso erschien, wurde das Thema Giles Arcourt für den Augenblick nicht weiter verfolgt, was Jasper die Gelegenheit gab, seine leicht verwirrten Gedanken zu ordnen. Er beschloß, nun selbst zum Angriff überzugehen, und fragte Mr. Birdwhistell, sobald Gilray den Raum verlassen hatte, wer ihn darüber informiert habe, daß sich in Arcourt's Hall ein geheimnisvoller junger Mann befände.
Mr. Birdwhistell machte eine vage Handbewegung. »In meinem Beruf«, sagte er fast entschuldigend, »hört man jeden Tag so viel, daß man selbst nicht mehr weiß, wer was gesagt hat.« Dies war für Jasper genug, um zu erkennen, daß sein Anwalt nicht die Absicht hatte, seinen Informanten zu nennen. Und nachdem Mr. Birdwhistell den Oloroso gelobt hatte, begann er sofort das Gespräch wieder auf Giles Arcourt zu bringen und fragte Jasper, weshalb er glaube, daß der junge Mann, den er bei sich beherberge, nicht echt sei.
»Ach, das meine ich gar nicht so«, sagte Jasper, der kein Interesse hatte, daß sein eigener Kandidat mehr als notwendig in Frage gestellt wurde. »Seine Geschichte erscheint mir durchaus glaubwürdig.« Er teilte sie ihm mit und hatte die Genugtuung, daß Mr. Birdwhistell sie offenbar ebenso plausibel fand wie Rolande. »Trotzdem«, fuhr er fort, »finde ich es doch verdammt merkwürdig, daß zwei Giles Arcourt nach all diesen Jahren auf einmal

auftauchen. Man kann nicht umhin zu glauben, daß es noch einen dritten und vierten gibt, die irgendwo herumlungern.«

Mr. Birdwhistell bemerkte etwas tadelnd, daß dies doch wenig wahrscheinlich sei, gab jedoch zu, daß er nicht mit der Möglichkeit gerechnet hatte, sich mit einem zweiten Giles Arcourt auseinandersetzen zu müssen, nachdem Lady Prest den ersten zum Vorschein gebracht hatte. »Das wird eine Menge juristischer Probleme ergeben«, sagte er, sehr zu Jaspers Zufriedenheit. »Weiß Gott, ja, eine große Menge.« Er blickte Jasper ernst an. »Wissen Sie, mein lieber Mr. Carrington«, fuhr er fort, wobei er seine Fingerspitzen aneinanderlegte und sie anblickte, als ob er dadurch Ordnung in seine Gedanken bringen könnte, »es erscheint mir jetzt sehr nachlässig von uns – wirklich außerordentlich nachlässig –, die Umstände des Verschwindens Ihres jungen Vetters in Wien nicht genauer untersucht zu haben. Wir wären nicht in der verzwickten Lage, in der wir uns heute befinden, wenn –«

»Aber ich dachte, es seien gründliche Nachforschungen angestellt worden«, sagte Jasper etwas überrascht.

Mr. Birdwhistell, der immer noch die Pyramide seiner Fingerspitzen betrachtete, schüttelte bedauernd den Kopf. »Nicht das, was ich gründlich nenne«, sagte er einfach. »Nein, nein, mein lieber Junge, nicht das, was ich gründlich nenne. Das Entscheidende ist«, fuhr er eifrig fort, »daß nie versucht wurde, mit den Schmidts auf ihrer eigenen Ebene zu verhandeln. Man kann von den unteren Klassen nicht die Wahrheit herausbekommen, wenn man Beamte oder Geschäftsleute auf sie ansetzt. Sie mißtrauen ihnen oder haben Angst vor ihnen. Auf jeden Fall werden Sie alles tun, um ihnen nicht die Wahrheit sagen zu müssen. Ich habe aber jetzt eine Idee, die mir im Kopf herumgeht, seit Mr. Croil mich davon unterrichtet hat, daß es ihm gelungen ist, einen jungen Mann zu entdecken, von dem er glaubt, daß er der echte Giles Arcourt ist –«

Die geringschätzige Art, in der er Mr. Croils Namen aussprach, machte es Jasper klar, daß Birdwhistell nichts lieber gewesen wäre, als seinen berühmten Anwaltskollegen als unfähigen Trottel hinzustellen.

»Ja?« sagte er ermunternd.

»Ich habe eine kleine Idee«, fuhr Mr. Birdwhistell fort, »und glaube, daß es nützlich wäre, eine Person niederen Standes nach Wien zu senden, die das Vertrauen dieser Leute erringen kann, und der Zufall will es, daß sich eine solche Person in meinem Dienst befindet. Es ist ein früheres Mitglied der Deutschen Legion des Königs, ein ehemaliger Metzger, der seine Heimat verlassen hat, um gegen dieses Ungeheuer Bonaparte zu kämpfen. Nicht ein besonders gescheiter Bursche, jedoch gründlich, sehr gründlich, und ziemlich schlau, so daß er die gewünschte Information –«

»Schicken Sie ihn nach Wien, auf alle Fälle!« sagte Jasper und drängte Mr. Birdwhistell ein weiteres Glas Oloroso auf.

Es war ihm bewußt, daß er ein Risiko einging, wenn er den Anwalt zu dieser Aktivität antrieb, doch wenn wirklich ein dritter und diesmal echter Giles Arcourt lebte, wäre es bedeutend besser, es jetzt zu erfahren als später, wenn das Gericht ihm die acht Millionen Pfund zugesprochen hatte und er dann verpflichtet wäre, sie wieder herauszugeben. Ein hypothetisches Vermögen aufzugeben, war bedeutend leichter, als eines zu verlieren, das man schon in seinem Besitz hatte. Und wenn Birdwhistells Mann mit dem einwandfreien Beweis wiederkäme, daß das Kind Giles vor vielen Jahren gestorben sei, würden Lady Prest Pläne auf jeden Fall durchkreuzt und er, Jasper, würde zu seinen acht Millionen Pfund kommen.

Mr. Birdwhistell schien erfreut, daß sein Vorschlag widerspruchslos angenommen wurde, und versprach, sich sofort nach seiner Rückkehr nach London der Sache anzunehmen. Dann drückte er den Wunsch aus, mit Rolande sprechen zu dürfen, und Jasper, dem so schnell keine passende Ausrede einfiel, war erleichtert, als der herbeigerufene Gilray erklärte, daß der junge Herr einen Spaziergang in das nahe Gehölz unternommen habe.
»Wie schade«, sagte Jasper, der das Stichwort sofort aufgriff. »Dann wird er Stunden nicht zurückkommen, denn er hat eine Vorliebe für lange einsame Spaziergänge. Und ich nehme an, Ihre Anwesenheit wird in London benötigt?«
Mr. Birdwhistell gab dies bedauernd zu; nur die delikate Natur dieser Angelegenheit habe ihn überhaupt dazu bewogen, selbst die Reise zu unternehmen, anstatt einen seiner Untergebenen zu schicken. Er forderte Jasper jedoch auf, Giles Arcourt so bald wie möglich nach London zu bringen, damit er ihn gründlich ausfragen könne, und in der Zwischenzeit so viel wie möglich von seiner Vergangenheit zu erfragen. »Es ist nicht nötig, ihn vorzuweisen, bevor wir nicht alle Karten in der Hand haben«, sagte er. »Wenn es sich herausstellen sollte, daß er wirklich der Sohn Ihres Onkels ist – was ich wegen seiner erstaunlichen Ähnlichkeit mit der verstorbenen Mrs. John Arcourt fast befürchte –, dann müssen Sie natürlich alle Hoffnungen begraben, das Arcourt-Vermögen zu erben. Ich muß sagen, mein lieber Junge«, fügte er mit der herzlichen Vertrautheit eines alten Bekannten hinzu, »daß Sie dies alles erstaunlich gut tragen. Natürlich sagt uns das Familiengefühl, daß wir dankbar sein müssen, wenn ein Verwandter, der als verschwunden galt, wieder auftaucht, doch wenn dieses Ereignis mit dem Verlust eines immensen Vermögens verbunden ist, könnte diese Freude ja auch sehr ge-

dämpft werden. Ich muß Ihnen zu Ihrem Gleichmut – um nicht zu sagen, Stoizismus – gratulieren, mit dem sie diesem Schicksalsschlag begegnen!«
Jasper dankte ihm und brachte ihn schnell aus dem Haus, weil er befürchtete, daß Rolande doch noch erscheinen könnte. Sie blieb jedoch noch eine gute Stunde nach dem Aufbruch von Mr. Birdwhistell unsichtbar, erschien dann, wie sie sagte, mit fürchterlichem Hunger, und zeigte ihm einen Einschnitt auf ihrem Hut, der sich bei näherer Besichtigung als Streifschuß erwies.
»Ich fürchte, Sie haben Wilderer in Ihrem Wald«, sagte sie ernst. »Wenn ich Sie wäre, würde ich sofort dafür sorgen, daß ihnen das Handwerk gelegt wird. Wie Sie sehen, hätte ich ebenso das Opfer sein können wie Ihre Kaninchen.«
Jasper starrte ungläubig auf den Hut. »Soll das heißen, daß jemand im Wald auf Sie geschossen hat?« fragte er.
»Nein, natürlich nicht auf mich. Wahrscheinlich hat er mich noch nicht einmal gesehen. Er war hinter Ihren Kaninchen her oder hinter irgendwelchen anderen Tieren.«
»Bei hellem Tageslicht?« fragte Jasper, immer noch ungläubig. »Hier in der Gegend wird nicht viel gewildert, selbst nicht in der Nacht, denn der alte General Blough, der hiesige Magistrat, hat das Land von Wilderern gesäubert. Das ist sein Hobby, er liegt nächtelang wach, um sich auszudenken, wie er sie zur Strecke bringen kann.«
»Nun, diesen hier hat er eben nicht zur Strecke gebracht«, sagte Rolande mit Entschiedenheit, »das können Sie ja sehen. Was hat dieser Herr – es ist, glaube ich, Ihr Anwalt – von Ihnen gewollt? Habe ich recht daran getan zu verschwinden?«
»Ja, das haben Sie gut gemacht. Er ist ein verteufelt schlauer Fuchs, und wir hätten ganz schön in der Klemme gesteckt, wenn Sie nicht so schnell verschwun-

den wären, daß er kein Kreuzverhör mit Ihnen anstellen konnte. Ich wünschte, Franz würde sich beeilen, um unsere Schmidts in Wien auszugraben, so daß unsere Geschichte komplett ist. Birdwhistell sagt, es habe sich schon herumgesprochen, daß ich einen geheimnisvollen jungen Mann hier habe, der eine erstaunliche Ähnlichkeit mit der verstorbenen Mrs. John Arcourt aufweist.«

Er wechselte absichtlich das Thema, um von der Sache mit dem Wilderer abzulenken, denn er wollte nicht, daß Rolande sich beunruhigte. Er konnte es nicht als Zufall ansehen, daß genau in dem Augenblick, als das Gerücht von ihrem Besuch sich herumsprach, dieser Schuß auf sie abgegeben wurde. Natürlich bestand die Möglichkeit, daß ein Wilderer auf sie geschossen hatte, doch er mußte plötzlich an eine Bemerkung der Baronesse denken, als er bei der musikalischen Soirée von Lady Prest mit ihr über die Vermögensangelegenheit sprach. Damals hatte sie gesagt, daß man fast alles tun würde, um an acht Millionen Pfund heranzukommen, und er hatte etwas keck gefragt: »Auch einen Mord begehen?«

Wenn es ihm auch schwerfiel, sich seine Verwandten im Zusammenhang mit einem Mord vorzustellen, so durfte er doch nicht vergessen, daß die Arcourts in früheren Zeiten oft nicht gerade zimperlich mit ihren Gegnern umgegangen waren. Einer dieser besonders grimmigen Vorfahren, der mit Wilhelm dem Eroberer nach England gekommen war, hatte seinen Namen »Walter von der roten Hand« nicht umsonst bekommen, denn es war seine Angewohnheit, seine Gegner persönlich mit einem Dolchstoß zu erledigen. Jasper beschloß daher, Rolande von jetzt ab nicht mehr aus den Augen zu lassen. Er hatte sich nicht viel dabei gedacht, sie eine Rolle spielen zu lassen, die seiner Ansicht nach kein Risiko für sie bedeutete, doch jetzt mußte er sich überlegen, ob sie diese Rolle weiterspielen durfte, da offenbar ihr Leben in Gefahr war. Acht Millionen Pfund waren acht Millionen Pfund, doch er hatte nicht genug von »Walter von der roten Hand« geerbt, um nicht zu bedenken, daß selbst eine so große Summe nicht ein Leben wert ist. Allerdings hatte er das unangenehme Gefühl, daß seine Tante Honoria vielleicht nicht diese Meinung teilte.

5

Das eintönige Leben in Arcourt's Hall wurde nach einer weiteren Woche durch die unerwartete Ankunft der Baronesse belebt, die erklärte, daß sie sich in Brighton zu Tode langweile und überzeugt sei, daß sich hier bedeutend interessantere Dinge ereigneten.

»Wenn ich daran denke, wie jung und fröhlich wir früher im Pavillon waren, macht mich das ganz traurig«, sagte sie. »Doch wie kann man fröhlich sein, wenn man sieht, wie Prinny, zum Beispiel, so dick geworden ist, daß er sich eines umständlichen Mechanismus bedienen muß, um überhaupt aufs Pferd zu kommen? Und dann besteht er darauf, diese enormen Dinner zu geben, was man ihm auch nicht übelnehmen kann, da er den berühmten Koch Carême aus Frankreich herauslocken konnte. Aber man bedenke – sechsunddreißig entrées, mein Lieber, mit vier Suppen, vier relevés de poissons, vier grosses pièces pour les contre-flancs, zehn assiettes volantes de fritures, acht grosses pièces de pâtisserie, zweiunddreißig entrements und vier plats de rotis. Ich versichere dir, ich übertreibe nicht, es ist schon allein eine Anstrengung, das Menü zu lesen.«

Jasper, der nicht sehr erfreut darüber war, seine Cousine

in Arcourt's Hall zu haben, da sie genau den gesellschaftlichen Wirbel erzeugen würde, vor dem er sich hüten mußte, erklärte ihr, daß seine wenigen Angestellten nicht in der Lage seien, sich um weitere Gäste zu kümmern, und daß Brighton der Höhepunkt der Unterhaltung sei im Vergleich zu dem, was man ihr hier bieten könne. Es hatte jedoch keinen Zweck, die Baronesse bestand darauf, Rolande zu sehen, zeigte sich entzückt über ihre Fortschritte in ihrer männlichen Rolle und wies Disbrey an, ihre Koffer auszupacken.

Rolande ihrerseits freute sich, die Baronesse zu sehen, und verbrachte einen guten Teil des Morgens nach ihrer Ankunft damit, sich über die Mängel von Jaspers Charakter zu unterhalten, ganz gleich, ob er gerade anwesend war oder nicht. Die Baronesse, die der Ansicht war, daß ihr schneidiger Vetter viel zu sehr von der Damenwelt bewundert wurde, war entzückt über die Offenheit, mit der Rolande sich ausdrückte. Sie bemängelte seine entsetzliche Rechthaberei, seine gebieterische Art und dazu noch seinen gelegentlichen Charme, der es einem unmöglich mache, ihm letztlich böse zu sein.

»Ich glaube selbst, daß es besser wäre, wenn er heiraten würde«, sagte Rolande weise. »Es würde ihm sehr guttun. Vielleicht eine Dame, die ein wenig herrisch ist –«

»Um Gottes willen!« sagte Jasper entsetzt. »Wenn ich mich jemals in die Zwangsjacke einer Ehe begebe, dann allerhöchstens mit einem sanften Mädchen angenehmen Wesens, das nichts als ja und amen zu mir sagen wird. Und was Sie betrifft, mein Kind«, fuhr er fort und blickte Rolande streng an, »so ist es das beste, wenn Sie einen Mann heiraten, der Sie regelmäßig übers Knie legt, bis er Manieren in Sie hineingebleut hat.«

»Das«, sagte Rolande mit Würde, »wird leider nicht möglich sein, da ich niemals solch ein wildes Tier heiraten würde. Ich werde nämlich, sobald ich meine zehntausend Pfund bekommen habe, einen Mann tout á fait sympathique heiraten, der nett und angenehm ist und alles tut, um mir zu gefallen.«

»Dabei kann es sich nur um einen langweiligen Tropf handeln«, sagte Jasper geringschätzig, »und ich muß sagen, er tut mir in der Seele leid. Doch handeln Sie bitte, wie es Ihnen beliebt.«

Er erklärte dann, daß er jetzt mehrere Stunden mit dem greisenhaften Inspektor verbringen müsse, der sich um die letzten Überreste der Ländereien kümmere, wies Rolande an, sich nicht in seiner Nähe zu zeigen, und empfahl der Baronesse noch einmal, nach Brighton zurückzukehren. Die Baronesse, die immer gern das tat, was andere Leute ihr empfahlen, nicht zu tun, sagte, daß sie nicht daran dächte. Doch Rolande vertraute sie an, daß sie die Gegend hier im Sommer schrecklich trist fände und daher am nächsten Tag wahrscheinlich nach Brighton zurückkehren werde. Dann rauschte sie in einer Wolke aus bernsteinfarbener Spitze und hellgelben Bändern davon, um Briefe zu schreiben, nachdem sie Rolandes Bitte abgelehnt hatte, mit ihr auszureiten.

Rolande entschloß sich daher, allein auszureiten. Sie wußte, daß es gegen Jaspers strenge Anweisung verstieß, doch da sie selbst nicht um ihre Sicherheit besorgt war, hielt sie dies für eine seiner üblichen diktatorischen Allüren und beschloß, das Verbot zu ignorieren.

Da es nicht mehr früh war und die Sonne sehr warm, genoß sie ihren Ritt nicht so wie sonst. Wenigstens redete sie es sich ein, da sie nicht zugeben wollte, daß ein Ausritt ohne Jasper ihr keinen Spaß machte. Trotzdem durchstreifte sie die Gegend in schnellem Trab, bis sie erschöpft war. Damit wollte sie sich nur beweisen, daß sie auch ohne Jasper glücklich sei.

Schließlich wendete sie ihre Stute wieder in Richtung Arcourt's Hall, und da das Tier ebenso bestrebt war wie sie, schnell nach Hause zu kommen, erreichte sie in gutem Tempo eine hölzerne Brücke, die sich über den kleinen Fluß im Park spannte. Plötzlich begann das Pferd jedoch zu straucheln und schien den Boden unter den Füßen zu verlieren. Noch ehe Rolande begriffen hatte, was geschah, verschwand die ganze Brücke unter ihnen, und sie stürzte mit dem Pferd ins Wasser.

Es hatte in der Nacht heftig geregnet, und der Fluß, der meist ruhig dahinströmte, hatte sich in ein reißendes Wasser verwandelt. Rolande, die sich von dem verängstigten Pferd loszumachen versuchte, sah in ihrer Nähe ein rettendes Stück der zusammengestürzten Brücke und klammerte sich daran fest, wobei sie heftig bedauerte, nicht wirklich ein junger Mann zu sein, denn dann hätte sie schwimmen können. So jedoch blieb ihr nichts anderes übrig, als sich verzweifelt an dem schwankenden Balken festzuhalten und um Hilfe zu rufen, wobei sie jedoch wenig Hoffnung hatte, daß jemand sie hören würde. Zu ihrer Überraschung antwortete ihr jedoch fast augenblicklich eine vertraute männliche Stimme, und im nächsten Augenblick kam Jasper auf seinem mächtigen Rotschimmel auf sie zugaloppiert. Er zügelte sein Pferd am Rand des Flusses, sprang in das schäumende Wasser, das ihm nur bis an die Brust ging, nahm sie fest in den Arm und brachte sie ans Ufer. Dort ließ er sie ohne weiteres Zeremoniell fallen und stellte sich über sie, wobei er sie wütend anblickte. »Sie verdammte Idiotin!« sagte er zornig. »Habe ich Ihnen nicht gesagt, daß Sie das Haus nicht ohne mich verlassen sollen?«

Rolande, deren Kleider triefend naß und schmutzig waren und der die nassen Haare in die Augen fielen, setzte sich keuchend und spuckend auf und blickte ihn empört

an. »Sie wissen wohl nicht«, rief sie aus, »daß ich beinahe ertrunken wäre?«
»Allerdings, da haben Sie vollkommen recht, Sie wären beinahe ertrunken, und es wäre Ihre eigene Schuld gewesen«, sagte Jasper ebenso empört. Er zog sie zu sich hoch. »Los, kommen Sie und ziehen Sie sich sofort trockene Kleider an. Ich habe keine Lust, daß Sie sich eine Lungenentzündung holen.«
Rolande versuchte sich würdig zu geben, was nicht ganz einfach war, da sie nicht viel besser aussah als ein halb ertrunkenes Kätzchen. »Man bekommt an so einem warmen Tag keine Lungenentzündung«, sagte sie, fügte dann aber etwas ängstlich hinzu: »Oh, diese Stiefel! Sie sind voll Wasser. Ich kann nicht mit ihnen gehen.«
»Es ist auch nicht nötig, daß Sie damit gehen«, antwortete Jasper und bestieg seinen Rotschimmel, der freundlicherweise nicht der Stute nachgefolgt war, die in panischer Angst auf die Ställe zugaloppierte, sondern friedlich an dem saftigen Sommergras knabberte. Er reichte Rolande die Hand, sagte ihr, sie solle ihren Fuß auf seinen Stiefel stellen, und zog sie vor sich auf den Sattel. Er war fast so naß wie sie, und sie hatten einen sehr feuchten und schnellen Ritt nach Arcourt's Hall, wo er sie, nachdem er abgestiegen war, ohne weitere Umschweife vom Pferd hob, nach drinnen führte und ihr strengen Tones erklärte, daß er sie, sobald sie in trockenen Kleidern stecke, zu sehen wünsche. Dann ging er zu ihrer Überraschung wieder hinaus, bestieg sein Pferd und ritt fort.
Rolande ging nach oben und zog ihre nassen Kleider aus. Sie hatte ein sehr ungemütliches Gefühl, weniger wegen des Zwischenfalls, als vielmehr wegen Jaspers merkwürdiger Reaktion darauf. Als sie wieder in trockenen Kleidern steckte, ging sie hinunter und fand die Baronesse im kleinen Salon vor, wo sie gerade einen Roman las. Wäh-

rend sie ihr erzählte, was vorgefallen war, kam Jasper herein.

»Also«, sagte er grimmig, »es ist genauso, wie ich es mir vorgestellt habe. Der Träger war durchgesägt.«

Rolande und die Baronesse blickten ihn erstaunt an. Er sah wirklich recht merkwürdig aus, denn unter seiner tadellos à la sentimentale gebundenen Krawatte zeigte sich seine Gestalt in einer Verfassung, wie sie nicht nasser und schmutziger sein konnte. Es waren jedoch mehr seine Worte und weniger seine Erscheinung, die seine beiden Zuhörerinnen schockierten.

»Was willst du denn, um Himmels willen, damit sagen?« fragte die Baronesse. »Durchgesägt? Heißt das, daß jemand sich an der Brücke zu schaffen gemacht hat? Aber weshalb –«

»Aus demselben Grund, aus dem das Geschoß des ›Wilderers‹ Miß Henrys Hut gestreift hat, als sie vor ein paar Tagen durch den Wald ging«, sagte Jasper kurz. Er schaute mißbilligend auf die eleganten, mit Seide überzogenen Sessel im Salon und fuhr fort: »Ich kann mich hier nicht hinsetzen, deswegen muß ich es kurz machen. Ihre Maskerade, Miß Henry, ist vorbei. Es wäre für mich wirklich sehr erfreulich, acht Millionen Pfund zu erben, jedoch nicht auf die Gefahr hin, daß jemand deswegen ermordet wird. Sagen wir, fünfhundert Pfund für Ihre bisherigen Dienste, und Sie können alles vergessen, was Sie von Giles Arcourt gehört haben, und wieder Miß Henry sein –«

»Aber das kann sie nicht tun, liebster Jasper«, unterbrach ihn die Baronesse. »Nicht, wenn du mit deiner Annahme recht hast – und ich glaube, du hast recht –, daß Honoria jede Moral vergißt (soweit sie jemals eine besessen hat) und sogar einen Mord begeht, um zu ihrem Ziel zu kommen. Natürlich hat sie das perfekte Instrument, um dieses

Ziel zu erreichen. Ich habe ja schon immer gesagt, daß dieser Croil vollkommen skrupellos ist. Doch wenn sie von deinem Giles Arcourt erfahren hat«, fuhr sie fort, »was ja wohl der Fall ist, da Birdwhistell und andere bereits das Gerücht vernommen haben, und wenn sie entschlossen ist, ihn aus dem Weg zu räumen, wird sie sicherlich nicht zurückzuhalten sein, wenn dein Giles Arcourt sich bloß als junge Frau verkleidet (denn so wird es für sie aussehen) und Arcourt's Hall verläßt. Meiner Meinung nach wirst du Rolande in den sicheren Tod schicken, wenn du sie so unbeschützt weggehen läßt.«

Ausnahmsweise blickte Jasper einmal ratlos drein. »Aber was, zum Teufel, soll ich denn dann mit ihr tun?« fragte er. »Croil kann immer irgend jemanden finden, um diese ›Unglücksfälle‹ zu verursachen, auch wenn die ersten Versuche gescheitert sind. Ich kann sie nicht hierlassen, das ist viel zu gefährlich, es sei denn, ich verstecke sie hinter Schloß und Riegel. Du hast ja selbst gesehen, was sie heute tat, nachdem ich ihr strikt verboten hatte, allein wegzugehen.«

»Aber Sie haben mir nicht gesagt, weshalb ich nicht weggehen sollte«, wehrte sich Rolande. »Natürlich wäre ich nicht ausgeritten, wenn ich gewußt hätte, daß jemand mich zu töten versucht. En vérité, glauben Sie wirklich, daß es so ist?«

»En vérité, ich glaube es«, sagte Jasper. Er blickte die Baronesse an. »Einen Augenblick«, rief er plötzlich. »Ich glaube, ich hab' es. Weshalb fährst du nicht morgen nach Brighton zurück, Louisa, und nimmst Miß Henry als deine Zofe mit? Wenn sie die Kleider von Disbrey trägt und ihre Rolle spielt, wird man aus der Ferne nicht den Unterschied sehen. Sie sind fast gleich groß.«

»Eine ausgezeichnete Idee«, stimmte die Baronesse begeistert zu. »Bei mir wird sie völlig sicher sein.« Und sie

fügte mit der tiefen dramatischen Stimme, die sie auf den Landsitzen von ganz England als Amateurschauspielerin bekannt gemacht hatte, hinzu: »Sie werden nur über meine Leiche an sie herankommen.«
»Aber was soll ich machen, wenn ich in Brighton ankomme?« wandte Rolande ein, was Jasper und die Baronesse ziemlich unfair fanden, da sie von ihrem Plan begeistert waren. »Ich kann doch nicht für alle Ewigkeit die Zofe von Madame la Baronne bleiben. Disbrey hätte das gar nicht gern. Sie sieht mich sowieso schon immer so mißbilligend an«, fügte sie betrübt hinzu.
Die Baronesse erklärte, daß dies keine Rolle spiele, da Disbrey alle Leute mißbilligend anblicke, und versicherte ihr, daß sie und Jasper sich schon etwas ausdenken würden, wenn sie nur erst mal sicher in Brighton gelandet seien. Rolande schien jedoch nicht überzeugt. »Ich glaube, daß Sie viel zu viel Aufhebens um alles machen und daß es besser wäre, ich würde Giles Arcourt bleiben«, sagte sie trotzig und an Jasper gewandt. »Woher wissen Sie, zum Beispiel, daß man es nicht auf Sie abgesehen hat, als man die Brücke ansägte?«
»Weil derjenige gesehen hat, daß Sie allein über die Brücke geritten sind und so den Weg zurückkommen mußten«, erwiderte Jasper. »Und da Sie sehr lange unterwegs waren, hatte er eine ganze Menge Zeit, um dieses scheußliche Werk auszuführen. Nein, Sie werden nach Brighton fahren, mein Mädchen, und damit basta. Ein Wunder, daß meine Haare nicht auf der Stelle weiß geworden sind, als ich Sie da um Hilfe schreien hörte. Ich habe auf der Stelle beschlossen, Sie auf meine Art loszuwerden, ehe jemand anderer es auf seine Art tut.«
»Ich habe nicht geschrien«, sagte Rolande kalt. »Ich habe nur gerufen, wie jeder vernünftige Mensch es tut unter solchen Umständen.«

Jasper erklärte, daß es sich wie Schreien angehört habe, und ging hinaus, um sich seiner nassen Kleider zu entledigen.

»Er ist fürchterlich lästig und völlig unerträglich«, sagte Rolande wütend, sobald sie mit der Baronesse allein war. »Es ist wirklich jammerschade, daß er gekommen ist und mich gerettet hat. Wahrscheinlich hätte ich mir sehr gut selbst helfen können, wenn ich nur ein paar Minuten Zeit gehabt hätte, mir etwas auszudenken. Dann hätte er überhaupt nicht erfahren, daß ich ins Wasser gefallen bin, und würde mich jetzt nicht wegschicken wollen.«

Die Baronesse, die in Herzensangelegenheiten Erfahrung hatte, blickte sie prüfend an, sagte jedoch nichts. Da die Maskerade von Giles Arcourt nun bald ein Ende hatte und Miß Henry aus dem Umkreis von Jasper verschwand, war es nicht notwendig, sie zu warnen und ihr zu sagen, daß sie sich sehr viel Kummer ersparen konnte, wenn sie sich nicht in ihn verliebte.

6

Am nächsten Morgen, als es dämmerte, wurde Disbrey – nachdem sie sich vergebens gegen die Befehle ihrer Herrin gewehrt hatte und daher steif vor Entrüstung war – aus Arcourt's Hall geschmuggelt. Man benutzte zu diesem Zweck einen Bauernkarren, auf dessen Boden sie sich zu legen hatte, und ließ ihn von einem alten Stallknecht in ein Dorf in der Nähe fahren, von wo aus sie die Postkutsche nach London und dann nach Brighton nehmen sollte. Ein paar Stunden später bestieg Rolande, die nun nicht mehr als junger Mann verkleidet war und in ihrem langen grauen Kleid und dem schmalen Häubchen wie der Inbegriff einer sittsamen Zofe aussah, mit der Baronesse die Reisekutsche. Innerhalb weniger Minuten befanden sie sich auf der Hauptstraße, die nach Brighton führte.

Es war ein strahlender Hochsommertag, die Luft erfüllt von dem Duft der großen purpurroten Disteln, der Rainfarne und Königskerzen. Rolande, die das Leben in Arcourt's Hall liebgewonnen hatte, brachte es nicht über sich, aus dem Fenster zu schauen, sondern dachte mißvergnügt an alles, was sie nun in Calais wieder vor sich hatte. Da sie jedoch ein unternehmungslustiges Mädchen war, befaßte sie sich nicht zu lange mit diesen trübseligen Gedanken, sondern beschloß, die Baronesse davon zu überzeugen, daß Jaspers Befürchtungen hinsichtlich der Zwischenfälle im Wald und an der Brücke übertrieben waren und daß keinerlei Gefahr bestünde, wenn sie ihre Rolle als Giles Arcourt an einem Ort wieder aufnähme, der weniger abgeschieden sei als Arcourt's Hall.

»Wenn ich bei Ihnen bin, wird es niemandem möglich sein, mich zu töten – falls das überhaupt jemand vorhat, was ich gar nicht glaube«, sagte sie drängend. »Und es wäre wirklich jammerschade, wenn Mr. Carrington durch diese Halunken um seine acht Millionen Pfund gebracht würde!«

Die Baronesse, die Angriffe auf den Adel nicht gelten ließ, sagte, daß man eine Gräfin nicht als Halunken bezeichnen könne, selbst wenn sie versuche, einen zu ermorden. Insgeheim gestand sie sich jedoch ein, daß Rolande recht hatte.

»Es ist wirklich sehr schade, daß Sie Jasper nicht dazu veranlaßt haben, eine Vereinbarung zu unterschreiben, wie ich es Ihnen geraten habe«, sagte sie. »Das hätte ihn gezwungen, die Sache zu Ende zu führen. Doch es hat jetzt keinen Zweck mehr, sich darüber aufzuhalten, wir beide müssen uns eben einen anderen Plan ausdenken. Von Jasper können wir nichts erwarten, denn der hat sich ja in den Kopf gesetzt, daß Sie verschwinden müssen. Leider, denn er hat immer ganz ausgezeichnete Ideen. Doch wenn er entschlossen ist, uns nicht dabei zu helfen, werden wir es eben allein schaffen müssen. Es ist wirklich zum Verrücktwerden, wenn man daran denkt, daß Honoria all das Geld bekommt. Schon allein deshalb werde ich alles tun, um ihren möglichen Sieg zu verhindern.«

Das Resultat dieser Unterhaltung war, daß man die nächsten Stunden damit verbrachte, sich die kompliziertesten Pläne auszudenken. Da beide Damen eine lebhafte Phantasie besaßen, kamen abenteuerliche Vorstellungen zum Vorschein, die auf dem Theater sicher mit großem Applaus belohnt worden wären, jedoch alles andere als praktikabel waren.

»Lassen wir es jetzt, es wird uns sicher bald etwas einfallen«, sagte die Baronesse, als die Kutsche schließlich vor dem noblen ziegelroten Haus am Steyne hielt, das sie, wie Jasper richtig vorausgesehen hatte, allen Widerständen zum Trotz für den Sommer gemietet hatte. Rolande, deren Erfahrung mit Seebädern begrenzt war, und vor allem mit so vornehmen wie Brighton, war von dem, was sie auf der kurzen Fahrt durch die Stadt erblickte, so entzückt, daß sie hoffte, die Pläne der Baronesse würden einen langen Aufenthalt hier zulassen. Allerdings, das mußte sie gleich mit Bedauern feststellen, würde es ihr gar nicht möglich sein, all die Vergnügungen, die das Meer, die glanzvollen Gebäude und die einladenden Geschäfte versprachen, wirklich genießen zu können.

Am nächsten Morgen war es Disbrey, die als erste in Rolandes Schlafzimmer erschien – immer noch entrüstet über die Ungeheuerlichkeiten, die man ihr zugemutet hatte. Sie teilte ihr mit, daß die Baronesse, die zu unge-

wöhnlich früher Zeit erwacht sei, Rolande in ihrem Ankleidezimmer erwarte, sobald sie die Morgenschokolade getrunken habe. Rolande, die plötzlich von Panik befallen wurde, daß die Baronesse vielleicht beschlossen habe, sie wegzuschicken, nachdem sie die Unausführbarkeit aller ins Auge genommenen Pläne eingesehen hatte –, warf sich sofort in einen der exotischen Morgenröcke, die man ihr geliehen hatte, und stürzte zu ihrer Gastgeberin. Sie fand die Baronesse in einem bezaubernden Boudoir, wo sie in einem rosaroten Rüschengewand auf einer Chaiselongue ruhte. Sie trug ihre berühmten schwarzen Diamanten und war umgeben von einem außerordentlichen Sammelsurium aus Parfums, Blumen, Büchern, Nippsachen, Spitzenkissen und Schreibutensilien. Das Morgenlicht drang sanft durch das Helldunkel rosafarbener Vorhänge.
»Oh, da sind Sie ja, meine Liebe«, rief sie entzückt, als Rolande hereinkam. »Wie flink Sie gewesen sind! Ich freue mich darüber, denn ich kann es kaum erwarten, Ihnen zu erzählen, welch phantastische Idee ich habe! Sie ist mir heute nacht gekommen, und ich hätte Sie beinahe aufgeweckt, um Ihnen davon zu berichten. Aber setzen Sie sich bitte erst.«
Rolande, die nun ziemlich sicher war, daß man sie wegschicken würde, hockte sich unglücklich auf einen Fußschemel und wartete. »Der springende Punkt ist«, fuhr die Baronesse fort, die das bekümmerte Gesicht Rolandes nicht zu bemerken schien, »daß wir das Allerwichtigste nicht berücksichtigt haben. Und das ist, für Sie eine geeignete Verkleidung zu finden. Sie sehen doch ein, nicht wahr, daß Sie, wo immer Sie sich auch befinden, völlig anders auszusehen haben als zuvor in der Rolle von Giles Arcourt. Es genügt nicht, Ihnen einfach Frauenkleider anzuziehen. Und dann haben Sie dieses ungewöhnlich ti-

zianrote Haar, das jedermann sofort wiedererkennen würde, und es ist jetzt kurz geschnitten, so daß man es nicht richtig frisieren könnte. So habe ich also beschlossen, Sie in eine Ungarin zu verwandeln.«

»In was?« rief Rolande und blickte ihr Gegenüber verdutzt an.

»Eine Ungarin«, wiederholte die Baronesse, die von ihrer Idee völlig hingerissen schien. »Eine mit Tatarenblut und diesen faszinierenden schrägen Augen. Ich glaube, Ihre Augenbrauen haben mich auf diese Idee gebracht: sie sind sehr dunkel und gehen an den Enden etwas in die Höhe, was man noch unterstützen könnte. Man kann ja mit Schminke die tollsten Dinge erreichen. Sie können sich nicht vorstellen, wie geschickt Disbrey darin ist. Ich habe es ihr zu verdanken, daß ich immer zehn Jahre jünger aussehe. Und dann haben wir das große Glück, daß ich meine Perücken aufbewahrt habe. Ich bin zu einer Zeit aufgewachsen, als jeder sie getragen hat, und es erschien mir immer töricht, sich nicht hin und wieder ihrer zu bedienen. Ich habe mehrere – alle natürlich rabenschwarz«, sagte sie voller Stolz auf ihr tiefschwarzes Haar, »und eine davon ist so lang, daß man fast auf ihr sitzen kann. Ich werde Disbrey anweisen, daraus eine kunstvolle Frisur zu zaubern. Niemand wird dann auf die Idee kommen, daß Sie jemals Giles Arcourt gewesen sind. Nun – worauf warten Sie noch?« fragte sie ungeduldig, als Rolande sie verständnislos anstarrte. »Los, gehen Sie, damit Disbrey Sie in Kur nehmen kann.«

Rolande, die verständlicherweise leicht irritiert war, da sie immerhin im Laufe von vierundzwanzig Stunden in die Rolle eines jungen Mannes, einer Zofe und einer ungarischen Dame mit Tatarenblut versetzt wurde, kehrte dennoch gehorsam in ihr Zimmer zurück, wo sie Disbrey vorfand, die auf dem Toilettentisch bereits eine Ansammlung von Cremes, Rougetöpfchen und verschiedenen anderen Kosmetika bereitgestellt hatte. Sie wurde sofort vor den Spiegel gesetzt, und im Handumdrehen war die frische, reine Haut von »Giles Arcourt« mit bräunlicher Creme getönt, die blauen Augen fanden sich von dunklen Wimpern umrahmt, die schwarzen Brauen bekamen ihren schrägen Schwung, und der entschlossene, rebellische Mund wurde rot bemalt, so daß er voller und reifer wirkte.

Dann wurde sie in eines der eleganten Kleider der Baronesse gesteckt, ein weinrotes Gebilde aus Musselin, und die schwarzen Haarmassen, von denen ihre Gastgeberin gesprochen hatte, wurden zu einem komplizierten Krönchen hochgesteckt, von dem kokette Löckchen über die Ohren fielen.

Als alles vollendet war, forderte Disbrey, die einen sehr zufriedenen Eindruck machte, Rolande auf, sich in dem großen Standspiegel zu betrachten. »Mon Dieu! C'est moi?« rief Rolande ungläubig aus, als sie die elegante, exotische Dame sah, die sie aus dem Spiegel anblickte. Sie nahm eine betont gelangweilte, hochmütige Pose ein und senkte herausfordernd die Lider. »Disbrey, Sie sind eine Zauberin«, rief sie entzückt aus. »Ich muß mich sofort der Baronesse zeigen!«

Doch diese war nicht mehr in ihrem Boudoir, und so lief Rolande eilig die Treppe hinunter, wobei ihr im letzten Augenblick einfiel, daß sie ja eine vornehme, gelangweilte Gesellschaftsdame darzustellen hatte. Als sie mit anmutiger Würde in das Wohnzimmer schritt, erkannte sie zu spät, daß ihre Gastgeberin nicht allein war. Sie unterhielt sich mit zwei Besucherinnen, einer sehr kleinen Dame reifen Alters in einem roten Kleid, die in königlich steifer Haltung dasaß und eine bemerkenswert süße Miene aufgesetzt hatte, und einer bedeutend jüngeren,

einer sanften Schönheit in einem blauen Kleid, mit schmelzenden blauen Augen. Beide blickten sie interessiert an, als sie in den Raum kam.
Wenn es möglich gewesen wäre, hätte Rolande das Wohnzimmer so schnell verlassen, wie sie es betreten hatte, denn sie entnahm dem erschrockenen Blick der Baronesse sofort, daß sie einen großen Fehler gemacht hatte, gerade in diesem Moment hereinzukommen. Die Baronesse hatte jedoch nicht umsonst das halbe Leben in diplomatischen Kreisen zugebracht. Sie faßte sich sehr schnell, so daß sie ihre Besucher mit größter Gelassenheit anblicken konnte, als diese sich wieder ihr zuwandten.
»Meine liebe Gräfin«, sagte sie sofort, an Rolande gewandt, »wie reizend, daß Sie heruntergekommen sind! Hier sind zwei Damen, deren Bekanntschaft Sie sicher gerne machen – meine Tante, Lady Prest, und ihre Nichte, Mrs. Falkirk. Die Gräfin Móra«, fuhr sie fort, ohne mit der Wimper zu zucken, als ob sie Rolande nicht eben einen Namen verliehen hätte, den diese noch nie in ihrem Leben gehört hatte. Als die Damen sich begrüßt hatten – Rolande mit der gleichen blasierten Miene wie zuvor –, erklärte die Baronesse: »Die Gräfin ist so freundlich, mein Gast zu sein. Dies ist ihr erster Besuch in England, obwohl sie natürlich auf dem Kontinent sehr viel gereist ist. Ihr werdet es verstehen, wenn ich euch sage, daß sie während ihres Aufenthalts in England so ruhig wie möglich leben möchte und hier nur als Gräfin Móra auftreten will.«
Nach diesem deutlichen Hinweis auf das angestrebte Inkognito der »Gräfin Móra« lehnte sie sich zufrieden an das Kissen des zierlichen Rokokosofas und erwartete gelassen die Reaktion ihrer Verwandten.
Rolande, die gleich begriffen hatte, daß sie – in Gegenwart der berüchtigten Lady Prest, die nicht nur Jasper um

seine acht Millionen bringen wollte, sondern ihr selbst auch nach dem Leben trachtete – die Rolle, die man ihr zuwies, perfekt spielen mußte, hatte Mühe, sich ihre Verwirrung nicht anmerken zu lassen. Zum Glück gelang es ihr jedoch, sich mit der von ihr erwarteten sicheren Ruhe zu setzen und die Konversation, die Mrs. Falkirk mit ihr begann, in dem leicht ungarisch gefärbten Akzent zu führen, den sie vor einigen Jahren in Buda kennengelernt hatte.

Inzwischen hatte Lady Prest, der es gelungen war, während der Vorstellungszeremonie neben die Baronesse auf das Sofa zu rutschen, begonnen, in schnellem sotto voce mit ihr zu sprechen. »Liebe Louisa«, sagte sie, »wie kühn von dir, diese langweilige Saison auf solche Art zu beleben. Wer ist denn diese Person?«

Die Baronesse runzelte die Stirn und blickte sie mit beschwörender Miene an. »Bitte verstehe mich, ich kann darüber nicht sprechen«, sagte sie. »Nur dir, liebe Honoria, will ich sagen, daß ihre Mutter – eine wunderschöne Person, leider jedoch mit tragischem Schicksal behaftet – einst meine liebste Freundin war. Liebe kann, wie du weißt, liebste Honoria, der Fluch unseres Geschlechts sein, vor allem, wenn von uns verlangt wird, daß wir uns arrangieren, da die geliebte Person andere Verpflichtungen hat –«

»Eine morganatische Ehe?« fragte Lady Prest begierig, da sie als praktisch denkender Mensch wenig Sinn für Romantik hatte. Doch die Baronesse war nicht so leicht zu überrumpeln.

»Nein, nein – meine Lippen müssen schweigen«, verkündete sie. »Während sie bei mir ist, wird sie für mich und auch für die Außenwelt die Gräfin Móra sein. Ich werde nichts weiter preisgeben. Ich bin um ihrer Mutter willen sehr glücklich, sie bei mir in England zu haben, und ich werde alles tun, damit ihr Aufenthalt nicht durch Indiskretion beeinträchtigt wird.«

Dann wandte sie sich an Peggy Falkirk, da sie sich denken konnte, daß Rolande die größte Mühe hatte, in der Rolle einer jungen Dame eine Unterhaltung zu führen, von der sie nichts weiter kannte als den Namen. Sie fragte sie daher, ob sie vorhabe, an dem Ball in Castle Inn teilzunehmen, der an diesem Abend stattfand.

»O ja«, sagte Peggy und bedachte die Baronesse mit ihrem sanften Lächeln, das Jasper einst dazu veranlaßt hatte, sie als die angenehmste Frau in ganz England zu charakterisieren. »Tante Honoria meint, daß es Giles amüsieren wird. Er hat sich nämlich, seit wir nach Brighton gekommen sind, in einen jungen Beau verwandelt, zieht sich nach der letzten Mode an und flirtet mit schönen Frauen wie ein altgedienter Charmeur.« Dann fügte sie erklärend hinzu, um Rolande nicht auszuschließen: »Ich spreche von dem jungen Neffen meiner Tante, Giles Arcourt, der ein außerordentlich romantisches Schicksal hatte und erst vor kurzem nach England zurückkehrte, da er im Ausland aufwuchs. Er ist erst siebzehn Jahre und völlig unerfahren, doch er ist ein sehr hübscher Junge mit großer Zukunft, und ich nehme an, daß er ganz schön verwirrt ist durch all die Aufmerksamkeiten, die das weibliche Geschlecht ihm entgegenbringt.«

Die Baronesse erklärte schonungslos, daß er diese Aufmerksamkeiten nur genießen soll, solange es ihm möglich sei, da es ja außer Zweifel stünde, daß er ein Schwindler sei, den man binnen weniger Wochen entlarven werde.

»Oh, meinst du wirklich?« sagte Lady Prest in süßlichem Ton. »Dann bist du wahrscheinlich von Jasper ins Vertrauen gezogen worden. Soweit man hört, hat er ja einen jungen Mann bei sich, der eine entfernte Ähnlichkeit mit der Frau meines Bruders John haben soll. Das ist wirklich

sehr kühn von dem lieben Jasper, denn man weiß ja, wie wenig Ähnlichkeit vor dem Gesetz zählt.«
Rolande, die das ungemütliche Gefühl nicht loswurde, daß Lady Prest auch zwischen der Gräfin Móra und der verstorbenen Mrs. John Arcourt eine entfernte Ähnlichkeit feststellen könnte, machte von den Privilegien ihres Ranges Gebrauch, indem sie Mangel an Interesse vortäuschte und dann Peggy Falkirk fragte, ob sie öffentliche Bälle amüsant fände.
»Für mich ist so etwas ganz unbekannt«, sagte sie. »In meiner Stellung kann man nicht –« Sie machte eine resignierende Handbewegung. »Doch«, fuhr sie fort, noch bevor Peggy antworten konnte, »da ich jetzt in England bin, wo andere Sitten gelten, sehe ich nicht ein, weshalb ich nicht selbst einen Versuch machen sollte – man sagt ja, daß selbst der Prinzregent geruht, sich bei solchen Bällen zu zeigen. Nicht wahr, Madame?« wandte sie sich an die Baronesse, die von ihrer Kühnheit entzückt war und Mühe hatte, nicht laut in die Hände zu klatschen. Statt dessen bestätigte sie ihr nur, daß dies so sei.
Ihr war nämlich, sobald Rolande hereingekommen war und einem Zusammentreffen mit Lady Prest nicht mehr ausweichen konnte, klargeworden, was man mit ihr zu tun hatte, bevor sie als Giles Arcourt präsentiert wurde. Nicht einmal Lady Prest, so glaubte die Baronesse, würde annehmen können, daß der Junge, den sie suchte, vor aller Augen in Brighton herumspazierte. Deshalb mußte Rolande unbedingt die Gräfin Móra bleiben, und da sie, die Baronesse, ständig in ihrer Nähe war, würde man ihr auch nichts anhaben können.
Der Besuch endete mit der Vereinbarung, daß man sich an diesem Abend im Ballsaal des Castle Inn treffen würde, und sobald sich die Türe hinter den beiden geschlossen hatte, flogen Rolande und die Baronesse einan-

der in die Arme und gratulierten sich gegenseitig zu ihrer perfekten Vorstellung.

»Meine Liebe, Sie waren wirklich hervorragend«, rief die Baronesse aus.

»Oh, aber es war Ihre Idee, Madame«, wehrte Rolande bescheiden ab.

»Ich weiß wirklich nicht, wie ich auf den Gedanken gekommen bin, das hätte ich mir selbst nicht zugetraut. Doch als Sie ins Zimmer kamen, ich versichere es Ihnen, ich wäre am liebsten in Ohnmacht gesunken. Dann kam alles wie ein Blitz, genauso wie man sagt, daß das ganze Leben vor einem abläuft, wenn man dem Ertrinken nahe ist, und ich habe ganz einfach den Mund aufgemacht und es gesagt, als ob ich es schon immer gewußt hätte. Und ich muß zugeben, Sie haben wunderbar auf mein Stichwort reagiert. Wahrscheinlich sind Sie eine bessere Schauspielerin, als ich vermutet habe.«

»Ja, ich habe mir auch gedacht, daß alles recht gut geklappt hat«, sagte Rolande zufrieden. »Zum Glück hatte ich eine wunderbare Gelegenheit, eine Dame dieses Typs kennenzulernen. Sie tat immer fürchterlich gelangweilt, wurde jedoch sehr energisch, wenn es um Dinge ging, die sie selbst haben wollte. Wie hat Ihnen mein Akzent gefallen?«

»Ganz ausgezeichnet! Und sehr ungewöhnlich – französisch, doch mit einem etwas zu kräftigen R und zu stark betonten Vokalen –, man hat Schwierigkeiten, ihn zu plazieren. So muß es auch sein, da Ihre Herkunft dann noch mehr verschleiert wird. Ich nehme an, wir einigen uns darauf, daß Sie die Tochter von irgendeinem Herrscher dieser vielen kleinen deutschen Staaten sind, der sich mit einer ungarischen Dame hohen Geblüts eingelassen hat. Wer weiß denn schon, wie die gesellschaftliche Situation in Württemberg, Hessen-Darmstadt, Braunschweig-

Wolfenbüttel oder ähnlichen kleinen Staaten ist? Doch ich werde auch noch einige andere Andeutungen machen. Ich glaube, eine russische Verwandtschaft würde nicht schlecht sein, denn Rußland ist so weit fort, daß man noch weniger weiß, was sich dort zugetragen hat.«

Die beiden Damen gingen dann hinauf, um sich Gedanken über Rolandes Garderobe für diesen Abend zu machen. Zum Glück hatte die Baronesse selbst eine Vorliebe für jugendliche Kleider und verschwendete dafür soviel Geld aus dem riesigen Vermögen, das ihr der verstorbene Baron hinterlassen hatte, daß es nicht schwer war, für die Gräfin Móra etwas zu finden, was man nicht als Besitz der Baronesse erkannte. Sie entschieden sich schließlich für ein Kleid aus blassem saphierblauem Satin, das zusammen mit gestreiften Satinslippern, langen Handschuhen, einem Saphirhalsband und einem Haarputz aus Straußenfedern – ebenfalls saphierblau gefärbt und wunderbar zu ihren schwarzen Perückenhaaren passend – getragen wurde.

Es fiel ihnen nicht ein, darüber nachzudenken, wie Jasper auf dieses neue und kühne Abenteuer reagieren würde, auf das sie sich eingelassen hatten. Doch selbst wenn sie es getan hätten und wüßten, daß sie mit seinem Tadel rechnen mußten, hätte man sie nicht davon abbringen können, es doch zu tun.

7

Die Baronesse und die »Gräfin Móra« kamen zu vornehm später Stunde im Ballsaal des Castle Inn an. Sie wurden begleitet vom alten General Pusey, der sein Haus an die Baronesse abgetreten hatte und als Belohnung da-

für nun ihr Kavalier sein durfte. Die meisten Mitglieder der großen Gesellschaft, die den Sommer in Brighton verbrachten, waren schon in den eleganten Räumen versammelt, die von John Crunden entworfen worden waren. Als die beiden Damen eintraten und sich alle Blicke interessiert auf sie richteten, wurde ihnen klar, daß das Gerücht, die Baronesse beherberge einen geheimnisvollen Besuch bei sich, bereits zirkuliert hatte.
Rolande, die in ihrer geliehenen Toilette außerordentlich verführerisch aussah und die ihre Rolle als Dame von Welt perfekt beherrschte, hatte alle Mühe, die jungen Herren, die man ihr vorstellte und die alle um die Ehre eines Tanzes baten, zu vertrösten. Sie erklärte gelangweilt, daß sie sich noch nicht entschlossen habe, ob sie überhaupt tanzen werde.
»Es ist sehr warm, nicht wahr?« sagte sie mit ihrem reizend nachgemachten Akzent und wedelte anmutig mit dem Elfenbeinfächer. Ein Trio eifriger Herren stob sofort davon, um ein Glas geeister Limonade für sie zu holen.
Dies erschien der Baronesse für eine junge Dame, die noch wenig Erfahrung mit männlicher Anbetung hatte, recht bemerkenswert, und sie begann sich zu fragen, ob sie recht daran getan hatte, ihren Gast zu dieser Maskerade zu verleiten. »Weiß Gott, sie sieht unwahrscheinlich gut aus in diesem Kleid«, dachte sie sich. »Sie hat genau die große, schlanke und geschmeidige Figur, die im Augenblick so bewundert wird. Ihr Teint ist makellos, die Schultern sind prachtvoll, und die Wirkung ihrer Augen ist geradezu verheerend. Irgend jemand wird sich in sie verlieben, und wenn sie sich dann auch in ihn verliebt, werden wir ganz schön in der Klemme sitzen. Zum Glück scheint sie auf alle Männer wütend zu sein, doch trotzdem wünschte ich, Jasper wäre hier. Er scheint sie immerhin bis zu einem gewissen Grad in Schach halten zu können.«

Sie konnte nicht wissen, daß Jasper – der vor einer halben Stunde in Brighton angekommen war und in Ihrem Haus am Steyne eine kurze Unterredung mit Disbrey hatte – in diesem Augenblick in einem Schlafzimmer des »Old Ship« damit beschäftigt war, seine Stiefel und Breeches mit Kniehosen, Seidenstrümpfen und Pumps zu vertauschen, um im Ballsaal des Castle Inn erscheinen zu können. Sie konnte ebenfalls nicht wissen, daß er im Moment alle Weiber zum Teufel wünschte und fest entschlossen war, die »Gräfin Móra« wenn nötig am Genick vom Tanzparkett zu schleifen.

Rolande, die inzwischen ihre geeiste Limonade ebenso genoß wie die ungewohnte Erfahrung, sechs junge Herren um das Sofa, auf dem sie thronte, herumscharwenzeln zu sehen, entdeckte nun auch Lady Prest und Mrs. Falkirk, die am anderen Ende des Saales standen. In ihrer Begleitung war ein sehr junger, sehr blonder Mann, dessen modischer Kragen so hoch war und die Krawatte so kunstvoll geschlungen, daß er damit nur noch geradeaus blicken konnte. Zur Verschönerung seines Fracks war die Schulterpartie reichlich mit Watte ausstaffiert, die silbernen Knöpfe prangten übergroß, und zu allem Überfluß waren seine blonden Locken noch in dem leicht effeminierten Stil frisiert, der als à la Cherubim bekannt war.

Zweifellos, so dachte sich Rolande, handelt es sich hier um Lady Prest Giles Arcourt. Und so groß war ihre Neugierde, herauszufinden, welche Lösung ihr Rivale zur Gestaltung seiner Rolle fand, daß sie einen ihrer Anbeter heranwinkte und ihn fragte: »Wer ist dieser hübsche Junge neben Lady Prest? Ist es vielleicht dieser Neffe, der ja eine so romantische Lebensgeschichte haben soll?«

»O ja, Madame – der junge Arcourt«, sagte der Anbeter, ein junger Graf namens Hoult. Er blickte eifersüchtig in Richtung Giles. »Hat eine Erbschaft von acht Millionen

Pfund zu erwarten, soviel ich weiß. Ein bißchen ein Puddinggesicht und nicht ganz klar im Kopf, nehme ich an – schauen Sie sich doch nur diesen Frack an –«

»Ich möchte trotzdem mit ihm sprechen, Puddinggesicht oder nicht«, sagte Rolande in bestimmtem Ton. »Vielleicht wollen Sie ihn zu mir bringen? Ich habe gehört, daß seine Geschichte außerordentlich interessant sei.«

Der eifersüchtige Lord Hoult ging davon, und die Baronesse, die Rolande wie eine Glucke bewachte, weil sie befürchtete, daß ihr Küken in der neuen Verkleidung etwas Unbesonnenes anstellen könnte, blickte sie stirnrunzelnd an und schüttelte warnend den Kopf. Rolande ignorierte sie jedoch und wedelte heftig mit ihrem Fächer, was nichts anderes als eine Geste des Trotzes war. Die Baronesse, die immer sehnlicher die Gegenwart Jaspers herbeiwünschte, richtete die Augen beschwörend gen Himmel und hoffte das Beste, während sie das Schlimmste befürchtete.

Nach wenigen Minuten kehrte Graf Hoult mit »Giles Arcourt« zurück, der ebenso schwerfällig wirkte wie damals, als die Baronesse ihn bei der musikalischen Soirée kennenlernte, der jedoch einiges an Sicherheit gewonnen hatte. Er verbeugte sich vor Rolande, wobei sie eine Wolke von Steeks Lavendelwasser umhüllte, und als sie ihn aufforderte, sich neben sie zu setzen, grinste er sie so blöde an, daß kein Zweifel darüber bestehen konnte, daß dies bestimmt kein Vetter von Jasper war. Sie konnte sich durchaus vorstellen, daß Jaspers Verwandte des Mordes, Diebstahls und anderer Verbrechen beschuldigt werden könnten, die leidenschaftliche und unbeherrschte Menschen gelegentlich begehen; doch daß er mit einer so selbstzufriedenen und plebejischen Kreatur verwandt sein konnte, vermochte sie nicht zu glauben.

Sie wandte sich mit ihrem bezaubernndsten Lächeln an

»Giles Arcourt«. »Sie sind also der junge Mann, der auf so romantische Weise an den Busen seiner Familie zurückkehrte«, sagte sie und blickte dann hilfesuchend die Baronesse an. »Ich hoffe, es ist comme il faut, daß ich auf englisch ›Busen der Familie‹ sage, Madame?«
»Durchaus comme il faut«, bestätigte die Baronesse liebenswürdig, wobei ihre schwarzen Augen jedoch zornig funkelten. Rolande ignorierte sie auch diesmal.
»Nun habe ich die Bitte«, fuhr sie, an den völlig faszinierten Giles gewandt fort, »daß Sie mir alles über sich erzählen. Wir werden uns auf deutsch unterhalten, das ist für uns sicher einfacher. Es war in Wien, nicht wahr, wo Sie aufgewachsen sind? Diese Herren sind bestimmt nicht an einer Unterhaltung interessiert, die sie nicht verstehen, und werden daher sicher weggehen –« Sie blickte erwartungsvoll ihre Verehrer an, die kein Wort Deutsch sprachen und sich dann in gegenseitigem Einverständnis davonmachten.
»Nicht ganz so dumm, wie ich befürchtet habe«, dachte sich die Baronesse, die nun Rolandes Taktik zu begreifen begann. »Wer weiß, zu welchen Aussagen sie ihn verleiten kann, wenn sie sich beide in ihrer Muttersprache unterhalten. Ich glaube, ich habe das Mädchen unterschätzt.«
Sie gab es auf, die Gräfin Móra zu überwachen, und ging davon. Gleich darauf wurde sie jedoch von dem Sohn ihrer Tante Honoria, Lord Prest, angesprochen, der unbedingt der Gräfin vorgestellt werden wollte.
»Mein lieber Geraint, siehst du denn nicht, daß sie mit deinem Vetter Giles zusammen ist?« fragte die Baronesse. »Warum fragst du ihn denn nicht, ob er dich vorstellen will?«
Geraint zuckte mit den Achseln und blickte sie lächelnd an, was seinem hübschen dunklen Gesicht gut bekam.

»Nun, Cousine Louisa«, sagte er, »ich habe in der Familie schon genug von Giles, so daß ich keine Lust verspüre, ihn auch noch in der Öffentlichkeit aufzusuchen. Ich weiß, ich sollte nicht so kritisch sein, denn er hat kein leichtes Leben gehabt, doch allmählich entwickelt er sich zu dem unerträglichsten Burschen, den ich je das Unglück hatte kennenzulernen.«

»Ja, irgendwie ist er mir auch nicht geheuer«, stimmte die Baronesse zu und blickte zu Giles hinüber, der in eine wortreiche Unterhaltung mit Rolande verfallen war. »Hast du nicht einmal darüber nachgedacht, mein Lieber, ob er euch vielleicht alle reinlegt?«

»Der uns reinlegen? Croil und meine Mama?« Geraint lachte. »Nein, du lieber Himmel, wie könnte er! Der ist doch noch feucht hinter den Ohren! Der hat mehr Haare als Verstand, das kann ich dir verraten. Croil würde ihn innerhalb von fünf Minuten fertigmachen, wenn er etwas gegen uns ausheckte.« Er ließ das Thema Giles Arcourt fallen und brachte das Gespräch wieder auf die Gräfin. »Peggy sagt, daß sie irgendwie mysteriös ist. Stimmt das?« fragte er. »Eine tatarische Prinzessin oder etwas Ähnliches. Man hört die tollsten Gerüchte. Unter anderem, daß sie in Wirklichkeit die Tochter des Prinzregenten und einer ungarischen Gräfin ist und daß er sie nun, da die Prinzessin Charlotte verheiratet und ein Thronerbe unterwegs ist, in England empfange –«

»Du lieber Himmel, erzählt man sich so etwas?« fragte die Baronesse und mußte sich Mühe geben, sich ihre Zufriedenheit nicht anmerken zu lassen, denn sie hatte selbst dieses Gerücht in Umlauf gesetzt, indem sie einige Andeutungen gegenüber einer besonders klatschsüchtigen Dame der Gesellschaft gemacht hatte. »Die Leute denken sich wirklich die tollsten Dinge aus«, sagte sie.

»Dann ist es also nicht wahr?«

Die Baronesse hob warnend ihren Zeigefinger. »Lieber Junge, ich habe deiner Mama bereits erklärt, daß ich zu strengstem Stillschweigen verpflichtet bin«, sagte sie und ging davon, nicht ohne ihm jedoch versprochen zu haben, ihn später der Gräfin vorzustellen, wenn diese ihre Unterhaltung mit Giles Arcourt beendet hatte. Sie zweifelte daran, ob alle diese Vorstellungen und Unterhaltungen von Leuten, die in die Arcourt-Affäre verwickelt waren, sehr nützlich waren, doch sie glaubte, daß es besser sei, die Gräfin nicht vor Lady Prest zu verstecken, damit diese nicht auf den Gedanken käme, sie hätte etwas zu verbergen. Der nächste Mensch, den sie erblickte, war Jasper, der gerade den Ballsaal betreten hatte. Er machte einen so grimmigen Eindruck, daß ein Mann namens Farquharson, mit dem er vor seiner Abreise aus London eine kleine Meinungsverschiedenheit hatte, zu der Überzeugung kam, daß er die Ursache seines Grimms sei und daß er ihn zum Duell fordern wolle. Er hatte daher nichts Eiligeres zu tun, als den Ballsaal zu verlassen, seine Habseligkeiten im »Old Ship« zusammenzuraffen und sofort nach London zurückzukehren. Die Baronesse, die eine couragierte Frau war, jedoch in diesem Augenblick einige Beklemmung spürte, beschloß den Stier bei den Hörnern zu nehmen und ging geradewegs auf Jasper zu.

»Wie reizend, dich wiederzusehen, liebster Jasper«, sagte sie. »Du hast dich also dazu entschlossen, Arcourt's Hall zu verlassen. Ich hoffe, du hattest eine angenehme Reise?«

Jasper wandte ihr sein grimmiges Gesicht zu. »Hör mit diesem Blödsinn auf, Louisa«, sagte er vorwurfsvoll. »Ich weiß genau, was du angestellt hast.«

»Oh!« sagte die Baronesse leicht verblüfft. »Du meinst die Geschichte mit der ›Gräfin Móra‹? Hast du das schon herausbekommen? Ja, leider konnte ich nicht anders.

Komm mit mir, und ich werde dir alles erzählen. Wir können uns hier nicht richtig unterhalten.«

»Ich habe nicht die Absicht, irgendwohin zu gehen«, sagte Jasper erzürnt. »Ich bin gekommen, um dieses Mädchen zu holen. Wo ist sie?«

Sie beobachtete ihn, wie er sich schnell im Saal umblickte. Er runzelte die Stirn und begann dann noch einmal den Raum abzusuchen, diesmal langsamer. Sie sah, wie er zur Gräfin Móra blickte, sie jedoch nicht zu erkennen schien. Das war für die Baronesse ein Triumph. »Ich werde dir nicht sagen, wo sie ist«, erklärte sie, »es sei denn, du versprichst mir, keine Szene zu machen. Denn das hätte fürchterliche Folgen.«

»Ich habe nicht die Absicht, eine Szene zu machen«, sagte Jasper zähneknirschend. »Ich werde ihr nur in aller Ruhe erklären, daß sie den Saal zu verlassen hat.«

»Sie würde nicht gehen.«

»Wie bitte?«

»Es hat keinen Zweck, ›wie bitte‹ zu sagen, liebster Jasper, denn sie würde sicherlich nicht gehen«, wiederholte die Baronesse, die außerordentlich zufrieden mit sich war. Sie hatte nichts dagegen, Jasper einen Dämpfer zu versetzen, und freute sich auf sein Gesicht, wenn er Rolande als Gräfin Móra erkannte. »Sie hat enormen Erfolg«, sagte sie, »und amüsiert sich wahnsinnig, und außerdem besteht nicht die geringste Gefahr, daß jemand sie mit Giles Arcourt in Verbindung bringt. Geraint hat mir gesagt, daß man sie in seinem Kreis für eine Tatarenprinzessin hält oder auch für Prinnys Tochter aus einer Verbindung mit einer ungarischen Adeligen – obwohl ja Prinny, wie du weißt, in seinen Affären immer so schrecklich insulär war. Doch die jungen Leute sind heutzutage sehr unerzogen.«

»Und was meinst du, was geschehen wird, wenn Prinny selbst von diesem interessanten Gerücht erfährt«, fragte

Jasper, »und vielleicht den Wunsch äußert, die junge Dame kennenzulernen, die angeblich so nahe mit ihm verwandt ist?«

»Ach, das bekümmert mich nicht im geringsten«, sagte die Baronesse großzügig. »Wenn er sie wirklich sieht und sich in sie vernarrt, ist er durchaus fähig, sich davon zu überzeugen, daß die Geschichte auf Wahrheit beruht. Und außerdem hat er tatsächlich eine Affäre mit einer verführerischen Ungarin gehabt – du weißt doch, er erzählt immer die tollsten Geschichten von seinen Abenteuern, die er in der Kriegszeit bestanden hat und an die er auch selbst glaubt, obwohl sie ihm niemand abnimmt. Doch komm jetzt, damit ich dich der Gräfin Móra vorstelle, denn du scheinst sie ja allein nicht zu finden«, fuhr sie fort. »Und erinnere dich bitte daran, daß du sie noch nie zuvor gesehen hast.«

Sie führte ihn zu dem Sofa, auf dem Rolande noch saß. Inzwischen hatte Giles Arcourt sie verlassen, und an seiner Stelle saß ein halbes Dutzend anderer junger Männer um sie herum. Zwei hatten zu ihren Füßen auf dem Boden Platz genommen. Als Jasper und die Baronesse nur noch wenige Schritte vom Sofa entfernt waren, hielt Jasper plötzlich an und starrte die exquisite Gräfin in ihrem saphirblauen Gewand, den Saphir-Ohrgehängen und den Massen von schwarzem Haar, an.

»Wie!« rief er aus. »Du willst mir doch nicht sagen, daß das –«

»Doch, das will ich sagen«, erklärte die Baronesse strahlend. »Sieht sie nicht reizend aus? Und so exotisch! Ich hätte mir niemals träumen lassen, daß Disbrey dieses Wunder wirken könnte. Sie ist wirklich eine sehr hübsche junge Frau, nur hat man das nie richtig gesehen, weil sie diese beklagenswerten Kleider getragen hat und dann als Junge verkleidet war.«

Jasper, der immer noch völlig benommen war, ließ sich von der Baronesse zu Rolande führen. Er hatte die Genugtuung, daß sie ihn im ersten Augenblick etwas ängstlich anblickte, doch sie erholte sich sehr schnell und reichte ihm huldvoll die Hand, die er auch respektvoll küßte, obwohl er sich im nächsten Augenblick fürchterlich darüber ärgerte.
»Quel plaisir, den berühmten Monsieur Carrington kennenzulernen«, sagte die Gräfin herablassend. »Natürlich habe ich von Ihren Reisen in die exotischsten Länder der Welt gehört –«
»Ja, es ist wirklich merkwürdig, daß unsere Wege sich noch nie gekreuzt haben, Gräfin«, sagte Jasper, der beschlossen hatte, die Diskretion in Person zu sein und kein Wort zu sagen, das sie erregen könnte, der jedoch angesichts ihres überlegenen Tones sofort rachsüchtig wurde. Er war gekommen, um sie zu retten, weil er befürchtete, sie könne sich wieder, wie damals bei der Brücke, in Lebensgefahr befinden. Statt dessen war sie nicht nur keiner Rettungsaktion bedürftig, sondern amüsierte sich auch noch und behandelte ihn wie einen dieser anderen trottelhaften Männer, die um sie herumscharwenzelten.
Die Gräfin schien durch seinen leicht ironischen Ton nicht beeindruckt und meinte, daß sie sicherlich die gleichen Städte besucht hätten, wenn auch wahrscheinlich zu anderen Zeiten. An dieser Stelle wurden sie von Geraint unterbrochen, der die Baronesse an ihr Versprechen erinnerte, ihn der Gräfin vorzustellen.
Die Gräfin zeigte sich entzückt, Lord Prest kennenzulernen, und machte neben sich auf dem Sofa für ihn Platz, indem sie einfach den jungen Mann, der rechts neben ihr saß, fortschickte, um ihr ein weiteres Glas Limonade zu holen. Jasper, der sich in dieser Traube von Verehrern lächerlich vorkam – vor allem, da er in Arcourt's Hall mit

dieser jungen Dame andere Töne angeschlagen hatte –, war immer noch nicht gewillt, sie in Gesellschaft von Geraint unbeschützt hierzulassen. Er blickte daher seinen Vetter so drohend an, daß Geraint, der es gewohnt war, sich ihm zu beugen, ziemlich nervös aufstand und ihn fragte, ob er sich auf seinen Platz setzen wolle.

»Ist Monsieur Carrington denn so schwach, daß er nicht stehen kann?« fragte die Gräfin unschuldig und blickte Jasper besorgt an.

»Nein, das ist er nicht«, sagte Jasper, der das dringende Bedürfnis empfand, sie übers Knie zu legen. Dann fuhr er grimmig fort: »Ich glaube, der nächste Tanz wird ein Walzer sein, Gräfin. Dürfte ich Sie um die Ehre bitten?«

»Vielen Dank«, sagte sie gnädig. »Vielleicht ein andermal, Monsieur Carrington. Ich möchte jetzt lieber mit Lord Prest tanzen, als Belohnung dafür, daß er so überaus freundlich war, Ihnen seinen Platz anzubieten.«

Geraint bot ihr stolz seinen Arm, um sie aufs Parkett zu führen, was Jasper so reizte, daß er auf der Stelle kehrtmachte und Peggy Falkirk zum Tanz aufforderte. Sie sah hübscher aus denn je in ihrem himmelblauen Ballkleid und der Aquamarinparure und gab einigen anderen Aspiranten auf den Walzer einen Korb, um Jasper die Hand reichen zu können.

»Ich sehe, daß du mit der Gräfin Móra gesprochen hast«, sagte sie, während sie zu den berauschenden Klängen des Walzers über das Parkett wirbelten. »Wirst du wohl, wie einige der anderen Männer es offenbar bereits getan haben, dein Herz an sie verlieren?«

Jasper sagte, daß diesbezüglich keine Gefahr bestünde.

»Nun, ich weiß nicht, sie ist sehr attraktiv«, sagte Peggy. »Wer ist sie denn wohl? Man hört ja die erstaunlichsten Gerüchte über sie. Aber du wirst sicher nicht mehr darüber wissen als alle anderen, es sei denn, die Baronesse hat dich ins Vertrauen gezogen. Sie ist in diesem Fall erstaunlich diskret. Selbst Tante Honoria konnte nichts aus ihr herausbekommen.«

Jasper blickte sie an. Es kam ihm plötzlich in den Sinn, daß er dadurch, daß er Miß Henry nach England hatte kommen lassen, einen Kurs eingeschlagen hatte, der in einem Pulverfaß enden könnte. Und da er offenbar weder Rolande noch die Baronesse in Schranken zu halten vermochte, war es vielleicht ganz sinnvoll, sich Verbündete zu schaffen. Er hatte Peggy Falkirk schon gekannt, als sie noch Peggy Prest war, ein blauäugiges Kind von engelhaftem Wesen, das immer dann zu ihm gestanden hatte, wenn er in eine Klemme geraten war.

»Hör mal zu Peggy«, sagte er, »ich brauche deine Hilfe.«

»Meine Hilfe?« fragte Peggy überrascht und blickte ihn mit ihren riesigen blauen Augen an.

»Ja. Ich kann es nicht erklären, aber ich bin in Teufels Küche geraten. Ich möchte dich um folgendes bitten. Wenn du erfährst, daß irgendwelche Machenschaften zwischen deiner Tante Honoria und diesem Croil im Gange sind, die Giles Arcourt betreffen – würdest du es mich sofort wissen lassen?«

»Die Giles Arcourt betreffen? Aber wie könnte das denn sein –«

»Ich kann es dir jetzt nicht erklären. Bitte versprich es mir.«

»Natürlich verspreche ich es, Jasper, aber ich kann mir wirklich nicht vorstellen, daß –«

Jasper stellte fest, daß sie für ein Mädchen, das die meiste Zeit ihres Lebens unter einem Dach mit einer Frau zusammengelebt hatte, deren Hauptbeschäftigung die Täuschung war, erstaunlich ahnungslos, um nicht zu sagen dumm geblieben war. Doch da er Peggy gern hatte, schickte er diesen Gedanken wieder fort. Immerhin war sie eine ausgezeichnete Tänzerin, und da er das Gefühl hatte, daß er sich an einem Abend, der ihm einige unangenehme Schocks versetzt hatte, noch etwas Gutes tun müsse, vergaß er seine Probleme für die nächsten Stunden und gab sich ganz dem Vergnügen des Tanzens hin.

8

In der Zwischenzeit war es Rolande, die ihren Walzer mit Geraint tanzte, durchaus klargeworden, daß Jasper, den sie immer wieder an sich vorbeiwirbeln sah, seinen Tanz genoß. Sie hatte sich selbst dazu gratuliert, wie gut sie mit ihm fertig geworden war, denn immerhin hatte es ja einiger Dreistigkeit bedurft, um die Falle, die er ihr gestellt hatte, zu umgehen. Wenn es ihm nämlich gelungen wäre, sie zum Tanz zu führen, hätte er ihr die ganze Zeit, solange die Musik spielte, die Leviten gelesen.

Doch nun auf einmal wünschte sie sich erstaunlicherweise, sie hätte ihn nicht abgewiesen. Irgendwie gefiel es ihr nämlich gar nicht, wie vertraulich er mit Mrs. Falkirk umging, mit der er offenbar in der innigsten Konversation begriffen war.

»Ist Mrs. Falkirk Ihre Cousine?« fragte sie Geraint unvermittelt. »Sie ist sehr hübsch, nicht wahr. Ist sie Witwe?«

Geraint bejahte dies alles. Ja, sie sei seine Cousine, ja, sie sei sehr hübsch, und ja, sie sei Witwe.

»Ist sie dann auch die Cousine von Mr. Carrington?« fragte Rolande.

Geraint verneinte dies und sagte, daß dieser zu einem anderen Zweig der Familie gehöre. Der junge Mann befand sich in dem ersten berauschenden Stadium der Liebe, in dem jedes Wort, das von dem geliebten Gegenstand geäußert wird, von besonderer Bedeutung ist. Und es erschien ihm, daß das Interesse der Gräfin an seiner Familie das sichere Zeichen für einen teilnehmenden und liebenswürdigen Charakter sei, so daß seine Bewunderung begann, sich ins Grenzenlose zu steigern.

»Aber sie sind sehr gute Freunde, n'est-ce pas?« fragte Rolande in einem ärgerlichen Ton, der ihm bei jeder anderen Frau mißfallen hätte. »Ist er vielleicht mit ihr verlobt?«

»Mit ihr verlobt? Jasper?« sagte Geraint und blickte sie etwas überrascht an. »O nein. Ich glaube nicht, daß Jasper mit irgend jemanden verlobt sein möchte.«

»Ach, wirklich«, sagte Rolande, die nicht wußte, ob diese Aussage sie freuen oder ärgern sollte. »Weshalb nicht?« fragte sie nach einer Weile.

Geraint, dem es allmählich lästig wurde, daß das Gespräch sich so lange um seinen Vetter Jasper drehte, und der außerdem das Gefühl hatte, er dürfe nicht soweit gehen und Jaspers Unbeständigkeit Frauen gegenüber zugeben, erklärte ganz einfach, daß dieser kein Interesse daran habe.

»Ach wirklich«, sagte Rolande noch einmal.

Geraint hatte den Eindruck, daß ihr irgend etwas mißfiel, und wechselte schnell das Thema.

Inzwischen hatte Giles Arcourt, der die beiden eifersüchtig beobachtete, seinen Platz im Saal mehrfach gewechselt, um beim Ende der Musik in ihrer Nähe zu sein und sie als erster um den nächsten Tanz bitten zu können. Er war nicht von denselben zärtlichen Gefühlen erfüllt wie Geraint, doch er fühlte sich geschmeichelt, daß sie ihm ihre Aufmerksamkeit geschenkt hatte, und wollte die Gelegenheit nutzen, die Bedeutung, die ihm dadurch zuteil geworden war, weiter zu unterstreichen.

Unglücklicherweise hatte Rolande jedoch beschlossen, an diesem Abend keine weitere Zeit an ihn zu verschwenden, da sie sehr rasch gemerkt hatte, daß er zu schlau war, um so einfach Unvorsichtigkeiten aus sich herauslocken zu lassen. Sie war dagegen bestrebt, sich in eine solche Position zu manövrieren, daß Jasper seine Aufforderung zum Tanz wiederholen mußte.

Jasper jedoch ging, nachdem er Peggy Falkirk einem anderen Partner zugeführt hatte, schnurstracks auf das Sofa zu, auf dem Lady Prest thronte, und verschwendete keinen Blick in ihre Richtung. Kurz darauf sah man ihn neben dieser Lady sitzen und hatte den Eindruck, daß er sich in angenehmem Geplauder mit ihr befand. Rolande ließ sich enttäuscht von Graf Hoult zu einer Reihe von Kontertänzen aufs Parkett führen, während sich Giles, ebenfalls enttäuscht, schmollend in eine Ecke verzog.

»Ich sehe, daß du die Bekanntschaft von Louisas geheimnisvoller Gräfin gemacht hast«, sagte Lady Prest zu Jasper, als er sich neben sie setzte. »Was hältst du denn von ihr?«

»Gar nichts – und sie nichts von mir«, antwortete Jasper. »Ich habe sie zum Tanz aufgefordert und gehofft, ich könnte dann im Gespräch hinter ihr Geheimnis kommen, doch sie hat mir einen Korb gegeben. Ich glaube, sie zieht Geraint vor.«

Lady Prest runzelte die Stirn und blickte erfreut (es geschah nicht oft, daß Geraint seinen schneidigen Vetter ausstechen konnte) und zugleich tadelnd drein.

»Dummer Junge«, sagte sie. »Er ist romantisch veranlagt, wie sein Vater.« Jasper, der sich kaum mehr an den verstorbenen Lord Prest erinnern konnte, da er erst fünf Jahre alt gewesen war, als dieser starb, dachte insgeheim, daß dieser dann eine sehr enttäuschende Ehe gehabt haben mußte. »Irgend etwas an ihrem Gesicht kommt mir bekannt vor«, fuhr Lady Prest verdrossen fort, »aber mir fällt nicht ein, an wen es mich erinnert – ich glaube, an jemand, den ich im Ausland kennengelernt habe. Nun, es wird mir sicher bald einfallen« (Jasper hoffte inbrünstig, daß das nicht der Fall sein würde), »und dann werde ich ihrem Geheimnis auf die Spur kommen. Doch mit dem Haus Hannover hat sie nichts zu tun, trotz allem, was man sich über ihre Verwandtschaft mit dem Prinzregenten erzählt.«

»Oh, ich weiß nicht«, sagte Jasper. »Da ist, zum Beispiel, Cumberland. Er ist ganz anders als alle andern. Außerdem könnte sie ja dem ungarischen Zweig der Familie ähneln.«

Lady Prest kniff ihre Lippen leicht zusammen, als ob sie damit andeuten wollte, daß der Herzog von Cumberland, der das schwarze Schaf der Familie war und von dem es hieß, er habe seinen Kammerdiener ermordet, nicht ganz das geeignete Objekt für die Unterhaltung mit einer Dame sei.

»Doch was ich dich in Wirklichkeit fragen wollte, mein lieber Jasper« – fuhr sie dann in ihrer majestätischen Art fort, »es ist mir ein sehr merkwürdiges Gerücht zu Ohren gekommen. Angeblich sollst du in Arcourt's Hall einen jungen Mann zu Besuch haben, der dir vormacht, daß er der wirkliche Giles Arcourt ist. Ich kann mir nicht denken, daß an diesem Gerücht etwas Wahres ist?«

Jasper bestätigte, daß nichts Wahres daran sei.

»Ah«, sagte Lady Prest in einem Ton, der höflichen Unglauben verriet. »Dann befindet sich also kein junger Mann in Arcourt's Hall?«

»Nein, nicht mehr«, sagte Jasper. »Er ist wieder nach Brüssel zurückgekehrt – nachdem sich einige häßliche Zwischenfälle ereignet haben und er zu der Überzeugung gekommen ist, daß die Gegend ihm nicht zuträglich ist.

Er ist übrigens Belgier und hat nicht das geringste mit Giles Arcourt zu tun.«
»Oh«, sagte Lady Prest, wobei es ihr gelang, mit dieser einen Silbe größte Zweifel auszudrücken. »Das ist aber sehr merkwürdig, nicht wahr?«
»Daß er nach Brüssel zurückgekehrt ist? Das finde ich nicht«, sagte Jasper weise. »Ich schätze, daß eine ganze Menge Belgier irgendwann nach Brüssel reisen.«
»Bitte laß diese Scherze«, sagte Lady Prest kühl. »Du weißt genau, wovon ich spreche. Erscheint es dir nicht sehr merkwürdig, daß du einen jungen Mann bei dir haben sollst, der eine so bemerkenswerte Ähnlichkeit mit der verstorbenen Frau meines Bruders John hat?«
»Aha, jetzt läßt du die Katze aus dem Sack«, dachte sich Jasper. »Nun, aus mir wirst du nichts herausbekommen, liebe Tante.«
Laut sagte er dann: »Hat er das? Komisch, das habe ich nie bemerkt. Ich muß ihn wirklich einmal genau ansehen, wenn ich ihn wieder treffe. Tatsächlich ein erstaunlicher Zufall.«
»Ja, sehr erstaunlich«, sagte Lady Prest trocken.
»Wenn es mir aufgefallen wäre«, fuhr Jasper fort, der nicht aus der Fassung zu bringen war, »dann wäre ich vielleicht wirklich in Versuchung geraten, ihn mit nach London zu nehmen, um zu sehen, was deine hohen Rechtsgelehrten mit ihm anfangen könnten. Er hat zwar einen ausgezeichneten Stammbaum, doch acht Millionen Pfund sind nicht zu verachten, so daß man sich schon überlegen muß, ob sich da eine neue Identität nicht lohnt. Ganz abgesehen davon, daß für den, der ihm dazu verholfen hat, einiges abfallen könnte. Ich nehme an, du rechnest auch damit, ich meine mit dem Dank deines Giles Arcourt, nicht wahr?«
Lady Prest ließ durch einen entrüsteten Blick erkennen,

daß sie solch merkantile Absichten strikt von sich weise, und erklärte steif, sie wünsche nichts anderes, als dem Sohn ihres Bruders zu seinem rechtmäßigen Erbe zu verhelfen. Sie konnte jedoch nicht umhin, ziemlich bissig hinzuzufügen, daß Ähnlichkeiten vor Gericht, wie er doch wohl wisse, sehr wenig zählten. »Da gab es Fälle«, sagte sie, »von jungen Leuten sehr niedrigen Ranges, die bemerkenswerte Ähnlichkeit mit Männern von Rang und Vermögen hatten und nicht den geringsten rechtlichen Anspruch –«

Jasper, der die erstaunliche Ähnlichkeit zwischen Rolande und der verstorbenen Mrs. John Arcourt ähnlich beurteilte – es war nicht ausgeschlossen, daß ein Familienmitglied sich einmal heftig für eine Dame des Theaters interessiert hatte –, stimmte ihr zu, bekundete jedoch sein Erstaunen über ihre Offenheit. »Ich dachte, daß du zur alten Schule gehörst«, sagte er, »und unsere heutige Gepflogenheit, offen über solche Dinge zu sprechen, verabscheust. Doch du bist genauso schlimm wie Cousine Louisa. Schon wieder eine Illusion, um die ich ärmer bin!«

Er stand auf, ignorierte den wütenden Blick, den sie ihm zuschleuderte, verbeugte sich und ging gemächlich davon, um die Baronesse zu suchen, deren Rat er nun brauchte. Er war nicht naiv genug, um zu glauben, Lady Prest davon überzeugt zu haben, daß der junge Mann, den er bei sich in Arcourt's Hall beherbergte, nichts mit dem Arcourt-Testament zu tun hatte. Doch obwohl es ihm unwahrscheinlich erschien, daß sie oder Croil einen Zusammenhang zwischen dem jungen Mann und der Gräfin Móra entdeckten, hatte er das Gefühl, er müsse sich jetzt sofort mit der Baronesse besprechen, um eine noch geeignetere Verkleidung für Rolande zu finden. Zum Glück traf er die Baronesse in Gesellschaft des alten

General Pusey an, und sie schien entzückt, daß er als Retter erschien.

»Ich habe gesehen, daß du mit Honoria gesprochen hast«, sagte sie, sobald sie den General losgeworden waren. »Was hat sie zu dir gesagt? Sie hat doch keinen Verdacht, daß die Gräfin Móra auch Giles Arcourt ist?«

»Nein, im Augenblick noch nicht«, sagte Jasper. »Doch sie meint, daß sie sie an jemanden erinnert. Wohin können wir gehen? Ich möchte mit dir sprechen.«

Die Baronesse blickte sich um und meinte, der kleine Vorraum vor dem Ballsaal sei wohl geeignet, da man sich gerade zum Tanz aufstelle und sich dort niemand mehr aufhalte. Sie ging voraus, und kaum waren sie dort angekommen, sagte sie: »Bevor du mir wieder Vorhaltungen wegen der neuen Maskerade von Rolande machst, lieber Jasper, muß ich dir sagen, daß sich alles ganz zufällig so ergeben hat. Ich habe sie zu Disbrey geschickt, damit die sich überlegt, was man tun könnte, um sie in eine Ungarin zu verwandeln, und als sie – Rolande natürlich, nicht Disbrey – herunterkam ins Wohnzimmer, um sich zu zeigen, da waren unglücklicherweise gerade Honoria und Peggy bei mir. Natürlich mußte ich da etwas erfinden, und daher habe ich ganz einfach die Gräfin Móra eingeführt. Und ich muß sagen, das gute Kind hat mir wunderbar assistiert. Tatsächlich hat sie nicht ein einziges Stichwort verpaßt.«

»Nun, immerhin ist sie ja Schauspielerin, nicht wahr«, sagte Jasper, der keine Lust hatte, in den Preisgesang auf Rolande einzustimmen. »Doch weshalb denn um alles in der Welt eine Ungarin? Was ist, wenn sie wirklich auf eine trifft? Kann sie denn überhaupt ein einziges Wort dieser Sprache?«

»Oh, das glaube ich schon«, sagte die Baronesse. »Sie scheint ja in halb Europa gelebt zu haben und hat ein gutes Gehör. Kannst du dich an diese Baranyi erinnern, deren Mann vor ein paar Jahren der Österreichischen Gesandtschaft zugeteilt war und die mit allen erreichbaren Männern einen Flirt gehabt hat? Doch, natürlich kannst du dich erinnern, denn du hast ja auch zu denen gehört. Rolande hat genau ihren Akzent, oder ist dir das noch nicht aufgefallen?«

Jasper sagte leicht ergrimmt, daß es ihm aufgefallen sei und daß ihm ebenfalls aufgefallen sei, daß Rolande sich ebenso betrage wie die Baranyi.

»Ja, sie hat mich wirklich erstaunt«, sagte die Baronesse zufrieden. »Ich hätte niemals gedacht, daß sie ihre Rolle so gut spielt. Sie hat sogar ihr Netz nach Honorias Giles Arcourt ausgeworfen, bevor du kamst – wirklich sehr schlau von ihr, denn man kann nie wissen, was eine schöne junge Frau alles aus so einem jungen Toren herausholen kann, wenn sie es wirklich will. Nicht daß er der Typ wäre, sich Hals über Kopf in sie zu verlieben oder in irgend jemand anderen – ein unangenehmer Kerl, der so eitel und eingebildet ist, daß er nur Zeit hat, sich mit sich selbst zu befassen. Ich wundere mich, daß selbst Honoria die Kühnheit hat, ihn der Familie zuzumuten. Hat sie dir übrigens etwas von ihrem Giles Arcourt erzählt?«

»Ja, das hat sie«, sagte Jasper. »Sie weiß alles über den jungen Mann, den ich bei mir in Arcourt's Hall hatte und der eine so außerordentliche Ähnlichkeit mit der verstorbenen Mrs. John Arcourt haben soll. Das kannst du dir ja denken. Natürlich hätte es keinen Zweck gehabt, es abzuleugnen, daher habe ich gesagt, daß er nach Brüssel zurückgekehrt sei.«

»Wie geschickt von dir, mein lieber Jasper!«

»Nicht so geschickt, wie du denkst, denn sie hat mir offensichtlich nicht geglaubt. Ich bin auch davon überzeugt, daß Croil schon nach ihm Ausschau hält, und daher wollte ich jetzt mit dir sprechen. Was machen wir denn nun mit dem verdammten Mädchen? Sie kann unmöglich die falsche Gräfin weiter mimen, direkt vor Tante Honorias Nase.«

»Aber, mein lieber Jasper, weshalb denn nicht? Wenn du meine Meinung wissen willst – genau das ist die sicherste Lösung: direkt vor Tante Honorias Nase. Selbst Honoria hätte nicht die Kühnheit, so etwas zu wagen, daher wird sie uns sicher nicht verdächtigen. Außerdem ist es für uns die beste Möglichkeit, sie – das heißt Rolande – ständig zu überwachen, was nicht der Fall sein könnte, wenn wir sie wegschickten. Sie wird natürlich bei mir bleiben, und was dich betrifft – du hast nur vorzugeben, daß du eine grande passion für sie gefaßt hast, um ihr so überallhin folgen zu können.«

»Eine was?« fragte Jasper entsetzt.

»Ja, ich weiß, daß du bisher noch nie solche Gefühle gehegt hast«, sagte die Baronesse ruhig, »aber es wird nicht genügen, einen einfachen Flirt mit ihr vorzutäuschen, wenn du vorhast, sie ebenso unbarmherzig zu verfolgen, wie die arme Carol Lamb Byron verfolgt hat. Niemand hat im geringsten daran Anstoß genommen, daß sie als Page verkleidet stundenlang auf ihn gewartet hat, mit all den Kutschern und Reitknechten, wenn er irgendwo einen Ball besuchte –«

»Nun, ich werde sicherlich nicht stundenlang auf Miß Henry warten – weder in einem Haus in Brighton noch davor«, sagte Jasper entrüstet. »Noch werde ich eine grande passion für sie vortäuschen –«

»Eine grande passion für wen?« fragte auf einmal Rolandes Stimme hinter ihnen.

Die Verschwörer drehten sich erschrocken um. Sie war hereingekommen, ohne daß man sie gehört hatte, und wie alle Leute, die bei einer Unvorsichtigkeit ertappt wer-

den, machten beide ihr nun den Vorwurf, unvorsichtig zu sein.
»Sie hätten nicht hereinkommen dürfen«, schimpfte die Baronesse, und Jasper sagte kühl: »Ich fürchte, Sie enttäuschen zumindest einen der vielen Verehrer, die Sie heute abend um sich versammelt haben, Gräfin.«
»Wenn Sie mich noch mal in diesem abscheulichen Ton mit ›Gräfin‹ titulieren, werde ich Sie ohrfeigen«, verkündete Rolande und blickte Jasper ungehalten an. »Haben Sie vor, eine grande passion für mich vorzutäuschen? Wenn das nämlich der Fall ist, muß ich Ihnen sagen, daß mir das keineswegs gefallen würde.«
»Sie können unbesorgt sein«, sagte Jasper barsch. »Nichts könnte mich dazu verleiten, mich der Lächerlichkeit preiszugeben.«
»Ich weiß wirklich nicht, was daran lächerlich sein soll«, sagte Rolande gekränkt. »Ihr Vetter, Lord Prest, der sehr nett ist, sehr comme il faut, hält es nicht für lächerlich, wenn er mir Aufmerksamkeit entgegenbringt.«
Jasper jedoch lächelte nur und sagte geringschätzig: »Oh, Geraint! Der verliebt sich doch ständig Hals über Kopf in irgendein Mädchen. Das Unangenehme ist nur, daß er sich letztlich zu nichts entschließt.«
»Oh, bei mir wird er sich aber entschließen, wenn ich es will«, sagte Rolande finster. »Wenn er mich heiratet, werde ich sehr reich sein, weil er die acht Millionen Pfund bekommen wird, und Sie werden nichts bekommen!«
»Sie verdammtes kleines Biest –«, begann Jasper, doch die Baronesse sprang sofort beschwichtigend in die Bresche.
»Aber, aber – wir wollen uns doch nicht streiten«, sagte sie. »Das wäre sehr dumm von uns, denn genau das würde Honoria je begrüßen. Natürlich können Sie Geraint nicht heiraten, liebe Rolande, denn er tut nichts

ohne Einwilligung seiner Mutter, und ich kann Ihnen versichern, daß sie für ihn viel wichtiger ist als eine kleine französische Schauspielerin, selbst wenn Ihr Großvater ein Baron war.«
»Aber ich wünsche nicht, daß er –«, begann Rolande widerspenstig.
»Sie wünschen nicht! Natürlich tun Sie das!« sagte die Baronesse tadelnd. »Sie müssen bedenken, liebes Kind, daß es dem Ansehen einer Frau immer gut bekommt, wenn ein Mann, mag er so abstoßend sein, wie er will, verzweifelt in sie verliebt ist. Und Sie brauchen Jasper nicht im geringsten zu ermutigen. Im Gegenteil, je abweisender Sie sich ihm gegenüber zeigen, desto mehr Grund wird er haben, Ihnen überallhin zu folgen und jede Bewegung von Ihnen hungrig zu überwachen.«
An dieser Stelle wurde sie jedoch von Jasper unterbrochen, der ihr erklärte, daß er es als geschmacklos ansehe, wenn ein Mann eine Frau hungrig anblicke, als sei er ein Hund und sie ein Knochen. Doch wenn er es unbedingt tun müsse, bliebe ihm nichts anderes übrig, vor allem da es die einzige Möglichkeit sei, die Gräfin Móra zu überwachen. Dann fügte er hinzu, daß er nicht die Absicht habe, ihr die gegenwärtige Maskerade länger zu erlauben, als unbedingt nötig.
»Ich glaube, Männer sind wirklich die lästigsten Geschöpfe, die es gibt«, sagte die Baronesse zu Rolande, als er gegangen war. »Sie haben nicht den geringsten Sinn für Romantik oder Abenteuer – immer so schrecklich sachlich und vernünftig. Und immer geraten sie in Wut, wenn man nur versucht, hilfreich zu sein. Jasper erkennt es überhaupt nicht an, wie geschickt wir beide gewesen sind und wie vorteilhaft die Lage ist, in die wir ihn manövriert haben. Hier haben Sie Honorias Giles Arcourt, der Ihnen fast hinterherkriecht, so daß Sie die tollsten Sa-

chen aus ihm herauslocken können – und Jasper spricht davon, daß er für Sie einen sicheren Ort finden will! Es würde ihm ganz recht geschehen, wenn wir die Hände in den Schoß legten – doch ich fürchte, das wäre sehr langweilig für uns, nicht wahr, meine Liebe?«
Rolande sagte, daß sie durchaus ihrer Ansicht sei und daß sie nicht die Absicht habe, sich irgendwo anders hinzubegeben, bis sie nicht den falschen Giles entlarvt habe.
»Er ist, soviel ich bisher bemerkt habe, dumm und zugleich gerissen«, sagte sie. »Wir werden uns etwas ausdenken müssen, denn ich glaube nicht, daß er sich à corps perdu in mich verlieben wird und mir daher auch sicher nicht seine Geheimnisse ausplaudert – selbst wenn ich ein so phantastisches Kleid anhabe und Disbrey mich so verführerisch zurechtgemacht hat.« Sie blickte zufrieden, jedoch mit völliger Objektivität auf das Bild, das ihr der Pfeilerspiegel, vor dem sie stand, zurückwarf. Und die Baronesse bemerkte amüsiert, daß sie offensichtlich die Gräfin Móra als vollkommen andere Person sah als die wirkliche Rolande Henry. Dieses Mädchen, so dachte sie sich, war wirklich etwas Besonderes, einer von diesen außerordentlich interessanten Menschen, die alle Dinge immer in überraschend anderer Weise sahen als alle andern. Und es wäre ein großer Verlust für die Gesellschaft, wenn sie für immer von der Szene verschwände, sobald es ihr gelungen war, den Zweck zu erfüllen, zu dem Jasper sie nach England gebracht hatte. Daß es ihr gelingen würde, daran hatte die Baronesse nicht den geringsten Zweifel.
Eine passende Heirat, so dachte sie sich, würde das Problem lösen – mit einem Partner, dem ihre recht ungewisse Herkunft nichts ausmachte. Doch abgesehen von Jasper wußte sie im Augenblick niemand, der diese Art Charakter besaß, und es stand natürlich außer Frage, von Jasper erwarten zu können, überhaupt zu heiraten. Sie dachte

sich, daß man wohl am besten den jungen Grafen Hoult dafür interessierte. Er war mündig und konnte es sich daher leisten, sich um den Widerstand der Familie nicht zu scheren, und es war ja schon öfter vorgekommen, daß Männer bei wirklicher Zuneigung merkwürdige Ehen eingingen. Charles James Fox und Mrs. Armistead waren dafür das beste Beispiel.

9

Am folgenden Morgen waren die Baronesse und Rolande so früh auf, wie es der Anstand erlaubte. Beide waren voller Pläne für ihre gesellschaftlichen Auftritte in Brighton und beide hatten das gleiche Ziel, nämlich Giles Arcourt eine Falle zu stellen, doch plante die Baronesse darüber hinaus, für Rolande einen geeigneten Mann zu finden. Die Baronesse hatte die leicht exzentrische, jedoch vergnügliche Angewohnheit, in Brighton selbst zu kutschieren, und zwar mit Hilfe eines kleinen Wagens, der von Ponys gezogen wurde, welche nicht größer als Neufundländer waren. In diesem Aufzug erschienen sie jetzt in Donaldson's Library. Zuerst waren sie jedoch noch an der Promenade entlanggefahren, um den Anblick des glänzend blauen Meeres zu genießen, daß von der hellen Julisonne beschienen wurde. Und natürlich auch, um ihre eleganten Toiletten zur Schau zu stellen, die aus purpurblauem Musselin beziehungsweise aus rosarotem chinesischem Krepp bestanden. Sie hatten die Genugtuung, von den promenierenden Kurgästen bewundert zu werden – Dandys in blauen Fräcken mit riesig hohen Krägen, schneidige junge Offiziere und Damen verschiedener Formen und Größen, von schlanken Syl-

phiden bis zu vollbusigen Junos, die jedoch alle mit den gleichen breiten Hüten und anliegenden hochtaillierten Gewändern bekleidet waren.
Donaldson's Library, die mitten im vornehmsten Bezirk von Brighton lag, direkt am Steyne, war ein beliebter Treffpunkt für diejenigen Mitglieder der Gesellschaft, denen daran gelegen war, den neuesten Roman, die neueste Londoner Zeitschrift oder das neueste Gerücht zu ergattern. Und in einem der eleganten, weiten Räume fand die Baronesse genau die Leute versammelt, auf die sie es abgesehen hatte. Es waren Peggy Falkirk, der falsche Giles Arcourt und Lady Prest. Ein dünner, vertrockneter Mann mittleren Alters, der wie ein enorm überheblicher Butler wirkte, gehörte ebenfalls zu der Gruppe. Geraint saß lässig in einem Sessel am anderen Ende des Raumes und unterhielt sich mit einer jungen Dame in Blau, doch sobald er die Gräfin Móra sah, entschuldigte er sich mit mehr Eile als Höflichkeit und kam sofort auf sie zu.
»Dies«, sagte die Baronesse sotto voce zu Rolande, als sie auf die kleine Gruppe zugingen, »ist der schwerste Test, meine Liebe. Der Mann ist nämlich niemand anderer als Croil.«
Die Aussicht, ihre Rolle als Gräfin Móra in Gegenwart des Mannes spielen zu müssen, der sich die Verschwörung gegen Jasper ausgedacht hatte, war für Rolande eine Herausforderung. Sie blickte ihn so gelangweilt an wie möglich, nickte herablassend und wandte sich dann sofort Giles Arcourt zu. Sie begann ihre Unterhaltung mit dem Ton einer welterfahrenen Frau, die es sich gestattete, mit einem viel jüngeren Favoriten zu flirten. »Aber Sie haben mich heute morgen nicht besucht, wie Sie es versprochen hatten«, sagte sie mit der langsamen, vollen und schmeichelnden Stimme, die selbst Croils scharfe Ohren nur als ungarisch identifizieren konnten. »Welch un-

dankbares kleines ›monstre‹ sind Sie doch! Und jetzt erwarten Sie sicher noch, neben mir sitzen zu dürfen, nicht wahr? Bei dem Konzert, von dem die liebe Baronesse sagt, daß wir es heute am Promenade Grove anhören. Aber nein, das sage ich Ihnen, das wird nicht der Fall sein. Lord Prest wird neben mir sitzen und meinen Fächer halten und mir auch vielleicht ein Glas Limonade bringen, wenn die Hitze unerträglich wird –«

Sie wandte sich lächelnd Geraint zu, der mit sehnsüchtiger Scheu darauf wartete, sie zu begrüßen, und der sofort stammelnd erklärte, daß er nichts lieber täte, als sie und seine Cousine zum Konzert zu begleiten. Er wurde jedoch von Giles Arcourt unterbrochen, der entrüstet meinte, Geraint würde nichts dergleichen tun, da er, Giles, durchaus die Absicht gehabt habe, die Gräfin zur frühesten Stunde zu besuchen, die er nach den Anstrengungen der Nacht für angemessen hielt. Natürlich biete er ihr seine Begleitung zu jedem Vergnügungsort an, den sie im Laufe des Tages aufsuchen wolle.

Nachdem sie die zwei jungen Männer in diesen Disput verwickelt hatte und sah, daß Lady Prest sie wütend anblitzte, lächelte Rolande sie alle freundlich an und entfernte sich, um sich an einem Tisch in der Nähe mit der Begutachtung der letzten Ausgabe von »La Belle Assemblée« zu befassen.

Natürlich folgten ihr die beiden Verehrer sofort und ließen die Baronesse mit Lady Prest, Mrs. Falkirk und Croil zurück.

»Eine höchst attraktive junge Dame«, sagte Croil mit seiner tönenden, gut modulierten Stimme. Wahrscheinlich wäre er ein viel besserer Barrister gewesen als ein gewöhnlicher Anwalt, denn kein Richter und keine Jury hätten sich dem Eindruck dieser noblen Stimme in Verbindung mit der erhabenen Butlermiene entziehen können, die nichts als olympische Verachtung ausdrückte. »Ich erlaube mir zu bemerken«, fuhr er in gemäßigtem Ton fort, »daß sie eine erstaunliche Ähnlichkeit mit der verstorbenen Mrs. John Arcourt besitzt.«

Die Baronesse fühlte, wie ihr Herz einen deutlichen Plumps machte, und versuchte so auszuschauen, als ob diese Festellung sie nicht im geringsten interessiere. Gleichzeitig sah sie, wie ihre Tante Honoria sich noch aufrechter hinsetzte als zuvor und schnell zu Rolande hinüberblickte.

»Ja, Sie haben ganz recht, Mr. Croil«, rief sie aus. »Natürlich! Als ich sie sah, dachte ich sofort, sie sähe jemandem ähnlich, den ich einmal kannte, und Sie haben es sofort herausgefunden!«

Croil verbeugte sich leicht und nahm selbstbewußt den Tribut an seinen Scharfsinn entgegen. Die Baronesse, die sofort erkannte, daß all ihre Bemühungen umsonst waren, wenn sie nicht versuchte, diese verdächtige Ähnlichkeit sofort in Frage zu stellen, sagte zweifelnd, daß sie eine Ähnlichkeit nicht erkennen könne.

»Aber vielleicht kommt es daher, daß ich sie so ganz als Tochter ihrer Mutter sehe«, sagte sie in dem sentimentalsten Ton, den sie im Augenblick aufbringen konnte. »Die liebe Höja hatte den gleichen hellen Teint und diese verführerischen schrägstehenden Augen – das kommt von dem Tatarenblut, das in der Familie ist – und diese Massen von tiefschwarzem Haar. Nein, wirklich, ich kann nicht finden, daß sie auch nur die geringste Ähnlichkeit mit der Frau des armen John hat.«

Lady Prest blickte sie unzufrieden an und sagte, daß sie nichts dagegen vorbringen könne, doch sie meine dennoch, es wäre eine Ähnlichkeit vorhanden.

»Unsinn!« sagte die Baronesse mit der rüden Offenheit, die sie Lady Prest gegenüber schon gebraucht hatte, als sie beide noch kleine Mädchen waren und Schleifen in den Haaren trugen. »Du siehst Gespenster, Honoria. Ich habe gehört, daß du den armen Jasper schon wegen irgendeines ausländischen jungen Mannes traktiert hast, der bei ihm in Arcourt's Hall zu Besuch ist und von dem du behauptest, er würde Marie-Jeanne auch ähnlich sehen. Ich habe den Eindruck, das ist im Augenblick bei dir eine Manie.«

Lady Prest blickte sie schmollend an – die Baronesse war der einzige Mensch, der es fertigbrachte, sie als unwichtige und nicht sehr intelligente Frau hinzustellen – und sagte, daß Mr. Croil die Ähnlichkeit zuerst festgestellt habe.

»Wenn ich Mr. Croil wäre«, sagte die Baronesse und bedachte ihn mit dem strengen Blick, der jegliche Dreistigkeit ihrer Angestellten bereits im Keim ersticken ließ, »dann würde ich wahrscheinlich in jedem Gesicht, das mir begegnete, Mrs. John Arcourt sehen, wie Macbeth und Banquo. Nicht, daß ich Mr. Croil verdächtige, Marie-Jeanne ermordet zu haben, aber schließlich war er derjenige, der diesen fürchterlichen Jungen aus Wien gebracht und dir erzählt hat, daß er ihr Sohn sei. Ah, guten Morgen, Colonel McMahon«, unterbrach sie ihre Rede, um einen häßlichen kleinen Mann in blau-gelber Uniform zu begrüßen, der gerade den Raum betreten hatte. »Wird der Prinzregent bald in Brighton erwartet? Sicher hätte man nicht das Glück, Sie hier zu sehen, wenn das nicht der Fall wäre.«

Sie ging mit dem Sekretär des Prinzregenten, den sie verabscheute, in eine andere Ecke des Raumes, wobei sie hoffte, bezüglich der Ähnlichkeit der Gräfin Móra und der verstorbenen Mrs. John Arcourt genügend Verwirrung gestiftet zu haben. Sie war sich dessen keineswegs sicher, als sie sah, wie Lady Prest und Croil ihre Köpfe zusammensteckten. Leider konnte sie den unbehaglichen Gedanken nicht loswerden, daß die beiden sich ihren Reim auf die Geschichte machten und zu der Erkenntnis kamen, daß die elegante Gräfin identisch mit dem jungen Mann aus Arcourt's Hall sein mußte. Darüber hinaus mußte sie sich fragen, was Croil überhaupt dazu veranlaßt hatte, von London nach Brighton zu kommen. Wollte er Lady Prest vom Verschwinden des geheimnisvollen jungen Mannes aus Arcourt's Hall berichten und ihr sagen, daß es ihm nicht gelungen war festzustellen, wo er sich jetzt befände, oder war es ihm tatsächlich geglückt, die Spur des verschwundenen Jungen bis nach Brighton zu verfolgen?

Es war alles sehr ärgerlich und höchst aufregend, und sie wünschte, Jasper wäre da, so daß sie sich mit ihm beraten könnte. Doch eine Nachfrage im »Old Ship« heute morgen hatte nur die unbefriedigende Information erbracht, daß Mr. Carrington in aller Frühe in seiner Karriole abgefahren sei und daß er nichts für sie hinterlassen habe. Der einzige Trost war, daß er sein Zimmer im »Old Ship« nicht aufgegeben hatte und daher nach Brighton zurückkommen mußte.

Trotzdem war es wirklich sehr gedankenlos von ihm – so dachte sie sich –, sie und Rolande den Machenschaften von Croil und Lady Prest zu überlassen, und sie beschloß, ihn, sobald sie ihn sah, deswegen zur Rede zu stellen.

Sie hielt es im Augenblick für das beste, Rolande sofort aus der gefährlichen Nähe von Croil zu entfernen, hatte jedoch große Mühe, diese von ihren zwei entschlossenen Verehrern zu befreien, zu denen sich, wie sie zufrieden feststellte, auch Graf Hoult gesellt hatte. Schließlich brachte sie sie aus der Bibliothek und fuhr sie in ihrem kleinen Ponygefährt nach Hause. Als sie angekommen waren, erzählte sie Rolande sofort, was sie mit Croil und Lady Prest erlebt hatte.

»Ich glaube«, sagte sie, »daß wir schnell handeln müssen, wenn wir irgendwelche Informationen aus Honorias Giles Arcourt herauspressen wollen, denn sicherlich beginnt sie bereits Verdacht zu schöpfen. Ich bin zwar durchaus in der Lage, mit Honoria fertig zu werden, doch Croil ist ein anderes Kapitel. Er sieht zwar wie ein Abbild der Rechtschaffenheit aus, doch ist er in Wirklichkeit ein Bösewicht von teuflischer Gerissenheit und ungewöhnlichem Scharfblick. Sie können sich nicht vorstellen, wie mir zumute war, als er mir, kaum hatte er Sie gesehen, erklärte, Sie sähen Mrs. John Arcourt ähnlich.«

Rolande sagte, daß sie sich auch darüber Gedanken gemacht habe, was am besten zu tun sei. Das beste Mittel sei wohl, Giles Arcourt Angst zu machen und ihn gerade nicht zu umschmeicheln.

»Ich glaube, man hat ihm genau beigebracht, was er über seine Vergangenheit sagen muß«, meinte sie, »und daher wird er keinen Fehler machen, wenn man ihn fragt. Doch nach meinem Empfinden ist er nicht sehr mutig, und wenn man ihm einen schweren Schock versetzen würde, könnte er sich anders verhalten.«

»Einen Schock?« fragte die Baronesse neugierig. »Aber auf welche Weise –«

»Ja, das habe ich mir auch durch den Kopf gehen lassen«, sagte Rolande stolz. »Ecoutez.«

Und sie breitete vor der Baronesse einen Plan von solcher Kühnheit und Phantasie aus, daß sogar diese Dame, die selbst für ihren Einfallsreichtum bekannt war, sie bewundernd anblickte.

»Aber meine Liebe, das können wir unmöglich tun«, sagte sie, nachdem ihr erster Enthusiasmus verebbt war und sie wieder einen vernünftigen Gedanken fassen konnte. »Denken Sie doch nur, was Jasper sagen wird, wenn wir ein solches Risiko eingehen! Er wird uns beide ermorden!«

»Ach was, vor Mr. Carrington habe ich keine Angst«, sagte Rolande geringschätzig. »Außerdem wird er nichts davon erfahren, bis alles vorüber ist und wir diesen fürchterlichen Jungen so in Schrecken versetzt haben, daß er zugibt, nicht Giles Arcourt zu sein. Und dann kann Mr. Carrington uns gar nichts mehr vorwerfen, denn er hat allen Grund, uns dankbar zu sein.«

Die Baronesse sagte zweifelnd, daß Rolande Jasper nicht gut genug kenne, denn sonst wüßte sie, daß er sehr ekelhaft reagieren könne, wenn man gegen seinen Willen handle, auch wenn es gut gemeint wäre. Das habe sie damals erfahren, als Lebanoff und sie ihm in St. Petersburg eine italienische Gräfin, in die er in Rom so fürchterlich verliebt gewesen war, als Tischdame zuwiesen, und dann hatten sie feststellen müssen, daß die beiden zu der Zeit schon längst miteinander verkracht waren.

»Als ob ich hätte wissen können, daß diese Frau eine derart entsetzliche Szene macht«, sagte sie. »Doch Jasper war so grob mit mir deswegen, daß Lebanoff ihn zum Duell fordern wollte, was natürlich Unsinn war, denn er gehörte ja zur Familie. Und dann hat Jasper mir tatsächlich am nächsten Tag als Friedenangebot ein entzückendes Stück Mille-fleurs-Porzellan gebracht. Doch ich rate Ihnen trotzdem nicht, diesen Plan auszuführen, ohne ihn vorher zu fragen, meine Liebe.«

Rolande sagte trotzig, daß sie es ja einsehe, daß man jedoch, wie die Baronesse selbst gesagt habe, schnell handeln müsse, und außerdem sei Jasper gar nicht da. Selbst wenn man wollte, könnte man ihn also gar nicht um Rat fragen, was sie jedoch sowieso nicht täte.

»Er denkt ja doch nur daran, mich möglichst schnell weg-

zuschicken, und damit würde er alles verderben. Und ich wünsche nicht weggeschickt zu werden.«
Die Baronesse, die Rolande sehr liebgewonnen hatte, sagte, daß sie auch nicht wolle, daß man sie wegschicke. Und so ließ sie sich ganz gegen ihre eigene Vernunft dazu überreden, Rolandes Plan zu unterstützen.
Schließlich, so tröstete sie sich selbst, gab es kaum ein Risiko, wenn der Plan gelänge. Dann würden sie Honorias Giles Arcourt sofort loswerden, und Honoria, die nur über ihn an das Arcourt-Vermögen herankäme, hätte keinen Anreiz mehr, Jaspers Giles Arcourt umzubringen. Und wenn der Plan nicht gelänge, würde das nur zur Folge haben, daß die Gräfin Móra sofort verschwände, und da Jasper dies selbst wollte, könnte er auch nichts dagegen haben.

10

Demzufolge war der Plan, als die Baronesse und Rolande an diesem Nachmittag nach Promenade Grove aufbrachen – begleitet von Geraint und Giles, die kaum miteinander sprachen, da es wegen des Vorrechts, neben der Gräfin sitzen zu dürfen, einen Disput gegeben hatte –, vollständig ausgereift. Jasper war nicht gekommen, und man hatte auch nichts von ihm gehört, so daß es unwahrscheinlich schien, daß von seiner Seite mit irgendeiner Einmischung gerechnet werden mußte. Dies geschah ihm, wie die Baronesse dachte, vollkommen recht, denn sie fand es unglaublich, daß er ausgerechnet dann nicht zur Stelle war, wenn man ihn am nötigsten brauchte.
»Wirklich, eine grande passion«, sagte sie entrüstet zu Rolande. »Auf diese Weise dürfte es kaum jemandem

auffallen, daß er etwas für Sie übrig hat! Ich werde mir den jungen Mann einmal vornehmen, wenn er wieder erscheint – falls er es überhaupt tut.«

Da es ein wunderbarer Sommernachmittag war und eine sanfte Brise die Wärme an der Uferpromenade erträglich machte, beschlossen die Damen, zu Fuß zum Grove zu gehen, der nicht weit vom Haus am Steyne entfernt an der südwestlichen Seite der zwiebelförmigen Kuppeln und Minarette des Regent's-Marine-Pavillons lag. Dieses phantastische Gebäude wurde, wie gewöhnlich, einem Prozeß der Renovierung und Veränderung unterzogen, da der Prinzregent seinem Architekten John Nash die Carte blanche gegeben hatte, ebenso wie seinen Ausstattern Robert Jones und den beiden Craces. Dies hatte zur Folge, daß zwei neue große Räume, der Musiksaal und der Bankettsaal – beide kunstvoll mit Dekkengemälden, Lüstern in Form von Seerosen und riesigen chinesischen Wandmalereien ausgestattet –, das beliebteste Gesprächsthema von Brighton waren. Die Baronesse, die, was den königlichen Klatsch betraf, immer au courant war, sagte, daß der Prinzregent bereits fast sechshunderttausend Pfund ausgegeben habe, um den Pavillon verschönern zu lassen. Dabei sei das Ende überhaupt noch nicht abzusehen, und selbst die Küchen seien mit gußeisernen Säulen in Form von Palmen verziert.

Bei diesen Worten machte Giles ein sehr beeindrucktes Gesicht, doch Geraint, der den Pavillon in den vergangenen Jahren mehr als einmal gesehen hatte – denn der Prinzregent lud sehr oft zu Diners, Konzerten und Empfängen ein –, meinte lächelnd, man brauche sich nicht zu wundern, daß der Prinzregent gerade diese Architektur und Dekoration, die an Indien und Arabien erinnere, gewählt habe. Es sei ja seine Angewohnheit, den

Pavillon so fürchterlich zu überheizen, daß man sich sowieso immer an ein orientalisches Land erinnert fühle.
Dann schien er sich an das Gerücht zu erinnern, das bezüglich der Verwandtschaft der Gräfin mit dem Prinzregenten umging, wurde knallrot und ging sehr schnell dazu über, Rolande abzulenken und auf die Schönheiten von Promenade Grove aufmerksam zu machen.
Es war wirklich ein sehr schöner Ort, kunstvoll angelegt mit üppigen Blumenbeeten, schattigen Alleen und verwunschenen Lauben, und in der Mitte stand ein Musikpavillon, in dem ein Orchester gerade begann, fröhliche Walzer und Märsche zu spielen. Geraint und Giles wetteiferten bei der Suche nach geeigneten Sitzen für ihre Damen, und in sehr kurzer Zeit fand sich Rolande von beiden umrahmt, während die Baronesse, die zur Rechten von Geraint saß, das Nachsehen hatte.
Die beiden Damen hatten sich jedoch einen genauen Plan zurechtgelegt, bevor sie das Haus am Steyne verlassen hatten. Eine Weile ließen sie der Sache noch ihren normalen Lauf und widmeten sich mehr oder weniger aufmerksam der Musik, während die beiden jungen Männer alle Anstrengungen machten, Rolande in Beschlag zu nehmen.
Doch auf einmal befand sich Geraint in der Lage, sich mehr und mehr der Baronesse zuwenden zu müssen. Einmal ließ sie ihren Fächer fallen, dann fand sie ihr Ridikül nicht mehr, fragte ihn um Rat wegen des Kaufs neuer Kutschpferde, und jedesmal wenn er sich wieder Rolande widmen wollte, ereignete sich etwas seitens der Baronesse, das er aus Gründen der Höflichkeit nicht ignorieren konnte.
Inzwischen hatten Rolande und Giles ein angeregtes, vertrauliches Gespräch begonnen, und während Geraint gerade verzweifelt versuchte, den hauchdünnen Schal der

Baronesse aus den Bändern ihres Ridiküls zu winden, mußte er zu seinem Ärger feststellen, daß die beiden sich erhoben und miteinander davonspazierten.
Natürlich war es Geraint nicht möglich, den verdammten Schal zu Boden zu werfen und hinterherzulaufen, damit er an ihrem Spaziergang teilhaben könnte; daher knirschte er so unhörbar wie möglich mit den Zähnen und setzte sein Werk zur Befreiung des Schals fort, während die beiden um die nächste Ecke verschwanden.
Wie war es Rolande gelungen, dem Gang der Ereignisse diese Wendung zu geben? Indem sie ganz einfach sagte: »Ich habe etwas sehr Ernstes mit Ihnen zu besprechen, mon petit. Wollen wir nicht einen kleinen Spaziergang zu zweit machen? Dann haben wir unsere Ruhe – denn was ich Ihnen zu sagen habe, bedarf der größten Diskretion.«
Giles bedurfte keiner zweiten Einladung für ein Tête-à-tête mit der Gräfin, obwohl er durch ihren ominösen Ton etwas verwirrt schien. Er erhob sich sofort, und nach wenigen Augenblicken befanden sie sich auf einem der Parkwege, die von dem Musikpavillon fortführten. Sie waren ganz allein, und bald wurde die Musik immer leiser. Rolande steuerte auf eine Holzbank in einer der kleinen Lauben zu, setzte sich und forderte ihren Begleiter auf, dasselbe zu tun.
Er tat dies sofort, ergriff ihre Hand und begann sie mit leidenschaftlichen, wenn auch etwas unbeholfenen Küssen zu bedecken. Rolande, die sich überwinden mußte, um sie ihm nicht wegzuziehen und besserem Nutzen zuzuführen, indem sie ihm damit eins um die Ohren haute, begann nun mit ihrer wohlvorbereiteten Rede.
»Ach ja, mon petit, haben Sie mich wirklich so gern?« sagte sie in möglichst kummervollem Ton. »Ebenso wie ich Sie – und daher muß ich Sie auch vor der furchtba-

ren Gefahr warnen, in der Sie sich befinden. Es würde mir das Herz zerreißen, wenn ich erleben müßte, wie mein ›petit monstre‹ ins Gefängnis geführt wird oder vielleicht sogar – wer kann das denn in diesem heidnischen Land schon wissen? – zum Galgen!«

»Zum Galgen?« Giles Arcourt verlor plötzlich jedes Interesse an der Hand, die er eben noch mit Küssen bedeckt hatte, und blickte sie erschrocken an. »Was sagen Sie da? Was sagen Sie?« fragte er schnell auf deutsch.

Rolande war sehr zufrieden, als sie bemerkte, wie sein eben noch leidenschaftlich gerötetes Gesicht totenblaß wurde. Sie blickte nachdenklich auf den Griff des exquisiten kleinen chinesischen Sonnenschirms, den sie trug.

»Aber ja«, sagte sie, »den Galgen, mon cher. Das muß man doch von diesen barbarischen Menschen erwarten, wenn sie jemand zu bestrafen haben, der einen von ihnen um die Summe von acht Millionen Pfund zu betrügen versucht.«

Giles gab ein ersticktes, protestierendes Geräusch von sich, und Rolande stellte mit Interesse fest, daß sein Gesicht nun wieder ebenso rot war, wie es zuvor weiß gewesen war. Die erstickten Geräusche formten sich zu Worten, und es folgte eine Erklärung, die mit großem Bravado, jedoch wenig Überzeugungskraft vorgebracht war, des Inhalts, daß er nicht die geringste Ahnung habe, wovon sie spreche.

»Wirklich?« sagte Rolande. »Ich hätte gedacht, daß Sie klüger sind, mon petit. Oder haben Sie Ihnen nicht erzählt – Lady Prest und der so tüchtige Croil –, daß es sich bei der kleinen Komödie, die Sie für sie in Szene setzen, um diese Summe handelt? Was haben sie Ihnen denn für diese Darstellung geboten? Sicherlich eine lächerliche Summe, wenn man bedenkt, daß Sie es sind – und nicht die beiden andern! –, der es mit dem Gesetz zu tun bekommt, wenn sich herausstellt, daß Sie nicht der wahre Giles Arcourt sind!«

Der Junge neben ihr holte tief Atem und erklärte arrogant, daß er natürlich Giles Arcourt sei.

»Sie haben Herrn Carrington zugehört, nicht wahr?« sagte er vorwurfsvoll. »Meine Tante, Lady Prest, hat mich vor ihm gewarnt. Sie sagte, er sei ein außerordentlich gefährlicher Mann, der vor nichts zurückschrecken wird, um mich um meine Erbschaft zu bringen.«

»Was seine Gefährlichkeit betrifft«, sagte Rolande sachlich, »so bin ich auch dieser Ansicht. Die Baronesse, meine gute Gastgeberin, hat mich schon davon in Kenntnis gesetzt. Und das ist ein Grund, mon petit, weshalb Sie sich in so großer Gefahr befinden. Naturellement, wenn Sie mir sagen, daß Sie wirklich Giles Arcourt sind, dann muß ich Ihnen glauben. Doch ich nehme an, Sie wissen nicht, mein armes Kind, daß Mr. Carrington einen anderen jungen Mann entdeckt hat, der behauptet, daß er diese Person ist, und der darüber hinaus eine wirklich unheimliche Ähnlichkeit mit der Dame besitzt, die Ihre Mutter war, oder seine Mutter – wenn ich so sagen darf. Haben Sie schon einmal ein Porträt der verstorbenen Mrs. John Arcourt gesehen?«

Giles, der einen ziemlich verstörten Eindruck machte, sagte, daß Lady Prest einige Miniaturen von ihr besitze.

»Eh bien«, sagte Rolande, »dieser Junge von Mr. Carrington hat die gleichen strahlend blauen Augen, das gleiche tizianrote Haar und genau die gleichen Gesichtszüge wie die verstorbene Mrs. Arcourt. Er sagt, er sei in Wien aufgewachsen, bei einer Familie namens Schmidt, der er in Obhut gegeben wurde, als das Paar, das ihn aus Frankreich brachte, starb. Die Schmidts gewannen ihn so lieb, daß sie ihn als ihren eigenen Sohn behalten wollten, und sie sagten ihm daher nichts von seiner Herkunft. Nur zufällig stieß er vor ein paar Monaten auf einige versteckte Dokumente, denen er entnahm, daß er Giles Arcourt ist und nicht Johann Schmidt. Jedenfalls ist das die Geschichte, die er erzählt –«

Sie hatte ihren Begleiter scharf beobachtet und zu ihrer Zufriedenheit festgestellt, daß er völlig die Fassung verlor und vor lauter Nervosität an seinen Fingernägeln zu beißen begann. Sein düsteres Gesicht ließ darauf schließen, daß er ihre Anwesenheit völlig vergessen hatte und nur noch an das Problem dachte, das ihre Worte ausgelöst hatten. Doch sie merkte bald, daß Croil sein Werkzeug sorgfältig ausgesucht hatte, denn schon nach wenigen Augenblicken hellte sich das Gesicht des Jungen auf, er zuckte die Achseln und erklärte mit erzwungener Gleichgültigkeit: »Sie sind getäuscht worden, Gräfin. Es gibt den jungen Mann nicht, den Sie mir beschrieben haben. Es ist eine Erfindung von Herrn Carrington, um mir Angst einzujagen, damit ich meinen Anspruch aufgebe.«

Rolande schüttelte den Kopf. »O nein, mon cher«, sagte sie mit Überzeugung. »Er ist keine Erfindung. Tatsächlich wird er sogar heute hier in Brighton sein. Die Baronesse empfängt ihn abends in ihrem Haus – als Gefälligkeit für Mr. Carrington und natürlich vorläufig streng geheim. Und danach – wer weiß, mon pauvre enfant, was dann aus Ihnen werden wird, wenn er zur rechten Zeit in Erscheinung tritt und diese englischen Gerichtsgeier Sie in ihren Fängen haben? Es wird dann für Lady Prest und Croil sehr einfach sein zu erklären, daß Sie sie ebenso getäuscht haben wie alle andern, und Sie haben alle Konsequenzen dann ganz allein zu tragen.«

Giles Arcourt bekam wieder seinen gejagten Blick. »Sind Sie ganz sicher, daß dieser junge Mann existiert?«

»Vollkommen sicher. Doch wenn Sie ihn selbst sehen wollen, müssen Sie nur heute abend zur Baronesse kom-

men, natürlich erst, wenn es dunkel ist. Mr. Carrington würde natürlich sehr ärgerlich sein, wenn er wüßte, daß ich es Ihnen erzählt habe, doch er wird heute abend nicht hier sein, und die Baronesse ist Ihnen fast so gewogen wie ich. Sie will nicht, daß Sie für das zahlen müssen, was Lady Prest und Croil in ihrer schurkischen Absicht geplant haben. Armer Junge – Sie sind noch nicht in der Lage zu erkennen, wie böse die Welt ist! Diese Leute haben Sie für ihre Zwecke mißbraucht und rechnen mit Ihrer Ahnungslosigkeit. Und sie werden Sie am Ende verlassen, so daß Sie den Preis für ihre Schurkerei zahlen müssen, während sie selbst straflos davonkommen.«
Rolande stellte mit Befriedigung fest, daß sie nicht umsonst zugehört hatte, wenn ihre Mutter sich auf die Rollen der Heroinnen in den Melodramen vorbereitete, die zu ihren größten Erfolgen als Schauspielerin gehört hatten. Sie bezweifelte, ob selbst Maman die letzten Sätze mit mehr Pathos hervorgebracht hätte. Und tatsächlich schienen sie einen tiefen Eindruck auf Giles gemacht zu haben, der nun wieder in Panik seine Fingernägel bearbeitete.
Als guter Schüler von Croil war er jedoch schwerer zu erschüttern, als sie gehofft hatte, und schon nach wenigen Augenblicken bemerkte sie, daß sie doch den gesamten Plan durchführen mußte, den sie mit der Baronesse ausgeheckt hatte. Sie würden ihm an diesem Abend ihren Giles Arcourt präsentieren müssen, damit er endgültig zusammenbräche und sich ein Geständnis entlocken ließe.
Immerhin schien es Rolande sicher, daß er nun ernsthaft daran zweifelte, ob es angeraten sei, die Maskerade noch weiter fortzusetzen, denn er sagte nun in verzweifelter Entschlossenheit: »Nun gut! Ich werde also heute abend zum Haus der Baronesse kommen, um mir diesen jungen Mann anzusehen.«

»Gut«, sagte Rolande. »Doch ich bitte Sie sehr, mon petit, daß Sie nicht Croil oder Lady Prest mitbringen. Wenn einer von diesen mit Ihnen erscheint, würden Sie nichts weiter hören, als daß dieser junge Mann nicht existiert. Die beiden wissen bereits, daß es einen solchen jungen Mann gibt – obwohl sie es sorgfältig darauf anlegten, diese Information vor Ihnen zu verbergen. Und die Wahrheit ist, daß ihnen nichts mehr behagen würde, als ihn aus dem Weg zu schaffen – ganz egal, mit welchen Mitteln. Das ist auch der Grund, weshalb er sich noch nicht öffentlich zeigt. Ich nehme an, Sie verstehen es genau?«

Giles Arcourt machte den Eindruck, als ob er es auch ungenau nicht verstünde, doch Rolande hatte das Gefühl, daß es jetzt besser wäre, der Unterredung ein Ende zu machen. Sie stand daher auf und ging mit ihm zur Baronesse und Geraint zurück, denen sich, wie sie feststellen mußte, Jasper zugesellt hatte.

»Was glaubt ihr?« sagte die Baronesse, als sie zurückkamen. »Jasper war heute in Shoreham und hat eine Jacht gekauft. Er sagt, daß wir alle damit bald einen Ausflug machen werden.«

»Eine Jacht?« sagte Rolande erstaunt. Sie blickte Jasper, der einen außerordentlich zufriedenen Eindruck machte, mißtrauisch an. »Wie konnten Sie eine Jacht kaufen?« fragte sie. »Die sind doch teuer, und Sie haben kein Geld.«

»Nun, es ist keine sehr gute Jacht«, sagte Jasper ausweichend. »Sie hat Johnnie Harte gehört, und der ist ziemlich pleite, daher mußte er sehen, wie er wieder zu Geld kommt. So hab' ich sie eben gekauft. Wollen Sie nicht neben mir Platz nehmen, Gräfin! Ich habe den ganzen Tag danach geschmachtet, Sie zu sehen. Nichts als diese Jachtaffäre hätte mich von Ihrer Seite gebracht.«

Die Baronesse blickte ihn zornig an. Wenn dies – so schienen ihre rabenschwarzen Augen es auszudrücken – die Vorstellungen eines jungen Mannes von einer grande passion waren, so konnte sie nur Gott danken, daß sie einer älteren Generation angehörte.
Auch Rolande schien mit Jaspers Leidenschaft nicht sehr zufrieden zu sein und sagte, sie wolle sich woanders hinsetzen, da ja für sie und Giles zusammen kein Platz sei.
»Unsinn!« konterte Jasper. »Es ist reichlich Platz. Ich werde am Boden sitzen, zu Ihren Füßen, wie es neuerdings die jungen Stutzer in den eleganten Salons tun. Einer oder zwei waren, wie ich feststellen konnte, kühn genug, ihren Kopf an die Knie ihrer Damen zu lehnen – doch ich schätze, das würden Sie wahrscheinlich für übertrieben halten.«
Rolande erklärte mit Nachdruck, daß dies allerdings übertrieben sei, konnte jedoch nicht verhindern, sich auf den Platz setzen zu müssen, den er für sie freigegeben hatte. Er setzte sich sofort zu ihren Füßen und fragte, ob sie vorhabe, heute abend ins Theater zu gehen, da ja weder im »Castle Inn« noch im »Old Ship« ein Ball stattfände.
»Das glaube ich nicht«, sagte Rolande, die an ihre abendliche Zusammenkunft mit Giles Arcourt dachte.
»Dann haben Sie eine Verabredung zum Kartenspiel?«
Die Baronesse, die einen bedeutungsvollen Blick Rolandes aufgefangen hatte, nachdem diese von ihrem Tête-à-tête mit Giles zurückgekommen war, wußte nun, daß alles wie geplant ablief. Sie mischte sich daher an dieser Stelle ein und sagte in bestimmtem Ton, daß sie und die Gräfin an diesem Abend nicht ausgehen würden, denn am nächsten Tag fände ja das Frühstück statt, das Graf Hoult zusammen mit seinem jungen Freund, Sir Robert Carlisle, gebe.

»Wozu denn?« fragte Jasper ungläubig, denn ein »Frühstück« fand trotz dieser Bezeichnung nicht vor drei oder vier Uhr am Nachmittag statt, und selbst wenn es bis nach Mitternacht dauerte, konnte er nicht einsehen, weshalb die beiden Damen sich vorher ausruhen müßten. Denn von Louisa wußte man, daß sie an einem Abend bei einem halben Dutzend Bällen erscheinen konnte, ohne sich ermüdet zu fühlen, und Miß Henry war jung und außerdem die Gesundheit in Person.
Die Baronesse ließ sich jedoch nicht beirren, sondern erklärte, daß es nun einmal so sei, und im übrigen legten sie an diesem Abend keinen Wert auf Gesellschaft. Dies war für Jasper ein Anzeichen dafür, daß sie und Rolande etwas ausheckten, wovon er nichts wissen sollte. Er war jedoch vorsichtig genug, seine Gedanken für sich zu behalten, und setzte daher seine sehr beiläufige und einseitige Liebelei mit Rolande fort, was Geraint tief entrüstete, da er solche Manieren als respektlos gegenüber der reizenden Gräfin Móra empfand, die vielleicht sogar königlichen Geblüts war.
Die Gräfin jedoch schien ebenso wie die Baronesse durchaus glücklich über den Lauf der Dinge zu sein. Wieder im Haus am Steyne angelangt, berichtete Rolande über ihr Gespräch mit Giles Arcourt, und sie trafen ihre Vorbereitungen für den Abend, an dem sie Lady Prests Anwärter auf das Arcourt-Vermögen endgültig von der Bildfläche zu vertreiben hofften.

11

Das Wetter schien mit ihnen im Bunde zu sein, denn an diesem Abend brach ein heftiger Sturm los. Zunächst begann ein kräftiger Wind zu blasen, dann zogen sich dunkle, schwere Wolken über dem Meer zusammen, und schließlich ergoß sich ein wilder Regen über Brighton. Rolande und die Baronesse stellten zufrieden fest, daß sie kaum mit der Störung durch irgendeinen Besucher zu rechnen haben würden, außer durch den einen, den sie erwarteten. Sobald es dämmrig wurde, entfernte Rolande die kunstvolle Schminke von ihrem Gesicht, legte noch einmal Breeches, Frack und Stiefel von Giles Arcourt an, bürstete ihr Haar au coup de vent und erwartete in ihrem Schlafzimmer das Stichwort, um auf der Bühne zu erscheinen. Die Baronesse saß inzwischen unten im absichtlich spärlich beleuchteten Wohnzimmer und harrte der Ankunft von Giles Arcourt.

Sie brauchte nicht lange zu warten. Im Gefolge eines heftigen Donnerschlags erschien ihr Butler Hendon im Wohnzimmer, um Mr. Giles Arcourt anzumelden, und einige Augenblicke später trat dieser selbst ein. Er machte, wie die Baronesse zu ihrer Genugtuung feststellte, einen sehr verängstigten Eindruck. »Guten Abend, mein lieber Junge«, begrüßte sie ihn herzlich. »Wie reizend, uns trotz dieses fürchterlichen Wetters zu besuchen! Die Gräfin wird untröstlich sein, Sie nicht sehen zu können.«

»Mich – mich nicht sehen zu können?« Ein weiterer wütender Donnerschlag, der die Leuchter zum Klirren brachte, ließ ihn erschreckt zusammenfahren, so daß er zunächst verstummte. Doch dann begann er wieder zu stammeln: »Aber ich dachte – ich dachte, sie –«

»Ja, ich weiß alles, mein lieber Junge, denn sie hat mir von Ihrem kleinen Gespräch heute nachmittag erzählt«,

sagte die Baronesse beschwichtigend. »Doch leider hat sie, seit wir vom Grove zurückkehrten, eine heftige Migräne befallen. Ich nehme an, die Sonne – Sie ist sehr empfindlich, und so habe ich sie dazu überredet, sich zeitig zurückzuziehen. Ruhe, so habe ich ihr gesagt, Ruhe, und einige Tropfen Hirschhorngeist, das ist das beste Mittel in diesem Fall. Doch natürlich«, fügte sie hinzu, als sie sah, daß der enttäuschte Giles drauf und dran war, sich wieder zu verabschieden, »natürlich werden Sie trotzdem den jungen Mann sehen, den Sie kennenlernen wollen, lieber Junge. Er kam erst vor ein paar Stunden hier an, und ich mußte meine ganze Überredungskunst aufwenden, um ihn dazu zu bringen, Sie zu sehen. Da Sie, wie die liebe Gräfin mir erzählt hat, nicht glauben wollen, daß Sie von Lady Prest und Mr. Croil so furchtbar getäuscht wurden, ehe Sie den wirklichen Giles Arcourt nicht mit eigenen Augen sehen, gibt es keine andere Möglichkeit, und davon konnte ich ihn schließlich auch überzeugen. Er wird in wenigen Augenblicken hier unten sein, nehme ich an. Ich habe Hendon gesagt, daß er ihn benachrichtigen soll, sobald Sie da sind. Möchten Sie nicht Platz nehmen? Sie wirken so zaghaft, wenn Sie dort unter der Türe stehen.«
Giles gab nach, setzte sich auf die Kante des nächsten Stuhles und blickte kläglich auf das große Porträt des verstorbenen Baron Lebanoff, das Reynolds gemalt hatte. Der Baron, in vollem Hofornat dargestellt, blickte ihn – so schien es Giles – voller Strenge an, genau wie ein Richter den Angeklagten.
»Sie haben Lady Prest natürlich nichts gesagt?« unterbrach die Stimme der Baronesse seine unbehagliche Träumerei.
Er schrak zusammen. »Bitte?« fragte er auf deutsch. »Was soll ich ihr gesagt haben?«

»Daß Sie heute abend den echten Giles Arcourt sehen werden!«
Er blickte sie trotzig an. »Aber ich bin der echte Giles Arcourt«, sagte er.
Die Baronesse hatte das Gefühl, daß es besser sei, nicht mit ihm zu streiten, und meinte: »Also gut. Daß Sie den anderen Giles Arcourt sehen werden.«
»Ich habe ihr nichts gesagt«, erklärte Giles abweisend. »Ich habe nur gesagt, daß ich der Gräfin Móra einen Besuch machen werde.« Dann fügte er finster hinzu: »Es hat ihr nicht gefallen.«
»Ja, das glaube ich«, stimmte die Baronesse zu. »Es gefällt ihr nie, wenn jemand etwas tut, was sie nicht befohlen hat. Daher tun mir Geraint und Peggy auch so leid, denn sie sind völlig unter ihrer Fuchtel, und es täte mir auch für Sie leid, wenn ich annehmen müßte, daß Sie lange bei ihr bleiben. Man würde sie natürlich zu Ihrem Vormund machen, wenn sich erweisen sollte, daß Sie wirklich ihr Neffe sind, und Sie können sich denken, wie unangenehm das werden würde –«
Sie brach plötzlich ab, weil ein so fürchterlicher Donnerschlag ertönte, daß man meinte, das Haus stürze zusammen. Und in genau diesem Augenblick wurde die Türe aufgestoßen, und es erschien auf der Schwelle – wie aus höllischen Regionen entstiegen – ein junger Mann in rostbraunem Frack, glänzenden Stiefeln und rehfarbenen Breeches, dessen tizianrotes Haar und Gesichtszüge eine geradezu unheimliche Ähnlichkeit mit denen hatten, die Giles auf den Miniaturen gesehen hatte, welche die verstorbene Mrs. John Arcourt darstellten. Einen Augenblick sah ihn der junge Mann finster an, dann kam er herein, wandte sich an die Baronesse und sagte: »Du wünschst mich zu sehen, Tante Louisa?«
»Ja«, sagte die Baronesse ruhig und bemerkte mit Ver-

gnügen, wie der andere Giles Arcourt nervös zurückschreckte, als sein Rivale hereinkam. »Dies ist – mein Gott, es ist wirklich schwierig, euch miteinander bekanntzumachen, da ihr beide Giles Arcourt seid beziehungsweise euch beide so nennt. Jedenfalls, mein lieber Giles, dies ist der junge Mann, den deine Tante Honoria und dieser schreckliche Croil dazu überredet haben – völlig skrupellos und ungerecht –, zu behaupten, daß er Giles Arcourt sei, und ich bin sicher, daß es ihm jetzt schon sehr leid tut und daß er sich wünscht, er hätte es nicht getan.«

Der letzte Teil des Satzes fand seinen deutlichen Beweis im Gesichtsausdruck des Besuchers, denn der blickte drein, als hätte er Gift geschluckt und nun das dringende Bedürfnis, sofort den Raum zu verlassen.

»Nun, ich glaube«, sagte der zweite Giles Arcourt, hinter dem natürlich Rolande steckte, unversöhnlich, »daß das ein schändlicher Trick war.« Da sie die Szene zuvor bereits durchgespielt hatte, gelang es ihr, sich jetzt so vor den Kamin hinzustellen, daß ihr Gesicht völlig im Schatten lag. »Doch wenn er jetzt gewillt ist aufzugeben – wie heißen Sie denn? Wie ist Ihr wirklicher Name?« sprach sie ihn unerwartet auf deutsch an.

Der unglückliche junge Mann starrte Rolande verständnislos an. »Ich – ich weiß nicht –«, stammelte er und bemühte sich, die Stellung zu halten.

»Schmidt – nicht wahr?« fragte sein anderes Ego erbarmungslos. »Otto Schmidt? Josef Schmidt? Franz Schmidt? Ich selbst wurde als Johann Schmidt aufgezogen und habe mich so genannt, bevor ich die Dokumente entdeckte, die mir bewiesen, daß ich in Wirklichkeit Giles Arcourt bin – was ist das?« unterbrach sie sich, als plötzlich draußen ein heftiges Klopfen ertönte und in der Halle erregte Stimmen zu hören waren.

»Tante Louisa, ich habe gedacht, du hast deinen Butler angewiesen, heute abend keine Besucher vorzulassen?«

»Ja, das hatte ich auch«, sagte die Baronesse ebenso entsetzt, da sie wie Rolande angenommen hatte, nun endlich soweit zu sein, ein Geständnis aus Giles Arcourt herauszupressen. »Ich kann mir nicht denken, was – Jasper!« rief sie vorwurfsvoll, als Mr. Carrington hereintrat, den eine kurze und scharfe, aber für ihn erfolgreiche Auseinandersetzung mit Hendon nicht weiter beeindruckt zu haben schien. »Was machst du denn hier?«

»Ich bin natürlich gekommen, um mich zu erkundigen, ob ihr, du und die Gräfin, euch von den Strapazen des heutigen Konzerts erholt habt«, sagte Jasper liebenswürdig. Er nickte Rolande zu, die ihn verwirrt anblickte. »Hallo, junger Giles«, sagte er. »Ich hatte dir doch gesagt, du sollst dich verstecken.«

»Ich – ich –«, begann Rolande zu stammeln. Sie war wütend auf Jasper, weil er klug genug war herauszufinden, daß sie und die Baronesse an diesem Abend etwas vorhatten, doch zugleich war sie eingeschüchtert, weil sie in seinen Augen eine stählerne Härte bemerkte, die bei ihm ungewohnt war.

Er beachtete sie jedoch nicht weiter, sondern wandte sich an den unechten Giles Arcourt, der ihn mit schreckgeweiteten Augen anstarrte.

»Und Sie, mein junger Schwindler«, sagte er sanft, »sehen Sie nun endlich ein, daß es besser wäre, diese lachhafte Farce aufzugeben? Wie Sie sich selbst vergewissern können, ist der echte Giles Arcourt erschienen, so daß Sie das Lügenmärchen, das meine Tante sich ausgedacht hat, nicht länger aufrechterhalten können.«

Giles starrte ihn blöde an.

»Nun?« sagte Jasper ermunternd. »Darf ich vorschlagen, daß Sie sich aus dem Staub machen, Kleiner? Croil wird gar keine andere Wahl haben, als Sie der Polizei auszuliefern, wenn es sich zeigt, daß ein zweiter und bedeutend glaubwürdigerer Giles Arcourt aufgetaucht ist. Und obwohl ich nicht genau weiß, welche Strafe auf Hochstapelei und Betrug steht, kann ich mich doch erinnern, daß ein Herr namens John Hatfield vor wenigen Jahren wegen eines Verbrechens ähnlicher Art gehängt worden ist. Da ich kein rachsüchtiger Mensch bin, möchte ich nicht, daß Ihnen das gleiche Schicksal bevorsteht, und darüber hinaus bin ich der Meinung, daß Croil diese Strafe viel mehr verdient hat als Sie. Daher rate ich Ihnen dringend, sofort zu verschwinden und sich wieder in Ihre Heimat zu begeben. Sollten Sie Geld benötigen –«

»Nein, nein!« protestierte Giles auf deutsch, da ihm im Augenblick keine englischen Worte einfielen. Er stand auf, blickte von einem zum andern, als ob er nicht wüßte, was er als nächstes sagen oder tun sollte, und dann stürzte er auf einmal hinaus in die Halle. Man hörte noch, daß er von Hendon in einem kaum verständlichen Gemisch aus Deutsch und Englisch Hut und Stock verlangte, und im nächsten Moment schloß sich die Tür hinter ihm.

Kaum war dies geschehen, fielen Rolande und die Baronesse über Jasper her.

»Sie haben alles kaputtgemacht«, rief Rolande verärgert. Und die Baronesse sagte wütend: »Wirklich, Jasper, das war unglaublich! Ich habe dir extra gesagt, daß ich heute abend keine Besucher wünsche!«

»Ja, und ich hatte mit meiner Annahme ganz recht, daß dahinter etwas stecken muß«, sagte Jasper mit einem ätzenden Tonfall. Die lässige Art, die er bei Giles Arcourt gezeigt hatte, war nun verschwunden, und sogar die Baronesse, die für ihre Courage berühmt war, erbebte unter dem eisigen Blick, der sie traf. »Ich konnte allerdings nicht erwarten«, fuhr er fort, »daß selbst du dumm genug sein würdest, um so einen hirnverbrannten, blödsinnigen Plan wie diesen –«

»Das war er nicht!« fiel ihm Rolande zornig ins Wort. »Wir waren gerade dabei, ein Geständnis aus ihm herauszulocken, als Sie kamen und mit Ihrer Einmischung alles verdorben haben. Oh, weshalb mußten Sie nur heute abend hierherkommen? Wenn Sie wußten, daß wir etwas vorhaben, warum konnten Sie uns nicht vertrauen?«

»Euch vertrauen!« Jasper konnte sich eines verächtlichen Lachens nicht enthalten. »Dann hätte ich ja ebenso schwachsinnigen Kindern vertrauen können. Ich muß allerdings gestehen, daß ich nicht ahnte, wie weit eure Tollheit gehen würde! Ist es dir denn nie in den Sinn gekommen, Louisa«, fragte er und wandte sich grimmig an die Baronesse, »daß du Miß Henry der größten Gefahr ausgesetzt hast, indem du ihr erlaubtest, noch einmal die Rolle von Giles Arcourt zu spielen? Was meinst du denn, wie lange Croil dazu brauchen wird, zwei und zwei zusammenzuzählen, wenn dieser Junge jetzt zu ihm gelaufen kommt und ihm erzählt, was sich hier zugetragen hat? Denn es muß ihm ja klarwerden, daß es kaum ein Zufall ist, wenn zwei Leute auf einmal in Brighton auftauchen, die Mrs. John Arcourt ähnlich sehen, und so wird er sehr schnell dahinterkommen, daß die Gräfin Móra und der junge Mann, den der Junge heute hier gesehen hat, in Wirklichkeit ein und dieselbe Person sind!«

Die Baronesse machte zum erstenmal einen leicht betroffenen Eindruck.

»Aber er wird doch nicht zu Croil laufen«, sagte sie nach einer Weile zaghaft. »Er wird verschwinden – vielleicht sogar nach Wien zurückkehren. Du hast ihm ja selbst gesagt, daß er das tun soll!«

»Ja, das habe ich ihm gesagt, aber es ist bedeutend wahrscheinlicher, daß er statt dessen zu Croil geht«, sagte Jasper. »Er ist jetzt verängstigt und verwirrt, doch wenn er erst mal etwas Zeit hatte, alles zu überdenken, dann wette ich, daß er eher Croil als seinem eigenen Verstand trauen wird, um aus dem Schlamassel herauszukommen!« Er wandte sich wieder Rolande zu. »Nein«, sagte er, »das einzige, was jetzt noch offensteht, ist, Sie so schnell wie möglich aus Brighton fortzuschaffen, ehe Croil selbst zum Zuge kommt und Sie auf seine Weise aus dem Weg räumt!«

Doch diese Erklärung hatte den heftigen Protest der beiden Damen zur Folge.

»Ich werde nicht gehen«, erklärte Rolande aufsässig. »Es ist unmöglich! Nicht, bis ich mich davon überzeugt habe, daß dieser widerwärtige Junge es aufgibt, sich als Giles Arcourt auszugeben!«

Gleichzeitig ertönte die heftige Stimme der Baronesse: »O nein, Jasper! Du kannst nicht so grausam sein! Ich habe den deutlichen Eindruck, daß den jungen Grafen Hoult eine Zuneigung zu Rolande erfaßt hat, und es wäre wirklich vernichtend, wenn du sie zwingen würdest fortzugehen, bevor er ihr einen Antrag machen konnte.«

Da die Stimme der Baronesse kräftiger war als die Rolandes, waren es ihre Worte, die Jasper deutlicher hörte, oder jedenfalls schienen sie seine Aufmerksamkeit mehr zu erregen. »Einen Antrag!« rief er aus, mit einem Blick, den Rolande nur als gereizte Überlegenheit deuten konnte. »Mach dich doch nicht lächerlich, Louisa! Wem sollte er denn diese Erklärung machen! Der Gräfin Móra? Und was geschieht, wenn er entdeckt, daß diese Dame eine totale Fälschung ist – von ihrem Namen und ihrer Herkunft bis zu der Farbe ihrer Haare?«

»Nun, er wäre nicht der erste Mann, der entdeckt, daß er statt einer Blondine eine Brünette geheiratet hat oder andersherum«, sagte die Baronesse eigensinnig. »Und au-

ßerdem, wenn ein Mann bis über beide Ohren verliebt ist, schert er sich keinen Deut darum, wer das Mädchen ist. Im übrigen war Rolandes Großvater ja ein Baron. Die Henrys sind eine sehr alte Familie – ich möchte nicht sagen, eine sehr angesehene, doch das sind die wenigsten von uns.«
Jasper jedoch konnte nur wiederholen, daß sie nicht ganz bei Trost sei, wenn sie glaube, der junge Hoult werde einem Mädchen einen Antrag machen, das in Brighton unter falschem Namen und mit einer Mähne aus falschem Haar herumspaziert sei. Das machte Rolande wiederum so zornig, daß sie erklärte, sie werde ihm schon zeigen, ob Graf Hoult ihr einen Antrag machen werde oder nicht, und daß sie ihn darüber hinaus annehmen werde, wenn er es täte.
»Sie haben das gleiche erst gestern von Geraint gesagt«, antwortete Jasper spöttisch, »und Sie haben ebensowenig Chancen, ihn zu heiraten. Und übrigens, wenn es Ihnen behagt, als Femme fatale verkleidet herumzuspazieren, dann haben Sie in Frankreich ebensoviel Gelegenheit, sich einen Mann mit Titel zu ergattern wie in England – oder sogar noch mehr, möchte ich behaupten, da die da drüben seit ihrer Revolution nicht mehr ganz so heikel sind.«
Rolande antwortete drohend, daß sie nicht nach Frankreich gehen werde.
»O ja, das werden Sie«, sagte Jasper. »Sie werden dorthin gehen, wohin es mir beliebt, Sie zu schicken. Und wagen Sie nicht«, fügte er ebenso drohend hinzu, »dieses Haus ohne mein Wissen und meine Erlaubnis zu verlassen.«
Rolande streckte das Kinn in die Höhe und erklärte, daß sie und die Baronesse am nächsten Tag zum Frühstück eingeladen seien, das Graf Hoult und Sir Robert Carlisle gäben, und daß sie dort selbstverständlich hingehen werde.

»Nun gut«, sagte Jasper. »Ich werde Sie begleiten. Und nun gehen Sie sofort hinauf und ziehen Sie sich diese lächerlichen Kleider aus, bevor Sie jemand darin sieht.«
Rolande erinnerte ihn daran, daß er es gewesen sei, der sie zuerst dazu verleitet habe, sie anzuziehen, doch mußte sie feststellen, daß sie in die Luft hinein sprach, weil er, noch bevor sie zwei Worte gesagt hatte, in die Halle gegangen war, seinen Hut und Stock von Hendon verlangte und das Haus verließ.
»Und ausgerechnet jetzt hat es zu regnen aufgehört, so daß er nicht einmal naß wird«, sagte sie rachsüchtig, lief zum Fenster und zog den Vorhang beiseite, nur um erkennen zu müssen, daß der Sturm sich ebenso schnell gelegt hatte, wie er heraufgezogen war. »Es würde ihm recht geschehen zu ertrinken!«
»O nein, wir können doch gar nicht wollen, daß er ertrinkt«, sagte die Baronesse sachlich, »denn sonst hätte es ja keinen Sinn, daß wir ihn weiter davor bewahren wollen, um acht Millionen Pfund betrogen zu werden. Doch er ist wirklich ein entsetzlicher Mensch. Manchmal denke ich, er verdient gar nicht, was wir alles für ihn tun.«
»Ich werde ihm nie verzeihen – niemals!« erklärte Rolande. Doch ob sie ihm nun deswegen nicht verzeihen wollte, weil er ihre Fähigkeit bezweifelte, einen adligen Ehemann zu finden, oder weil er sich in ihre Pläne eingemischt hatte, wurde nicht ganz klar, und vielleicht wußte sie es selbst nicht genau.

12

Nach den Aufregungen des Abends hatten weder Rolande noch die Baronesse einen ruhigen Schlaf. Beide hatten gehofft, daß das Erscheinen eines zweiten Giles Arcourt den ersten in die Flucht schlagen würde, doch nun überkam sie beide das ungemütliche Gefühl, daß Jasper recht haben könnte und daß sie etwas taten, was sie später bereuen würden.

In Rolandes Fall wurde dieses Gefühl noch weiter kompliziert durch die Überzeugung, daß Jasper beabsichtigte, sie sofort wegzuschicken, und daß sie ihn dann nie mehr sehen würde. Da sie sehr ärgerlich mit ihm war, sagte sie sich, daß dies ganz ausgezeichnet wäre, doch zugleich nahm sie sich vor, auf gar keinen Fall Brighton zu verlassen. Und wenn es Jasper gelänge, die Baronesse zu überreden, sie vor die Tür zu setzen, so würde sie trotzdem bleiben, selbst wenn sie sich im »Castle Inn« als Zimmermädchen verdingen müßte.

Als Folge dieser schlafraubenden Spekulationen trafen sich Rolande und die Baronesse am nächsten Morgen erst zu vorgerückter Stunde am Frühstückstisch. Rolande, die den Besuch von Geraint erwartete, hatte Disbrey angewiesen, sie als Gräfin Móra zurechtzumachen, und so trug sie ein bezauberndes Kleid aus blau-silbernem Musselin, während die Baronesse immer noch in einem ihrer außergewöhnlichen Morgenkleider steckte, zu dem sie allerdings ihre schwarzen Diamanten trug. Sie erklärte, daß diese ihr dabei halfen, sich zu konzentrieren.

Sie hatte sich jedoch auf nichts anderes als ein erlesenes Frühstück konzentriert, das aus Biskuits und Schokolade bestand, als Hendon plötzlich erschien und Lady Prest und Mrs. Falkirk ankündigte. Die Baronesse blickte Rolande an, hob vielsagend die Brauen, und sobald Hendon

den Raum verlassen hatte, zischte sie ihr zu: »Kein Wort. Alles ableugnen!«
Rolande nickte, und ihr Herz begann schneller zu klopfen. Sie konnte nicht umhin zu glauben, daß dieser unerwartete Morgenbesuch etwas mit den Ereignissen des vergangenen Abends zu tun hatte.
Daß sie in dieser Annahme recht hatte, zeigte sich sofort, als die beiden Besucherinnen in den Frühstückssalon traten. Peggy Falkirk machte einen unglücklichen und etwas verwirrten Eindruck, während Lady Prest ihre Brauen finster zusammenzog und so kriegerisch daherkam, daß Rolande sich unwillkürlich an die Geschichten der Königin Elisabeth oder Katharina der Großen erinnert fühlte, wenn diese sich in königlicher Mißstimmung befanden. Lady Prest begann denn auch sofort loszulegen, wobei sie die Spitze ihres Sonnenschirms auf die Baronesse richtete: »Louisa! Ich habe ein Wort mit dir zu sprechen!«
»So viele du willst, Honoria«, sagte die Baronesse, die sich außerordentlich leutselig gab. »Peggy, meine Liebe, wie reizend, dich zu sehen, und du siehst so hübsch aus wie immer! Ihr müßt euch beide setzen und etwas Schokolade trinken!«
»Nein, vielen Dank!« sagte Lady Prest in bestimmtem Ton. Sie stand aufrecht vor der Baronesse und blickte sie eisig an. »Glaube nicht, daß du mich mit dieser vorgetäuschten Gastfreundschaft abspeisen kannst, Louisa!« sagte sie. »Ich bin wegen einer Auskunft gekommen und ich werde diese Auskunft bekommen!«
Sie machte eine kleine Pause, als wolle sie die Wirkung ihrer Worte erproben, und fuhr dann in noch schärferem Ton fort: »Wo ist Giles?«
»Giles?« sagte die Baronesse unschuldig. »Giles? Oh, du meinst diesen schrecklichen Jungen, den du uns als den Sohn des armen John unterschieben willst? Doch woher

soll ich wissen, wo er ist, liebe Honoria? Er wohnt ja bei *dir*, nicht wahr!«
»Ja«, sagte Lady Prest grimmig. »Er wohnt bei uns, und ich kann dir sagen – dies sicher nicht zu deiner Überraschung –, daß er heute nacht nicht nach Hause gekommen ist.«
»Tat er das nicht?« sagte die Baronesse. »Nun, ich muß sagen, meine Liebe, das erstaunt mich tatsächlich ein wenig, denn er scheint mir doch etwas zu jung für derlei Dinge. Doch die jungen Leute sind ja heute so frühreif.«
»Ich verdächtige ihn nicht der Herumtreiberei mit irgendeinem losen Mädchen«, unterbrach sie Lady Prest, die immer noch ihre Brauen finster zusammengezogen hatte. »Ich habe vielmehr den Verdacht auf ein faules Spiel! Er ist gestern abend hierhergekommen, in dieses Haus –«
»Tante Honoria – bitte«, sagte Peggy Falkirk und errötete, »du kannst doch nicht annehmen –«
»O ja, das kann ich«, sagte Lady Prest unerbittlich. »Und ich tue es auch. Louisa, wo ist dieser Junge?«
»Wo ist dein falscher Giles Arcourt? Aber, meine liebe Honoria, wie um alles in der Welt soll ich das wissen?« sagte die Baronesse, wobei sie Mühe hatte, bestürzt zu klingen, da sie in Wirklichkeit nichts als Triumph empfand.
Es war nun klar, daß der Plan, den sie und Rolande sich ausgedacht hatten, Erfolg gehabt hatte und daß Giles Arcourt vor lauter Angst, als Schwindler entlarvt zu werden, das Weite gesucht hatte. Sie wünschte nur, Jasper wäre zugegen, um dies zu hören, und sie freute sich jetzt schon darauf, ihm alles zu erzählen.
Unglücklicherweise war es nicht Jasper, sondern Geraint, der in diesem Augenblick von Hendon angekündigt wurde. Der junge Mann stürmte in den Salon, blickte seine Mama erschrocken an, warf dann Peggy einen vor-

wurfsvollen Blick zu und sagte schnell zu ihr: »Ich habe gedacht, du wolltest sie daran hindern, hierherzukommen!«
»Ich habe es versucht«, verteidigte sich Peggy mit leiser Stimme, indem sie einen etwas ängstlichen Seitenblick auf Lady Prest warf. Sie kam jedoch nicht weiter.
»Ich kann nur hoffen, Geraint«, sagte Lady Prest, wobei sie ihren Sprößling streng fixierte, »daß du hierhergekommen bist, um mit mir aufzudecken, was mit deinem unglücklichen Vetter geschehen ist. Wenn das nicht der Fall ist, dann muß ich dich bitten, sofort zu gehen. Es wäre zu ärgerlich, bei der traurigen Lage der Dinge auch noch mit mangelnder Loyalität in der Familie konfrontiert zu werden.«
Geraint wurde rot und wollte etwas sagen, doch die Baronesse kam ihm zuvor.
»Da dies *mein* Haus ist, Honoria«, sagte sie bestimmt, »finde ich, daß du dir allerhand herausnimmst, wenn du *meinem* Gast zu gehen befiehlst. Geraint, mein lieber Junge, ich bin sehr glücklich, dich zu sehen, und natürlich kannst du hierbleiben. Willst du nicht Platz nehmen?«
Geraint, der seine Mutter halb ängstlich und halb trotzig anblickte, sagte, daß er das nicht tun könne, da sie und Peggy sich nicht gesetzt hätten.
»Nun, dann werden vielleicht *sie* weggehen«, sagte die Baronesse prompt, »oder wenigstens wird Honoria es tun. Sie scheint die bemerkenswerte Idee zu haben, daß wir ihren jungen Protegé, der gestern nicht wieder nach Hause kam, hier eingemauert oder vielleicht sogar ermordet haben und unter dem Kellerboden begruben. Ziemlich melodramatisch, doch wirklich nicht ganz das, was zu Brighton paßt, liebe Honoria. Ja, in Rußland –«
»Ich habe nicht den Wunsch, etwas über Rußland zu hören, Louisa«, unterbrach sie Lady Prest unerbittlich, da

sie sich nicht von ihrem Thema abbringen lassen wollte. »Ich wünsche lediglich zu wissen, was am gestrigen Abend in diesem Haus vorgefallen ist, als dieser unglückselige Junge unvorsichtig genug war, allein hierherzukommen. Ich muß dich warnen«, fügte sie drohend hinzu und hob ihre Hand, als die Baronesse sie unterbrechen wollte, »daß ich bereits weiß, daß Jasper Carrington dieses Haus zur gleichen Zeit besucht hat.«

»Nun, ich verstehe nicht, woher du das wissen kannst, es sei denn, du hast ihn überwachen lassen«, sagte die Baronesse tadelnd. »Ich sehe jedoch keinen Grund, es zu leugnen. Jasper hat das Recht, nach Belieben einer jeden Dame seinen Besuch zu machen. Wir hatten eine sehr angenehme Unterhaltung, und er hat, kurz nachdem dein falscher Giles ging, ebenfalls das Haus verlassen.«

»In der Tat! Und ist ihm wahrscheinlich gefolgt!«

»Mit Mord im Herzen? Liebe Honoria, du hast zu viele Romane gelesen«, sagte die Baronesse. »Jasper ist viel zu träge, um irgend jemanden zu ermorden. Er sagt sogar, daß er es aufgegeben habe, sich zu duellieren, da es ihn zwinge, zu so ungemütlich früher Stunde aufzustehen.«

»Es wäre für ihn von großem Nutzen, Giles aus dem Weg zu räumen.«

»Ja, das wäre es sicher«, gab die Baronesse zu, »doch ich muß dich daran erinnern, Honoria, daß Jasper immerhin ein Gentleman ist. Es gibt da eine gewisse Dame, die im Gegensatz zu ihm kaum Skrupel kennt und dabei mit dem allerruhigsten Gewissen der Welt ihre Überlegenheit zeigen will. Ja – was ist denn, Hendon?« fragte sie, als der Butler sich diskret an der Türe meldete.

»Mr. Carrington, Madame«, sagte Hendon, und im nächsten Moment kam Jasper selbst hereinmarschiert.

»Ei, ei – ein richtiges kleines Familienfest, wie mir scheint«, sagte er und hob angesichts dieser Besucher die

Brauen. »Tante Honoria – Peggy – Geraint –«, er machte eine Verbeugung in Richtung Rolande, die noch kein Wort gesagt hatte, seit die Besucher angekommen waren. Erstens hatte sie niemand etwas gefragt, und zweitens war sie so erfreut über ihren gelungenen Plan, daß sie Angst hatte, sie könnte es verraten, wenn sie etwas sagte. Sie hielt sich auch weiterhin zurück, als Jasper sich an die Baronesse wandte: »Aber weshalb stehen sie denn alle? Könnte es sein, Cousine Louisa, daß du deine liebsten und nächsten Angehörigen nicht willkommen geheißen hast?«

»Wir sind nicht gekommen«, sagte Lady Prest, die der Baronesse zuvorkommen wollte, giftig, »weil wir einen Familienbesuch im Sinn hatten. Wie du zweifellos weißt, ist dein junger Vetter Giles verschwunden. Er ist heute nacht nicht nach Hause gekommen, nachdem er Louisa und die Gräfin besucht hat, und natürlich sind wir außerordentlich besorgt.«

»Natürlich«, sagte Jasper und warf einen Blick auf die Baronesse, die Mühe hatte, ihre Zufriedenheit nicht zu zeigen. »Doch ich würde mir an deiner Stelle keine Sorgen machen, Tante Honoria. Ich gehe jede Wette ein, daß er früher oder später wieder auftaucht.«

»Honoria meint, daß du ihn vielleicht ermordet haben könntest«, sagte die Baronesse hilfreich. »Ich fürchte, sie hat sich zu viele Romane ausgeliehen. Vielleicht könnte es sie besänftigen, wenn du einen feierlichen Eid am Grabe deiner Mutter ablegst, daß du unschuldig bist. Ich nehme an, die Romanhelden tun das auch.«

Jasper erklärte, daß seine Mutter unglücklicherweise in Yorkshire begraben sei, und Lady Prest blitzte ihn drohend an und sagte eisig, daß sie an der Sache nichts Komisches finden könne.

»Ich werde sofort Mr. Croil beauftragen, sich darum zu

kümmern«, sagte sie, »und wenn sich herausstellt, daß jemand aus meiner Familie mit dem Verschwinden dieses unglücklichen Jungen zu tun hat – und ich fürchte, das wird der Fall sein –, werde ich nichts tun, um zu verhindern, daß ihn die volle Härte des Gesetzes trifft.« Während sie dies sagte, blickte sie natürlich Jasper an und fügte bitter hinzu: »Ich sehe, es hat keinen Zweck, noch länger hierzubleiben, da ich die gewünschte Auskunft nicht bekomme. Peggy – Geraint, kommst du mit uns?«
Geraint stammelte, daß er erst noch ein Wort mit der Gräfin zu sprechen habe. Lady Prest blickte ihn empört an und rauschte an ihm vorbei zur Tür, doch Jasper reagierte schnell und hielt Peggy zurück, die dabei war, ihr zu folgen.
»Hör mir zu, Peggy«, sagte er leise. »Du weißt doch noch, was ich neulich zu dir gesagt habe? Es ist wichtiger denn je – verstehst du? Wenn du erfährst, daß Tante Honoria und Croil irgend etwas planen, das mit Giles Arcourt zusammenhängt – oder der Gräfin –, dann mußt du es mich sofort wissen lassen. Es geht um Leben oder Tod. Versprichst du es mir?«
»Um Leben oder Tod? Die Gräfin?« Peggys große Augen blickten ihn erschrocken an. »Jasper, was ist denn los?«
»Das tut nichts zur Sache. Versprichst du es mir?«
»Ja – gut, natürlich verspreche ich es.«
»Gut! Und jetzt geh schnell, bevor die Alte auf ihrem Hexenbesen zurückkommt und dich holt.«
Rolande, welche die beiden beobachtete, obwohl zur gleichen Zeit Geraint auf sie einredete, bemerkte den herzlichen Blick, den Jasper Peggy zum Abschied zuwarf. Dies versetzte ihr einen so schmerzhaften Stich in der Herzgegend, daß sie sich selbst wunderte. Da sie jedoch ein beherztes Mädchen war und zudem wußte, daß Jasper nicht

das geringste Interesse an ihr hatte, ging sie sofort daran, alle soeben gehabten Empfindungen abzuleugnen. Sie konnte jedoch nicht verhindern, ein unglückliches Gesicht zu machen, so daß Geraint, der dies der peinlichen Szene zuschob, die sie eben miterleben mußte, schnell versuchte, Entschuldigungen für das Verhalten seiner Mutter vorzubringen.

»Sie ist so fürchterlich aufgeregt, und dabei ist das alles vielleicht nur ein dummer Jungenstreich«, flüsterte er, »und wenn sie sich aufregt, sagt sie Dinge, die sie gar nicht meint. Doch Sie werden mir trotzdem erlauben, Gräfin, daß ich Sie zu dem Frühstück begleite –«

Die Gräfin sagte, daß leider Mr. Carrington schon darum gebeten habe und daß sie nicht glaube, ihn um dieses Vorrecht bringen zu können, weil er an diesem Morgen wohl nicht in der richtigen Stimmung für eine Absage sei. Damit hatte sie allerdings recht, denn Geraint stellte fest, daß Jasper ihn nun, da Lady Prest und Peggy gegangen waren, sehr ungehalten anblickte, als erwarte er seinen sofortigen Rückzug. Geraint, daran gewöhnt, sich seinem gebieterischen Vetter zu fügen, nahm zögernd Abschied, und Jasper, der die Tür hinter ihm schloß, wandte sich sofort an die Baronesse.

»Ich hoffe, Louisa«, sagte er mit aller Schärfe zu ihr, »daß du nun mit diesem Hornissennest zufrieden bist, das du aufgerührt hast!«

Die Baronesse blickte ihn erstaunt an. »Ja, das bin ich«, sagte sie freimütig. Verstehst du es denn nicht, lieber Junge? Wir haben das Spiel gewonnen. Honoria ist erledigt –«

»So, glaubst du das?« fragte Jasper grimmig. »Du bist wirklich sehr naiv! Mir scheint im Gegenteil, daß meine Tante Honoria in ihrem Verdacht, den sie bezüglich der Gräfin sicher hatte, nur bestätigt wurde. Oder ist dir nicht

aufgefallen, wie sie sie angeschaut hat, obwohl sie nicht wagte, sie anzusprechen? Nein, sie hat nichts anderes im Sinn, als ihren Giles Arcourt wieder herbeizuschaffen und unseren statt dessen verschwinden zu lassen. Guter Gott, Louisa, du weißt doch, daß Croil in der Lage ist, diesen Jungen ohne weitere Schwierigkeiten wieder aufzutreiben. Er wird ihn innerhalb von vierundzwanzig Stunden wieder hierhaben. Und diese ganze Geschichte von dem tizianroten Jungen, der hier im Haus auftauchte, während die rabenschwarze Gräfin nicht erscheinen konnte, weil sie – was habt ihr euch denn als Entschuldigung ausgedacht? Eine Migräne? Wie phantasielos! Auf jeden Fall ist es sonnenklar, daß wir Miß Henry aus Brighton wegbringen müssen, sobald ich mit meinen Vorbereitungen fertig bin. In der Zwischenzeit wird sie sich nicht aus dem Haus bewegen, es sei denn in meiner Begleitung. Ich hoffe, du hast mich verstanden!«
Die Baronesse, die angesichts dieser unbarmherzigen Zerstörung ihrer schönen Illusionen in Rage geriet, erklärte ihm, daß er die ganze Angelegenheit übertreibe.
»Du glaubst wohl, daß Croil ein Übermensch ist, der zu allen Wundertaten fähig ist, die man von ihm verlangt«, sagte sie. »Nein, ich glaube, der Junge ist für immer verschwunden, und ich bin ganz sicher, daß er – selbst wenn Croil ihn finden sollte – viel zuviel Angst hat, um seine Rolle als Giles Arcourt wieder aufzunehmen. Was bedeutet, daß für Rolande überhaupt keine Gefahr besteht, wenn sie in Brighton bleibt und den jungen Hoult weiter umgarnt. Selbst wenn Honoria entdeckt hat, daß die Gräfin Móra unser Giles Arcourt ist, spielt es nun keine Rolle mehr für sie, ob *er* das Arcourt-Vermögen erbt oder du, da sie ja ihren eigenen Giles verloren hat und sowieso aus dem Spiel ist.«
Jasper jedoch schien nicht überzeugt. Er bemerkte nur,

sie rede wie immer törichtes Zeug, und erklärte, daß er sich nun wichtigeren Dingen zuwenden müsse. Dann ging er fort, nachdem er versprochen hatte – beziehungsweise gedroht, wie die Baronesse es empfand –, daß er um drei wiederkommen werde.

13

Er erschien genau zu dieser Stunde mit seiner Karriole und hatte den alten General Pusey im Gefolge, der in einer Kalesche fuhr. Jasper erklärte, daß in seiner Karriole nicht genug Platz für drei sei, und bat den General, die Baronesse zu sich in die Kalesche zu nehmen – ein Arrangement, das dem General außerordentlich zu behagen schien. Die Baronesse, die genau wußte, daß es keinen Sinn hatte, Jasper zu widersprechen, wenn er schlecht gelaunt war, blickte ihn wütend an, ließ sich dann jedoch von dem triumphierenden General abführen, während Rolande mit Jasper die Karriole bestieg.
Sie sah an diesem Nachmittag in ihrem goldgelben Gewand und dem Bergkristallhalsband sehr reizend aus, mußte jedoch feststellen, daß sie keinen Eindruck auf Jasper machte. Er hatte sie nur flüchtig gemustert, als er ihr in den Wagen half. Danach schien er sie völlig zu vergessen und wandte seine ganze Aufmerksamkeit auf seine beiden temperamentvollen Füchse, die trotz der Wärme des Nachmittags einen frischen Eindruck machten. Rolande, die entschlossen war, nicht ständig wie ein stummes Schulmädchen neben ihm zu sitzen, fragte ihn nach einer Weile, wie weit es noch bis zu dem Bauernhof sei, den Graf Hoult und Sir Robert Carlisle für ihr déjeuner champètre ausgesucht hatten.

»Er liegt nicht weit von Shoreham, etwa zehn Meilen von hier«, sagte Jasper und blickte sie spöttisch an. »Sie werden also«, fuhr er dann unerwartet fort, »meine Gesellschaft nicht mehr lange ertragen müssen.«
Rolande war bestürzt. Sie hatte so viel damit zu tun gehabt, ihre eigenen Gefühle zu verbergen und Jasper nicht merken zu lassen, daß sie hoffnungslos in ihn verliebt war, daß sie sich bisher nie gefragt hatte, wie er ihr Verhalten ihm gegenüber wohl auffasse. Daher war es jetzt für sie wie ein Schock, daß er von ihrer Abneigung gegen ihn überzeugt schien.
»C'est affreux, das ist schrecklich«, sagte sie niedergeschlagen zu sich selbst. Doch es dauerte nur einen Moment, bis sie feststellte, daß es gar nicht schrecklich war. Im Gegenteil, die Situation war durchaus wünschenswert, wenn man wie sie in der Rolle der verschmähten und zurückgewiesenen Frau steckte. Wenigstens blieb auf diese Weise der Stolz intakt.
So plauderte sie munter weiter, während sie mit Jasper durch den heißen Nachmittag fuhr. Sie vermied das unangenehme Thema ihrer Zukunft und benahm sich statt dessen wie jede junge Dame, die zu einer Gesellschaftsparty fuhr und nichts anderes im Sinn hatte, als sich zu vergnügen.
»Sicherlich hält er mich für furchtbar albern«, dachte sie sich, als Jasper auf einen ihrer weniger gelungenen Geistesblitze nicht reagierte. In Wahrheit war Jasper jedoch mit anderen Gedanken beschäftigt und hätte auch dann keine Antwort gegeben, wenn sie nur so gesprüht hätte vor Witz.
Als sie an dem Bauernhof ankamen, wo das Frühstück stattfinden sollte, wurden sie am Ende einer gewundenen Allee von Graf Hoult und Sir Robert empfangen, die Rolande beide mit einem hübschen Bukett begrüßten. Sie

und Jasper wurden dann zu einer großen Wiese geführt, auf der verschiedene Zelte aus weißem und rosafarbenem Musselin aufgestellt waren. Viele geladene Gäste schlenderten bereits im Schatten dichter Gebüsche umher. Beim Läuten der Dorfglocken sollte in den Zelten gegessen werden, es waren Spiele, Tanz und ein Feuerwerk vorgesehen, und es gab sogar einen Maibaum, um die ländliche Idylle zu vervollkommen. Alle Herren und Damen, die Spaß an ländlichen Tänzen hätten, so sagte Jasper, könnten sich unter ihm vergnügen.
Rolande, die seinen ironischen Ton bemerkte, erklärte zu seinem Mißvergnügen, daß es ihr kolossalen Spaß machen würde, um einen Maibaum herumzutanzen, und wurde in ihrem Wunsch von Graf Hoult ermuntert, der sofort nach der Begrüßung seiner Gäste an ihre Seite kam und darum bat, ihr Partner sein zu dürfen. Da er jedoch ziemlich ungeschickt war – denn er hatte nur Augen für sie und war daher nicht in der Lage, sein Band richtig in der Hand zu halten –, verwickelten sich bald ihre Bänder, sehr zur Freude von Jasper, der lässig an einem Baum lehnte und sie schmunzelnd beobachtete, was Rolande fürchterlich ärgerte.
Sie kam jedoch nicht umhin, ihn zu bewundern, als man Pfeile, Bögen und Schießscheiben brachte, mit denen sich die Herren beim Bogenschießen vergnügen konnten. Jasper zeigte sich sofort als der beste Schütze, und wie er so dastand, in Hemd und Breeches, das Gesicht ruhig konzentriert, das Haar vom Wind zerzaust, erschien er Rolande als der perfekte Adonis.
»Qu'il est beau!« dachte sie und blickte in leichter Verzweiflung auf Graf Hoults alltägliches Gesicht neben sich. Konnte es sein, so fragte sie sich mit einem melancholischen Seufzer, daß es für sie keine andere Wahl gab, als Gräfin Hoult zu werden oder in ihr schauderhaftes

französisches Theater zurückzukehren? Sicherlich, da war immer noch Geraint, doch er war Jaspers Vetter, und wenn sie ihn heiratete, müßte sie Jasper öfter sehen, als sie wahrscheinlich ertragen könnte.
Kaum hatte sie dies gedacht, erschien wie ein Echo Geraint an ihrer Seite, der einen merkwürdig beunruhigten Eindruck machte.
»Gott sei Dank, daß ich Sie gefunden habe«, sagte er sofort mit drängender Stimme. »Ich muß allein mit Ihnen sprechen, Gräfin! Es handelt sich um etwas außerordentlich Wichtiges.«
»Etwas außerordentlich Wichtiges?«
Rolande blickte ihn erstaunt an. Er wirkte sehr ernst, und sie fragte sich, ob er sich wohl dazu entschlossen hatte, ihr trotz des Widerstandes seiner Mutter einen Antrag zu machen. Allerdings schien das Menschengedränge eines solchen Festes wenig geeignet für einen solchen Antrag, doch wahrscheinlich dachte er sich, daß es nicht weiter schwierig sei, irgendwo zwischen den Bäumen herumzuspazieren, wo man allein sein konnte und nicht zu sehr vermißt wurde.
Das Problem war nur, daß sie sich im Augenblick gar nicht so sicher war, ob sie seinen Antrag überhaupt wollte. Tatsächlich war sie sich sogar ziemlich sicher, daß sie ihn nicht wollte. Es war ja alles noch viel zu offen; man machte sich doch immer Hoffnungen, auch wenn man genau wußte, daß es eigentlich keinen Sinn hatte. Und außerdem war dies wirklich nicht die richtige Umgebung, um ihm mitzuteilen, daß die Dame, der er einen Antrag machte, nicht die »Gräfin Móra« war, sondern eine mittellose junge Schauspielerin namens Rolande Henry.
Es wäre also gut, so dachte sie sich, zunächst einmal Zeit zu gewinnen. Dies schien nicht weiter schwierig zu sein,

denn sie bemerkte, daß Graf Hoult die größten Anstrengungen machte, um ihre Aufmerksamkeit zu erringen, und Jasper, der gerade seinen Bogen niedergelegt und seinen Frack angezogen hatte, kam herüber, um sich ihnen anzuschließen. Er hatte sich offenbar dazu entschlossen, wieder etwas für seine Grande-passion-Rolle zu tun, und so blickte er Geraint eisig an und bedachte sie selbst mit einem Blick, den er selbst einmal so definiert hatte: wie ein Hund, der einen besonders köstlichen Knochen erwartet. Sie spürte jedoch auf einmal, wie Trotz in ihr aufstieg, und so nahm sie ganz gegen ihre Absichten Geraints Arm und drehte sich um, um mit ihm einen kleinen Spaziergang zu machen.

Zu ihrem nicht geringen Ärger – und zu Geraints höchstem Mißfallen – mußte sie jedoch feststellen, daß Jasper ihnen folgte.

»Macht ihr einen kleinen Erkundungsgang?« fragte er freundlich. »Eine ausgezeichnete Idee! Ich werde mich anschließen!«

Geraint reagierte, wie man deutlich sah, zähneknirschend. Es fiel Rolande auf, daß er Jasper sehr unfreundlich anblickte, obwohl er seinen schneidigen Vetter ja sonst so bewunderte. Wahrscheinlich, so dachte sie sich, war Eifersucht der Grund für sein merkwürdiges Verhalten.

»Ich hatte gedacht«, erklärte sie streng, »daß Sie sich nach Ihrer anstrengenden Betätigung etwas erholen müßten und vielleicht im Schatten ein Glas Moselwein oder Champagner trinken wollen?«

»Aber keineswegs«, sagte Jasper munter. »Ein kleiner Spaziergang ist genau das, was ich jetzt am liebsten tue.« Er blickte seinen Vetter an, dessen Gesicht inzwischen hochrot angelaufen war. »Aber wie ich sehe«, erklärte er mit gespielter Besorgtheit, »machst du den Eindruck, daß

dir ein kühlender Trunk nicht schaden würde, lieber Vetter. Wäre es nicht besser, ich würde dir die Gräfin abnehmen, während du in eines der Erfrischungszelte gehst?«
Geraint erklärte hitzig, daß die Gelegenheit zu einem Gespräch mit der Gräfin für ihn ein großes Privileg sei, um das er sich nicht bringen wolle, und es gäbe auch keinen Grund dafür.
»Aber ich bitte dich«, sagte Jasper. »Ich kann mir eine ganze Menge Gründe vorstellen.«
Geraint erwiderte, daß er von diesen Gründen nichts wissen wolle, und schlug seinem Vetter noch einmal vor, zum Fest zurückzukehren und ihn und Rolande allein zu lassen.
Jasper tat so, als sei er schockiert. »Nein, nein – das geht nun wirklich nicht, mein lieber Junge«, sagte er. »Denk doch nur, wie wenig angemessen es ist, wenn einer von uns allein mit ihr ins Gehölz geht, bei ihrer hohen Position. Nein, es wäre viel besser, wir würden alle zurückkehren, meinst du nicht auch?«
Geraint, der inzwischen offenbar eingesehen hatte, daß er seinen Vetter nicht loswürde, gab seine Idee vom Tête-à-tête unwillig auf und gab nach. Sie kehrten alle drei zu den Zelten zurück, und wenig später verkündeten einige laute Trompetenstöße, daß das Essen bereit sei.
Geraint machte natürlich den Versuch, sich neben Rolande zu setzen, fand sich jedoch von Jasper und Graf Hoult ausmanövriert, die sich weniger um die Zurschaustellung guter Manieren scherten und es somit erreichten, die beiden Plätze neben ihr einzunehmen, was Geraint dazu zwang, sich ihr gegenüber zu setzen und alles eifersüchtig zu verfolgen.
Als das reichliche und – wie ihm schien – endlose Mahl vorüber war, versuchte er noch einmal, an sie heranzukommen. Doch er kam wiederum zu spät, denn Jasper

und der junge Graf Hoult führten sie durch einen kleinen Torbogen, der aus Rosen und Laternen gebildet war, in ein anderes Zelt, in dem sich gerade die gefeiertsten Sänger der italienischen Oper daranmachten, ein Konzert zu geben. Die Baronesse, die beobachtet hatte, wie die drei sich um Rolande bemühten, empfand die Gelegenheit als günstig, Graf Hoult zum Zuge kommen zu lassen. Sie nahm sich also vor, Jasper fortzulocken, um das Feld freizugeben. Sie setzte sich während des Konzerts neben ihren Vetter und nahm an, sie könnte ihn mit Hilfe derselben Taktik ablenken, die sie bereits im Promenade Grove bei Geraint angewandt hatte, der dabei Rolande und Giles Arcourt hatte entwischen lassen müssen.

Diesmal hatte sie jedoch keinen Erfolg.

»Ich weiß, was du willst«, sagte Jasper am Ende des Konzerts, als es ihr gelungen war, ihr langes Topashalsband so in ihre hauchdünne Pelerine zu verwickeln, daß es ihr nicht mehr möglich war, sich ohne Hilfe zu befreien. »Du willst General Pusey. Er war natürlich nie in der Navy, aber ich nehme an, er betrachtet sich als Spezialist im Lösen von Knoten. Dort in der Ecke sitzt er, er ist eingeschlafen. Ich werde ihn dir sofort schicken.«

Dann bot er der Gräfin Móra seinen Arm an und schritt mit ihr davon, während eine sprachlose Baronesse zurückblieb, die ihre Verwicklungskünste umsonst angewandt hatte.

Inzwischen war es dem glücklosen Geraint gelungen, sich einen der malerisch als Gärtner verkleideten Diener zu greifen und Feder, Tinte und Papier von ihm zu verlangen. Während er auf das Gewünschte wartete, wurde er von einem brillanten Feuerwerk unterhalten, das die Gräfin natürlich in der Begleitung von Jasper und Graf Hoult erlebte.

Als Geraint schließlich die notwendigen Utensilien bekam, kritzelte er hastig und ohne weitere Anrede auf das Papier: »Sie sind in größter Gefahr! Hüten Sie sich vor meinem Vetter Jasper! Sie dürfen unter keinen Umständen allein mit ihm sein! Ich bitte Sie, sich unter meinen Schutz zu stellen! Prest.«

Nachdem er seine Nachricht überflogen hatte, wünschte er, er hätte nicht so viele Ausrufungszeichen gesetzt, doch es wurde nun spät, und er hatte das Gefühl, daß die Gräfin jeden Augenblick von Jasper in seine Karriole gelockt werden könnte, um zurück nach Brighton zu fahren. Er hatte von der Baronesse gehört, daß sie auf diesem Wege gekommen war, und hatte ihr auch erklärt, daß er es für ungehörig halte, daß die Gräfin mitten in der Nacht in einem offenen Wagen allein mit einem Mann durch die Gegend fahre. Die Baronesse hatte jedoch erwidert, daß sie und der General in ihrer Kalesche ja direkt hinterherfahren würden, so daß man kaum sagen könne, die Gräfin befände sich mit irgend jemandem allein. Und außerdem, so hatte sie hinzugefügt, könne die Gräfin ja jederzeit mit ihr und dem General in der Kalesche fahren, wenn es ihr beliebe.

Die sorgfältig gefaltete Nachricht wurde Rolande gerade in dem Augenblick in die Hand gegeben, als das Feuerwerk endete.

»Was ist das?« fragte Jasper, der immer alles sah, was vor sich ging, und keine Skrupel hatte, auch die peinlichsten Fragen zu stellen.

Rolande, die die Nachricht im Mondlicht zu entziffern versuchte – denn die Laternen, die man aufgehängt hatte, waren fast alle gelöscht worden, als das Feuerwerk begann –, sagte, daß sie es nicht genau sehen könne, doch sie nähme an, daß es ein Schreiben von Lord Prest sei.

»Nun, ich schätze, das hat Zeit, bis wir in Brighton sind«, sagte Jasper. »Ich verstehe sowieso nicht, weswegen er

Ihnen Nachrichten schreibt, denn er steht ja dort drüben und könnte Ihnen selbst alles sagen, wenn er sich die Mühe machte, einige Schritte zu gehen. Sollen wir jetzt aufbrechen, Gräfin? Ich nehme an, Sie werden die Rückfahrt nach Brighton im Mondlicht sehr genießen.«
Rolande, die sich immer noch über die geschriebene Nachricht wunderte, jedoch außer Jaspers Namen kaum etwas lesen konnte und daraus schloß, daß es sich nicht um einen Antrag handelte, steckte das Papier in ihre Tasche und erklärte, aufbruchbereit zu sein. Die Baronesse und General Pusey wurden eingesammelt, man verabschiedete und bedankte sich bei den beiden jungen Gastgebern, und nach wenigen Minuten half Jasper zu Geraints größtem Entsetzen Rolande in seine Karriole.
Die Fahrt nach Brighton erwies sich tatsächlich als sehr angenehm. Der Mond stand an einem wolkenlosen, dunkel saphirblauen Himmel, die Luft war warm und ruhig, und Rolande, die sehr zufrieden mit sich war, weil sich drei Männer den ganzen Tag um sie bemüht hatten, war bedeutend glücklicher als auf der Hinfahrt.
Sie fragte sich, ob Jaspers Beharrlichkeit, mit der er den ganzen Tag an ihrer Seite verbracht hatte, vielleicht doch einer gewissen Neigung zuzuschreiben sei und nicht nur einem Pflichtgefühl, und gerade als sie dies dachte, stellte sie fest, daß die Karriole in einen von Bäumen beschatteten Weg einbog.
»Was machen Sie denn? Weshalb biegen Sie hier ein?« fragte sie neugierig.
Jasper gab keine Antwort, sondern legte statt dessen nur seinen Finger an die Lippen und schüttelte den Kopf. Er hatte seine Pferde so angehalten, daß man den Wagen von der Straße aus nicht sehen konnte, doch sie hörten, wie die Kalesche mit der Baronesse und dem General vorbeirollte. Rolande schossen tausend Gedanken durch

den Kopf, darunter auch derjenige, daß Jasper sich vielleicht doch in sie verliebt hatte und jetzt an diesem abgelegenen Platz mit ihr allein sein wollte.
Der nächste Augenblick zeigte jedoch, daß dieser recht angenehme Gedanke nicht der Wirklichkeit entsprach, denn Jasper wendete seine Karriole und fuhr wieder hinaus auf die Straße, diesmal jedoch in die Richtung, aus der sie gekommen waren.
»Was *machen* Sie denn?« fragte Rolande noch einmal, diesmal allerdings weniger neugierig als ungehalten. Sie traute Jasper nicht, und sein jetziges Verhalten schien ihr Mißtrauen zu rechtfertigen. »Wir sind doch gerade erst aus dieser Richtung gekommen? Weshalb fahren wir jetzt wieder zurück?«
Jasper sagte gelassen, daß sie das bald feststellen werde, und gab seinen Pferden die Peitsche, so daß die Karriole in schnellem Tempo über die mondbeschienene Straße rollte.
»Ich möchte es aber jetzt wissen«, sagte Rolande mit beherrschter Stimme, die jedoch vor Ärger bebte. »Sur-le-champ! Wohin fahren wir?«
»Also gut«, sagte Jasper, der gerade mit höchstem Geschick seine Pferde um eine Straßenbiegung lenkte. »Wenn Sie es wissen wollen, wir fahren nach Shoreham.«
»Nach Shoreham? Aber weshalb denn? Weshalb sollten wir mitten in der Nacht dorthin fahren?«
»Nun, ich hielt es für die beste Zeit, Sie zu entführen«, sagte Jasper entschuldigend. »Ich bin in diesen Dingen nicht so geübt, müssen Sie wissen –«
Er kam jedoch nicht weiter.
»Mich zu entführen«, ächzte Rolande. »Zu – was um Himmels willen meinen Sie denn? Weshalb sollten Sie den Wunsch haben, mich zu entführen –«
»Oh, ich habe gar nicht den Wunsch«, versicherte ihr Jas-

per. »Es würde mir sogar viel besser passen, wenn Sie freiwillig mitkämen. Doch soweit ich gesehen habe, besteht dazu keine Möglichkeit. Sie zeigten sich in keiner Weise willig, als ich vorschlug, Sie aus Brighton wegzubringen, und daher erschien mir eine Entführung als das beste Mittel, zum Ziel zu kommen. Es ist eine ziemlich kleine Jacht«, fügte er, wiederum entschuldigend, hinzu, »doch es ist ja nur eine kurze Reise nach Calais. Ich hoffe, es wird für Sie nicht zu ungemütlich sein.«
Rolande, die angesichts dieser Eröffnung zunächst völlig sprachlos war, hatte einige Mühe, ihre Gedanken zu ordnen. »Nach – nach Calais?« stieß sie schließlich hervor. »Sie haben doch nicht vor, mich dorthin zu bringen. Aber das können Sie nicht! Ich werde nicht gehen!«
»Aber, aber«, sagte Jasper beschwichtigend. »Seien Sie doch nicht so schwierig, Miß Henry! Denken Sie nur, wieviel angenehmer es ist, in Calais zu leben, als tot zu sein. Und Sie müssen ja auch nicht dort bleiben. Tatsächlich habe ich sogar die Absicht, Sie sofort nach Avignon zu bringen, wo Sie der Gast meiner Großtante sein werden, einer französischen Dame, die zurückgezogen auf dem Land lebt –«
»Ich werde nicht fahren!« wiederholte Rolande zähneknirschend. Sie war sehr böse auf Jasper, zumal sie einen berauschenden Augenblick geglaubt hatte, er wolle sie wirklich entführen. »Bringen Sie mich sofort zurück nach Brighton!« befahl sie ihm. Er fuhr jedoch im gleichen halsbrecherischen Tempo weiter. »Oder ich werde aus dem Wagen springen!« fügte sie drohend hinzu.
»Nun, das würde ich Ihnen nicht raten«, sagte Jasper. »Sie könnten sich ein Bein brechen oder sogar den Hals.«
Rolande, die dies genau wußte, ging nicht weiter darauf ein, sagte jedoch nach einer Weile mit eisigem Ton, daß es ihm zwar gelingen werde, sie nach Shoreham zu bringen,

dort würde sie jedoch sofort um Hilfe schreien, damit man sie befreie.

»Nicht, wenn Sie bewußtlos sind«, sagte Jasper munter. »Liebe Miß Henry, ich habe noch nie im Zorn Hand an eine Frau gelegt, doch ich möchte Sie darauf hinweisen, daß ich als einer der besten Amateurboxer in England gelte und daß ich Sie mit einem einzigen gutgezielten Kinnhaken für eine Weile außer Gefecht setzen kann, so daß Sie sich weder bewegen noch schreien können. Und sosehr ich es auch bedauern würde, mich so ungalant zu benehmen, muß ich Ihnen doch versichern, daß es genau das wäre, was ich täte, falls Sie mir Schwierigkeiten machen. Mir wäre es also lieb, wenn Sie mir versprechen würden, keinen Unsinn zu machen, bevor ich Sie an Bord der ›Swallow‹ gebracht habe. Im übrigen wäre es sowieso sinnlos, denn um diese Nachtstunde wird sich niemand dort befinden.«

Rolande erklärte mit Würde, daß Versprechen, unter Druck gegeben, keinen Wert vor dem Gesetz hätten, doch da sie ihm ansah, daß im Augenblick nicht mit ihm zu spaßen war, fügte sie schnell hinzu, daß es keiner so gewaltsamen Maßnahmen bedürfe, um sie in Schach zu halten.

»Gut!« sagte er. »Ich verlasse mich also darauf, daß Sie vernünftig sind, Miß Henry.«

»Das ist keine Vernunft, das ist Nötigung«, antwortete sie empört. »Sie ruinieren mein Leben, und das werde ich Ihnen nie vergeben – nicht einmal, wenn Sie mich auf Knien darum bitten!«

»Nun, ich glaube nicht, daß ich das tun werde, aber man kann nie wissen. Und es tut mir sehr leid, wenn ich Ihr Leben ruiniere, Miß Henry, doch nach meiner Meinung ist es bedeutend besser, ein ruiniertes Leben zu haben, als gar keines.« Und nach einer Weile fügte er ziemlich grob hinzu: »Wenn der junge Hoult wirklich an Ihnen hängt, wird er auch die Möglichkeit finden, Sie wiederzusehen. Ich werde dafür sorgen, daß er erfährt, wo Sie zu finden sind.«

Rolande hätte ihm am liebsten gesagt, daß es ihr völlig egal sei, ob sie Graf Hoult wiedersehen werde oder nicht, doch sie war im Augenblick so verärgert, daß sie befürchtete, weder auf englisch noch auf französisch die richtigen Worte zu finden. Sie zog es also vor, gar nichts zu sagen, und nach sehr kurzer Zeit kamen die Lichter von New Shoreham in Sicht, und sie bogen in die steile Straße ein, die zum Meer führte, das sich wie eine schwarze Fläche vor ihnen ausdehnte.

14

Eine kleine zweimastige Jacht lag aufgetakelt vor Anker, und auf sie schritt Jasper zu, nachdem er seine Pferde einem verschlafenen, halbbetrunkenen Seemann übergeben hatte. Jasper ermahnte Rolande noch einmal, Vernunft zu beweisen, da es keinen Sinn habe, um Hilfe zu schreien. Sie wußte selbst nur zu gut, daß sie damit gar nichts erreichen würde, als einen riesigen Skandal auszulösen, und das wäre das Ende ihrer Rolle als Gräfin Móra.

Sie folgte Jasper also mißvergnügt auf das Deck der Jacht, wo er eine Laterne holte und sie dann über eine steile Treppe zum Unterdeck führte. Dort angekommen, forderte er sie auf, eine kleine Kajüte zu betreten. Sie tat es zögernd und zischte Jasper beim Eintreten zornig zu: »Das werden Sie noch einmal bereuen!«

»Machen Sie doch keine Tragödie daraus, Miß Henry«,

sagte ihr Entführer. »Ich glaube nicht, daß ich es im geringsten bereuen werde. Im Gegenteil, wenn ich Sie erst einmal im Ausland in Sicherheit gebracht habe, werde ich Freudensprünge machen, wie man so sagt, obwohl ich noch nie jemanden gesehen habe, der so etwas tut.« Er blickte sich in der Kajüte um. »Werden Sie hier auch die notwendige Bequemlichkeit haben? Ich bin nämlich leider gezwungen, Sie einzuschließen!«

Rolande erklärte rachsüchtig, daß sie ganz gewiß nicht die notwendige Bequemlichkeit haben werde. »Und übrigens«, sagte sie, »was ist mit meinen Kleidern? Ich kann schließlich nicht in diesen hier in ganz Frankreich herumziehen.«

»Dafür ist bereits gesorgt«, sagte Jasper und deutete auf einen Koffer in einer Ecke der Kajüte. »Sie sehen, ich habe alles sorgfältig vorbereitet.«

»Und ich nehme an, Sie haben der Baronesse eine Nachricht hinterlassen, in der Sie ihr mitgeteilt haben, was Sie vorhaben?«

»Aber natürlich«, sagte Jasper, und mit einer höflichen Verbeugung verließ er die Kajüte und verschloß die Tür hinter sich.

Als sie an Deck der Jacht gegangen waren, war niemand in Sicht gewesen, doch jetzt hörte Rolande den Klang zweier Stimmen – Jaspers und einer anderen. Dies dauerte jedoch nur kurz, und bald hörte Rolande nichts mehr als das Klatschen der Wellen an der Bootswand. Sie war immer noch so wütend, daß sie es nicht fertigbrachte, sich hinzusetzen. Statt dessen lief sie unruhig in der kleinen Kajüte umher und dachte darüber nach, wie sie entkommen könnte. Auf den ersten Blick schien dies ein hoffnungsloses Unterfangen. Die Tür war außerordentlich stabil und das Schloß ebenso. Doch wahrscheinlich würden mehrere Stunden vergehen, bevor die Jacht den An-

ker lichten konnte, und in der Zwischenzeit würde ihr schon etwas einfallen.
Im Augenblick schien es ihr die einzige Lösung, um Hilfe zu schreien in der Hoffnung, daß der Mann, mit dem Jasper gesprochen hatte, genügend Mitleid zeigte, um einer Dame in Not zu helfen. Sie stellte sich also mitten in die Kajüte, warf ihren Kopf zurück und schrie, so laut sie konnte: »Hilfe! Hilfe! Mord! Feuer!«
Sie kam sich dabei sehr töricht vor, da sie ja in keiner wirklichen Gefahr war und diese theatralische Szene kaltblütig herunterspielen mußte. Es folgte eine entmutigende Stille. Sie versuchte es noch einmal, hatte jedoch ebensowenig Erfolg.
Sie wollte sich gerade auf der Koje niedersetzen, um sich eine andere Lösung zu überlegen, als sie plötzlich vom Deck her Geräusche vernahm. Es schien sich ein Kampf abzuspielen, denn sie hörte stampfende Fußtritte und wütende männliche Stimmen. Dann wurde es auf einmal still. Sie rannte zur Tür und horchte. Jetzt näherten sich Schritte. Wieder hörte sie männliche Stimmen, doch diesmal klangen sie ruhig und freundlich.
»Hilfe! Hilfe! Mörder! Feuer!« schrie sie, wobei sie hoffte, diesmal überzeugender zu klingen als zuvor.
Zu ihrer großen Überraschung war es Geraints erregte Stimme, die ihr antwortete.
»Gräfin?« sagte er. »Gott sei Dank, Sie sind es! Keine Sorge, Sie sind jetzt ganz sicher. Wir werden Sie sofort herausholen!« Sie hörte dann, wie er der anderen Person, die ihn begleitete, Anweisungen gab. »Los, schnell – geht es nicht? Geben Sie mir den Schlüssel, ich werde zuerst die Dame herauslassen. Dann können Sie die Tür noch einmal verschließen und einbrechen!«
Rolande, die nun überhaupt nichts mehr verstand, hörte, wie sich der Schlüssel im Schloß drehte. Im nächsten Mo-

ment stürzte Geraint herein und nahm sie vor lauter Freude, daß er sie unverletzt erblickte, in den Arm. Zuvor konnte sie gerade noch erkennen, daß er ziemlich zerzaust aussah und sein rechtes Auge geschwollen und halb geschlossen war.

»Mein armer Engel!« sagte er mit erstickter Stimme.

Rolande, die das Gefühl hatte, daß noch jemand im Raum war, spähte vorsichtig über Geraints Schulter und erblickte einen stämmigen Mann mit grauen Locken, der unter der Tür stand und sie gutmütig angrinste.

»Jetzt hören Sie mal mit dem Geturtel auf«, sagte er in onkelhaftem Ton, »denn mein Herr wird sofort wieder zurück sein, und ich hab' keine Lust, daß er Sie hier findet, und auch nicht die Lady, jedenfalls nicht mit einer Tür, die so aussieht. Sie verduften jetzt, und ich will alles klarmachen, bis er hier ist.« Dann betrachtete er sachlich die Türe. »Ich schätze, eine Axt wird genügen«, sagte er. »Wirklich schade, daß kein Blut geflossen ist vorhin bei unserer kleinen Auseinandersetzung an Deck. Das hätte dann alles ein bißchen echter ausgesehen. Doch ich schätze, es wird genügen, wenn ich ihm sage, daß Sie mir eine Pistole an den Kopf gehalten haben.«

Rolande, die sich inzwischen aus Geraints Umarmung befreit hatte, fürchtete, daß entweder sie oder die anderen verrückt waren. Dann erkundigte sie sich, weshalb man denn die Tür einschlagen müsse, wenn sie bereits befreit sei.

»Nun, Sie müssen verstehen«, sagte Geraint leicht verlegen, »daß dieser Bursche hier Jasper dann nicht sagen muß, daß er mir den Schlüssel gegeben hat. Es ist viel besser, wenn es so aussieht, als hätte ich ihn überwältigt und dann die Tür eingeschlagen –«

Rolande, die Geraints schlanke Gestalt vor sich sah und daneben den massiven Kerl, der unter der Tür stand, dachte sich insgeheim, daß Jasper diese Geschichte gewiß nicht glauben würde. Doch sie rechnete es Geraint hoch an, daß er jedenfalls versucht hatte, sie unter Gewaltanwendung zu retten, bevor er realisierte, daß Bestechung der wirkungsvollere Weg war.

Sie lächelte ihn freundlich an und sagte: »Mir ist es ganz gleich, was Mr. Carrington denkt, und ich bin Ihnen wirklich sehr dankbar, daß Sie mich gerettet haben. Und jetzt bringen Sie mich bitte zurück nach Brighton, bevor er zurückkehrt!«

Sie wußte, daß man sich beeilen mußte, denn es war kaum anzunehmen, daß Geraint in der Lage wäre, Jasper zu überwältigen und sie von der Jacht zu bringen.

Geraint war zwar außerordentlich zufrieden mit seiner Rolle als ritterlicher Beschützer, doch er hatte wohl selbst das Gefühl, daß jetzt Eile geboten war, und geleitete sie daher an Deck. Dort sah sie, daß Jaspers Karriole verschwunden war und statt dessen ein eleganter Phaeton dastand, der von demselben Seemann bewacht wurde. Er starrte verdutzt und kratzte sich am Kopf, als Geraint Rolande von der »Swallow« herüberführte und ihr half, sein Gefährt zu besteigen, hatte jedoch offenbar nichts dagegen, daß Geraint ihm eine Münze zuwarf.

»Woher wußten Sie denn, daß ich hier bin«, fragte Rolande, als Geraint neben ihr aufsprang und seinen Pferden die Peitsche gab. »Sind Sie uns gefolgt? Ich finde, daß Sie außerordentlich listig waren!«

Geraint sagte bescheiden, daß es in Wirklichkeit Peggys Werk gewesen sei.

»Peggy?« sagte Rolande und blickte ihn überrascht an. »Meinen Sie Mrs. Falkirk? Aber was kann sie denn damit zu tun haben? Sie war doch nicht beim Frühstücksfest – oder doch?«

»O nein – Sie hatte mich schon vorher gewarnt und mir

gesagt, was wahrscheinlich passieren würde.« Als er merkte, daß Rolande ihn immer noch verständnislos anblickte, fuhr er fort: »Sie kam in großer Aufregung zu mir, gerade als ich das Haus verlassen wollte, und sagte, daß sie ein Gespräch zwischen Mama und Croil belauscht und daraus entnommen habe, daß man vorhat, Sie an Bord eines Schiffes aus Brighton zu entführen. Sie hat mich gebeten, es Jasper zu sagen – nun, Sie wissen ja, wie gern ich Peggy habe, doch es *gibt* Zeiten, da hat sie wirklich mehr Haare als Verstand! Ich glaube, sie war der Ansicht, daß *er* Sie beschützen soll! Natürlich wußte ich sofort, daß sie alles ganz falsch verstanden hat und daß es Jasper war, der die Entführung geplant hat. Warum sonst sollte er diese Jacht gekauft haben? Ich *habe* versucht, Sie während des Festes zu warnen«, fügte er etwas vorwurfsvoll hinzu, »doch es ist mir nicht gelungen, Sie von ihm fortzulocken. Daher habe ich Ihnen diese Nachricht geschrieben –«

»Ja, ich weiß. Ich habe sie nicht gelesen«, sagte Rolande schuldbewußt. »Ich habe sie hier in meinem Ridikül und hatte vor, sie in Brighton zu lesen.«

Geraint, der diesen Akt der Pflichtvergessenheit großzügig übersah, erklärte ihr weiter, wie er vorgehabt habe, ihr zu folgen, nachdem Jasper sie in seiner Karriole fortbrachte. Doch da sein eigener Phaeton durch andere Wagen blockiert war, sei ihm das unglücklicherweise nicht gelungen.

»Natürlich wußte ich, daß seine Jacht hier in Shoreham liegt«, sagte er, »und daher war es nicht weiter schwierig, Sie zu finden. Ich bin so schnell wie möglich gekommen. Wo ist Jasper jetzt – haben Sie eine Ahnung? Dieser Bursche da auf der Jacht hat nur gesagt, daß er irgendwohin gefahren ist.«

Rolande sagte, daß sie nicht die geringste Ahnung hätte,

und fügte mit mehr Offenheit als Takt hinzu: »Doch es war wirklich sehr dumm von Ihnen, auf die Jacht zu kommen, ohne zu wissen, ob er gegangen ist – nicht wahr? Sie haben ja kaum annehmen können, *ihn* zu überwältigen!«
Geraint, der diesbezüglich keine Illusionen hatte, schien ihre Offenheit nicht weiter übelzunehmen.
»O ja, das stimmt«, sagt er. »Mit Jasper kann es wirklich niemand aufnehmen. Aber ich habe mich schon vorgesehen und eine meiner Duellpistolen in die Tasche gesteckt, bevor ich das Haus verließ.«
Er sagte dies betont lässig, als sei es für ihn eine Selbstverständlichkeit, Duellpistolen zu besitzen. In Wirklichkeit war es jedoch eines der bestgehüteten Geheimnisse von ihm und dem Büchsenmacher, Mr. Joseph Manton, da er genau wußte, daß seine Mutter, wenn sie davon erführe, ihn zwingen würde, sie sofort wegzugeben.
»Aber wenn Sie eine Pistole hatten«, sagte Rolande, die versuchte, der Geschichte auf den Grund zu kommen, »weshalb haben Sie dann nicht Gebrauch davon gemacht, um den Mann auf der Jacht zu zwingen, Ihnen den Schlüssel zu geben. Warum haben Sie sich mit ihm auf einen Kampf eingelassen?«
»Nun, ich habe es versucht«, gestand Geraint treuherzig, »doch es war so – ja, er hat sie mir abgenommen.«
Rolande unterdrückte eine unwürdige Anwandlung, laut herauszulachen. Es war typisch für Geraint, sich trotz des Besitzes einer Pistole von dem Mann überwältigen zu lassen.
Kaum hatte sie dies gedacht, kam ihr etwas Neues in den Sinn, was sie sofort hellwach machte. Geraint mochte der Ansicht sein, daß der Plan zum Kidnapping, den Peggy erlauscht hatte, von Jasper ausging, doch sehr viel wahrscheinlicher war es, daß es sich dabei um einen Plan von Croil handelte.

In diesem Fall mußte es so sein, daß Jasper in seiner Annahme recht hatte, daß Croil und Lady Prest ihnen auf die Spur gekommen waren. Sie hatten entdeckt, daß die Gräfin Móra und der rothaarige junge Mann, der eine so außergewöhnliche Ähnlichkeit mit der verstorbenen Mrs. John Arcourt hatte, ein und dieselbe Person waren, und daher planten sie diesen Schurkenstreich. Daher hatte Jasper auch recht in seiner Überlegung, daß man sie aus Brighton wegschaffen und an einen Ort bringen müsse, wo sie in Sicherheit wäre. Am besten wäre es also, so überlegte sie sich, wenn sie Geraint bitten würde, sofort umzukehren und sie zur Jacht zu bringen.
Da es nicht ganz einfach war, einem Mann, der glaubte, einen vor dem sicheren Tod gerettet zu haben, zu erklären, er habe sich geirrt, mußte sich Rolande sehr gut überlegen, welche Worte sie wählte. Noch ehe sie sich schlüssig war, hörte sie ihn jedoch zu ihrem Entsetzen sagen: »Natürlich werde ich nicht zulassen, daß Jasper für die Kränkung, die er Ihnen antat, nicht bestraft wird, Gräfin, dessen können Sie versichert sein. Selbst wenn er mein Vetter ist – in einer solchen Sache spielt das Blut keine Rolle.«
Rolande starrte ihn entgeistert an. »Du lieber Gott«, sagte sie. »Sie werden doch damit nicht sagen wollen, daß Sie sich verpflichtet fühlen, ihn zu fordern?«
Geraint erklärte großspurig, daß man derartige Angelegenheiten nicht mit Damen besprechen solle.
»Oh, mon Dieu«, sagte Rolande, die im Augenblick so verärgert war, daß sie ihn hätte schütteln können. »Quelle étourderie! Er wird Sie töten! Und außerdem hat er mich gar nicht gekränkt. Er hat nur versucht, mich zu retten.«
»Sie zu retten!« Nun war es an Geraint, sie anzustarren. »Das verstehe ich nicht«, rief er aus. »Wie können Sie so etwas sagen, wenn er doch die Absicht hatte, Sie zu entführen –«

»Ja, aber nur, um mich außer Landes zu bringen, damit ich in Sicherheit bin.«
Rolande blickte Geraint verzweifelt an, der plötzlich Schwierigkeiten mit seinen Pferden bekam, da ihre Worte ihn völlig durcheinandergebracht hatten und er im Augenblick nur noch an internationale Intrigen dachte.
Als er sein Gespann wieder unter Kontrolle hatte, sagte er im Ton ehrfürchtiger Bewunderung: »Meinen Sie vielleicht, Gräfin, daß Sie sich in Gefahr befinden, weil jemand im Auftrag einer fremden Macht –«
»Mein Gott, hören Sie doch mit solchen Albernheiten auf«, unterbrach ihn Rolande. Sie war plötzlich so verwirrt und ratlos, daß sie am liebsten in Tränen ausgebrochen wäre und nicht mehr in der Lage war, die Rolle der Gräfin Móra weiterzuspielen. »Ich bin überhaupt keine Gräfin«, sagte sie, »und ganz gewiß keine von königlichem Blut! Und ich bin auch keine Ungarin. Ich bin halb französisch und halb englisch, und ich bin eine Schauspielerin, die Rolande Henry heißt. Ich glaube, daß Sie mich jetzt am besten direkt zur Jacht zurückfahren, damit Mr. Carrington mich nach Frankreich bringen kann.«
Wenn die Welt für Geraint soeben schon ins Schwanken geraten war, so rissen ihm diese Worte tatsächlich den Boden unter den Füßen weg. Er sah sich genötigt, seine Pferde anzuhalten, um wieder einigermaßen ins Gleichgewicht zu kommen. Daß die Gräfin Móra nicht wirklich die Gräfin Móra war, erstaunte ihn keineswegs, da man seit ihrem Auftauchen in Brighton allgemein davon überzeugt war, daß sie unter einem falschen Namen dort lebte, und die wildesten Gerüchte über ihre wahre Identität umgingen.
Doch daß die mysteriöse Gräfin nur eine Schauspielerin

war und daß sie eine geheime Verbindung zu seinem Vetter Jasper hatte, durch die sie in Gefahr geraten war, aus der Jasper sie zu erretten versuchte – dies waren Neuigkeiten, mit denen er gewiß nicht gerechnet hatte. Er konnte sie nur völlig entgeistert anblicken.
Was er schließlich hervorgebracht hätte, weiß niemand zu sagen, denn in diesem Augenblick kam ein geschlossener Wagen aus Richtung Brighton in Sicht, der von seinem Kutscher, welcher den Phaeton an der Straße stehen sah, scharf neben ihnen zum Stehen gebracht wurde. Während Geraint und Rolande den Vorgang völlig verblüfft beobachteten, sprangen mehrere Männer vom Wagen und rannten auf sie zu. Zwei von ihnen hielten Pistolen in der Hand.
»Halt die Pferde, Jem«, schrie einer von ihnen, der wohl der Anführer war, und ein anderer rannte sofort, um seinen Befehl auszuführen. Der Anführer selbst ging auf den Phaeton zu, packte Rolande am Arm und zog sie, obwohl sie sich heftig wehrte, auf die Straße.
Nun wurde Geraint wach, sprang vom Sitz und begann den Mann zu attackieren, doch sah man sofort, zu welchen Gunsten dieser Kampf ausgehen würde. Während ein dritter Mann die wütend um sich schlagende Rolande hielt, versetzte der Anführer Geraint einen Schlag mit seiner Pistole, und der junge Peer fiel wie hingemäht zu Boden.
»So ist's gut«, sagte der Anführer zufrieden. »Jetzt rein in den Sack mit ihm, Jungens!«
Rolande war natürlich der Ansicht, daß sie Geraint meinten, und fragte sich – immer noch wild um sich schlagend –, weshalb sie wohl so etwas Ausgefallenes mit ihm vorhätten, doch kaum hatte sie dies gedacht, mußte sie erkennen, daß sie nicht ihn meinten sondern sie selbst. Der Mann, der sie hielt, blickte sie etwas zweifelnd an, doch

der Anführer machte wenig Federlesens und riß ihr Hut und Perücke vom Kopf, so daß sich Giles Arcourts rote Haare zeigten.
»Hab' ich euch nicht gesagt, daß es ein Kerl ist?« fragte der Anführer vorwurfsvoll. »Los, hinein mit ihm in den Sack, bevor jemand kommt.«
Von dem Mann, der Geraints Pferde hielt, wurde nun ein großer Sack gebracht, und in wenigen Augenblicken verschwand Rolande darin, die sich vergeblich gegen diese Prozedur wehrte. Im nächsten Moment wurde sie auf den Sitz des Wagens geworfen, ihre Entführer sprangen auf, und schon raste der Wagen in halsbrecherischem Tempo die verlassene Straße hinunter.

15

Als Geraint wieder zu sich kam, lag er friedlich mitten auf der Straße, der Mond über ihm stand an einem wolkenlosen Himmel.
Einige Augenblicke wußte er nicht, wo er sich befand und wie er hierhergekommen war, doch dann kam schlagartig die Erinnerung an die Ereignisse der letzten Nacht, und er versuchte sich zu erheben, was schließlich einigermaßen schwankend gelang.
Die Straße war vollkommen leer, und nirgendwo war eine Spur von seinen Pferden zu sehen, die zweifellos mit dem Phaeton durchgegangen waren. Und natürlich war der geschlossene Wagen mit den Männern, die ihn und Rolande überfallen hatten, längst verschwunden. Auf seinem Kopf war eine riesige Beule, und ihm war furchtbar übel. Doch es war seine Pflicht und Absicht, die Lady zu retten, die sich unter seinem Schutz befunden hatte, ganz

egal, ob sie nun eine Gräfin oder eine Schauspielerin war. Mit diesem Ziel begann er die Straße entlangzutaumeln und eine Behausung zu suchen, in der er vielleicht Hilfe finden konnte.
Er war nicht lange gegangen, da hörte er das Geräusch galoppierender Pferdehufe, und er mußte sich schleunigst am Wiesenrand in Sicherheit bringen, um nicht von einer Karriole umgerannt zu werden, die in scharfem Tempo auf ihn zukam. Er hatte jedoch Zeit genug, den Fahrer zu erkennen.
»Jasper!« schrie er, obwohl seine Stimme mehr wie ein Krächzen herauskam.
Es schien, als habe Jasper ihn gehört oder auch gesehen, denn er hielt seine Karriole sofort an und drehte sich um. Geraint schwankte auf ihn zu.
»Die Gräfin –«, ächzte er.
»Ja – was ist mit der Gräfin?« sagte Jasper scharf. Er streckte Geraint die Hand entgegen, um ihm auf den Wagen zu helfen. »Wo ist sie? Um Gottes willen!« rief er aus, als er das Gesicht seines Vetters im Mondschein sah. Geraint hatte eine Platzwunde am Kopf, und das Blut rann herab, so daß er einen ziemlich scheußlichen Anblick bot.
»Was ist mit dir geschehen?« fragte Jasper.
Geraint, der sich erleichtert auf den Sitz fallen ließ, sagte mit unsicherer Stimme, daß er und die Gräfin von einer Bande überfallen worden seien, als er in seinem Phaeton nach Brighton zurückfuhr.
»Sie haben mich bewußtlos geschlagen, und dann müssen sie sie weggebracht haben«, sagte er kläglich. »O Jasper, was sollen wir bloß machen? Ich habe keine Ahnung, wohin man sie gebracht hat. Und es ist alles meine Schuld.«
Jasper sagte erbarmungslos, daß er da allerdings recht habe. Er schien fürchterlich zornig zu sein – ein Zustand,

in dem Geraint ihn fast noch nie erlebt hatte – und wenig geneigt, seinem Vetter Mitgefühl oder auch nur Höflichkeit entgegenzubringen. »Natürlich warst du es«, fuhr er eisig fort, »der diesen Burschen bestochen hat, damit du die Gräfin von meiner Jacht wegholen konntest. Das habe ich mir doch nach seiner Beschreibung gedacht. Sie wäre in größter Sicherheit gewesen, wenn du sie dort gelassen hättest, doch jetzt weiß der liebe Himmel, wie wir sie finden sollen. Hast du denn keine Ahnung, was diese Leute wollten, die sie weggebracht haben?«
Geraint sagte verängstigt, daß er nicht die geringste Ahnung habe. Er erzählte, daß sie wie aus heiterem Himmel in einem geschlossenen Wagen aufgetaucht seien, und es seien drei oder vier Männer gewesen, und er sei bewußtlos gewesen, als sie mit der Gräfin fortgefahren seien.
»Einen von ihnen haben sie Jem genannt«, sagte er wenig hilfreich.
Jasper sagte, daß er so ein Gefährt gesehen habe, das in wahnwitzigem Tempo die Straße herabgefahren war.
»Aber natürlich weiß ich trotzdem noch lange nicht, wo die sie hingebracht haben«, sagte er. Er schob seinen Hut zurück und saß eine Weile stirnrunzelnd da. Plötzlich fragte er Geraint: »Woher wußtest du eigentlich, daß ich die Gräfin zu meiner Jacht gebracht habe? Du bist uns nicht gefolgt, ich habe doch darauf geachtet.«
»Nein«, sagte Geraint. »Es war Peggy.«
»Peggy?«
Geraint erzählte ihm kurz, daß Mrs. Falkirk ihm mitgeteilt habe, was sie einem Gespräch zwischen Croil und Lady Prest entnahm, und daß er, Geraint, daraus geschlossen habe, es wäre Jasper, der Rolande auf dem Seeweg entführen wolle. Und da er, Geraint, wußte, daß Jaspers Jacht in Shoreham lag, sei er, sobald er das Fest verlassen konnte, dorthin gefahren.

»Mein Gott, das darf doch nicht wahr sein«, rief Jasper entsetzt aus, als Geraint zu Ende war. Er schüttelte den Kopf. »So etwas Hirnverbranntes habe ich tatsächlich noch nie gehört. Erst hast du alles falsch verstanden, und dann gehst du und holst das Mädchen aus dem einzig sicheren Ort und übergibst sie Croil wie eine hübsch verpackte Bonbonniere! Aber laß nur, ich glaube, ich weiß jetzt, wo man sie suchen muß.«
Er gab seinen Pferden die Peitsche und ließ sie in der Richtung traben, aus der sie gekommen waren.
»Aber wo willst du denn hin?« fragte Geraint überrascht. Er konnte sich nicht vorstellen, wie sein Vetter aus dem eben Erzählten schließen konnte, wohin man sich jetzt wenden mußte. Doch Jasper sagte ihm nur, er solle kein Dummkopf sein.
»Natürlich hatte diese Unterhaltung zwischen Croil und deiner Mutter, die Peggy mitgehört hat, nichts mit *mir* zu tun«, sagte er. »Sie haben ihre eigenen Pläne besprochen, die Gräfin zu entführen, und da sie davon gesprochen haben, daß sie es auf dem Seeweg tun wollten, kann ich mir jetzt sehr gut vorstellen, wo man sie finden dürfte. Vor der Küste bei Shoreham lag nämlich heute den ganzen Tag über ein höchst verdächtiger kleiner Fischlogger, der offenbar auf eine ungewöhnliche Fracht wartete. Und wenn ich mich nicht sehr irre, haben diese Kerle die Gräfin dorthin gebracht. Es ist nämlich sehr einfach, sich auf dem Meer einer Leiche zu entledigen.«
»Einer Leiche zu entledigen!« sagte Geraint und starrte seinen Vetter erschrocken an. »Aber Jasper, du kannst doch nicht glauben – du kannst doch unmöglich denken, daß Mama –« Es gelang ihm nicht, die Worte herauszubringen, so entsetzt war er. »Welchen Grund könnte sie denn haben, der Gräfin etwas zuleide zu tun?« fuhr er nach einer Weile fort.

Dann kam ihm blitzartig in den Sinn, was die Gräfin ihm gesagt hatte, kurz bevor die Entführer erschienen: »Ich bin gar keine Gräfin! Ich bin eine Schauspielerin namens Rolande Henry.« Jetzt begriff er, daß das Rätsel um die »Gräfin Móra« viel größer war, als er gedacht hatte. Er wandte Jasper sein blasses Gesicht zu.
»Sie hat mir gesagt – sie hat mir gesagt«, stammelte er, »kurz bevor diese Männer kamen, daß sie keine Gräfin ist, daß ihr Name Rolande Henry ist und daß sie Schauspielerin ist – Jasper, was soll denn das alles bedeuten? Wer ist sie denn in Wirklichkeit, und weshalb wollen Mama und Croil sie aus dem Weg schaffen?«
»Oh, dafür haben sie einige sehr gute Gründe«, sagte Jasper grimmig. »Tatsächlich sogar acht Millionen.« Und als er sah, daß Geraint ihn nur noch verdutzter anblickte, fuhr er fort: »Nun, es hat keinen Sinn, dir jetzt noch etwas vorzumachen. Croil weiß sehr gut, wer sie ist – oder er glaubt, daß er es weiß, was noch schlimmer ist. Und wenn du denkst, daß das, was heute nacht geschehen ist, deine Schuld ist, so mußt du dir nicht zuviel dabei denken, Vetter. Denn wenn ich nicht auf die idiotischste aller Ideen gekommen wäre, um dem falschen Giles Arcourt, den deine Mama uns aufdrängen wollte, den Garaus zu machen, dann wäre Rolande überhaupt nie in Gefahr geraten.«
Und während die Karriole die dunkle, leere Straße entlangraste, gab er Geraint einen kurzen Bericht von dem Plan, den er sich ausgedacht hatte, um Lady Prests Machenschaften zu vereiteln.
Geraint schien einen Augenblick völlig geschockt. Es war ihm schon seit längerer Zeit bewußt geworden, daß seine Mama hinter ihrer zerbrechlichen und sittsamen Fassade einen eisernen Willen und einen hemmungslosen Egoismus verbarg. Er vermochte jedoch nicht sofort zu glau-

ben, daß sie zu einer so ungeheuerlichen Gemeinheit fähig war und vielleicht sogar zu einem Mord. Er hätte Jasper gern widersprochen und wenigstens den Versuch gemacht, seine Mutter zu verteidigen, doch ein Blick auf dessen entschlossenes Gesicht zeigte ihm, daß es besser war, es nicht zu tun.
So saß er in dumpfem Schweigen neben Jasper, während sie die paar Meilen zurück nach Shoreham fuhren. Wäre er nicht so verstört gewesen, hätte er bewundern müssen, mit welchem Geschick sein Vetter die Pferde meisterte, die in halsbrecherischem Tempo über die mondbeschienene Straße galoppierten. Als sie an ihrem Ziel ankamen, schien sich an dem Schauplatz nichts verändert zu haben, seit er mit Rolande aufgebrochen war. Derselbe halbbetrunkene Seemann, dem er seinen Phaeton übergeben hatte, schwankte herbei, um sich Jasper anzubieten, während seine verschlafenen Augen sich erstaunt weiteten, als er die Insassen der Karriole sah.
Eine verdammt komische Geschichte, dachte er offensichtlich, als er versuchte, in seinem benommenen Zustand die Situation zu klären. Zuerst kommt da dieser Bursche mit einer jungen Lady daher und geht mit ihr an Bord der »Swallow«. Dann verschwindet er, und dieser zweite Bursche kommt an. Er geht ebenfalls an Bord der »Swallow«, kommt mit der jungen Lady zurück und fährt mit ihr davon. Zwanzig Minuten später ist es wieder der erste Bursche. Er geht an Bord der »Swallow«, kommt im Nu zurück und prescht wieder davon. Und nun ist er wieder da mit dem zweiten Burschen, der aussieht, als hätte er gerade zwanzig Runden mit dem Champion Tom Cribb hinter sich –
Der erste Bursche stellte ihm eine Reihe rascher Fragen und schien bereit, ihn anzuspringen und die Kehle zuzudrücken, falls er nicht schnell genug antwortete. Er nahm

daher all seine Sinne zusammen, zumal er ahnte, daß er sich hier ein Taschengeld verdienen konnte, wenn er willig und prompt reagierte. Ja, sagte er, der geschlossene Wagen war vor nicht langer Zeit von der oberen Stadt herabgefahren. Ja, es hätten mehrere Männer darin gesessen. Eine Lady? Nein – keine Lady. (Jasper und Geraint blickten einander verwirrt an.) Wo die Männer hingegangen wären? Nun, ein anderer Bursche hatte offenbar auf sie gewartet. Er kam in einem kleinen Boot herangerudert, und sie alle stiegen ein, bis auf den Fahrer des Wagens, und sie wurden zu diesem Logger gerudert, der den ganzen Tag über vor der Küste lag. Sie hatten einen schweren Sack bei sich, fügte er hilfreich hinzu. Es bedurfte der Kraft zweiter Männer, um ihn an Bord zu hieven –

»Einen Sack«, rief Jasper. »Natürlich! Komm mit, Geraint!«

Er warf seinem Informanten eine Münze zu und raste hinüber zur »Swallow«, wobei er jemandem etwas zurief, den er »Will« nannte. Es zeigte sich, daß es der stämmige Mann war, mit dem Geraint zuvor den Streit gehabt hatte. Innerhalb von Sekunden befand sich der immer noch ziemlich benommene Geraint, dem jetzt alles viel zu schnell ablief und der den Eindruck hatte, als erlebe er einen Alptraum, zusammen mit Jasper und dem stämmigen Mann in einem kleinen Boot. Der stämmige Mann legte sich mit aller Macht in die Ruder, und bald näherten sie sich dem Logger, der friedlich auf dem dunklen Wasser schaukelte.

»Ich kenne es – dieses alte Boot«, brachte der Mann schnaufend zwischen zwei Ruderschlägen heraus. »Er schmuggelt Rum – aus Holland heraus – schon über ein Jahr lang. Charlie Spratt – ihm gehört es – er wird alles tun – wenn der Preis in Ordnung ist.«

»Sie sind natürlich bewaffnet«, unterbrach ihn Jasper. »Verdammt! Ich muß mir da ganz schnell etwas einfallen lassen.«
»Ihr junger Freund – er hat ein hübsches Schießeisen bei sich – das werden Sie gleich sehen«, sagte der stämmige Mann. »Wenn Sie sich mit ihm unterhalten wollen – mit Charlie Spratt –, dann zeigen Sie es ihm nur – er will nicht – er will keine Schwierigkeiten – Charlie will das nicht.«
Jasper blickte Geraint an. »*Hast* du eine Pistole bei dir?« fragte er ungläubig.
Geraint nickte.
»Mein Gott!« sagte Jasper, als sein junger Vetter ihm die elegante, bösartig aussehende Waffe reichte. »Wen hast du denn damit umbringen wollen? Mich? Nein, gib mir keine Antwort. Ich will nicht abgelenkt werden.« Er ließ die Pistole in seine Tasche gleiten und zog seinen Geldbeutel heraus. »Fünfzig Pfund!« sagte er, während er zählte. »Eine hübsche Summe, doch ich schätze, daß Mord noch teurer gekommen wäre. Welch ein Jammer, daß ich mich auf Foleys in Paris verlassen habe und nicht mehr Bargeld einsteckte.« Er wandte sich an Geraint. »Wieviel hast du bei dir, Vetter?«
Es zeigte sich, daß Geraint, der bereits eine Fünf-Pfund-Note losgeworden war, um den Schlüssel von der »Swallow« zu bekommen, nur siebzehn Pfund bei sich hatte. Inzwischen waren sie am Logger angelangt, und an der Reling erschien ein notdürftig bekleidetes Individuum, das sie mit rauher Stimme nach ihrem Begehren fragte.
»Wir sind wegen der jungen Dame gekommen«, sagte Jasper gütlich.
»Welche junge Dame?« Der Mann mit der rauhen Stimme blickte ihn argwöhnisch an.

»Sie wissen sehr gut, welche junge Dame. Diejenige, die sie auf der Straße nach Brighton aus dem Phaeton geholt haben.«
»Aaah«, sagte der Mann verdutzt.
»Ja – aaah«, sagte Jasper. Er zog die Pistole aus der Tasche, die nun im Mondschein gefährlich blitzte. »Ich bin als ausgezeichneter Schütze bekannt«, bemerkte er beiläufig, »und ich habe unglücklicherweise wenig Skrupel, Leute umzubringen, die angeheuert sind, um junge Damen in einem Sack im Meer zu versenken. Da ich andererseits jedoch nicht direkt blutrünstig bin, könnte ich die ganze Schießerei vergessen und dafür die beträchtliche Summe von siebenundsechzig Pfund einsetzen, um sie der Person zu geben, die mir die junge Dame ausliefert.« Der Mann mit der rauhen Stimme sagte nichts. »Nun? Was ist damit?« fragte Jasper.
Der Mann erklärte ihm, daß niemand aus so einer schwankenden Nußschale schießen könne, und wenn jemand den Versuch machen sollte, an Bord zu kommen, würde er fünf Leute vorfinden, die ihn mit fünf Pistolen empfangen würden.
»Unsinn!« sagte Jasper. »Ich habe in Indien auf die Entfernung von dreißig Metern einen Mann auf galoppierendem Pferd getroffen, da dürfte es wohl keine Schwierigkeit sein, Ihnen aus dieser lächerlichen Entfernung eine Kugel durch den Kopf zu jagen. Und wenn Sie oder Ihre Leute nicht an Deck bleiben, werden Sie uns nicht daran hindern, an Bord zu kommen.« Der Mann blickte ihn zweifelnd an. »Siebenundsechzig Pfund«, sagte Jasper mit bestimmtem Ton. »Das ist mein letztes Angebot. Entweder das oder die Kriegserklärung.«
Unerwartet griff nun der stämmige Mann, Will, in die Verhandlung ein und riet dem Mann auf dem Logger,

mit dem dummen Geschwätz aufzuhören und dem Gentleman das zu geben, wonach er verlangte.
»Der wird dir ohne mit der Wimper zu zucken das Lebenslicht ausblasen, Charlie Spratt«, sagte er. »Kannst du denn nicht sehen, daß das ein adliger Mann ist und noch dazu ein stolzer Mann, der mit unsereins nicht viel Federlesens macht? Siebenundsechzig Pfund in der Tasche sind nicht zu verachten, und Mord ist Mord, wie immer du es auch nennen willst –«
Der Mann mit der rauhen Stimme erklärte nun, wenn auch nicht mehr so ganz überzeugt, die Wahrheit sei nun einmal, daß er keine junge Frau an Bord habe.
»Dann sehen wir vielleicht selbst einmal nach«, sagte Jasper. »Sie werden erstaunt sein, was wir dann vielleicht finden.«
Und noch bevor der Mann etwas erwidern konnte, hatte er sich an Bord des Loggers geschwungen, dicht gefolgt von Geraint, der entschlossen war, sich für seine Herzensdame bis zum letzten Blutstropfen einzusetzen.
Der Mann mit der rauhen Stimme, der nun von zwei bewaffneten Wächtern unterstützt wurde, die offenbar im Hintergrund gelauert hatten, tat einen kriegerischen Schritt nach vorn, um den Eindringlingen den Weg zu wehren. Er wurde jedoch von Jasper entwaffnet – bildlich gesprochen –, der ihm eine große Rolle Banknoten in die Hand drückte. Er tat dies mit seiner linken Hand, denn in der rechten hielt er Geraints Duellpistole.
»Haben Sie etwas dagegen?« fragte er und hielt sie lässig auf einen kräftigen Raufbold gerichtet, der am Ende der Treppe stand und ihnen den Weg versperrte.
Der Mann blickte seinen Herrn fragend an und trat dann, als dieser nichts äußerte, zögernd beiseite, so daß Jasper, gefolgt von Geraint, die Treppe hinuntergehen konnte. Vor der unteren Tür hielt er an.

»Verschlossen?« fragte er. »Oder wird sie bewacht?« Er hatte die Pistole immer noch im Anschlag. »Versuch es, Vetter.«
Geraint drückte auf die Klinke, und die Tür öffnete sich sofort. Im nächsten Moment standen er und Jasper vor einer sehr entschlossenen, sehr zerzausten Rolande, die vom Licht einer Laterne beschienen wurde und die, wie man nun sah, drohend ein Stilett oder eine Art Dolch auf sie gerichtet hielt. Offenbar war sie entschlossen, sich auf ihre Angreifer zu stürzen, doch im letzten Augenblick erkannte sie Geraint, ließ ihre Waffe fallen und stürzte sich in seine Arme.
»Oh, Sie sind es!« schluchzte sie. »Sie *sind* es! Oh, ich wußte, daß Sie kommen würden! Oh, Geraint, nehmen Sie mich von diesem schrecklichen Boot herunter! Ich war in einem Sack, und sie wollten mich darin ins Meer werfen, doch ich konnte mich befreien, denn sie wußten nicht, daß ich mein Ridikül noch hatte und darin eine Schere war und – oh, ich habe so schreckliche Angst gehabt! Oh, bitte bringen Sie mich hier fort!«
Jasper, der eine seltsame und höchst unangenehme Empfindung hatte, geradeso, als ob ihm jemand einen Hieb in die Magengrube gegeben hätte, machte einen Schritt rückwärts, um dem Licht der Laterne zu entkommen. Dort, im Dunkeln, bemühte er sich angestrengt, sich einzureden, daß diese höchst unangenehme Empfindung keineswegs etwas mit der Tatsache zu tun habe, daß Miß Rolande Henry sich soeben mit offensichtlich größter Leidenschaft in die Arme seines jungen Vetters gestürzt hatte.

16

Der Rest der Nacht verging – wenigstens für Rolande – wie der Traum einer Schlafwandlerin. Sie wurde vom Logger in ein kleines Boot gebracht und an Land gerudert; sie wurde von Geraint sanft in Jaspers Karriole gehoben und schnell nach Brighton gefahren; sie wurde von der Baronesse im Haus am Steyne mit der entsprechenden Erleichterung empfangen, denn sie hatte furchtbare Stunden durchgemacht, seit sie Jaspers Nachricht entdeckt hatte, in der er ihr mitteilte, daß er Rolande nach Frankreich bringen werde. Dann wurde sie sofort ins Bett gelegt und fiel bald in einen tiefen Schlaf; und obwohl sie alle paar Stunden erschreckt auffuhr, weil sie das schauerliche Gefühl hatte, in dem rauhen Sack zu ersticken, den man ihr über den Kopf gestülpt hatte, schlief sie immer wieder ein, da sie sich schnell orientierte und feststellte, daß sie sich in einem luxuriösen Federbett mit Leintüchern befand.

Natürlich mußte sich die Baronesse in dieser Nacht die ganze Geschichte von Jasper anhören – beziehungsweise in der Dämmerung, denn inzwischen stieg die Hochsommersonne bereits in den wolkenlosen Himmel. Geraint war nach Hause gefahren, doch Jasper hatte sein Gepäck aus dem »Old Ship« kommen lassen und erklärt, daß er bei der Baronesse bleiben werde, solange Rolande bei ihr sei, denn nur so könne er sie richtig beschützen. Nun saßen die beiden am Frühstückstisch, und die Baronesse stellte fest, daß Jasper einen ungewöhnlich gedämpften Eindruck machte, was sie jedoch den Anstrengungen dieser erschreckenden Nacht zuschrieb.

»Was mir am besten gefällt«, sagte sie, nachdem sie die meisten Details der abenteuerlichen Nacht aus ihm herausgepreßt hatte, »ist, daß Rolande so intelligent war, sich aus dem Sack zu befreien, in den diese schrecklichen Männer sie gesteckt hatten. Wirklich sehr geistesgegenwärtig, daß sie sich an diese Schere in ihrem Ridikül erinnert hat und dann noch die Nerven besaß, sie auseinanderzunehmen und einen Dolch daraus zu machen. Wahrscheinlich könnte man sehr gut jemand mit so einer Waffe töten, und es ist bedauerlich, daß sie es nicht getan hat, doch wäre das sicherlich eine ziemlich scheußliche Erfahrung. Aber was meinst du denn, was wir jetzt mit ihr tun sollen? Du hast natürlich recht gehabt mit deiner Annahme, daß Croil und Honoria jetzt die Gräfin Móra mit deinem Giles Arcourt identifizieren –«

»Ja, die sind davon überzeugt«, sagte Jasper grimmig. »Und noch vor Ablauf der nächsten vierundzwanzig Stunden werden sie darüber hinaus von etwas anderem überzeugt sein – und zwar, daß sie sich sehr bald auf der Anklagebank befinden, wenn noch weitere Anschläge auf das Leben von Miß Henry gemacht werden. Ich konnte heute nacht leider nicht erfahren, wer diese Männer bezahlt hat, die sie überfallen haben, doch ich weiß, wer diese Männer sind. Selbst wenn sie inzwischen nach Holland oder Frankreich geflohen sind, werde ich Birdwhistell auf ihre Spur setzen, und man wird sie sicher finden und die notwendigen Informationen von ihnen bekommen. Und wenn die beiden *das* zu befürchten haben, wird selbst die Verlockung von acht Millionen Pfund meine liebe Tante nicht dazu bringen, einen weiteren Anschlag auf Miß Henrys Leben zu wagen.« Er machte eine angewiderte Grimasse. »Das Blut stockt mir bei dem Gedanken, daß ich mit so einer Kreatur verwandt bin«, sagte er. »Sie wurde einige hundert Jahre zu spät geboren. Wahrscheinlich wäre es ihr ein Vergnügen gewesen, die Gesellschaft so hochgeborener Damen wie Lucrezia Borgia und dieser bezaubernden englischen Königin zu genießen, die gemeinsam mit ihrem Liebhaber plante, den König aus dem Weg zu räumen – ich glaube, es war Eduard II., nicht wahr?«

Die Baronesse sagte, daß dies ganz merkwürdig sei, denn sie glaube, daß sein und Honorias Zweig der Arcourts mit der französischen Prinzessin verwandt sei, die Eduard II. geheiratet habe – »was vielleicht alles erklärt«, meinte sie zufrieden.

Insgeheim fand sie es aber ebenso merkwürdig, daß Jasper nun nicht mehr davon sprach, Rolande nach Frankreich in Sicherheit zu bringen, denn immerhin hatte er ja die Jacht extra zu diesem Zweck gekauft. Dann dachte sie sich aber, daß er dies aus Rücksicht auf Rolande nicht tun wolle, da sie ja diese schrecklichen Erfahrungen mit dem Boot gemacht hatte und vielleicht nicht wieder an Bord zu bringen war. Außerdem glaubte er offenbar daran, daß seine Tante Honoria keine weiteren Anschläge auf Rolandes Leben unternehmen würde.

In Wirklichkeit war es jedoch noch eine weitere Überlegung, die Jasper dazu veranlaßte, Rolande vorläufig noch nicht von Brighton fortzubringen. Die Art und Weise, wie sie sich Geraint und er sich ihr gegenüber verhalten hatte, überzeugte ihn davon, daß beide eine große Leidenschaft verband und daß Geraint ihr trotz des Widerstandes seiner Mutter und des Wissens um ihre wahre Identität sicherlich bei erster Gelegenheit einen Heiratsantrag machen würde. Jasper, der selbst nie daran gedacht hatte, irgend jemandem einen Antrag zu machen, und der alle jungen Männer verachtete, die sich freiwillig in die Fesseln der Ehe begaben, bemühte sich, diese Haltung auch Geraint gegenüber einzunehmen. Dies gelang ihm jedoch nicht ganz, und er verfiel statt dessen in eine so kriegerische und verdrießliche Stimmung, daß er mit einer gewissen Freude der bevorstehenden Unterredung mit Croil und seiner Tante Honoria entgegensah, weil sie ihm Gelegenheit gab, seinen Unmut an jemandem auszulassen. Als sein Gepäck aus dem »Old Ship« kam, ging er hinauf in das Schlafzimmer und versuchte, für einige Stunden Schlaf zu finden. Er schlief jedoch sehr unruhig und wachte schließlich mit dem Gefühl auf, daß sich eine dunkle und unvermeidliche Tragödie über ihm zusammenzog. Dementsprechend schlecht gelaunt stand er auf, zog sich an und ging davon, um Honoria einen Besuch zu machen.

Kurz darauf erwachte auch Rolande, und da sie das Bedürfnis nach Gesellschaft hatte, zog sie sich schnell an und ging hinunter, um die Baronesse zu sehen. Sie hatte es Disbrey nicht gestattet, sie noch einmal als Gräfin Móra zurechtzumachen, da man ihr Geheimnis ja entdeckt hatte und sie wieder sie selbst sein konnte. Daher sah sie heute in ihren kurzgeschnittenen Haaren und ihrem rot-weiß gestreiften französischen Musselinkleid etwas seltsam, aber sehr charmant aus.

Es zeigte sich jedoch, daß die Baronesse ihr nicht zur Verfügung stand, denn sie war nach der langen Nacht zu Bett gegangen, um den nötigen Schlaf nachzuholen. Rolande ging betrübt ins Wohnzimmer. Sie fand es sehr deprimierend, daß offenbar niemand den Wunsch hatte, sich mit ihr über ihre schrecklichen Erlebnisse zu unterhalten. In diesem Augenblick erschien Hendon, der Lord Prest ankündigte.

»O ja, bringen Sie ihn herein«, sagte Rolande erfreut, die unbedingt die Abenteuer der letzten Nacht mit jemandem besprechen wollte.

Hendon ging hinaus, und im nächsten Moment kam Geraint herein, der einen ebenso erregten Eindruck wie in der Nacht zuvor machte, als er an der Rettungsaktion teilnahm.

»Guten Tag, Gräfin –« begann er eilig. »Miß Henry«, sagte Rolande. Geraint stutzte und blickte sie verwirrt an. »Es ist ›Miß Henry‹ und nicht ›Gräfin‹«, wiederholte Rolande. »Ich habe es Ihnen doch letzte Nacht gesagt, wenn Sie sich erinnern.« Sie blickte ihn erstaunt an. »Sie sehen so erhitzt aus«, sagte sie. »Und sehr – distrait –«
»Tue ich das?« sagte Geraint. »Ja, sicher stimmt es.« Er blickte sie halb verwirrt und halb triumphierend an. »Um die Wahrheit zu sagen, Miß Henry«, sagte er, »ich habe den fürchterlichsten Krach mit meiner Mutter gehabt, und ich habe gerade das Haus verlassen – das heißt, das Haus, das sie hier für den Sommer gemietet hat – und habe ein Zimmer im ›Old Ship‹ genommen. Und im übrigen habe ich nicht die Absicht zurückzukehren!«
»Ausgezeichnet!« sagte Rolande beifällig. »Ich glaube, Sie haben genau das Richtige getan. Doch jetzt setzen Sie sich erst einmal und erzählen mir alles genau!«
Sie nahm auf einem kleinen Rosenholz-Sofa Platz, doch Geraint, der offenbar viel zu aufgeregt war, um sich zu setzen, blieb vor ihr stehen und berichtete ihr, was am Morgen im Haus seiner Mutter an der Marine Parade vorgefallen war.
»Natürlich wissen Sie, was Jasper sagt – daß sie und Croil es waren, die hinter diesem Anschlag auf Ihr Leben steckten«, sagte er. »Nun, das habe ich ihr gesagt –«
»Nein, das haben Sie nicht getan!« sagte Rolande in ungläubiger Bewunderung. Sie erinnerte sich, daß Geraint sich immer seiner gebieterischen Mama fügte, so daß man den Eindruck hatte, daß er nicht einmal ohne ihre Erlaubnis zu atmen wagte. »Was hat sie gesagt?« fragte sie.
Geraint sagte, daß er sich nicht genau an ihre Worte erinnern könne, doch sie sei fürchterlich wütend gewesen und habe alles geleugnet. Sie habe auch einige sehr bösartige

Dinge über Jasper und die Gräfin Móra gesagt, doch bevor er dies zurückweisen konnte, sei die Unterredung leider durch die unerwartete Ankunft von Giles Arcourt unterbrochen worden.

Rolande setzte sich hoch. »Oh! Wollen Sie damit sagen, daß er zurückgekommen ist?« fragte sie.

»Ja, er ist zurückgekommen«, sagte Geraint angewidert. »Er scheint nicht weiter gekommen zu sein als nach Dover. Ich nehme an, es war einer von Croils Agenten, der ihn dazu überredet oder auch gezwungen hat, zurückzukehren. Er kam mit einem ziemlich fragwürdigen Kerl an seiner Seite, der ihn wahrscheinlich sofort bei jeder falschen Bewegung am Kragen gepackt hätte. Natürlich war Mama entzückt, ihn zu sehen, doch ich habe ihr erklärt, daß allein seine weinerliche Art genügen würde, um mich davon zu überzeugen, daß er ein Betrüger ist.

Geraint machte eine Atempause und wartete auf Beifall, den Rolande ihm auch prompt zollte. Doch sie war insgeheim sehr beunruhigt wegen der Nachricht von Giles Arcourts Rückkehr. Jaspers Voraussage hatte sich also bewahrheitet, und nun konnte er wieder von Lady Prest eingesetzt werden, wie sie es von Anfang an geplant hatte. Was sie sich zuvor in ihren kummervollen Gedanken an ihre Zukunft ausgemalt hatte, mußte sie jetzt wirklich in die Tat umsetzen: Sie mußte versuchen, Jasper davon zu überzeugen, daß es nun geraten sei, in England zu bleiben und die Rolle als Giles Arcourt bis zum glücklichen Ende weiterzuspielen.

Sie war so sehr mit diesen Plänen beschäftigt, daß sie ihrem gegenwärtigen Besucher kaum zuhörte und daher sehr erstaunt war, als er auf einmal vor ihr auf dem Boden kniete und feurig ihre Hände ergriff.

»Miß Henry! Rolande! Sie haben doch gesagt, daß Sie Rolande heißen, nicht wahr?« unterbrach er sich und blickte sie ängstlich an, weil er Sorge hatte, sich in diesem so außerordentlich wichtigen Punkt zu irren.

Rolande sagte, daß dies in der Tat ihr Name sei, entzog ihm jedoch ihre Hände und bat ihn ziemlich gereizt, sich doch von den Knien zu erheben. Sie hatte das Gefühl, daß sie im Augenblick nicht in der Lage war, mit einem Heiratsantrag fertig zu werden, und befürchtete außerdem, daß ihre trüben Zukunftsaussichten sie dazu verleiten könnten, Jasper im Stich zu lassen und statt dessen dem Begehren ihres Verehrers nachzugeben.

Sie wollte dies ja eigentlich nicht tun, doch die menschliche Natur war eben nun einmal so, und in diesem Augenblick fühlte sie sich etwas mutlos. Unter solchen Umständen konnte man nie wissen, wie schwach man wurde.

Geraint erhob sich natürlich nicht von den Knien und ließ ihre Hände auch nicht los, sondern bedeckte sie ganz im Gegenteil mit Küssen.

»Rolande!« begann er bebend. »Seit dem ersten Augenblick, als ich Sie sah, habe ich Sie geliebt –«

»Was zum Teufel machst du denn da?« wurde er in diesem Augenblick von einer schneidenden Stimme unterbrochen.

Geraint sprang auf. Rolande schoß das Blut ins Gesicht, als sie sich umblickte. Es war natürlich Jasper, der unter der Tür stand und sie beide ironisch anblickte.

»Ich – ich –«, stammelte Geraint ebenso verwirrt wie trotzig, »ich war – ich war gerade –«

»Du warst gerade dabei, Miß Henry einen Antrag zu machen«, beendete Jasper den Satz mit brutaler Offenheit. »Also gut – wenn du das Gefühl hast, so etwas tun zu müssen, dann tue es, doch verspeise das Mädchen nicht, bevor du deine Rede angebracht hast!«

»Du – du –«, unterbrach Geraint ihn wütend. Er hatte seinen schneidigen Vetter sehr gern und bewunderte ihn außerordentlich, doch es war unerhört, ihm vor seiner Angebeteten eine Lektion zu erteilen. »Du hast gut reden – du – du Wüstling!« fuhr er fort, mitgerissen von seiner Wut. »Du hast so viel Erfahrung –«

»Ganz im Gegenteil«, sagte Jasper. »Ich habe überhaupt keine Erfahrung. Ich habe nämlich noch niemals einer Frau einen Antrag gemacht – doch wenn ich es getan hätte, dann sicherlich nicht so tölpelhaft. Jetzt schau mal her –«. Er ging hinüber zu Rolande, die immer noch erstarrt auf ihrem Sofa saß, nahm sanft ihre Hände, zog sie empor, so daß sie vor ihm stand, und hielt sie mit einem Arm, den er ihr um die Taille gelegt hatte. »Du könntest so vorgehen«, riet er Geraint und drückte einen sanften Kuß auf das tizianrote Haar der verdutzten Rolande, dann auf ihre Nase und schließlich auf ihre Lippen. Und dann sagte er mit leiser und zärtlicher Stimme: »Liebe Miß Henry, meine einzige wirkliche Liebe – wollen Sie mich heiraten?«

Welche Antwort er von Rolande erwartet hatte, konnte weder diese noch Geraint wissen, doch es war sicherlich nicht die, die er bekam. Rolande tat einen Schritt zurück, wand sich aus seiner Umarmung und versetzte ihm eine schallende Ohrfeige. Zu gleicher Zeit oder einen Augenblick später brach sie in Tränen aus, warf sich auf das Sofa und begann hemmungslos zu schluchzen.

»Du Grobian!« rief Geraint, den das Mitleid für seine Angebetete übermannte. »Jetzt sieh einmal her, was du getan hast!«

Er stürzte an Rolandes Seite und versuchte sie in den Arm zu nehmen und zu trösten, wurde jedoch ebenso unfreundlich behandelt wie vorher Jasper. Leicht erschüttert von dem kräftigen Schlag auf sein Ohr zog er sich zurück und stellte sich neben seinen Vetter, der immer noch sein brennendes Ohr behandelte.

Rolande bemühte sich inzwischen um Fassung und wandte sich mit blitzenden Augen an Jasper, wobei sie Geraint überging, den sie offenbar nur aus einer Reflexreaktion heraus attackiert hatte.

»Ich wollte«, begann sie mit zornbebender Stimme, die jedoch von Schluchzen unterbrochen wurde, »ich wollte Ihnen sagen, daß ich in England bleiben will, damit ich wieder den Giles Arcourt spielen kann, um Ihnen Ihr verdammtes Vermögen zu retten. Doch jetzt – doch jetzt werde ich es nicht mehr tun. Auf gar keinen Fall! Sie brauchen mich gar nicht heiraten zu wollen – das ist Ihr Vorrecht, ça se voit! Doch sich einen Scherz mit mir zu erlauben –!«

In diesem Augenblick trat Hendon mit würdiger Miene ins Zimmer.

»Mr. Birdwhistell!« verkündete er, und im nächsten Moment war der dicke kleine Anwalt bereits hereingeeilt.

»Mr. Carrington – mein lieber Sir, Sie müssen vergeben, daß ich hier eindringe, doch man hat mir gesagt, daß ich Sie hier vorfinden würde«, sagte er in freudiger Erregung, noch bevor er richtig erkennen konnte, wer sich alles im Raum befand. »Gute Nachrichten, so glaube ich, bedürfen keiner langen Zeremonie, und ich bin entzückt – sehr entzückt –, Ihnen mitteilen zu können, daß unser Mann in Wien die echten Schmidts ausfindig gemacht und zudem den eindeutigen dokumentarischen Beweis erbracht hat, daß Sie der rechtmäßige Erbe des Arcourt-Vermögens sind!«

17

Es wäre reichlich übertrieben, behaupten zu wollen, daß Mr. Birdwhistells Erklärung die Sensation war, die er sich offenbar erhofft hatte. Geraint, dem das Arcourt-Vermögen im Augenblick gar nichts bedeutete, blickte ihn nur unfreundlich an. Rolande, deren leidenschaftliche Anklagerede unterbrochen worden war, suchte nach ihrem Taschentuch und schneuzte sich rachsüchtig. Und Jasper, von dem sich Mr. Birdwhistell am meisten erhofft hatte, betrachtete ihn mit einem merkwürdig geistesabwesenden Blick. Mr. Birdwhistell hatte den Eindruck, als ob dieser Blick eine Portion Trotz enthielte und als ob er etwas viel Wichtigeres im Sinn habe als lächerliche acht Millionen Pfund.

Unter solchen Umständen hielt Mr. Birdwhistell es für angebracht, das Schweigen zu brechen, das seine einleitenden Worte verursacht hatten.

»Mein lieber Mr. Carrington, könnte es sein, daß Sie mich nicht verstanden haben?« fragte er, wobei er ihn leicht tadelnd anblickte, wie ein Pfarrer seinen unaufmerksamen Sonntagsschüler.

»Klug – er ist der frühere K.G.L.-Mann, den ich, wie Sie wissen, nach Wien geschickt habe – ist soeben zurückgekommen, und er brachte den einwandfreien dokumentarischen Beweis mit, daß Ihr junger Vetter Giles Arcourt tatsächlich im Alter von drei Jahren in dieser Stadt gestorben ist, so daß Sie ohne jeden Zweifel der Erbe des Arcourt-Vermögens sind. Die Angelegenheit hat sich genauso entwickelt, wie ich es mir erhofft hatte: Klug hat diese Schmidts erstaunlich schnell ausfindig gemacht und konnte sich als ihresgleichen sehr bald ihr Vertrauen erringen. Sie haben ihm gesagt, daß das Kind, das die Dubruls in ihrer Obhut gelassen haben, am gleichen Fieber starb, welches die Dubruls selbst hinwegraffte. Zutiefst erschrocken«, fuhr Mr. Birdwhistell eifrig fort, »daß man sie wegen dieses Unglücks zur Rechenschaft ziehen könnte – denn die Dokumente, welche ihnen die Dubruls hinterlassen hatten, und ebenfalls die teure Kleidung des Kindes wiesen auf eine reiche und bedeutende englische Familie hin –, ließen sie das Kind unter falschem österreichischem Namen begraben. Später, als dann Nachforschungen angestellt wurden, leugneten sie, jemals etwas mit den Dubruls zu tun gehabt zu haben oder auch mit dem Kind, das in ihrer Obhut war. Zum Glück vernichteten sie jedoch weder die Dokumente noch die Kleidung – der Herr sei meiner Seele gnädig!« rief er plötzlich aus und unterbrach seine Rede. Er starrte auf Rolande, die er vor lauter Eifer, seine Erzählung an Jasper loszuwerden, jetzt erst bemerkte. »Wer ist das?« fragte er erstaunt und neugierig zugleich und vergaß diesmal seine gewöhnliche altmodische Höflichkeit.

»Darf ich Ihnen meinen Anwalt Mr. Birdwhistell vorstellen – Miß Henry«, sagte Jasper förmlich.

Er schien sich wieder gefaßt zu haben und war nicht mehr geistesabwesend, im Gegenteil, seine Augen verrieten ganz besondere Aufmerksamkeit und Munterkeit.

»Aber sicherlich – sicherlich«, stotterte Mr. Birdwhistell, der Rolande immer noch entgeistert anstarrte, »sicherlich sind wir uns schon einmal begegnet, Miß – Henry? Ich glaube, ich irre mich nicht –«

»Giles Arcourt – Arcourt's Hall«, kam Jasper ihm zu Hilfe. »Zu jener Zeit war Miß Henry besonderen Umständen zufolge ein junger Mann. Ich werde keine Einzelheiten verraten, aber sicherlich kann ich mich auf Ihre Diskretion verlassen, Birdwhistell, und Sie bitten zu vergessen, daß Sie Miß Henry jemals gesehen haben, bevor Sie diesen Raum betraten. Sie ist übrigens meines und auch ihres Wissens keine Verwandte der verstorbenen Mrs. John Arcourt, trotz ihrer außerordentlichen Ähnlichkeit –«

»Außerordentlich – ja, wirklich, außerordentlich!« sagte Mr. Birdwhistell, der immer noch einen sehr erstaunten Eindruck machte. »Und natürlich können Sie sich auf mich verlassen, lieber Junge, daß ich nichts von meiner früheren Zusammenkunft mit – mit Miß Henry verrate. Doch wie – doch warum –«

»Es ist alles ganz einfach«, erklärte Jasper, der den Eindruck hatte, daß er seinem Anwalt doch einiges verraten müsse, damit er nicht vor seinen Augen vor lauter Neugierde zerplatze. »Ich habe immer gehört, daß man Feuer am besten mit Feuer bekämpft, so ging ich bei meiner gerissenen Tante Honoria in die Schule und erfand einen Betrüger von meinen eigenen Gnaden –«

Der Ausdruck höchster Verwunderung auf Mr. Birdwhistells wohlwollendem Gesicht wich, sobald er die Bedeutung dieser Worte erfaßt hatte, und statt dessen erschien ein übermütiges Blinken in seinen blauen Augen.

»Oh, exzellent! Hervorragend! Hervorragend!« sagte er bewundernd und rieb sich die Hände. »Wirklich ein außerordentlich kluger Plan, mein Junge. Ich hätte nicht gedacht, daß Sie zu so einer Taktik fähig sind!«

Obwohl Jasper Birdwhistell und Geraint am liebsten sofort losgeworden wäre, sah er doch ein, daß er seinem Anwalt dankbar sein mußte, und bat ihn daher, Platz zu nehmen und alles über Klugs Abenteuer zu erzählen. Dies tat Mr. Birdwhistell nur zu gerne. Rolande und Geraint zeigten jedoch wenig Interesse für seine spannende Geschichte, im Gegenteil, Rolande saß immer noch rachsüchtig da, wenn auch nicht mehr schluchzend, und Geraint schien vor Ungeduld zu kochen.

Als der Anwalt schließlich seine gesamte und, wie es seinen Zuhörern schien, unendliche Geschichte erzählt und seinen Abschied genommen hatte, fielen die beiden, kaum hatte sich die Tür hinter ihm geschlossen, wieder über Jasper her.

»Ich möchte ja nicht unhöflich sein, Vetter«, sagte Geraint dringlich, »und ich gratuliere dir wirklich aufrichtig zu deinem Glück, doch du mußt einsehen, daß ich jetzt mit Miß Henry allein sein möchte.«

Im selben Augenblick begann auch Rolande mit einer feindseligen Rede, doch da ihr Verehrer ihr zuvorkam, blieb ihr nichts anderes übrig, als vorläufig zu schweigen und nur hin und wieder einige unfreundliche Geräusche von sich zu geben.

Jasper jedoch schien von der eisigen Atmosphäre, die ihn umgab, nicht sonderlich beeindruckt zu sein und sagte, daß er natürlich warten würde, bis Geraint seinen Heiratsantrag an Miß Henry losgeworden sei, doch er könne leider nicht fortgehen, da er selbst etwas Ähnliches im Sinn habe.

»Du hast was?« fragte Geraint völlig verblüfft.

Was Rolande betraf, so hatte sie das Gefühl, sie müsse gleich in Ohnmacht fallen. Sie dachte, daß das, was sie eben gehört hatte, unmöglich wahr sein konnte, und fragte sich, ob sie vielleicht nach den Strapazen der vergangenen Nacht das Opfer von Halluzinationen sei.

Jasper jedoch wiederholte jetzt seine erstaunliche Erklärung.

»Ich sagte, daß ich selbst Miß Henry einen Antrag zu machen gedenke«, sagte er. »Wenn du also nichts dagegen hast, lieber Vetter, dann beeile dich mit dem deinen, da ich von Minute zu Minute ungeduldiger werde.«

Geraint, der nun völlig verwirrt war und hochrot anlief, sagte gereizt, daß Jasper, wenn er nur den geringsten Takt besäße, vielleicht begreifen könne, daß ein Mann so eine

Erklärung wirklich nicht in Gegenwart einer dritten Person macht.
»Ich fürchte, ich habe dann eben nicht den notwendigen Takt«, sagte Jasper ungerührt, »denn ich sehe keinerlei Schwierigkeit darin, dies zu tun. Liebe Miß Henry«, fuhr er fort, ging auf Rolande zu und zog sie wieder zu sich empor, obwohl sie ihn fassungslos und wie betäubt anstarrte. »Liebe Miß Henry, wollen Sie mich heiraten? Obwohl es unwahrscheinlich klingt, meine ich es wirklich ernst, und wenn Sie mir mit nein antworten, wie all diese jungen Damen in den sentimentalen Romanen, werde ich es sicherlich nicht annehmen, denn ich liebe Sie – ich liebe Sie – ich liebe Sie.«
Und mit jeder neuen Beteuerung drückte er ihr einen sanften Kuß auf Haare, Augenbrauen, Nase und Lippen. Jetzt hatte er sie in die Arme genommen, was gut war, denn Rolande hatte das Gefühl, daß sie sofort umsinken würde. Doch selbst in diesem Tumult von Hoffnung und Zweifel hatte sie noch einen liebevollen Gedanken für Geraint übrig und streckte ihm tröstend ihre Hand entgegen.
»Mon pauvre!« sagte sie mit unsicherer Stimme. »Sie müssen fortgehen. Sie müssen sofort fortgehen und mich ganz vergessen –«
»Aber ich liebe Sie auch!« rief Geraint wütend. »Sie können mich nicht einfach fortschicken! Außerdem spielt er ja nur mit Ihnen. Er will Sie in Wirklichkeit gar nicht heiraten.«
»Aber sei doch vernünftig, Vetter«, sagte Jasper freundlich, »du tust mir wirklich unrecht. Ich will Miß Henry nicht nur heiraten, ich bin auch entschlossen, es zu tun, selbst wenn sie mich nicht haben will.« Er blickte zu Rolande hinab, die er immer noch in den Armen hielt. »Wollen Sie mich haben, liebe Miß Henry?« fragte er. »Es

würde alles sehr viel einfacher machen, denn ich habe jetzt unbegrenzte Mittel zu meiner Verfügung und kann Sie bis ans Ende der Welt verfolgen, wenn Sie die Absicht haben, vor mir zu fliehen.«

Rolande hatte sich inzwischen erholt und war jetzt davon überzeugt, daß alles nur ein Trick von Jasper war, um sie dadurch zu veranlassen, Geraints Antrag abzulehnen. Wenn sie sich dazu hätte überwinden können, wäre es ihr ein Vergnügen gewesen, ihn zu bestrafen, indem sie Geraints Antrag annahm, doch sie konnte und wollte dies nicht tun, weil sie genau wußte, daß sie ihn sofort nach der öffentlichen Verlobung wieder verlassen würde.

Sie gab sich also damit zufrieden, sich Jaspers Umarmung zu entwinden und zu Geraint freundlich zu sagen: »Ich weiß, daß Sie jetzt glauben, mich zu lieben, mon pauvre, doch Sie kennen mich ja erst ganz kurze Zeit. Und ich bin wirklich davon überzeugt, daß Sie bald ganz anders von mir denken werden – oh, vielleicht schon, bevor der Sommer vergangen ist. Wir würden wirklich überhaupt nicht zueinander passen.«

»Nein, das glaube ich auch nicht«, stimmte Jasper ihr zu und mischte sich höchst ungehörig in eine Unterhaltung, an der er gar nicht teilhaben sollte. »Tatsächlich glaube ich sogar, lieber Vetter, daß du ganz schön in die Klemme geraten würdest, wenn du so unklug wärst, Miß Henry zu heiraten. Wahrscheinlich wäre es fast so schlimm, als wenn du mit deiner Mutter zusammenlebtest! Miß Henry hat nämlich ein sehr hitziges Temperament, und in ihrem Haar ist viel zuviel Rot, das einem Mann kein ruhiges Leben verspricht. Und du hast ja selbst gesehen, daß sie bei Gelegenheit sogar gewalttätig werden kann –«

Es ist nicht sicher, ob Geraint dieser höchst unangebrachten und – wie Rolande empfand – gefühllosen Rede überhaupt zuhörte. Er starrte Rolande verzweifelt an, deren

Gesicht ihm zwar freundlich zugewandt war, jedoch soviel Endgültigkeit verriet, daß es ihm wenig sinnvoll erschien, sich noch weiter an die Hoffnung zu klammern, sie könne es sich noch einmal anders überlegen. Mit einer Geste, die wahrscheinlich die Verzweiflung des Liebenden ausdrücken sollte, die jedoch nur die Enttäuschung und den Schmerz eines sehr jungen Mannes anzeigte, ging er schnell aus dem Zimmer.
Jasper schnalzte mit der Zunge. »Schämen Sie sich, Miß Henry – jetzt sehen Sie, was Sie angestellt haben!« sagte er tadelnd. »Immerhin hat er Sie drei ganze Tage lang geliebt, um einen meiner Lieblingsdichter zu zitieren –«
Rolande drehte sich mit blitzenden Augen zu ihm um. »Wie können Sie es wagen, sich über diesen armen Jungen lustig zu machen!« rief sie. »Immerhin ist er aufrichtig, wenn er sagt, daß er mich liebt!«
»Nun, er kann nicht aufrichtiger sein als ich«, sagte Jasper und machte einen Schritt auf sie zu in der deutlichen Absicht, sie wieder in die Arme zu schließen. Schnell rettete sie sich hinter das kleine Sofa. »Ich weiß nicht, weshalb Sie mir nicht glauben«, sagte er vorwurfsvoll. »Habe ich Sie nicht wie ein feuriger Liebhaber aus dem Rachen der Hölle gerettet, und das unter Lebensgefahr, immer die Aussicht vor Augen, daß ich Sie an einen würdigeren Mann verlieren werde, von dem ich annahm, daß sie ihn auch liebten? Wissen Sie denn nicht, liebe kleine Miß Henry, in welche Höllenqualen Sie mich versetzt haben, als Sie sich so leidenschaftlich in Geraints Arme retteten auf dem verdammten Boot?«
Rolande blickte ihn von ihrem Posten hinter dem Sofa immer noch mißtrauisch an.
»Ich glaube Ihnen nichts«, sagte sie. »Sie haben mir einmal gesagt, daß Sie ein sanftes und angenehmes Mädchen heiraten wollten, und das ist nicht genau die Be-

schreibung, die auf mich zutrifft! Und Sie haben Geraint gerade gesagt, daß ich launisch bin und keineswegs der Mensch, den man sich als Frau wünschen –«

»Sie sind manchmal launisch«, sagte Jasper, »und ich bin es auch. Und es stimmt auch, daß Sie überhaupt nicht zu Geraint passen. Doch andererseits weiß ich jetzt, daß ich mich sehr geirrt habe, als ich sagte, ich möchte eine bequeme Frau haben, denn ich weiß nun, daß Sie genau die Frau sind, die zu mir paßt. Ich verstehe aber nicht, weshalb Sie das nicht selbst einsehen, denn ich kann mich genau daran erinnern, daß Sie mir in Arcourt's Hall gesagt haben, Sie wollten einmal einen Mann tout à fait sympathique heiraten, der Sie fürchterlich gern hat und alles tut, um Ihnen zu gefallen – und das ist genau das, was auf mich zutrifft. Und dann haben Sie hinzugefügt, daß es mir sehr gut täte, eine herrische Frau zu heiraten, was sicherlich –«

»Ich bin nicht herrisch«, sagte Rolande hitzig, doch sie konnte leider nicht weitersprechen, weil Jasper wieder erkennen ließ, daß er ihr näherrücken wollte.

Wahrscheinlich war es seiner überlegenen Fußtechnik zu verdanken – in vielen Stunden harten Sparrings mit Gentleman Jackson in dessen Boxing Saloon in der Bod Street erarbeitet –, die es ihm ermöglichte, noch rechtzeitig hinter das Sofa zu gelangen, bevor es ihr möglich war, an der anderen Seite zu entweichen. Auf jeden Fall fand sie sich Sekunden später wieder in seiner Umarmung, die diesmal jedoch bedeutend ungestümer und kräftiger war als zuvor. Das gleiche konnte auch von dem Kuß gesagt werden, der jetzt auf ihre Lippen gedrückt wurde, denn es war diesmal kein sanftes Küßchen, sondern eine Berührung, die sie völlig durcheinanderbrachte, als habe sie ein heftiger Sturm erfaßt.

»Du siehst, meine liebe, liebe Rolande, ich habe wirklich

eine grande passion für dich entwickelt«, sagte Jasper schließlich, und zwar mit einer Stimme, die keineswegs fest zu nennen war. »Und du mußt mir glauben, wenn ich es dir sage, denn wenn du es nicht tust, werde ich niemals aufhören, dich zu küssen – was übrigens keine schlechte Idee ist«, fuhr er fort und begann von neuem mit den Aktionen, die den heftigen Sturm ausgelöst hatten und die wiederum den gleichen Erfolg hatten. »Willst du mich heiraten?« fragte er schließlich, nachdem er mit seiner Aktion fertig war.

»Aber – bien entendu! Natürlich!« sagte Rolande mit einem langen, zufriedenen Seufzen. Und dann bedachte sie in ihrer französischen Weisheit, daß es nicht angebracht sei, es ihm ganz so leichtzumachen, und fügte darum gesetzt hinzu: »Es dürfte dir doch kaum möglich sein, acht Millionen Pfund allein auszugeben!«

Genau in diesem Augenblick kam die Baronesse herein.

»Du kannst mich beglückwünschen, Louisa«, sagte Jasper und blickte über die Schulter, ohne jedoch seine Braut loszulassen. »Birdwhistell hat entdeckt, daß ich ohne jeden Zweifel der Erbe des Arcourt-Vermögens bin, und Rolande hat sich einverstanden erklärt, mich zu heiraten, so daß sie mir helfen kann, es auszugeben!«

Die rabenschwarzen Augen der Baronesse blickten schnell auf Rolandes seliges Gesicht, dann wandten sie sich wieder Jasper zu, und sie sagte mit allen Anzeichen der Zufriedenheit: »Liebster Jasper, ich bin außerordentlich glücklich für dich und die liebe Rolande. Sie hatte sich natürlich von allem Anfang an in dich verliebt, und ich bin sehr froh, daß du auch endlich realisiert hast, daß du sie liebst. Es war nämlich sehr mühsam, zusehen zu müssen, wie du dir selbst einredetest, daß sie für dich nichts als eine Plage sei, wo jedermann, der einige Erfahrung hat, sofort erkennen mußte, daß du zum erstenmal in deinem Leben hoffnungslos verliebt warst. Ich muß sagen, ich hatte schon daran gezweifelt, daß du jemals genug Verstand haben würdest, um ihr einen Antrag zu machen, und daher hatte ich geplant, sie zur Gräfin Hoult zu machen. Männer sind ja manchmal in diesen Dingen so fürchterlich dumm – ist es nicht so, meine Liebe?« fragte sie Rolande.

Rolande sagte entrüstet, daß sie Jasper keineswegs für dumm halte, und man könne es ihm kaum verübeln, daß er seine Liebe zu ihr nicht realisiert habe, denn sie habe ja in den vergangenen Wochen so viele Rollen gespielt, daß er sich genausogut in ein Chamäleon hätte verlieben können.

»Nun – vielleicht«, stimmte die Baronesse ihr zu. »Doch um meinen Weitblick in anderer Hinsicht zu beweisen – da ist dieses Mondkalb Geraint, den ich gerade in der Halle getroffen habe und der aussieht, als sei die Welt um ihn herum eingestürzt. Natürlich habe ich mir sofort gedacht, daß Sie ihn abgewiesen haben, daher habe ich ihm eine ernsthafte Lektion erteilt und ihm gesagt, wie dumm es sei, sich in Gräfinnen zu verlieben, die gar keine sind, und wieviel besser es wäre, sich einem jungen Mädchen seiner Kreise zuzuwenden. ›Da ist zum Beispiel Kitty Wentworth‹, habe ich ihm gesagt. ›Die ist seit drei Monaten halb verschmachtet nach dir, und sie ist wirklich ein reizendes Mädchen und außerdem viel hübscher als Rolande.‹ Das hat ihn enorm ermuntert, denn es ist nichts heilsamer für Menschen, die in der Liebe enttäuscht wurden, als wenn sie feststellen, daß jemand da ist, der nach ihnen schmachtet. Ich würde mich nicht wundern, wenn die beiden tatsächlich zusammenfänden. Das wäre ganz ausgezeichnet, denn sie ist ein couragiertes Mädchen und wüßte selbst mit Honoria fertig zu werden. Wenn es doch nur jemanden gäbe, damit ich die arme Peggy auch aus den Fängen von Honoria befreien könnte –«

»Cousine Lousia«, sagte Jasper, dem die Rede der Baronesse viel zu lang dauerte, ungeduldig, »wenn ich dir sage, daß es meine Absicht ist, Peggy mit einer geeigneten Summe zu versehen, damit sie getrennt von Honoria leben kann – gewissermaßen als Anerkennung für ihre Hilfe bei der Rettung Rolandes –, würdest du dann jetzt gehen und uns allein lassen? Ich weiß, daß es dir Spaß macht, das Leben anderer Leute zu arrangieren, doch ich kann dir versichern, daß Rolande und ich in dieser Hinsicht keinerlei Unterstützung brauchen.«
Die Baronesse war durchaus nicht gekränkt wegen dieser offenen Worte, sondern lachte und klopfte ihm bedeutungsvoll auf den Arm.
»Aber natürlich, liebster Jasper«, sagte sie. »Ich verstehe es selbstverständlich!« Sie wandte sich ab und wollte gehen, drehte sich dann aber plötzlich wieder um. »Doch jetzt fällt mir auf einmal ein«, sagte sie mit Nachdruck, »was werden wir denn den Leuten sagen, die – was sicher der Fall sein wird – die erstaunliche Ähnlichkeit deiner Braut mit der ›Gräfin Móra‹ feststellen? Das ist doch sehr peinlich –«
»Aber keineswegs!« sagte Jasper prompt. »Ich werde ihnen ganz einfach erklären, daß es diese Ähnlichkeit mit der Gräfin war – für die ich, wie ja bekannt ist, eine grande passion hatte, die jedoch leider außerhalb meiner Reichweite lag –, die mich dazu brachte, mich Miß Henry zuzuwenden. Ich werde außerdem erklären«, fuhr er fort und blickte Rolande an, die er immer noch fest in den Armen hielt, »daß ich trotz aller Ergebenheit für meine Frau nie das für sie empfinden werde, was ich für die Gräfin Móra empfand –«
»Das wirst du nicht wagen!« sagte Rolande empört, wurde jedoch durch einen Kuß zum Schweigen gebracht. Die Baronesse, die feststellte, daß sich ein Liebesgeplän-

kel entspann, bedachte die beiden mit einem abschließenden beifälligen Blick und verschwand dann schnell aus dem Raum.

CLARE DARCY

Gwendolen und der verschmähte Kapitän

Aus dem Englischen von
Lydia L. Dewiel

BASTEI
LÜBBE

1

Die Szene in dem Frühstückssalon in Brightleaves an einem angenehm warmen Junimorgen des Jahres 1814 war nicht so beschaffen, daß sie in irgendeinem Herrenhaus in Gloucestershire besondere Kritik erregt hätte. Sicherlich, der Orientteppich und die roten Kamelottvorhänge des großen Fensters, das den Blick auf den hübschen Obstgarten mit den Damaszenerpflaumen und May Dukes freigab, waren sichtlich abgenutzt; die Familienporträts über dem Sideboard waren trüb und begannen abzublättern; und die Tischtücher waren vom langen Gebrauch so fadenscheinig geworden, daß sie an manchen Stellen gestopft worden waren. Doch die drei Damen, die an dem kleinen Mahagonitisch saßen, sahen zweifellos so aus, als hätten sie Besseres verdient, und sie wären – trotz ihrer etwas unmodischen Erscheinung – auch im Frühstückssalon eines so vortrefflichen Hauses wie des Herzog von Tardiffs Nachbarsitz in Beauworth nicht fehl am Platze gewesen. Lady Otilia Quarters, die Herrin von Brightleaves, die in einem recht exotischen Pariser Morgenrock steckte, den sie von ihrer Schwester, Lady Priscilla Drumm, geerbt hatte, präsidierte über der Kaffeemaschine. Sie betrachtete gerade unlustig den kleinen Haufen der Morgenpost, der, wie sie aus längerer Erfahrung wußte, doch nur aus dringenden Mahnungen zur Zahlung verschiedener Haushaltsrechnungen bestehen

würde. Ihr gegenüber saßen zwei ihrer drei Töchter: Gwendolen, die älteste, ein ziemlich großes blondes Mädchen mit herzförmig geschnittenem Gesicht und ausdrucksvollen dunklen Augenbrauen; und Campaspe, die jüngste, die sich mit siebzehn Jahren, wie ihre Mama empfand, noch nicht genügend von ihrer bedauerlich ausgelassenen Jugendzeit entfernt hatte.
Lady Otilias zweitjüngste Tochter Jane war im Augenblick auf dem Rückweg von London, wo sie die Freuden der Gesellschaftssaison unter der Obhut von Lady Priscilla genossen hatte. Und Lady Otilias Mann, Mr. Hugh Quarters, hatte sein eigenes herzhaftes Frühstück schon vor einer Weile eingenommen und das Haus dann verlassen. Da es seine Gewohnheit war, während der Jagdsaison um fünf Uhr aufzustehen, frühstückte er niemals mit seiner Familie, an der er im übrigen bedeutend weniger interessiert war als an seinen Pferden und Jagdhunden, zumal er der Ansicht war, daß sie gänzlich versagt hatte. Seine Frau, weil sie ihm nur weibliche Nachkommen geboren hatte, und seine Töchter, weil sie das Verbrechen begingen, Mädchen zu sein.
Im Augenblick waren Gwendolen und Campaspe damit beschäftigt, sich auszumalen, welche glanzvolle Londoner Geschichten sie von Jane hören würden, wenn sie nach Brightleaves käme. Ihre Briefe waren aufreizend kurz gewesen, was sie damit entschuldigte, daß sie ständig mit Abendpartys, Bällen, Empfängen und Frühstücken beschäftigt war, zu denen Lady Priscillas Stellung in der Gesellschaft ihr Eingang verschafft hatte. Ihre Schwestern, die sich mit dem wenig aufregenden Zeitvertreib, den ihnen das ländliche Leben in Brightleaves bot, zufriedengeben mußten, hatten sich bemüht, Verständnis zu zeigen. Es war jedoch nicht zu leugnen, daß sie sehr gespannt darauf waren, Janes Bericht über diese besonders

glanzvolle Londoner Gesellschaftssaison zu hören. Sie würden etwas erfahren über die Saison der Friedensfeiern, in der die Hauptstadt voll von ausländischen Besuchern war und man erwarten konnte, den Zaren von Rußland, den König von Preußen oder wenigstens die Großherzogin von Oldenburg zu erleben, die hin und wieder den Gesellschaftssalons oder den Bällen bei Almack die Ehre gaben.

An alldem hatten die beiden jungen Damen in Brightleaves bisher nur in Form der »Morning Post«-Berichte und über Janes allzu knappe Briefe teilgenommen, die mehr oder weniger immer so lauteten: »Tante und ich nahmen gestern abend am Ball von Lady Castlereagh teil. Zar Alexander war anwesend, zusammen mit seiner Schwester, der Großherzogin. Er sieht außerordentlich gut aus.«

»Außerordentlich gut, nein wirklich!« hatte Campaspe gemurrt, nachdem sie diese wenig zufriedenstellende Nachricht erhalten hatte. »Als ob nicht jedermann in England das nicht sowieso schon wüßte! Wenn Jane nur nicht so entsetzlich gut wäre! Ich bin davon überzeugt, daß es ihr nie in den Sinn kommen wird, auch nur den leisesten Klatsch zu wiederholen. Doch sie hätte uns wenigstens schreiben können, was die Großherzogin für Kleider anhatte!«

Gwendolen hatte kritisch geäußert, daß sie ihrerseits die großen neuen Hüte, welche die Großherzogin in Mode gebracht hatte, ungewöhnlich häßlich fände, doch sie gestand, daß auch sie sehr enttäuscht von Janes Fähigkeiten als Korrespondentin sei. Da sie es jedoch von Kind auf gewohnt war, sich als Fürsprecherin ihrer menschenfreundlichen Schwester einzusetzen, erlaubte sie nicht länger, daß Campaspe sie noch weiter schmähte. Sie erklärte ihr statt dessen, daß sie ja vorhabe, eine Soldatenfrau zu werden, und daher solle sie am besten die Frivolitäten der vornehmen Welt vergessen und ihre Aufmerksamkeit darauf richten, sich in der Tugend der Sparsamkeit zu üben.

Diese Äußerung geschah im Hinblick auf die Verlobung Campaspes mit einem jungen Leutnant der Leichten Division, Neil Fairhall, dem zweiten Sohn eines Grundbesitzers aus der Nachbarschaft. Eine Verlobung übrigens, die Lady Otilia nicht sehr gern gesehen hatte. Zugegebenermaßen war Campaspe nicht die »Schönheit« der Familie – eine Auszeichnung, die zweifellos Jane zukam –, doch sie hatte sich in letzter Zeit aus ihrem Kinderspeck zu einer sehr ansehnlichen jungen Dame entwickelt. Sie war klein, doch dabei biegsam und kräftig, und hatte einen ausgezeichneten Teint sowie leuchtend blaue Augen, Lady Otilia, die wie für Jane auch für sie von London träumte, hatte sich vorgestellt, daß sie wenigstens einen Baron in die Familie einbringen würde.

Sie konnte letztlich jedoch nichts anderes gegen die geplante Verbindung der zwei jungen Leute einwenden, als daß sie beide noch zu jung dafür fand. Sie hatten jedoch versprochen, vernünftig zu sein und nicht zu heiraten, bevor Neil befördert worden war. Und da sie Campaspes äußerst eigensinnige, um nicht zu sagen halsstarrige Natur kannte, hatte sie, wie die anderen betroffenen Eltern, zögernd ihre Zusage gegeben.

Solche Skrupel hatte sie nicht gekannt, als sie etwa ein Jahr zuvor Gwendolens Verlobung mit Captain Henry Belville R.N. ihren Segen gegeben hatte, denn Gwendolen war damals bereits fast zwanzig gewesen, und Captain Belville war ein Mann von einunddreißig Jahren mit einer sehr erfolgreichen Karriere in der Marine, die zu dem bereits beträchtlichen Vermögen, das er geerbt hatte, noch ein gutes Stück hinzufügte.

Es stimmte, daß Gwendolens Bekanntschaft mit ihm nur

sehr kurz gewesen war, genau gesagt nur vierzehn Tage, die er vor zwei Jahren bei entfernten Verwandten, den Rutledges, in der Nachbarschaft verbracht hatte. Auch hatte sich ihre weitere Annäherung ausschließlich durch eine Korrespondenz zwischen Brightleaves und verschiedenen Mittelmeerhäfen vollzogen, wo Captain Belville während des Krieges stationiert war. Doch Gwendolen wußte ebenso wie Campaspe ganz genau, was sie wollte. Auch besaß sie eine praktische Natur, der Lady Otilia, die selbst hoffnungslos romantisch veranlagt war, niemals etwas entgegenstellen konnte. So glaubte sie fest daran, daß es – wenn Captain Belville endlich wieder in Gloucestershire erscheinen würde – eine schlichte, vornehme Hochzeit geben werde, gefolgt von einem sehr zufriedenstellenden Eheleben.
»Gwendolen«, so hatte sie einst ihrer Freundin Mrs. Rutledge anvertraut, »gelingt es immer, alles aufs beste zu erledigen.« Dieser Feststellung konnte Mrs. Rutledge, die es erlebt hatte, wie Gwendolen sich unter den Augen ihrer eigenen Tochter Evelina den sehr erstrebenswerten Captain Belville geangelt hatte, nur zustimmen. Wenn sie jedoch in dieser Weise von Gwendolens Verlobung sprachen, so taten Mrs. Rutledge und Lady Otilia ihr ausgesprochen unrecht. In Wirklichkeit war es so gewesen, daß Gwendolen hinsichtlich Captain Belville keineswegs etwas arrangiert hatte. Sie hatte sich vielmehr Hals über Kopf in ihn verliebt und seine große, schmale Gestalt gegen die bedeutend weniger eindrucksvolle von Lord Nelson eingetauscht, den sie seit ihrer Schulzeit verehrt hatte, wobei sie nachsichtigerweise übersah, daß der Captain noch beide Arme und Augen besaß.
Nur wenige Menschen konnten ahnen, daß die selbstbeherrschte, sympathische älteste Tochter der Quarters mit ihrem hübschen Gesicht und ihrer offenen Art insgeheim

ebenso romantisch war wie ihre Mama. Sie war nicht umsonst Lady Otilias Tochter, und obwohl sie weit davon entfernt war, ihre Verlobung mit Captain Belville nicht auch als hervorragende Partie anzusehen, kam sie sich selbst doch wie eine schicklichere Lady Hamilton vor, die alles für die Liebe zu ihrem Seehelden einsetzte. Da jedoch keine Mrs. Belville dabei im Spiel war, war der Vergleich vielleicht doch nicht ganz angebracht.

Auf jeden Fall sollte sie bald dafür belohnt werden, zwei fast endlos scheinende Jahre auf die Wiederkehr ihres Geliebten gewartet zu haben. Captain Belvilles Schiff würde bald Portsmouth erreichen, von wo er wahrscheinlich mit allergrößter Schnelligkeit in die Arme seiner Verlobten eilen würde. Die Tatsache, daß der junge Leutnant Fairhall auch vor kurzem in England eingetroffen war – nachdem er sich von einer ziemlich schweren Verwundung erholt hatte, die er sich in der Schlacht von Toulouse zuzog –, bedeutete, daß Lady Otilia bald die Freude haben würde, zwei verlobte Töchter mitsamt ihren Partnern der Nachbarschaft vorzustellen – eine Aussicht, die sie außerordentlich beglückte.

»Wenn nur Jane nun auch noch eine gute Partie machen würde«, sagte sie immer wieder zu ihrem Mann, der ihre Reden jedoch völlig ignorierte, da er sich viel mehr für die Paarung seiner Pferde interessierte, als für die seiner Töchter. »Nicht«, fügte sie stolz hinzu, »daß man den geringsten Zweifel daran haben könnte, denn Pris schreibt, daß sie in London den größten Erfolg hat und daß es sie nicht wundern würde, wenn sie noch vor Ende des Jahres zur Marquise gemacht werden würde.« Es schienen prophetische Worte zu sein. Wenigstens hätten Lady Priscillas Andeutungen Lady Otilia darauf vorbereiten können, was sie an jenem Morgen in einem der Briefe lesen sollte, die neben ihrem Teller lagen. Allerdings – wenn sie wirklich darauf vorbereitet gewesen wäre, dann hätte sie kaum den erstaunten Ausruf ausgestoßen, nachdem sie die ersten Zeilen des Briefes gelesen hatte. Gwendolen und Campaspe blickten von ihrem Frühstück auf und sahen, wie ihre Mama mit Entzücken auf das vornehme cremefarbene Blatt Briefpapier in ihrer Hand blickte. Bei Lady Otilia wußte man nie genau, was man von ihren Ausbrüchen zu halten hatte, denn da sie als Waliserin die keltische Liebe für alles Dramatische geerbt hatte, besaß sie auch eine gewisse Neigung zur Übertreibung.

»Was ist denn, Mama?« fragte Gwendolen, die auf alles gefaßt war, jedoch keine Lust hatte, sich Sorgen zu machen, ehe sie nicht genau wußte, worum es sich bei der Verwirrung ihrer Mama diesmal handelte.

Lady Otilia hob die Augen, die auf den Brief gestarrt hatten, als ob sie von den dort geschriebenen Worten hypnotisiert worden wäre. Gwendolen bemerkte, wie ein verklärtes Lächeln auf ihrem immer noch hübschen, vollen Gesicht erschien.

»Meine Lieben!« rief sie aus. »Ihr werdet es niemals für möglich halten! Liebe, liebe Jane. Eine Marquise! Oh, ich werde mir nie verzeihen, daß ich dem Wunsch eures Papas nachgegeben und zugestimmt habe, sie Jane taufen zu lassen. Nur wegen dieser abscheulichen Großtante, die kurz vor dem Tod stand und uns ein beträchtliches Vermögen hinterlassen sollte. Leider hat sie das nie getan und hat Jahrhunderte gelebt, und dann waren es nur jämmerliche dreihundert Pfund, die wir von ihr bekamen, und euer Papa hat jeden einzelnen Penny davon für eine Stute namens Sparkler ausgegeben –«

»Mama!« Es war Campaspe, die sie mit den Anzeichen allergrößter Ungeduld unterbrach und sogar etwas bestürzt schien. »Bitte hör auf, uns mit Großtanten und Papas Pferden zu langweilen, und sag, was in dem Brief

steht. Kommt er von Tante Pris? Ist – ist Jane mit einem Marquis verlobt?«
»Nein, nicht wirklich verlobt, meine Liebe«, sagte Lady Otilia, die Mühe hatte, ihre Fassung zu bewahren, und nervös am Spitzenkragen ihres Morgenrocks zupfte. »Doch so nahe dran, daß es schon beinahe eine Verlobung ist! Lyndale, wenn du es für möglich halten kannst!« Sie sprach den Namen fast ehrfürchtig aus. »Ländereien in Derbyshire und in Kent, sagt Pris, und wenigstens fünfzigtausend im Jahr! Und ein Marquis, natürlich, meine Lieben! Er wird sofort nach Gloucestershire kommen und Papa um die Erlaubnis bitten, ihr den Hof zu machen. Pris sagt, daß alles schon in bester Ordnung ist. Sie hatte ein langes Gespräch mit ihm –«
»Kommt er hierher?«
Diesmal war es Gwendolen, die etwas bestürzt aussah, als ihr Blick auf die schäbigen roten Vorhänge, den verblaßten Teppich und das Geschirr auf dem Tisch fiel, das zwar einmal sehr schön gewesen war, nun jedoch vom langen Gebrauch allerhand Sprünge aufwies. Die Aussicht, in dieser Umgebung einen Gast zu empfangen, der zu den Leuchten des Adels gehörte und darüber hinaus soviel Geld besaß, daß er sich die eleganteste Ausstattung leisten konnte, irritierte zwar Lady Otilia nicht, deren romantisches Naturell über solch unwichtige Dinge hinwegsah, doch Gwendolens praktisch gearteter Sinn sah die Dinge mit anderen Augen.
Ihr war vollkommen klar, daß sie mit ihren begrenzten Mitteln und den wenigen Dienstboten einen so hohen Gast hier schlecht bewirten konnten, und sie war daher sehr erleichtert, als ihre Mama nach einem weiteren Blick auf Lady Priscillas Brief sagte: »Nein, nein, nicht hier in Brightleaves, meine Liebe. Deine Tante schreibt, daß er in Beauworth wohnen wird. Er ist doch ein Vetter des Her-

zogs.« Dann fügte sie triumphierend hinzu: »Ich nehme an, es wird nun für den Herzog nicht mehr möglich sein, uns noch länger zu ignorieren, da die liebe Jane sich mit Lyndale verloben wird.« Dies sagte sie in Erinnerung an ein bedauernswertes Mißgeschick, das sich vor einigen Jahren ereignet hatte. Damals geriet Mr. Hugh Quarters mit dem Herzog in Streit, so daß sie und ihre Töchter nicht mehr nach Beauworth eingeladen wurden.

Der Streit war entbrannt, als der Herzog erfahren hatte, daß Mr. Quarters' einziger Ausweg aus seiner wirtschaftlichen Misere der Verkauf von Brightleaves und seiner Ländereien wäre. Es handelte sich um Ländereien, die der Herzog schon lange begehrt hatte und die den besten Forellenbach der ganzen Grafschaft enthielten, so daß er nicht lange Zeit verlor und ein Angebot darauf machte.

Das Angebot war jedoch von Mr. Quarters, der ein jähes und unberechenbares Temperament besaß, nicht in der besten Stimmung empfangen worden. Er hatte den Verwalter des Herzogs, der von seinem Herrn geschickt worden war, abgewiesen und hatte sich selbst auf einem seiner rassigen Pferde auf den Weg zum Herzog gemacht. Dem Vernehmen nach waren dann sehr heftige Worte gefallen, unter anderem auch, daß Mr. Quarters es sich nicht nehmen lassen würde, den Verwalter des Herzogs, falls er noch einmal in ähnlicher Absicht käme, in den Mühlteich zu werfen. Ebenso schien der Herzog – wie ein lauschfreudiger Lakai bemerkt hatte – geäußert zu haben, daß er Mr. Quarters »ruinieren« wolle.

Zum Glück hatte sich dann keine dieser interessanten Angelegenheiten ereignet. Mr. Quarters, der irgendwelche geheimen Abmachungen mit den Herren Smith and Brown, bekannten Londoner Geldverleihern, traf, hatte es geschafft, Brightleaves nicht verkaufen zu müssen. Der Herzog hatte kein Angebot gemacht, und so hatte sich eine Art bewaffneter Neutralität zwischen den gegnerischen Parteien ergeben, wobei Brightleaves und Beauworth sich gegenseitig gesellschaftlich ignorierten. Was der Herzog von Tardiff in Konsequenz zur bevorstehenden Verlobung seines Vetters mit Miß Janes Quarters nun tun könnte, schien die Schwestern dieser jungen Dame jetzt jedoch wenig zu interessieren. Anders als ihre Mutter, die vor Freude und Genugtuung schier zu bersten schien, drückten die Gesichter der Schwestern nichts als Beunruhigung aus.

»Aber Mama, Jane kann doch nicht –« platzte Campaspe heftig heraus, als Lady Otilia ihre Rede beendet hatte. Doch Gwendolen bremste sie sofort mit einem warnenden Blick.

»Was hat Jane zu alldem zu sagen?« fragte sie Lady Otilia nun selbst in etwas gemäßigterem Ton. »Hat sie denn nicht auch etwas dazugeschrieben in diesem Brief von Tante Pris?«

»Oh, meine Liebe, sie wird natürlich außer sich sein vor Freude«, sagte Lady Otilia lebhaft. »Natürlich hat sie nicht auch noch geschrieben, da Lyndale ja erst mit eurer Tante gesprochen hat, nachdem Jane schon abgereist war. Und es wäre auch sicher nicht sehr schicklich gewesen, darüber zu berichten, ehe nicht Lord Lyndale die Erlaubnis von eurem Vater erbeten hat, ihr den Hof machen zu dürfen. Wie ihr wißt, ist Jane ja immer schon der Inbegriff guten Benehmens gewesen«, sagte sie stolz.

Campaspe öffnete noch mal den Mund, um etwas zu sagen, doch wiederum kam ihr Gwendolen zuvor.

»Ja, das ist wahr«, stimmte sie Lady Otilias Feststellung bei. »Und deswegen kommt es mir doch etwas merkwürdig vor, nicht wahr, daß sie das Interesse eines Mannes wie Lyndale erregt haben soll. Erinnere dich doch daran, Mama, welches Aufsehen es vor einem Jahr erregt hat, als er zu seinem Titel gekommen ist. Es hat ja selbst hier in unserer ländlichen Stille noch Staub aufgewirbelt. Ein Mann, der die letzten zwölf Jahre in Algerien oder Marokko verbracht hat! Auf jeden Fall irgendwo außerhalb der Zivilisation, und dessen Abenteuer die von Lord Byron weit in den Schatten stellen! Ich finde es doch sehr merkwürdig, daß er sich ausgerechnet ein ruhiges und unerfahrenes Mädchen wie Jane ausgesucht haben soll –«

»Ganz und gar nicht! Ganz und gar nicht, meine Liebe!« sagte Lady Otilia rundheraus. »Es kommt sogar sehr häufig vor, daß ein Mann, der ein recht bewegtes Leben gehabt hat, allmählich zu der Überzeugung kommt, ein so behütet aufgewachsenes Mädchen wie Jane werde für ihn sogar eine sehr gute Frau abgeben. Außerdem ist sie ja wunderschön! Ich glaube, wir müssen uns über keine Eroberung, die sie gemacht hat, wundern!« Sie stand auf und nahm den Brief zu sich, dessen Blätter auf dem Tisch lagen. »Aber wozu rede ich denn hier so lange«, sagte sie munter. »Ich habe doch Mrs. Rutledge versprochen, heute morgen vorbeizukommen, und es könnte sein, daß ich auch in der Pfarrei einen Augenblick haltmache. Sicher wollt ihr mit mir kommen, meine Lieben? Es ist ein sehr schöner Tag, und ich glaube, wir werden den Spaziergang nicht bereuen.«

Sie rauschte mit ihrem flatternden exotischen Gewand aus dem Raum, während Campaspe dasaß und ihre ältere Schwester verzweifelt ansah. »Sie wird es allen erzählen«, sagte sie traurig. »Gwen, was sollen wir nur tun? Jane kann doch nicht diesen – diesen Blaubart heiraten!«

Gwendolen lächelte. »O nein, Cammie – so toll ist es doch nun wirklich nicht!« sagte sie. »Es gibt wahrhaftig keinen Grund, Lord Lyndale einen Blaubart zu nennen. Soweit ich gehört habe, hat er keine andere Frau und hat noch viel weniger eine umgebracht, obwohl man von seinen Abenteuern viel gehört hat. Aber das betraf meist verwegene Löwenjagden mit Sultanen und Scheichs und ähnliche Sachen. Natürlich kann Jane ihn heiraten, wenn sie es will –«

»Aber sie will es doch gar nicht«, unterbrach sie Campaspe rebellisch. »Sie liebt doch Alain, das weißt du doch ebensogut wie ich!«

»Ich weiß, daß sie geglaubt hat, ihn zu lieben, als sie nach London gefahren ist«, verbesserte sie Gwendolen. »Alain de Combray ist ein sehr angenehmer und attraktiver junger Mann, doch schließlich trifft man während der Saison in London eine Menge attraktiver und angenehmer junger Männer, und vielleicht ist Alaine für Jane jetzt schon gar nicht mehr so ein Idol. Und du weißt doch, daß er keinen einzigen Penny besitzt, abgesehen von dem Gehalt, das er als Sekretär des Herzogs bekommt.«

»Jane ist nicht auf eine Geldheirat aus«, sagte Campaspe heftig. »Das würde überhaupt keine Rolle bei ihr spielen – nicht, wenn sie jemandem ihr Herz geschenkt hat!«

Gwendolen wünschte, ihre kleine Schwester wäre nicht eine so eifrige Leserin von Leihromanen gewesen, denn – ob Jane nun den jungen Monsieur de Combray im Wirbel der ersten Londoner Gesellschaftssaison vergessen hatte oder nicht – sie würde es schwer haben, Campaspe davon abzuhalten, die ganze Affäre zu einer Tragödie aufzubauschen, mit unangenehmen Konsequenzen für alle daran Beteiligten. Sie selbst war eher geneigt zu glauben, daß Jane einem älteren, erfahreneren Mann ihre Gunst geschenkt hatte, zumal Lady Priscilla der Verbindung ihre eindeutige Zustimmung gegeben hatte. Andererseits war Jane von Kind auf in ihren Zuneigungen beständig geblieben, und Gwendolen konnte nicht das erste errötende Geständnis ihrer Liebe zu dem jungen M. de Combray vergessen, den sie im Winter in Cheltenham kennengelernt hatte. Von einer Verlobung konnte allerdings nicht die Rede sein, denn Alain de Combray, dessen Familie während der Revolution in Frankreich alles verloren hatte, war nicht in der Lage, an eine Heirat zu denken. Im übrigen war er als Franzose, der noch dazu im Dienst des Herzogs stand, von vornherein persona non grata für Mr. Quarters.

Jane hatte daher ihre Zuneigung zu dem jungen M. de Combray noch nicht einmal ihrer Mutter gestanden und sich ihm gegenüber in der Öffentlichkeit immer außerordentlich zurückhaltend gezeigt. Dies hatte jedoch nicht eine oder zwei private Zusammenkünfte etwas leidenschaftlicherer Natur verhindern können, die allerdings tränenreich geendet hatten. Da sie ein sanfter und nachgiebiger Mensch war, hatte sie zugestimmt – als Schönheit der Familie und als einzige nicht verlobte Tochter –, von Lady Priscilla zur Saison nach London mitgenommen zu werden.

Gwendolen dachte etwas beunruhigt, daß es leichter wäre, hinter die Wahrheit zu kommen, wenn Jane in ihren Briefen etwas gesprächiger gewesen wäre. Doch da sie weder Lord Lyndale noch Alain de Combray erwähnt hatte, war sie nur auf Spekulationen angewiesen.

2

Gwendolen gelang es jedoch, Campaspe daran zu hindern, Lady Otilia von den Gefühlen zu berichten, die zwischen Jane und M. de Combray bestanden, indem sie ihr sagte, man solle nichts dergleichen unternehmen, bis man mit Jane selbst darüber gesprochen habe. Dann, nachdem sie sich zurückgezogen hatte, um die ganze Angelegenheit zu überdenken, erklärte sie ihrer Mutter, sie könne sie nicht zu Rutledges begleiten. Auch widerstand sie einer Einladung Campaspes, mit ihr einen Besuch beim jungen Leutnant Fairhall im Gutshaus hinter dem Dorf zu unternehmen. Außerdem war ihr klar, daß Neil Fairhall sicherlich Campaspe lieber eine halbe Stunde für sich alleine haben wollte, als mit ihrer älteren Schwester höfliche Konversation zu machen. Und Lady Otilia würde auch ihre Andeutungen von den Köstlichkeiten zukünftigen Ruhmes im Hause Quarters lieber fallenlassen, wenn sie sich nicht in Gegenwart einer Tochter befand, die solche voreiligen Eröffnungen für unangebracht hielt.

Sie hatte jedoch nicht vor, an einem so schönen Tag mit ihren beunruhigenden Gedanken im Haus zu bleiben, und nachdem ihre Mutter und Schwester aufgebrochen waren und sie die Köchin hereingebeten hatte, um das Menü für das Abendessen zu besprechen – eine Aufgabe, die Lady Otilia ihr übertragen hatte –, nahm sie ihren ältesten Hut, zog derbe Schuhe an und machte sich zu einem Morgenspaziergang durch die Felder auf den Weg.

Eine Weile mußte sie noch an Jane denken, doch immer, wenn sie allein war und Muße hatte, begann sie bald, ihre Gedanken Captain Henry Belville zuzuwenden. Wie Jane ließ auch der Captain als Briefschreiber sehr viel zu wünschen übrig. Er bevorzugte einen Stil, der für die Eintragungen in sein Logbuch sehr angebracht gewesen wäre, der jedoch als beschreibende Prosa nicht unbedingt geeignet war. Gwendolen war es jedoch gewohnt, die Lükken in seinen Berichten mit eigener Phantasie auszufüllen. Kanonen, die Feuer und Rauch ausspien, zusammenstürzende Segel und Takelwerk, das von seinen Geschossen getroffen wurde, Gefechte an Deck und blitzender Stahl – dies war es, was sie sich immer wieder ausmalte.

Als sie so einen Feldweg entlangging und sich in angenehmen Träumereien über ihre kommende Wiedervereinigung mit ihrem Seehelden befand, hörte sie auf einmal schnelles Hufgetrappel hinter sich, das sie zusammenschrecken ließ. Sie blickte schnell über die Schulter und sah eine schnittige Karriole in rasendem Tempo auf sich zukommen, die von zwei temperamentvollen Füchsen gezogen wurde. Sie erkannte sofort, daß es dem Fahrer nicht mehr möglich sein würde, sein Gespann zu zügeln, und da ihr ihr Leben lieb war, fand sie sich im nächsten Moment in höchst unwürdiger Weise in einem der Gräben, die den Feldweg rechts und links einsäumten, wieder. Ihr Hut rutschte zur Seite, ihr Kleid war schmutzig und voller Grasflecken, und so war es kein Wunder, daß sie vor Wut schäumte.

Sie hatte sich gerade wieder aufgerappelt und war dabei, den ziemlich steilen Rand des Grabens hinaufzuklettern, als sie bemerkte, daß die Karriole zum Stehen gebracht worden war. Der Fahrer, ein großer dunkelhaariger Mann in tadellos geschnittenem Fahrfrack, hatte seinem Reitknecht die Zügel zugeworfen, war vom Sitz gesprungen und ging nun in schnellen Schritten auf sie zu. Sie blickten sich an – sie voll wütender Entrüstung, er leicht besorgt –, doch im nächsten Moment erschien zu ihrer noch größeren Entrüstung in seinen Augen ein Ausdruck deutlicher Belustigung.

Sie ließ sofort in ihren Anstrengungen nach, den Rand des Grabens hochzuklettern, und bedachte ihn statt dessen mit einem vernichtenden Blick.

»Ja, ich nehme an, für Sie ist das sehr lustig«, sagte sie mit Schärfe. »Ist es Ihre Angewohnheit, Sir, die Leute auf öffentlichen Wegen niederzufahren, um sich dann an ihrer Verwirrung zu ergötzen? Erlauben Sie mir zu bemerken, daß ich diese Art von Späßen absolut nicht schätze!«

»Nein, sicherlich tun Sie das nicht – doch es war wirklich nicht in böser Absicht geschehen«, sagte der Fremde. Da dies jedoch nicht entschuldigend gesagt wurde, konnte es Gwendolen nicht beschwichtigen. »Woher zum Teufel sollte ich wissen, daß jemand gerade diesen Weg entlangwandert? Sicher habe ich schon über ein halbes Dutzend Meilen hinter mich gebracht, ohne auch nur eine Kuh angetroffen zu haben. Hier – geben Sie mir Ihre Hand«, befahl er und reichte ihr seine entgegen. Sie nahm sie zögernd und wurde mit sicherem Griff aus dem Graben gezogen.

»Und noch dazu jemand«, fügte er hinzu, »der seinen Kopf so hoch oben in den Wolken hat, daß er einen Wagen nicht herankommen hört, bis es zu spät ist!« Die blauen Augen, die immer noch voll deutlicher Belustigung waren, musterten sie so offen und durchdringend, wie sie es noch bei keinem anderen Gentleman erlebt hatte. »Sie sollten sich aber jetzt Ihren Hut gerade auf den Kopf setzen«, sagte er mit einer Deutlichkeit, die zu seinem Blick paßte. »Ich sehe, daß Sie im Begriff sind, mich zusammenzuschlagen, und ich bezweifle, ob ich Ihnen mit dem angemessenen Ernst begegnen kann, wenn Sie so vor mir stehen und diesen komischen Anblick bieten!«

Da man ihr den Wind aus den Segeln genommen hatte und sie sich plötzlich ihres betrüblichen Aussehens bewußt wurde, ergriff Gwendolen den traurigen Hut mit beiden Händen und setzte ihn gerade.

»Sir!« knirschte sie. »Sir! Sie sind –«

»Unerträglich?« kam ihr der Fremde zur Hilfe, als sie um Worte rang. »Unverschämt? Beleidigend?«

»Alles trifft zu«, fuhr sie ihn an. »Wenn Sie ein Gentleman wären –«

»Nun, das bin ich«, bemerkte der Fremde gelassen. »Obwohl ich zugeben muß, daß ich im Augenblick etwas außer Übung bin. Sie müssen wissen, daß ich erst vor kurzem nach England zurückgekehrt bin, nachdem ich viele Jahre im Ausland verbracht habe und man da natürlich all die kleinen Artigkeiten vergißt –«

»Viele Jahre?« wiederholte Gwendolen entgeistert, denn auf einmal kam ihr ein furchtbarer Verdacht. Sie blickte in das gebräunte Gesicht, dessen Farbe so dunkel war, daß sie nicht das Ergebnis einer nördlichen Sonne sein konnte, und dachte verzweifelt: »Du guter Gott! Das kann doch nicht sein! Aber ich fürchte, es ist so. Janes Marquis! Oh, du mein Gott!«

Trotzdem war sie noch so wütend, daß es ihr gleich war, ob dieser unhöfliche Fremde Lyndale war oder nicht. Er war unerträglich, unverschämt und beleidigend, und wenn Jane ihn Alain de Combray vorzog, dann mußte sie nicht ganz bei Trost sein.

Der Marquis – wenn es der Marquis war – blickte sie nun fragend und erwartungsvoll an. In diesem gebräunten, kantigen und fast klassischen Gesicht mit dem lockigen dunklen Haar, der geraden Nase und dem gutgeschnittenen Mund war manches, was andere Frauen, die nicht so rauh von ihm behandelt wurden, sicher sehr sympathisch fanden. Sie selbst konnte im Augenblick jedoch nur Widerwillen gegen ihn empfinden. Während sie noch überlegte, ob sie ihm sagen sollte, daß sie Janes Schwester sei – denn es könnte peinlich werden, wenn sie ihm in der Öffentlichkeit als solche vorgestellt würde –, nahm der Fremde die Angelegenheit in die Hand und sagte: »Ja, viele Jahre! Überrascht Sie das? Ich scheine Ihnen mit dieser Bemerkung einen Haken versetzt zu haben?«

Gwendolen, die ihr ganzes Leben mit einem Vater unter einem Dach gelebt hatte, der sich sportlichen Aktivitäten hingab, war natürlich auch mit der Boxersprache vertraut. Sie war jedoch immer noch zu verwirrt, um sich damenhaft zu geben und so zu tun, als habe sie nicht die geringste Ahnung, was der Fremde mit dem »Haken« gemeint hatte, und so erklärte sie mit aller Offenheit, daß er recht habe.

»Ja, das stimmt«, sagte sie, »denn mir ist dadurch klargeworden, wer Sie sind. Auf jeden Fall«, fuhr sie fort und blickte ihn zweifelnd an, »glaube ich, daß –«

»Ich bin Lyndale, wenn ich Ihnen damit helfen kann«, erklärte der Fremde.

Er blickte sie fragend an, als könne er sich nicht erklären, weswegen sie über seine Identität so verwundert war. Wahrscheinlich – so dachte sie sich – kam es ihm nicht in den Sinn, daß das zerzauste Mädchen vor ihm mit der schönen und – dank Lady Priscillas Großzügigkeit – elegant gekleideten Miß Jane Quarters verwandt sein könnte. Zu ihrem größten Entsetzen begann sie nun auch noch heftig zu erröten. »Ich bin – also, ich glaube, ich sollte es Ihnen sagen, sonst wird es etwas seltsam für Sie sein, wenn ich Ihnen vorgestellt werde, was sicherlich der Fall sein wird –« begann sie ziemlich unzusammenhängend. »Ich bin Janes Schwester –«

»Janes Schwester? Sie meinen doch nicht – Miß Jane Quarters?« Nun war es Lyndale, der sie verblüfft und ungläubig anblickte. »Ich verstehe«, sagte er dann nach einer Weile, ohne im geringsten aus der Fassung zu geraten. »Nun, da habe ich mir ja etwas geleistet. Ich nehme an, im Augenblick sind Sie nicht besonders daran interessiert, mich in der Familie zu haben.«

»Das«, sagte Gwendolen mit ungewohnter Sprödigkeit, »ist nicht meine Angelegenheit, mein Herr. Das ist die Sache von Jane und meinem Vater.«

»Ja, ich glaube, das stimmt«, gab Lyndale ihr recht. »Doch wenn ich die Frauen richtig kenne (worauf man sich verlassen kann, dachte Gwendolen), dann werden

Sie alles tun, um mich vor ihrer Schwester als Bösewicht hinzustellen, nur weil ich das Pech hatte, Sie mit meinem Wagen in den Graben zu befördern.«

»Dieser Gedanke«, sagte Gwendolen ziemlich scharf, da sie seinem Ton entnahm, daß ihn ein solches Geschehnis nicht besonders beunruhigte, »scheint Sie nicht sehr zu stören, Mylord!«

»Aber natürlich stört es mich!« versicherte ihr Lyndale. »Schließlich bin ich nach England gekommen, um ein friedliches Leben zu führen, Miß Quarters, und ich habe nicht das geringste Interesse, mich inmitten von Tränen und Szenen zu befinden. Ich werde Ihnen aber etwas sagen«, bot er ihr großmütig an, »wir werden jetzt noch einmal alles zuurückspulen und von vorne anfangen. Sie gehen, tief in Gedanken, den Weg entlang, und ich komme in ruhigem Tempo daher, weiß durch einen sechsten Sinn, daß Sie Miß Jane Quarters' Schwester sind, und halte meine Pferde an, um Sie mit der allergrößten Höflichkeit zu fragen, ob ich Sie mitnehmen und zu Hause abliefern kann –«

»Nein, das werden Sie nicht«, unterbrach ihn Gwendolen unverblümt. »Denn dann müßte ich Sie hineinbitten, und es ist niemand da, der Sie empfangen kann, und außerdem sind nur kaltes Roastbeef und Himbeeren zum zweiten Frühstück da. Sie sollten besser sofort nach Beauworth fahren, wo man Sie sicherlich erwartet.«

»Ja, das glaube ich auch«, sagte Seine Lordschaft. »Doch ich habe das Gefühl, daß ich in – in Brightleaves, nicht wahr? – bedeutend besser aufgenommen werde als in Beauworth. Ich habe meinen Vetter, den Herzog, nur einmal erlebt. Er scheint mir ein tyrannischer alter Knabe zu sein. Was halten Sie denn von ihm?«

Gwendolen überlegte. »Es wäre nicht angemessen, dar-

über zu sprechen«, bemerkte sie mit einer bei ihr ungewohnten Zurückhaltung.
»Wäre es das nicht? Weshalb denn?«
»Weil wir nicht gut miteinander stehen, Mylord«, mußte Gwendolen zugeben. Sie fragte sich, wie man mit einem Mann überhaupt zurechtkommen konnte, der nicht in der Lage war, die Regeln einer normalen zivilisierten Konversation einzuhalten. Als sie merkte, daß er noch einmal »weshalb denn« fragen wollte, fügte sie hastig hinzu: »Der Herzog wollte Brightleaves vor einigen Jahren kaufen, und er und Papa haben sich deswegen gestritten. Sie haben beide – sehr ausgeprägte Meinungen.«
»Haben sie das?« sagte Lyndale, der diese Bemerkung zu bedenken schien. »Hat Ihr Vater dann auch eine ausgeprägte Meinung von mir?« fragte er nach einer Weile interessiert.
»Von Ihnen? O nein«, sagte sie, und dann dachte sie sich: wenn wir schon aufrichtig sein wollen, kann ich auch gleich alles sagen. Und sie fuhr fort: »Ich glaube nicht, daß er sich einen Deut darum schert, wen Jane heiratet, solange es nicht, wie er sich ausdrückt, eine ›unbedeutende Nummer‹ ist. Ich glaube, selbst er wird es für prächtig halten, daß Sie ein Marquis sind.«
»Und was meinen Sie?« fragte Lyndale.
»Ich?« Gwendolen, die überlegte, ob es bei dieser ungewöhnlichen Offenheit nicht angeraten sei, ihm von Alain de Combray zu erzählen, hielt sich noch einmal zurück und sagte nach einer Weile, daß es für sie ganz gleich sei, welchen Titel er habe.
»Natürlich«, gab sie zu, »ist es mit Mama anders. Doch das ist bei Müttern immer der Fall, nicht wahr. Ich glaube, es wäre ihr auch lieber, wenn der Herr, mit dem ich verlobt bin, auch ein Marquis wäre. Doch nach mei-

ner Meinung kann kein Titel so ruhmvoll sein wie der eines Captains bei der Marine Seiner Majestät.«
Das Erscheinen eines Pferdekarrens, der von einem Jungen gelenkt wurde, machte der Unterhaltung erst einmal ein Ende, zumal sich Gwendolen dessen bewußt wurde, wie ungehörig es war, mitten auf der Straße mit einem Herrn zu reden, dem sie noch nicht einmal offiziell vorgestellt worden war. Sie antwortete dem Gruß des Jungen mit größter Würde und erklärte dann dem Marquis, daß sie sich nun verabschieden müsse.
»Meinen Sie, daß ich Sie wirklich nicht nach Brightleaves fahren kann?« fragte Lyndale.
»Nein, das können Sie nicht«, erklärte Gwendolen. »Das wäre absolut nicht comme il faut. Doch ich würde gern einmal mit diesem prächtigen Gespann fahren, sobald wir einander offiziell vorgestellt worden sind.«
Sie wandte sich um und ging ihren Weg zurück.
»Was um alles in der Welt«, fragte sie sich, als sie um die nächste Wegbiegung gekommen war und Lyndale nicht mehr sehen konnte, »wird Jane sagen, wenn sie erfährt, daß ich diese völlig unglaubwürdige Unterhaltung mit ihrem jungen Verehrer hatte? Das heißt, so jung auch wieder nicht, wahrscheinlich dreiunddreißig oder vierunddreißig. So jemanden zu heiraten, kann sie sich wirklich nicht wünschen. Du lieber Gott, die sittsame Jane – sie wird ja Todesqualen ausstehen, wenn sie mit ihm in der Gesellschaft auftritt, denn man weiß ja nie, was er im nächsten Moment sagen oder tun wird. Ich glaube, Tante Priscilla hat da wirklich nicht sehr klug gehandelt, ganz gleich, ob er nun ein Marquis ist oder nicht. Natürlich ist er attraktiv – doch absolut nicht im Stil von Janes Verehrern.«
Als sie nach Hause kam, fand sie Lady Otilia noch nicht vor, doch Campaspe war bereits da. Sie war nach einer

halbstündigen Unterhaltung mit ihrem Verlobten von Lady Fairhall zurückgefahren worden, welche die strengsten Ansichten über Anstandsregeln besaß. Gwendolen nahm sie sofort mit in ihr Schlafzimmer und erzählte die ganze Geschichte ihrer Begegnung mit Lyndale.

»Der ist niemals etwas für Jane«, sagte sie und schüttelte entschieden den Kopf. »Ich glaube, der würde sie vollkommen kaputtmachen. Dabei scheint er ein ganz gutartiger Kerl zu sein – nur ist da irgend etwas Ungezähmtes in ihm. So als ob er alles, was ihm in den Kopf kommt, auch machen würde, wenn er gerade Lust hat. Daher nehme ich an, es wird schließlich doch Alain werden.«

Campaspe sagte triumphierend: »Habe ich dir das nicht gleich gesagt?« Und fügte hinzu, daß Mama ihnen niemals vergeben würde, wenn es Alain wäre.

»Heute morgen hat sie nur noch davon gesprochen, wie herrlich es wäre, wenn Jane eine Marquise werden würde, und daß Lyndale natürlich dafür sorgen würde, daß uns diese schrecklichen Geldwucherer nicht aus Brigthleaves hinausschmeißen«, sagte sie. »Sie erklärte, daß er fürchterlich reich sei. Weißt du, Gwen«, fuhr sie mit ungewohntem Ernst fort, »es muß wirklich sehr schlimm um uns stehen, wenn Mama sich schon Sorgen macht. Trotzdem, man kann doch nicht von Jane verlangen, daß sie sich für Lyndales Gold verkauft – oder?«

Gwendolen beschwichtigte sie und meinte, sie solle nicht so melodramatisch sein.

3

Sie mußte jedoch zugeben, daß da tatsächlich ein Problem war und daß die empfindsame, pflichtbewußte Jane ebensogut wie sie selbst wußte, daß ihr Vater nicht in der Lage war, Brightleaves aus der wirtschaftlichen Misere herauszubringen, in die es vor einigen Jahren geraten war. Mit der beträchtlichen Geldsumme, die er von den Messrs. Brown and Smith damals bekommen hatte, konnte er nur die allerdringlichsten Schulden begleichen. Und der Rest war für die Renovierung der Ställe und den Kauf mehrerer neuer Rennpferde verwendet worden. Mr. Quarters, der, was Pferde betraf, sehr sanguinisch veranlagt war, erklärte, daß es sich dabei um »Anlagen« handelte, die letztlich sicherer und profitabler wären, als wenn er das Geld in Staatspapiere gesteckt hätte. Doch Gwendolen und Jane hatten mehr als einmal darüber diskutiert, daß sich dies wahrscheinlich niemals bewahrheiten würde. Nach ihrem Zusammentreffen mit Lyndale war Gwendolen nun geneigt anzunehmen, daß Jane in einer Ehe mit dem Marquis den einzigen Ausweg sah, um die Familie vor dem Ruin zu bewahren. Sehr bald schon sollte sie Gelegenheit haben, diese Theorie zu überprüfen, denn kurz nach dem zweiten Frühstück fuhr Lady Priscillas Reisekutsche vor, in der Jane und Lady Priscillas hübsche Zofe saßen. Lady Otilia, die seit der Rückkehr von ihren Morgenbesuchen diesen Augenblick mit der größten Ungeduld erwartet hatte, zog ihre Tochter sofort ins Wohnzimmer und erklärte ihr dabei, wie außerordentlich vorteilhaft sie sich seit ihrer Abfahrt nach London entwikkelt habe. Jane habe Gloucestershire, wie sie erklärte, als hübsches junges Mädchen verlassen, doch sie sei als elegante junge Dame zurückgekommen, die in jedem modischen Detail vollkommen sei. Tatsächlich sah die kleine

Gestalt in ihrem tiefblauen Pelisette und dem dazu passenden Straußenfedernhut, die jetzt in das dürftige Wohnzimmer trat, wie eine reizende Exotin aus und schien hier ebenso fehl am Platze wie eine Orchidee in einem Gänseblümchenstrauß.

Jane Quarters war zweifellos ein schönes Mädchen. Ihre Augen waren himmelblau, ihr geringeltes Haar tiefschwarz, ihre Züge ebenmäßig, doch ohne die Kälte klassischer Vollkommenheit, und ihr Körper war geschmeidig und harmonisch proportioniert. Dazu verfügte sie über ein gewinnendes Wesen und einen gut ausgebildeten Verstand, der es ihr möglich machte, mit allen Problemen fertig zu werden, denen sich junge Damen für gewöhnlich gegenübergestellt sehen. Es war kein Wunder, dachte sich Gwendolen, daß Lyndale, der es nicht nötig hatte, ein Vermögen zu erheiraten, und der nichts anderes wollte als eine attraktive, angenehme Frau, gerade sie gewählt hatte. Da sie aus der Lektüre Lord Byrons bestens über die Männer informiert war, die in exotischen Ländern ihre Abenteuer suchten, konnte sie sich gut vorstellen, daß eine junge wohlerzogene Engländerin wie Jane für Lyndale sicher eine angenehme Abwechslung bedeutete. Andererseits erschien es ihr, wie auch Campaspe, ziemlich undenkbar, daß Jane sich für so eine Ehe aufopfern würde.

Natürlich hatte Lady Otilia, welche die komplizierte Situation nicht kannte, keinerlei derartige Skrupel. Sie sprach dann auch sofort, nachdem sie ihre Begeisterung über Janes Aussehen losgeworden war und sich höflich nach Lady Priscillas Gesundheit erkundigt hatte, über das, was ihr am meisten am Herzen lag: »Und so, meine liebe, liebe Jane, wirst du eine Marquise werden! Als ich dich nach London schickte, konnte ich wirklich nicht hoffen, daß meine Träume sich so wunderbar erfüllen würden! Wir sind alle völlig außer uns, seit der Brief deiner Tante heute morgen ankam. Dein Papa natürlich nicht, denn der ist nach Cheltenham aufgebrochen, bevor die Post kam – doch sicherlich wird er es ebenso sein, wenn er erst erfährt, daß Lyndale dir einen Antrag machen will –«

Gwendolen, die während dieser begeisterten Worte das Gesicht ihrer Schwester genau betrachtete, sah, wie Jane plötzlich errötete. Sie stieß einen leisen Laut des Erstaunens aus.

»Oh!« sagte sie nach einer Weile. »Ist es – ist es also bereits beschlossen, Madam? Ich wußte nicht – Tante hat es mir nicht gesagt, bevor ich London verlassen habe –«

»Nein, natürlich tat sie das nicht, denn sie hat es da selbst noch nicht gewußt«, sagte Lady Otilia, welche die Erregung ihrer Tochter nicht bemerkte. »Sie hat mir sofort, nachdem Lord Lyndale mit ihr gesprochen hatte, einen Brief geschickt, und das war ja, nachdem du London verlassen hattest. Sie schreibt, daß Lyndale sofort nach Beauworth kommen wollte, und ich nehme an, daß er sicherlich in ein oder zwei Tagen in unserer Gegend sein wird.«

»Er ist bereits hier«, unterbrach sie Gwendolen, die ihrer Mutter von dem Zusammentreffen mit Lyndale noch nicht berichtet hatte. Lady Otilia blickte sie überrascht an.

»Wir haben uns ganz zufällig kennengelernt«, fügte Gwendolen hastig hinzu. Dann wechselte sie das Thema sehr schnell, was nicht schwierig war, da Lady Otilia viel lieber von Janes Erlebnissen in London hören wollte als vom Zusammentreffen ihrer ältesten Tochter mit Lord Lyndale.

Es war fast Essenszeit, als es Gwendolen und Campaspe endlich gelang, Jane für sich in Anspruch zu nehmen. Sie war nur widerstrebend von Lady Otilia entlassen worden, um ihr Reisekostüm wechseln zu können, doch Gwendo-

len und Campaspe fingen sie auf der Treppe ab und führten sie in ihr altes Schulzimmer, wo sie auf dem alten durchgesessenen Sofa Platz nahm. »Wir wollen wissen«, sagte Campaspe und ließ sich auf einen Hocker direkt gegenüber ihrer Schwester fallen, »ob du Lyndale wirklich heiraten willst? Liebst du denn Alain nicht mehr?« Sie blickte Jane, Hände und Ellbogen auf die Knie gestützt, stirnrunzelnd an.
Zu ihrer deutlichen Genugtuung brach diese bei solch direkter Befragung sofort in Tränen aus.
»Aha! Habe ich es dir nicht gesagt?« rief Campaspe und wandte sich triumphierend Gwendolen zu.
Gwendolen blickte sie jedoch tadelnd an, setzte sich neben Jane und legte die Arme um sie.
Aber, aber – weine doch nicht, mein Schatz«, sagte sie tröstend. »Wenn du den Mann nicht heiraten willst, brauchst du es natürlich nicht zu tun. Immerhin hat er dir ja noch keinen Antrag gemacht.«
»Aber er – er wird es tun!« schluchzte Jane. »Tante hat gesagt, daß er es tun wird, nur – nur habe ich ihr nicht geglaubt, weil er niemals auch nur im geringsten gezeigt hat, daß er in mich verliebt ist –«
»Du gutes Kind, Männer wie Lyndale brauchen doch eine Frau nicht zu lieben, um ihr die Ehe anzubieten«, sagte Gwendolen sachlich. »Sie suchen nichts als eine geeignete Partnerin, die, wenn möglich, schön ist – und du bist unglücklicherweise schön. Wenn du plump und häßlich wärst, könntest du Alain heiraten, und niemand würde zweimal darüber nachdenken, daß du dich für einen mittellosen Franzosen entschieden hast.«
»Nein, ich könnte Alain nicht heiraten«, sagte Jane und trocknete sich die Augen, nachdem sie sich wieder gefaßt hatte. »Er hat kein Geld – und ich auch nicht – wir würden verhungern –«

»Unsinn!« sagte Campaspe munter. »Papa hat auch kein Geld, und irgendwie gelingt es uns doch, zu leben. Obwohl es wirklich etwas traurig ist, arm zu sein«, fügte sie hinzu und schaute sich mißbilligend in dem öden Schulraum um. »Ich habe Neil gesagt, daß er bald General werden muß oder wenigstens Colonel, doch er meint, das wäre jetzt ziemlich schwierig, weil kein Krieg mehr ist. Ich würde ihn aber auch heiraten«, erklärte sie trotzig, »wenn er für den Rest seines Lebens nur Leutnant bliebe. Und du mußt Alain natürlich heiraten, Jane.«
Jane schüttelte den Kopf und strich sorgfältig ihr Taschentuch glatt. »Nein«, sagte sie nach einer Weile mit trauriger Stimme. »Ich werde ihn nie heiraten können. Ich muß an meine Pflicht denken.«
»Deine Pflicht?« sagte Campaspe und starrte sie an. »Oh, Jane, sei doch kein solcher Dummkopf!« fuhr sie ungeduldig fort. »Du kommst mir ja wie eine Heroine in diesen ekelhaften Romanen vor, in denen jeder so fürchterlich edel ist, abgesehen von denen, die schrecklich böse sind –«
»Aber ich muß daran denken«, sagte Jane beharrlich, obwohl ihre Augen gleich wieder feucht wurden. »Ich weiß nicht, wie oft Tante mir gesagt hat, daß Mama sich ganz darauf verläßt, daß ich eine glänzende Partie mache – und du siehst doch, wie wahnsinnig sie sich freut, weil sie jetzt glaubt, ich werde Lord Lyndale heiraten. Ich könnte es wirklich nicht ertragen, sie zu enttäuschen –«
»Nun, irgend jemand mußt du natürlich enttäuschen«, sagte Gwendolen. »Entweder sie oder Alain, und du wirst dir überlegen müssen, wer es sein wird.« Dann, als sie Janes kummervolles Gesicht sah, zuckte sie die Achseln und fuhr fort: »Ich glaube nicht, daß du es dir lange überlegen wirst. Es wäre etwas ganz anderes, wenn du nicht eine echte Zuneigung für Alain hättest – obwohl ich

glaube, daß eine Heirat mit Lord Lyndale für dich gar nicht besonders angenehm wäre, selbst wenn du nicht in jemand anderen verliebt wärst. Doch wie es sich nun einmal verhält, kannst du keinen Antrag von ihm annehmen, auch wenn du Mama damit glücklich machen würdest.«
Jane schüttelte noch einmal den Kopf. Sie hatte, wie Gwendolen genau wußte, ein sehr fügsames Wesen, und es war im allgemeinen kein Problem, mit ihr fertig zu werden. Doch es gab einen Punkt, an dem sie verwundbar war, und dann konnte sie fürchterlich halsstarrig sein. Gwendolen erkannte, daß dieser Punkt nun erreicht war.
»Ich würde es niemals können«, wiederholte Jane mit einer freundlichen, ernsten, doch eigensinnigen Stimme. »Ich meine, ich könnte Lord Lyndale nicht zurückweisen und Mama enttäuschen und euch alle dem Ruin ausliefern, wenn es in meiner Macht steht, euch zu retten –«
»So ein Blödsinn!« sagte Campaspe laut. »Wir wollen gar nicht gerettet werden, nicht wahr, Gwen? Nicht, wenn es bedeutet, daß du so einen fürchterlichen Mann wie Lord Lyndale heiraten mußt.«
Jane sagte nachdenklich, daß er im Grunde nicht so fürchterlich sei. »Er ist vielleicht in seiner Art etwas schroff«, sagte sie. »Doch Tante meint, daß man sich an die kleinen Eigenheiten eines Mannes schon gewöhnt, wenn man mit ihm verheiratet ist –«
»Nun, sie hat sich an die kleinen Eigenheiten von Onkel Horace nie gewöhnt«, sagte Gwendolen freimütig. »Sie streiten ja wegen jeder Kleinigkeit, wie du weißt. Doch das spielt jetzt keine Rolle. Nein, Jane, ich will auf keinen Fall, daß du dich für uns opferst, denn unsere Männer werden sehr gut zurechtkommen, auch ohne daß Lord Lyndale sich um sie kümmert. Und was Papa betrifft, so wird er sicher dasselbe sagen, wenn du ihm gestehst, daß du einen andern liebst –«

»Aber das könnte ich niemals tun«, sagte Jane und blickte sie entsetzt an. »Du weißt doch, welch strikte Ansichten er über die Franzosen hat. Er würde niemals einwilligen, daß ich Alain heirate, selbst wenn Lord Lyndale mir keinen Antrag machen würde.«

Gwendolen und Campaspe blickten einander verärgert an. Es war ihnen völlig klar, daß Jane sich wieder einmal in einem ihrer blödsinnigen Edelmutszustände befand und daß man sie vor der Katastrophe einer Ehe mit Lyndale retten mußte, wenn sie nicht selbst imstande war, sich davor zu bewahren.

»Sie kann wirklich manchmal sehr vernünftig sein«, sagte Gwendolen, als sie und Campaspe allein im Schulzimmer waren, nachdem Jane in ihr Zimmer gegangen war, um sich umzuziehen. »Wenn sie ein romantischer Typ wäre, würde es vielleicht ganz in Ordnung sein, wenn sie Lyndale heiratete und sich dann immer bedauern könnte, ihre Leidenschaft geopfert zu haben. Ich glaube, es gibt Frauen, die so etwas mögen – wenigstens liest man in den Romanen von ihnen. Doch Jane ist nicht im geringsten romantisch veranlagt. Für sie wäre es furchtbar, mit einem Mann verheiratet zu sein, den sie nicht liebt, und einen andern zu lieben, mit dem sie nicht verheiratet ist. Und sie liebt Alain immer noch, das ist völlig klar. Was sollen wir also mit ihr tun?«

Campaspe meinte etwas zweifelnd, man könne vielleicht Lord Lyndale sagen, daß sie einen anderen liebe.

»Du lieber Himmel, nein! Das können wir doch nicht tun«, sagte Gwendolen und wandte sich um, nachdem sie aus einem der Westfenster geschaut hatte, das auf den Forellenbach hinausging, den der Herzog von Tardiff so gern besessen hätte. »Es könnte passieren, daß er Alain fordert!«

»Oh! Meinst du das wirklich?« fragte Campaspe mit

glänzenden Augen. Obwohl sie kein blutdürstiges Mädchen war, dachte sie nicht ungern an eine so romantische Angelegenheit wie ein Duell, da sie auch in ihrer Phantasie lieber die altmodischen blitzenden Degen vor sich sah als die tödlicheren, jedoch bedeutend weniger malerischen Feuerwaffen. »Meinst du wirklich, daß er so etwas tun könnte?« fragte sie.

»Ich habe keine Ahnung, was er tun könnte«, sagte Gwendolen, »ich weiß nur, daß es etwas sein würde, was niemand erwartet und vielleicht ganz unmöglich ist. Ich glaube also, es ist besser, Alain nicht zu erwähnen. Wir werden es ganz allein durchfechten müssen, denn Jane wird es nicht tun und Mama auch nicht und Papa –.« Sie brach plötzlich ab und machte ein nachdenkliches Gesicht. »Papa –«, wiederholte sie langsam und fügte dann mit einem träumerischen Blick, der ihr ein engelhaftes Aussehen gab, hinzu: »Immerhin ist Lyndale der Vetter des Herzogs. Ich glaube nicht, daß Papa diese Verbindung begrüßen würde.«

Campaspe sprang auf und umarmte sie begeistert. »Natürlich – genau das ist es«, rief sie aus. »Wenn wir darauf herumreiten, wird er ganz verrückt werden und sagen, daß Jane Lyndale nicht heiraten kann. Du bist wirklich gescheit, Gwen!«

Sie rechneten jedoch nicht mit der Passion, die ihren Vater in erster Linie beherrschte. Mr. Quarters, der gerade von einem außerordentlich zufriedenstellenden Tag in Cheltenham zurückgekommen war, da er mehrere prächtige Pferde erworben und sich einen der besten Hengste für eine seiner Stuten gesichert hatte, schien sich nicht besonders für Janes geplante Verlobung zu interessieren.

»Lyndale? Ich kenne keinen Lyndale«, sagte er geringschätzig. Und als Lady Otilia beharrlich das Thema weiterverfolgte, fügte er hinzu: »Ein Marquis, ja? Ich habe

nie viel vom Marquisat gehalten. Ein Titel, den es früher nicht gab. Grafen und Barone waren früher gut genug für uns.«
Mr. Quartes war ein großer, knochiger Mann mit einem hageren Gesicht und den durchdringenden Augen eines geborenen Enthusiasten. Er war kein so übler Mensch, wenn man ihm nicht gerade grob kam. Von seiner ältesten und seiner jüngsten Tochter war er immer sehr geschätzt worden. Jane jedoch empfand ihn, wie Lady Otilia, als eine Naturgewalt: manchmal wohlwollend, manchmal erschreckend, doch immer völlig unbegreiflich. Lady Otilia jedoch hatte gelernt, daß man selbst mit Naturgewalten auskommen konnte, wenn man sie richtig behandelte und sie einfach ignorierte, wenn sie nicht in bester Stimmung waren. Sie fuhr daher in aller Ruhe fort, über das stattliche Vermögen Lyndales zu sprechen, vor allem über seine schönen Besitzungen in Derbyshire und Kent und sein Einkommen von fünfzigtausend Pfund im Jahr.
»Und was seine Familie betrifft«, sagte Gwendolen, die auf die Gelegenheit gewartet hatte, ihr Stichwort loszuwerden, »so weißt du natürlich, Papa, daß er der Vetter des Herzogs von Tardiff ist.«
Mr. Quarters legte abrupt Messer und Gabel ab. Die buschigen roten Brauen zogen sich zusammen und beschatteten seine durchdringenden blauen Augen, was Jane immer Angst machte. »Was hast du da gesagt«, fragte er barsch, »der Herzog von Tardiff?«
»Ja, Papa«, sagte Gwendolen gelassen und warf Campaspe, die nur mit Mühe ihre Genugtuung verbergen konnte, einen vielsagenden Blick zu.
Mr. Quarters hieb mit der Faust auf den Tisch, daß die Teller hüpften. »Nein, bei Zeus!« rief er aus. »Bei Zeus! Wenn das nicht ein tolles Glück ist!«
»Glück, Papa?« fragte Campaspe entgeistert und blickte

ihren Vater ungläubig an. »Hast du denn nicht gehört, was Gwen gesagt hat? Er ist der Vetter des Herzogs!«
»Zum Teufel mit dem Herzog«, sagte Mr. Quarters ungeduldig, jedoch ohne Zorn, als sei er in viel zu guter Stimmung, um sich über seinen alten Gegner aufzuregen. »Verstehst du es denn nicht, mein Kind? Dieser Mann soll den Sultan von Marokko dazu veranlaßt haben, sich von einem Paar reinrassiger arabischer Stuten zu trennen. Stuten – bei Gott – du weißt doch, daß die Araber sie wie ihren Augapfel behüten! Und er hat sie mit nach England gebracht. So etwas ist nie passiert, seit der ›Darley Arabian‹ aus Syrien mitgenommen wurde. Bei Gott, ich kann es kaum erwarten, ihn kennenzulernen!«
Campaspe und Gwendolen blickten einander verzweifelt an. Jane machte einen verwirrten Eindruck, und Lady Otilia, die mit einer Handbewegung den Diener anwies, den Pudding hereinzubringen, erklärte zufrieden, daß er dieses Vergnügen wahrscheinlich sehr bald haben werde. Dann begann sie sich mit Jane darüber zu unterhalten, welches der Kleider, die sie aus London mitgebracht hatte, für Campaspe geeignet wäre, wenn man sie, was sicher der Fall sein würde, nach Beauworth einlade.

4

Am folgenden Morgen überredete Lady Otilia Jane dazu, sie auf einem Spaziergang zum Dorf zu begleiten, da sie erpicht darauf war, die elegante junge Dame überall herzuzeigen. Dieser Spaziergang würde – dessen war sich Gwendolen ziemlich sicher – mit einem Besuch in der Pfarrei oder dem Gutshaus enden, selbst wenn die Rutledges, die in einem hübschen Ziegelhaus an der High

Street lebten, sie von ihrem Wohnzimmer aus nicht sehen und hereinbitten würden.
Gwendolen, die vorhatte, den Morgen mit den Haushaltsabrechnungen zu verbringen, war froh, eine Ausrede zu haben, um sich den beiden nicht anschließen zu müssen. Doch Campaspe, die sich in der Rolle eines Wachhundes für Jane gefiel, da sie meinte, Lyndale daran hindern zu müssen, Jane bei nächster Gelegenheit zu entführen, nahm Lady Otilias Einladung, sie und Jane zu begleiten, sofort an. Lady Otilia war sicher, daß Lord Lyndale seinen Besuch noch nicht zu dieser Stunde machen würde, da Herren seines Ranges niemals vor zwölf Uhr aufstünden, und bis er käme, seien sie längst von ihrem Ausgang zurückgekehrt. Leider hatte Lady Otilia nicht mit Lord Lyndales Angewohnheit gerechnet, immer alles so zu tun, wie niemand es erwartete. Gwendolen befand sich noch im Damenzimmer und beschäftigte sich mit den Rechnungen, und die Spaziergänger waren noch nicht wieder da, als die Haushälterin erschien und Lord Lyndale ankündigte.
»Verflixt«, rief Gwendolen aus, die nicht die geringste Lust verspürte, Lyndale allein zu empfangen, und sogar einiges unternommen hätte, um ihm überhaupt zu entkommen. Sie stand auf und blickte resigniert auf ihr einfaches Kleid und ihre tintenverschmierten Finger. Es bedurfte keines Spiegels, um ihr zu sagen, daß auch ihr Haar nicht in Ordnung war. Wenn Lyndale sie sähe, müßte er bemerken, daß sie keineswegs à la mode gekleidet war. »Pratson, ist mein Vater im Stall?« fragte sie die Haushälterin. »Bitte schicken sie sofort jemand zu ihm und führen Sie Lord Lyndale ins Wohnzimmer.«
Als Pratson das Damenzimmer verlassen hatte, fuhr Gwendolen schnell über ihr Haar und rückte ihren Kragen zurecht, und während sie es tat, dachte sie: »Da ich

ihn sehen muß, könnte ich vielleicht die Gelegenheit ergreifen und versuchen, irgend etwas zu tun, um Jane zu retten. Ich kann ihm freilich nicht einfach sagen, daß sie einen andern liebt, doch vielleicht wäre es gut, wenn ich ihm andeute, er solle die Sache langsam angehen, bis Jane ihn näher kennt. Das würde ihr wenigstens Zeit geben, sich besser zurechtzufinden, als sie es im Augenblick zu tun scheint.«

Wie Seine Lordschaft eine derartige Andeutung aufnehmen würde, konnte sie natürlich nicht voraussehen. Doch auf jeden Fall würde er nichts anderes tun können, als sie zurechtzuweisen, weil sie sich in seine Angelegenheiten einmischte.

In dieser Stimmung betrat sie das Wohnzimmer, und da sie nicht vorhatte, Seine Lordschaft zu erzürnen, bevor sie ihm ihre Pläne ausgebreitet hatte, ging sie mit ausgestreckter Hand auf ihn zu und lächelte. »Guten Morgen«, sagte sie. »Leider ist Jane im Augenblick nicht zu Hause, doch Papa ist draußen bei den Ställen und wird sofort hiersein. Möchten Sie nicht –« Sie wollte ihn auffordern, Platz zu nehmen, doch das Wort erstarb ihr auf den Lippen, als sie sah, wie belustigt er sie auf einmal anblickte.

»Was ist denn los?« fragte sie und überlegte mit Schrekken, ob sie vielleicht Tinte auf der Nase habe oder etwas ähnlich Lächerliches. »Weshalb schauen Sie mich denn in so – so widerlicher Art an?«

»In welch ›widerlicher Art‹?« entgegnete Lyndale. Er hatte einen sehr festen Händedruck, und sie konnte ihm ihre Hand nicht sofort entziehen, wie sie es vorgehabt hatte. »Wenn Sie meine Überraschung über diese unerwartet herzliche Begrüßung meinen –«

»Sie sind nicht überrascht, Sie sind belustigt«, sagte Gwendolen unumwunden. »Und weshalb sollte ich nicht herzlich sein? Ich habe immerhin einige Ahnung, wie

man sich zu benehmen hat, wie auch immer die – die unerfreulichen Umstände unseres letzten Zusammentreffens gewesen sein mögen.«
»Wirklich sehr lobenswert«, sagte Lyndale ernst, ohne daß jedoch der belustigte Blick aus seinen tiefblauen Augen verschwand. »Es ist erfrischend, eine junge Dame mit so verzeihender Natur anzutreffen. Waren Sie gerade dabei, mich zum Hinsetzen aufzufordern? Danke. Ich nehme es gern an.«
Auf die Worte folgte die Tat. Gwendolen blieb nichts anderes übrig, als sich auch zu setzen. Sie versuchte in diesem zwar gemütlichen, jedoch dürftigen Wohnzimmer so gelassen und sicher wie möglich zu bleiben. Das Ärgerlichste an Lord Lyndale, dachte sie, war, daß er so dreist war und ständig das letzte Wort hatte.
Sie hatte jedoch nicht ihre Absicht vergessen, ihn dazu zu bringen, seine Verlobung mit Jane noch zurückzustellen, und so unterbrach sie ihn, kaum daß er begonnen hatte, eine höfliche Konversation über das schöne Wetter mit ihr zu führen. »Lord Lyndale –«
»Ja?« sagte Lyndale ermutigend, als sie nach den ersten Worten zögerte, weil sie nicht wußte, wie sie fortfahren sollte.
»Ich – ich möchte mit Ihnen über Jane sprechen«, sagte Gwendolen und fragte sich, was es mit Lyndales höflichem, doch etwas zweifelndem Blick für eine Bewandtnis hatte, der es so außerordentlich schwermachte, sich mit ihm in gewohnter Unbekümmertheit zu unterhalten. »Sie ist – sie ist sehr jung«, fuhr sie leicht verzweifelt fort, weil er keine Anstalten machte, selbst etwas zu sagen. »Sehr jung«, wiederholte sie noch verzweifelter, weil sie nicht mehr weiter wußte.
»Sehr«, stimmte Lyndale ihr gelassen zu. »Sie, Miß Quarters, sind wahrscheinlich bedeutend älter, nicht wahr?«

»Nun, nein – nein, nicht viel älter«, sagte Gwendolen leicht indigniert und dachte, ob er sie wohl für altjüngferlich hielt. »Zwei Jahre. Doch das ist ein großer Unterschied, müssen Sie wissen!«

»Ein großer Unterschied in welcher Hinsicht?« fragte Lyndale und machte ein interessiertes Gesicht.

Gwendolen gab nun den letzten Rest von Zurückhaltung auf. »In Hinsicht auf eine Ehe natürlich«, sagte sie.

»Ja, ich verstehe.« Zu ihrer Erleichterung schien Lyndale über diese unverhüllte Erklärung nicht verwundert zu sein, im Gegenteil, er fuhr in ruhigem Plauderton fort: »Ich nehme an, Miß Quarters, daß Sie sich selbst für durchaus reif genug halten, um eine Ehe einzugehen. Wenn ich mich recht erinnere, haben Sie mich ja gestern sogar darüber informiert, daß sie die Absicht haben, einen Captain der Königlichen Marine zu heiraten.«

»Ja, Captain Henry Belville«, sagte Gwendolen mit einigem Stolz. »Er wird morgen hier ankommen, wie ich einem Brief entnommen habe, der mich heute früh erreichte. Also werden Sie zweifellos die Gelegenheit haben, ihn kennenzulernen –«

»Belville?« Eine von Lyndales beweglichen dunklen Brauen ging in die Höhe. »Aber ich kenne Captain Belville bereits«, bemerkte er überrascht. »Ich nehme an, daß es nicht zwei davon in der Königlichen Marine gibt – das wäre entsetzlich für die arme Marine. Daher muß es dieser Mann sein –«

»Was meinen Sie damit – die arme Königliche Marine?« fragte Gwendolen gereizt. »Captain Belville ist einer unserer Kriegshelden, Lord Lyndale. Er hat unter Nelson gedient.«

»Ja, ich weiß«, sagte Lyndale. »Und Lord Nelosn hat meine ganze Anteilnahme. Ausgerechnet dieser blasierte, starrköpfige Kerl! Nein, Miß Quarters, Sie können doch nicht im Ernst vorhaben, diesen Mann zu heiraten?«

Einen Augenblick war Gwendolen so überwältigt von Zorn und Überraschung, daß sie kaum sprechen konnte.

»Ich habe es allerdings vor«, erklärte sie empört, als sie sich wieder gefaßt hatte. »Und darüber hinaus wird es mir sogar eine Ehre sein, es zu tun.«

Lyndale schüttelte ungläubig den Kopf. »Das kann ich nicht verstehen«, sagte er. »Sie werden ihn nicht gut genug kennen – oder er Sie – sonst hätte er Ihnen nie einen Antrag gemacht, oder Sie hätten diesen nie angenommen.«

Gwendolen versicherte ihm streng, daß ihre Bekanntschaft mit Captain Belville mehr als zwei Jahre alt sei. Sie mußte allerdings zugeben, daß diese Bekanntschaft darin bestand, bei Dinner-Partys zweimal neben ihm gesessen zu haben, einmal bei der Cheltenham Assembly mit ihm getanzt zu haben und in Rutledges Wohnzimmer das Vergnügen gehabt zu haben, zehn Minuten mit ihm allein zu sein. Bei dieser Gelegenheit hatte sie ihm erklärt, wie außerordentlich glücklich sie wäre, wenn er ihr gelegentlich einen Brief schreiben würde, damit sie etwas von seinen aufregenden Kriegsabenteuern erfahre.

Die Briefe waren im Lauf der Monate immer häufiger gekommen, was vor allem damit zusammenhing, daß sie die Gewohnheit hatte, noch am gleichen Tag zu antworten. Und noch bevor ein Jahr vergangen war, kam man zu der Ansicht, daß man sich gut verstand, woraus sich eine regelrechte Verlobung und eine Anzeige in der »Morning Post« ergab, um der Sache eine offizielle Note zu geben. Mrs. Rutledges Annahme, daß Gwendolen die ganze Angelegenheit »arrangiert« hatte, stimmte nicht ganz. Dennoch war es nicht von der Hand zu weisen, daß eine Verlobung niemals stattgefunden hätte, wenn sie nicht so lange, enthusiastische Briefe an Captain Belville geschrieben hätte, der sicherlich nicht der Mann war, sich von einem mittellosen Mädchen hinreißen zu lassen. Doch jeder Mann, selbst ein Seeheld, hatte seine Achillesferse, und bei Captain Belville bestand sie in der ängstlichen Überzeugung, daß ein Gentleman keine so voluminöse Korrespondenz mit einer jungen Dame haben könne, mit der er nicht verlobt war.

Gwendolens Versicherungen über die Länge ihrer Bekanntschaft mit Captain Belville schienen Lyndale nicht von seiner Überzeugung abzubringen, daß sie und der Captain einen eklatanten Fehler begangen hätten, sich zu verloben. Sie erlaubte ihm jedoch nicht, das Thema noch weiter zu erörtern. »Wir hatten Janes Heirat diskutiert, und nicht meine, Mylord«, erinnerte sie ihn und versuchte ihrer Erregung Herr zu werden, weil sie ja einen bestimmten Zweck verfolgte. »Lassen Sie uns bitte zu dem Thema zurückkehren, denn es gibt da etwas, was ich Ihnen sagen möchte, bevor mein Vater hereinkommt.«

»Aber natürlich«, stimmte Lyndale höflich zu. »Sie sagen, daß Ihre Schwester noch sehr jung ist und daß Sie andererseits bedeutend – Verzeihung! – zwei Jahre älter sind. Was soll ich aber aus diesen Andeutungen entnehmen, wenn ich bitten darf?«

Es war typisch für ihn, so dachte sie wütend, während er sie höflich anblickte, daß er ihr nicht im geringsten entgegenkam, obwohl er doch genau wissen mußte, was sie ihm sagen wollte. Nun hatte sie aber keine andere Wahl mehr, als ihm alles zu sagen, und so erklärte sie ihm so gelassen wie möglich: »Ich möchte Sie nur daran erinnern, Mylord, daß es vielleicht angeraten wäre, bei einer – einer so wichtigen Angelegenheit wie einer Ehe mit einem Mädchen von Janes Alter und – und scheuer Wesensart – etwas langsamer vorzugehen.« Sie blickte ihn erwar-

tungsvoll an, um zu sehen, ob er jetzt ihre Absicht verstanden habe.
Wie gewöhnlich mußte sie feststellen, daß er sie nicht nur verstanden hatte, sondern seine Gedanken auch mit aller Deutlichkeit ausdrückte. »Ich verstehe«, bemerkte er. »Trotzdem können Sie doch kaum von mir erwarten, daß ich jetzt einen Rückzieher mache, Miß Quarters! Schließlich habe ich in aller Öffentlichkeit angekündigt, daß ich extra nach Gloucestershire fahre, um Ihrer Schwester einen Antrag zu machen. Natürlich werde ich meinen Antrag machen, und wenn sie – wie Sie mir andeuten – diesen Antrag unannehmbar findet, wird sie jede Gelegenheit haben, es mich wissen zu lassen.«
»Oh, aber ich habe nicht – so habe ich es nicht gemeint –« unterbrach Gwendolen ihn hastig, da sie die Schritte ihres Vaters in der Halle hörte und sich plötzlich bewußt wurde, allzu eigenmächtig gehandelt zu haben. Immerhin hatte Jane selbst nicht gesagt, daß sie die geplante Verbindung nicht eingehen wolle, und sicher wären ihre Mutter und ihr Vater – ganz zu schweigen von Lady Priscilla – ernstlich ungehalten, wenn sie wüßten, daß sie alles getan hatte, um diese Ehe zu verhindern.
Es war jedoch zu spät, noch etwas zu sagen, denn in diesem Augenblick betrat Mr. Quarters den Raum, bekleidet mit einer kurzen grünen Jacke, graubraunen Breeches und alten Schaftstiefeln, die er immer im Freien trug.
»Guten Morgen, Mylord, und willkommen in Brightleaves«, sagte er und ging mit ausgestreckten Händen und leuchtenden Augen auf Lyndale zu. »Was diese Stuten betrifft –«
Gwendolen, der klar war, welches Thema damit angeschlagen war, gab auf, entschuldigte sich nach wenigen Augenblicken und ging zurück zum Damenzimmer und zu ihren Rechnungen. Sie mußte zugeben, daß die Unter-

haltung mit Lyndale sie beträchtlich verwirrt hatte. Erstens war sie höchst verärgert über ihn wegen der erstaunlichen und unhöflichen Bemerkungen, die er über Captain Belville gemacht hatte, und zweitens bedrückte sie das unbehagliche Gefühl, daß jeder in der Familie – ausgenommen natürlich Campaspe – sehr böse auf sie sein würde, wenn sie erführen, wie unklug sie hinsichtlich Jane vorgegangen war. Immerhin wuchsen die Herren Marquis nicht auf den Bäumen, vor allem nicht solche, die ein Vermögen von fünfzigtausend Pfund im Jahr besaßen. Ihre Familie würde jedes Recht haben, sie streng zu tadeln, wenn Jane durch die waltenden Umstände gezwungen wäre, auf Alain de Combray zu verzichten und schließlich einen Mann zu heiraten, der sehr viel weniger wünschenswert wäre als Lyndale. Sie wurde jedoch einigermaßen getröstet, als ihre Mutter und Schwestern nach Hause kamen und Campaspe ihr erzählte, daß sie zufällig Alain de Combray getroffen hatten und daß die schmerzliche Erregung von Jane und Alain jedem klarwerden mußte, der Augen im Kopf hatte.

»Es war das Traurigste, was ich jemals gesehen habe«, sagte sie in dramatischem Ton. »Genau wie die Szene in ›The Betrayed Lovers‹, wenn Maximilian Ermentrude zum letzten Mal trifft und er ihre Hand nur drückt, ohne zu sprechen, weil er zu vergrämt ist, um ein Wort sagen zu können. Nur daß Alain Janes Hand nicht drücken konnte, weil er gerade ein halbes Dutzend Pakete, die er für den Herzog besorgt hatte, trug. Er hat ›Guten Morgen‹ gesagt und kaum etwas anderes. Ich habe ihm angemerkt, daß er alles von Lyndale wußte – nun, er mußte es natürlich wissen, da Lyndale in Beauworth wohnt. Und Jane hatte Tränen in den Augen –«

All dies brachte Gwendolen zur Überzeugung, sie habe vielleicht doch nicht so übel gehandelt, Lyndale einen

Wink zu geben, daß Jane über seinen Antrag vielleicht nicht allzu erfreut sein würde. Und als sie ihre Missetat Campaspe gestanden und von ihr gehört hatte, daß Jane aschfahl geworden sei, als sie von Lyndales Ankunft im Haus gehört hatte, fühlte sie sich sogar fast wieder ganz wohl. »Arme Jane«, sagten die beiden, und dann sprachen sie sich darüber aus, daß sie hofften, Jane würde nicht so töricht sein und Lyndales Antrag annehmen, wenn sie es nicht wollte. »Ob Mama sie wohl mit ihm allein läßt?« fragte Campaspe. »Sie hat ja so strenge Ansichten von Schicklichkeit – das heißt, wenn sie sich daran erinnert.«

Gwendolen sagte, daß es nach ihrer Meinung Papa sei, der sie nicht allein lassen würde, und zwar nicht, weil er irgendwelche Vorstellungen von Schicklichkeit habe, sondern weil er nicht aufhören würde, mit Lyndale über Pferde zu sprechen.

Es zeigte sich dann aber, daß es Lady Otilia war, die schließlich die Initiative ergriff, da es ja immerhin um einen Marquis ging und um ein Einkommen von fünfzigtausend Pfund im Jahr. Als ihr Mann nach verschiedenen deutlichen Winken immer noch nicht hören wollte, nahm sie ihn am Arm und schob ihn aus dem Zimmer, damit Lyndale Gelegenheit bekam, sich unter vier Augen mit Jane zu unterhalten. Während sie zusammen mit Gwendolen und Campaspe auf das Ende dieser Unterhaltung wartete, erzählte sie ihnen nicht ohne Befriedigung, daß sie ihren Vater dazu gebracht habe, Lyndale zu erklären, daß er nichts gegen eine Werbung um Jane habe. So stünde einer Verbindung zwischen ihrer Tochter und dem Marquis nichts mehr im Wege.

Unglücklicherweise verlief die Angelegenheit jedoch nicht so einfach wie erhofft. Lyndale, der, nachdem man ihn mit Jane allein gelassen hatte, etwa zehn Minuten später aus dem Wohnzimmer kam, machte ein so nachdenkliches Gesicht, daß selbst Lady Otilia dies nicht als die Miene eines triumphierenden Liebhabers auslegen konnte. Er erklärte ihr nur, bevor er aufbrach, in aller Höflichkeit, daß es am besten sei, wenn Jane selbst ihnen sagen würde, wie sich die Sache verhalte. Dies war eine so rätselhafte Erklärung, daß Lady Otilia mit den schlimmsten Befürchtungen ins Wohnzimmer eilte, sobald sich die Eingangstür hinter ihm geschlossen hatte.

Gwendolen und Campaspe folgten ihr. Jane saß, in Tränen aufgelöst, auf dem Sofa. Sie blickte ihnen scheu entgegen.

»Oh, Mama«, sagte sie mit einem zaghaften Lächeln. »Lord Lyndale war so freundlich – so rücksichtsvoll. Ich hätte niemals geglaubt –«

»Freundlich? Rücksichtsvoll?« Lady Otilias böse Ahnungen verstärkten sich zusehends. Im allgemeinen war es nicht üblich, daß junge Damen, die gerade einen Heiratsantrag bekommen hatten, mit diesen Worten das Verhalten ihres zukünftigen Bräutigams schilderten. »Weshalb sollte er denn freundlich und rücksichtsvoll sein?« fragte sie. Ihr Gesicht zeigte eine plötzliche erregte Röte, die von Janes Alabasterfarbe deutlich abstach. »Ich nehme doch an«, sagte sie streng, »daß du ihn nicht abgewiesen hast, Jane?«

»O nein – nein, Mama!« sagte Jane schnell und voller Verzweiflung.

»Gott sei Dank!« stieß Lady Otilia hervor, sank in einen Sessel und drückte erleichtert die Hand aufs Herz. »Ich glaube nicht«, sagte sie mit dramatischer Stimme, »daß ich eine solche Enttäuschung überstanden hätte.«

»Es ist nur so, Mama«, fuhr Jane fort und blickte sie mit ängstlicher Scheu an, »daß alles noch nicht – noch nicht ganz abgemacht ist. Das heißt, Lord Lyndale hat mir gesagt, daß er mich zwar sehr gern heiraten möchte, doch er wolle keine bindende Antwort, ehe ich nicht ganz und gar dazu bereit sei, so daß wir uns in der Zwischenzeit vielleicht in aller Ruhe besser kennenlernen können –«

»Ich habe noch nie im Leben so einen Unsinn gehört«, erklärte Lady Otilia und fuhr mit einer solchen Energie aus ihrem Sessel hoch, wie man sie ihr Minuten zuvor niemals zugetraut hätte. »Sich besser kennenlernen! Was mußt du denn von ihm anderes wissen, als daß er ein Herr von Vermögen, Titel und tadellosem Charakter ist. (Was Gwendolen leicht zusammenzucken ließ, da sie ja immerhin einige Andeutungen über die Abenteuer des Marquis im Ausland gehört hatte.) Und was muß er anderes wissen, als daß du eine junge Dame ausgezeichneter Herkunft bist, mit guten Manieren und einer einwandfreien Erziehung! Du willst mir doch nicht sagen, du dummes Mädchen, daß du die Dinge in diesem Zustand belassen hast? Daß du nicht wirklich mit ihm verlobt bist?«

»Nun«, sagte Jane zögernd. »Ich weiß es selbst nicht, liebste Mama. Das heißt, er sagte, daß er sich als mit mir verlobt betrachte, doch daß ich mich nicht mit ihm als verlobt betrachten soll, ehe ich es nicht durchaus wünsche. Das hört sich jetzt ziemlich seltsam an, doch es klang sehr vernünftig, als er es mir vorgeschlagen hat, und es hat mich sehr beruhigt –«

Lady Otilia, die nun die Hände rang und darüber zu jammern begann, daß sie – der Himmel sei ihr Zeuge – es nicht verdiene, eine so dämliche Tochter zu haben, versank von neuem in den Kissen des Lehnsessels. Sie schien jedoch nicht ganz untröstlich zu sein, da sie sich wohl dachte, daß es nur von ihr abhinge, Jane ihre Skrupel vergessen zu lassen und eine reguläre Verlobung zustande zu bringen.

Inzwischen stellte Gwendolen mit Erstaunen fest, daß ihre Unterhaltung mit Lyndale, die ihr so wenig zufriedenstellend erschienen war, offenbar doch ihre Früchte getragen hatte. Das von ihm getroffene Arrangement, so fand sie, hätte selbst von ihr nicht besser ausgedacht werden können. Es war nun für Jane genügend Zeit, zu entscheiden, ob sie ihrer offenbar hoffnungslosen Liebe zu Alain de Combray folgen und die Aussicht, eine Marquise zu werden, aufgeben solle – und in der Zwischenzeit stand Lyndale immer zur Verfügung, dem sie nur einen Wink zu geben brauchte.

Gwendolen hatte allerdings ihre geheimen Zweifel, denn nach ihrer eigenen unglückseligen Erfahrung mit Seiner Lordschaft gehörten Großmut und Fügsamkeit einer Frau gegenüber nicht zu den Vorzügen seines Charakters. Sicherlich hatte er seine eigenen eigennützigen Gründe, sich Jane gegenüber so zu verhalten, wie er es getan hatte, so daß sie es nicht nötig hatte, ihre negative Einstellung ihm gegenüber zu ändern. Eine Einstellung, die sich noch hundertfach verstärkt hatte, seit er seine groben und gänzlich ungebetenen Bemerkungen über Captain Belville gemacht hatte.

In diesem Augenblick wurden ihre Gedanken und auch die ihrer Mutter und Schwester jäh unterbrochen, denn es erschien ein Bote des Herzogs von Tardiff. Er brachte eine Nachricht von Lady Maria Boulting, der unverheirateten Tochter des Herzogs, die für ihn als Gastgeberin amtierte und die die Familie von Brightleaves einlud, am Freitag nach Beauworth zum Dinner zu kommen. Es sei keine große Party, hieß es fast entschuldigend in diesem Brief – denn Lady Maria war, anders als ihr streitbarer Vater, sehr schüchtern und zurückhaltend –, sondern nur ein unterhaltsamer Abend mit einigen Freunden.

Lady Otilias Augen leuchteten, als sie diese Nachricht las,

und ihr dickliches hübsches Gesicht bekam einen entschlossenen Ausdruck. Mr. Quarters, das bedeutete der Blick, sollte ruhig tun, was er wolle, und wie sie ihren Mann kenne, würde er sicher nicht nach Beauworth gehen. Doch niemand auf der Welt, das bedeutete dieser Blick auch, würde sie daran hindern, ihre Töchter dorthin zu bringen, und zwar in der allerelegantesten und vornehmsten Kleidung – selbst wenn sie zu diesem Zweck auf Brighleaves noch eine weitere Hypothek aufnehmen müsse.

5

Es zeigte sich jedoch, daß keine so drastischen Maßnahmen nötig waren, und zwar dank der Vorsorge von Lady Priscilla. Lady Priscilla, der es ebenso wie ihrer Schwester bewußt war, daß Janes neue Stellung in der Gesellschaft als Verlobte des Marquis von Lyndale die Garderobe der Damen von Brightleaves über Gebühr strapazieren würde, hatte rechtzeitig für diesen Notfall vorgesorgt. Abgesehen davon, daß sie Jane mit Kleidern versehen hatte, die für jede gesellschaftliche Gelegenheit geeignet waren und die auch Campaspe tragen konnte, hatte sie ihr auch einige ihrer alten Kleider mitgegeben, die durchaus noch nicht démodé waren, derer sie aber schon überdrüssig wurde.

Lady Priscilla war wie Gwendolen groß, schlank und blond. Sie hatte einen exzellenten Geschmack und eine Vorliebe für jugendliche Mode, und Lady Otilia, welche sich die Kleider in Hinblick auf die Beauworth-Party angesehen hatte, fand ein Stück, das für ihre älteste Tochter sehr geeignet schien. Es war ein Kleid aus mandelgrünem

Krepp, das tief ausgeschnitten war, vorne glatt und hinten in Falten gelegt, der Saum mit Stickerei verziert. Wie Lady Otilia zufrieden feststellte, sah man sofort, daß es aus einem der eleganten Ateliers der Bruton Street stammte, und selbst Gwendolen, deren Geschmack in den meisten Fällen nicht mit dem ihrer Mutter übereinstimmte, gab ihre uneingeschränkte Zustimmung.

Als sie am folgenden Morgen vor dem Spiegel stand und sich betrachtete, dachte sie jedoch weniger an ihren Besuch in Beauworth, sondern an den Eindruck, den es auf Captain Henry Belville machen würde, wenn er nach Gloucestershire käme und wenn sie – was sicher der Fall sein würde – zusammen zu so festlichen Anlässen wie Dinner-Partys und Bällen eingeladen würden. Sie stellte fest, daß das bevorstehende Wiedersehen mit dem galanten Captain sie etwas nervös machte, weil sie nicht wußte, wie sie sich bei ihrem ersten Zusammentreffen verhalten sollte oder wie er sich verhalten würde. Sie waren ja, als sie sich zuletzt sahen, fast Fremde gewesen, und jetzt waren sie einander versprochen und wollten Mann und Frau werden. Würde er sie, wenn sie sich trafen, an seine männliche Brust drücken? Irgndwie konnte sie es sich nicht vorstellen. Andererseits konnten sie sich kaum die Hände geben und sagen: »Wie geht es Ihnen?«, wie es unter Bekannten üblich war.

Das Schlimmste von allem, so dachte sich Gwendolen, während sie etwas skeptisch ihrer bevorstehenden Zusammenkunft entgegensah, war, daß sie sich noch allzugut an Lyndales abfällige Bemerkungen über Captain Belville erinnerte. »Ausgerechnet dieser blasierte, starrköpfige Kerl«, hatte er gesagt. Natürlich wußte sie, daß sie ihm eigentlich gar nicht die Ehre geben durfte, eine so unglaubliche Bemerkung ernst zu nehmen, doch ärgerlicherweise konnte sie sie nicht von sich wegschieben. Natürlich wußte sie genau, daß das, was der Marquis als »blasiert« bezeichnete, nichts anderes war als eine gewisse Würde, die ein edler Mensch eben hatte, und was er als »Starrköpfigkeit« ansprach, war nichts anderes als seine feste Meinung von allen Dingen, die er aufgrund seines großen Wissens besaß.

Die Bemerkung schien jedoch einen Zweifel mobilisiert zu haben, der in den letzten zwei Jahren in einer Ecke ihres Bewußtseins friedlich geschlummert hatte, der aber, je mehr Zeit verstrich, immer größer und bohrender wurde. So kam es, daß sie, als sie am Tag nach dem Besuch Seiner Lordschaft mit ihrer Mutter und ihren Schwestern zu den Rutledges aufbrach, eine beträchtliche Beklemmung verspürte.

Sie wußte nicht, ob sie ihren Verlobten bei den Rutledges antreffen würde. Captain Belville hatte in dem Brief, von dem sie am vergangenen Tag zu Lyndale gesprochen hatte, nur geäußert, daß er hoffe, zu dieser Zeit in Gloucestershire zu sein, jedoch ohne einen genauen Ankunftstermin zu nennen. Er hatte hinzugefügt, daß die Rutledges ihn eingeladen hätten, ihr Gast zu sein, und er würde daher nicht die Gastfreundschaft von Brightleaves in Anspruch nehmen müssen.

Dieses Arrangement war Gwendolen trotz des Captains Verwandtschaft mit den Rutledges etwas sonderbar vorgekommen, und Lady Otilia, die sich nicht gern in ihrem Stolz enttäuscht sah, drei Töchter auf einmal verlobt zu haben, kamen sofort düstere Ahnungen.

»Verlaß dich darauf«, sagte sie mit Nachdruck zu Gwendolen. »Annabel Rutledge hat immer noch nicht die Hoffnung aufgegeben, dir Belville wegzuschnappen und ihn mit Evelina zu verheiraten. Doch keine Angst, mein Schatz! Ich werde schon dafür sorgen, daß nichts dergleichen geschieht!«

Und in Verfolgung ihres Plans, jegliche Machenschaften dieser Sorte zu unterbinden, beschloß sie, noch am gleichen Morgen bei den Rutledges vorzusprechen, um festzustellen, wann genau Captain Belville dort erwartet würde.
Gwendolen, die ihre Mutter begleiten mußte, wurde zwischen Neugierde und tugendhafter Zurückhaltung hin- und hergerissen. Schließlich siegte die Neugierde, und sie machte sich zusammen mit der Mutter, Campaspe und Jane auf den Weg. Gwendolen dachte bei sich, daß die Gesellschaft vielleicht doch ein bißchen zu groß geraten sei, doch dieses ungemütliche Gefühl wich sofort entsetztem Erstaunen, als sie vom Butler der Rutledges ins Haus geführt wurden und Captain Belville gemütlich im Wohnzimmer sitzend vorfanden, von Mrs. Rutledge und Evelina umgeben.
Lady Otilia, die es niemals zuließ, daß ihr eine dramatische Situation entkam, blieb wie angewurzelt auf der Türschwelle stehen und betrachtete ihn mit einem Blick, den Campaspe später mit dem der Lady Macbeth verglich.
»Ha! Belville!« sagte sie.
Der Captain fuhr erschrocken zusammen und sprang mit einer Schnelligkeit von seinem Sitz hoch, die nicht recht zu ihm paßte. Er war ein großer, breitschultriger Mann mit einem langen, strengen Gesicht, auf dem selten ein Lächeln erschien. Als das Kontingent der Quarters hereinkam, zeigte er ein solches – allerdings kam es ziemlich gequält heraus –, und er stammelte mit einem bemerkenswerten Mangel an jener Sicherheit, die eine anbetende jüngere Gwendolen dazu veranlaßt hatte, in ihm den Inbegriff des britischen Marineoffiziers zu sehen: »Lady Otilia! Miß Quarters! Welche Überraschung! Welch eine – eine außerordentlich erfreuliche Überraschung!«
»Ja, nicht wahr?« sagte Lady Otilia und blickte ihn an,

ohne im geringsten den Verdacht zu verbergen, der offensichtlich in ihr schwelte. »Eine Überraschung, meine ich, jedoch für mich keineswegs eine sehr erfreuliche, Captain Belville. Sie hier vorzufinden, während wir noch nichts von Ihrer Anwesenheit gehört haben! Annabel«, sagte sie und wandte sich tadelnd an Mrs. Rutledge, »ich bin erstaunt – nein, mehr als erstaunt: entsetzt darüber, daß Sie uns nicht sofort von Captain Belvilles Ankunft benachrichtigt haben!«

Mrs. Rutledge, eine blonde, dickliche Frau, die für gewöhnlich Lady Otilia gegenüber immer etwas devot war, weil sie sich geschmeichelt fühlte, von der Tochter eines Grafen beehrt zu werden, zuckte leicht renitent die Achseln.

»Liebe Lady Otilia«, rief sie mit lebhafter Stimme, »natürlich war ich gerade dabei, mich hinzusetzen und Ihnen von Henrys Ankunft zu berichten, als Sie hier hereinkamen! Natürlich hatte es keinen Sinn, sie gestern abend noch zu stören –«

»Gestern abend«, sagte Lady Otilia nun noch erzürnter und musterte Captain Belville so streng, daß er wahrscheinlich am liebsten in den Boden versunken wäre. »Soll ich das denn so verstehen, Captain«, wandte sie sich an ihn, »daß Sie gestern abend hier angekommen sind und noch keine Gelegenheit gefunden haben, bei uns in Brightleaves vorzusprechen?«

»O Mama, um Himmels willen! Es ist doch wirklich nicht nötig, sich so aufzuregen«, unterbrach sie Gwendolen, die von dieser peinlichen Szene nun wirklich genug hatte. Sie ging auf Captain Belville zu, reichte ihm die Hand und sagte munter: »Wie nett, Sie wiederzusehen, Captain Belville. Hatten Sie eine angenehme Reise von Portsmouth?«

Es war ganz und gar nicht die Begrüßung, die sie sich

ihrem Verlobten gegenüber vorgestellt hatte, doch sie sah sofort, daß sie genau das richtige gesagt hatte, denn der Captain ergriff das rettende Stichwort und begann eine Konversation, die aus einem Meer von Gemeinplätzen bestand. Er berichtete der Gesellschaft in allen Details von dem bedauernswerten Zustand der Postkutsche, in der er von Portsmouth gekommen war, erzählte von der Frechheit eines Kutschers und erwähnte die Erbärmlichkeit eines Dinners, zu dem er sich im »George« in Cheltenham niedergelassen habe, da er »Cousine Annabel nicht die Mühe machen wollte, einen unerwarteten Gast bewirten zu müssen«. Was Mrs. Rutledge zu allerhöchster Bewunderung über soviel Rücksichtnahme veranlaßte, verbunden mit der stolzen Versicherung, daß Evelina einen hervorragenden Haushalt führe und es ihr ein leichtes sei, das Tafelgedeck um ein halbes Dutzend zu erweitern, ohne in die geringsten Schwierigkeiten zu geraten.

»Sie müssen wissen, daß Mr. Rutledge nie geizig war«, sagte sie und lächelte Captain Belville so besitzergreifend an, daß Lady Otilia, die sich inzwischen gern hingesetzt hätte, unangenehm berührt war. »Niemals hat er sich auch nur mit einem Wort über die Haushaltsausgaben beklagt, wie hoch die Rechnung des Metzgers auch war. Aber – er kann es sich auch leisten, und seine Meinung ist genau die meine, daß Leute, die sich ein angenehmes Leben gönnen können, es auch tun sollen. Und dann, wenn wir einmal nicht mehr sind, wird alles ganz allein diesem Mädchen dort gehören.«

Sie lächelte Evelina mütterlich an, die leicht errötete, Captain Belville anblickte und dann – in einer Weise, die Lady Otilia als sehr herausfordernd empfand – ihre Augen niederschlug.

Alles in allem, so erzählte Lady Otilia später am Tag mit

empörter Stimme ihrem uninteressierten Mann, sei es der unverschämteste Köder gewesen, von dem sie in ihrem ganzen Leben gehört habe. »Und das vor den Augen von Gwendolen! Als ob Annabel Rutledge und auch Evelina nicht ganz genau wüßten, daß sie mit ihm verlobt ist!«
Mr. Quarters, der gerade den »Racing Chronicle« las, sagte, ohne die Augen von der Zeitschrift zu heben, daß die Rutledges vielleicht der Ansicht seien, eine Verlobung, die durch eine Korrespondenz entstanden sei, wäre nicht so bindend wie eine andere. »Unsinn!« sagte Lady Otilia entschieden. »Ich weiß, daß du Captain Belville niemals leiden konntest, aber ich darf dich daran erinnern, daß er, ob du ihn nun leiden kannst oder nicht, sich immerhin mit einer deiner Töchter verlobt hat. Und daher ist es deine Pflicht, dafür zu sorgen, daß er zu seinem Wort steht. Es ist sehr schade, daß du nicht dabei warst, als er heute morgen mit uns zurück nach Brightleaves gegangen ist, denn dann hättest du gleich Gelegenheit gehabt, ihm den Kopf zurechtzusetzen.«
Diesmal hob Mr. Quarters seine Augen für den Bruchteil einer Sekunde vom »Chronicle« und bemerkte in zornigem Ton, daß dazu nicht die geringste Veranlassung bestünde.
»Dieser Bursche Belville«, sagte er, »hat nicht den Mumm, einem Mädchen den Rücken zu kehren. Das würde einen viel zu großen Skandal geben, und den würde er nie wagen. Du guter Gott, nein! Der ist um seinen Ruf besorgt wie ein altes Weib.«
Lady Otilia, die sich hinsichtlich der Verheiratung ihrer Töchter erstaunlich praktisch zeigte, war alles in allem jedoch viel zu romantisch gesonnen, um nicht sofort zu entgegnen, daß Captain Belville und Gwendolen einander sich sehr zugeneigt seien, doch könne ein Mädchen wie Evelina Rutledge schon Schwierigkeiten machen, auch

bei Leuten, die sich liebten. Sie habe daher Captain Belville ohne die Rutledges für den folgenden Abend zum Dinner gebeten.

Doch da diese interessante Nachricht von Mr. Quarters nur mit einem Brummen aufgenommen wurde, weil er wegen der ständigen Unterbrechung seiner Lektüre ungeduldig wurde, konnte das Thema nicht weiter behandelt werden.

Gwendolen, die sich zum Briefeschreiben ins Damenzimmer zurückgezogen hatte, da der Rest der Familie sich offenbar zur Zeit nur über Herzensangelegenheiten unterhalten konnte, kaute an ihrem Federhalter und überdachte die Ereignisse des Morgens, vor allem den Gang zurück nach Brightleaves.

Sie waren – auf Lady Otilias ziemlich deutlichen Wink hin – von Captain Belville begleitet worden. Gwendolen zweifelte nicht daran, daß sie es der Umsicht ihrer Mutter zu verdanken hatte, Seite an Seite mit dem Captain vorauszugehen, während Lady Otilia weiter hinten mit Jane und Campaspe nachfolgte.

Es war ihnen also ein Tête-à-tête von beträchtlicher Länge ermöglicht worden, von dem sich Lady Otilia zweifellos erhoffte, daß es wiedergutmachen würde, was durch das unangenehme Wiedersehen im Wohnzimmer der Rutledges angerichtet worden war. Leider war dies jedoch nicht der Fall. Die Unterhaltung war vielmehr, soweit Gwendolen sich jetzt noch erinnern konnte, etwa so verlaufen:

Belville: »Welch herrliches Wetter wir haben, Miß Quarters! Finden Sie nicht auch? Vielleicht wäre es Ihnen lieber, wenn es nicht so warm wäre?«

Gwendolen: »Ich glaube, Sie sollten mich jetzt Gwendolen nennen. Es ist ein ziemlich lächerlicher Name, doch Mama hat eben eine sehr romantische Natur. Und immerhin ist er ja nicht so schlimm wie Campaspe.«

Belville (nervös): »Natürlich. Natürlich, meine – liebe Gwendolen!«
Gwendolen: »Und soll ich Sie Henry nennen?«
Belville (dem ein Lächeln gelingt, jedoch ein ziemlich nervöses): »Natürlich – natürlich! Das wäre durchaus angemessen.« (Und weiter ziemlich gequält) »Ich habe von meiner Cousine Annabel gehört, daß sich Ihre beiden Schwestern auch bald verheiraten werden?«
Gwendolen: »Nun, nicht ganz. Das heißt, Cammie ist natürlich mit Neil Fairhall verlobt, doch Jane hat den Antrag von Lord Lyndale noch nicht angenommen.«
Belville (überrascht, fast ungläubig): »Nicht angenommen? Aber meine liebe Miß – meine liebe Gwendolen, Sie können doch nicht meinen, daß sie ein so außerordentlich vorteilhaftes Angebot ablehnen wird? Das erscheint mir – völlig undenkbar!«
Gwendolen: »Nun, es ist sicherlich nicht undenkbar, aber auch nicht sehr wahrscheinlich.« (Mit einem forschenden Blick auf ihn). »Ich glaube, Sie kennen Lord Lyndale, Henry. Meinen Sie denn, daß er für Jane der geeignete Mann ist?«
Belville (etwas verdutzt): »Geeignet? Ich verstehe nicht ganz – Er hat ein beträchtliches Vermögen, soviel ich weiß, da er ja jetzt den Titel geerbt hat –«
Gwendolen: »O ja, sehr beträchtlich! Doch das meine ich damit nicht.«
Belville: »Die Lage wäre natürlich ganz anders, wenn er nicht geerbt hätte. Wäre er der mittellose Abenteurer, den ich leider während meines Dienstes im Mittelmeer kennenlernen mußte – als er einen schurkischen Potentaten unterstütze, den die Regierung Seiner Majestät auf keinen Fall in einer hohen Position sehen wollte –, so hätte ich es nicht gern gesehen, daß er sich mit Ihrer Familie verbindet, meine liebe Gwendolen. Doch der Marquis von Lyn-

dale ist sicherlich eine einflußreiche Persönlichkeit – ganz gleich, welche Versäumnisse er sich in der Vergangenheit auch hat zuschulden kommen lassen. Daher kann ich mir nicht vorstellen, daß er von umsichtigen Eltern nicht als ausgezeichnete Partie angesehen wird.«

Gwendolen: »Unglücklicherweise ist Jane jedoch kein umsichtiger Elternteil, sondern ein junges Mädchen – und dazu noch ein ziemlich ahnungsloses und empfindsames. Ich nehme an, Sie sollten das bedenken, wenn Sie meine Frage beantworten.«

Belville (duldsam): »Meine liebe Gwendolen, wenn die Neigungen und Empfindsamkeiten der jungen Damen die einzige Grundlage wären, um den ernsten Gegenstand einer Ehe zu erörtern, dann hätten wir lauter äußerst unkluge Ehen! Man muß in erster Linie praktisch denken.«

Gwendolen (rebellisch): »Ich glaube nicht, daß Lord Nelson praktisch gedacht hat. Vielleicht als er geheiratet hat, doch danach, als Lady Hamilton erschienen ist –«

Belville (tief schockiert sie unterbrechend): »Miß Quarters! Das heißt, Gwendolen! Das ist wirklich kein passendes Thema!«

Gwendolen (unbeeindruckt): »Und was ist mit Ihnen selbst? Ich habe kein Vermögen, und doch haben Sie mir einen Antrag gemacht –«

Belville (deutlich schluckend, jedoch nach außen hin männlich): »Ja.«

Gwendolen (betrachtet ihn, als würde sie noch etwas erwarten. Es kommt jedoch nichts. Belvilles Brauen sind zusammengezogen, und er blickt finster vor sich hin.)

Gwendolen (entschlossen): »Es ist ein sehr warmer Tag, nicht wahr? Vielleicht etwas zu warm –«

»Und weshalb«, fragte sie sich selbst, als sie so fest auf ihrem Federhalter herumbiß, daß man die Zahnabdrücke darauf sah, »warum habe ich ihm dann nicht gesagt, daß er, was mich betrifft, so frei wie ein Vogel ist? Das weiß ich wirklich nicht! Oh, bei Zeus, was für ein Durcheinander! Hat er sich so verändert, oder bin ich es?«

Und Lyndales Worte »ausgerechnet dieser blasierte, starrköpfige Kerl« klangen in ihr nach. Es war wie der Ausspruch eines ungewöhnlich eindeutigen Orakels, das sie hätte warnen sollen, es jedoch unglücklicherweise nicht getan hatte.

Es gab jetzt keine andere Möglichkeit, so sagte sie sich, als den Captain so bald wie möglich von seinem Verlöbnis zu entbinden. Offenbar hatte er das gemeinsame Tête-à-tête ebenso unerfreulich gefunden wie sie selbst, was natürlich sehr deprimiernd war. Doch schließlich war es viel besser, jetzt zu entdecken, daß man nicht zusammenpaßte, als später, wenn der Knoten geknüpft war. Natürlich fragte sie sich, ob Belville deswegen so wenig begeistert über die Aussicht war, sie zu heiraten, weil sie kein Vermögn hatte. »Doch selbst das dürfte für ihn kein Grund gewesen sein, so sauertöpfisch dreinzublicken«, dachte sie sich. »Wenn ich doch nur die Sorte von saft- und kraftlosen Mädchen wäre, das ihm als geeignet für eine Heirat erscheint! Ach du lieber Gott, weswegen wollen Männer immer fügsame Frauen haben? Da könnte ich es genausogut mit Lyndale versuchen!«

Was ihre Mama dazu sagen würde, wenn sie einen ihrer Lieblingspläne durchkreuzte, wagte sie sich nicht vorzustellen. Sie hatte auch nicht die Absicht, es ihr zu sagen, bevor sie mit Belville gesprochen hatte und es zu spät für alle war, etwas daran zu ändern.

»Ich schätze«, sagte sie sich resigniert, »daß ich dazu verdammt bin, nichts als Tante zu sein. Doch auf jeden

Fall gibt es in Brightleaves immer viel zu tun, und ich nehme an, daß Papa und Mama mich vermißt hätten, wenn ich Henry (puh!) wirklich geheiratet und sie verlassen hätte.«
Ihre Ernüchterung aufgrund des unvorteilhaften Verhaltens ihres bisherigen Idols war so groß, daß sie sich in höchst frevelhafter Weise fragte, ob Lord Nelson nicht vielleicht auch ein Langweiler gewesen war, wenn er nicht gerade seine Heldentaten auf dem Achterdeck beging. Wer weiß, ob er Lady Hamilton nicht auch gereizt hatte, wenn er sich mit »Meine liebe Emma« an sie wandte – wie Belville sie mit einer ähnlichen Anrede gereizt hatte.

6

»Ich habe eine phantastische Idee, wie wir Jane retten können«, sagte Campaspe am nächsten Morgen zu Gwendolen.
Sie setzte sich auf Gwendolens Bett, nachdem sie in ihr Schlafzimmer gestürmt war, um sie an diesem regnerischen Morgen zu wecken. Gwendolen, die zunächst nur ein Auge öffnete, den bedeckten Himmel sah und das stete Trommeln des Regens hörte, vergrub sich noch einmal in ihr Kissen und murmelte fast unhörbar, daß Jane jetzt keiner Rettung bedürfe.
»Doch, sie tut es«, sagte Campaspe beharrlich, beugte sich nach vorn und klopfte energisch auf die Bettdecke, damit Gwendolen nicht etwa wieder einschliefe. »Du hast sie ja gestern abend nicht gehört. Sie hat wieder angefangen, von ihrer Pflicht zu sprechen und daß sie nicht morgen nach Beauworth gehen könne, wenn der Herzog und Lady Maria und alle andern denken würden, sie

werde Lyndale heiraten, und wenn sie dann schließlich hören müßten, daß sie es nicht tue. Daher habe ich jetzt beschlossen, die Sache selbst in die Hand zu nehmen.«
Gwendolen, die nichts Gutes ahnte, setzte sich entschlossen auf und fragte ihre Schwester, was sie vorhabe.
»Ich habe vor«, sagte Campaspe stolz, »Mama und aller Welt zu zeigen, daß Lyndale als Ehemann für Jane überhaupt nicht in Frage kommt. Ein Mann, der mit einer Frau verlobt ist und sich gleichzeitig mit einer anderen einläßt, kann unmöglich als Ehemann für Jane geeignet sein, nicht wahr?«
Gwendolen, die nun auf einmal hellwach war, starrte ihre kleine Schwester entgeistert an.
»Sich mit einer andern einläßt?« wiederholte sie verständnislos. »Lyndale? Doch mit wem um alles in der Welt –«
»Mit mir«, erklärte Campaspe selbstzufrieden.
»Mit dir?« Gwendolen lächelte ungläubig. »O Cammie, sei doch nicht so blöd«, sagte sie. »Du und eine Affäre mit Lyndale! Der würde doch bei der bloßen Vorstellung schon Krämpfe kriegen!«
»Nein, das würde er nicht«, sagte Campaspe indigniert. »Viele ältere Männer haben eine Vorliebe für junge Mädchen. Das habe ich oft gelesen.«
»Dann hast du Bücher gelesen, die für dein Alter sehr ungeeignet sind«, sagte Gwendolen bestimmt. »Wirklich, Cammie, das ist doch eine hirnverbrannte Idee! Was würde Neil dazu sagen, wenn er erleben müßte, daß du dich Lyndale an den Hals wirfst?«
Campaspe zuckte die Achseln.
»Es würde ihm vielleicht sehr gut bekommen«, sagte sie altklug. »Männer sind ja sehr geneigt, sich des anderen zu sicher zu fühlen!«
»Unsinn!« sagte Gwendolen. »Natürlich ist er deiner si-

cher, denn er hat dich ja wirklich schon von Kindesbeinen an gekannt.« Sie stand auf, schlüpfte in ihre Hausschuhe und blickte ihre Schwester streng an. »Cammie«, sagte sie, »ich verbiete dir, dich noch weiter mit dieser blödsinnigen Idee zu befassen. Erstens würde es keinen Zweck haben –«

»Dann tu du es eben«, sagte Campaspe und blickte sie auffordernd an. »Immerhin kennst du ihn bedeutend besser als ich –«

»Nicht um alles in der Welt!« erklärte Gwendolen heftig.

»Wegen Captain Belville?«

»Wegen meiner eigenen Selbstachtung! Lord Lyndale und ich sind bereits mehr als einmal aneinandergeraten. Er weiß genau, was ich von ihm denke, und wenn er erfährt, daß ich Belville nicht heiraten werde, dächte er sofort, wenn ich einen Köder auswürfe, daß ich auf ein größeres Vermögen und einen Titel aus bin –«

Jetzt war es an Campaspe, sie ungläubig anzustarren. »Du wirst Belville nicht heiraten?« sagte sie.

»Nein.«

»Oh, Gwen, wie wunderbar, wie herrlich!« sagte Campaspe, umarmte ihre Schwester stürmisch und küßte sie voll Begeisterung. »Ich wollte es gestern nur nicht sagen, doch er ist ein schrecklicher Mensch – so steif und blasiert! Ich kann überhaupt nicht verstehen, weshalb du ihn jemals heiraten wolltest!«

»Das kann ich auch nicht«, gestand ihr Gwendolen. »Wahrscheinlich kam es davon, daß ich ihn nicht gut kannte, und natürlich hatte ich, während er fort war, keine Gelegenheit, meinen Fehler einzusehen.«

»Hast du es ihm schon gesagt? Wird er sehr verärgert sein?«

»Nein, ich glaube, er wird sogar sehr erleichtert sein«, sagte Gwendolen gelassen, »obwohl ich noch keine Möglichkeit hatte, mit ihm darüber zu sprechen. Ich glaube, daß er mich ebensowenig heiraten will wie ich ihn. Und immerhin ist Evelina da, mit all dem hübschen Geld der Rutledges, die nur darauf wartet, ihm wie eine reife Pflaume in den Schoß zu fallen.« Sie blickte Campaspe warnend an. »Du darfst aber nichts davon Mama erzählen«, sagte sie. »Ich werde versuchen, heute abend nach dem Dinner mit Belville zu sprechen, und dann ist es früh genug, daß sie es erfährt.«

»Du lieber Himmel! Sie wird einen Anfall bekommen!« sagte Campaspe und blickte ihre Schwester staunend und gleichzeitig vergnügt an, weil sie dem bevorstehenden Drama mit Genuß entgegensah.

Doch es sollte sich zeigen, daß an diesem Abend weder Belville von seiner wunderbaren Errettung von der Heirat mit einer mittellosen jungen Dame erfuhr, noch hatte Lady Otilia zu erdulden, daß sie ihren Lieblingsplan durchkreuzt sah, ihre älteste Tochter an einen geeigneten Mann zu verheiraten. Um vier Uhr kam nämlich ein Bote nach Brightleaves und brachte eine Nachricht von Mrs. Rutledge. Der arme Henry, so schrieb sie mit mehr Genugtuung, als Lady Otilia es für angemessen hielt, sei unglücklicherweise daran verhindert, der Einladung des heutigen Abends nachzukommen, da er von einer außerordentlich unangenehmen Erkältung befallen sei. Dies sei wahrscheinlich darauf zurückzuführen, daß er in diesem fürchterlichen Gasthof, in dem er auf der Rückreise von Portsmouth übernachtet habe, gezwungen war, zwischen feuchten Laken zu schlafen. Sie schrieb, daß sie ihm nicht raten könne, sich dem Regen auszusetzen, doch die Quarters könnten dessen versichert sein, daß alles getan würde, um seine Erholung zu beschleunigen. Sie würden ihn in Brightleaves sehen, sobald er wieder sein altes Selbst sei.

Da Lady Otilia eine Dame war, erlaubte sie es sich nicht, angesichts dieses Briefes zu fluchen oder mit den Zähnen zu knirschen. Sie gönnte sich jedoch einige handfeste Bemerkungen über Mrs. Rutledges fragwürdige Absichten. Wie konnte sie es wagen, Captain Belville mit den Füßen im dampfenden Senfbad vor dem Ofen sitzen zu lassen und ihn mit Haferschleim zu füttern, wenn ihm nichts anderes fehlte als eine lächerliche Erkältung! Sie erklärte sofort, daß sie gleich am nächsten Morgen zusammen mit Gwendolen bei den Rutledges vorbeischauen würde, um festzustellen, wie ernsthaft die Indisposition des Captains wirklich sei. Gegen diesen Plan legte Gwendolen jedoch ein entschiedenes Veto ein. Nichts, so erklärte sie, würde sie dazu bringen, Captain Belvills Krankenzimmer zu betreten, ganz egal, ob sie mit ihm verlobt sei oder nicht. Sie war nahe daran, ihrer Mutter zu sagen, daß es überhaupt keine Verlobung geben würde, als zum Glück Jane hereinkam und Lady Otilias mütterliche Energien sich auf diese richteten, um festzustellen, ob sie endlich ihre jüngferlichen Skrupel aufgegeben habe und Lord Lyndales Heiratsantrag definitiv annehmen werde.
Lady Otilias Absicht, bei den Rutledges vorzusprechen, wurde am nächsten Morgen dadurch vereitelt, daß eine Nachricht von Captain Belville selbst kam. Er entschuldigte sich darin noch einmal dafür, daß er nicht in der Lage gewesen war, ihre Einladung zum Dinner am vergangenen Abend anzunehmen. Zugleich versicherte er, daß es ihm wieder gut genug gehe, um eine Einladung nach Beauworth an diesem Abend anzunehmen, die Lady Maria ihm geschickt habe, als sie hörte, daß er da sei. Es wäre ihm, so schrieb er, ein großes Vergnügen, Lady Otilia und die jungen Damen bei dieser Gelegenheit zu sehen.
»Nun, da wir ihn heute abend sehen werden, ist es nicht

nötig, daß wir ihn jetzt besuchen«, sagte Lady Otilia, die jedoch ihre Enttäuschung darüber nicht ganz verbergen konnte. Sie las den Brief noch einmal durch. »Aber, meine Lieben, er schreibt nichts davon, daß die Rutledges auch eingeladen sind«, sagte sie mit unverhohlenem Triumph. »Das ist natürlich ein ganz schöner Affront, doch der Herzog will einfach in Beauworth keine Leute haben, die ihn nicht amüsieren, ganz gleich, wie merkwürdig das auch manchmal aussieht. Die arme Lady Maria hat mir früher – natürlich bevor der Herzog und Papa diese unglückselige Auseinandersetzung hatten – immer wieder gesagt, wie peinlich es ihr oft sei, doch sie könne nichts dagegen tun.«

Gwendolen war jedoch davon überzeugt (und sie teilte es Campaspe mit, kaum daß Lady Otilia den Raum verlassen hatte), daß der Herzog den Captain Belville wahrscheinlich noch weniger amüsant finden würde als die Rutledges. Wie sie selbst kannte er ihn mehr vom Hörensagen und würde bald merken, welchen Fehler er begangen hatte, ihn einzuladen. Jane, die ruhig in einer Ecke des Zimmers saß und sich mit einer Handarbeit befaßte, blickte bei diesen Worten auf und runzelte erstaunt die Stirn.

»Aber, Gwen«, sagte sie leicht entrüstet, »du meinst doch nicht auch, daß Captain Belville langweilig ist?«

»Oh, tut sie das nicht?« warf Campaspe ein. »Er ist in der Tat langweilig – nur spielt das jetzt keine Rolle mehr, da sie ihn nicht heiraten wird.«

»Ihn nicht heiraten –«, sagte Jane entgeistert, ließ ihre Handarbeit sinken und machte runde Augen. »O Gwen, du wirst ihm doch nicht den Laufpaß geben!« ächzte sie.

»Nun, ich fürchte, das werde ich tun«, sagte Gwendolen sachlich. »Wenn man unter ›Laufpaß geben‹ versteht, daß man einen Mann, der einen offensichtlich nicht heiraten will, auch selbst nicht heiraten möchte.« Sie sah, wie Janes Augen sich mit Tränen füllten. »Sei doch nicht so dumm, Jane«, sagte sie munter. »Es ist nicht das tragische Ende einer wunderbaren Liebe! Schließlich habe ich den Mann zwei Jahre lang nicht gesehen, und es ist mir nun sonnenklar, daß ich die ganze Zeit in den Wolken geschwebt bin und ihn mir als Märchenprinz vorgestellt habe und nicht als den sehr normalen Mann, der er in Wirklichkeit ist.«

Jane zog ihr Taschentuch hervor und fuhr sich entschlossen über die Augen. »Das ist es nicht«, erklärte sie, immer noch mit leicht bebender Stimme, da sie ihre Gefühle nicht zu unterdrücken vermochte. »Wenn du – wenn du Captain Belville nicht heiraten willst, mußt du es natürlich nicht tun. Nur – nur werde ich Lord Lyndale jetzt sagen müssen, daß ich ihn heirate –«

»Also das verstehe ich wirklich nicht!« sagte Campaspe erstaunt. »Weshalb sollte das denn für dich etwas bedeuten?«

Jane blickte sie mit tränenfeuchten Augen an. »Mama«, sagte sie einfach. »Oh, verstehst du das denn nicht, Cammie? Wir können sie doch nicht beide enttäuschen! Das würde wirklich zu grausam sein!«

Gwendolen und Campaspe blickten einander an. Sie konnten nicht verstehen, weshalb Jane diese Sache so sah. Nach einem Augenblick verdutzten Schweigens machten sie sich gleichzeitig daran, sie davon zu überzeugen, daß die Tatsache von Gwendolens Entlobung nicht bedeute, daß sie nun eine Verlobung mit Lyndale eingehen müsse. Campaspe fügte in ihrer blühenden Phantasie noch hinzu, daß Gwendolen, die dann frei wäre, sicher eine ganze Reihe sehr vermögender Herren faszinieren und mit Heiratsanträgen überhäuft werden würde, die bedeutend vorteilhafter wären als der von Belville. Und

Gwendolen drohte, daß sie den widerwärtigen Captain auf der Stelle heiraten und ihr Leben lang zu Tode gelangweilt sein würde, wenn Jane nicht verspreche, hinsichtlich Lyndales im Augenblick nichts zu unternehmen.
»Trotzdem –«, sagte Campaspe unzufrieden zu Gwendolen, nachdem sie Jane dieses Versprechen abgenommen hatte und sie gemeinsam das Zimmer verlassen hatten, »ich glaube, man kann ihr nicht ganz trauen. Wer weiß, ob sie nicht doch wieder von ihren edlen Gefühlen überfallen wird, wenn sie sieht, wie aufgeregt Mama ist, nachdem du Belville den Laufpaß gegeben hast. Du kannst sagen, was du willst, Gwen, doch irgend etwas muß jetzt wirklich unternommen werden, und wenn du keinen besseren Plan hast, werde ich meinen doch noch ausführen müssen.«
Diese Erklärung machte Gwendolen keineswegs glücklich, denn sie dachte an den kommenden Abend in Beauworth, der sowieso schon für sie schwierig sein würde, da sie dort als Belvilles Verlobte erscheinen mußte. Sie hatte sich schon überlegt, ob sie ihm nicht einfach einen Brief schreiben und ihn darüber informieren sollte, daß ihre Verlobung zu Ende sei, doch sie hatte sich schließlich dazu entschlossen, dies nicht zu tun. Es war doch besser, ein öffentliches Erscheinen mit ihm zusammen in Kauf zu nehmen, als in dieser rücksichtslosen Weise mit ihm zu brechen.
Ein Blick in den Spiegel, der ihr eine elegante junge Dame in ihrem ersten Abendkleid zeigte, gab ihr dann die nötige Sicherheit, um an diesem Abend mit Gelassenheit nach Beauworth aufzubrechen. Lady Otilia, die in ihrem purpurfarbenen Satinkleid überaus majestätisch wirkte, hatte mit keinerlei Zweifeln zu kämpfen. Tatsächlich wäre das Herz einer jeden Mutter beim Anblick dieser drei jungen Damen geschwollen, die sich mit ihr in dem

dürftigen Wohnzimmer versammelten und darauf warteten, in der rumpelnden alten Familienkutsche nach Beauworth gebracht zu werden. Jane war natürlich die unbestrittene Schönheit der Familie – eine Märchenprinzessin in ihrem Kleid aus rosa Gaze. Doch auch Gwendolen in ihrem mandelgrünen Kleid und dem hochfrisierten blonden Haar (mit ein paar reizvollen Ringellöckchen an den Schläfen und am Nacken) sah an diesem Abend besonders vorteilhaft aus. Selbst Campaspe in ihrem einfachen weißen Musselingewand, das rote Haar à l'Anglaise frisiert, wirkte durchaus als modische junge Dame.

Alles in allem, so dachte Lady Otilia stolz, würde der Herzog der als Kenner weiblicher Schönheit bekannt war, allen Grund haben, den Streit zu bedauern, der zum Ausschluß der Familie Quarters geführt hatte. Sie war zuversichtlich, daß er, sobald er ihre Töchter erblickt hätte, nicht zögern würde, sie auch ferner in die ehrwürdigen Portale von Beauworth einzulassen. An Mr. Quarters jedoch wäre sie beinahe verzweifelt. Er hatte sich geweigert, nach Beauworth mitzukommen, und hatte gesagt, daß ihn nur die Aussicht, mit Lyndale über dessen arabische Stuten zu sprechen, verlockt haben würde, nach dorthin mitzukommen. Da Lyndale jedoch an diesem Morgen selbst einen Blick in seine Ställe geworfen habe, und da sie eine sehr zufriedenstellende Unterhaltung gehabt hätten, bestehe für ihn wirklich keine Notwendigkeit, sich dieser Anstrengung zu unterziehen.

So brachen also die Damen von Brightleaves ohne ihn nach Beauworth auf, und bald rollte ihre Kutsche durch das Parktor des herzoglichen Besitzes, vorbei an einer Grotte, einem Brunnen, einem Arboretum exotischer Bäume, bis sie schließlich zu dem glanzvollen Schloß selbst kam, das in einem malerisch romantischen Stil erbaut war. Der Herzog, dem es etwa vor zwanzig Jahren in den Sinn gekommen war, seinen Besitz in Gloucestershire zu vergrößern, hatte diesen Bau an der Stelle des bescheideneren Hauses aus der Jakobinischen Zeit errichten lassen, das seinen Vorfahren genügt hatte. Das Schloß mit seinen Erkern und Jochen, einem mächtigen Turm und kleinen Ecktürmchen erinnerte an ein Gebäude aus dem Mittelalter.

Als die Damen Quarters eingetreten waren, fanden sie sich in einer Halle, die mit einem schwindelerregend hohen Treppenhaus verbunden war. Die Treppen liefen in zwei Fluchten zum ersten Stock, umgeben von Marmorarkaden, die von einer Galerie und einem Fächergewölbe überragt waren.

»Bei Jupiter!« flüsterte Campaspe, die dies noch nie gesehen hatte, in Gwendolens Ohr, als sie einem würdevollen Butler die Treppe hinauf folgten. »Neil sagt, daß er immer das Gefühl hat, er müsse eine Rüstung tragen, wenn er hierher kommt, und jetzt weiß ich genau, was er meint. Weißt du, daß er heute abend hier sein wird? Die Fairhalls sind eingeladen worden, und die Ärzte haben gesagt, daß er kommen könne.«

»Schscht!« sagte Gwendolen.

Sie kamen am Ende der Treppe an, wo Lady Maria ohne den Herzog, doch unterstützt von einem schlanken, zarten blonden Mann mit feinen, vornehmen Zügen die Gäste empfing. »Alain«, zischte die unverbesserliche Campaspe noch einmal in Gwendolens Ohr. »Ich nehme an, Lady Maria hat ihn heute abend gebraucht, um ihr bei Tisch zu helfen. Schau dir doch Jane an! Ich fürchte, sie fällt gleich in Ohnmacht.«

7

Jane war jedoch während ihrer Londoner Saison zu gut geschult worden, um etwas so schockierend Unmodernes zu tun, als angesichts ihres Herzallerliebsten in Ohnmacht zu fallen. Obwohl ihre Lippen bebten und ihr Gesicht sehr blaß war, gelang ihr, als sie Lady Maria mit Knicks begrüßte und M. de Combray guten Abend sagte, ein sehr lobenswertes Lächeln. Dieser, so war jedenfalls festzustellen, sah genauso bleich aus wie sie selbst. Da die Fairhalls zum Glück gerade in diesem Augenblick ankamen und mit einigen Schwierigkeiten die Treppe heraufstiegen – denn der junge Leutnant Fairhall hatte Mühe, mit seinem verwundeten Bein die vielen Stufen zu bewältigen –, hatten die beiden Liebenden genügend Zeit, sich zu fassen, bevor sie in die Lange Galerie kamen, wo der Herzog und seine anderen Gäste sich versammelt hatten.

Lady Maria hatte von einer kleinen Gesellschaft gesprochen, doch Gwendolen sah sofort, daß sie bei Tisch mindestens zwanzig Personen sein würden. Auch dieser Raum mit seinen Stichbalken und den Maßwerkfenstern im gotischen Stil war außerordentlich beeindruckend. Abgesehen von den Gästen aus der Nachbarschaft und den Mitgliedern der herzoglichen Familie – an diesem Abend vertreten durch Lady Maria und den zweitältesten Sohn des Herzogs, Lord Wilfried Boulting – bemerkte Gwendolen wenigstens ein halbes Dutzend Fremde, die wahrscheinlich Hausgäste in Beauworth waren. Sie waren nach allerletzter Londoner Mode gekleidet und schienen mit dem Herzog und auch untereinander auf sehr vertrautem Fuß zu stehen.

Der Herzog selbst, ein ziemlich kleiner Mann, der Anfang Sechzig war, jedoch bedeutend älter wirkte, saß auf einem großen geschnitzten Eichensessel auf dem Podium

am Ende des langen Saales und begrüßte seine Gäste ebenso ungezwungen wie hochnäsig.
Lady Maria, die Lady Otilia und ihre Töchter betreute, stellt die Damen vor. »Du erinnerst dich sicher an Lady Otilia Quarters, Papa – Miß Quarters – Miß Jane Quarters – Miß Campaspe –«
Der Herzog hob sein Lorgnon und musterte sie – wie Campaspe später indigniert bemerkte – wie ein Viehhändler eine Rinderherde. »Sie werden erlauben, daß ich mich nicht erhebe, Madam«, sagte er mit gleichgültiger Miene uninteressiert zu Lady Otilia, als er seine Musterung beendet hatte. »Meine Gicht plagt mich.« Seine grauen Augen, die in seinem verwüsteten Gesicht immer noch scharf wirkten, betrachteten sie spöttisch. »Quarters scheint nicht erschienen zu sein – was?« kläffte er. »Überrascht mich nicht. Sagen Sie ihm, ich werde sein Land trotzdem bekommen.« Er wandte sich Jane zu. »Kommen Sie hierher, meine Liebe«, sagte er und blickte sie lüstern an. »Da brauch' ich nicht lange fragen, wen von Ihnen Lyndale ausgewählt hat. Sie sind die Schönheit, ganz zweifellos. Setzen Sie sich hier neben mich. Ich habe nicht oft Gelegenheit, so ein hübsches Gesicht zu sehen.«
Diese Bemerkung schien einer großen, gutaussehenden, dunkelhaarigen jungen Frau im eleganten bernsteinfarbenen Spitzengewand, die neben dem Herzog saß, nicht besonders zu gefallen. Als die Quarters hereinkamen, hatte sie mit ihm gescherzt und geplaudert und wurde Lady Otilia wenige Augenblicke später von Lady Maria als Miß Courtney vorgestellt. Captain Belville, der die vier Damen begrüßte, nachdem der Herzog sie entlassen hatte, informierte Gwendolen im Flüsterton, daß sie eine große Erbin und von der Seite ihrer Mutter nicht nur mit dem herzoglichen Geschlecht, sondern ebenso mit vielen anderen bedeutenden englischen Familien verbunden sei.

Gwendolen, die bemerkte, daß Miß Courtney, vom Herzog enttäuscht, nun ihre Aufmerksamkeit Lyndale zuwandte – und zwar in einer Art, die dem Grund seiner Anwesenheit in Gloucestershire kaum Rechnung trug –, sagte kritisch, daß sie zwar sehr hübsch sei, doch daß sie Lord Lyndale kaum gefallen werde.

»Lord Lyndale gefallen! Nein, das glaube ich wirklich nicht«, sagte Captain Belville schockiert. »Schließlich hat er ja Ihrer Schwester einen Antrag gemacht!«

»Nun, zwischen Lipp und Kelches Rand schwebt der dunklen Mächte Hand«, sagte Gwendolen weise und wünschte, sie könnte dem Captain auf der Stelle sagen, daß zwischen der Lipp und dem Kelch ihrer Heirat eine ziemlich dunkle Macht schwebte. »Selbst wenn er Jane schließlich nicht heiratet«, fuhr sie fort, »so glaube ich, daß Miß Courtney ihre Zeit verschwendet. Sie scheint mir nicht im geringsten der Typ zu sein, den Lord Lyndale sich als Frau wünscht.«

Zu Captain Belvilles sichtbarer Erleichterung – er schien verblüfft über die Bemerkungen seiner Verlobten über Lyndales weibliche Vorlieben – wurde in diesem Augenblick ihre Unterhaltung von Alain de Combray unterbrochen. Er kam zögernd heran, um Gwendolen gegenüber seine Freude auszudrücken, sie nach so langer Zeit wiederzusehen. Sie hatte ihn immer besonders gern gemocht und ihn hoch geschätzt, seit er vor einem Jahr Sekretär des Herzogs geworden war. Sie fand ihn angenehm und intelligent und liebte seine ruhige Art. Abgesehen von dem Vermögensproblem waren Jane und er nach ihrer Ansicht wie füreinander geschaffen.

Sie bemerkte jedoch einen Schatten in seinem Gesicht, der früher nicht da war, und sah, wie oft er verstohlen zu Jane hinblickte, die errötend ihre Unterhaltung mit dem Herzog absolvierte. Wie sehr wünschte sie, ihn hinsicht-

lich seiner Zukunft zu trösten. Doch der einzige Trost, den sie ihm bieten könnte, war die Nachricht, daß Campaspe sich dazu entschlossen hatte, die Ehe zwischen Jane und Lyndale zu verhindern, und das erschien ihr wirklich nicht sehr beruhigend.
Sie stellte im übrigen mit Unbehagen fest, daß Campaspe bereits mit ihrer Kampagne begonnen hatte, Lyndale als herzlosen Wüstling erscheinen zu lassen, der sich mit der einen Schwester verlobte und mit der anderen ein zärtliches Spiel begann. Es war ihr nämlich mit einer Kühnheit, die Lady Otilia tief schockiert hätte, gelungen, Lyndale von Miß Courtney zu entfernen und ihn in eine animierte Konversation zu verstricken.
Zum Glück machte die Ankündigung, daß das Dinner serviert sei, diesem ungehörigen Tète-à-tête ein Ende, und die ganze Gesellschaft begab sich ins große Eßzimmer, das ebenso mittelalterlich wirkte wie die anderen Räume. Hier, so hatte Gwendolen das Gefühl, würden sich Blumenteppiche und Spielleute mit Posaunen und Oboen sehr gut ausnehmen, wenn der Herzog Musik nicht verabscheut und Aubussonteppiche den Naturteppichen vorgezogen hätte. Gwendolens Tischplatz war zwischen Captain Belville und Lord Wilfried Boulting, und sie war erleichtert, als sie bemerkte, daß Campaspe weit weg von Lyndale saß, der zwischen Jane und Miß Courtney Platz genommen hatte. Gwendolen blickte Miß Courtney mit Mißbilligung an, denn diese unternehmungslustige junge Dame hatte keinen Moment gezögert, die Aufmerksamkeit des Marquis auf sich zu ziehen, sobald sie neben ihm am Tisch saß. Es würde für Campaspe wohl keine Schwierigkeit bedeuten, eine weitere Frau zu finden, die eine Affäre mit Lyndale beginnen wollte, denn Miß Courtney bot sich sicherlich von selbst an.

Hier wurden Gwendolens Überlegungen von einer Stimme neben ihr unterbrochen.
»Ich weiß«, sagte Lord Wilfried Boulting mit einem leicht arroganten Genäsel, das selbst dem berühmten Mr. Brummel nicht hätte besser gelingen können, »daß Sie nach allen gesellschaftlichen Regeln mit Belville sprechen sollten, Miß Quarters. Doch da Frieda Courtney den ganzen Tisch durcheinanderbringt, indem sie mit Lyndale spricht, kann ich mich wohl der allgemeinen Anarchie anschließen und mich mit Ihnen unterhalten! Übrigens können Sie bestimmt nicht den Wunsch verspüren, sich mit Belville zu unterhalten. Ich weiß nicht, weshalb Marineleute immer entweder anödend fröhlich sind oder überwältigend langweilig. Der galante Captain, habe ich den Eindruck, gehört zur letzteren Kategorie.«
Gwendolen starrte ihn an und wußte nicht, ob sie entrüstet oder belustigt sein sollte. Sie hatte Lord Wilfried zuvor noch nicht gekannt, da er sehr wenig Zeit in Beauworth verbrachte, und auf jeden Fall würde er auch kaum Zeit für das unordentliche Schulmädchen gehabt haben, das sie vor dem berühmten Streit zwischen dem Herzog und Mr. Quarters gewesen war. Jetzt fragte sie sich, ob er gut aussah, antwortete jedoch gleich mit einem Nein. Seine Augen standen zu nahe zusammen, seine Züge waren nicht klar, und seine Figur war etwas untersetzt. Als Mitglied des exklusiven Bow Window Set verstand er es jedoch, sich so selbstsicher zu geben, daß seine körperlichen Unzulänglichkeiten nicht so ins Gewicht fielen.
»Sie können«, bemerkte sie nach diesen Feststellungen, »kaum wissen, daß Captain Belville und ich verlobt sind. Doch bitte«, fügte sie freundlich hinzu, »ich möchte nicht, daß Sie das in Verlegenheit bringt.«
»Ganz im Gegenteil«, sagte Lord Wilfried, »ich weiß es durchaus, und ich bin absolut nicht in Verlegenheit ge-

bracht. Ich finde es viel einfacher, mit den Leuten zurechtzukommen, wenn man vollkommen offen mit ihnen ist, ganz gleich, ob es sich schickt oder nicht. Und das bringt mich zu der Bemerkung: Weshalb sollte ein so reizendes Mädchen wie Sie den Wunsch haben, sich mit einem Marineoffizier zu verheiraten? Es erscheint mir in jeder Hinsicht ein schwereres Schicksal zu sein als der Tod, denn es bedeutet ja Witwenschaft – wenn man es recht bedenkt – für einen guten Teil des eigenen Lebens, und das ohne den Trost, sich nach Ersatz umschauen zu dürfen.«

Gwendolen, die ihn interessiert ansah, fand dies bemerkenswert, meinte jedoch, daß sie nicht an so etwas gedacht habe.

»Ich glaube«, sagte sie nachdenklich, »es ist, weil ich nie so weit gekommen bin. Ich meine, wenn man verlobt ist, scheint es irgendwie eine dauernde Angelegenheit zu sein, oder wenigstens kommt man in Gedanken nie über die eigene Heirat hinaus. Nachher ist es dann so, wie wenn man das letzte Kapitel eines Romans gelesen hat und sich überlegen muß, was nun mit den Personen geschieht. Das heißt, wenn sie nicht tot sind, was ja in den Tragödien meist der Fall ist.«

»Doch Sie und der Captain«, sagte Lord Wilfried beharrlich, der durch diese sachliche Reaktion einigermaßen aus der Fassung gebracht schien, »werden doch voraussichtlich nicht tot sein, Miß Quarters.«

»O nein«, sagte Gwendolen. »Doch auf der anderen Seite werden wir auch nicht –«

Sie konnte sich gerade noch zurückhalten, denn sie war dabei zu sagen: »Wir werden auch nicht verheiratet sein.« Es war ihr jedoch noch rechtzeitig eingefallen, daß es nicht nur ungehörig, sondern auch unklug sein würde, Lord Wilfried – der sicherlich nicht imstande war, Ge-

heimnisse für sich zu behalten – zu verraten, daß sie nicht die Absicht hatte, Belville zu heiraten, wenn es noch nicht einmal der Captain selbst wußte.
Lord Wilfried tat jedoch, was sie befürchtet hatte: er nahm ihre eigenen Worte wieder auf.
»Sie werden auch nicht was?« fragte er.
»Oh – nichts«, sagte Gwendolen vage. »Ich habe vergessen, was ich sagen wollte. Das ist ein herrlicher Raum, nicht wahr? Doch ziemlich erdrückend. Sie kommen nicht oft nach Beauworth, nicht wahr?«
Lord Wilfrieds dünne, sandfarbene Brauen gingen hoch. »So viele Ablenkungsmanöver!« sagte er. »Ich habe den Verdacht, da muß etwas dahinterstecken. Sie und der Captain werden nicht – was, Miß Quarters? Könnte das fehlende Wort vielleicht ›verheiratet‹ heißen?«
»Nun, natürlich würden wir verheiratet sein, wenn wir heiraten werden«, sagte Gwendolen ausweichend. »Nur tun es manche Leute nicht, nicht wahr. Nehmen Sie einmal Jane und Lord Lyndale zum Beispiel –«
»Ich würde Jane sehr gern nehmen«, sagte Lord Wilfried höchst ungehörigerweise. »Und was Lyndale betrifft, so gehört er genau zu der Sorte Mann, die man am liebsten nicht in der Gesellschaft sehen würde. Er hat keinen Takt, sagt zu meinem herzoglichen Papa genau das, was er denkt, so daß das Leben zu einer Abfolge von Explosionen wird, wenn sie zusammen sind, und hat nicht die geringste Ehrfurcht vor seinem Boulting-Blut. Es ist typisch für ihn (wenn Sie mir vergeben, daß ich es sage, doch Sie werden es natürlich tun, denn ich habe noch nie eine junge Dame erlebt, die so tolerant ist wie Sie), sich einer kleinen provinziellen Unbekannten zuzuwenden, wenn er unter den Londoner Schönheiten nur zu wählen bräuchte. Sehen Sie sich zum Beispiel Miß Courtney an. Sie wird die Jagd nicht aufgeben, bis das glückliche Paar

aus der Türe von St. George am Hanover Square gegangen ist.«

»Nun, ich denke, es wäre dann sehr gütig, wenn Sie sie darüber informieren würden, daß sie ihre Zeit vergeudet«, sagte Gwendolen entschlossen. »Lord Lyndale möchte eine fügsame Frau haben, das hat er mir selbst gesagt. Und Jane ist weiß Gott fügsam. Ich wünschte, sie wäre es nicht.«

Lord Wilfrieds sandige Brauen gingen noch einmal hoch. »Soll ich das so verstehen«, fragte er, »daß Sie Ihre Schwester nicht gern mit Lyndale verheiratet sehen? Wie außerordentlich merkwürdig!« Gwendolen sagte nichts. »Wollen Sie es nicht?« fragte er beharrlich.

»Nun – wenn sie nicht glücklich miteinander sein werden, dann nicht«, sagte Gwendolen vieldeutig.

Lord Wilfried lächelte. Es war nicht seine Gewohnheit zu lachen, und er sah auch nicht danach aus. »Mein liebes gutes Kind«, sagte er in einer Art toleranter Herablassung. »Sie müssen wirklich nicht sprechen wie die Heldin in einem sentimentalen Roman. Es gilt in Londoner Kreisen als völlig altmodisch zu glauben, daß Ehe irgend etwas mit Liebe zu tun hat.«

»Ja, aber sehen Sie, ich war noch nie in London.«

»Sie sollten aber einmal hinfahren. Sie müssen dorthin. Ich werde selbst dafür sorgen, daß Sie in den exklusivsten Kreisen zugelassen werden. Sie werden einen enormen Erfolg haben. Doch nicht«, sagte er warnend, »wenn Sie sentimentale Reden halten, und nicht, wenn Sie mit dem Seehelden da an Ihrer Seite verheiratet sind. Sind Sie sicher, daß Sie diesen fatalen Schritt machen müssen?«

»Nun – das weiß man nie, oder?« sagte Gwendolen sachlich. »Sehen Sie, ich glaube, er möchte auch eine fügsame Frau haben, und ich bin überhaupt nicht fügsam.« Sie sah Lord Wilfried erwartungsvoll an. »Würden Sie sich wirklich für mich verwenden, wenn ich nach London ginge«, fragte sie. »Ich glaube, Sie haben dort sehr viel Einfluß! Sie sehen jedenfalls so aus, als sei das der Fall, und immerhin sind Sie der Sohn eines Herzogs.«

»Daß ich der Sohn eines Herzogs bin«, sagte Lord Wilfried hochmütig, »hat nichts damit zu tun, meine liebe Miß Quarters. Ich bin in London eine sehr einflußreiche Person, doch es ist der Genius, der mir zu diesem Rang verholfen hat. Die Anordnung meines Halstuchs, der Schnitt meines Fracks, die außerordentlich elegante Art und Weise, mit der ich meinen Tabak nehme – all dies sind Dinge, mit denen ich mich zugegebenermaßen auszeichne. Ich habe es darin zur Meisterschaft gebracht – zur Verzweiflung derjenigen, die es mir gleichtun wollen. – Langweile ich Sie?« fragte er etwas scharf, als er bemerkte, daß Gwendolen ihm offenbar nicht ganz aufmerksam zuhörte.

»Ja, das tun Sie eigentlich«, sagte Gwendolen und lächelte ihn freundlich an. »Wie scharfsinnig, daß Sie es bemerken! Die meisten Menschen tun das nämlich nicht. Sie plaudern einfach immer weiter über Dinge, die den andern nicht im geringsten interessieren. Doch ich nehme an, daß Ihre Erfahrung in der Gesellschaft dazu geführt hat, daß Sie in dieser Hinsicht aufmerksamer sind als andere Menschen.« Und als Lord Wilfried – der in den zwölf Jahren, seitdem er in die Stadt gekommen war, noch niemals etwas anderes vernommen hatte, als daß er ein hervorragender Plauderer sei – sie nur einfach anstarrte, weil es ihm zunächst die Sprache verschlug, fuhr sie freundschaftlich fort: »Auf jeden Fall muß ich jetzt mit Belville sprechen, denn er macht einen recht gekränkten Eindruck, weil wir uns so schlecht benehmen. Doch denken Sie daran – falls ich einmal nach London gehen sollte, erwarte ich Ihre Unterstützung.«

Sie wandte ihre Aufmerksamkeit dem Captain zu, der wegen ihrer Pflichtvergessenheit allerdings etwas säuerlich dreinblickte. Es war nicht einfach, ihn jetzt zu einer zivilisierten Unterhaltung zu bringen, und als es ihr schließlich gelungen war, erwies sich diese sogar als noch langweiliger als Lord Wilfrieds Lobpreisungen seines eigenen Genius', denn sein einziges Thema schien die ehrfürchtige Bewunderung der Ausstattung von Beauworth zu sein. Nachdem er sich diesbezüglich erschöpft hatte, begann er über die Köstlichkeit des Essens zu parlieren, das ihnen serviert wurde. Hin und wieder fielen auch einige Bemerkungen sotto voce über den außerordentlichen Rang der übrigen Gäste – Informationen, die er offenbar in allen Details aus Lady Maria herausgepreßt hatte. All dies vollzog sich, während man sich an den Geflügelsautés à la Lucullus und dem Kalbsfricandeau erfreute, die der Küche des Hauses wirklich alle Ehre machten.
Alles in allem war Gwendolen herzlich froh, als Lady Maria ihre Damen in den großen Roten Salon führte, während die Herren ihren Wein im Eßzimmer zu sich nahmen. Sie mußte jedoch bald feststellen, daß das Beisammensein mit den Damen in Beauworth noch weniger lohnend war als die Unterhaltung in gemischter Gesellschaft. Sie war nämlich nicht nur gelangweilt, sondern wurde auch noch schlecht behandelt, vor allem von der flotten Miß Courtney, die hinter ihrem Fächer ihren Freundinnen belustigte Bemerkungen über »Provinzschönheiten« zuflüsterte, lauthals über Witze lachte, die die Damen von Brightleaves nicht verstanden, und mit ihren großen, hochmütigen und kuhförmigen Augen (eine Bezeichnung Gwendolens) beharrlich durch Gwendolen hindurchschaute, wann immer diese es wagte zu sprechen.
Lady Maria, die sichtbar deprimiert über die schlechten Manieren ihrer Londoner Gäste war, erwies sich jedoch

als zu schüchtern, um die Unterhaltung selbst in die Hand zu nehmen. So war der Stand der Dinge, bis die Ankunft der Herren die ungemütliche Situation beendete.

8

Der Herzog, der zwar selbst nicht mehr das Tanzbein schwang, es jedoch genoß, einen Flor junger Damen beim Walzer und den Kontratänzen zu beobachten, hatte ein Orchester gemietet, das nach dem Essen aufspielen sollte. Und da der Ballraum, wie er Lady Otilia gegenüber bemerkt hatte, viel zu groß war für sechs oder acht Paare, hatte er einen der großen Salons von Beauworth für den Tanz frei machen lassen.

Gwendolen nahm an, daß sie verpflichtet war, den ersten Tanz mit Belville zu absolvieren, und blickte diesem Ereignis mit wenig Enthusiasmus entgegen. Sie hatte nämlich schon genug von seinen anödenden Begeisterungsausbrüchen, den Glanz von Beauworth betreffend, und erinnerte sich daran, daß er als Tänzer ebenso ungeschickt war wie als Unterhalter. Sie war daher nicht wenig erstaunt, als Lyndale auf sie zukam (und zwar ebensowenig formell, wie sie es von anderen Gelegenheiten her kannte) und sie fragte, ob sie den Kontretanz mit ihm wagen wolle, zu dem sich die Paare gerade formierten.

»Aber sollten Sie nicht Jane auffordern?« fragte Gwendolen und blickte ihn zweifelnd an, denn obwohl sie nicht wollte, daß er ihre Schwester allzusehr bedrängte, war es ihr doch nicht recht, wenn Jane sich zurückgesetzt fühlte.

»Aber keineswegs«, sagte Lyndale prompt. »Das ist Wilfrieds Sache als Repräsentant des Herzogs. Er hat bereits um den Tanz gebeten.«

»Oh – also gut«, stimmte Gwendolen zu. »Es ist mir auf alle Fälle lieber, als mit Belville zu tanzen, und ich bin sicher, daß er die Absicht hat, mich aufzufordern. Es tut mir sehr leid, Henry«, fuhr sie fort, als der Captain gerade in diesem Augenblick neben ihr erschien und den Mund öffnete, um etwas zu sagen, »aber Lord Lyndale hat mich bereits um diesen Tanz gebeten. Weshalb versuchen Sie es nicht mit Cammie? Wie Sie sehen, kann Leutnant Fairhall kaum humpeln, geschweige denn tanzen, und diese Londoner Leute sind so mit sich selbst beschäftigt, daß wahrscheinlich niemand auf die Idee kommen wird, sie aufzufordern.«
Der unglückliche Belville, der sich wieder zugunsten eines anderen zurückgesetzt fühlte – jedenfalls nahm Gwendolen an, daß er es so empfand –, preßte den Mund zusammen und blickte Lyndale unfreundlich an. Doch dann, nachdem ihm offenbar eingefallen war, daß ein Mann von Stand seine Privilegien hatte, verbeute er sich etwas steif vor ihm, sagte, Lyndale hätte tatsächlich eine gute Wahl getroffen, und ging fort.
»Sie werden doch diesen Burschen nicht heiraten, oder?« fragte Lyndale in belustigtem Ton, als er Gwendolen zu den Tänzern führte. »Ich habe heute abend nämlich einen gewissen Mangel an leidenschaftlichem Feuer an Ihnen bemerkt, ihm gegenüber. Und da ich ein Gentleman bin, werde ich natürlich nicht darauf hinweisen, daß auch er von Ihrer fatalen Schönheit und seinen eigenen leidenschaftlichen Gefühlen nicht gerade überwältigt zu sein scheint.«
»Aber Sie haben darauf hingewiesen«, erklärte Gwendolen, ohne mit der Wimper zu zucken. »In der Tat haben Sie es sogar sehr deutlich gesagt.« Sie blickte nachdenklich zur anderen Seite des Raumes, wo die hohe, schmale Gestalt des Captains sich gerade über Campaspes Hand

beugte. »Und vielleicht ist es wahr«, gab sie zu, »daß er von seinen Gefühlen nicht gerade übermannt wird. Doch andererseits müssen Sie zugeben, daß er sehr gehorsam ist, was bei einem Mann eine außerordentlich wünschenswerte Eigenschaft ist. Ich bin davon überzeugt, daß er einen exzellenten Ehemann abgeben wird.«

»Jedoch nicht für Sie«, erklärte Lyndale mit Überzeugung.

»Oh? Aber warum denn nicht?« fragte sie mit ahnungsloser Miene. Selbst wenn sie nicht mehr die geringste Absicht hätte, Belville zu heiraten, würde sie dem Marquis sicher nicht den Triumph gönnen, von ihr zu hören, wie recht er in der Einschätzung des Captains hatte. Lyndale erklärte jedoch nur in einer aufreizend sachlichen Art, daß sie es, wenn sie es noch nicht wisse, bestimmt bald herausfinden würde, sobald sie ihn geheiratet habe. Dann ging er zu einem anderen Thema über, nämlich zu Campaspe, und fragte sie, was zum Teufel denn heute in das Kind gefahren sei. »Wenn ich nicht ein besonders bescheidener Mensch wäre, könnte ich auf die Idee kommen, daß sie sich mir an den Hals werfen will«, sagte er. »Ich habe gedacht, sie ist mit dem jungen Fairhall verlobt.«

»Schscht!« sagte Gwendolen tadelnd und warf einen bedeutungsvollen Blick auf die anderen Tänzer.

»Unsinn!« sagte Lyndale. »Sie flirten doch alle so toll miteinander, daß sie gar nicht bemerken würden, wenn wir hier einen schottischen Tanz aufführten oder ›God Save the King‹ singen würden. Ich habe noch nirgendwo soviel Seufzen und Liebäugeln erlebt wie in vornehmen englischen Kreisen. Wenn in Marokko nur die Hälfte davon passierte, würde es von durchschnittenen Kehlen und blitzenden Dolchen nur so wimmeln.

Zum Glück hat dort das weibliche Geschlecht bedeutend weniger Gelegenheit, seine Untugenden zu praktizieren.«
»Ich nehme an, Sie meinen die Harems«, sagte Gwendolen, die sich um einen strengen Ton bemühte, trotzdem aber nicht in der Lage war, ihre Neugierde zu verbergen. »Bitte erzählen Sie mir darüber! Tragen die Frauen dort wirklich Hosen und –«
»Meine liebe Miß Quarters!« unterbrach sie Lyndale mit einem bedeutungsvollen Heben seiner Brauen und einem Blick auf die anderen Tänzer. »Bitte denken Sie an meinen Ruf, wenn Sie schon nicht an Ihren denken!«
»Aber Sie haben doch gesagt, daß die gar nicht auf uns achten – oh, Sie machen nur einen Scherz!« sagte sie und blickte ihn streng an. »Was für ein widerlicher Mensch Sie doch sind!«
»Weil ich mit Ihnen nicht über Harems sprechen will! Das ist doch reine Selbsterhaltung. Wenn ich es nämlich täte, würden Sie mir doch sicher eine Predigt über die Unmenschlichkeit des männlichen Geschlechts halten.«
»Nun, ich glaube wirklich nicht, daß es ein sehr unterhaltsames Leben ist«, sagte Gwendolen in bestimmtem Ton. »Immer eingeschlossen zu sein und niemanden zum Sprechen zu haben als einen Haufen anderer Frauen. Ich glaube, man würde schließlich eine tödliche Langweilerin werden, was für den Ehemann auch nicht sehr angenehm ist.«
Lyndale versicherte ihr mit einem Ernst, der ihr verdächtig erschien, daß sie selbst in einem Harem wohl kaum zur tödlichen Langweilerin werden könnte, da er allein durch ihre Gegenwart schon beträchtlich belebt werden würde. Er fügte noch hinzu, daß nach seiner Erfahrung die Männer in Marokko unglücklicherweise wenig Wert auf die Plauderkunst ihrer Frauen legten. Dann kam er jeder abfälligen Bemerkung über diese Zustände zuvor, indem er

das Gespräch noch einmal auf Campaspe brachte und sie fragte, was ihre Schwester denn im Sinn habe.

»Ich weiß es nicht«, sagte Gwendolen, die lieber gestorben wäre, als daß sie ihre junge Schwester verraten hätte, wie sehr sie deren Plan auch mißbilligte. Sie blickte mit ausdruckslosem Gesicht auf einen großen Beauvais-Wandteppich, auf dem sich eine Reihe üppiger Nymphen, die auf rosa Wolken schwebten, um einen selbstzufriedenen Jupiter drängten. Dann fuhr sie, einer plötzlichen Erleuchtung folgend, fort: »Vielleicht hat sie sich in Sie verliebt!«

»Eine sehr wahrscheinliche Geschichte«, sagte Lyndale grinsend.

»Oh?« sagte Gwendolen und hob ihre schrägen dunklen Brauen. »Ist das denn nicht meist bei Frauen der Fall? Ich dachte, daß es einer ganzen Reihe von ihnen passiert ist!«

Er nickte gelassen. »Oh, einer ganzen Reihe«, sagte er in aufreizend unverschämtem Ton. »Daher kenne ich auch die Anzeichen, Miß Quarters. Und ich kann Ihnen verraten, daß Ihre junge Schwester keineswegs solche Anzeichen zu erkennen gibt.«

»Tut es denn dann Miß Courtney?« fragte Gwendolen mit größter Unschuld. »Sie scheint ja sehr an Ihnen interessiert zu sein.«

Lyndale blickte hinüber zu Miß Courtney, die mehrere Aufforderungen zum Tanz abgelehnt hatte, weil sie die Ehre, neben dem Herzog sitzen zu dürfen, vorzog. Nun saß sie da und erlaubte ihm, unter ihrem Fächer ihre Hand zu halten.

»Miß Courtney«, sagte er trocken, »ist sehr an meinem Titel und meinem Vermögen interessiert, doch ich bezweifle, ob sich in ihrem mädchenhaften Herzen wirklich Liebe für mich regt. Nun erzählen Sie mir aber nicht«, fuhr er fort, als Gwendolen den Mund aufmachte, um etwas zu sagen, »daß Fräulein Campaspe sich auch zu dieser Ansicht bekehrt hat und meint, die Kleider einer Marquise würden ihr besser stehen als Ihrer Schwester Jane. Das würde ich Ihnen nämlich nicht abnehmen, Miß Quarters!«

»Aber nein!« sagte Gwendolen ernst. »Cammie kümmert sich nicht um Titel und Vermögen – so einen Unsinn würde ich Ihnen wirklich nicht zu verkaufen versuchen. Übrigens habe ich Ihnen noch nicht dafür gedankt, daß Sie meinen Rat bezüglich Jane angenommen haben. Ich finde, daß Sie sich in der Sache sehr nett benommen haben.«

»Ja, finden Sie wirklich?« sagte Lyndale höflich, doch sehr unverbindlich. Und da sie in diesem Augenblick durch die Wendung des Tanzes getrennt wurden, hatte sie keine Gelegenheit, sich zu dem Thema weiter auszulassen. Als sie wieder in der Lage waren, ihre Unterhaltung aufzunehmen, schien Lyndale sich mehr dafür zu interessieren, über Pferde zu sprechen als über Menschen. Er sagte, daß Mr. Quarters' »Conqueror« nach seiner Meinung die besten Aussichten habe, bei den Rennen in Cheltenham zu gewinnen, und obwohl Gwendolen in keiner Weise so ein Pferdenarr war wie ihr Vater, verstand sie als ausgezeichnete Reiterin doch eine Menge von Pferden, so daß das Gespräch in interessantester Weise verlief.

Die letzten Klänge der Musik waren gerade vergangen, als sie Campaspe und Captain Belville neben sich fanden.

»Oh, Lord Lyndale«, sagte Campaspe mit einem Ton, den Gwendolen als außerordentlich gewagt empfand, und so, als sei sie eine Dame von Welt. »Ich hoffe, Sie werden mich zum nächsten Tanz auffordern! Ich kann es kaum erwarten, von Ihnen alles über Marokko – oder war es Algerien? – zu hören und über die einheimischen Tänze, die Sie sicherlich bis zur Vollendung zu beherrschen gelernt haben.«

Lyndale blickte Gwendolen mit hochgezogenen Brauen so unverschämt an, daß sie ihn am liebsten ermordet hätte. »Das ist ganz reizend von Ihnen«, sagte er zu Campaspe, »doch meinen Sie nicht, daß ich Ihre Schwester Jane noch vor Ihnen zum Tanz auffordern sollte? Tatsächlich hat Miß Quarters mich in dieser Hinsicht gerade an meine Pflicht erinnert.«

»Oh«, sagte Campaspe völlig ungerührt, »Jane ist es überhaupt nicht gewohnt, auf ihre Rechte zu pochen. Und«, so fügte sie schmeichelnd hinzu, »ich möchte so gern alles über Algerien hören!«

Gwendolen bemerkte, daß Captain Belville dieser schamlosen weiblichen Attacke völlig konsterniert folgte und daß Fairhall, der in der Nähe seinen Platz hatte und alles hören konnte, sie entsetzt anblickte. Sie entschied sich daher sofort, die Angelegenheit in die eigenen Hände zu nehmen, und sagte bestimmt: »Sei doch nicht so dumm, Cammie! Natürlich möchte Lord Lyndale mit Jane tanzen. Komm mit, ich bringe dich zu Mama.« Sie trieb ihre junge Schwester unbarmherzig vor sich her und kümmerte sich auch nicht weiter darum, als diese empört »Verräterin!« in ihr Ohr zischte.

»Hast du Alain denn nicht gesehen?« fuhr Campaspe zornig fort, als sie das Sofa erreicht hatten, von dem aus Lady Otilia zufrieden die Tanzenden beobachtete. »Er sieht ganz krank aus! Hast du denn überhaupt kein menschliches Mitgefühl?«

»Ich werde mit dir kein Mitgefühl haben, wenn du dieser lächerlichen Jagd auf Lyndale nicht sofort ein Ende machst!« versprach Gwendolen ihr heftig. »Jetzt setz dich neben Mama und versuche dich einigermaßen anständig zu benehmen!«

Campaspe blickte sie störrisch an und ließ sich nur höchst unwillig neben Lady Otilia auf dem Sofa nieder. Gwendolen, die sich nun darauf gefaßt machte, von Captain Belville, der ihnen gefolgt war, zum Tanz aufgefordert zu werden, fand sich im nächsten Augenblick Auge in Auge mit Lord Wilfried.

»Miß Quarters, wollen Sie mir die Ehre geben?« sagte er, verbeugte sich leicht und bot ihr seinen Arm an.

Gwendolen blickte den Captain an, auf dessen Gesicht deutlich die Eifersucht des enttäuschten Liebhabers mit dem Respekt vor einem Titel kämpfte. Schließlich siegte das letztere, er preßte wieder einmal den Mund zusammen, machte ein mürrisches Gesicht und sagte gar nichts.

»Oh, als dann!« sagte Gwendolen zu Lord Wilfried und ließ sich von ihm zu den übrigen Tänzern führen.

Lord Wilfried begann sofort von einem improvisierten Picknick zu sprechen, das er für den nächsten Tag plante.

»Es ist mir eingefallen, während ich mit der reizenden Jane tanzte«, sagte er. »Ich muß unbedingt die drei Schwestern, wie die drei Grazien, Arm in Arm über eine Wiese in einer Waldlichtung schreiten sehen. Ich kann mich nie an ihre Namen erinnern – an die der drei Grazien natürlich –, doch ich glaube, daß sicherlich keine von ihnen Jane hieß. Doch Gwendolen und Campaspe würden mir als geeignet erscheinen, wenn sie auch nicht ganz stimmen.«

Gwendolen sagte, sie glaube, eine von ihnen hieß Euphrosyne, was sogar noch schlimmer sei als Campaspe. Sicherlich wäre Jane so getauft worden, wenn sie nicht glücklicherweise eine Großtante gehabt hätte, die Jane hieß und ein wenig Geld besaß.

»Und ich würde sehr gern zu einem Picknick mitkommen«, sagte sie. »Wir alle würden es gern. Werden wir fahren oder reiten? Und wohin soll es gehen?«

Lord Wilfried, der sie von der Seite anblickte, meinte, sie könne doch bei diesem scheußlichen Wetter nicht in der Gegend herumstreifen wollen.
»Ja, aber wo soll den sonst das Picknick stattfinden?« fragte Gwendolen verwundert.
»Wir werden es«, sagte Lord Wilfried und zuckte müde die Schultern, »natürlich hier auf dem Besitz von Beauworth stattfinden lassen, Miß Quarters. Ich verirre mich selten nach draußen, jenseits des Schloßtores. Ich finde das Land so gewöhnlich, verstehen Sie – all die frische Luft, und dann glaube ich, daß da Kühe sind –«
»O ja, eine ganze Menge«, versicherte Gwendolen. »Ich mag sie aber gern – doch natürlich bin ich noch nie in London gewesen.«
»Diesen Mißstand werden wir abstellen, das haben wir uns doch vorgenommen. Sind Sie immer noch mit diesem prosaischen Captain verlobt?«
»Ja, natürlich. Wie hätte ich mich denn auf einer Dinnerparty entloben können, selbst wenn ich es gewollt hätte. Doch vielleicht werde ich es eines Tages nicht mehr sein. Das weiß man ja nie«, sagte Gwendolen und blickte Lord Wilfried nachdenklich an. Sie wußte von ihrer Lektüre und von dem gelegentlichen Kontakt mit solchen Leuten wie Lady Priscilla genug von der vornehmen Welt, um zu merken, daß Lord Wilfried nicht der Typ eines Mannes mit Heiratsabsichten war. Sie fragte sich daher mit einiger Beklemmung, ob sie von ihm vielleicht einen unsittlichen Antrag bekommen würde. Alles in allem empfand sie ihn jedoch als ebenso langweilig wie den Captain. Man konnte sich jedoch seine unsittlichen Anträge nicht aussuchen, und da sie, wie Lady Otilia, auch ein bißchen romantisch veranlagt war, begann sie sich in ihrer Phantasie sofort eine dramatische Szene auszudenken: Lord Wilfried, verschmäht von einer tugendhaften Frau, folgte sei-

ner niederen Natur und versuchte sie mit Gewalt zu nehmen, wurde jedoch von ihrem galanten Verlobten Captain Belville, der sie mannhaft verteidigte, an seiner schändlichen Absicht gehindert.
Der einzige Haken war nur, daß sie sich beim besten Willen nicht vorstellen konnte, daß Captain Belville jemals so weit gehen würde, ein Mitglied des Hochadels anzugreifen. Jedoch, so dachte sie bei sich, konnte man nicht wissen, ob er nicht doch verborgene Tiefen hatte, die einen hoffnungsvoll stimmen durften.
Während des restlichen Tanzes waren Lord Wilfrieds Aufmerksamkeiten Gwendolen gegenüber auf jeden Fall außerordentlich zufriedenstellend. Und zwar so sehr, daß nach dem Ende des Tanzes, als es Captain Belville schließlich gelang, ihre Hand für den nächsten Tanz zu erlangen, kaum ein Wort gesprochen wurde, weil er so gekränkt war. Sie bemerkte, wie Lord Lyndale – der zu Miß Courtneys offensichtlichem Mißvergnügen mit einer anderen Londoner Dame tanzte – sie mit unverschämter Belustigung ansah. Dies reizte Gwendolen so sehr, daß sie die Zähne zusammenbiß und sich mit Entschlossenheit Belville zuwandte, den sie allerdings mit ihrem Geplauder nicht aus der Reserve locken konnte.
Schließlich war der Tanz zu Ende, und sie konnte den Captain seiner Verdrossenheit überlassen und sich neben den jungen Leutnant Fairhall setzen, der auch den Eindruck machte, als würde dieser Abend ihn nicht recht erfreuen. Erstens interessierte er sich nicht für die herzogliche Pracht von Beauworth; zweitens konnte er nicht tanzen; und drittens glühte er vor Eifersucht und Enttäuschung, weil Campaspe sich den ganzen Abend nicht im geringsten um ihn gekümmert und sich statt dessen lächerlich gemacht hatte, als sie hinter Lyndale herlief.
»Was zum Teufel denkt sie sich eigentlich dabei?« fragte

er zornig. »So etwas Blödsinniges habe ich mein ganzes Leben noch nicht gesehen. Lyndale hat doch Jane einen Antrag gemacht, nicht wahr? Sie sind, nach dem, was meine Mutter sagt, so gut wie verlobt. Und Cammie und ich sind verlobt, verdammt noch mal! Sie muß wirklich nicht ganz richtig im Kopf sein heute abend!«

Gwendolen versuchte alles, um ihn zu trösten, doch sie wußte nicht, wie sie das anstellen sollte, ohne ihm zu verraten, daß Campaspe in ihrer Verfolgung Lyndales nur von den edelsten Absichten getrieben wurde. Denn das eigentliche Motiv konnte sie ihm nicht sagen. Sie hatte Neil sehr gern, doch sie glaubte, daß er nicht mehr Diskretion besaß als Campaspe, und wenn sie ihm erzählen würde, daß sie alles tat, um Jane daran zu hindern, Lyndale heiraten zu müssen, weil sie Alain de Combray liebte, dann würde die Geschichte bald in der ganzen Nachbarschaft verbreitet sein.

Sie sagte ihm also statt dessen, daß Campaspe noch sehr jung sei und daß sie, Gwendolen, mit ihr sprechen wolle, was sie tatsächlich auch tat, jedoch ohne den geringsten Erfolg. Campaspe, die hingerissen war von dieser ersten »Erwachsenen-Party« ihres Lebens, hatte nicht die geringste Lust, vernünftige Ratschläge anzunehmen. Sie erklärte statt dessen, daß sie Lyndale noch einmal fragen wolle, ob er mit ihr tanzen werde, und indem sie dies sagte, stand sie schon auf und bewegte sich auf ihn zu. Gwendolen, die ihr folgte, war bald in eine hitzige, jedoch nach außen hin gütliche Unterhaltung mit ihr verwickelt, die jedoch jäh ein Ende fand, als das Orchester zu spielen begann und Lyndale sie und nicht Campaspe aufs Parkett führte.

»Aber nein! Soll ich denn? Sollten Sie nicht besser Miß Courtney gebeten haben?« fragte sie verwirrt und kam sich wie eine der Sabinerinnen vor, die von einem grimmigen Römer entführt wurde. Das Orchester spielte nämlich einen Walzer, und statt ihrem Partner in artigem Abstand gegenüberzustehen, lag sie in seinen Armen und wurde auf eine meisterhafte Art durch den Raum gewirbelt. »Immerhin ist dies heute abend das zweite Mal, und Sie haben noch nicht einmal mit ihr getanzt –«

»Miß Quarters«, sagte Lyndale, »wenn Sie nicht aufhören, mir zu erzählen, mit wem ich tanzen soll und mit wem nicht, werde ich etwas Drastisches –«

»Aber was könnten Sie denn tun?« unterbrach ihn Gwendolen interessiert. »Sie könnten mir nicht zuhören, aber das ist doch nichts Drastisches –«

»Nun, zum Beispiel könnte ich für den ganzen Rest des Abends mit Ihnen tanzen«, sagte Lyndale.

»Nein, das könnten Sie nicht, denn ich würde es nicht tun«, erklärte Gwendolen prompt. »Sie tanzen nämlich gar nicht besonders gut Walzer. Sie sind viel zu eigenwillig und wollen es auf Ihre Weise machen, und daher wäre es für mich kein Vergnügen, selbst wenn es schicklich wäre, daß ich so oft mit Ihnen tanze. Doch ich nehme an, man tanzt in Marokko keinen Walzer, so daß Sie keine Gelegenheit hatten, es richtig zu lernen. Ich gebe zu, daß auch ich keine Expertin bin, denn hier auf dem Land wird nicht viel Walzer getanzt. Doch Jane hat versucht, es mir beizubringen, seit sie aus London zurück ist. Sie tanzt ihn ganz vorzüglich!«

»Ich sehe es«, sagte Lyndale, den ihre Kritik an seinen tänzerischen Fähigkeiten nicht besonders zu beeindrukken schien.

Sein Blick ging hinüber auf die andere Seite des Raumes, wo Jane, die Alaine de Combray gestattet hatte, sie aufs Parkett zu führen, in langen, verträumten Kreisen dahinschwebte. Ihre Lippen waren leicht geöffnet und ihre Wangen leicht gerötet. Gwendolen bemerkte mit einigem

Schrecken, daß ihre blauen Augen, die auf das Gesicht des jungen Franzosen blickten, in einer Art trauriger Intensität glänzten, die jedermann berühren mußte, der sie beobachtete. Sie blickte Lyndale schnell von der Seite an. Er blieb ruhig, machte jedoch einen nachdenklichen Eindruck. »Ohne Zweifel«, so bemerkte er dann, »ist das ein schönes Paar – Ihre Schwester und der junge M. de Combray, Miß Quarters.«

»Ja, wirklich«, stimmte ihm Gwendolen zu und versuchte zu verbergen, wie unangenehm ihr dieses Thema war, doch konnte sie nicht verhindern, daß diese beiden Worte begeistert herauskamen. Sie versuchte es dann wieder gutzumachen, indem sie erklärte, daß fast jeder Herr vorteilhaft wirkte, wenn er mit Jane tanze. »Wie ich Ihnen schon gesagt habe, sie hat in London gelernt, wie man Walzer tanzt«, sagte sie.

»Und hat dort auch eine Menge anderer Dinge gelernt, nehme ich an«, sagte Lyndale, immer noch mit nachdenklicher Stimme. Er schaute dann auf einmal Gwendolen an. »Werden Sie und Ihre Schwestern morgen an Wilfrieds Picknick teilnehmen?« fragte er und wechselte damit plötzlich das Thema.

Gwendolen sagte etwas verwundert, daß sie es wohl tun würden, wenn Lady Otilia nichts dagegen habe.

»Weshalb fragen Sie?« wollte sie wissen.

»Reine Neugierde«, sagte Lyndale kurz, was natürlich nur ein höflicher Euphemismus war. »Das ist jedoch nicht Ihre Sache, Miß Quarters.«

Sie blickte ihn mißtrauisch an und hatte das Gefühl, daß er einen Plan im Kopf hatte, der in irgendeiner Weise Jane und Alain de Combray betraf, und sie hatte Mühe, einen Seufzer zu unterdrücken angesichts der schrecklich verwickelten Lage. Wenn nur Jane sich dazu entschließen könnte, Lyndale zu sagen, daß sie ihn nicht heiraten

könne. Selbst wenn Alain und Jane arm wie Kirchenmäuse wären und Brightleaves in die Hände der Messers. Smith and Brown fiele, wüßte man wenigstens, woran man war, und könnte dementsprechend handeln. Im Augenblick wußte sie jedoch nicht, ob sie froh oder traurig darüber sein sollte, daß Lyndale diesen Ausdruck auf Janes Gesicht gesehen hatte. Es machte sie jedoch auf jeden Fall etwas nervös. Männer, die längere Zeit in Marokko gelebt hatten, könnten seltsame Vorstellungen über verlobte Frauen (selbst wenn sie nicht offiziell verlobt waren) entwickeln, die andere Männer so anblickten wie Jane M. de Combray. Und selbst wenn es sich nicht so verhielt, konnte sie das Gefühl nicht loswerden, daß Lyndale unberechenbar war.
Sie würde nichts anderes machen können, als Jane, wenn sie nach Brightleaves zurückgekehrt wären, davor zu warnen, Alain überhaupt anzublicken, wenn sie nicht in der Lage war, ihre Augen besser zu hüten. Doch da sie nach ihrer Rückkehr alle ziemlich müde waren und Jane sowieso in schlechtester Stimmung schien, entschloß sie sich, das Thema nicht zur Sprache zu bringen.

9

Am folgenden Tag erschien eine glanzvolle Kutsche mit pflaumenblauen Polstern und dem Wappen des Herzogs auf der Türe in Brightleaves, um die drei jungen Damen nach Beauworth zu bringen. Lady Otilia hatte es unter dem Vorwand, an diesem Tage wie üblich die Kranken und Armen besuchen zu müssen, abgelehnt, sie zu begleiten. Im Grunde hatte sie jedoch das dunkle Gefühl, daß es besser sei, nicht mitzukommen, da Lyndale vielleicht eher die Gelegenheit ergreifen würde, Jane zum Ja-Sagen zu bewegen, wenn keine zukünftige Schwiegermutter in der Nähe war. Sie hatte natürlich dafür gesorgt, daß die Mädchen nicht ohne Chaperons waren, und da Lady Maria und eine der Londoner Damen, eine Mrs. Webley, anwesend waren, brauchte sie sich diesbezüglich keine Sorgen zu machen.

Gwendolen, die ein rehfarbenes Kleid und einen breitkrempigen Hut trug, den sie mit braunen Samtbändern unter dem Kinn befestigt hatte – beides aus London von Lady Priscilla geschickt –, sah darin äußerst vorteilhaft aus. Als sie die Kutsche bestieg, gab ihr das einige Sicherheit, denn sie sah nun der Unterredung mit Captain Belville, die sie an diesem Nachmittag haben würde, mit mehr Gelassenheit entgegen. Was Jane betraf, so sah sie hübscher aus denn je in ihrem himmelblauen Kleid und Hut, was genau zur Farbe ihrer Augen paßte. Campaspe hatte alles getan, um ihre allzu jugendliche Erscheinung zu verändern. Sie hatte in letzter Minute zu ihrem geblümten Musselinkleid einen von Lady Otilias Turbanen ergattert, zusammen mit langen Ohrringen aus Bergkristall. Sie wußte genau, daß es nun für ihre Mutter und Schwestern zu spät war, sie noch einmal zurück ins Schlafzimmer zu schicken, um sich eine passendere Kopfbedeckung zu holen.

Sie fuhr also im Triumph in der Kutsche fort, den Turban immer noch auf dem Kopf. Natürlich gab es von seiten der herzoglichen Gäste einiges Kichern hinter vorgehaltenem Fächer und manche erstaunte Blicke, doch sie nahm dies mit größtem Aplomb entgegen, da sie es als Tribut an ihre elegante Aufmachung ansah. Zu Gwendolens größtem Mißvergnügen hängte sie sich sofort an Lyndale, obwohl sie ihr extra befohlen hatte, dies nicht zu tun. Als die Gesellschaft hinaus in den

Garten zog, hatte sie seinen Arm ergriffen und ließ ihn nicht mehr los.
»Bitte ermutigen Sie sie nicht!« zischte Gwendolen, die ihrerseits Belvilles Arm genommen hatte, ihm jedoch kurz entkam, eindringlich in Lyndales Ohr. Der Captain hatte ihr zuvor mit der Geste eines Mannes, der in einen sauren Apfel beißt, den Arm gereicht, bemühte sich nun jedoch, eine heitere Miene zu machen.
Lyndale wandte sich nach ihr um. »Oh, sie bedarf keiner Ermutigung«, versicherte er ihr. »Ebensowenig wie eine Klette. Sie könnten sie jedoch bitten, nicht so an mir zu ziehen, denn sonst werde ich erschöpft sein, bevor es Abend wird.«
Gwendolen, deren Wangen vor Entsetzen gerötet waren, sagte entrüstet zu Campaspe: »Wenn du dich schon nicht um deinen eigenen Ruf kümmerst, könntest du wenigstens an den deiner Familie denken. Merkst du denn nicht, daß Lord Lyndale gar nichts an deiner Gesellschaft gelegen ist? Geh zu Neil und häng dich bei ihm ein.«
Campaspe schnitt eine Grimasse. »Ich kann es nicht«, sagte sie. »Neil ist böse mit mir. Außerdem bin ich ausgezeichnet mit Lyndale ausgekommen, bevor du dich eingemischt hast. Stimmt es nicht, Mylord?« fragte sie und blickte ihn mit einem Ausdruck an, den sie offenbar für sehr kokett hielt.
»Nun, wenigstens bewahren wir uns beide davor, Dummheiten zu machen«, gab Lyndale zu. »Doch weshalb schließen Sie sich uns nicht an, Miß Quarters? Wenn ich eine von Ihnen an jedem Arm habe, wird selbst Miß Campaspe nicht von mir annehmen, daß ich zu weit gehe!«
»Zwei Damen ganz für Sie allein, Lyndale! Das ist unfair – außerordentlich unfair!« sagte Lord Wilfried, der in diesem Augenblick mit seiner gewohnt herablassenden

Miene neben ihnen erschien. »Miß Quarters, ich beanspruche Ihre Gesellschaft als mein Recht. Erlauben Sie mir, Ihnen die Gärten zu zeigen, bevor die Hitze unerträglich wird? Mein Papa hat keine Kosten gescheut, um sie anzulegen, also müssen sie bewundert werden!«
Gwendolen, die keine rechte Möglichkeit sah, Lord Wilfried Campaspe als Ersatz vorzuschlagen oder Campaspe dazu zu bringen, Lyndale zu verlassen, sagte in ihrer Verzweiflung, daß sie entzückt darüber wäre. Natürlich wußte sie, daß sie nun Belville wieder Grund geben würde, sich gekränkt zu zeigen, denn zuerst hatte sie mit Lyndale gesprochen, und nun würde sie mit Lord Wilfried davonziehen. Doch sie war sowieso dazu entschlossen, heute abend die Verlobung zu lösen. Dann mußte sie ihn an einen ausreichend abgelegenen Ort locken – und ihr Instinkt sagte ihr, daß es leichter ist, einen Liebhaber fortzuschicken, der sowieso mit einem böse war, als einen, der sich in bester Stimmung befand.
Was sie wirklich bekümmerte, war Campaspe, die sie nicht gern mit Lyndale zurückließ, da ihm bei seinem mangelnden Sinn für Schicklichkeit alles zuzutrauen war. Diesbezüglich mußte sie sich wahrscheinlich auf Miß Courtney verlassen, die offenbar ihre Jagd auf Lyndale noch nicht aufgegeben hatte und die sicherlich bald auf der Bildfläche erscheinen würde, um dieses Tête-à-tête zu einer Konversation à trois zu machen. So ging sie mit Lord Wilfried davon, warf aber Campaspe noch einen warnenden Blick zu, der bedeuten sollte, daß es fürchterliche Konsequenzen hätte, wenn sie sich nicht sittsam benehmen würde. Sie mußte jedoch leider feststellen, daß ihre kleine Schwester dies nicht weiter beachtete und daß Lyndale sie nur belustigt anblickte.
Doch sowohl Campaspe als auch Seine Lordschaft waren bald Gwendolens Gedächtnis entschwunden, da andere

Gedanken sie in Anspruch nahmen. Sie und Lord Wilfried waren kaum aus dem »Englischen Garten« herausgekommen – der nach der Mode des 18. Jahrhunderts mit Rosenbeeten, Rabatten und Statuen von Schafhirten und Schafhirtinnen bestückt war – und hatten den kunstvolleren »Italienischen Garten« betreten, als sie entdeckte, daß Lord Wilfried, ebenso wie Campaspe, an diesem Tag nicht gesonnen war, bei der Ausführung seiner Pläne viel Zeit zu verlieren. Als er sie dazu einlud, an der Balustrade der Terrasse zu halten, von der aus man auf den Seerosenteich und den wunderbaren Bronzebrunnen blicken konnte, fühlte sie auf einmal, wie sich ein Arm schmeichelnd um ihre Hüfte legte. Als sie sich abwandte und ihr Interesse für einen wilden Garten bekundete, der weiter unten in einem kleinen Tal lag, wurde sie in eine Eibenallee geführt und entdeckte zu spät, daß sie nun erst recht verraten war, denn man konnte dort von niemandem beobachtet werden.

»Hinreißende Kreatur!« sagte Lord Wilfried in der emphatischen Manier der Kavaliere des 18. Jahrhunderts. »Wann werde ich dafür belohnt, mein bezaubernder Engel«, fuhr er fort und legte seinen Arm wieder um ihre Taille, »daß ich nun bereits vierundzwanzig Stunden an Sie verschwendet habe?« Und noch bevor sie sich von der Überraschung über soviel Kühnheit erholen konnte, hatte er seine freie Hand unter ihr Kinn gelegt, hob es leicht und war gerade dabei, einen Kuß auf ihren Mund zu drücken, als eine empörte Stimme auf einmal dieser romantischen Absicht ein Ende machte.

»Madam!« sagte die Stimme, die Captain Belville gehörte, wie Gwendolen sofort erfaßte, noch bevor sie sich umgedreht hatte. »Ist das Ihre – Ihre Treue!« fuhr er fort, und zwar mit dem zornigen Ton eines Admirals, der gerade Zeuge einer unerhörten Insubordination in den Rei-

hen seiner Soldaten geworden war. »Haben Sie denn ganz vergessen, Madam, daß Sie mir versprochen sind?«
»Aber, aber, Mann«, sagte Lord Wilfried mit seiner langgezogenen, trägen Stimme und schritt damit selbst ein, noch bevor Gwendolen etwas sagen konnte. »Haben Sie doch Manieren und machen Sie hier keine Szene! Was wäre denn ein Picknick ohne einen kleinen Flirt? Und Miß Quarters ist, wie Sie ja wissen, ein verteufelt hübsches Mädchen. Kein bißchen Unrecht in der ganzen Angelegenheit –«
Gwendolen konnte sehen, wie die Lippen des Captains bei der Arroganz dieses Dandys zitterten. Doch nicht einmal der Anblick seiner Verlobten in den Armen solch eines Wüstlings konnte ihn dazu bewegen, über den Sohn eines Herzogs den Zorn auszugießen, den er ihr gegenüber nur zu gern äußerte.
»Sir – Sir –« stammelte er steif. »Ich möchte Ihre Rolle in dieser unglückseligen Angelegenheit außer acht lassen! Die Sache geht ausschließlich Miß Quarters und mich etwas an, und ich würde Sie bitten, sich zurückzuziehen und uns allein zu lassen.«
»Aber mit dem größten Vergnügen, mein lieber Mann!« sagte Lord Wilfried zuvorkommend. »Nichts verabscheue ich so wie Szenen, vor allem vor dem Essen – außerordentlich unbekömmlich für die Verdauung, meinen Sie nicht auch? Aber ich bitte Sie alle beide, kommen Sie nicht zu unserem kleinen Picknick zu spät. Victor – der wirklich vorzügliche Küchenchef meines Papas – versicherte mir, daß er sich heute mit einem Biscuit à la crème selbst übertroffen habe. Sie können uns in etwa einer Viertelstunde unter der hübschen rosa Musselinmarkise versammelt finden, die Sie dort am Ende der Allee sehen. Miß Quarters« – höfliche Verbeugung – »Ihr sehr gehorsamer Diener.«

Und er war gegangen und überließ Gwendolen ungeschützt dem Zorn des indignierten Belville.
Sie merkte jedoch sofort, daß diese Szene keineswegs nur Indignation bei ihm bewirkte, denn er hatte offenbar inzwischen erfaßt, daß sich hier eine Chance anbot, sich von ihr zu befreien. Als er zu sprechen begann, geschah es nämlich keineswegs mit der Miene eines Mannes, der gerade gesehen hatte, wie seine Verlobte von einem anderen Mann umarmt wurde. Da sie aber keine Lust hatte, ihm den Triumph zu gönnen, das Verlöbnis von sich aus zu lösen, begann sie sofort zum Angriff überzugehen und sagte gebieterisch: »Bitte hören Sie auf!«
Captain Belville, der dazu erzogen war, Befehle anzunehmen, tat es, ohne darüber nachzudenken. Doch dann, nachdem er sich besonnen hatte, von wem der Befehl kam, runzelte er die Stirn und setzte noch einmal an:
»Wie ich bereits gesagt habe –«
»Sie werden gar nichts sagen, Henry«, erklärte Gwendolen höflich, aber bestimmt, »bis Sie gehört haben, was ich zu sagen habe.« Sie sprach schnell weiter, weil sie den rebellischen Blick des Captains bemerkte. »Erstens muß ich Ihnen sagen, wie schockiert und enttäuscht ich über Ihr Benehmen bin –«
»Mein Benehmen?«
»Natürlich, Ihr Benehmen. Ich hatte Sie für einen ritterlichen Mann gehalten, einen Mann, auf dessen edelmütige Natur ich mich verlassen konnte, um mich vor so unangenehmen Aufmerksamkeiten zu bewahren, wie Lord Wilfried sie mir aufgezwungen hat –«
»Ihnen aufgezwungen!« sagte der Captain, dessen Gesicht rot anlief. »Sie sind ja selbst mit ihm hierhergekommen!«
»Weil ich mich«, sagte Gwendolen geistesgegenwärtig, »auf seine Ehrenhaftigkeit als Gentleman verlassen habe.

Wie konnte ich annehmen, daß er seine Kenntnis dieses verborgenen Ortes ausnützen würde, um mir seine Aufmerksamkeiten aufzuzwingen? Oder«, fuhr sie unbarmherzig fort, als sie sah, daß der Captain wieder den Mund aufmachte, um etwas zu sagen, »daß der Gentleman, auf den ich glaubte mich in erster Linie verlassen zu können, um mich zu schützen, statt dessen die unmännlichste und gemeinste Interpretation der Situation bereit gehabt hat.«

»Aber, zum Teufel, Madam«, stammelte der Captain und versuchte verzweifelt, aus der Ecke herauszukommen, in die er sich gedrängt sah, »was sollte ich denn sonst annehmen? Sie können doch nicht leugnen, daß Lord Wilfried Sie seit gestern abend, als er Sie zum ersten Mal sah, ständig mit Aufmerksamkeiten verfolgt hat und daß Sie ihm keinen Grund gegeben haben anzunehmen, diese Aufmerksamkeiten würden ihnen unangenehm sein –«

Gwendolen merkte, daß es wieder Zeit war, zum Angriff überzugehen, damit der Captain sie nicht seinerseits in die Ecke drängen konnte.

»Captain Belville«, sagte sie mit einem würdevollen Bedauern, das selbst Lady Otilia, die sich mit dramatischen Szenen auskannte, Anerkennung abgezwungen hätte, »Sie brauchen mir nichts mehr zu sagen! Ich nehme an; Sir, Ihr langer Aufenthalt zur See hat bewirkt, daß Sie bezüglich der gegenwärtigen gesellschaftlichen Gepflogenheiten nicht mehr ganz auf dem laufenden sind. Auf jeden Fall sind Sie der Typ Mann, der sich bei jeder Gelegenheit, die ihm seiner Meinung nach Anlaß zur Eifersucht gibt, unangenehm verhält. Unter solchen Umständen und mit dem größten Bedauern muß ich Ihnen sagen, daß ich es für die beste Lösung halte, wenn wir uns trennen.«

»Uns trennen?« sagte der Captain und blickte sie ungläubig an, offenbar hin- und hergerissen zwischen Erleichterung und Indignation. Erleichterung, weil er die Freiheit vor sich sah, und Indignation, weil man ihm die Rolle der beleidigten Partei entrissen hatte. »Meinen Sie –«

»Genau das meine ich«, warf Gwendolen ein, die nicht die Absicht hatte, sich die Initiative nehmen zu lassen. »Unsere Verlobung, Captain Belville, ist an ihrem Ende angekommen. Ich glaube, daß eine Notiz in der ›Morning Post‹ zu diesem Zweck angebracht wäre, doch da ich keine Erfahrung in diesen Angelegenheiten habe, kann ich es nicht genau sagen. Vielleicht sind Sie in der Lage, mir diesbezüglich zu helfen?« Captain Belville, der nun vor Entsetzen beinahe erstickte, weil man ihm zumutete, der Veteran von einem halben Dutzend aufgelöster Verlöbnisse zu sein, sagte mit größter Schärfe, daß er in dieser Hinsicht ebenso unerfahren sei wie sie. Sie standen einander einige Sekunden feindlich gegenüber, und dann, wie auf geheime Verabredung, gingen sie auf einmal auf die rosa Musselinmarkise zu, die Lord Wilfried erwähnt hatte. Nach einigen Schritten hielt Gwendolen jedoch noch einmal an und wandte sich Captain Belville zu.

»Ich glaube«, sagte sie freundlich zu ihm, »daß ich am besten zuerst vorgehe und daß Sie mir nach ein paar Minuten folgen, so daß Miß Courtney nicht auf die Idee kommt, wir hätten miteinander gestritten. Und es könnte Ihnen helfen, wenn Sie sich um eine freundlichere Miene bemühten. Gesichter sind nämlich so verräterisch, müssen Sie wissen.«

Nachdem sie dies gesagt hatte, ging sie die lange grüne Allee entlang und ließ Belville, der noch immer völlig benommen war, hinter sich. Natürlich war es für ihn durchaus wünschenswert, von der Verpflichtung befreit zu sein, eine junge Dame zu heiraten, die kein Vermögen hatte und die gewiß für ihn nicht sehr leicht zu ertragen gewe-

sen wäre. Doch daß sie es war, die das Verlöbnis gelöst hatte und ihn wie einen dummen Schuljungen behandelte – das sah er als außerordentlich schwere Kränkung an.
Er ging langsam die grüne Allee hinunter und grübelte darüber nach, wie er sich der aufreizenden Miß Quarters gegenüber verhalten sollte, da er ja heute nachmittag in der Öffentlichkeit in ihrer Begleitung erscheinen mußte. Sollte er ihr in aller Deutlichkeit zeigen, daß sie ihn tief verletzt hatte? Diese Reaktion würde ihm sicher gut zustatten kommen, wenn – was ja notwendig wäre – die unangenehme Geschichte von dem aufgelösten Verlöbnis erzählt werden mußte. Oder sollte er sich bemühen, ganz wie sein gewohntes Selbst zu erscheinen – ein Mann, dessen Gewissen rein und der durchaus bereit war, sich einer Frau gegenüber großmütig zu zeigen, die ihn so schlecht behandelt hatte?
Er konnte sehen, daß das modische rehbraune Gewand dieser ärgerlichen jungen Dame so unbekümmert daherflatterte, als hätte man sie nicht gerade in flagranti entdeckt – oder wenigstens dabei, was seiner Meinung nach in flagranti bedeutete. Doch auf einmal hielt es an, und zwei andere Gestalten erschienen im Blickfeld – die eines großen jungen Mannes mit einem deutlichen Hinken und die andere einer kleinen jungen Dame im geblümten Musselingewand und einem Turban. Der junge Mann hatte Mühe, mit der jungen Dame Schritt zu halten, doch seine ganze Haltung drückte deutliche Entschlossenheit aus, und er hatte offenbar auch keine Skrupel, von einer empörten Stentorstimme Gebrauch zu machen, als er merkte, daß die junge Dame ihn hinter sich ließ.
»Cammie! Komm hierher zurück!« schrie er wütend.
»Das werde ich nicht tun! Du bist ein Biest!« schrie die

junge Dame zurück und hielt einen Augenblick an, damit sie ihm diese Worte noch wirkungsvoller entgegenschleudern konnte.
Die jungen Leute, das war klar, waren mit sich zu sehr beschäftigt, um die Gegenwart Gwendolens wahrzunehmen, die fast am Ende der Allee angekommen war, oder die von Captain Belville, der ihr auf dem Fuß folgte. Erst als Campaspe sich noch einmal nach Leutnant Fairhall umdrehte und dabei mit ihrer Schwester zusammenstieß, merkte sie, daß die Szene, in die sie so heftig verstrickt war, sich nicht im Privaten abspielte.
»O Gwen!« ächzte sie erschrocken, fuhr dann aber gleich fort: »Wie froh bin ich, dich zu sehen!« Sie drehte sich um und klammerte sich an Gwendolens Arm, die kleine Gestalt sehr steif und aufrecht. »Willst du bitte diesem – diesem Gentleman beibringen«, sagte sie und wies mit hochmütiger Geste auf den jungen Fairhall, »daß es mir wirklich ein Vergnügen ist, wenn er nicht länger mit mir verlobt sein will. Denn ich will auch nicht länger mit ihm verlobt sein! Und nun – willst du mich bitte zurück zu den anderen bringen, denn ich habe nicht die Absicht, mit ihm zusammen zu bleiben!«

10

Es wäre übertrieben zu behaupten, daß diese Erklärung in den Herzen der Personen, die sie vernahmen, reines Entsetzen hervorgerufen hätte. Sicher fand Gwendolen es etwas beunruhigend, doch da sie ihre kleine Schwester kannte, dachte sie sich, daß die ganze Angelegenheit vielleicht nicht mehr bedeute als ein Sturm im Wasserglas. Leutnant Fairhall war offensichtlich viel zu verärgert, um über irgend etwas entsetzt zu sein, und Captain Belville – das muß gestanden werden – empfand nichts als ruchlose Freude. Die Auflösung seines Verlöbnisses mit Gwendolen, die ja einiges Aufsehen erregen würde, wurde nun durch den noch viel sensationelleren Bruch zwischen dem jungen Fairhall und Campaspe weit in den Schatten gestellt.

Es gelang ihm jedoch, trotz seiner gehobenen Stimmung seine würdige Haltung zu bewahren, so daß Campaspe, die ihn weiter unten in der Allee wie festgewurzelt dastehen sah, auf ihn zuging und sagte: »Captain Belville, wollen Sie mich bitte zu den andern zurückbringen? Ich möchte auf gar keinen Fall hierbleiben!« Dies tat sie, weil sie erkannt hatte, daß Gwendolen nicht beabsichtigte, sie mit sich zu nehmen, bevor sie ihr nicht erklärt hatte, was der Grund ihres Zwistes war.

Captain Belville, der auch nicht dort bleiben wollte, andererseits jedoch ernste Bedenken hatte, sich in den Streit zweier Liebender einzumischen, nachdem er selbst gerade wenig ruhmreich einem solchen Streit entkommen war, blickte sie zweifelnd an. Doch Gwendolen, die inzwischen mit Leutnant Fairhall hinter Campaspe hergegangen war, löste das Dilemma, indem sie ihm sagte, er solle ihre Schwester zum Gartenzelt bringen, da sie mit Leutnant Fairhall ein Wort zu sprechen habe.

»Es hat überhaupt keinen Zweck, daß du mit ihm sprichst«, erklärte Campaspe hochmütig. »Er ist außerordentlich schlecht gelaunt und vollkommen unvernünftig.«

Sie nahm den Arm des Captains und ging mit ihm davon, während Neil wutschnaubend zurückblieb.

»Schau sie doch einmal an!« sagte er zähneknirschend. »Könnte man nicht meinen, daß sie diejenige ist, die in ihrer Ehre gekränkt wurde? Dabei weißt du ganz genau, daß sie es war, die sich so unmöglich benommen hat bei ihrer Flirterei mit Lyndale.«

»Ja, ich weiß« sagte Gwendolen beschwichtigend. »Sie hat sich wirklich sehr schlecht betragen – doch du mußt dir nicht zu viele Gedanken darüber machen. Sie ist eben noch jung und leichtfertig –«

»Ja, verdammt noch mal, allzu leichtfertig für meinen Geschmack!« sagte Neil bitter. »Doch das spielt jetzt keine Rolle, denn unsere Verlobung existiert nicht mehr, und es kann mir ganz egal sein, welche Dummheiten sie sich jetzt noch in den Kopf gesetzt hat!«

»Aber, aber, Neil, das ist doch Unsinn!« sagte Gwendolen sachlich. »Du und Cammie, ihr habt euch doch schon fast als Kinder vorgenommen zu heiraten, und du kannst doch nicht wegen so einem dummen Mißverständnis den Kopf verlieren!«

»Nein, kann ich das nicht?« sagte Neil zornig. Er wandte sich ihr zu und sah sie auf einmal sehr freundlich an. »Aber ich bin wirklich ein Grobian, Gwen, daß ich dir das alles ins Gesicht schleudere«, sagte er. »Du bist so ein guter Kerl, bist es immer gewesen und bist Dutzende von Cammies wert! Und ich hab' ja Belville angemerkt, daß du in dieser Hinsicht auch deine Schwierigkeiten gehabt hast –«

»Aber nein, nicht die geringsten Schwierigkeiten«, versicherte ihm Gwendolen. »Du sollst der erste sein, dem ich es sage, Neil, daß Captain Belville und ich beschlossen haben, unser Verlöbnis zu lösen, weil wir zu der Ansicht gekommen sind, daß wir nicht zueinander passen.«

Neil stieß einen Pfiff aus. »Gut«, sagte er nach einer Weile freimütig, »ich kann nicht behaupten, daß ich überrascht bin darüber. Ich habe mich immer gefragt, wie ihr beiden jemals miteinander auskommen würdet. So ein pedantischer, steifer Kerl wie der –«

Gwendolen lächelte etwas reumütig. »Nein, du darfst den armen Mann nicht allzu schlecht machen«, sagte sie. »Ich habe das sehr ungute Gefühl, daß von Anfang an alles mein Fehler war. Ich konnte einfach nicht von meinen romantischen Vorstellungen lassen, denn ich habe doch Lord Nelson so verehrt. Und ich habe ihm den Vorschlag gemacht, ihm zu schreiben, und dann haben wir uns eben verlobt. Ich glaube gar nicht, daß er es so gern getan hat. Doch jetzt ist er frei und kann Evelina Rutledge heiraten, und ich –«

Der junge Leutnant Fairhall, der in seiner erbärmlichen Situation, in die ihn der Streit mit Campaspe versetzt hatte, ebenfalls zu romantischen Gefühlen neigte, äußerte nun mit jungenhaftem Eifer, daß Gwendolen ein prima Kerl sei, es so aufzunehmen. Seiner Meinung nach sei Belville ganz schön blöd, daß er Evelina Rudledge ihr vorziehe.

»Ja, aber ich habe nicht das geringste Vermögen, und sie hat es«, sagte Gwendolen. »Es ist ein großer Nachteil für eine Frau, kein Vermögen zu haben«, fuhr sie fort und freute sich, als sie merkte, daß ihr Begleiter wenigstens für den Augenblick von seinem Groll auf Campaspe abgelenkt war. »Ich bin eigentlich der Ansicht, daß ein Mann, der bereits gut gestellt ist, in der Lage sein sollte, aus Liebe zu heiraten und nicht um des Geldes willen. Doch es zeigt sich immer wieder, daß die ebenso habgierig sind wie alle andern. Nicht«, fügte sie gerechterweise hinzu, während sie langsam die Allee hinunter- und auf das rosa Gartenzelt zugingen, »daß du habgierig wärst, Neil. Das rechne ich dir auch ganz hoch an.«

Der junge Leutnant Fairhall, der mit einiger Verwirrung bemerkte, daß Gwen Quarters noch nie so hübsch ausgesehen hatte und daß hier wirklich jemand war, der ihn verstand – anders als diese kleine Katze Campaspe –, erklärte ihr mit unerwarteter Glut, daß ein Mann, der ein Vermögen ihrer Liebe vorzüge, auch nicht ihrer Zuneigung wert sei. Dann fügte er noch hinzu, daß er sie auf der Stelle heiraten würde, wenn er nicht bereits verlobt wäre. Er erinnerte sich dann aber sofort daran, daß das ja gar nicht mehr stimmte, und wurde knallrot, was Gwendolen mit einem freundlichen Lächeln quittierte. Sie sagte ihm, er solle nicht so töricht sein, denn er würde natürlich Campaspe heiraten.

»Nein, das werde ich nicht, denn ich kann es nicht«, sagte er finster. »Sie will mich nicht haben, das hat sie mir ja gesagt. Du hast es selbst gehört.« Dann fügte er erklärend und ein bißchen schuldbewußt hinzu: »Wir hatten einen fürchterlichen Krach. Ich bin davon überzeugt, daß Lyndale uns gehört hat und vielleicht auch Miß Courtney.«

»Ach, du lieber Gott!« sagte Gwendolen. »Nun, man muß es eben wieder ins Gleis bringen. Doch hier sind die andern. Versuch so zu tun, als ob nichts geschehen wäre.«

Sie waren inzwischen aus der Eibenallee in den Großen Garten mit seinen Blumenbeeten im französischen Stil und einem langen Wasserkanal, der zu einem kleinen Pavillon nach Art des Batty Langley führte, gekommen. Hier war das Gartenzelt, von dem Lord Wilfried gesprochen hatte, aufgerichtet worden, und die anderen Gäste hatten sich bereits versammelt. Gwendolen wunderte sich über die weißen Tischtücher, Kristallgläser, das Silbergerät, die Lakaien und Diener und ein Orchester, denn dies alles war für ein Picknick ziemlich ungewöhnlich. Doch sie war sehr erleichtert, als sie bemerkte, daß die Gäste viel zu beschäftigt mit dem Essen waren und die Tischmusik viel zu laut, um eine Unterhaltung überhaupt möglich zu machen. Es gelang ihr und Leutnant Fairhall also ohne Mühe, sich unter die übrigen Gäste zu mischen, ohne allzuviel Aufmerksamkeit zu erregen.

Sie hatte Neil erklärt, daß er sich nicht um sie kümmern müsse, und während sie sich gerade ihren Teller füllte, erschien auf einmal Lyndale neben ihr.

»Sie sehen etwas merkwürdig aus«, sagte er. »Und Belville auch. Ist irgend etwas geschehen?«

»Was meinen Sie damit – ist irgend etwas geschehen?« fragte sie vorsichtig, während sie es sich auf einem der französischen Fauteuils bequem machte, die unter dem großen Gartenzelt aufgestellt waren. Sie warf einen verstohlenen Blick auf Captain Belville, der allein dasaß und gerade ein Glas Champagner trank. Tatsächlich war sein Gesichtsausdruck nicht ganz alltäglich, denn er verriet sowohl Gekränktheit als auch Euphorie.

»Sie wissen, was ich meine«, sagte Lyndale mit seiner aufreizenden Direktheit. »Schauen Sie sich den Mann doch nur an. Ich weiß, daß er hinter Ihnen und Wilfried hergegangen ist. Was, zum Teufel, haben Sie mit ihm angestellt?«

»Ich habe gar nichts angestellt«, sagte Gwendolen mit Würde. »Er hat es getan. Er hat entdeckt, wie Lord Wilfried versucht hat, mich zu küssen, und hat einige sehr unfreundliche Dinge zu mir gesagt, und daher habe ich ihm erklärt, daß wir nicht länger verlobt seien. Ich glaube, er hat es gar nicht so ungern – ich meine, nicht mehr verlobt zu sein.«

Lyndale lachte schallend.

»Tun Sie das nicht«, sagte Gwendolen tadelnd. »Es ist wirklich nicht sehr lustig. Ich meine, ich bin heute hierhergekommen, um ihm zu sagen, daß ich ihn nicht heiraten werde, doch –«

»Nicht heiraten werde! Nicht heiraten kann«, unterbrach sie Lyndale. »Das habe ich Ihnen vorher schon gesagt.«

»Also dann – nein, ich kann es nicht«, sagte Gwendolen kühl. »Doch würde kein Gentleman jemals auf die Idee

kommen, zu einer Dame zu sagen ›das habe ich Ihnen vorher schon gesagt‹.«
»Ich habe Ihnen bereits erklärt, daß ich nicht mehr in Übung bin«, sagte Lyndale. »Ich werde mich für das ›Ich habe es Ihnen vorher schon gesagt‹ entschuldigen, wenn Sie wollen.«
»Ihre Entschuldigung«, sagte Gwendolen großzügig, »wird angenommen. Schließlich kann man sich ja denken, daß ein Mann in einem Harem keine Manieren braucht –«
»Es tut mir sehr leid, daß ich Sie enttäuschen muß, Miß Quarters«, sagte Lyndale. »Doch bedauerlicherweise muß ich Ihnen sagen, daß ich niemals einen Harem eingerichtet habe. Noch nicht einmal einen kleinen«, fügte er hinzu und bemerkte, wie sie ihn ungläubig anblickte.
»Na ja«, meinte Gwendolen, »ich nehme an, es würde auch ziemlich teuer kommen. Und vielleicht hatten Sie auch nicht das Bedürfnis nach einer dauernden Etablierung.«
Lyndale, der gerade Champagner trank, verschluckte sich. »Das«, so versicherte er ihr, als er sich wieder erholt hatte, »trifft genau den Kern der Sache, Miß Quarters. Wollen wir nun aber nicht zu Ihren Angelegenheiten zurückkehren? Sie haben gesagt, daß Ihre Entlobung von Captain Belville nichts Belustigendes ist –«
»Nun – nicht wirklich«, gestand Gwendolen. »Nicht, daß ich annehmen würde, daß er unglücklich darüber ist. Ich bin es ja auch nicht – doch immerhin war ich lange an den Gedanken gewöhnt, verlobt zu sein, und davor auch, verliebt zu sein, und es ist jetzt ein etwas seltsames Gefühl, daß es nicht mehr der Fall ist.«
»Ja, das verstehe ich. Doch Sie können sich ja immer noch in jemand anderen verlieben«, erinnerte sie Lyndale. »Mädchen tun das ständig.«

»Nicht, wenn sie in Brightleaves leben«, sagte Gwendolen und schüttelte den Kopf. »In der Gegend gibt es kaum Männer, die zum Heiraten in Frage kommen. Wahrscheinlich habe ich mich auch deswegen in Belville verliebt. Da war keine besonders große Auswahl.«

»Und was ist mit Wilfried? Er scheint mir ja hingerissen von Ihnen zu sein.«

»O ja, aber ich glaube nicht, daß er gern mit mir verlobt wäre und noch viel weniger verheiratet. Doch man weiß das nie. Ich nehme an, Ihre Freunde haben vor einigen Monaten auch kaum angenommen, daß Sie heiraten wollen.«

»Nein, das haben sie sicher nicht angenommen. Würden Sie denn Wilfried gern heiraten?«

»Was für eine außerordentlich ungehörige Frage!«

»Und welch ausweichende Antwort!«

»Nun«, sagte Gwendolen nachdenklich. »Immerhin ist er der Sohn eines Herzogs, und ich nehme an, ich werde eines Tages jemanden heiraten müssen. Aber ich glaube doch, daß mir noch etwas Besseres gelingen wird, vor allem, wenn ich Tante Pris dazu bringen kann, mich in diesem Sommer nach Brighton einzuladen. Sie hatte schon vor, mich in London in die Gesellschaft einzuführen, bevor sie Jane eingeführt hat, doch ich habe mich dann mit Belville verlobt, und daher war es sinnlos.« Sie wurde durch den Anblick Campaspes unterbrochen, die mit ihrem Picknickteller, den Captain Belville ihr gebracht hatte, fertig geworden war und nun auf sie zukam. Sie ging dabei an dem Sessel, auf dem Leutnant Fairhall saß, vorbei, ohne ihn eines Blickes zu würdigen. »Ach, du lieber Gott, hier kommt Cammie«, sagte sie. »Können Sie nicht bitte einmal ganz grob mit ihr sein und sie einfach fortschicken? Sie müssen nämlich wissen, daß sie Ihretwegen einen fürchterlichen Krach mit Neil Fairhall hatte –«

»Ja, ich weiß, denn ich hatte das Vergnügen, fast alles mit anhören zu müssen. Bedauerlicherweise ist Grobheit bei ihr jedoch völlig wirkungslos. Das habe ich nämlich schon ausprobiert.«

»Dann werde ich sie eben selbst wegbringen müssen. Ich will einfach nicht, daß sie noch eine Szene macht.«

Inzwischen war Campaspe bei ihnen angekommen und lächelte verführerisch in Lyndales Richtung. Gwendolen stand auf.

»Komm mit, Cammie«, sagte sie und nahm ihre Schwester fest am Arm. »Ich möchte einmal mit dir sprechen.«

»Aber ich möchte nicht –«

»Doch, du möchtest«, sagte Gwendolen und blickte bedauernd auf ihren eigenen halbvollen Teller. »Und selbst wenn du es nicht möchtest, so möchte ich es doch.« Sie schob Campaspe fort und ging mit ihr den breiten Kiesweg hinunter, der von klassischen Marmorstatuen umsäumt war und an dessen Ende ein Säulenpavillon stand.

»Du hast dich wirklich ganz unmöglich benommen«, sagte sie streng, sobald sie nicht mehr in Hörweite der anderen Gäste waren. »Neil hat mir gesagt, daß du deine Verlobung gelöst hast. Das ist natürlich ein fürchterlicher Unsinn!«

»Nein, das ist es nicht. Ich will ihn nie mehr sehen«, sagte Campaspe und reckte ihr Kinn in die Höhe. »Er ist der allerunvernünftigste –«

»Es ist überhaupt nicht unvernünftig von ihm, wenn er dich tadelt, weil du dich so ungehörig Lyndale an den Hals geworfen hast. Cammie, du mußt jetzt unbedingt damit ein Ende machen. Du tust Jane überhaupt keinen Gefallen, und mich ärgerst du zu Tode mit deinem Mangel an Benehmen! Und nun ist es soweit gekommen, daß du deine Verlobung gelöst hast. Was um alles in der Welt soll Mama denn dazu sagen?«

»Und was meinst du, wird sie sagen, wenn sie hört, daß du deine Verlobung mit Belville gelöst hast?« erwiderte Campaspe. »Denn das hast du doch getan, nicht wahr? Er hat ein so saures Gesicht gemacht, daß ich das annehmen muß. Und wenn du mit ihm brechen kannst, weil er blasiert und unangenehm ist, und du festgestellt hast, daß du ihn nicht mehr lieben kannst, warum kann ich dann nicht auch dasselbe mit Neil machen, wenn es sich bei uns genauso verhält? Oh!« Sie brach plötzlich ab und drehte sich um. »Ich dachte doch, daß ich jemand hinter uns gehört habe. Es sind Mrs. Webley und Mr. York. Es macht dir doch nichts aus, wenn ich mich ihnen jetzt anschließe, oder? Ich kann es kaum mehr erwarten, Mrs. Webley über die neuen Hüte auszufragen, die jetzt in Mode kommen. Ich habe mir gedacht, ich könnte diesen alten, den ich habe, etwas umändern –« Mit dieser fadenscheinigen Entschuldigung, die nur den Zweck hatte, sie vor weiteren Beschimpfungen zu bewahren, lief sie davon in Richtung auf Mrs. Webley und ihren Begleiter. Diese, so dachte sich Gwendolen, würden sicherlich alles andere als erfreut sein, wenn sich jemand an sie hängen würde, um ihr Tête-à-tête zu stören. Sie wußte, daß dies Campaspe überhaupt nicht irritieren würde, da sie nicht das geringste Gefühl für die Nuancen menschlichen Beisammenseins besaß. Sie war durchaus fähig, sich eine halbe Stunde lang mit zwei Menschen, die nichts anderes im Sinn hatten, als vergnüglich miteinander zu flirten, über die neueste Hutmode zu unterhalten.
So ging sie selbst also in ziemlich unglücklicher Stimmung auf den kleinen Pavillon am Ende des Gartens zu, obwohl ihr eigentlich bewußt war, daß sie sich dem Rest der Gäste anschließen müßte. Sie hatte jedoch das Bedürfnis, allein zu sein, denn sie empfand, daß das Leben, das noch vor einer Woche voll wunderschöner Pläne und

Träume war, auf einmal beladen mit Problemen war, die zentnerschwer auf ihr lasteten. Sie war tief in düstere Gedanken versunken, als sie auf einmal bemerkte, daß der kleine Pavillon, auf den sie zuging, nicht leer war. Vor ihren erschrockenen Augen breitete sich eine erstaunliche Szene aus – eine Szene, die sie an die Statue des Schafhirten mit seiner Hirtin erinnerte, die sie zuvor im Englischen Garten gesehen hatte. In diesem Fall war die Schafhirtin eine hübsche junge Dame mit dunklen Locken und einem himmelblauen Kleid und der Schafhirt, der sie zart umarmte, ein schlanker, blonder junger Mann in gutgeschnittenem Frack aus feinstem Tuch. Es handelte sich ganz zweifellos um ihre Schwester Jane und Alain de Combray, obwohl man ihre Gesichter, die hinter einem Pfeiler verborgen waren, nicht sehen konnte. Als sie dort wie festgewurzelt stand, hörte sie auf einmal die Stimme eines Mannes neben sich.

»Ein hübsches Bild –«

Sie drehte sich erschrocken um und erblickte Lyndale.

»Es wäre allerdings für alle Beteiligten«, so fuhr er mit größter Gelassenheit fort, »bedeutend angenehmer gewesen, wenn ich vorher davon gewußt hätte, Miß Quarters. Oder war es das, was sie mir damals anzudeuten versuchten, als ich nach Brightleaves kam, um meinen Antrag zu machen?«

Gwendolen, die entsetzt in das gebräunte, höflich ausdruckslose Gesicht blickte, sah auf einmal ein grauenhaftes Bild vor sich: zwei schweigende Gestalten in der Morgendämmerung, die sich in Paddington Green trafen oder was immer die Entsprechung dieses Londoner Duellierortes in Gloucestershire sein mochte, die rechten Arme ausgestreckt, blitzende Pistolen im Anschlag. Sie suchte verzweifelt nach Worten, um den kalten Rachedurst zu dämpfen, der nach ihrer Meinung hinter der kühlen, ausdruckslosen Maske Lyndales stecken mußte. Bevor sie jedoch sprechen konnte, hatte sich noch Schlimmeres ereignet, denn die Liebenden erwachten aus ihrem seligen Traum, als sie Lyndales Stimme hörten und bemerkten, daß sie nicht allein waren. Sie wichen entsetzt auseinander, beide mit hochroten Gesichtern. »Mylord!« stammelte der junge M. de Combray, während Jane, die keines Wortes mächtig war, das Gesicht verzweifelt in ihren Händen vergrub.

Gwendolen merkte, daß sie hier eingreifen mußte, und da sie darauf wartete, daß Lyndale seinen Handschuh gegen Alains Gesicht schleudern und sagen könnte: »Sie werden morgen von meinen Freunden hören, Sir!«, ergriff sie seinen Arm und sagte in bestimmtem Ton: »Das dürfen Sie nicht tun!«

Lyndale blickte überrascht zu ihr nieder. »Was darf ich nicht tun?« fragte er.

»Ihn zum – zum Duell fordern!« sagte Gwendolen verzweifelt. Und sie fuhr fort, weil ihr eine noch furchtbarere Möglichkeit einfiel: »Oder – oder was man sonst in Marokko tut!«

»Weil Miß Jane den guten Geschmack hatte, jemand anderen mir vorzuziehen! Seien Sie doch nicht so dumm, Miß Quarters!« sagte Lyndale kopfschüttelnd.

Jane, der es bei diesen Worten gelang, ihre Hände vom Gesicht zu heben und ihre Augen zu öffnen, blickte ihn flehend an. M. de Combray seinerseits, dessen Gesicht abwechselnd rot und blaß wurde, faßte sich mutig und sagte mit soviel Ruhe, wie er aufbringen konnte: »Ich – ich fürchte, Mylord, ich schulde Ihnen eine Erklärung –«

»Unsinn! Sie schulden mir überhaupt nichts«, sagte Lyndale. »Miß Jane weiß sehr gut, daß sie durch kein Versprechen an mich gebunden ist. Und ich glaube, ich kann die Gelegenheit jetzt ergreifen und ihr sagen, daß ich mich, wenn sie es möchte, von jedem Versprechen entbunden fühle, das ich ihr gemacht habe. Wenn sie es wünscht«, sagte er mit Nachdruck und blickte Jane direkt an, die bei diesem Blick noch einmal das Gesicht mit den Händen bedeckte und zu schluchzen anfing.

Gwendolen, die erleichtert war, daß Lyndale offenbar doch nicht so mordlustig gesonnen war, wie sie befürchtet hatte, ging auf Jane zu und legte ihren Arm um sie.

»Sei doch nicht so dumm, mein Schatz!« sagte sie. »Es muß Lord Lyndale doch ganz klar sein, daß du eine andere Neigung gefaßt hast, und es ist sicherlich besser, wenn du ihm sagst, daß er von jeder Verpflichtung dir gegenüber frei ist –«

Jane, die ihren Kopf an Gwendolens Schulter preßte, brachte nur einige halberstickte Worte hervor, des Inhalts, daß es ihr leid tue, daß sie aber nichts daran ändern könne.

»Nein, natürlich kannst du es nicht«, sagte Gwendolen ermutigend. »Doch das bringt uns nicht weiter, nicht wahr? Du mußt Lord Lyndale sagen –«

»Ich kann nicht! Mama!« kam es noch einmal halb schluchzend heraus.

Gwendolen schrak zusammen und ließ ihre Schwester auf einmal los.

»Ach, du lieber Gott, Mama!« wiederholte sie entsetzt, weil auch ihr plötzlich einfiel, daß man Lady Otilia zu Hause nicht nur zwei, sondern sogar drei aufgelöste Verlöbnisse servieren mußte. Sie blickte Lyndale an. »Bitte, verstehen Sie«, sagte sie flehend, »ich kann Mama heute einfach nicht sagen, daß Sie und Jane die Verlobung gelöst haben – nicht, nachdem ich gerade mit Belville gebrochen habe und Cammie mit Neil Fairhall. Würde es Ihnen sehr viel ausmachen, wenn wir eine Woche oder so warten würden, bevor wir es offiziell bekanntgeben? Ich meine, Sie wollen sich doch im Augenblick nicht mit jemand anderem verloben, oder?« – »Nein, im Augenblick nicht«, sagte Lyndale belustigt. »Doch es könnte für alle Beteiligten bedeutend weniger aufregend sein, wenn Sie Lady Otilia den ganzen Sack schlechter Nachrichten auf einmal auftischen würden, nicht wahr? Wir alle müssen uns ja ständig irgendwo treffen, was die Verstellungskünste Ihrer Schwester doch beträchtlich strapazieren würde –«

»Nun, Sie könnten ja zum Beispiel zurück nach London gehen«, sagte Gwendolen hoffnungsvoll.

»Auf gar keinen Fall«, sagte Lyndale mit solchem Nachdruck, daß Gwendolen sich fragte, ob Miß Courtney nicht vielleicht doch größeren Eindruck auf Seine Lordschaft gemacht hatte, als sie annahm, und daß er daher entschlossen war, Gloucestershire nicht zu verlassen, solange sie sich in Beauworth aufhielt. Er blickte Jane an, die zu weinen aufgehört hatte und M. de Combray voller Trauer ansah. Dieser mischte sich nun auf einmal wieder ins Gespräch.

»Ich muß Ihnen sagen, Mylord«, erklärte er in einer aufrechten Haltung, die Gwendolen an einen jungen Aristokraten erinnerte, der sich auf dem Weg zur Guillotine befand, »daß Miß Jane und ich in dem Augenblick, als Sie uns entdeckten, gerade für immer voneinander Abschied nehmen wollten. Ich bin nämlich malheureusement nicht in der Lage, ihr einen Heiratsantrag zu machen –«

»Meine Lieben!« Es war Miß Courtneys Stimme, die in diesem Augenblick trällernd dazwischenfuhr, so daß die Versammelten sich erschrocken umdrehten. »Wie absolut scheußlich von mir, mich nicht zu räuspern oder sonst auf mich aufmerksam zu machen, doch ich war so fasziniert von dem, was ich hörte, daß ich es einfach nicht fertigbrachte!« Dann wandte sie sich an die völlig entgei-

die auf dem ziemlich ramponierten Chippendalesofa saß, ihre Hände in bester Tradition eines theatralischen Melodramas rang.
»Papa! Mama! Was um alles in der Welt ist denn geschehen?« rief Gwendolen aus, die so abrupt unter der Türe stehenblieb, daß Campaspe, die direkt hinter ihr folgte, beinahe über sie fiel.
Lady Otilia und Mr. Quarters, die jetzt erst feststellten, daß sie nicht mehr unter sich waren, blickten auf und begannen gleichzeitig zu sprechen, so daß die vier Ankömmlinge in dem Durcheinander nur hin und wieder einige Worte verstanden wie »verdammte Schurken«, »für alle Zeiten ruiniert« und »die Schande niemals ertragen«. Gwendolen, aus deren Kopf nun alle Gedanken an gebrochene Verlobungen entwichen, warf einen entsetzen Blick auf ihre Schwestern, ging schnell durchs Zimmer und setzte sich neben ihre Mutter auf das Sofa.
»Aber Mama, weine doch nicht«, sagte sie bittend, als sie merkte, daß Lady Otilia beim Anblick ihrer Töchter beängstigende Anzeichen erkennen ließ, in Tränen auszubrechen. Sie legte den Arm um ihre Mutter und blickte Mr. Quarters an, der seinen ungestümen Marsch durch das Zimmer unterbrochen hatte und nun vor dem Sofa stand und grimmig auf sie herabblickte. »Papa, sag' uns jetzt bitte, was geschehen ist!« bat sie. »Ihr seht aus, als würde die Welt gleich untergehen.«
»Ja, das ist auch der Fall, mein Mädchen, soweit es uns alle hier betrifft!« sagte Mr. Quarters grob, der offenbar die größte Mühe hatte, sich zu beherrschen. »Wir werden gepfändet. Diese verdammten schurkischen Wucherer haben die Hypothek für verfallen erklärt.«
»Für verfallen erklärt?« Gwendolen starrte ihn an. Sie hatte so lange unter der Bedrohung einer finanziellen Katastrophe gelebt, die dann doch immer wieder – durch

eine kleine Erbschaft oder ein siegreiches Pferd – abgewendet worden war, daß sie schon gar nicht mehr daran glaubte, es könne wirklich einmal geschehen. »Aber – aber du willst doch damit nicht sagen, daß wir aus Brightleaves fortmüssen?« klagte sie.

»Nein, will ich das nicht sagen?« gab Mr. Quarters zurück. »Genau das will ich sagen, und zwar sehr bald – und wenn diese beiden Schurken Smith und Brown meinen, daß ich nicht weiß, wer dahintersteckt, haben sie sich sehr geirrt!« Er stand vor ihr und blitzte zornig zu ihr hinab. »Sie sagen, daß sie für den Besitz einen Käufer haben – einen Herrn, der aber anonym bleiben möchte. Nun, der kann anonym bleiben, solange er will, doch ich weiß genau, wer dieses Spielchen betreibt! Der Herzog von Tardiff – das ist sein Name und sein Stil, so wahr ich hier stehe!«

Inzwischen waren Campaspe, Jane und Lyndale eingetreten und nahmen das, was hier vor sich ging, mit verschiedenen Graden an Interesse und Bestürzung auf. Lyndale, so stellte Gwendolen fest, wirkte ebenso gelassen und distanziert wie immer, was ja auch kein Wunder war, da er nun von seiner Verlobung mit Jane befreit war. Doch Jane selbst, deren körperliche Kräfte noch nie besonders stark waren, schien unter dieser neuen Belastung völlig zusammenzubrechen, denn sie stieß einen schwachen Schrei aus und war im Begriff, in Ohnmacht zu sinken. Lyndale, der blitzschnell die Situation erfaßte, fing sie auf und brachte sie zu einem Stuhl.

»O Jane, sei doch nicht so dumm!« sagte ihre jüngere Schwester, die von diesem Schwächeanfall, den sie für modisches Londoner Getue hielt, nicht besonders beeindruckt schien. »Das ist doch nun wirklich kein Grund, um in Ohnmacht zu fallen. Mir tut es überhaupt nicht leid, wenn wir aus Brightleaves fortmüssen. Es ist doch

wirklich tödlich langweilig, hier auf dem Land leben zu müssen, und wenn wir nach Cheltenham ziehen, werden wir uns dort enorm amüsieren. Mama sagte ja, daß wir dorthin gehen, wenn Papa ruiniert ist –«

»In einem gemieteten Haus«, warf Lady Otilia mit deutlichem Schaudern ein. »Nein, ich werde es nicht ertragen können!«

»Nun, ich glaube, man kann in einem gemieteten Haus ebenso fröhlich sein wie sonstwo«, erklärte Campaspe unbeirrt. Sie war dabei, Janes Hände und Wangen so kräftig zu massieren, daß diese es schon aus reinem Selbsterhaltungstrieb aufgab, in Ohnmacht fallen zu wollen, und sich aufrecht in ihrem Sessel hinsetzte. »Jeden Abend gibt es dort in der Saison Bälle und Dinner-Partys und dann das Theater und die Trinkhallen und Hunderte von Offizieren, selbst wenn fast alle Leute, die man dort kennenlernt, fürchterliche alte Käuze sind –«

Lady Otilia, die ihre tragische Miene aufgesetzt hatte, sagte ihr, daß sie nicht verstehe, wie man so reden könne, wenn die eigene Familie gerade an den Rand des Ruins gebracht worden sei. Dann wurde ihr offenbar erst bewußt, daß Lyndale ja auch zu den Zuhörern gehörte, und sie sagte mit großer Würde zu ihm: »Lord Lyndale! Bitte verzeihen Sie, daß ich Sie nicht angemessen begrüßt habe. Die beklagenswerten Umstände, in denen Sie uns vorfinden –«

»Oh, es besteht nicht der geringste Grund zu einer Entschuldigung, ich habe das vollste Verständnis, Lady Otilia«, sagte Lyndale. Er wandte sich Mr. Quarters zu, der mehr denn je wie ein zorniger und angeschossener Löwe wirkte mit seinem strohblonden, zottigen Haar und dem wetterbraunen Gesicht. »Also haben Smith und Brown beschlossen, Ihnen den Garaus zu machen«, sagte er lässig. »Wie schlecht steht es denn?«

»Verdammt schlecht!« sagte Mr. Quarters düster. »Sie können mich pfänden, mit allem, was ich habe, und sie können es nicht nur, sie haben es auch vor, diese verdammten alten Geldschinder! Ich habe ihnen gesagt, daß ich vielleicht wieder auf die Beine komme, wenn sie mir genügend Zeit lassen – Sie wissen ja auch, Lyndale, daß ich bei den Rennen in Cheltenham sicher einige Siege machen werde mit Conqueror und Madam Miracle –.« Seine Passion nahm wieder von ihm Besitz. »Verdammt, wenn das nicht mehr ist, als ein Mann ertragen kann! Mein Land und meine Pferde – alles geht an den Herzog –«

»Aber es ist vielleicht gar nicht der Herzog, der es kauft, Papa«, warf Gwendolen ein, stand auf und legte ihre Hand beschwichtigend auf den Arm des Vaters. »Du weißt doch gar nicht, ob er es ist, den diese fürchterlichen Leute Smith und Brown als Käufer im Sinn haben. Und vielleicht wird es sogar gar nicht erst soweit kommen. Es ist uns bisher doch immer noch gelungen, uns irgendwie durchzubringen, und ich bin davon überzeugt, daß es auch diesmal gelingen wird. Vielleicht wird Onkel Horace dir genügend leihen, um diese Schwindler zufriedenzustellen –«

»Horace!« sagte Mr. Quarters mit verächtlichem Schnauben. Es war kein Geheimnis, daß er nicht die beste Meinung von Lady Priscillas Mann hatte, der enorm reich war, sein Geld jedoch so liebte, daß es bisher nur seiner Frau gelungen war, ihm etwas davon zu entlocken. »Der wird doch sicher keinen einzigen Penny herausrücken. Erst voriges Jahr, als er mir eine Kleinigkeit geliehen hat, um diese Blutsauger abzuwehren, hat er mir erklärt, daß es das letzte Mal gewesen sei und daß er uns lieber im Armenhaus sähe, als mir noch mal etwas zu leihen. Doch dazu wird es nicht kommen«, sagte er düster. »Deine

Mutter hat ja noch etwas eigenes Geld, und an das können sie nicht herankommen.«
Lady Otilia, die trotz der Beschwörungen ihrer Tochter ein Taschentuch hervorgezogen hatte und leise hineinweinte, ließ in diesem Augenblick noch einmal einige klagende Worte bezüglich einer Wohnung in Cheltenham hören. Mr. Quarters wandte sich gereizt an sie.
»Jawohl, in Cheltenham, Madam«, sagte er. »Ich werde morgen hinfahren und nach etwas Geeignetem Ausschau halten. Denn ich kann dir verraten, daß ich nicht dabeisein werde, wenn mein Hab und Gut vor meinen eigenen Augen verkauft wird. Und du kannst dich außerdem noch glücklich preisen«, fuhr er grimmig fort, als Lady Otilia von neuem einen Ansatz machte zu protestieren, »wenn es uns überhaupt gelingt, uns in Cheltenham niederzulassen, denn es ist sehr wahrscheinlich, daß wir all den Hokuspokus dort nicht mitmachen können und auf den Kontinent ziehen müssen. Ich habe mir sagen lassen, daß man in Boulogne sehr billig leben soll.«
»Boulogne!« Lady Otilia trennte sich jäh von ihrem Taschentuch, setzte sich aufrecht hin und blickte ihren Mann mit dem Ausdruck leidenschaftlicher Indignation an. »Nein, das kommt überhaupt nicht in Frage, Mr. Quarters, das mache ich nicht mit! Nach Boulogne, nein wirklich, und dort in häßlichen feuchten Wohnungen leben, mitten unter Fremden! Da brauchst du mich gar nicht erst zu fragen, denn ich werde es niemals tun!« Sie wandte sich mit Entschlossenheit an Lyndale. »Lord Lyndale«, sagte sie, »Sie müssen uns helfen! Ich habe mir sagen lassen, daß Ihre Mittel es erlauben, und sicherlich wollen Sie nicht die Familie der jungen Dame, mit der Sie verlobt sind, in solcher Bedrängnis sehen, wenn es in Ihrer Macht steht, das zu ändern.«

Lyndale warf einen Blick auf Jane, die heftig errötete und ihn flehend ansah.
»Unglücklicherweise, Madam«, sagte er mit seiner üblichen Gelassenheit, »sind Ihre Tochter und ich nicht mehr verlobt.«
»Ja, ich weiß – nicht formell«, sagte Lady Otilia, die offenbar nicht recht hingehört hatte und annahm, er meine damit nur die Tatsache, daß Jane ihm ihre Antwort nicht in aller Form gegeben hatte. »Doch das ist ja nur –«
»Nein, Mama, es ist nicht«, sagte Gwendolen bestimmt, da sie das Gefühl hatte, sie müsse in dieser unangenehmen Situation eingreifen. »Lord Lyndale und Jane sind nicht verlobt und werden es auch in Zukunft nicht sein. Jane hat zu jemand anderem eine Zuneigung gefaßt –«
»Zu jemand anderem?«
Lady Otilia starrte Jane ungläubig an, die den Eindruck machte, als hielte sie einen neuerlichen Ohnmachtsanfall für die beste Idee, um aus ihrem Dilemma herauszukommen. Doch neben dem, was ihre Schwestern als Weichheit bezeichneten, besaß sie doch auch ein gutes Stück Mut, dessen sie sich jetzt besann, und so sagte sie mit einigermaßen fester Stimme: »Ja, Mama, zu jemand anderem. Es ist M. de Combray, und obwohl ich mir bewußt bin, daß er im Augenblick nicht in der Lage ist, mir einen Antrag zu machen, bin ich doch bereit zu warten –«
An dieser Stelle wurde sie durch entsetzte Ausrufe ihrer Eltern unterbrochen. Mr. Quarters äußerte mit höchstem Mißfallen: »De Combray! Was zum Teufel sagst du da?« Und Lady Otilia betonte die Worte »um Himmels willen« mit einem solchen Schaudern, daß an ihren Empfindungen nicht zu zweifeln war. »Du kannst doch unmöglich sagen wollen, Jane«, fuhr Lady Otilia mit bebender Stimme fort, »daß du so schlecht und so undankbar warst und all die Chancen, die man dir gegeben hat –«

Gwendolen unterbrach sie. »Aber Mama, es ist doch wirklich nicht recht, mit Jane zu schimpfen. Außerdem ist es absolut nicht ihre Schuld. Sie hat sich gerade für immer von M. de Combray verabschiedet, genauso, wie du es dir gewünscht hättest, und da kam Lord Lyndale dazu und erfaßte die Situation. Und ich bin davon überzeugt, daß es letztlich sicher das beste ist –«
»Das beste!« rief Lady Otilia in theatralischem Ton aus. »Wenn sie unsere letzte Chance vernichtet hat, vor dem Ruin gerettet zu werden!« Plötzlich hatte sie jedoch eine Erleuchtung. »Aber nein – nicht die letzte«, fuhr sie hoffnungsvoll fort. »Da ist ja noch Belville. Er ist ein vermögender Mann, er wird nicht wollen, daß die Familie seiner Braut in Schmach und Schande von ihrem Besitz vertrieben wird –«
»Es tut mir schrecklich leid, Mama«, sagte Gwendolen mit sinkendem Mut, denn sie sah voraus, wie ihre Ankündigung sich auf ihre Mutter auswirken würde, »aber ich werde nicht die Braut von Captain Belville werden.« Lady Otilia blickte sie fassungslos an. »Wir sind übereingekommen, daß wir nicht zueinander passen«, fuhr Gwendolen fort und fügte dann, an Campaspe gewandt, hastig hinzu: »Cammie, geh und hole Mama ihr Riechfläschchen –«
»Also gut«, sagte Campaspe, die nicht sehr viel von Leuten hielt, die Zuflucht zu solchen Mitteln suchten. »Aber es wird besser sein, wenn du ihr sofort sagst«, empfahl sie beim Weggehen, »daß auch Neil und ich nicht heiraten werden. Daher ist es gar nicht erst nötig auszusprechen, ob die Fairhalls uns vielleicht helfen könnten.«
Sie verschwand in der Halle, und Lady Otilia sank mit einem mitleiderregenden Ächzen in Gwendolens Arme.
»Ja, ich weiß, Mama – es ist wirklich sehr hart für dich«, sagte Gwendolen voller Mitgefühl, jedoch ohne Beunru-

higung, denn sie wußte, daß Lady Otilia eine robuste Konstitution besaß. Obwohl sie zu dramatischen Szenen neigte, war sie durchaus in der Lage, die verschiedenen unangenehmen Schocks, die sie gerade empfangen hatte, ohne allzugroßen Schaden zu ertragen. »Doch wie Lord Lyndale mir gesagt hat, ist es wirklich besser, all die schlechten Nachrichten in einem Aufwasch zu erledigen, damit die liebe Seele Ruh hat.« Sie blickte zu Lyndale auf, der im Gegensatz zu andern Männern, die im Wohnzimmer von Bekannten peinliche Gefühlsausbrüche erleben, keine Anzeichen machte, die Flucht zu ergreifen, sondern die ganzen Vorgänge mit dem größten Interesse zu verfolgen schien. »Ich nehme an, Sie hätten nichts dagegen, uns mit einer hübschen Summe auszuhelfen, selbst wenn Sie nicht mehr mit Jane verlobt sind?« fragte sie ihn hoffnungsvoll. »Ich glaube sicher, daß Sie es sich leisten können –«

»O ja, ich kann es mir leisten«, stimmte Lyndale ihr zu. »Doch die Frage ist, kann es Miß Jane auch?«

»Jane?« Gwendolen blickte ihn verständnislos an. »Aber was hat sie damit zu tun?«

»Nun, sie könnte sich ja zum Beispiel verpflichtet fühlen, mich zu heiraten«, meinte Lyndale. Gwendolen begann zu sprechen, doch er schnitt ihr das Wort ab. »Miß Jane«, erinnerte er sie, »hat, soweit ich festgestellt habe, ein sehr gut entwickeltes Pflichtgefühl. Wer kann also sagen, daß sie es – wenn ich eine stattliche Summe für die Rettung von Brightleaves zur Verfügung stelle – nicht für ihre Pflicht hält, den jungen M. de Combray zu vergessen und mich zu heiraten?«

Dies, so gab Gwendolen zu, war eine Frage, die nicht beantwortet werden konnte. Jane, solcher Großzügigkeit gegenübergestellt, könnte angesichts des mangelnden Verständnisses, das ihre Eltern einer Verbindung mit Alain

de Combray entgegenbrachten, sehr wohl dazu verleitet werden, ihre Entscheidung zu revidieren und Lyndale doch noch zu heiraten. Lady Otilia jedoch, welche die Dinge offenbar ganz anders ansah, griff hier wieder ins Gespräch ein und sagte mit anklagender Stimme zu Lyndale, daß dies doch sicher genau das sei, was er sich erhoffe.

»Was M. de Combray betrifft«, so sagte sie mit großer Geste, »so wissen Sie doch genau, daß junge Mädchen immer solche romantischen Träume haben. Ich selbst war verzweifelt in meinen Tanzlehrer verliebt, bevor ich Mr. Quarters geheiratet habe. Es bedeutet – das muß ich Ihnen sagen – überhaupt nichts.«

Gwendolen war entsetzt, daß ihre Mutter auf einmal einen Standpunkt einnahm, der ganz gegen ihre sonstigen romantischen Vorstellungen verstieß, und es war offensichtlich, daß Campaspe, die in diesem Augenblick mit dem Riechfläschchen zurückkam, ebenso überrascht war.

»Aber Mama, wie kannst du so etwas sagen?« protestierte sie. »Du hast uns immer gesagt, daß man niemals heiraten soll, wenn nicht eine wirkliche Zuneigung –«

»Und das sage ich immer noch«, bemerkte Lady Otilia mit einiger Strenge und wies das Riechfläschchen mit einer weiten Handbewegung von sich. »Aber ich weiß wirklich nicht, was Lord Lyndale so Abstoßendes an sich haben soll! Sicher, seine Haut ist sehr gebräunt, doch wird ein Aufenthalt in England dies früher oder später beheben. Ich weiß wirklich nicht, weshalb Jane nicht eine Zuneigung zu ihm entwickeln kann. Wenn sie nur den geringsten guten Willen dazu besäße! Immerhin würde das ja auch ihre ganze Familie vor dem Ruin bewahren.«

Gwendolen, die zwar die offenen Redensarten ihrer Mutter gewohnt war, schaute diesmal doch etwas betreten auf Lyndale, da sie nicht wußte, wie er diese seltsamen Be-

merkungen über sein Äußeres aufnehmen würde. Zu ihrer Erleichterung konnte sie jedoch feststellen, daß er alles ganz ruhig nahm. Mr. Quarters jedoch, der sich bisher ziemlich zurückgehalten hatte, begann an dieser Stelle zu explodieren und sagte mit größter Bitterkeit, daß ein Mann, der Töchter habe, doch ein verdammter Narr sei. Und mit dieser Erklärung marschierte er aus dem Zimmer, und kurz darauf hörte man, wie er draußen mit lauter Stimme befahl, eines seiner Pferde zu satteln.

»Sie dürfen es ihm nicht übelnehmen, Lord Lyndale«, sagte Lady Otilia, die nicht mehr die Absicht zu haben schien, in Ohnmacht zu fallen, und die jetzt sehr aufrecht auf ihrem Sofa saß. Sie machte den Eindruck einer dicken, jedoch entschlossenen Henne, die sich vorgenommen hat, ihre Küken zu umsorgen, obwohl sie sich als Entchen entpuppt hatten, noch dazu als sehr häßliche. »Männer haben diese entsetzliche Eigenschaft, immer dann zornig zu werden, wenn es völlig sinnlos ist. Nicht, daß Sie nicht auch ein Mann wären – daher wissen Sie genau, was ich meine. Doch ich bin sehr froh, daß Sie nicht zornig sind, was Ihnen wirklich zur Ehre gereicht, da Jane sich ja so töricht benimmt. Wenn Sie also so freundlich sein wollen, sich hier neben mich zu setzen, können wir in aller Ruhe diese Angelegenheit aus der Welt schaffen –«

Sie blickte Lyndale hoffnungsvoll an, doch zu ihrer Enttäuschung reagierte er nicht auf ihre Bitte, sondern blickte sie statt dessen mit einem Lächeln an, das sie als rätselhaft und zugleich auch als beruhigend empfand.

»Ich glaube nicht, Lady Otilia«, sagte er. »Doch wenn ich Sie wäre, würde ich mir deswegen keine allzugroßen Sorgen machen. Sie haben ja immer noch drei sehr attraktive Töchter, und wer weiß, ob eine von ihnen nicht doch einmal als Marquise enden wird! Meine Damen, ich wünsche Ihnen allen einen guten Tag.«

Und mit einer schwungvollen Verbeugung verließ er den Raum, was Lady Otilia dazu veranlaßte, ihm empört nachzublicken.
»Abscheulicher Mann!« sagte sie. »Als ob die Herren Marquis in Gloucestershire nur so aus der Erde sprießen würden! Ich bin davon überzeugt, daß er diese aufdringliche Miß Courtney heiraten wird, und Belville wird Evelina Rutledge heiraten. Und Neil Fairhall wird zu einem jener Männer werden, die bis fünfunddreißig überhaupt nicht heiraten, weil sie mit ihren Pferden und Hunden viel zu beschäftigt sind. Und meine Campaspe hat das Nachsehen!« Sie bedachte ihre drei beschämten Töchter mit einem sibyllinischen Blick. »Ich sehe«, sagte sie, »daß ich die Angelegenheit in meine eigenen Hände nehmen muß, denn offenbar habe ich drei Töchter aufgezogen, die mehr Haare als Verstand besitzen und nicht die geringste Ahnung haben, was für sie von Vorteil ist. Ich werde mir sofort Pris aus Brighton kommen lassen, und wir beide werden schon sehen, ob wir euch nicht standesgemäß unterbringen – ob ihr nun wollt oder nicht!«

12

Gesagt, getan – Lady Otilia schickte sofort einen Expreßbrief an ihre Schwester, mit dem Erfolg, daß Lady Priscilla noch vor Ende der Woche in Brightleaves ankam. Wie immer war sie nach der neuesten Mode gekleidet: ein hinreißendes Reisekostüm in französisch Grün und ein dazu passender Hut mit einer kühnen Krempe. Sie stürmte ins Haus, ohne die Packkisten zu beachten, die bereits in der Halle bereitstanden, als gehörten sie zum üblichen Mobiliar. Nachdem sie Lady Otilia, die beim

Geräusch der Wagenräder herausgeeilt war, zur Begrüßung die Wange gereicht hatte, ging sie sofort mit ihr ins Wohnzimmer, wo sie sich mit großem Aplomb auf ein Sofa fallen ließ, auf dem bereits ein großes Familienbild ruhte.

»Nun, meine liebe Otilia«, sagte sie, »sei bitte so gut und berichte mir sofort von dieser lächerlichen Situation, in die du dich begeben hast. Eine Wohnung in Cheltenham – ausgerechnet! Und drei aufgelöste Verlobungen! Ich schwöre dir, daß es auf der ganzen weiten Welt keine zweite Familie gibt, die sich in eine solche Klemme gebracht hat!«

Lady Otilia, die um mehrere Jahre älter war als ihre Schwester, sich jedoch von Kindheit an nicht hatte gegen sie durchsetzen können, blickte sie etwas rebellisch an, bedachte dann aber, daß sie ihre Hilfe dringend brauchte, und erklärte kleinlaut, daß es nicht ihre Schuld sei.

»Aber nein, natürlich nicht«, sagte Lady Priscilla, während sie Hut und Handtasche ablegte. »Es ist ja nie deine Schuld. Hugh ist immer schon schwierig gewesen, schon seit du ihn geheiratet hast. Aber das spielt jetzt keine Rolle«, fuhr sie fort und überließ es gnädig einer anderen Gelegenheit, auf die Mängel von Mr. Quarters Charakter zurückzukommen. »Die Frage ist jetzt, was stellen wir mit diesen drei Töchtern von dir an? Ich muß zugeben, daß ich über Campaspe gar nicht erstaunt bin, denn sie hat immer schon wenig Vernunft und noch weniger Benehmen besessen. Doch von Gwendolen hatte ich mehr erwartet, denn die ist vernünftig genug, um zu wissen, daß man mit einundzwanzig keine allzuhohen Ansprüche mehr stellen kann. Soviel ich weiß, ist Captain Belville eine sehr beachtliche Partie für ein Mädchen ohne Vermögen, und ich werde versuchen, ihr das auch deutlich zu machen.«

nicht teilen und erklärte, daß Frieda Courtney keineswegs der Typ Frau sei, nach dem Lyndale Ausschau halte, jedenfalls soweit er es ihr zu verstehen gegeben habe. Sie fügte hinzu, daß es ihnen vielleicht doch gelingen könne, Jane und ihn zusammenzubringen. »Verlaß dich drauf«, sagte sie, »er ist nicht der Typ Mann, der auf seine Ehre pocht und für ewig gekränkt ist, nur weil sich ein junges Mädchen vorübergehend in einen anderen jungen Mann verliebt hat. Sicher können wir Jane soweit bringen einzusehen, daß es eine Torheit ist, sich an einen mittellosen Franzosen zu hängen, der nicht die geringste Aussicht hat, sie heiraten zu können.«

Da sie eine Frau von unbegrenztem Tätigkeitsdrang war, bestand sie dann darauf, nach Cheltenham gebracht zu werden, damit sie selbst das kleine Haus sehen könne, in dem Mr. Quarters seine Familie unterzubringen gedachte. Gwendolen und Campaspe, die gerade in diesem Moment aus dem Dorf zurückkamen – sie hatten Jane dorthin begleitet, die den Nachmittag bei einer kranken Dame verbrachte –, wurden sofort in das Unternehmen miteingeschlossen. Sie hätten selbst allerdings gern auf diese Ehre verzichtet, denn es war ihnen nur zu klar, daß Lady Priscilla die Fahrt nach Cheltenham dazu benützen würde, sie wegen ihres schändlichen Verhaltens ihren Verlobten gegenüber zu tadeln.

Immerhin wurden sie am Ende der Fahrt damit belohnt, ihr zukünftiges Heim besichtigen zu können. Es war ein kleines Haus mit einem Erkerfenster vor dem Wohnzimmer, das auf eine der weniger beeindruckenden Stellen des Badekurortes blickte. Es hätte sich sehr gut für ein junges Paar geeignet, das sein gemeinsames Leben bescheiden anfing, doch es erschien Lady Priscilla und Lady Otilia für eine Familie mit drei sehr lebhaften jungen Damen doch als entsetzlich beengt.

Doch wenn die zwei älteren Damen auch schockiert den Kopf schüttelten angesichts des kleinen Wohnzimmers, der drei kleinen Schlafzimmer im ersten Stock und der winzigen Dienstbotenzimmer ganz oben, die nur über eine halsbrecherisch steile Treppe zu erreichen waren, so dachten Gwendolen und Campaspe doch anders darüber. Sie fanden es ausgesprochen vergnüglich, in einem Viertel der Stadt zu wohnen, das fast wie eine Hochzeitstorte wirkte mit seinen spitzenartigen Verzierungen aus Schmiedeeisen und den hübschen Säulenportalen. Sie stießen sich auch nicht daran, daß man vom Wohnzimmer aus das geschäftige Getriebe der Stadt beobachten konnte – modisch gekleidete Damen in ihren Sänften, vorbeischlendernde Offiziere, elegante Kutschen, hin und wieder auch gichtige alte Männer und kränkliche alte Jungfern auf dem Weg zu den Trinkhallen oder zu Bettisons oder Williams' Bibliothek. Campaspe hatte sich schon einen Prospekt von all den Vergnügungen besorgt, welche die Stadt bereithielt – Bälle am Montag und Freitag, Theater am Dienstag, Donnerstag und Samstag, daneben kleine Tanzveranstaltungen am Mittwoch. Dies erschien ihr so verlockend, daß sie beschloß, keine dieser Gelegenheiten auszulassen.
Und dann war da noch die Aussicht auf die Rennwoche – falls sie zu dieser Zeit schon ihren Umzug in Brightleaves hinter sich gebracht hatten –, in der die Zuschauer die Hotels füllten und Bälle, Abendgesellschaften, Rennen und Theater nicht nur für Amüsement sorgten, sondern drei heiratswilligen jungen Damen auch manche Gelegenheit boten, einen Ehemann zu finden.
Selbst Lady Otilia, die im Augenblick geneigt war, alles nur in den düstersten Farben zu sehen, mußte zugeben, daß hier derartige Gelegenheiten bedeutend zahlreicher waren als in der Abgeschlossenheit von Brightleaves,

doch befürchtete sie, daß die wirklich erstrebenswerten Männer niemals den kläglichen Zustand ihrer Familienfinanzen übersehen würden, der sie dazu gezwungen hatte, in einem so dürftigen Haus zu wohnen. Doch schließlich mußte sogar sie zugeben, daß wenigstens das Wohnzimmer trotz seiner geringen Ausmaße recht elegant war, denn es besaß immerhin eine Tapete mit reizenden Chinoiserien und einen hübschen Lüster.

Man fuhr daher in ziemlich vergnügter Stimmung nach Brightleaves zurück, wo man Mr. Quarters vorfand, der gerade zum letzten Mal seine Ställe besichtigt hatte, denn am nächsten Morgen sollten seine Pferde nach London zu Tattersall gebracht werden. Seine Stimmung war entsprechend schlecht und wurde auch nicht besser beim Anblick seiner Schwägerin, die er herzlich verabscheute. Das Dinner verlief entsprechend ungemütlich, denn die beiden unterließen es nicht, sich gegenseitig mit Unfreundlichkeiten zu bedenken. Gwendolen und ihre Schwestern hüllten sich in Schweigen, denn sie hatten keine Lust, die Kampfgeschosse auch noch auf sich gerichtet zu fühlen. Es bewahrte sie jedoch nicht davor – ganz besonders natürlich Jane –, nach dem Essen von Lady Priscilla in schärfster Weise zur Rede gestellt und an ihre Pflichten gemahnt zu werden. Dies mit dem Erfolg, daß Jane nach wenigen Minuten in Tränen aufgelöst dasaß, Campaspe finstere Blicke um sich warf und Gwendolen einen höchst unziemlichen Lachkrampf bekam.

»Ich konnte einfach nicht anders«, sagte sie später am Abend zu Campaspe, als sie wieder allein waren. »Schon der Gedanke, Tante Pris' Rat anzunehmen und zu versuchen, ›Belville wieder an mich zu fesseln‹, wie sie es ausdrückte! Der arme Mann war doch so glücklich, mich endlich los zu sein, daß er sofort die Flucht ergreifen würde, wenn ich ihm schöne Augen machte! Und was

Neil Fairhall betrifft, so sollte sie nur einmal unsere Gespräche mitanhören, dann würde sie sofort merken, daß er nur zu mir kommt, um über dich sprechen zu können und sich zu beklagen, wie schlecht du dich ihm gegenüber benommen hast.«

»Nun, er hat sich mir gegenüber ebenso schlecht benommen«, sagte Campaspe mit Heftigkeit. »Er hat gesagt, ich sei unglaublich flatterhaft und er habe keine Lust, sich mit mir zu verheiraten. Und als ich versucht habe, ihm zu erklären, daß ich es alles für Jane getan habe, da wollte er es mir nicht glauben. Da wir schon einmal bei Jane sind«, fuhr sie fort – jetzt schon wieder munterer, nachdem sie ihrem Unmut Luft gemacht hatte –, »so glaube ich, daß wir noch mal etwas für sie tun müssen. Sie wird nämlich schon wieder schwach! Hast du gesehen, was für ein Gesicht sie gemacht hat, als Tante Pris ihr sagte, welch böses und undankbares Mädchen sie sei und warum sie Lyndale nicht sofort beim Wort genommen habe, als er ihr den Antrag machte? Und daß es ihre Schuld sei, daß wir nun alle Brightleaves verlassen müssen!«

»Ja natürlich, aber jetzt könnte sie oder jemand anderes gar nichts unternehmen, solange Lyndale in London ist«, sagte Gwendolen sachlich. »Selbst Tante Pris kann nicht erwarten, daß Jane ihm dorthin folgt, und ich halte es für sehr unwahrscheinlich, daß er bald wieder nach Gloucestershire zurückkommen wird. Er steht ja nicht auf besonders gutem Fuß mit dem Herzog oder auch Lord Wilfried, und jetzt, da er mit Jane gebrochen hat, besteht sicher kein Grund, daß er noch mal hier in die Gegend kommt.«

Sie war selbst etwas überrascht, daß sie, als sie diese letzten Worte aussprach, so etwas wie Bedauern empfand. Sie sagte sich jedoch sofort, daß es wohl daher kam, daß Seine Lordschaft trotz seiner unmöglichen Offenheit im

Gespräch - oder gerade deshalb - in jede Gesellschaft Leben brachte. Sicher konnte es keinen anderen Grund geben, daß sie seine Abwesenheit bedauerte!
Es war eine Empfindung, die sie bald vergaß, denn der Umzug nach Cheltenham erwies sich als außerordentlich turbulent, zumal Lord Wilfried Boulting und Leutnant Neil Fairhall ständig im Wege waren und ihre Aufmerksamkeit beanspruchten, obwohl das Haus voller Kisten und Koffer stand. Es war für sie eine ganz neue Erfahrung, so verfolgt zu werden, und obwohl sie die ernstesten Bedenken hatte, daß keiner ihrer Verehrer wirklich eine ehrenhafte Heirat im Sinn hatte, fühlte sie sich doch von all diesen Aufmerksamkeiten sehr geschmeichelt. Lord Wilfried hatte bereits um die Ehre gebeten, sie während der Rennwoche zu einem Ball begleiten zu dürfen, und Neil hatte in einem Hotel ein Zimmer reservieren lassen, nur um zur Stelle zu sein, falls sie in seiner Begleitung an einer der Festlichkeiten teilnehmen wolle.
All das war ziemlich berauschend, und wenn, so dachte sie, Jane nur besserer Stimmung wäre, könnten sie sich während der Rennwoche alle köstlich amüsieren und die unangenehme Frage vergessen, wie sie drei geeignete Männer fänden, die sie heiraten würden. So jedenfalls dachte sie, bis Campaspe am ersten Morgen der Rennwoche zu ihr ins Zimmer gestürmt kam, während sie gerade einen der Hüte von Lady Priscilla für den eigenen Gebrauch umänderte. Campaspe ließ sich auf einen Sessel ihr gegenüber fallen und machte den Eindruck, als ob sie gleich platzen würde, weil sie es nicht mehr aushielt, ihre Neuigkeiten für sich zu behalten.
»Du wirst es nicht für möglich halten«, sagte sie, als sie wieder zu Atem gekommen war, denn sie war die Treppen im Eiltempo heraufgelaufen. »Wen habe ich wohl in der High Street getroffen?«

»Ja, wen wohl«, sagte Gwendolen mechanisch, während sie den Hut hochhielt und ihn kritisch prüfte. »Cammie, wie gefällt dir dieses Band? Ich habe mir gedacht –«
»Ach, laß mich doch mit deinen Hutbändern in Ruhe«, unterbrach sie Campaspe ungeduldig. »Weißt du, wen ich gerade getroffen habe? Lyndale! In der High Street! Er ist zurückgekommen!«
»Lyndale?« Jetzt war der Hut auf einmal nicht mehr wichtig, denn während Gwendolen ihre Schwester anstarrte, sank er auf den kleinen Arbeitstisch, der neben ihr stand. »Hier? Oh, du mußt dich getäuscht haben!« sagte sie ungläubig.
»Wie kann ich mich getäuscht haben, wenn er mit mir gesprochen hat?« sagte Campaspe ärgerlich. »Er ist hier, ich sage es dir, und außerdem hat er mich gefragt, wo wir wohnen, und hat gesagt, daß er uns sofort einen Besuch machen wird. Ich bin gleich nach Hause gerannt, damit ich Jane warnen kann. Ich nehme an, da ist er schon«, fügte sie hinzu, als sie aus der Halle die aufgeregte Stimme ihres jungen Dienstmädchens hörten, das sich bemühte, mit einem männlichen Besucher fertig zu werden. »Nun, er hat keine Zeit versäumt, wie?« Sie lehnte sich nach vorne und sagte in drängendem Ton: »Gwen, wir müssen irgend etwas unternehmen, hörst du! Denn er hat es sich bestimmt anders überlegt und ist gekommen, um Jane doch noch zum Heiraten zu bewegen!«

13

Gwendolen sagte sich, daß sie aus reiner Neugierde mit Campaspe hinuntergehen würde und sicher nicht aus dem Bedürfnis, Lyndale wiederzusehen. Als sie wenige

Minuten später ins Wohnzimmer kamen, fanden sie Seine Lordschaft in freundschaftlicher Unterhaltung mit Lady Otilia, Jane und Lady Priscilla vor. Letztere wohnte wegen der beengten Verhältnisse nicht im Haus, doch sie war glücklicherweise – jedenfalls nach ihrer Ansicht – kurz zuvor aus ihren Räumen im »Royal« hierhergekommen, um über den Verlauf des Tages mit ihnen zu beraten. Jane, das muß zugegeben werden, nahm an der Unterhaltung kaum teil und saß wie eine gekränkte Heroine da, die Hände krampfhaft im Schoß gefaltet. Ihre Mama und ihre Tante jedoch machten ihr Schweigen mehr als wieder gut, indem sie den Gast mit überschwenglicher Herzlichkeit bedachten.

»Widerwärtig!« sagte Campaspe in Gwendolens Ohr, als sie zusammen auf der Türschwelle haltmachten. Ohne lange zu zögern, marschierte sie dann ins Zimmer, holte sich einen Stuhl, den sie zwischen Lyndale und Lady Otilia placierte, und setzte sich mit etwas übertriebenem Nachdruck hin.

»Noch einmal ›Guten Morgen‹, Lord Lyndale«, sagte sie. »Sie haben prompt gehandelt, muß ich sagen! Sind Sie gekommen, um uns zu den Rennen zu begleiten? Lord Wilfried hat es uns bereits angeboten, doch ich meine, drei Frauen sind etwas zuviel für einen Mann, nicht wahr. Wenn es Ihnen gefällt, können Sie mich also begleiten und Lord Wilfried Gwendolen und Jane überlassen.«

Während dieser Rede, die mit größter Schnelligkeit und Entschlossenheit geführt wurde, hatten Lady Priscilla und Lady Otilia sie mit unverhohlenem Entsetzen betrachtet und sich offenbar nur mit Mühe zurückhalten können, sie sofort auf ihr Zimmer zu schicken. Lyndale schien jedoch von ihrem Anerbieten wenig beeindruckt.

»Es wird mir ein Vergnügen sein«, sagte er höflich, jedoch mit einem rätselhaften Blinken in den Augen, das Gwendolen als Ausdruck eines Amüsements auslegte. »Das heißt«, fügte er hinzu, »wenn Sie meinen, daß Wilfried nichts dagegen hat.«

»Daß Sie mich begleiten? O nein, der ist doch hinter Gwen her«, sagte Campaspe, worauf Lady Priscilla und Lady Otilia im Ton höchsten Entsetzens »Campaspe!« ausriefen. »Aber so ist es doch«, erklärte diese unbeirrt. »Nicht«, fügte sie hinzu, »daß wir der Ansicht sind, er hätte den Wunsch, sie zu heiraten. Denn Tante Pris sagt, er ist nicht der Typ eines Mannes mit Heiratsabsichten, doch man weiß ja nie, oder? Er ist letztlich aber sehr nützlich, weil er sie überallhin begleitet.«

Lyndale, der Gwendolen anblickte, was sie sehr irritierte, sagte, daß eine Dame von Miß Quarters Charakterstärke sicherlich den Mann bekommen würde, den sie zu heiraten beabsichtige. Dies brachte Gwendolen so in Rage, daß sie ihn entrüstet ansah. »Wenn Sie dabei auf Captain Belville anspielen, Mylord«, sagte sie, »dann hat er den Wunsch gehabt, mich zu heiraten. Er hat mich in einem Brief darum gebeten.«

»Ja, aber das beweist noch nicht, daß er auch den Wunsch gehabt hat«, sagte Lyndale munter. »Ich nehme an, es ist in Wahrheit so gewesen, daß Sie den armen Jungen in eine solche Lage gebracht haben, daß er keinen anderen Ausweg mehr sah.« Gwendolen blickte ihn fassungslos an. »Aber bitte, nur keine Aufregung«, sagte Lyndale grinsend. »Ich bin davon überzeugt, daß Sie dasselbe bei mir erreichen könnten, wenn Sie es sich in den Kopf setzen würden. Doch ich nehme an, in der Richtung haben sich Ihre Gedanken noch nicht bewegt, oder?«

»In Anbetracht der Tatsache«, sagte Gwendolen mit eiskalter Stimme, da sie sich vor Entrüstung kaum mehr beherrschen konnte, »daß Sie bis vor kurzem mit meiner

Schwester verbunden waren, Mylord, kann ich diese Frage mit einem eindeutigen Nein beantworten. Im übrigen«, fügte sie noch wütender hinzu, als sie bemerkte, wie entsetzt man sie von allen Seiten anblickte, »im übrigen kann ich Ihnen sagen, daß ich kaum versucht worden wäre, es zu tun, selbst wenn die Umstände andere gewesen wären!«

»Ja, das kann ich verstehen«, sagte Lyndale, den diese eindeutige Abfuhr nicht im geringsten zu erschüttern schien. »Man kann mich nicht so leicht zu einer romantischen Gestalt machen wie den galanten Belville, obwohl ich Ihnen versichere, daß ich mein Bestes tue. All diese marokkanischen Geschichten zum Beispiel – ich nehme an, die meisten Männer könnten allein damit schon bei den Damen allerhand Eindruck schinden. Doch der einzige Mensch, den ich damit beeindruckt zu haben scheine, ist Ihr Vater. Er findet nämlich meine arabischen Stuten sehr romantisch.«

»Mr. Quarters«, sagte Lady Priscilla in bestimmtem Ton, da sie fand, daß diese höchst ungewöhnliche Unterhaltung allzuweit ging, »hat keinen einzigen romantischen Knochen in seinem Körper, Lord Lyndale. Und«, fügte sie leicht resigniert hinzu, als sie hörte, daß die Eingangstüre soeben mit einer Heftigkeit geöffnet und geschlossen wurde, die den Kristallüster klirren ließ, »man braucht nur vom Teufel zu sprechen – wie das Sprichwort sagt –, und da ist er schon!«

Sie hatte mit ihrer Annahme völlig recht, denn im nächsten Moment wurde die Wohnzimmertüre aufgerissen, und Mr. Quarters stand auf der Schwelle, hochrot im Gesicht und mit einem so zornigen Ausdruck, daß selbst Lady Priscilla im Moment erschrak. Als er Lyndale sah, der friedlich zwischen Campaspe und Lady Otilia saß, schienen Blitze aus seinen Augen zu schießen.

»Ha!« rief er aus, mit einem dramatischen Tremolo, das selbst Lady Otilia nicht hätte übertreffen können. »Sie sind also hier, in der Tat, Lyndale! Unter meinem Dach! Wie zum Teufel –«

»Aber weshalb sollte Lord Lyndale denn nicht hier sein?« mischte sich Lady Priscilla ein, die das Gefühl hatte, daß ein vernünftiges Wort am Platze war. »Er ist vorbeigekommen, um deiner Frau und den Töchtern einen Besuch zu machen – wirklich eine sehr artige Aufmerksamkeit, wie mir scheint, die uns zeigt, daß er es Jane nicht übelgenommen hat –«

»Jane! Was hat Jane denn damit zu tun?« fragte Mr. Quarters, dessen Zorn durch diese beschwichtigenden Worte nicht gedämpft wurde. Er ging mit energischen Schritten auf Lyndale zu, stellte sich direkt vor seinen Sessel und blickte ihn wütend an. »Nicht übelnehmen«, fuhr er fort, wobei er sich an alle richtete, jedoch Lyndale nicht aus den Augen ließ, »weshalb zum Teufel sollte er etwas übelnehmen, wo er selbst die niedrigste und hinterhältigste Gemeinheit begangen –«

»Mr. Quarters!« unterbrach ihn Lady Otilia tief schokkiert. »Bitte denke daran, daß Lord Lyndale Gast in unserem Hause ist.«

»Nun, ich habe ihn nicht hierhergebeten«, erwiderte Mr. Quarters grob, jedoch völlig wahrheitsgetreu. »Und wenn er mal kurz mit mir herauskommt, dann werde ich ihm beweisen, daß ich noch nicht zu alt bin, um ihm eine Lektion zu erteilen, die er so bald nicht mehr vergessen wird –«

»Warum denn, Quarters? Wegen der Pferde?« fragte Lyndale grinsend, den dieser Ausbruch absolut nicht zu irritieren schien. »Aber irgend jemand mußte sie doch kaufen. Deswegen sind sie ja doch zu Tattersall gekommen.«

»Ja, deswegen sind sie dort hingekommen!« stimmte Mr. Quarters ihm zornig zu. »Um verkauft zu werden. Jedoch nicht von irgendeinem hochgestochenen Marquis, der in meinem Stall herumgeschnüffelt hat, um auszuspionieren, was er konnte, und der mir dann, als er sah, daß hier etwas zu holen war, einen Kredit verweigert und sich nach London davongestohlen hat, um meine Pferde zu bekommen! Es wäre mir fast lieber, wenn Tardiff sie bekommen hätte! Viel lieber!« erklärte Mr. Quarters, der sich in seinen Zorn hineinsteigerte und im Augenblick wohl lieber gesehen hätte, wenn der Teufel selbst seine Pferde bekommen hätte, nur nicht Lyndale.
»Aber was stellst du dir denn vor, Quarters«, unterbrach ihn Lady Priscilla an dieser Stelle. »Wie kannst du hier so eine Szene machen, nur weil Lord Lyndale – wie ich deinen sehr unmäßigen Bemerkungen entnehme – deine Pferde gekauft hat? Offenbar konntest du es dir nicht leisten, sie selbst zu behalten, also was spielt es dann für eine Rolle, ob Lord Lyndale sie gekauft hat oder jemand anderer?«
»Er läßt sie laufen!« sagte Mr. Quarters zähneknirschend und immer noch Lyndale fixierend. »Hier! In Cheltenham!«
»Nun«, sagte Lyndale gleichmütig, »ich hatte mir gedacht, daß es Ihnen Freude macht, wenn Sie sie laufen sehen. Und außerdem hat Ihr ›Conqueror‹ doch die besten Chancen zu siegen –«
»Er ist nicht mein ›Conqueror‹! Er ist Ihrer!« sagte Mr. Quarters, der sich durch dieses Lob auf ein Pferd, das unter seinen Augen aufgezogen und trainiert worden war, nicht beschwichtigen ließ. »Und ich hoffe«, fügte er hinzu, um den augenblicklichen Grad seiner Abneigung zu dokumentieren, »daß er an letzter Stelle ankommen wird! Ich hoffe, sie werden alle Letzte sein!«

»Ach Papa, du weißt doch ganz genau, daß du das alles gar nicht so meinst«, sagte Gwendolen, die der Ansicht war, daß man nun weit genug gegangen war. »Du würdest dich doch wahnsinnig ärgern, wenn das geschehen würde!«

»Nein, das würde ich nicht«, sagte Mr. Quarters widerspenstig. »Und außerdem werde ich es nicht dulden, daß so ein schnüffelnder, gemeiner Kerl eine meiner Töchter heiratet! Keine einzige von ihnen! Haben Sie mich verstanden, Lyndale?«

Er blickte den Marquis durchbohrend an.

»Was das betrifft, Quarters«, so erinnerte ihn Lady Priscilla mißbilligend, »so hat es nie zur Debatte gestanden, daß er jemand anderen als Jane heiratet, und wenn Lord Lyndale so herablassend wäre und seinen Antrag wiederholen würde, dann würdest wohl auch du nicht so töricht sein, ihr im Weg zu stehen.«

Doch Gwendolen, die nun ein privates Wortgefecht zwischen ihrem Vater und Lady Priscilla voraussah, sprang schnell in die Bresche, nahm ihren Vater am Arm und sagte beschwichtigend: »Jetzt komm mal, Papa!« Dann führte sie ihn, der immer noch vor Wut schnaubte, hinaus aus dem Wohnzimmer und brachte ihn in das Eßzimmer, wo sie ein großes Glas Madeira für ihn ausschenkte und es ihm reichte. »Trink das, dann wirst du dich schon viel besser fühlen, Papa«, sagte sie tröstend. »Es ist wirklich abscheulich von Lord Lyndale, daß er hinter deinem Rücken deine Pferde gekauft hat, doch wenn er es nicht getan hätte, dann hätte es der Herzog getan, was genauso schlimm gewesen wäre.«

Mr. Quarters, der nicht gewillt war, sich trösten zu lassen, erklärte unversöhnlich, daß es keineswegs so schlimm gewesen wäre. Denn er wisse, was er vom Herzog zu halten habe, während er Lyndale als anständigen Jungen und

Freund angesehen habe. Immerhin war er bereit, seinen Madeira zu trinken. Dann, mit weiteren Mißfallenskundgebungen gegen Marquise im allgemeinen und einer Beschwörung an Gwendolen, niemals einen zu heiraten, da er in seinem Haus keinen dulden werde, brach er auf. Gwendolen nahm an, daß er sich nun im »Plough« oder »George« mit seinen Freunden vom Turf treffen würde, um mit ihnen Lyndales verräterisches Verhalten zu diskutieren.

Wieder ins Wohnzimmer zurückgekehrt, fand sie Neil Fairhall vor, der sich der Gesellschaft angeschlossen hatte, Campaspe jedoch ebenso geflissentlich ignorierte wie sie ihn. Er zeigte sich sehr enttäuscht, weil Lord Wilfried sich bereits die Ehre gesichert hatte, Gwendolen und Jane zu den Rennen zu begleiten, doch Lyndale erklärte ihm, daß er Campaspe begleiten werde und sich daher freuen würde, wenn Neil sich ihnen anschließen würde. Dies wurde von Campaspe mit eisigem Schweigen zur Kenntnis genommen, so daß Leutnant Fairhall, der einen Blick auf ihr hochmütig abgewandtes Gesicht warf, nicht anders reagieren konnte, als zu erröten und sich hastig zu entschuldigen.

»Du hast ja selbst gesehen«, sagte Campaspe später zu Gwendolen, als Neil kurz darauf mit Lyndale aufgebrochen war, »daß du dich täuschst, wenn du meinst, daß Neil wieder mit mir ins reine kommen will. Er kommt hierher, um dich zu sehen und nicht mich, und wenn du ihn heiraten willst, dann habe ich sicherlich nichts dagegen. Tatsächlich«, fuhr sie mit Entschlossenheit fort, »habe ich eine wundervolle Idee gehabt. Sie ist mir gekommen, als Papa gesagt hat, er wolle nicht, daß Lord Lyndale eine seiner Töchter heiratet. Warum sollte ich eigentlich Lyndale nicht heiraten? Dann wird er verpflichtet sein, etwas für Papa zu tun, ebenso, wie wenn er Jane geheiratet hätte, und wir werden nicht in Boulogne leben müssen, und Jane wird immer noch frei sein, um Alain zu heiraten –«

Doch an dieser Stelle unterbrach Gwendolen sie mit einer Schärfe, die sie ebenso überraschte wie Campaspe.

»Oh, sei doch nicht so ein Dummkopf, Cammie!« sagte sie. »Als ob Lyndale an so etwas überhaupt nur denken würde –«

»Weshalb sollte er nicht daran denken?« fragte Campaspe gekränkt. »Ich weiß, daß ich nicht so schön bin wie Jane, doch alle sagen, daß ich recht gut aussehe –«

»Ja, und du bist natürlich ebenso sanft und artig wie Jane«, sagte Gwendolen mit leichtem Spott. »Nein, du bist wirklich töricht, Cammie! Lyndale würde ebensowenig in Betracht ziehen, dich zu heiraten, wie er daran denken würde, mich zu heiraten – der liebe Himmel weiß, daß wir uns vom ersten Tag an, als wir uns kennenlernten, in den Haaren gelegen haben.«

»Nun, bei mir ist das nicht der Fall«, sagte Campaspe idigniert. »Wir kommen famos miteinander aus, und ich nehme an, daß wir in einer Ehe sehr gut miteinander fahren würden. Auf jeden Fall würde es nichts schaden, wenn wir ihn mal fragen würden.«

»Ihn fragen? Aber Cammie, das kann doch nicht dein Ernst sein!«

»Nun, vielleicht nicht so direkt«, gab Campaspe zu, die von ihrer eigenen Kühnheit leicht erschreckt schien. »Doch man kann Männer immer dazu bringen.«

»Nun, ich weiß wirklich nicht, ob du ihn noch weiter zu irgend etwas bringen kannst, als du es sowieso schon getan hast«, sagte Gwendolen etwas erleichtert – und dann, nachdem Campaspe aus dem Zimmer gestürzt war, fragte sie sich selbst, weshalb sie denn um alles in der Welt erleichtert sein sollte. Sicherlich konnte sie, Gwendolen, nichts dagegen haben, wenn Campaspe Lyndale heiratete, falls sie ihn dazu bringen sollte, ihr einen Antrag zu machen. Solch eine Heirat würde, wie Campaspe es schon sagte, all ihre Probleme lösen, ohne daß man Jane einer Ehe mit einem Mann auslieferte, den sie nicht lieben konnte. Und wenn sie, Gwendolen, so schäbig wäre, ihrer Schwester keine glänzende Partie zu gönnen, nur weil sie im Augenblick keine Aussicht hatte, selbst einen Mann zu finden, dann verdiente sie, den Rest ihres Lebens als alte Jungfer zuzubringen.

So verbrachte sie die nächste Stunde in heftiger Abneigung gegen sich selbst, was aus irgendeinem Grund jedoch auch eine Abneigung gegen Lyndale miteinschloß, den ihr Vater mit Recht so außerordentlich schmählich behandelt hatte. Dies hinderte sie jedoch trotz allem nicht daran, in der gleichen Stunde fieberhaft das Kleid zu bearbeiten, das sie von Lady Priscilla für diesen Nachmittag bekommen hatte. Sie beschloß, das lavendelblaue Samtband des reizenden Musselinkleides durch ein blaßblaues Band zu ersetzen, das, wie sie fand, ihrem Teint besser bekam. Sie redete sich dabei ein, daß sie dies selbstverständlich täte, um auf Lord Wilfried Eindruck zu machen. Was Lord Lyndale zu dieser modischen Änderung sagen würde – so redete sie es sich ebenfalls ein –, konnte ihr völlig gleichgültig sein.

14

Die Rennen von Cheltenham wurden auf den Cleeve Downs ausgetragen, und dorthin wurden Gwendolen, Jane und Campaspe – die in ihren hellen Sommerkleidern und breitkrempigen Hüten bezaubernd aussahen –

von Lyndale und Lord Wilfried begleitet. Lyndale kutschierte seine elegante Karriole und Lord Wilfried eine schneidige Kalesche. Es war ein schöner, warmer Tag – vielleicht sogar etwas zu warm, denn die schweren weißen Wolken, die am blauen Himmel standen, zeigten an ihren Rändern ein dunkles Graublau, das auf ein Gewitter hinwies. Doch im Augenblick schien die Sonne ungechwächt auf die Parade von Kutschen, Reitern und Fußgängern, die sich auf die Downs zubewegte, und Gwendolen hatte sich vorgenommen, wenigstens für die nächsten Stunden all die unangenehmen Familienprobleme zu vergessen und sich nur nach Herzenslust zu amüsieren.

Dies würde, wie sie sehr bald bemerkte, auf keine Schwierigkeiten stoßen, wenn sie zu einem Flirt mit Lord Wilfried bereit wäre. Dieser zeigte sich nämlich von seiner galantesten Seite und hatte offenbar im Sinn, Jane sobald es ging mit geeigneter Gesellschaft zu versehen, um Gwendolen für sich allein zu haben. Gwendolen fragte sich, ob er nicht sogar einen Heiratsantrag beabsichtigte, denn in seiner Art war heute etwas so Zielbewußtes, wie sie es noch nie zuvor an ihm bemerkt hatte. Er kam ihr wie ein dicker, selbstzufriedener weißer Kater vor, der sich zum Sprung auf eine Maus bereit machte. Als sie dann allerdings sein bleiches, hochmütiges Profil betrachtete, während er seine beiden Grauschimmel durch das Gedränge lenkte, begann sie doch zu überlegen, ob ein Kater in einer solchen Situation nicht doch etwas viel Räuberisches als eine Heiratswerbung im Sinn hatte.

Sollte es tatsächlich dahin kommen, daß Lord Wilfried ihr einen unsittlichen Antrag machen würde? Natürlich sollte der Gedanke allein ihr schon beleidigend vorkommen, doch tatsächlich hatte sie das Gefühl, daß so eine Angelegenheit für sie sehr viel einfacher zu handhaben wäre als ein Heiratsantrag, da sie ein solcher in einen höchst ungemütlichen Zwiespalt zwischen Pflicht und Neigung bringen würde. Natürlich hatte sie überhaupt keine Neigung, Lord Wilfried zu heiraten, doch andererseits war er eine außerordentlich erstrebenswerte Partie, vor allem für eine mittellose junge Dame im fortgeschrittenen Alter von einundzwanzig. In Anbetracht dieser Tatsachen mußte sie feststellen, daß sie ebenso unentschlossen und ratlos wie Jane war, als es darum ging, sich darüber schlüssig zu werden, ob sie Lyndale haben wollte oder nicht.

»Natürlich müßte ich es tun, wenn er wirklich eine Ehe im Sinn hat«, sagte sie sich, »denn ich habe nicht eine Entschuldigung wie Jane, daß ich einen anderen liebe.« Doch während sie sich dies sagte, tauchte auf einmal ein Gesicht vor ihr auf, das dem von Lord Wilfried ganz und gar nicht ähnlich war – ein tiefgebräuntes Gesicht mit intensiven blauen Augen, einem entschlossenen Kinn und einem Mund, der sich zu einem ebenso arroganten wie sympathischen Grinsen verziehen konnte.

Und was hätte Lord Lyndale selbst zu der Angelegenheit zu sagen, fragte sie sich leicht gereizt, da sie es sehr töricht fand, in einem solchen Augenblick überhaupt an ihn zu denken. Offenbar überhaupt nichts, denn trotz seiner ziemlich ungehörigen Bemerkung, daß sie in der Lage sei, ihn zu einem Heiratsantrag zu bewegen, wenn sie es wünschte, hatte er sicherlich nicht das geringste Interesse an der ältesten Miß Quarters. Ganz im Gegenteil, er betrachtete sie als ein lästiges und »übermächtiges« Weibsbild und gewiß nicht als den Typ Frau, den man sich für eine Ehe wünschte.

Aus einem ihr unbekannten Grund sah sie sich daher genötigt – als sie die Downs erreicht hatten und die Karriole von Lyndale zufällig neben Lord Wilfrieds Kalesche zu

stehen kam –, ihren Begleiter bedeutend mehr zu ermutigen, als sie es getan hätte, wenn ein Fremder neben ihnen gewesen wäre. Das ganze Gelände war mit Kutschen überfüllt, die in Dreier- und Viererreihen nebeneinanderstanden, die meisten bereits ohne Pferde. Während die Insassen sich über die Einzelheiten des bevorstehenden Picknicks unterhielten, herrschte um sie herum ein geschäftiges Treiben. Buntgekleidete Zigeuner zeigten akrobatische Kunststücke, und ihre Frauen kletterten in die Kutschen und lasen den Renngästen das Schicksal aus der Hand. Spielleute und Sänger intonierten »The Roving Soldier« oder »The Westbury Cocking«, und an einem weißen Pfosten, etwa hundert Schritt vom Ziel entfernt, versammelten sich alle Wettlustigen – Grafen und Herzöge, Reitknechte und Lakaien –, riefen ihre Wetten aus und machten dabei einen solchen Lärm, daß einer den andern kaum hören konnte.
Jane, die inmitten einer großen, lärmenden Menge immer scheu wurde, hatte sich in eine Ecke der Kalesche gedrückt und wagte es kaum, all die Köstlichkeiten zu probieren, die ein Reitknecht von Lord Wilfried aus einem großen Korb hervorgeholt hatte: kaltes Hühnchen, Cremes, Aspike, Gelees und natürlich auch Champagner. Sie begann erst wieder lebhaft zu werden, als Campaspe, die sich durch einen sehr ungehörigen, gar nicht damenhaften Picknickberg hindurchgegessen hatte, zu ihrem Ärger jedoch von Lyndale keinen Champagner bekam, den Wunsch äußerte, eine der Zigeunerinnen herbeizuholen, um sich die Zukunft prophezeien zu lassen.
»O nein, Cammie – das darfst du nicht!« sagte Jane ernst, als ihre kleine Schwester vor lauter Anstrengung, die Aufmerksamkeit einer der Zigeunerfrauen auf sich zu ziehen, fast aus dem Wagen fiel. »Du weißt doch, wie fürchterlich diebisch diese Leute sind –«

»Nun, bei mir gibt es nichts zu stehlen, und ich schätze, Lord Lyndale ist reich genug, um sich eine andere Uhr leisten zu können, wenn man ihm seine nimmt«, sagte Campaspe. Sie lächelte die dunkle junge Frau mit dem fröhlichen farbigen Schal, die auf die Kutsche zukam, freundlich an. »Hier ist meine Hand«, sagte sie und streckte sie ihr entgegen. »Wenn Sie mir eine glanzvolle Zukunft voraussagen, dann wird Lord Lyndale Ihnen sicherlich doppelt soviel Silber auf die Hand legen, als wenn Sie mir etwas Schlimmes prophezeien. Werde ich bald heiraten oder eine Reise machen?«
Die Zigeunerin nahm ihre Hand und betrachtete sie genau.
»Oh, sehr bald«, bestätigte sie ihr prompt und blickte Campaspe mit einem rätselhaften Lächeln an. »Sehr, sehr bald! Und Sie werden eine Reise machen –«
»Gut!« sagte Campaspe, die vor Begeisterung und Zufriedenheit einen kleinen Luftsprung machte. »Ist er blond oder dunkel? Ist er –« sie warf Lyndale einen bedeutungsvollen und schelmischen Blick zu, » – ist er etwa so beschaffen wie dieser Herr hier?«
Die Zigeunerin, die offenbar die Situation schnell erfaßte, zuckte die Achseln.
»Wer kann das wissen?« sagte sie ausweichend.
»Nun, Sie sollten das aber wissen«, antwortete Campaspe ärgerlich. »Deswegen werden Sie doch bezahlt, oder nicht?«
Die Zigeunerin gab ihr keine Antwort, ließ ihre Hand los und blickte auffordernd zu Gwendolen hinüber.
»Und Sie, schöne Lady –« sagte sie mit lockender Stimme. »Ich kann Ihnen eine gute Zukunft voraussagen, wenn der Herr meine Hand mit Münzen bedeckt.«
»Aber bitte«, sagte Lord Wilfried mit seiner schleppenden Stimme und zog eine halbe Krone aus der Tasche.

»Welche Art Zukunft wünschen Sie sich, meine liebe Gwen? Einen dunkelhaarigen Fremden und eine Reise über das Meer? Ja, ich denke bestimmt, eine Reise übers Meer, doch vielleicht könnte man den dunkelhaarigen Fremden vermeiden. Ein blonder Herr, den Sie bereits kennen, dürfte dem Zweck wohl eher dienen –«

Während er sprach, hatte die Zigeunerin Gwendolens Hand genau betrachtet, und bei den letzten bedeutungsvollen Worten blickte sie Lord Wilfried plötzlich an und lächelte höhnisch. »Ja, dem Zweck dienen – das ist der Ausdruck für Sie, blonder Herr«, sagte sie frech. »Vielleicht kann ich Ihnen mal aus der Hand lesen, Sir? Es könnte Ihnen eine Menge Mühe sparen.«

»Nein, ich will Ihren Hokuspokus nicht«, erlärte Lord Wilfried kalt. »Sie können sich ihr Geld verdienen, indem Sie aus der Hand der jungen Dame lesen und ihr Gesundheit, Reichtum und eine lange glückliche Ehe voraussagen.«

»Ja, ja, lang«, stimmte die Zigeunerin zu und blickte noch mal auf Gwendolens Hand, »und auch glücklich, doch« – mit einem Blick in Gwendolens Gesicht – »stürmisch, schöne Lady, stürmisch. Sie werden den Besten heiraten, doch Sie werden ihm keine Ruhe lassen – und Sie werden mit ihm in ferne Länder reisen –«

»Oh, wie aufregend das klingt!« rief Campaspe aus. »Viel besser als meins!«

»Genügend Aufregung für Sie beide, Miß«, sagte die Zigeunerin und blickte nun mit ihren schrägen Augen zu Lyndale hin. »Und Sie, dunkler Lord«, sagte sie mit ebensoviel Dreistigkeit zu ihm wie zuvor zu Lord Wilfried, »soll ich auch ihnen das Schicksal prophezeien?«

Lyndale grinste zu ihr hinab. »Ich habe das Gefühl«, sagte er, »daß Sie es bereits getan haben, nicht wahr? Hier –«

Er warf ihr eine weitere Münze zu, dann kletterte sie von der Kutsche herab und verschwand in der Menge.
»Was haben Sie denn damit gemeint?« fragte Campaspe. »Sie wollte doch nicht sagen, ob der Mann, den ich heirate, hell oder dunkel ist oder ob er Ihnen ähnlich sieht, also kann sie doch nicht gemeint haben –«
»Es spielt jetzt keine Rolle, was sie gemeint hat«, sagte Lyndale. »Ich meine, daß ich Sie zum Zelt des Herzogs bringe, von wo aus wir eine bessere Sicht auf diese Rennen haben werden. Sie haben jetzt wirklich genug gegessen, und ›Conqueror‹ wird bald an der Reihe sein.«
Lord Wilfried erklärte sofort, daß er seine Damen auch dorthin bringen werde, doch Jane, die sich nichts aus Rennen machte und die Menge der Leute scheute, entschuldigte sich und bat, in die Kutsche nebenan umsteigen zu dürfen, wo einige alte Freunde saßen, mit denen sie sich während des Picknicks unterhalten hatte. Lord Wilfried, der seine Erleichterung kaum verbergen konnte, half ihr mit Vergnügen auf ihren neuen Platz und zog dann im Triumph mit Gwendolen davon.
»Wie außerordentlich aufmerksam von Ihrer Schwester, uns allein zu lassen, reizende Circe – ich darf Sie doch ›reizende Circe‹ nennen, nicht wahr!« näselte er, während sie sich den Weg durch die Menge bahnten. »Ich empfinde heute nämlich ganz wie ein Barockmensch, müssen Sie wissen.«
»O nein, ich habe gar nichts dagegen«, sagte Gwendolen, öffnete ihren Sonnenschirm und fragte sich, ob man wohl inmitten einer so großen Menschenmenge einen unsittlichen Antrag bekommen könne. »Ich würde auch gern wie eine Barockdame aussehen, mit dem ganzen Kopf voller kleiner Locken wie die Königin Henrietta Maria, und dazu einen Spaniel auf dem Schoß, doch ich fürchte, ich bin im Grunde fürchterlich modern eingestellt. Ich

meine, wenn jemand auf den Gedanken käme, mich Sacharissa zu nennen, dann würde ich wahrscheinlich Krämpfe kriegen.«

»So ist es«, murmelte Lord Wilfried nun etwas gedämpfter und drückte ihr bedeutungsvoll die Hand, die leicht auf seinem Arm lag, »so ist es, reizende Circe. Doch sicher hätten Sie wie jede Barockdame nichts dagegen, wenn ein schneidiger Kavalier dahergeprescht käme und sie auf seinem Sattel entführte?«

»Eine höchst unbequeme Art des Transports, würde ich meinen«, sagte Gwendolen in höchst prosaischem Ton. »Ein hübscher, eleganter, moderner Phaeton würde mir bedeutend besser gefallen.«

»Dann wird es ein Phaeton sein, meine liebste Gwen«, unterbrach sie Lord Wilfried, der nun seine Stunde gekommen sah und seine Worte in ihr Ohr flüsterte. »Sie verstehen mich doch, nicht wahr? Sie werden doch kommen? Glücklicherweise liegt die Jacht meines edlen Papas zu meiner Verfügung in Bristol bereit, zu einer Kreuzfahrt ausgerüstet. Ich möchte Ihnen so gern Venedig zeigen – ja, ich glaube, für Sie ist Venedig am besten geeignet. Ein Palazzo, der am Canal Grande liegt –«

»Um Himmels willen!« rief Gwendolen, die vor Entsetzen stehenblieb, so daß ein stämmiger Herr in blauem Frack mit Messingknöpfen, der direkt hinter ihr ging, auf die Hacke ihrer Sandale trat. Es folgten hastige Ausrufe und Entschuldigungen, während derer Lord Wilfried den stämmigen Herrn so kalt und gelangweilt anblickte, daß dieser inmitten seiner Entschuldigungsbeteuerungen abbrach und wie ein verscheuchter Hase davonhuschte.

»Der arme Mann!« sagte Gwendolen. »Und es war wirklich nur meine Schuld, daß es passiert ist! Aber ich konnte nicht anders, denn ich war so entgeistert von

dem, was Sie gesagt haben. Ich habe beinahe geglaubt, daß Sie es im Ernst gemeint haben.«
»Aber ich habe es im Ernst gemeint«, sagte Lord Wilfried, der angesichts dieses krassen Mißverstehens seiner romantischen Absichten von ungewöhnlichem Feuer gepackt wurde. »Mein liebstes Mädchen, seit ich Sie zuerst gesehen habe, konnte ich an nichts anderes mehr denken –«
»Wirklich? Nein, das stelle ich mir doch zu langweilig vor«, sagte Gwendolen freundschaftlich. »Doch ich weiß, wie es ist, wenn man sich etwas in den Kopf gesetzt hat –«
»Was ich Ihnen offenbaren wollte«, sagte Lord Wilfried leicht zähneknirschend, da es schwierig war, einer jungen Dame, die einen ständig falsch verstand, eine leidenschaftliche Erklärung zu machen, »was ich Ihnen sagen wollte, ist, daß ich Sie anbete und daß ich mit Ihnen fortreisen will! Sofort!«
»Was – mitten während dieser Rennen, und die arme Jane allein zurücklassen? Nein wirklich, Lord Wilfried –«
»Wenn ich sofort sage«, erklärte Lord Wilfried erbost, da es ihm nicht behagte, ausgelacht zu werden, »dann meine ich heute abend – morgen –, wann immer es Ihnen angenehm ist. Ich stehe ganz zu Ihren Diensten –«
»Nun, wenn das so ist, dann reden Sie doch bitte jetzt nicht mehr so viel Unsinn«, erklärte Gwendolen mit Bestimmtheit. »Natürlich werde ich so etwas nicht tun, Lord Wilfried. Du guter Gott, ich nehme an, Sie haben zuviel Champagner getrunken! Das ist die einzige Erklärung dafür, daß Sie mir so einen törichten Vorschlag machen! Oh, da ist der Herzog«, fuhr sie fort, als sie sah, wie Seine Fürstlichkeit, gestützt von Miß Courtney und Lady Maria, sich langsam auf sie zubewegte. Er hatte sich sein Zelt

nah an der Ziellinie aufbauen lassen, in völliger Mißachtung der Gesetze und Rechte anderer. »Wie geht es Ihnen, Mylord? Ich hoffe, gut.«
Der Herzog musterte sie von oben bis unten, machte eine lüsterne Bemerkung zu Lord Wilfried über das appetitliche Aussehen seiner Dame und erklärte dann, daß es ihm nie gutgehe. Dann fragte er, ob ihr Vater jetzt zufrieden sei.
»Zufrieden über was?« fragte Gwendolen verständnislos.
»Darüber, daß er mich nun doch besiegt hat – was seine Pferde und sein Land betrifft«, sagte der Herzog fast zähnefletschend, wie Gwendolen es später Campaspe beschrieb. In diesem Moment kam Campaspe mit Lyndale herbeigeschlendert, und der Herzog wandte sich mit außerordentlich unfreundlicher Miene an diesen. »Daß Sie es wagen, sich hier zu zeigen, Sir! Sie und Quarters kommen sich wohl sehr gerissen vor, mich getäuscht zu haben?«
»Oh, Quarters hatte damit nichts zu tun, Herzog«, sagte Lyndale mit dem liebenswürdigsten Lächeln. »Tatsächlich hat er mir erst heute morgen erklärt, daß es ihm lieber wäre, Sie hätten seine Pferde.«
»Und sein Land, nehme ich an«, sagte der Herzog fauchend. »Das ist ein ziemlich starkes Stück, Lyndale. Ich bin aber auch nicht auf den Kopf gefallen – das nehme ich Ihnen nicht ab! Ich schätze, Sie werden seine Tochter heiraten, was?«
»Nun, das muß man abwarten«, sagte Lyndale mit rätselhaftem Lächeln, worauf Campaspe Gwendolen einen bedeutungsvollen Blick zuwarf. »Sie müssen aber nicht glauben, daß Sie das Opfer einer üblen Machenschaft von seiner Seite sind, Herzog«, fuhr Lyndale fort. »Es hat sich nur gezeigt, daß mein Angebot an Smith und Brown besser war als Ihres.«

Der Herzog, dem diese Antwort schon gar nicht gefiel, brummte verächtlich, und Gwendolen, die dem Wortwechsel mit wachsendem Erstaunen gefolgt war, wurde in diesem Augenblick von Lord Wilfried, dem es gänzlich gleich war, was mit Mr. Quarters Land und Pferden geschah, zu einem Stuhl geführt. Er hatte sich vielmehr dazu entschlossen, ihr zu zeigen, wie wenig erfreut er über die höchst unzufriedenstellende Art war, mit der sie seine amourösen Bemühungen aufgenommen hatte.
Doch selbst wenn er der Prinzregent in Person gewesen wäre, hätte Gwendolen seine arrogante Haltung ihr gegenüber nicht bemerkt, denn ihr Erstaunen über das eben Gehörte war viel zu groß. Es war also Lyndale und nicht der Herzog, der Brightleaves von den Herren Smith und Brown erworben hatte! Und weshalb er es getan haben sollte, wenn er nicht – wie Campaspe vermutete – doch noch entschlossen war, Jane zu heiraten, konnte sie sich nicht vorstellen. Die Pferde ihres Vaters hätte er vielleicht noch für sich selbst haben wollen, wie Mr. Quarters ihn ja beschuldigt hatte, doch Brightleaves könnte er niemals aus einem anderen Grund gekauft haben als dem, seinen zukünftigen Schwiegervater zu verpflichten und zu verhindern, daß der Besitz in die Hände von Fremden fiele. Doch wenn das so wäre, weshalb um alles in der Welt hatte er dies nicht Mr. Quarters in aller Offenheit bekannt?
Selbst die aufregenden Rennen, die Beifallskundgebungen der Zuschauer und die Genugtuung, »Conqueror« als Sieger zu erleben (wenngleich diese Genugtuung durch die Tatsache geschmälert wurde, daß der Jockei die Farben des Marquis von Lyndale trug statt der Farben der Quarters), waren nicht geeignet, sie von den Fragen abzulenken, die sich ihr nun stellten. Sie könnte Lyndale natürlich direkt nach seinen Motiven fragen, denn er saß

fast das ganze Rennen hindurch an ihrer Seite und beobachtete mit einiger Belustigung – so schien es ihr – die säuerliche Miene von Lord Wilfried und ihr eigenes recht zerstreutes Verhalten. Doch irgendwie fand sie einfach nicht die richtigen Worte, um ihre Fragen auszudrücken. Außerdem nahm Campaspe, die auf einmal in einen recht vertraulichen Ton mit ihrem Begleiter gefallen war, seine Aufmerksamkeit fast vollständig in Anspruch. War es wirklich möglich, so fragte sich Gwendolen verwundert, daß es Campaspe war und nicht Jane, die Lyndale heiraten wollte? Im Augenblick schien ihm ihre besitzergreifende Art gar nicht lästig zu sein, im Gegenteil, er schien sie sogar noch zu ermutigen. Sie kehrte mit Lord Wilfried und Jane nach Cheltenham zurück und fieberte vor Ungeduld, ihren Vater zu fragen, denn sie glaubte, daß er vielleicht doch einiges Licht auf die erstaunliche Tatsache werfen konnte, daß Lyndale Brightleaves gekauft hatte.

»Papa, hast du gewußt, daß es Lord Lyndale war, der Brightleaves gekauft hat?« fragte sie ihn, kaum daß er die Halle ihres kleinen Hauses betreten hatte. Es war inzwischen Abend geworden, und sie hatte eine ganze Weile auf der Lauer gelegen, um ihn gleich nach seiner Rückkehr abfangen zu können.

Mr. Quarters blickte sie unter seinen schweren Brauen durchdringend an. »Lyndale! Aber, aber, Kind!« sagte er barsch. »Du weißt nicht, was du sagst!« Dann ging er an ihr vorbei und wandte sich der Treppe zu.

Gwendolen ergriff ihn am Arm.

»Aber Papa, es ist wahr!« sagte sie beharrlich. »Ich habe gehört, wie er heute nachmittag mit dem Herzog gesprochen hat. Er ist es in Wirklichkeit, der Brightleaves gekauft hat, nicht der Herzog!«

Der Ausdruck, der sich nun auf Mr. Quarters Gesicht

zeigte, verriet eine merkwürdige Mischung verschiedenartigster Empfindungen wie Schuldbewußtsein, Greiztheit und Selbstgefälligkeit.

»Aber, aber!« sagte er noch einmal, jedoch diesmal schon weniger überzeugend. »Ich glaube kein Wort davon! Weshalb sollte Lyndale denn Brightleaves kaufen wollen? Nein, mein Kind, du bist wohl nicht ganz bei Trost!«

Dann ging er die Treppe hinauf und ließ Gwendolen zurück, die nun völlig konsterniert war.

»Aber vielleicht«, sagte sie sich, während sie ihm die schmale Treppe hinauf folgte, »ist er schon so böse auf Lyndale, daß ihm der Gedanke, er könne auch Brightleaves besitzen, zu unerträglich ist, und daher will er es nicht glauben. Ich weiß nicht, was er tun wird, wenn er hört, daß Lyndale Jane noch heiraten will – oder, noch schlimmer, Cammie! Ach, du lieber Gott, ich wünschte mir wirklich, daß keine von uns überhaupt heiraten müßte! Es ist alles so ein furchtbares Durcheinander, denn ich bin überzeugt davon, daß Cammie sich im Grunde überhaupt nichts aus Lyndale macht und daß sie Neil wie eh und je liebt, nur daß beide viel zu störrisch sind, um es zuzugeben!«

Das erinnerte sie daran, daß der junge Leutnant Fairhall sie an diesem Abend zum Ball in die Assembly Rooms begleiten wollte, wo man sicherlich auch Lyndale und Lord Wilfried treffen würde. Und dann müßte man sich wieder den unangenehmen und verwirrenden Fragen stellen, wer wen heiraten oder, im Fall von Lord Wilfried, wer mit wem durchbrennen würde. Es war ein beängstigender Gedanke, und nur die Vorstellung, daß sie bei der Gelegenheit ein hochelegantes Kleid von Lady Priscilla tragen würde, das ihr sehr gut stand, gab ihr genügend Mut, um sich all diesen Strapazen zu stellen.

15

Gwendolen war so sehr mit ihren eigenen Problemen beschäftigt gewesen, daß sie kaum bemerkt hatte, daß Campaspe und Jane von ihrem Ausflug nach Cleeve Downs ebenfalls in etwas seltsamer Stimmung zurückgekommen waren. In Janes Fall äußerte es sich so, daß sie sich sofort in ihr Schlafzimmer zurückzog und sich einem Tränenstrom überließ, denn sie hatte, wie Campaspe bemerkte, Alain de Combray bei den Rennen gesehen. Zum Glück hatte Jane jedoch, wie Campaspe ebenfalls bemerkte, die glückliche Eigenschaft, sich die Augen auszuweinen, ohne ihre Schönheit zu beeinträchtigen, daher spielte es keine Rolle, daß sie sich kurz vor einem Ball so törichten Ausbrüchen überließ.

Und was Campaspe betraf, so bestand ihre Seltsamkeit darin, daß sie sich in soviel hintergründige Rätselhaftigkeit und Wichtigkeit hüllte, daß es selbst eine Statue zur Neugierde veranlaßt hätte. Gwendolen hatte das ungemütliche Gefühl, daß das alles etwas mit Lyndale zu tun hatte, und fragte sich, welch neue Pläne ihre kleine Schwester wohl ausgeheckt hatte, um sie alle an der Nase herumzuführen. Campaspe erwies sich jedoch allen Versuchen zu einem vertraulichen Gedankenaustausch als unzugänglich, und überdies war auch für derlei Dinge keine Zeit, da man viel zu sehr damit beschäftigt war, sich auf den Ball vorzubereiten.

Jane wählte ein kornblumenblaues Kleid – immer ihre beste Farbe – mit einer gerafften Tunika à la romaine. Gwendolen hatte von Lady Priscilla (die für einige Tage nach Brighton zurückgefahren war) ein türkisgrünes Abendkleid mit tiefem viereckigen Ausschnitt und kurzen Puffärmeln bekommen, die als Bretelles bekannt waren. Campaspe stolzierte in einem orangefarbenen Kleid daher und hatte ihre Locken à la Caracalla zurechtgemacht – eine Frisur, die sie der neuesten Nummer von »La Belle Assemblée« entnommen hatte, die im Salon von Duffield und Wellers bereitlag.

Um den Triumph von Campaspe komplett zu machen, hatte Lyndale ihr angeboten, sie zum Ball zu begleiten, und er machte sie noch vollends glücklich, indem er ihr einen Strauß aus gelben und weißen Hyazinthen schenkte, deren Stengel in Silberpapier gewickelt und mit langen Bändern umwunden waren. Gwendolen, die sich genötigt sah, sich mit Leutnant Fairhalls unglücklicher Wahl aus malvenfarbigen und purpurroten Blüten zu befassen, wurde glücklicherweise der Verpflichtung enthoben, sie zu tragen. Kurz vor Beginn des Balles erreichte sie nämlich ein Zweig aus gelben Rosen in einem eleganten Halter, dessen beigefügte Karte die rätselhaften Worte »Je persévére« enthielt.

»Ach du Schreck, natürlich Lord Wilfried!« sagte sie zu Neil. »Macht es dir sehr viel aus, wenn ich heute abend weder deine noch seine Blumen nehme? Ich war nämlich heute nachmittag mit ihm allzu grob – allerdings hat er es auch verdient –, und sicher wird er sehr gekränkt sein, wenn er merkt, daß ich deinen Strauß genommen habe und nicht seinen.«

Neil, der gerade noch zur rechten Zeit gekommen war, um zu sehen, daß Campaspe im Triumph Lyndales Kutsche bestieg, erklärte mit finsterem Gesicht, daß es ihm überhaupt nichts ausmache. Dann beeilte er sich, dies zu beweisen, indem er in einen seiner Ansicht nach unbeschwerten Monolog über seinen Mangel an Rennglück verfiel, denn jedes Pferd, auf das er gesetzt hatte, war unter »ferner liefen« angekommen.

Leider blieb der gewünschte Effekt aus, denn häufig verlor er den Faden seiner Erzählung, unterbrach sich plötz-

lich und verfiel in brütendes Schweigen, aus dem er sich dann jeweils mit einem heftigen Ruck befreite.
»Du lieber Himmel«, sagte Gwendolen, als dies zum dritten Mal geschah, gerade als sie bei den Assembly Rooms ankamen. »Was ist denn heute abend mit dir los, Neil? Du tust so, als würdest du einen Mord planen und wüßtest nicht, wie du ihn ausführen sollst.«
Zu ihrer Überraschung wurde Neil feuerrot und sah so schuldbewußt drein, als habe sie genau das richtige erraten. Dann stammelte er entschuldigend, daß er nur nachgedacht habe.
»Ja, ich weiß, daß du das getan hast«, sagte Gwendolen. »Aber über was? Man hat dich doch nicht wieder ins Feld zurückgerufen, oder? Dein Bein ist doch noch gar nicht richtig geheilt.«
Neil verneinte dies und blickte sie so flehend an, daß sie den Eindruck hatte, er habe sich entweder mit großen Verlusten in eine von Cheltenhams Spielhöhlen begeben oder sich mit einem der vielen charmanten Paradiesvögel eingelassen, die während der Rennwochen herumschwirrten.
In keinem von beiden Fällen wollte sie ihn weiter mit Fragen traktieren, so daß sie sich über belanglose Themen mit ihm unterhielt und ihn auffordere, in dem überfüllten Saal einen Platz zu finden, damit er nicht den ganzen Abend stehen müsse.
»Vielleicht gehst du hinauf zum Kartenspiel oder zum Billard«, sagte sie. »Ich komme sehr gut allein zurecht, denn Jane ist ja da mit ihrem langweiligen Mr. Williams – ich finde es wirklich sehr merkwürdig, daß sie bei all ihrer Schönheit nur von den uninteressantesten Männern begleitet wird –, und denen werde ich mich anschließen oder – oh, da kommt ja Cammie mit Lord Lyndale«, sagte sie, als ihre kleine Schwester auf sie zustolzierte, of-

fensichtlich entzückt über das Aufsehen, das ihr Erscheinen mit Lyndale erregt hatte.
»O Gwen«, sagte sie sofort und blickte durch Leutnant Fairhall hindurch, als sei er eine Glasscheibe, »ich habe Lyndale gerade gesagt, daß er den ersten Tanz mit dir absolvieren muß, da die Person, mit der du gekommen bist, dazu nicht in der Lage ist. Ich werde mit Mr. Clurton tanzen, und dann kann Lyndale mich zum zweiten Tanz auffordern, so daß wir da gar keine Probleme haben.«
Und sie rauschte eilig davon, während Gwendolen ihr mit leichtem Stirnrunzeln nachblickte.
»Sie macht wirklich einen sehr merkwürdigen Eindruck«, sagte sie nach einer Weile vorwurfsvoll zu Lyndale. »Als ob sie demnächst vor Aufregung platzen würde. Was um alles in der Welt haben Sie denn zu ihr gesagt?«
Lyndale erklärte ebenso prompt wie unglaubwürdig, daß er ihr gar nichts gesagt habe.
»Jedenfalls nichts, wovon sie platzen müßte«, sagte er. »Ich glaube, Ihre Phantasie geht mit Ihnen durch, Miß Quarters. Campaspe scheint mir in keiner Weise verändert zu sein!«
»Nein, das stimmt nicht«, sagte Gwendolen beharrlich. Sie blickte Neil an. »Vielleicht sieht sie deinetwegen so komisch aus«, sagte sie, »denn du hast ja noch nicht mal guten Abend zu ihr gesagt.« Dann brach sie plötzlich erstaunt ab, denn als sie sich umgewandt hatte, um Leutnant Fairhall anzusehen, entdeckte sie, daß er Lyndale einen bangen, verschwörerischen und fragenden Blick zuwarf. Was auch immer den jungen Leutnant an diesem Abend so beunruhigt hatte, es war ihr jetzt klar, daß es in irgendeiner Weise mit Lyndale zusammenhing. Allerdings konnte sie sich nicht vorstellen, was die beiden miteinander zu tun haben könnten. Ein Dutzend höchst un-

wahrscheinliche Vermutungen schossen ihr durch den Kopf: daß Neil am Spieltisch verloren hatte und Lyndale seine Schulden nicht bezahlen konnte: daß er und Lyndale in eine illegale Machenschaft verstrickt waren, um die Resultate der morgigen Rennen zu manipulieren; und – das schlimmste von allem – daß er und Lyndale sich wegen Campaspe auseinandergesetzt hatten und sich nun am nächsten Morgen duellieren würden. Diese letzte Vermutung erschien ihr jedoch als die unwahrscheinlichste, und daher fragte sie Lyndale, als er sie zum Tanz führte, sehr direkt: »Was ist denn zwischen Ihnen und Neil vorgefallen? Haben Sie mit ihm gestritten?«
Er blickte sie belustigt an. »Mit dem jungen Fairhall? Weswegen um alles in der Welt sollte ich denn mit dem streiten?«
»Ich weiß es ja nicht«, sagte Gwendolen und blickte ihn prüfend an. »Vielleicht wegen Cammie? Sie überschütten sie ja im Augenblick mit Aufmerksamkeiten!«
»Tue ich das?« fragte Lyndale gelassen. »Ich kann mir trotzdem nicht vorstellen, wieso Fairhall das interessieren sollte. Denn offenbar hat er es jetzt doch auf Sie abgesehen!«
»Ach, das ist Unsinn!« sagte Gwendolen ungeduldig. »Sie sehen doch selbst, daß er immer noch bis über beide Ohren in Cammie verliebt ist, und er macht mir nur diese Besuche, damit er sie sehen kann. Und ich finde«, fuhr sie in strengem Ton fort, »daß es von Ihnen gar nicht schön ist, wenn Sie sich da einmischen und ihr Hoffnungen machen, die Sie ja doch nie erfüllen werden!«
Während sie dies sagte, blickte sie ihm scharf ins Gesicht, um zu sehen, welche Wirkung ihre Worte auf ihn haben würden, und sie war etwas überrascht, als sie bemerkte, daß er ausnahmsweise einmal eine gewisse Beunruhigung erkennen ließ. »Sie meinen doch nicht«, fragte er

nach einer Weile abrupt, »daß sie mich wirklich heiraten will, Miß Quarters?«
Gwendolen starrte ihn an. »Nun, das ist doch eine sehr merkwürdige Frage«, rief sie aus. »So wie Sie sich um sie bemüht haben, müßte das doch Ihr Ziel sein?« Ihre Augen begannen plötzlich gefährlich zu blitzen. »Sie wollen mir doch nicht sagen, Mylord«, sagte sie, »daß Sie sich auf Kosten dieses Kindes amüsiert haben? Ich muß sagen, das habe ich nicht von Ihnen erwartet!«
»Nun, ich glaube, die Sache hat sich doch eher andersherum verhalten«, antwortete Lyndale, »doch wenn Sie meinen, daß ich irgendwelche ernstliche Absichten bezüglich Ihrer Schwester habe, Miß Quarters, so kann ich Sie diesbezüglich beruhigen.«
Sie warf ihm einen vernichtenden Blick zu, war jedoch froh, daß die Bewegungen des Tanzes sie im Augenblick trennten, denn sie merkte, daß sie sich mit dieser Unterhaltung aufs Glatteis begeben hatte, und wußte nicht, wie sie weitermachen sollte. Andererseits war sie sehr erzürnt über die Gleichgültigkeit, mit der er irgendwelche ernsthaften Absichten auf Campaspe verneint hatte. Trotzdem empfand sie eine gewisse Erleichterung darüber, denn sie glaubte nicht, daß Campaspe in einer Ehe mit Lyndale wirklich glücklich werden könnte. Als sie mit ihren Überlegungen an diese Stelle gekommen war, führte sie der Tanz wieder zusammen, und ihre Unmutsgefühle ihm gegenüber waren so groß, daß sie kaum ein höfliches Wort mit ihm wechseln konnte, was ihn jedoch überhaupt nicht zu stören schien. Sobald der Tanz zu Ende war, erschien Campaspe am Arm von Mr. Clurton, und nachdem sie diesen verabschiedet hatte, zog sie mit Lyndale davon.
»Ich wünschte mir wirklich«, sagte Jane in besorgtem Ton, die in diesem Augenblick am Arm von Mr. Willi-

ams ebenfalls neben Gwendolen erschien, »daß Mama heute abend nicht Kopfweh gehabt hätte und daß Tante Pris nicht nach Brighton hätte fahren müssen! Ich weiß, es ist alles ganz in Ordnung, daß du in deinem Alter die Obhut über Campaspe hast, doch sie läßt sich wirklich überhaupt nichts von dir sagen, und wie sie sich heute abend Lyndale gegenüber benimmt – nein, da könnte man wirklich erröten!«

»Ja, ich weiß, man kann überhaupt nichts mit ihr anfangen«, sagte Gwendolen, »doch er ist genauso schlimm, weil er sie noch ermutigt. Oh, Mr. Williams«, fügte sie hastig hinzu, als sie sah, wie Lord Wilfried sich zielstrebig seinen Weg durch die Menge bahnte, »würden Sie so reizend sein und mich zum nächsten Tanz auffordern? Ich möchte nämlich auf gar keinen Fall mit Lord Wilfried Boulting tanzen.«

Mr. Williams, der angesichts dieser ungewöhnlichen Bitte zunächst etwas schockiert schien, erklärte dann mit höflicher Stimme, daß es ihm eine Ehre sei. Jane sah sie entsetzt an, und Gwendolen, der bewußt war, daß Jane ihr Verhalten als ebenso dreist empfinden müsse wie das von Campaspe, wandte sich nun zu Lord Wilfried um.

»Meine liebste Gwen –« sagte er, beugte sich über ihre Hand und hob sie mit bedeutungsvollem Lächeln an seine Lippen. Dann fügte er mit tiefer, leicht gekränkter Stimme hinzu: »Sie tragen meine Rosen nicht – mein Friedensangebot, wenn ich so sagen darf –«

»Nein – nein, das tue ich nicht«, gab Gwendolen zu und konnte nicht verhindern, daß sie leicht stotterte. »Sie müssen wissen, Neil – Leutnant Fairhall – hat erwartet, daß ich seine trage, und da ich mich nicht Ihnen beiden verpflichten konnte, trage ich keine von beiden.«

»Ach so«, sagte Lord Wilfried, der jedoch nur zum Teil beschwichtigt schien. »Ich hoffe jedoch, es bedeutet nicht, meine liebe Gwen, daß Sie mir nicht verziehen haben. Die Heftigkeit meiner Gefühle –«

Gwendolen, der es peinlich war, daß Mr. Williams dies alles hörte, da er als ihr nächster Tanzpartner nicht einfach weggehen konnte, fertigte Lord Wilfried rasch ab und erklärte ihm, daß jeder Mensch manchmal Dinge sage, die er nicht so meine. Dann ließ sie sich von Mr. Williams aufs Parkett führen.

Doch nachdem dieser sie mit seiner mühseligen Konversation und seinen ungeschickten Tanzschritten fast zu Tränen gepeinigt hätte, erschien ihr Lord Wilfrieds Gesellschaft beinahe wie eine Erlösung. Als dieser am Ende des Tanzes auf sie zukam, beschloß sie resignierend, sich ihm doch anzuvertrauen, wurde dann aber von einem Diener aufgehalten, der plötzlich neben ihr erschien und sie ansprach.

»Ich bitte um Verzeihung, Madam – sind Sie wohl Miß Quarters?«

Gwendolen nickte und sah zu ihrer Überraschung, daß der Diener ein zusammengefaltetes Papier in der Hand hatte und es ihr reichte.

»Natürlich von Lord Wilfried!« dachte sie, als sie den Zettel entfaltete, doch konnte sie sich nicht vorstellen, daß er ihr schreiben würde, wo er doch Gelegenheit hatte, sie zu sprechen.

Als sie das Blatt vor sich sah, merkte sie gleich, daß sie sich in ihrer Vermutung getäuscht hatte, denn es waren Campaspes ungelenke Schulmädchenzüge und nicht Lord Wilfrieds forsche Schrift, die ihr entgegensprangen. Als sie den ersten Satz gelesen hatte, war Lord Wilfried ihr völlig aus dem Gedächtnis gewichen, denn sie war vor lauter Schreck wie zu Eis erstarrt.

»Liebe Gwen«, begann der Brief, »wenn Dich diese Zeilen erreichen, bin ich durchgebrannt, um Lyndale zu heiraten. Bitte, rege Dich nicht auf und verhindere auch, daß Mama sich aufregt, denn ihr werdet sicher zugeben, daß das der beste Ausweg aus unseren Schwierigkeiten ist. Bitte, pack meine besten Sachen ein und schick sie zum ›White Hart‹ in Bath, obwohl Lyndale sagt, ich soll mir deswegen keine Gedanken machen, da er dafür Vorsorge treffen wird, doch ich möchte auf jeden Fall meinen neuen Pamela-Hut haben. Campaspe.«

Gwendolen faltete geistesabwesend den Brief zusammen und steckte ihn in ihr Ridikül. Sie war so durcheinander, daß sie Lord Wilfried kaum wahrnahm, der vor ihr stand und sie mit der üblichen Sorgfalt umschwänzelte.

»Ich – ich bitte um Entschuldigung!« sagte sie verwirrt. »Ich habe nicht aufgepaßt. So eine dumme Sache – jemand ist auf mein Kleid getreten und hat die Spitze zerrissen. Bitte, entschuldigen Sie mich einen Augenblick!«

Damit ging sie schnell auf einen der kleinen Nebenräume zu, die den Ballsaal umgaben, und ließ Lord Wilfried zurück, der ihr völlig konsterniert nachblickte.

Sie hatte das Gefühl, daß sie unbedingt einige Minuten allein sein mußte, um alles in Ruhe zu überdenken. Zum Glück war niemand in dem Zimmer, so daß sie, nachdem sie sich auf den nächsten Stuhl hatte fallen lassen, Campaspes Nachricht aus dem Ridikül ziehen und noch mal durchlesen konnte.

»Wenn Dich diese Zeilen erreichen, bin ich durchgebrannt, um Lyndale zu heiraten!« Und doch hatte sie, Gwendolen, es innerhalb der letzten Stunde gehört, daß er keine ernsthaften Absichten auf das Kind habe! Welch abscheulicher, widerwärtiger Mann! Es war schon schlimm genug von Lord Wilfried, der in der vornehmen Gesellschaft als Zyniker bekannt war, einer jungen Frau von einundzwanzig Jahren eine carte blanche anzubieten. Doch wenn Lyndale unter dem Vorwand, eine ehrenhafte

Ehe im Sinn zu haben, ein Mädchen verführte, das eben erst der Schule entwachsen war, so war das so unmöglich, daß sie vor Zorn fast erstickte. Sie mußte ihn unbedingt davon abhalten, und da Campaspe glücklicherweise so vernarrt in ihren neuen Hut war, wußte sie auch, wo sie hinfahren mußte. Doch wie sollte sie nach Bath kommen?

Natürlich war die nächstliegende Lösung, Neil zu bitte, sie sofort nach Hause zu bringen, um ihrem Vater zu sagen, was geschehen war, und es ihm zu überlassen, Lyndale zu verfolgen. »Aber nein – das hat keinen Zweck!« dachte sie sich sofort voller Schrecken. »Der würde Lyndale sicherlich zum Duell fordern, und ich wäre dann verantwortlich für das Blutvergießen.«

Auch der Gedanke, Neil einzuweihen, wurde sofort fallengelassen, und zwar aus dem gleichen Grund. Der ungestüme junge Soldat würde ebensowenig ruhig Blut bewahren wie ihr Vater, wenn es darum ging, Campaspe zu retten.

»Ich werde es selbst machen müssen«, dachte sie voller Verzweiflung. »Aber wie soll ich es anstellen? Ich habe nicht mehr als fünf Schilling bei mir, und selbst zu Hause habe ich nicht genug, um die Postkutsche nach Bath bezahlen zu können. Wenn ich Papa bitte, mir so spät abends noch eine solche Summe zu geben, wird er sicher fragen, wofür ich sie haben will.«

In diesem Augenblick kam es, daß sie sich an Lord Wilfried erinnerte. Lord Wilfried, so sagte ihr die eigene kühle und wunderbar logische Stimme in ihrem Kopf, wollte sie nach Bristol bringen. Lord Wilfried hatte einen Phaeton und schnelle Pferde. Bristol lag einige Dutzend Meilen von Bath entfernt. Sobald sie in Bristol wäre, könnte sie ohne Zweifel Seine Lordschaft unter irgendeinem Vorwand dazu bewegen, sie nach Bath zu bringen.

Und wenn sie erst in Bath wäre, könnte sie Campaspe retten und Lord Wilfried zur Umkehr bewegen.
Die Lösung war so einfach wie die eines mathematischen Problems, und wenn Lord Wilfried letztlich den kürzeren ziehen würde, so war es nur seine eigene Schuld, denn er hätte besser aufpassen sollen, was die Zigeunerin ihm beim Rennen gesagt hatte.
›Ja, dem Zweck dienen – das ist der Ausdruck für Sie, blonder Herr‹, hatte die Zigeunerin gesagt und erklärt, ihm eine Menge Ungemach zu ersparen, indem sie ihm die Zukunft prophezeite. Und wenn sie es getan hätte, so wäre ihm sicher enthüllt worden, daß er von einer skrupellosen jungen Frau ausgenützt werden würde.
»Aber bitte? Wenn ich skrupellos sein muß, um Campaspe retten zu können, dann werde ich eben skrupellos sein!« dachte Gwendolen trotzig. Sie faltete das Blatt Papier zusammen, steckte es wieder in ihr Ridikül und ging zurück in den Ballsaal, um Lord Wilfried zu suchen.
Dies war nicht weiter schwierig, denn er hatte offenbar ihr plötzliches Verschwinden nicht übelgenommen, da er es auf die natürliche Verwirrung einer Dame zurückführte, deren Kleid in Unordnung geraten war. Er stand also noch da, wo sie ihn verlassen hatte, und wartete auf ihre Rückkehr.
»Oh, Lord Wilfried!« sagte sie sofort und versuchte den Tonfall einer jungen Dame nachzuahmen, die sich in romantischer Konfusion befand. »Bitte verzeihen Sie mir, daß ich Sie so plötzlich verlassen habe, doch ich hatte das dringende Bedürfnis, einige Minuten allein zu sein, um mich wieder zu fassen. Sie müssen nämlich wissen, daß ich mich entschlossen habe.« Sie bedachte ihn mit einem seelenvollen Augenaufschlag, den er mit einem erstaunten Stirnrunzeln quittierte, und dann hauchte sie: »Venedig! Mit Ihnen! Nur muß es sofort sein, mein – mein lieb-

ster Wilfried! Heute nacht! Auf der Stelle! Ich habe das Gefühl, daß mich sonst mein Mut verläßt!«

Lord Wilfried war in der feinen Gesellschaft dafür bekannt, daß er sich durch nichts aus der Ruhe bringen ließ, wie die Umstände auch immer sein mochten. Diese Eigenschaft war einmal einer harten Probe unterzogen worden, als nämlich eine junge Frau, mit der er sich befaßt hatte, bei Whites eingedrungen war und ihn mitten im Kartenspiel mit einer sehr lauten und höchst profanen Bitte um Geld konfrontiert hatte, und das vor einer Gesellschaft, die immerhin zwei Herzöge enthielt. Doch selbst Lord Wilfried konnte nicht umhin, im Augenblick recht verdutzt auszusehen bei dieser Aufforderung zu einer sofortigen Entführung. Und dies noch dazu aus dem Munde einer jungen Dame, die am gleichen Nachmittag solch eine Idee mit der größten Entschiedenheit abgelehnt hatte.

»Meine liebste Gwen –«, sagte er in seinem näselnden langgezogenen Tonfall, »mein liebes Mädchen – heute nacht? Das können Sie doch nicht wirklich meinen?«

»O doch, das tue ich«, erklärte Gwendolen eifrig. »Genau das meine ich! Bringen Sie mich sofort hier weg, lieber Wilfried, sonst werde ich niemals mehr den Mut haben, es zu tun! Sie haben gesagt, daß die Jacht des Herzogs bereitliegt –«

»Ja, das ist der Fall«, gab Lord Wilfried zu, »doch – Sie sind doch sicher nicht darauf vorbereitet? Ihre Kleider – und alle übrigen Dinge –«

»Ach, das ist doch gänzlich unwichtig«, sagte Gwendolen mit einer geringschätzigen Handbewegung. Dann erinnerte sie sich an einen Satz aus Campaspes Botschaft. »Im übrigen werden Sie doch dafür sorgen –«

Lord Wilfried, der inzwischen seine Fassung wiedergewonnen hatte, erklärte galant, daß er natürlich entzückt wäre, es zu tun, wagte es jedoch noch einmal, einige Einwände gegen diese spontane Entführungsaktion vorzubringen. Gwendolen, die über die seltene Gabe verfügte, auf Befehl Tränen in ihre Augen zaubern zu können – eine Gabe, über die meist nur Menschen verfügen, die sehr selten weinen –, machte sofort davon Gebrauch.

»Oh, bitte!« sagte sie flehend. »Wenn ich es jetzt nicht tue, werde ich niemals mehr, wirklich niemals mehr den Mut haben, und Sie wissen nicht, wie satt ich dieses langweilige Leben habe!«

Lord Wilfried konnte sich nun doch nicht dieser blauen Augen erwehren, die ihn flehend anblickten und deren weicher Schimmer ihn an die Sterne einer Sommernacht erinnerten. Er öffnete den Mund, um etwas zu sagen, und schloß ihn dann wieder. Wenn man schon den Vogel im Netz hatte, sollte man nicht so dumm sein, ihn loszulassen, denn man konnte nie wissen, wann es wieder gelänge, ihn einzufangen. Ob ihm nun die Gelegenheit paßte oder nicht, sie mußte ergriffen werden. Und eine sofortige Entführung stellte ihn vor keine Probleme, die nicht im Handumdrehen gelöst werden könnten.

»Also gut, meine Liebste«, sagte er entschlossen. »Dann wird es also heute nacht geschehen. Hätten Sie etwas dagegen, wenn wir in meinem Phaeton nach Bristol fahren? Meine Reisekutsche befindet sich nämlich in Beauworth –«

Gwendolen sagte hastig, daß sie nicht das geringste gegen den Phaeton einzuwenden habe und ob man sofort abfahren könne? Lord Wilfried war einverstanden, machte jedoch nur zur Bedingung, daß man zuerst im »George« haltmache, wo er sich einquartiert hatte, damit er sich für die Reise ausstaffieren könne. Gwendolen dachte plötzlich daran, daß sie ja Jane nicht so einfach auf dem Ball zurücklassen konnte, ohne ihr eine Nachricht zu hinterlassen, was mit ihren beiden Schwestern geschehen war. Sie bat also Lord Wilfried, einen Diener nach Tinte und Papier auszuschicken, was er nur zögernd tat. Nach seiner Ansicht war es nämlich viel besser zu warten, bis ein Fait accompli vollzogen war, ehe man eine dritte Partei in das Geheimnis einweihte.

Gwendolen gab jedoch nicht nach, versprach jedoch, keinerlei Details über die Entführung an Jane zu verraten, was sie auch tatsächlich nicht zu tun beabsichtigte. Lord Wilfried würde sich sogar sehr über die eilig hingekritzelte Nachricht gewundert haben, die sie später dem Diener gab, mit der Anweisung, wenigstens eine halbe Stunde zu warten, bis er sie Miß Jane Quarters überreichte.

»Liebste Jane«, hieß es darin, »Cammie hat sich in eine Klemme begeben, und ich bin ihr nach, um sie zu retten. Es ist möglich, daß wir nicht vor morgen früh wieder dasein werden, doch bitte sag Mama und Papa, daß sie sich deswegen nicht aufzuregen brauchen. Ich werde gut auf Cammie aufpassen. Gwen.« Während sie die kurze Botschaft zu Papier brachte, fiel ihr ein, daß sie ja gar kein Geld hatte, um dann mit Cammie von Bath nach Cheltenham zu kommen. Da sie jedoch keine andere Wahl hatte, machte sie sich im Augenblick nicht allzu viele Gedanken darüber. Schließlich war immer noch Lord Wilfried vorhanden, und Lyndale würde auch dort sein. Wenn sie aus diesen beiden reuigen Entführern kein Postkutschengeld herauspressen konnte, müßte sie sich selbst für einen ausgemachten Dummkopf halten!

16

Inzwischen rollte Campaspe außerordentlich romantisch in Lyndales Karriole unter einem gewittrigen Nachthimmel in Richtung Gloucester, wo ihr zukünftiger Bräutigam (für den sie ihn jedenfalls hielt) dann seine Pferde nach Süden auf die Straße nach Bristol lenken wollte.
Einem aufmerksamen Beobachter wäre es allerdings nicht entgangen, daß Seine Lordschaft für einen zukünftigen Bräutigam bemerkenswert wenig Interesse an seiner Mitfahrerin zeigte. Er sprach kaum mit ihr und pfiff statt dessen munter vor sich hin, während er seine beiden Pferde mit kundiger Hand über die dunkle Straße lenkte. Campaspe war jedoch keine aufmerksame Beobachterin, noch war sie (wie sie zu ihrer eigenen Überraschung bemerkte, während sie auf Bath und ihre zukünftige Bestimmung als Marquise von Lyndale zuraste) die kühl kalkulierende junge Frau, die eisern entschlossen war, ihrer Familie zuliebe eine vorteilhafte Ehe zu schließen.
Als Lyndale ihr an diesem Nachmittag auf dem Weg zum Zelt des Herzogs auf eine ihrer unglaublich koketten Bemerkungen hin vorgeschlagen hatte, sie am Abend nach Bath zu entführen, hatte sie zunächst nichts als Triumph empfunden. Wie einfach war es doch gewesen, sagte sie sich selbsgefällig, mit einem Streich die Probleme zu lösen, die alle Familienmitglieder in den letzten Wochen fast bis zur Verzweiflung getrieben hatten.
Auf dem Weg nach Hause schwebte sie noch wie auf Wolken, und erst als sie in den Assembly Rooms angekommen waren und die Musiker zum zweiten Tanz aufspielten, waren ihr die ersten Bedenken gekommen. Während dieses Tanzes nämlich, so hatte Lyndale es vorgeschlagen, würden sie den Ballsaal verlassen und sich auf ihre Reise nach Bath begeben. Etwas später, als sie in

Lyndales Karriole gestiegen war, überkam sie dann mit aller Gewalt die Erkenntnis, daß sie eigentlich jetzt gar keinen anderen Wunsch hatte, als schnell nach Hause zu ihrer Mutter zu laufen, ihr Gesicht an ihrem mütterlichen Busen zu bergen und so herzhaft zu weinen, wie Jane nur jemals wegen Alain de Combray geweint hatte.

Natürlich redete sie sich mit allem Nachdruck ein, daß sie keineswegs, wie Jane, einen anderen heiraten wolle. Nein, in der Tat! So etwas spielte in dieser Sache überhaupt keine Rolle. Doch irgendwie war die Vorstellung, den Rest ihres Lebens als Marquise zuzubringen, auf einmal bedeutend weniger verlockend, als sie ihr bisher erschienen war. Und selbst die aufregende Erfahrung einer mitternächtlichen Entführung – ganz wie die Heldin eines romantischen Romans – war auf einmal gar nicht mehr so berauschend. Um die Wahrheit zu sagen, kam sie sich auf einmal gar nicht mehr romantisch vor, sondern empfand nur noch leichte Beklemmung und Übelkeit.

Das vergnügte Profil ihres schweigsamen Liebhabers, auf den sie hin und wieder einen verstohlenen Blick warf, war auch nicht dazu geeignet, sie in Sicherheit zu wiegen. Es kam ihr auf einmal der ungemütliche Gedanke, daß sie den Marquis von Lyndale gar nicht besonders gut kannte und daß man in Marokko – oder war es Algerien – vielleicht doch etwas komische Vorstellungen über die Ehe bekommen konnte. Wahrscheinlich, so dachte sie, hatte Blaubart genauso vergnügt vor sich hin gepfiffen wie Lyndale, als er sein letztes Opfer zu seinem Schloß brachte.

Die Landstraße von Gloucester nach Bristol – eine Strecke von etwa vierunddreißig Meilen – war wahrscheinlich vom Marquis wegen ihrer besseren Beschaffenheit gewählt worden, denn der kürzere Weg wäre der über Nailsworth gewesen. Da Seine Lordschaft seine rassigen Walliser Grauschimmel eingespannt hatte, die für zwei Strecken gut waren, würde man nur einmal Pferde wechseln müssen, und zwar in Falfield, bevor sie nach Bristol kamen.

Leider begann es dann, als sie den Weg nach Osten gegen Bath zu nahmen, auf einmal zu regnen, was jedoch nicht überraschend war, da die Wolken sich in Richtung Süden immer bedrohlicher zusammengezogen hatten. Campaspe fühlte sich erleichtert, denn sie sagte sich, daß alle Vorbereitungen für Bath getroffen waren. Und wenn man diese Stadt wegen des unfreundlichen Wetters nicht erreichte, konnte Lyndale so schnell sicher keinen Pfarrer finden, der die Heiratszeremonie anderswo vollziehen würde.

Und wenn dieser fatale Knoten heute nacht nicht geknüpft wurde – könnte dann nicht noch weiteres geschehen, um zu verhindern, daß er überhaupt jemals geknüpft würde? Zum Beispiel könnte ihr Vater – durch Gwendolens Nachricht alarmiert – hinter ihnen hereilen und unter Feuerdampf sein väterliches Veto einlegen.

Selbst Neil, so sagte ihr eine kleine hoffnungsvolle Stimme, könnte irgendwie erfahren, was sie vorhatte, und sie trotz ihres fürchterlichen Streites wie der junge Ritter Lochinvar aus den Armen von Lyndale retten!

»Wir müssen jetzt halten, nicht wahr?« fragte sie Lyndale erwartungsvoll, während sie sich noch fester in die Decke hüllte, um sich vor dem niederprasselnden Regen zu schützen.

»Halten? Wieso denn das?« fragte Lyndale wenig ermunternd. »Nur wegen dem bißchen Regen eine Entführung unterbrechen? Wer hat denn so etwas schon gehört!«

»Es ist aber nicht nur ein bißchen Regen«, bedeutete ihm Campaspe. »Es gießt doch ganz fürchterlich!« Dann fügte sie so kläglich wie nur möglich hinzu: »Ich bin ja schon völlig durchnäßt, und ich möchte wirklich halten, Mylord.«

»Mylord! Sie sind wirklich sehr formell!« sagte Lyndale und fuhr ebenso schnell weiter wie zuvor. »Würden Sie es nicht doch für angemessen halten, in diesem Stadium David zu mir zu sagen?«

Campaspe runzelte die Stirn. Neil, davon war sie überzeugt, würde niemals unangebrachte Bemerkungen über seinen Namen vorgebracht haben, wenn sie ihn gebeten hätte, sie vor einem so heftigen Regen in Sicherheit zu bringen.

»Also dann David«, sagte sie ziemlich ungehalten und fuhr in bestimmtem Ton fort, »ich würde wirklich sehr gern jetzt die Fahrt unterbrechen. Es muß doch auch in Bristol viele Gasthöfe geben?«

»Ja, die gibt es sicher, doch wir werden uns in keinem von ihnen aufhalten«, sagte der Marquis mit aufreizender Ruhe. »Sie vergessen, meine Liebe, daß uns im ›White Hart‹ in Bath ein Priester erwartet und daß wir ohne seine Unterstützung heute nacht nicht heiraten können.«

Campaspe erklärte rebellisch, daß sie ebensogut am nächsten Tag heiraten könnten und daß sie in der Zwischenzeit wenigstens nicht vor Kälte sterben würden.

»Unsinn!« sagte Seine Lordschaft munter. »Ein gutgebautes, gesundes Mädchen wie Sie stirbt nicht so schnell vor Kälte.«

»Nun gut«, sagte Campaspe resignierend, da sie bemerkte, daß Lyndale keine Anstalten machte, seine Pferde zu zügeln, »Sie können wirklich froh sein, daß Sie nicht mit Jane durchbrennen. Sie würde nämlich Krämpfe kriegen, wenn sie bei diesem Wetter draußen bleiben müßte.«

Lyndale erklärte höflich, daß er in diesem Fall allerdings

auch froh sei, daß er Jane nicht zur Braut hätte, und machte dann den Schaden noch größer, indem er ihr erklärte, er hätte den Eindruck, daß sie, Campaspe, sich auch besser an das Kamelreiten in Marokko gewöhnen würde als Jane.

»Werden wir – werden wir denn nach Marokko fahren?« fragte Campaspe mit leicht bebender Stimme. Noch vor vierundzwanzig Stunden hätte sie vor Freude einen Luftsprung gemacht, wenn man ihr Abenteuer in exotischen Ländern in Aussicht gestellt hätte, doch jetzt, mitten in der Nacht, an der Seite eines ziemlich fremden Mannes, wurde ihr beim Gedanken, England, ihre Schwestern und vor allem Neil verlassen zu müssen, doch recht bang zumute. Daher sagte sie mit kläglicher Stimme: »Ich – ich weiß nicht, ob ich das gern möchte. Ich habe gedacht, Sie wollten in England bleiben.«

»Nun, wir werden wenigstens auf unserer Hochzeitsreise nach Marokko fahren«, erklärte Lyndale mit Bestimmtheit. »Sie werden es sicherlich sehr unterhaltend finden, in einem Harem zu leben, wenigstens für eine Weile.«

»In einem – Harem!« stieß Campaspe entsetzt hervor und blickte ihn voller Schrecken an. »Aber – aber Sie haben doch keinen Harem! Gwen hat gesagt, Sie hätten ihr gesagt –«

»Ja, das stimmt schon«, sagte Lyndale gelassen. »Im Augenblick habe ich auch keinen Harem. Doch jetzt, wo ich dabei bin, mich zu verheiraten, könnte ich mir denken, daß die Leute recht haben, die sagen, daß man von einer guten Sache nie genug haben kann. Doch Sie müssen deswegen wirklich nicht besorgt sein«, fügte er freundlich hinzu. »Als meine erste Frau werden Sie natürlich den Titel einer Marquise von Lyndale führen, und Ihre Kinder werden das Vorrecht haben, den Titel zu erben.«

Campaspe sagte gar nichts, denn im Augenblick war sie

von den verschiedensten Empfindungen so überwältigt, daß sie nicht sprechen konnte. Im Vordergrund stand sehr deutlich das Entsetzen, um nicht zu sagen die Wut über ihre Eltern und ihre Tante, die so blind waren und diesen Mann – um nicht zu sagen dieses Ungeheuer – mit ihrer Tochter beziehungsweise Nichte verbinden wollten. Und daß sie ihn nicht ihr aufgebunden hatten, sondern Jane, machte die Sache sogar noch schlimmer, denn Jane wäre noch bedeutend weniger in der Lage gewesen, sich mit dieser Situation auseinanderzusetzen. Sie, Campaspe, würde den Willen und die Entschlossenheit haben, sich aus seinen Fängen zu befreien, selbst wenn sie einen Skandal auslösen müßte, der ganz Bath in Aufruhr brächte. Dies schwor sie sich jedenfalls, während sie zusammengekauert im Regen neben ihm saß, während Bath, das »White Hart« und ein unbekannter Priester, den Lyndale wahrscheinlich bestochen hatte, unaufhaltsam näher herankamen.
Sie blickte hin und wieder zu Lyndale hinüber, der recht zufrieden mit ihrem Schweigen war und sogar wieder begonnen hatte, vergnügt vor sich hin zu pfeifen. Sie fragte sich, ob sie sobald sie den Gasthof erreichten, nicht einfach vom Wagen herabspringen und vom ersten Menschen, der ihnen entgegenkäme, Schirm und Schutz erbitten solle? Zu dieser Nachtstunde würde sie jedoch wahrscheinlich niemand als die Stallknechte antreffen, und sie zweifelte daran, daß diese derben und dümmlichen Leute positiv auf eine junge Dame reagieren würden, die in völlig durchnäßtem Abendkleid die Bitte ausspräche, vor einem jungen Herrn gerettet zu werden, an dessen Seite sie gerade in den Hof gefahren war.
Wahrscheinlich wäre es doch besser zu warten, bis sie und Lyndale den Gasthof betreten hatten, wo sie dann der Wirt in Empfang nehmen würde oder wenigstens ir-

gendein Bediensteter, an den sie sich wenden konnte. Und dann war da natürlich noch der Priester, der vielleicht nicht die geringste Ahnung hatte, daß er ein junges Mädchen mit einem Ungeheuer in menschlicher Gestalt verheiraten sollte, das die Absicht hatte, sie nach Marokko zu entführen und in einem Harem einzuschließen.

Insgesamt war sie jedoch eher geneigt, dem Wirt oder einem Diener ihre Bitte vorzutragen, da – wie sie in ihren Leihbibliotheksromanen gelesen hatte – die Priester sich oft als gedungene Werkzeuge des schurkischen Entführers entpuppten, die nur in priesterlicher Verkleidung amtierten.

Als sie am Ende dieser Überlegungen angekommen war, hatte die Kutsche Barth erreicht, und viel zu schnell war man in der Stall Street und im »White Hart« angekommen. Nachdem Lyndale dem Stallknecht die Zügel zugeworfen hatte, half er ihr, deren Herz heftig klopfte, vom Wagen. Sie bemerkte, als sie ihm zögernd und argwöhnisch die Hand reichte, daß er sie mit einem merkwürdigen Lächeln ansah, das sie frösteln ließ. Andere Leute mochten in ihm nichts anderes als einen hübschen jungen Mann mit sehr blauen Augen und einem energischen Kinn sehen, doch sie wußte, was sich hinter seinem liebenswürdigen Lächeln und dem gewinnenden Gesicht verbarg.

»Kommen Sie schon«, drängte er sie. »In wenigen Minuten werden Sie warm und trocken sein, und dann werden wir uns um diese Hochzeit kümmern.«

Campaspe, die von einer kräftigen Hand auf die Tür zugeschoben wurde, kam eine Erleuchtung, und sie sagte, daß sie außerordentlich hungrig sei.

»Ausgezeichnet! Sie werden nach der Hochzeitszeremonie ein prächtiges Frühstück bekommen«, versicherte

ihr Lyndale. »Das allerbeste, was das ›White Hart‹ anzubieten hat.«
»Aber ich habe jetzt fürchterlichen Hunger«, sagte Campaspe und blickte verzweifelt um sich, während sie unerbittlich durch den Hof zum Eingang gedrängt wurde. Der Stallknecht hatte schon die Pferde abgeschirrt und war in Richtung Stall verschwunden, und das einzige lebende Wesen, das sie erblickte, war eine sehr große schwarze Katze, die vor dem prasselnden Regen unter einem Bauernkarren Schutz gesucht hatte. »Ich glaube wirklich, ich sollte sofort etwas essen«, fuhr sie, an Lyndale gewandt, fort, als sie zögernd vor der Tür stand. Sie wurde von einem plötzlichen Hufgetrampel unterbrochen. Ein schäumendes Pferd galoppierte in voller Karriere in den Hof, und als sein Reiter es zügelte, schnell hinabsprang und nach einem Stallknecht rief, erkannte Campaspe eine vertraute Stimme und Gestalt.
»Neil! Neil!« schrie sie voller Freude, machte sich gewaltsam von Lyndale frei und rannte über den Hof auf den Neuankömmling zu. »O Neil, du bist gekommen, um mich zu retten! Oh, bitte bringe mich sofort von hier weg!« Sie warf sich mit solchem Schwung in die Arme des jungen Leutnant-Fairhall, daß er beinahe umgeworfen wurde und sich nur retten konnte, indem er sie ebenso fest umarmte wie sie ihn. »Paß doch auf – du kannst mich doch nicht einfach umrennen!« warf er ihr trotzdem vor. »Es ist doch alles in Ordnung. Wo ist Lyndale? Ich muß sofort mit ihm sprechen!«
Zu Campaspes beträchtlichem Ärger befreite er sich aus ihrer Umarmung und wandte sich dem Marquis zu, der mit langen Schritten auf sie zugekommen war und ihn grimmig anblickte. »Was zum Teufel soll das bedeuten, Fairhall?« fragte er, noch bevor Neil etwas sagen konnte. »Wo ist Miß Quarters?«

Campaspe blickte die beiden verwundert an.
»Miß Quarters?« fragte sie. »Meinen Sie Gwen? Was hat die denn –«
Ihre Fragen wurden jedoch von Neil ignoriert, der schnell und mit erregter Stimme sagte: »Ich weiß nicht, wo sie ist, Sir! Ich bin so schnell gekommen wie möglich – querfeldein, und es war ein verdammt schwieriger Ritt bei Nacht. Sie ist mir entwischt, bevor ich unseren Plan ausführen konnte, und soweit ich erfahren konnte, ist sie mit Lord Wilfried Boulting davon!«
»Zum Teufel noch mal, das hätte nicht passieren dürfen!«
Campaspe, die den plötzlichen rauhen Unterton in der Stimme Seiner Lordschaft bemerkte und dazu ein böses Glitzern in seinen blauen Augen, gratulierte sich leicht schaudernd dazu, daß sie ihm entkommen war, denn vielleicht handelte es sich bei ihm doch um einen Blaubart. Ihre Erleichterung wurde jedoch sofort von den ebenso starken Empfindungen von Neugierde und Besorgnis verdrängt, die Leutnant Fairhalls merkwürdige Äußerungen über Gwendolen in ihr erregt hatten.
»Mit Lord Wilfried davon? Aber das kann doch nicht sein –« begann sie im gleichen Augenblick, als Lyndale mit drängender Stimme Neil fragte: »Davon? Aber wohin denn? Und weshalb? Reden Sie schon, Junge! Sie wollen mir doch nicht sagen, daß sie sich von ihm hat entführen lassen!«
Neil, der jetzt einen sehr schuldbewußten und aufgeregten Eindruck machte, sagte, daß er das natürlich nicht behaupten könne, daß es jedoch durchaus so aussähe, als sei dies der Fall. »Als ich sie aufsuchen wollte – genauso, wie wir es abgemacht haben, Sir –, war sie einfach verschwunden«, sagte er. »Daher habe ich mich nach ihr erkundigt, und einige Leute sagten, daß man gesehen habe,

wie sie mit Lord Wilfried aufgebrochen sei. Dann bin ich hinausgegangen und habe die Kutscher gefragt, und sie haben mir gesagt, daß er mit ihr in seinem Phaeton fortgefahren sei und einen außerordentlich zufriedenen Eindruck gemacht habe, und weshalb auch nicht, mit so einem feschen Kätzchen neben sich, das ihn angeschaut habe, als sei er der Prinzregent persönlich. Nun, Sie können sich denken, wie man reden wird, Sir, und ich wiederhole es nur, weil mir die Sache damit doch ganz eindeutig zu sein scheint.«

Der Marquis fluchte kurz, aber dafür um so herzhafter. »Das verdammte Mädchen!« sagte er. »Ich hätte mir ja denken können, daß sie uns alle in eine fürchterliche Klemme hineinmanövrieren wird. Und weshalb, zum Teufel«, fügte er zu Neil gewandt streng hinzu, »haben Sie nicht sofort versucht herauszubekommen, in welche Richtung sie losgefahren sind, statt hierher nach Bath zu jagen?«

»Aber – aber ich habe gedacht – Campaspe –«, stammelte Neil. »Sie haben gesagt – Sie hätten geplant –«

»Ich hatte vor allem geplant, daß Sie Miß Quarters hierherbringen!« sagte Lyndale ätzend. »Sie wissen doch, daß Campaspe bei mir in Sicherheit ist und ihr nichts passieren kann! Wenn Sie nur ein bißchen Grips im Hirn hätten, dann hätten Sie sich ja vorstellen können, daß es Miß Quarters war, die Ihres Schutzes bedurfte!«

»Aber sie wollte doch mit ihm davon«, protestierte Neil. »Er konnte sie ja schließlich nicht dazu zwingen! Da hätte ich mich ganz schön lächerlich gemacht, wenn ich versucht hätte, mich da einzumischen –«

»Lächerlich haben Sie sich jetzt erst recht gemacht, mein Lieber«, sagte Lyndale grimmig. »Sie haben alles ganz schön durcheinandergebracht. Jetzt hören Sie mir mal zu! Ich werde mich jetzt sofort nach Cheltenham aufmachen, und was Sie betrifft, Sie werden jetzt so schnell es geht nach Norden reiten! Wenn er nämlich eine Heirat plant, dann wird er die große nördliche Straße nach Gretna wählen. Doch ich nehme an, daß er höchstwahrscheinlich keine Ehe im Sinn hat, und daher könnte er sie überallhin bringen. Ich werde versuchen, in Cheltenham Näheres zu erfahren.« Er zog seine Brieftasche heraus, entnahm ihr mehrere Banknoten und drückte sie Campaspe in die Hand. »Hier – nehmen Sie dies!« sagte er. »Sie werden dort drinnen einen Privatsalon und ein Schlafzimmer vorfinden, die auf meinen Namen reserviert sind. Sie können hier über Nacht bleiben und am Morgen eine Postkutsche zurück nach Cheltenham nehmen.«

Campaspe, die völlig benommen war, nur erfassen konnte, daß Lyndale offenbar nicht die Absicht gehabt hatte, sie in dieser Nacht zu heiraten, und statt dessen entschlossen war, Gwendolen vor Lord Wilfried zu retten, blickte verdutzt auf das Geld in ihrer Hand.

»Aber ich verstehe das nicht!« sagte sie mit Nachdruck. »Weshalb sollte Neil Gwen heute nacht hierherbringen? Und weshalb ist sie mit Lord Wilfried davon? Und weshalb –«

»Wir haben jetzt keine Zeit, das zu besprechen«, erklärte Lyndale mit Bestimmtheit. »Gehen Sie jetzt hinein! Fairhall, holen Sie sich einen dieser Knechte und sagen Sie ihm, daß ich zwei frische Pferde brauche –« Er brach plötzlich ab, als ein eleganter, dreckbespritzter Phaeton in schnellem Tempo in den Hof rollte. Er wurde von einem Herrn im Abendanzug gelenkt, und neben ihm saß eine Dame, die ebenso offiziell angezogen war und sich in eine Decke gehüllt hatte.

»Gwen!« rief Campaspe, als sie in der Dame ihre ältere Schwester erkannte, die sofort vom Sitz sprang, kaum daß die Pferde zum Halten gebracht worden waren.

Gwendolen, die Campaspe im Licht der Wagenlaternen wie versteinert dastehen sah, kam schnell auf sie zugerannt.
»Cammie!« rief sie voller Erleichterung und umarmte sie beschützend. »Gott sei Dank habe ich dich erreicht, bevor es zu spät war! Mein Herz, du bist fürchterlich getäuscht worden! Lyndale hat gar nicht die Absicht, dich zu heiraten.« Sie entdeckte den Marquis, der ebenfalls wie erstarrt dastand, und bedachte ihn mit einem vernichtenden Blick. »Ich möchte Ihnen sagen«, wandte sie sich voller Verachtung an ihn, »daß ich Ihr Verhalten infam finde. Wenn ich ein Mann wäre, würde ich mit Sicherheit Satisfaktion von Ihnen verlangen. Zu versuchen, ein unschuldiges junges Mädchen zu verführen –« Sie brach plötzlich ab, als sie bemerkte, daß Leutnant Fairhall neben ihm stand, der einen ebenso versteinerten Eindruck machte. »Neil!« rief sie voller Erstaunen. »Was machst du denn hier? Woher wußtest du, was Lyndale geplant hatte? Bist du hierhergekommen, um Cammie zu retten? Und wenn du es getan hast, weshalb hast du nicht –«
»Bitte – jetzt ist es aber genug!« warf Lyndale in bestimmtem Ton ein, in dem auch etwas Belustigung mitklang. Gwendolen gefiel dies gar nicht, denn sie fand es nicht angebracht, daß er die Situation wie eine Komödie und nicht wie ein Drama ansah. »Wir sollten das alles am besten drinnen besprechen«, sagte er, »dann können wir uns alle vor einem gemütlichen Feuer trocknen, denn ich befürchte, daß es eine ganze Weile dauern wird, bis wir all den Wirrwarr wieder in Ordnung gebracht haben. Außerdem könnte der Reverend Mr. Broadfute etwas ungeduldig werden. Also – bitte kommen Sie mit, Miß Quarters – Campaspe – Fairhall«, sagte er und wandte sich der Reihe nach an die drei. »Sie auch, Wilfried«, fügte er hinzu und bedachte Lord Wilfried mit einem grimmigen

Blick. »Ich bin wirklich gespannt, wie Sie mir Ihre Rolle in dieser Geschichte erklären werden.«

Lord Wilfried, der bei der Erwähnung eines Priesters deutlich zusammenzuckte, erklärte hastig, daß er nicht mit hineinkommen werde, da er unbedingt in dieser Nacht noch nach Bristol kommen müsse. So heftig schien der Schreck zu sein, der ihn gepackt hatte, daß er Lyndales drohende Worte gar nicht richtig aufzunehmen schien.

»Ich – ich muß ins Ausland«, sagte er und machte einige Schritte nach rückwärts in Richtung auf seinen Phaeton. »Und da Miß Campaspe ja in Sicherheit zu sein scheint –«

Zur größten Überraschung aller Anwesenden, die ihn noch nie in solcher Verlegenheit erlebt hatten, stürzte er dann auf seinen Phaeton zu, riß dem gaffenden Knecht die Zügel aus der Hand und rollte aus dem Hof, wobei er seinen Pferden so heftig die Peitsche gab, als sei der Teufel selbst hinter ihm her.

»Was um alles in der Welt ist denn mit dem los?« fragte Campaspe voller Staunen.

»Ach, ich denke, dem hat der Hinweis auf einen Priester nicht gefallen«, sagte Gwendolen gelassen. »Ich habe ihm vorgemacht, daß ich mich von ihm entführen lassen möchte. Damit wollte ich nur bezwecken, daß er mich nach Bristol bringt. Und dann, als wir dorthin gekommen sind, mußte ich heftig auf ihn einreden, damit er mich hierherbrachte, um dich zu retten, Cammie. Ich nehme an, das hat ihn ziemlich nervös gemacht, und sicher war er dann so durcheinander, daß er befürchtete, er müsse mich heiraten, als er von einem Priester hörte.« Sie blickte Lyndale vorwurfsvoll an. »Natürlich ist es ein falscher Priester, und er ist Ihr Komplize in diesem heimtückischen Plan, meine Schwester zu verführen«, sagte sie.

Lyndale hatte Mühe, einen Lachkrampf zu unterdrücken,

was man an seinen zuckenden Schultern sah. »Oh, Gwen, Gwen, meine liebste Gwen, wie hatte ich jemals daran zweifeln können, ob Sie mit Wilfried fertig werden?« sagte er. »Darüber wird er nie hinwegkommen –«

»Was soll das heißen – ›meine liebste Gwen‹?« unterbrach ihn Gwendolen voller Zorn. »Das bin ich nicht, Mylord, ich bin keineswegs Ihre ›Liebste‹!«

»O doch, das sind Sie!« sagte Lyndale mit Überzeugung. »Ob Sie es wollen oder nicht! Und das waren Sie vom ersten Augenblick an, als ich Sie gesehen habe. Doch kommen Sie jetzt mit hinein, denn es regnet zu sehr. Ich werde Ihnen alles erklären. Mir scheint, ich habe da ein fürchterliches Durcheinander angerichtet, doch Sie können mich nicht aufhängen, nur weil ich es versucht habe!«

17

Der Wirt des »White Hart«, der mitten in einer stürmischen und unangenehmen Nacht durch ungewöhnlich laute Geräusche geweckt wurde, die aus der Richtung seines Hofes kamen, war sehr erstaunt, als er kurz darauf vier Personen im Abendanzug in sein Gasthaus hineinmarschieren sah: zwei Damen und zwei Herren, alle offensichtlich der besten Gesellschaft angehörend und alle furchtbar durchnäßt.

Der größere der beiden Herren, der sich als Marquis von Lyndale vorstellte, verlangte sofort, in den privaten Salon geführt zu werden, der auf seinen Namen reserviert worden war. Als dies geschehen war, erteilte er mehrere Befehle bezüglich des Anzündens des Kaminfeuers und des Herbeischaffens von geeigneten Getränken, um zu ver-

meiden, daß die Damen sich Erkältungen holten. Der Wirt eilte sofort hinaus, um diese Befehle an seine Leute weiterzugeben.
Als dies alles in die Wege geleitet war, begann Gwendolen sich in eisigem Tonfall an Lyndale zu wenden. Sie war seiner Einladung nicht gefolgt, sich in einen der bequemen Windsorsessel zu setzen, und hatte sich statt dessen vor den Kamin gestellt – mit der Miene eines Richters, der darauf wartet, daß man ihm den Angeklagten vorführe. Nun forderte sie Lyndale auf, ihr eine Erklärung für sein Verhalten zu geben, wenn er überhaupt eine solche habe.
»Ja, ich glaube, ich habe eine«, sagte Lyndale in aller Gemütsruhe. »Allerdings weiß ich nicht recht, womit ich beginnen soll, und darüber hinaus weigere ich mich, auch nur ein Wort zu sagen, bis Sie nicht einen Schluck von diesem Brandy genommen haben. Es ist ja nicht nötig, daß Sie stocknüchtern bleiben, um mir die Leviten zu lesen«, fügte er hinzu, als Gwendolen eine abwehrende Geste machte, die bedeutete, daß sie von einem solchen Schurken gewiß keinen Brandy annehmen werde. »Ganz im Gegenteil, wahrscheinlich wird Ihnen das noch effektvoller gelingen, wenn Sie zuerst etwas hiervon nehmen.«
Während er dies sagte, schenkte er einen kräftigen Schluck Brandy in ein bereitstehendes Glas und reichte es ihr. Gwendolen, die angesichts der Tatsache, daß sie Campaspe zu beschützen hatte und sich daher keine Erkältung holen durfte, beschloß, sein Angebot zu akzeptieren nahm das Glas mit entsprechend hochmütiger Miene entgegen und trank einen kleinen vorsichtigen Schluck.
»Ich habe nicht den Wunsch, Ihnen die Leviten zu lesen, wie Sie es ausdrücken, Lord Lyndale«, sagte sie mit einer pathetischen Geste, die selbst Lady Otilia nicht besser hätte gelingen können. »Ich nehme an, Ihr Gewissen wird Ihnen schon sagen, wie schlecht Sie sich benommen ha-

ben. Zu planen, ein unschuldiges junges Mädchen zu verführen –«

»Aber ich bitte Sie«, sagte der Marquis und unterbrach sie mit leichter Ungeduld, »das haben Sie nun schon zum zweitenmal gesagt, und es ist wirklich nicht angebracht. Ich habe nicht geplant, irgend jemanden zu verführen, unschuldig oder nicht. Tatsächlich das einzige, was ich wirklich versucht habe, war, Sie zu heiraten.«

»Mich zu heiraten?« Wenn in diesem Moment in dem gemütlichen Salon eine Bombe explodiert wäre, den schönpolierten Tisch und die Sessel zerfetzt hätte und die Decke auf sie herabgestürzt wäre – Gwendolen hätte nicht überraschter sein können. Eine derartige Überraschung hätte jedoch nicht den Nebeneffekt gehabt wie diese, daß sie nämlich bei den Worten des Marquis einen angenehmen Schauer empfand, der den Rücken hinunterrieselte, was sie sofort der Wirkung des Brandy zuschob. »Ich glaube nicht, Lord Lyndale«, sagte sie und rang um Fassung, wobei sie versuchte, einen ebenso eisigen Ton wie zuvor zu produzieren, »daß dies der geeignete Augenblick ist, um einen Scherz zu machen.«

»Aber ich mache keineswegs einen Scherz«, versicherte ihr Lyndale mit leicht schuldbewußtem Grinsen. »Nun ja, ich gebe zu, daß mir alles ziemlich mißglückt ist, aber meine Absichten waren ganz und gar ehrenhaft. Hier – schauen Sie sich das an!« beschwor er sie und zog aus seiner Tasche einige gefaltete Urkunden, die er vor ihr auf den Tisch legte. »Wissen Sie, was das ist?«

»Nein, und es interessiert mich auch nicht«, sagte Gwendolen hochnäsig.

Campaspe jedoch, bei der die Neugierde viel stärker war als der Groll, nahm sie in die Hand, betrachtete sie kritisch und erklärte dann, daß es sich nach ihrer Ansicht um Sondergenehmigungen für eine Ehe handle.

»Weshalb aber zwei?« fragte sie. »Man muß doch nicht eine für die Braut und eine für den Bräutigam haben, oder? Ich habe gedacht, eine genügt zur Eheschließung von zwei Leuten.«
Lyndale sagte, daß sie durchaus recht habe, daß er jedoch gehofft hatte, es könne in dieser Nacht zwei Eheschließungen geben und daher habe er sich zwei Genehmigungen besorgt. Campaspe, die einen bedeutend vergnügteren Eindruck machte, seit Leutnant Fairhall auf der Bildfläche erschienen war, wurde in diesem Augenblick noch einmal von Besorgnis und Schrecken ergriffen.
»Oh!« rief sie aus. »Wollen Sie damit vielleicht sagen, daß Sie vorhatten, Gwen und mich zu heiraten? Aber das können Sie doch nicht – jedenfalls nicht hier in England! Sie können doch nicht hier in England einen Harem aufmachen!«
»Sei doch nicht so dumm, Cammie!« sagte Gwendolen streng. »Natürlich will Lord Lyndale weder dich noch mich heiraten. Ohne Zweifel sind diese Dokumente gefälscht.«
»Sie wollen das Schlimmste von mir denken, nicht wahr?« beklagte sich Seine Lordschaft. »Und das, nachdem ich eine scheußliche Woche und länger damit zugebracht habe, all dies in die Wege zu leiten. Wissen Sie nicht, daß man nur von einem Bischof die Sondergenehmigung für eine Heirat bekommen kann? Und was den jungen Alain de Combray betrifft, so mag er ein sehr ansehnlicher, intelligenter junger Mann sein mit dem blauesten Blut, das man ungefähr in Frankreich haben kann, doch jemanden zu finden, der ihm eine Stellung verschafft, die seinen Talenten angemessen ist, bedeutet für einen, der so lange nicht in Europa war wie ich, wirklich eine Herkulesarbeit. Zum Glück bin ich gut mit General Lord Cathcart bekannt, und durch ihn konnte ich dem

jungen M. de Combray eine Position beschaffen, die es ihm erlauben wird, sich eine Frau zu nehmen, und die ihm darüber hinaus zur Karriere im diplomatischen Dienst nützlich ist. Das bedeutet natürlich, daß Sie eine Weile von Ihrer Schwester Jane Abschied nehmen müssen, da ihn sein erster Auftrag nach Brasilien bringen wird, doch ich bin davon überzeugt, daß Sie um ihres Glückes willen solch eine Trennung nicht allzu –« Er brach ab, weil er bemerkte, daß Gwendolen ihn völlig entgeistert anblickte. »Stimmt irgend etwas nicht?« fragte er höflich.

»Ob etwas nicht stimmt!« Gwendolen rang nach Worten. »Das fragen Sie noch!« sagte sie. »Sie wollen uns doch nicht einreden, Mylord, daß Sie – Sie! – sich darum bemüht haben, für Alain de Combray eine Stellung zu finden, so daß er in der Lage ist, Jane zu heiraten?«

»Nun, es schien mir die einzige Möglichkeit, mich dessen zu versichern, daß Sie nicht von mir erwarten würden, sie selbst zu heiraten«, erklärte Lyndale. »Ich weiß, daß Campaspe immer sehr dagegen war, doch ich habe mir gedacht, daß Sie es mir vorwerfen würden, wenn Jane ohne Mann sitzengeblieben wäre, während ich mich aufmachte, um jemand anderen zu heiraten. Tatsächlich«, so fügte er hinzu, »war dies der Grund, in die Wege zu leiten, daß Campaspe heute abend auch verheiratet würde. Da ich ja Ihren besonderen Sinn für familiäre Loyalität kenne, meine liebe Gwen, dachte ich, daß Sie – nachdem Campaspe mich so entschlossen umworben hatte – erwarten würden, daß ich auch sie heiraten würde – ich meine natürlich«, fügte er hastig hinzu, als er Campaspes Gesicht anmerkte, daß sie schon wieder an die Möglichkeit von Harems dachte, »anstelle von Jane. Auf jeden Fall habe ich mir vorgestellt, daß ich mehr Ruhe haben würde, wenn man sie auch verheiraten würde.«

»Und mit wem?« fragte Campaspe stirnrunzelnd, da sie Mühe hatte, den Ausführungen Seiner Lordschaft zu folgen. »Sie können doch nicht etwa Neil meinen!«
»Kann ich das nicht?«
Campaspe stieg die Zornesröte ins Gesicht. »Sie wollen doch damit nicht sagen, daß Sie selbst niemals die Absicht hatten, mich zu heiraten?« fragte sie ärgerlich. »Daß Sie mich heute nacht hierhergebracht haben, um mich mit *Neil* zu verheiraten?«
»Nun, es ist dann alles nicht ganz so gekommen, wie ich es geplant hatte«, sagte Lyndale entschuldigend. »Fairhall sollte gerade noch rechtzeitig kommen, um Sie vor mir zu retten, worauf Sie ihm natürlich in die Arme geflalen wären, und da wunderbarerweise ein Priester sowie eine Sondergenehmigung vorhanden gewesen wären, hätten Sie ihn dadurch belohnt, daß Sie mit ihm den Bund der Ehe geschlossen hätten. Ich war so verwirrt durch die vermeintliche Entführung Ihrer Schwester durch Lord Wilfried, daß wir versäumten, unsere Rollen angemessen zu spielen –«
Er brach ab, denn Campaspe hatte sich vor dem jungen Leutnant aufgestellt wie ein wütendes Kätzchen, das im Sinn hatte, einen großen, unschuldigen Hund anzugreifen.
»Neil Fairhall!« erklärte sie ihm mit kriegerischer Stimme. »Du bist ein Verräter! Dich gegen mich zu verschwören – mit diesem – diesem –«
»Aber ich verschwöre mich doch nicht gegen dich, wenn ich dich heiraten will, Cammie«, protestierte der junge Leutnant mit schwacher Stimme. »Und, verdammt noch mal, wie sollte ich es denn sonst anstellen? Du hast mir doch ständig die kalte Schulter gezeigt, seit wir dieses dumme Mißverständnis hatten –«
»Es war kein dummes Mißverständnis! Du hast mir ge-

sagt, daß ich mich lächerlich mache und daß du nicht mit mir verheiratet sein wolltest!« erklärte Campaspe rachsüchtig. »Und wenn du auch nur einen Augenblick meinst, daß ihr, du und Lyndale, mich in eine Ehe mit dir locken könnt, dann kann ich dir sagen, daß du dich gewaltig täuschst!« Sie ging hinüber zu Gwendolen, die immer noch vor dem Kamin stand. »Komm, Gwen«, sagte sie mit großartiger Geste. »Laß uns jetzt gehen! Zweifellos werden sich Leutnant Fairhall und Lord Lyndale ein Komplott ausdenken, mit dem sie zwei leichtgläubigere Frauen zu einer Ehe verleiten können. Dann sind sie auch nicht gezwungen, diese kostspieligen Sondergenehmigungen zu verschwenden!«

Gwendolen hätte nichts lieber getan, als jetzt eine Postkutsche und ein paar Pferde gemietet, den Staub vom »White Hart« von sich geschüttelt, um dann mit ihrer Schwester nach Cheltenham zurückzukehren. Unglücklicherweise hinderte sie daran jetzt der gleiche Grund, der sie veranlaßt hatte, Lord Wilfried zur Verfolgung Campaspes zu bewegen: sie hatte keine ausreichenden Geldmittel. Sie blickte verzagt von Lyndale zu Leutnant Fairhall, wählte dann den letzteren als das geringere von zwei Übeln und sagte in würdigem Ton zu ihm: »Ich fürchte, ich muß dich um eine Gefälligkeit bitten, Neil. Wenn du mir bitte eine ausreichende Summe zur Verfügung stellen könntest, um eine Postkutsche zu mieten, die mich und meine Schwester zurück nach Chaltenham bringt –«

»Nein, das werden Sie nicht tun, mein Junge!« sagte Lyndale prompt, als Neil sich gehorsam daranmachte, sein Portemonnaie aus der Tasche zu ziehen. »Wenn wir sie jetzt ziehen lassen, werden wir für den Rest unseres Lebens Junggesellen bleiben.« Er wandte sich an Gwendolen. »Es tut mir herzlich leid, Miß Quarters«, sagte er mit

größter Förmlichkeit, »doch bei den Preisen, die pro Pferd für eine Meile verlangt werden, wird Leutnant Fairhall passen müssen.«
»Also dann nur das Kutschengeld!« sagte Gwendolen, die ihn ignorierte und sich nur an Fairhall wandte. »Du kannst doch nicht so gemein sein und uns das verwehren!«
»O ja, das kann er !« mischte sich Lyndale noch einmal ein. »Keinen Schilling, keinen Penny und keinen Viertelpenny werden Sie aus uns herausquetschen, mein Kind! Ihr habt euch da selbst hineinmanövriert, und der einzige Weg hinaus ist die Ehe mit uns!«
»Nein, das geht zu weit!« protestierte Leutnant Fairhall, der diese gewaltsame Methode, zu einer Braut zu kommen, nicht billigen konnte. Im gleichen Augenblick sagte hinter ihm eine tiefe, polternde Stimme: »Ich fürchte, Mylord, daß ich etwas spät komme. Tatsächlich glaube ich, daß ich in einen leichten Schlummer verfallen bin, da die vorgerückte Stunde –«
Die Versammelten wandten sich überrascht zur Tür zu, in der ein rundlicher älterer Herr im altmodischen langen Frack, Kniehosen und Schnallenschuhen stand und sie freundlich anblinzelte. Lyndale, der sich zuerst gefaßt hatte, ging auf ihn zu und schüttelte ihm herzlich die Hand.
»Ah, Mr. Broadfute!« sagte er. »Besser spät als gar nicht. Darf ich Ihnen Mr. Broadfute vorstellen – Miß Quarters – Miß Campaspe Quarters – Leutnant Fairhall –«
Mr. Broadfute, der die Anwesenden mit einem sonnigen Lächeln begrüßte, bewegte sich auf Gwendolen zu und drückte ihr herzhaft die Hand, wobei er großzügig zu übersehen schien, daß ihr durchnäßtes Haar völlig zerzaust war und die ebenfalls durchnäßten Kleider vor dem Kaminfeuer leise dampften. Dann fragte er mit leicht

schelmischem Zwinkern, welchen der Herren er ihr denn zur heiligen Ehe verbinden dürfe. »Denn in solchen Dingen ist es nicht gut, sich zu irren! Nein, in der Tat nicht!« schloß er mit bedeutungsvollem Blick, was jedoch seitens Gwendolen nicht beachtet wurde.
Statt dessen entzog sie ihm abrupt die Hand und sagte mit einer Heftigkeit, die ihn sehr überraschte: »Mit keinem von beiden, Sir! Ich habe nicht den Wunsch, mich zu verheiraten, noch hat ihn meine Schwester.« Dann überraschte sie ihn noch mehr, indem sie im gleichen ernsten Ton sagte: »Wenn Sie wirklich ein Priester sind, Sir, dann muß ich Sie bitten, uns beizustehen! Meine Schwester und ich sind durch gemeinste Irreführung an diesen Ort gelockt worden, und unser einziger Wunsch ist es jetzt, zu unserem Heim nach Cheltenham zurückzukehren. Leider haben wir jedoch nicht genügend Geld bei uns, um uns einen Platz in einer Postkutsche zu nehmen, und wenn Sie uns nicht zu Hilfe kommen, werden wir gezwungen sein, hierzubleiben, der Gnade dieser – dieser –«
»Unholde?« beendete Lyndale höflich den Satz für sie. »Das ist unfair, meine Gwen! Meines Wissens bieten Unholde nämlich ihren Opfern keine gesetzliche Trauung an.« Er wandte sich an Mr. Broadfute, auf dessen rundem Gesicht nun ein betrübter, um nicht zu sagen verdutzter Ausdruck erschien. »Hören Sie nicht auf Miß Quarters, Sir«, sagte Seine Lordschaft vergnügt. »Sie hat sich noch nicht ganz daran gewöhnt, heute nacht verheiratet zu werden, doch ich bin davon überzeugt, daß sie sich anders besinnen wird, wenn Sie uns einige Minuten allein lassen –«
»Nein, das werde ich nicht!« sagte Gwendolen wütend. »Wie können Sie es wagen, so etwas zu sagen, Lord Lyndale! Ich würde Sie selbst dann nicht heiraten, wenn – wenn ...«
»Nicht, wenn ich der letzte lebende Mann wäre, meine

Liebe!« sagte Lyndale tadelnd. »Ja, es wäre Ihnen gleich, wenn Sie als alte Jungfer durchs Leben gehen würden. Trotzdem, selbst wenn noch mehrere lebende Männer vorhanden wären – wie Wilfried und der galante Captain Belville –, wäre es sicherlich für Sie immer noch vorteilhafter, mich zu heiraten. Ich bin einigermaßen gutmütig und intelligent. Ich halte *keinen* Harem und habe auch in dieser Hinsicht keine Absichten, trotz allem, was Ihre Schwester Ihnen einreden will. Und außerdem bin ich auch kein Langweiler – wenigstens glaube ich nicht, daß ich es bin –«

Zu Gwendolens tiefem Schrecken und Entsetzen hätte sie beinahe gesagt: »Aber Sie lieben mich nicht!« Dann brach sie sofort in Tränen aus. Sie konnte sich wirklich nicht vorstellen, wieso sie sich so töricht und unmöglich benahm. Vielleicht war es der Schock darüber, daß der Marquis nicht ihre Schwester sondern sie heiraten wollte, der sie in diesen Zustand versetzt hatte.

Zu ihrer großen Erleichterung besaß sie aber noch genügend Selbstbeherrschung, um Mr. Broadfute mit einer sehr kühlen Stimme sagen zu können, daß ihre Schwester und sie wirklich so bald wie möglich nach Cheltenham zurückzukehren wünschten. Und wenn er eine Möglichkeit sähe, ihnen das Fahrgeld zu leihen, würde ihr Vater es ihm so bald wie möglich zurückgeben.

Gwendolen, die Mrs. Broadfutes zweifelnden Blick sah, bemerkte, daß man nun an einem toten Punkt angekommen war. Offenbar hatte dieser geistliche Herr trotz seiner ahnungslosen, ja naiven Art genügend Erfahrung, um zu wissen, daß junge Damen, die von zu Hause fortgelaufen waren, um sich Hals über Kopf zu verheiraten, bisweilen ihre Nerven verlieren, es jedoch später wieder bereuten. Andererseits mußte auch er sehen, daß Gwendolen nicht zu der Sorte von Frauen gehörte, die schnell hysterische

Anfälle bekam. Dies galt sogar noch mehr für Campaspe, denn diese junge Dame machte einen außerordentlich kriegerischen Eindruck und schien durchaus fähig, ihm die Pistole auf die Brust zu setzen, um das benötigte Fahrgeld aus ihm herauszupressen.
Gwendolen sah jedoch, daß Mr. Broadfute auch vor seinem hohen adligen Patron Respekt besaß und nicht gern etwas tat, was diesem mißfiel. Aus diesem Dilemma wurde er jedoch fast umgehend gerettet – jedenfalls vorläufig –, denn es ertönte vom Hof her das Geräusch von Wagenrädern, dem bald darauf heftige Schritte von der Treppe her folgten. Dann hörte man eine kräftige männliche Stimme, die nach Lord Lyndale fragte – eine Stimme, die bei den beiden Damen Quarters das heftigste Erstaunen hervorrief.
»Papa!« riefen sie gleichzeitig aus, während Lyndale schnell auf die Tür zuschritt und sagte: »Quarters! Na, endlich.« Dann rief er dem Wirt zu, er möge den Besucher heraufführen.

18

Zum weiteren Erstaunen von Gwendolen und Campaspe – jedoch nicht, wie es schien, von Lyndale – erschien nicht nur Mr. Quarters, sondern unmittelbar hinter ihm auch Lady Otilia unter der Türe.
»Ausgezeichnet!« sagte Mr. Quarters und schaute mit Genugtuung auf die Anwesenden. »Wir sind also alle da! Ist dies Ihr Pfarrer, Lyndale? Dann wollen wir es doch bald hinter uns bringen. Wozu noch so lange aufbleiben – es ist eine verteufelt ungemütliche Nacht, und wir sollten schon alle im Bett sein.«

Gwendolen und Campaspe starrten ihn fassungslos an. Dies, so hatte Gwendolen den Eindruck, war nun nicht mehr zu ertragen. Nach all den anderen Schocks, denen sie in dieser Nacht ausgesetzt war, auch noch dies. Wie eine Deus und eine Dea ex machina in einem Schauspiel erschienen ihr Vater und ihre Mutter, offenbar darauf vorbereitet, an einer doppelten Hochzeitszeremonie teilzunehmen. Sie bedachte ihre Eltern mit vorwurfsvollen Blicken, wandte sich dann an Lyndale und sagte: »Sie – Sie –!«, fand dann aber nicht die richtigen Worte, um sein abscheuliches Benehmen richtig zu charakterisieren, und ging zur nächsten Tür hinaus.

Sie führte in ein angrenzendes Schlafzimmer, was ein glücklicher Umstand war, denn man weint nicht gern in der Öffentlichkeit. Sie hatte ihr Gesicht in die roten Vorhänge vergraben, als sie einen Schritt hinter sich hörte. Zwei starke Arme drehten sie sanft herum, und einen Augenblick später weinte sie nicht mehr in den Vorhang, sondern in einen Herrenfrack aus feinstem Tuch.

»Es tut mir leid – sehr, sehr leid!« sagte Lyndales Stimme über ihr. »Ich habe alles fürchterlich durcheinandergebracht, nicht wahr? Ich hab' alles zu schnell gemacht – viel zuviel für selbstverständlich gehalten –«

»Sie brauchen nicht zu denken«, sagte Gwendolen und meisterte ihre Tränen mit Mühe, brachte aber ihre Worte noch mit einiger Würde heraus, während sie vergebens versuchte, sich aus diesen umklammernden Armen zu befreien, »daß Sie es sind, der mich zum Weinen gebracht hat, Mylord. Ich weine nur, weil ich mich ärgere – und weil ich enttäuscht bin, daß Papa und Mama sich gegen mich mit Ihnen verschworen haben –«

»Nun, ich fürchte, dazu habe ich sie fast gezwungen«, sagte Seine Lordschaft schuldbewußt, machte aber keinerlei Anstalten, sie loszulassen. »Erstens habe ich ihnen

Brightleaves und die Pferde Ihres Vaters angeboten, und zweitens haben sie in letzter Zeit so verdammt viel durchstehen müssen mit all diesen aufgelösten Verlobungen, daß Sie ihnen kaum verübeln können, wenn sie die Chance sofort ergreifen, zwei Töchter auf einmal verheiraten zu können. Ich muß aber sagen, daß ich ausgezeichnet mit ihnen zurechtgekommen bin«, fuhr er fort, wobei seine Stimme einen etwas bangen Klang bekam, was Gwendolen wieder die Tränen in die Augen trieb. »Viel besser als mit Ihnen. Ich habe ihnen nämlich ganz einfach gesagt, daß ich mich damals, als ich Sie auf dem verdammten Weg beinahe über den Haufen gefahren hätte, sofort in Sie verliebt habe. Damals, als Sie aus dem Graben geklettert sind und mich angesehen haben, als wollten Sie mich auf der Stelle umbringen. Nur war ich natürlich damals nach Gloucestershire gekommen, um Jane um ihre Hand zu bitten, und das hat mich natürlich in eine verdammt ungemütliche Lage versetzt. Ich konnte ja nicht einfach einen Rückzieher machen, aber ich kann Ihnen sagen, daß ich noch nie in meinem Leben so glücklich war wie damals, als ich entdeckte, daß sie diese Verbindung ebensowenig wünschte wie ich. Wenn ich ihrem jungen Franzosen mein halbes Vermögen hätte anbieten müssen, um mich von meinem Versprechen zu entbinden, so hätte ich es getan. Doch man kann ja eine solche Angelegenheit nicht einfach so selbstherrlich lösen –«

»Nein!« sagte Gwendolen, die plötzlich wieder Herrin der Lage war und sich entschlossen von Lyndales Umarmung freimachte. »Natürlich kann man das nicht tun! Doch ich nehme an, Sie fanden es vollkommen in Ordnung, meine kleine Schwester einfach mit einem Heiratsversprechen hierherzulocken, das Sie gar nicht einhalten wollten, und sich mit Neil zu verschwören, um mich hierherzuschleppen und mich zu zwingen, Sie zu heiraten –«

»Ich habe mir gedacht, daß Sie das wollten«, sagte Seine Lordschaft einfach und mit so dreistem Unterton, daß es Gwendolen beinahe die Sprache verschlug.
»Wollen Sie damit andeuten, Mylord«, sagte sie mit eisigem Ton, als sie sich wieder gefaßt hatte, »daß ich Sie in irgendeiner Weise ermutigt habe? Das muß ich energisch bestreiten!«
»Nun, Sie haben mir sicher keine Falle gestellt, wenn Sie das meinen«, gab Lyndale zu. »Sie waren die Tugendhaftigkeit in Person. Doch Ihre Augen waren es nicht!«
»Meine Augen!«
»Ja. über die eigenen Augen hat man keine Macht, und Ihre haben mir immer etwas erzählt. Tatsächlich haben sie mir sofort beim ersten Mal gesagt, daß Sie sich fast so sehr für mich interessierten wie ich mich für Sie.« Gwendolen machte den Mund auf, um dies entrüstet zu verneinen, doch Lyndale hob abwehrend die Hand. »Kommen Sie – seien Sie doch ehrlich mit mir«, sagte er. »Sage ich die Wahrheit oder nicht?«
Er blickte sie prüfend an, so daß sie keine Möglichkeit mehr sah, ihn zu täuschen, und sich schnell abwenden mußte.
»Weshalb ich mit einem so eingefleischten Lügner ehrlich sein sollte, weiß ich nicht!« sagte sie streng. »Aber ja – es ist wahr! Nur habe ich es Sie nicht – und noch nicht einmal mich selbst – wissen lassen, denn Jane war ja da –«
»Jane – Jane – Jane«, sagte der Marquis. »Ich wünschte, ich hätte das Mädchen nie gesehen! Oder vielmehr, ich wünschte, Sie hätten überhaupt keine Schwester, denn die beiden sind mir bei meiner Werbung verdammt im Weg gewesen, das kann ich Ihnen sagen! Wenn es nicht Ihretwegen gewesen wäre und aus Pflichtgefühl, weil ich fand, ich müßte für sie sorgen, ehe ich mich um Sie küm-

merte, dann hätte ich mich auf diesen ganzen tollen Entführungsplan gar nicht erst einlassen müssen.«

Gwendolen, die aus irgendeinem Grund das Gefühl hatte, sie müsse soviel Entfernung wie möglich zwischen sich und den Marquis bringen – da sie nun schon einmal diese törichten Zugeständnisse bezüglich ihrer Empfindungen gemacht hatte –, entdeckte zu spät, daß Lyndale davon völlig andere Vorstellungen hatte. Während er sprach, war er ihr nämlich durch das Zimmer gefolgt und bemühte sich nun – natürlich gänzlich gegen ihren Willen –, sie noch einmal in die Arme zu schließen.

»Nein, das dürfen Sie nicht!« seufzte sie verwirrt und dennoch entschlossen, da Seine Lordschaft die neuerliche Nähe ungehörigerweise zum Anlaß genommen hatte, sie zu küssen. »Ich will nicht auf so – so heimliche Art heiraten! Mitten in der Nacht und in einem Gasthof –«

»Doch in der ordnungsgemäßen Gegenwart deines Papas und deiner Mama – vergiß das nicht!« erinnerte sie Lyndale. »Nicht einmal die übelste Klatschbase kann daran etwas auszusetzen haben.« Er hielt sie einen Augenblick in Armlänge von sich weg und blickte sie ernst an. »Nach all der Mühe, die ich auf mich genommen habe, um dich in angemessener Weise zu heiraten, finde ich, daß du etwas dankbarer sein könntest«, sagte er. »und dich auch bei mir entschuldigen könntest wegen der wenig schmeichelhaften Eigenschaften, mit denen du meinen Charakter –«

»Ich glaube, du hast überhaupt keinen Charakter! Sich solch abscheulichen Plan auszudenken – du hättest dir doch sagen müssen, daß so etwas nie gut ausgehen kann! Wenn du mich wirklich lie-liebst«, fuhr Gwendolen fort und blickte sehr aufmerksam auf den dritten Knopf des Fracks Seiner Lordschaft und nicht in sein Gesicht, »weshalb hast du dann nicht in aller Form um mich geworben –«

»Um zu riskieren, daß Campaspe sich wieder so unmöglich benommen hätte, daß du und deine ganze Familie erklärt hätten, ich hätte sie kompromittiert und müßte sie heiraten? Oder zusehen zu müssen, wie du dich mit einem anderen Herrn der Königlichen Marine einläßt, der dich vielleicht wieder an Lord Nelson erinnerte? Nein danke!« sagte Lyndale emphatisch. »Du weißt doch, was Shakespeare sagt: ›Wenn getan werden muß, was getan werden muß, dann wäre es gut, es würde schnell getan‹ oder so ähnlich.«
Er brach ab, weil auf einmal hinter der Tür zum Salon aufgeregte Stimmen zu hören waren, die dann plötzlich verstummten, als sich die Türe öffnete und Lady Otilia hereintrat.
»Also wirklich, Mylord«, sagte sie und blickte mißbilligend auf die Szene vor sich – ihre älteste Tochter in der festen Umarmung des Marquis –, »das ist wirklich sehr ungehörig, und uns darüber hinaus noch warten zu lassen! Ich habe die fürchterlichsten Unannehmlichkeiten auszustehen, da Campaspe sich beharrlich weigert, Neil Fairhall zu heiraten, und Mr. Quarters sie ständig anbrüllt – was ich ihm wirklich nicht verübeln kann, denn es ist fast schon hell, und wir hatten bei dem Regen eine sehr ungemütliche Fahrt. Nur ist Neil zum Glück eingefallen zu sagen, daß Campaspe ihn nicht zu heiraten brauche, wenn sie nicht will, so daß sie dann natürlich gesagt hat, sie würde es tun, was typisch für Campaspe ist. Und nun, da dies endlich in Ordnung ist, trödelt ihr hier herum und laßt den armen Mr. Broadfute warten –«
»Nein, ich trödle nicht«, sagte Lyndale mit Bestimmtheit. »Das können Sie mir wirklich nicht vorwerfen, Lady Otilia. Ich habe, seit ich hier hereingekommen bin, jeden einzelnen Augenblick damit verbracht, Ihre Tochter dazu zu überreden, mich zu heiraten –«

Gwendolen, die sich nun an den letzten Strohhalm zu klammern begann und noch einmal vergeblich versuchte, sich aus der Umarmung Seiner Lordschaft zu befreien, stammelte irgend etwas mit erstickter Stimme vor sich hin, was so klang, als ob es Miß Courtney sei, die er heiraten wolle.
»Miß Courtney! Unsinn!« sagte Lady Otilia unumwunden. »Die ist doch mit dem Herzog verlobt. Ich habe es erst heute abend erfahren – das heißt, jetzt muß ich ja schon sagen, vorigen Abend –, während ihr beim Ball wart.«
Zu jeder anderen Zeit hätte es Gwendolen außerordentlich interessiert, daß es Miß Courtney, die schließlich an Lyndales Gleichgültigkeit verzweifelte, nun doch gelungen war, den alternden Herzog von Tardiff dazu zu bewegen, sie zu seiner Herzogin zu machen. Im Augenblick war ihre einzige Reaktion darauf eine leichte Verärgerung, weil ihre Mama fähig war, ein so unwichtiges Thema ins Gespräch zu bringen. Ihr erschien nur eines wichtig: ob Lyndale sie noch einmal mit dem Ausdruck in seinen sehr blauen Augen anschauen würde, den sie bemerkt hatte, bevor er sie küßte. Natürlich würde er sie nicht so anschauen, wenn ihre Mutter dabei war, und deswegen schien ihr, als ob nur ein einziges Mittel helfen würde.
»Mama«, sagte sie mit Bestimmtheit zu Lady Otilia, »geh fort!«
»Geh fort!« wiederholte Lady Otilia und starrte sie an, als habe sie plötzlich den Verstand verloren. »Weshalb sollte ich denn fortgehen?« fragte sie. »Du bist ja noch nicht verheiratet, Gwendolen! Das wäre sehr ungehörig!«
»Nein, ich bin noch nicht verheiratet«, stimmte ihr Gwendolen zu, gab jedoch trotzdem nicht nach. »und was noch wichtiger ist, ich habe noch nicht einmal einen Antrag bekommen.«
Lady Otilia blickte sie zuerst mißbilligend an, doch all-

mählich erschien ein geheimnisvoller Ausdruck auf ihrem Gesicht.
»Ich verstehe«, sagte sie einfach und wandte ihren Blick Lyndale zu. »Ich vertraue darauf, Mylord, daß Sie sich beeilen werden«, sagte sie. »Einerseits genießen wir Frauen natürlich diese romantischen Gelegenheiten, doch andererseits wird es allmählich schon sehr spät.« Dann verließ sie mit würdevollen Schritten den Raum. Lyndale, der seine Liebe fragend ansah, verlor keine Zeit, führte sie zu einem Sessel und ging vor ihr auf die Knie.
»Miß Quarters – Gwendolen«, sagte er betont förmlich, »darf ich Sie ehrerbietigst darum bitten, mir die Ehre zu tun und mir Ihr Herz und Ihre Hand zum Ehebund zu schenken?«
Gwendolen runzelte die Stirn. »Nanu, habe ich das nicht sehr korrekt gemacht?« fragte Seine Lordschaft. »Ich muß sagen, du machst keinen sehr zufriedenen Eindruck.«
»Sehr korrekt«, mußte Gwendolen zugeben, machte jedoch immer noch einen unzufriedenen Eindruck. »ich fürchte aber, daß ich wie Mama überromantisch veranlagt bin –«
»Du würdest also wahrscheinlich vorziehen«, sagte Lyndale liebenswürdig, während er sich aus seiner knienden Stellung erhob, »daß ich es vielmehr so anfange« – und bevor sie sich versah, hatte er sie hochgezogen und umarmte sie so kräftig, daß ihre Rippen in großer Gefahr waren. »Weißt du nicht«, sagte die Stimme Seiner Lordschaft ziemlich verändert, weil er wahrscheinlich zuvor noch nie jemanden in so außerordentlich zufriedenstellender Weise geküßt hatte, »daß ich dich liebe – dich haben will – und ohne dich nicht leben kann? Wenn du von mir verlangst, daß ich einen Turban aufsetze und mich in weiße Gewänder hülle und dich auf einer meiner arabi-

schen Stuten entführe, um deinen romantischen Neigungen entgegenzukommen, dann bin ich dazu bereit. Doch da es immer noch teuflisch regnet und die Stuten sich in Leicestershire befinden, bist du vielleicht doch einverstanden, wenn wir statt dessen eine einfache englische Zeremonie folgen lassen, die Mr. Broadfute vornehmen wird?«

Da sie Lady Otilias Tochter war, kann kaum Zweifel daran bestehen, daß Gwendolen das erste Angebot Seiner Lordschaft außerordentlich verlockend fand, doch da sie ebenso – wie sich während dieses verwirrenden Kusses erwiesen hatte – sehr verliebt war, zeigte sie sich durchaus willens und war sogar darauf erpicht, das zweite Angebot anzunehmen. Dies hatte zur Folge, daß sie nach wenigen Minuten schon neben dem Marquis im Salon stand, während Mr. Broadfute, der einen ziemlich schläfrigen Eindruck machte, jedoch strahlend lächelte, sich darauf vorbereitete, das Ehesakrament zu vollziehen.

»Gwen ist die Ältere, daher ist es angemessen, wenn sie zuerst heiratet«, sagte Campaspe mit lautem Flüstern zu ihrem eigenen Verlobten, dessen Hand sie sehr fest in der ihren hielt, für den Fall, daß er vielleicht noch mal abhanden kommen könnte und sie dazu verdammt wäre, in einem Harem zu leben.

»Sie scheint entschlossen, Lyndale zu nehmen, doch immerhin hat er in Marokko gelebt. Meinst du, daß eine ihm genügen wird?«

»Eine was?« fragte der junge Leutnant Fairhall, der im Augenblick zu keinem klaren Gedanken fähig war, da er nicht nur mit einem schwindelerregenden Glücksgefühl fertig zu werden hatte, sondern auch noch mit der unangenehmen Empfindung, daß alles nicht wirklich geschähe und er jeden Augenblick wieder aufwachen könnte.

»Eine Frau natürlich!« sagte Campaspe ungeduldig. Fairhall, der sich nun dieser Frage widmete, warf ein wissendes Auge auf den Marquis von Lyndale, während dieser auf seine Braut hinabblickte, und der Leutnant hatte keine Mühe, prompt seiner Überzeugung Ausdruck zu geben, daß eine sicherlich völlig ausreichend sei.

CLARE DARCY

Eugenia und der verfolgte Vetter

Aus dem Englischen von
Lydia L. Dewiel

BASTEI
LÜBBE

1

An einem strahlenden Frühlingsmorgen des Jahres 1811 fuhr eine elegante Reisekutsche, an deren Türe ein Wappen angebracht war, vor Miß Bascoms Delect Academy für junge Damen am Queen Square der Stadt Bath vor. Die Kutsche, die dem bedeutenden Peer und Staatsman Earl of Chandross gehörte, war hier wohlbekannt. Sie war in den vergangenen drei Jahren immer dann erschienen, wenn die junge Nichte des Earls, Miß Eugenia Liddiard, die zugleich sein Mündel war, abgeholt wurde, um ihre Ferien in Mere Court, den Hauptsitz des Earls in Essex, zu verbringen. Nun jedoch war die Kutsche zum letzten Mal hier, und daher hatte sich Miß Bascom selbst herabgelassen, Miß Liddiard an die Türe zu begleiten.

Es muß jedoch festgestellt werden, daß dies nicht eine höfliche Geste Miß Liddiard gegenüber war. Diese stellte, wie Miß Bascom genau wußte, ein sehr unbedeutendes Glied in der langen Kette der Interessen des Earls dar, und obwohl das Pensionsgeld für sie immer pünktlich bezahlt worden war, hatte Seine Lordschaft nicht die geringste Anteilnahme für sie gezeigt. Miß Bascom nahm an, daß sie vor allen Dingen deswegen zu ihr geschickt worden war, weil es weder in Mere Court noch in dem glanzvollen Stadthaus Seiner Lordschaft eine Nische gab, in die man ein so eigenwilliges und unberechenbares Wesen, wie die Nichte des Earls nun einmal war, hätte stellen können. Und leider mußte sich Miß Bascom eingestehen, daß sie es nach dreijährigen unablässigen Bemühungen nicht geschafft hatte, Miß Liddiard zu einer jungen Dame zu machen, die in einer dieser Nischen hätte Aufnahme finden können. Man konnte also nur hoffen, so dachte sich Miß Bascom, während Miß Liddiards schlanke Gestalt die Stufen der Select Academy herabkam, daß im Laufe der nächsten Londoner Gesellschaftssaison ein Wunder geschehen werde. Es könnte ja immerhin sein, daß während dieser Saison – in der Lady Chandross die junge Debütantin zu chaperonieren hatte – von irgendwoher ein geeigneter Mann auftauchen und sie auf der Stelle heiraten würde. Dies wäre sehr zu wünschen, denn die junge Miß Liddiard war in keiner Weise geeignet, als armes Familienmitglied in dem großen Haus ihrer vornehmen Verwandten zu wohnen.

Miß Liddiard selbst jedoch, die gerade dabei war, sich von ihrer liebsten Freundin, Miß Amelia Rowntree – genannt »Muffet« –, zu verabschieden, schien sich im Augenblick nicht die geringsten Gedanken über ihr eigenes Versagen zu machen. Ganz im Gegenteil, sie war außerordentlich vergnügt, und ihr lebhaftes, hübsches Gesicht, das von einer dunklen Haarsträhne umrahmt wurde, glühte vor Eifer, während sie sich mit Miß Rowntree über ein baldiges Wiedersehen in London unterhielt. Muffet, ein kleines, blondes, ziemlich pummeliges Mädchen, war eine Freundin aus glücklicheren Tagen, als Eugenia noch mit ihrem Vater in Kent auf einem kleinen, jedoch sehr schönen Besitz, genannt Coverts, lebte. Ihre Ländereien hatten an die des Squire Rowntree gegrenzt, und sie und Muffet und deren älteren Bruder Tom waren damals so unzertrennlich gewesen wie junge Hunde.

Muffet, die weniger unternehmungslustig war als ihre Freundin, die sie immer mit einer Art schwärmerischer

Verehrung betrachtet hatte – was sich noch verstärkte, als Eugenia nach dem Tod ihres Vaters vor drei Jahren nach Mere Court zog –, war dann bei Miß Bascom wieder mit ihr zusammengekommen und genoß es, sich über all das berichten zu lassen, was sich in dem prächtigen Schloß des Earls ereignete. Prinny (wie man scherzhaft den Prince of Wales nannte, der jetzt Prinzregent geworden war) hatte ebenso zu den erlauchten Besuchern von Mere Court gehört wie Lady Jersey, Lord Alvanley, »Cupid« Palmerston und die Seftons. Und bei einer denkwürdigen Gelegenheit war sie auch auf einem der Korridore mit Mr. Brummel, dem berühmten Beau, zusammengestoßen und wurde von ihm mit unnachahmlicher Arroganz gemustert.

Dies war für Muffet – zu deren größten Erlebnissen ein Besuch in Canterbury gehörte und ihre Reisen zu und von Miß Bascoms Academy in Bath – eine unerhörte Seligkeit, doch Eugenia nahm es alles sehr gelassen und sagte, sie würde es jederzeit sofort aufgeben, wenn sie wieder nach Kent zurückkehren und in Coverts leben könnte. Dies war jedoch sehr unwahrscheinlich, da Coverts nun im Besitz des Vetters ihres Vaters war, Cedric Liddiard, eines sehr gelehrten Geistlichen und überzeugten Junggesellen, der auch, nachdem er das Gut geerbt hatte, weiterhin in der Nähe der Kathedrale von Canterbury lebte und Coverts der Obhut eines Verwalters übergab. Eugenia und Muffet hatten vor kurzem einen Plan ausgeheckt, der vorsah, daß Eugenia Muffets Bruder Tom heiraten sollte, so daß sie alle zusammen in Kent leben könnten.

Natürlich hatte Tom, der Eugenia zwar nett fand, sich aber mit neunzehn Jahren viel mehr für Reiten und Jagen interessierte, noch nichts von diesen Plänen gehört, und es war zu befürchten, daß er letztlich doch einige Einwände haben könnte. Dies spielte jedoch für Eugenia keine Rolle, da Hindernisse in ihren Augen nur dazu da waren, um überwunden zu werden. Sie hatte daher Muffet in der vergangenen Nacht mitgeteilt, daß sie Tom sofort von der bevorstehenden Heirat unterrichten solle, und wenn sie es nicht täte, würde sie es selbst erledigen.

»Aber das kannst du nicht tun!« hatte Muffet entsetzt gesagt, die auf Eugenias Bett saß, die Beine untergeschlagen, angetan mit einem hochgeschlossenen, ziemlich verknitterten Nachthemd und einem Nachthäubchen aus feinem Musselin.

»Warum nicht?« hatte Eugenia gefragt.

»Es – es wäre nicht anständig! Einem Gentleman die Ehe anzutragen –«

»Puh! Das ist doch kein Gentleman! Das ist doch nur Tom!«

»Ja, aber –«, hatte Muffet protestiert, wobei sie Eugenias Kopfkissen an ihre junge und magere Brust drückte, als ob sie sich vor den direkten Attacken ihrer Freundin schützen wollte in einer Angelegenheit, die doch, wie man sie gelehrt hatte, äußerste mädchenhafte Zurückhaltung gebot.

»Und außerdem«, hatte Eugenia gesagt, um das Entsetzen noch zu erhöhen, »kann er auch später, wenn wir verheiratet sind, alles tun, was er gern möchte. Gussie (dies war, wie Muffet wußte, Lady Augusta Chandross, die sie aufs höchste bewunderte, seitdem sie anläßlich eines gemeinsamen Besuchs im Drury Lane Theater in ihrer Loge in einem durchsichtigen Kleid erschienen war, das wie eine enge Hülle ihre schlanke Gestalt umgab, so daß man jede Rippe hätte zählen können), »Gussie«, fuhr Eugenia fort, »sagt, daß es sehr wenig fortschrittlich für eine Frau ist, wenn sie sich in die petits plaisirs ihres Mannes einmischt, und ich habe sicherlich nicht die Absicht, dies zu tun.«

»Oh, Eugenia«, sagte Muffet, die vor soviel erwachsener Frivolität errötete. »Aber Tom würde das niemals tun. Er ist doch kein Schürzenjäger! Ich glaube sogar, er möchte am liebsten gar nicht heiraten, nicht einmal dich!«
Diese Feststellung veranlaßte Eugenia dazu, in höchst unerwachsener Weise zu bemerken, daß es doch für ihn keine Rolle spielen dürfe, ob er verheiratet sei oder nicht, und wenn er sich gegen ihren Vorschlag sperre, müsse sie eben selbst versuchen, irgendwie nach Kent zu kommen, um sich darüber mit ihm zu unterhalten.
Die Sache war dann jedoch offengeblieben, und da man sich nun in Gegenwart von Miß Bascom und der Zofe, die Lady Chandross zur Begleitung Eugenias mitgeschickt hatte, nicht mehr richtig verständigen konnte, mußte Eugenia abreisen, ohne zu wissen, was sie arrangieren sollte, um Mrs. Thomas Rowntree zu werden.
Nachdem das Trittbrett hochgezogen und die Türe von dem livrierten Postillion geschlossen worden war, rollte die Kutsche endlich davon, was Miß Bascom dazu veranlaßte, insgeheim ein »Gott sei Dank!« zu äußern. Muffet jedoch, die sonst nicht besonders sentimental war, mußte heftig dagegen ankämpfen, nicht loszuweinen, da sie wußte, daß das Leben nun ohne ihre muntere Freundin sehr viel langweiliger werden würde. Was Eugenia selbst betraf, so machte sie es sich auf den tiefroten Samtpolstern der Kutsche an der Seite der ältlichen Zofe namens Trimmer bequem und war fest entschlossen, die ganze lange Reise von über hundert Meilen in vollen Zügen zu genießen.
Unglücklicherweise bewölkte sich der Himmel jedoch schon an der Grenze zur Grafschaft Wiltshire, gerade als die Kutsche begann, die Anhöhe von Box Hill zu bezwingen. Obwohl es innerhalb weniger Minuten schüttete, war Eugenia, immer Optimistin, fest davon überzeugt, daß die

Sonne wieder scheinen würde, wenn sie Calnex erreichten. Als sie am Beckhampton Inn hielten, um sich mit Garnelen, Bohnen und Apfeltörtchen zu stärken, rann jedoch der Regen immer noch an den Fenstern herab. Am späten Nachmittag, als Trimmers Nerven wegen der düsteren Prophezeiung des Postillions, er rechne mit einer Überschwemmung, dem Zerreißen nahe waren, gab Eugenia nach und erklärte sich einverstanden, dem Vorschlag der Zofe zu folgen und im »King's Head« in Thatcham zu übernachten. Eigentlich war vorgesehen, im vornehmeren »Pelican« in Speenhamland abzusteigen, doch Eugenia, die das King's Head nicht kannte, versprach sich eine unterhaltsame Abwechslung. Allerdings, so konnte sie es nicht unterlassen zu bemerken, sei es dumm, vor dem bißchen Regen zurückzuschrecken.
Diese Beschreibung des Unwetters, das nun über der Landschaft zu toben begann, war allerdings etwas untertrieben, doch dachte Eugenia nicht daran, sich davon beeindrucken zu lassen. Im Gegenteil, als die Kutsche vor der Tür des »King's Head« hielt, stieg sie sofort aus und rannte durch den Regen, wobei sie den Wirt nicht beachtete, der mit dem Regenschirm bereitstand, um seine Gäste zu empfangen. Als sie im Gasthaus angelangt war, schüttelte sie die Nässe von ihrem Reisecape und schaute sich sehr zufrieden um.
Tatsächlich war der Anblick des blitzenden Messinggeschirrs, eines großen Eichensessels, auf dem ein schwarzweißes Kätzchen schnurrte, und einer dichtgefüllten Gästestube angenehm genug, um das Herz eines jeden Reisenden zu erfreuen. Eugenia, die vom Wirt gefragt wurde, was er für sie tun könne, erklärte ihm daher ohne Zögern, daß sie für sich ein Schlafzimmer brauche und daneben eines für ihre Zofe.
»Ein gutes Federbett, wenn Sie eines haben, und Berge

von Essen, ich bin fürchterlich hungrig«, fügte sie hinzu. Worauf der Wirt, der das Wappen, die elegante Kutsche und die Zofe wohl bemerkt hatte und daher bereit war, den verdrückten Hut dieses Schulmädchens und seine totale Formlosigkeit zu übersehen, sofort versprach, sein bestes Schlafzimmer herzurichten. Darüber hinaus könne er einen privaten Salon zur Verfügung stellen, in dem in Bälde ein exzellentes Abendessen serviert würde, das die Wirtin selbst zubereite.

Eugenia, die gern neue Erfahrungen jeder Art sammelte, blickte bedauernd auf den gefüllten Gästeraum, der ihr mehr Unterhaltung versprach als der private Salon, noch dazu in Begleitung von Trimmer. Sie entschloß sich jedoch, ihren Wunsch zurückzustellen, da sie wußte, daß man ihr nur von allen Seiten Schwierigkeiten machen würde. Das wäre – so dachte sie sich – ein weiterer Vorzug einer Ehe mit Tom. Niemand außer dem eigenen Mann könnte einem vorschreiben, was man zu tun hatte, und sie zweifelte nicht daran, daß Tom sie immer das tun lassen würde, was sie wollte.

Trimmer war nun auch im Gasthof angelangt, begleitet von den Burschen, die die Koffer hereintrugen, und sie wollte gerade Eugenia folgen, die mit dem Wirt vor der Treppe stand, als drei Reisende das Haus betraten, die mit der Kutsche der Bristol and Bath Accommodation gekommen waren.

Die drei waren völlig durchnäßt, und der Regen tropfte von den Hutkrempen, was dem Wirt, der sie als arme Passagiere einstufte, die nicht im Innern der Kutsche Platz nehmen konnten, zu mißfallen schien.

Eugenia, die gerade die Treppe hinaufgehen wollte, blickte sich um und sah sich die Leute interessiert an. Die Gesellschaft bestand aus einem Mann mittleren Alters, der einen etwas deprimierten Eindruck machte und wie ein Kanzlist aussah, einem stämmigen Bauern in schweren, derben Stiefeln und einem Mantel mit Messingknöpfen, und der dritte Reisende war ein junger Mann von etwa Mitte Zwanzig in einem etwas schäbigen olivgrünen Mantel, der jedoch so arrogant in die Welt blickte, daß man annehmen mußte, er sei ein Gentleman, der einst bessere Tage erlebt hatte.

»Gerry!« rief Eugenia erfreut, die in diesem Mann sofort ihren Vetter Gerald Liddiard, wie sie ein Schützling von Lord Chandross, erkannt hatte. Da er etwa neun Jahre älter war als sie, hatte er ein noch dringenderes Bedürfnis nach neuen Erlebnissen, und da er den Vorteil hatte, männlichen Geschlechts zu sein, hatte er dem Earl bedeutend mehr Unannehmlichkeiten gemacht als sie. Eugenia drehte sich heftig um, so daß Trimmer, die dicht hinter ihr stand, erschrocken zurückprallte.

Die drei Neuankömmlinge blickten sie überrascht an, denn keiner schien sich von ihrem Ruf angesprochen zu fühlen, vor allem nicht der junge Mann selbst, der einen völlig uninteressierten Eindruck machte. Er war braungebrannt und verfügte über die geschmeidigen, leichten Bewegungen eines Menschen, der viel Zeit im Freien verbracht hat. Im Augenblick wirkte er allerdings etwas mitgenommen und hatte die glänzenden Augen eines Fieberkranken.

»Gerry!« sagte Eugenia noch einmal ungeduldig, und diesmal war es allen Anwesenden klar, daß sie den jungen Mann im olivgrünen Mantel meinte. »Kennst du mich denn nicht mehr? Ich bin Eugenia –«

Der junge Mann sah sie immer noch völlig uninteressiert an, zuckte die Schultern und wollte in die Gaststube gehen. Eugenia blickte ihm erstaunt nach. Sie hatte ihren Vetter fast drei Jahre nicht gesehen, da er nach seiner Zeit in Oxford ein ziemlich abenteuerliches Leben führte.

Wenn seine Verwandten von ihm hörten, so nur dann, wenn es galt, dringende Schulden zu bezahlen. Eugenia, die immer noch ratlos am Fuß der Treppe stand, wußte, daß sie sich in den letzten drei Jahren sehr verändert hatte, doch fand sie es unerhört, daß ihr Vetter, der so oft in Coverts zu Gast gewesen war, sie nicht mehr erkannte. Sie ging nun auf ihn zu und legte ihm, um ihn zurückzuhalten, die Hand auf den Arm.
»Aber Gerry«, sagt sie, »wie kannst du nur so komisch sein! Ich weiß, daß es jetzt drei Jahre her ist, aber immerhin –«
Inzwischen hatte Trimmer sich auch wieder gefaßt, und da sie mit dem Familienstammbaum nicht vertraut war – denn sie war erst vor zwei Wochen von Lady Chandross engagiert worden –, ging sie entschlossen auf Eugenia zu und versuchte, sie mit einem entsetzten »Ich bitte Sie, Miß!« zurückzuziehen. Lady Chandross hatte sie schon gewarnt und ihr gesagt, daß ihr Schützling ein sehr ungestümes und unberechenbares Mädchen sei, doch in ihren kühnsten Träumen hätte sie nicht erwartet, daß Miß Liddiard sich an einen völlig uninteressierten jungen Mann heranmachen könnte, der sie offenbar noch nie in seinem Leben gesehen hatte.
»Aber Miß, wirklich –« rief sie aus. »Sie dürfen wirklich nicht –«
»O Trimmer, seien Sie doch ruhig!« sagte Eugenia ungehalten und hielt den jungen Mann immer noch am Arm fest. »Es ist alles völlig in Ordnung, er ist mein Vetter, den ich schon als kleines Kind gekannt habe. Und wenn du nicht einmal mit mir sprechen willst«, fuhr sie fort, sich wieder an den jungen Mann wendend, »dann bitte! Wahrscheinlich hältst du es für einen Spaß –«
Der junge Mann, dem jetzt ein Licht aufzugehen schien, als er hörte, was sie zu Trimmer sagte, erklärte endlich:

»Es tut mir leid, aber ich glaube, Sie irren sich. Ich bin nicht Ihr Vetter.« Eugenia blickte ihn ungläubig an und zog die Brauen zusammen.
»Aber Sie sind es. Sie müssen es sein«, entgegnete sie. »Ich kann mich nicht so irren!«
»Trotzdem fürchte ich, daß Sie es tun«, sagte der junge Mann freundlich, aber bestimmt, und ging auf die Tür der Gaststube zu.
Eugenia blickte ihm mißbilligend nach.
»Oh!« sagte sie. »Das ist doch typisch Gerry, mich so zum Narren zu halten. Ich wette, daß er in einer halben Stunde an meine Tür klopft und sich halbtot lacht!«
»Aber, meine liebe Miß Liddiard«, sagte Trimmer erregt und blickte verlegen zu dem Bauern, dem Kanzlisten und dem Wirt, die die Szene mit größtem Interesse und aufgesperrten Mäulern verfolgten. »Sind Sie denn ganz sicher? Immerhin, wenn es schon eine Weile her ist, daß Sie Ihren Vetter gesehen haben –«
Eugenia erklärte mit Bestimmtheit, daß sie sich völlig sicher sei, raffte ihren Umhang und wollte zum zweitenmal den Versuch machen, die Treppe hinaufzugehen, als sie von einem plötzlichen Stimmengewirr, das aus der Richtung der Gaststube kam, daran gehindert wurde. Ohne zu zögern drehte sie sich um, ging in die Gaststube und erblickte dort zwei erschrockene Kellner, die sich über den jungen Mann im olivgrünen Mantel beugten, der bewußtlos auf dem Boden lag.
»Das habe ich mir gedacht«, sagt sie schnell. »Er wird Fieber haben.« Sie wandte sich an den Wirt, der ihr in die Gaststube gefolgt war. »Dies ist mein Vetter, Mr. Gerald Liddiard«, sagte sie. »Ich nehme an, er ist krank gewesen, und nun ist er ohnmächtig geworden, wie Sie sehen. Können Sie ihn bitte in ein Schlafzimmer tragen lassen und sofort einen Arzt benachrichtigen?«

Der Wirt, der es nicht gewohnt war, von Schulmädchen Befehle entgegenzunehmen, blickte zweifelnd zu Trimmer. Diese blickte ebenso zweifelnd zurück, doch da Eugenia nun schon dabei war, die beiden Kellner zu beaufsichtigen, die versuchten, den Bewußtlosen hinauszutragen, schien es nicht mehr von Bedeutung, ob sie einverstanden war oder nicht. So zogen sie alle hinter den beiden wankenden Kellnern her, und am Ende der Treppe öffnete der Wirt – Eugenias gebieterischem Blick folgend – eine Türe und führte die kleine Prozession in ein kleines Zimmer.

»Ihr könnt ihn dort hinlegen«, sagte er ziemlich mürrisch zu den Kellnern da er daran zweifelte, daß Miß Liddiards Reisekasse schwer genug war, um die Kosten für einen Arzt und ein zusätzliches Schlafzimmer zu bezahlen, und da der windige Mantel des jungen Mannes auch nicht auf große Reichtümer schließen ließ.

Weil Eugenia ihn jedoch mit ihren grünen Augen sehr kühl anblickte, wagte er es nicht, sein Mißfallen zu äußern, und trollte sich davon, nicht ohne jedoch etwas von einer »verrückten Gesellschaft« vor sich hin zu murmeln. Dann schickte er einen Boten los, um den Arzt holen zu lassen, und wies das Zimmermädchen an, etwas Hirschhornsalz zu bringen, wie Eugenia dies befohlen hatte.

Nachdem Eugenia den Kellnern gesagt hatte, dem jungen Mann den Mantel und die Stiefel auszuziehen, lokkerte sie ihm selbst die Krawatte und betupfte seine Stirn mit ihrem Taschentuch, das sie zuvor in der gelben Wasserkanne des Waschtisches angefeuchtet hatte. Dann nahm sie eine seiner Hände, rieb sie zwischen ihren eigenen und wies Trimmer an, dasselbe zu tun.

»Aber meine liebe Miß Liddiard, sind Sie denn ganz sicher, daß es wirklich Ihr Vetter ist?« begann Trimmer noch einmal und nahm seine braungebrannte Hand, die schlaff auf der Bettdecke lag, mehr als zimperlich in ihre Hände. »Bitte bedenken Sie doch, wie furchtbar es wäre, wenn er es nicht ist! Ein vollkommen fremder junger Mann! Ich weiß wirklich nicht, was Lady Chandross denken wird, daß ich Ihnen erlaubt habe, das Schlafzimmer eines fremden Mannes zu betreten –«

»Sie wird sich gar nichts denken, wenn Sie es ihr nicht sagen«, erklärte ihr Eugenia sachlich. »Außerdem ist es Gerry, da bin ich mir ganz sicher. Ich glaube, wir werden ihn nach Mere mitnehmen müssen, denn es sieht so aus, als hätte er kein Geld mehr in der Tasche, und er ist bestimmt ziemlich krank gewesen. Ich frage mich nur, was er getan hat, um soweit zu kommen. Es ist sicher ein Jahr her, daß jemand von ihm gehört hat, und damals steckte er in Cheltenham in einer Klemme, weil er versucht hat, mit einem reichen Mädchen durchzubrennen.« Trimmer schauderte es bei diesem Gedanken, und sie ließ schnell die Hand los, die sie gerieben hatte.

»Oh, keine Sorge, es ist ihm nicht geglückt«, sagte Eugenia freundlich. »Obwohl es wirklich schade ist, denn er hat überhaupt kein Geld, abgesehen von dem, was Lord Chandross ihm gibt, und es wäre für ihn alles sehr viel einfacher geworden. Außerdem hat er eine Menge Charme, so hätte sie wirklich etwas für ihr Geld gehabt.« Sie blickte den jungen Mann besorgt an und sah, daß sein bleiches Gesicht sich leicht zu röten begann. »Ich glaube, er kommt zu sich«, sagte sie. »Bitte, Trimmer, sehen Sie nach, ob Sie das bestellte Hirschhornsalz holen können. Oder, noch besser, gehen Sie und holen Ihr eigenes. Sicher haben Sie welches mitgenommen.«

Trimmer, die durch Eugenias sichere Art, mit dem Patienten umzugehen, beeindruckt war, verließ das Zimmer. Sie konnte nicht wissen, daß Eugenia es lange Jahre hindurch – seit dem Tod ihrer Mutter – gewohnt war, den

Dienstboten ihre Anweisungen zu geben, denn nur so hatte sie ihrem ziemlich hilflosen Vater beistehen können. Eugenia rieb dem jungen Mann weiter die Hände, und nach wenigen Augenblicken wurde sie belohnt, denn er öffnete langsam die Augen und blickte sie benommen an.

»Du warst bewußtlos«, erklärte sie ihm. »Ich nehme an, du bist krank. Fieber?«

»Ja«, sagte er automatisch. »Doch jetzt geht es mir wieder gut.«

»Es wird dir wieder ganz gutgehen, wenn du richtig auf dich aufpaßt«, sagte Eugenia sachlich. »Ich weiß nicht, was du jetzt vorhast, Gerry, doch wenn du nur ein bißchen vernünftig bist, kommst du mit mir nach Mere, damit sich jemand um dich kümmern kann.«

Der junge Mann, der offenbar den Versuch machte, sich wieder zu orientieren, blickte sie fragend an.

»Ich habe wirklich keine Ahnung, wer Sie sind«, sagte er nach einer Weile und versuchte sich hochzusetzen, was Eugenia jedoch sofort verhinderte, indem sie ihm leicht die Hand auf die Brust legte.

»Oh, Gerry, jetzt fang doch nicht wieder davon an«, sagte sie ungeduldig, unterbrach sich dann aber, als sie den Mann genauer ansah. »Ich bin Eugenia – Eugenia Liddiard natürlich«, fügte sie zögernd und etwas unsicher hinzu. »Deine Cousine –«

Sie machte nochmal eine Pause, weil sie sah, wie merkwürdig sie der junge Mann anblickte, als sie ihren Namen nannte.

»Liddiard«, sagte er langsam. »Ja, ich glaube, das erklärt alles.«

»Erklärt was?«

»Daß Sie glauben, mit mir verwandt zu sein. Tatsächlich bin ich es auch in gewisser Weise. Das heißt, wenn ein

Mann namens Charles Liddiard auch Ihr Verwandter war.«
»Charles Liddiard?« Eugenia blickte ihn erstaunt an. »Charles Liddiard? Ja, warum? Er war ein Vetter meines Vaters, doch er ist schon lange tot. Er starb noch bevor ich geboren wurde. Was hat das zu sagen?«
»Ich bin sein Sohn. Richard Liddiard.«
»Oh!« Eugenia, die auf dem Bett gesessen hatte, stand auf und wich leicht zurück. »Aber Charles Liddiard«, sagte sie, »war niemals –« Sie wurde rot und sprach den Satz nicht zu Ende. »Er war niemals verheiratet, und daher habe ich kein Recht auf seinen Namen!« sagte der junge Mann belustigt. »Das hat man Ihnen wahrscheinlich so gesagt – Chandross, Ihr Vater und alle anderen Liddiards –«
Jetzt setzte er sich energisch hoch und machte den Versuch aufzustehen, doch Eugenia, die sich wieder gefaßt hatte, sagte in bestimmtem Ton: »Sie sollten sich besser wieder hinlegen, denn sonst werden Sie nur wieder ohnmächtig.«
Er blickte sie unter seinen dunklen Brauen schnell und fragend an.
»Nun«, sagte Eugenia vernünftig, da sie sich denken konnte, weshalb er sie so anschaute, »wenn Sie Onkel Charles' Sohn sind, dann sind Sie ebenso mein Vetter wie Gerry, nicht wahr? Ganz gleich, ob Onkel Charles verheiratet war oder nicht. Daher werde ich jetzt hierbleiben und zusehen, daß Sie gut versorgt werden.«
»Ihre Verwandten«, bemerkte der junge Mann trocken, »würden wahrscheinlich Ihre Besorgnis nicht teilen.«
»Nein, wahrscheinlich nicht. Denen wäre es auch gleich, was Gerry passierte, solang er dem Namen Liddiard keine Schande macht. Sie sehen ihm wirklich außerordentlich ähnlich«, fügte sie hinzu und betrachtete sein

dunkles Gesicht mit den kräftigen schwarzen Brauen, dem eingekerbten Kinn und dem arroganten Ausdruck. »Ich wundere mich, daß Sie noch nie mit ihm verwechselt wurden. Haben Sie in England gelebt?«
»Nein. In Irland.«
»Das ist wahrscheinlich die Erklärung. Ich glaube, Gerry war noch nie in Irland – obwohl man das natürlich nicht genau weiß, denn er scheint ziemlich herumzukommen.«
»Ist er ein schlimmer Bursche?«
»Ja, das sagt man allgemein. Cecil – das ist mein Vetter, Lord Chandross – hält ihn natürlich dafür, doch ich glaube nicht, daß er jemals etwas wirklich Schändliches getan hat, wenn man Spielen, Raufen und derlei nicht dazuzählt. Natürlich gibt er eine Menge Geld aus. Sie können sich nicht vorstellen, was er Cecil schon gekostet hat.«
»Oh, das kann ich mir schon vorstellen«, sagte der junge Mann voll Bitterkeit. »Ich weiß ja, welch stattliche Summe er meiner Mutter zahlen wollte, damit Sie vergäße, daß sie Charles Liddiards Frau war, und damit Sie sich und ihr Balg nicht bemerkbar machte. Die Liddiards scheinen sich ihren unehelichen Sprößlingen gegenüber sehr großzügig zu verhalten, habe ich gehört, doch wenn es um eine Mesalliance geht, sind sie weniger milde gestimmt.«
Eugenia dachte darüber nach. »Nein, ich glaube nicht«, sagte sie nach einer Weile. »Meinen Sie, daß Charles Liddiard wirklich ihre Mutter geheiratet hat und daß Cecil es nur vorzieht zu denken, daß sie es nicht tat? Aber können Sie nicht beweisen –«
»Nein«, sagte der junge Mann unumwunden. »Meine Mutter hat meine Geburt nur ein paar Monate überlebt, und Charles Liddiard ist einige Monate davor gestorben. Er hatte sie auf den Kontinent mitgenommen, und nach

ihrem Tod sind die Papiere verlorengegangen. Ein englischer Geistlicher namens Castle hat sich um mich gekümmert und mich aufgezogen. Er kannte weder Charles Liddiard noch meine Mutter, und alles, was er von mir wußte, waren diese wenigen Informationen, die meine Mutter kurz vor ihrem Tod hinterließ.«
Eugenia dachte gründlich über diese Worte nach, und wenn der junge Mann sie beobachtet hätte – was er nicht tun konnte, da er die Augen wieder geschlossen hielt und sich offenbar nicht wohl fühlte –, wäre ihm in ihren Augen eine gewisse Entschlossenheit nicht entgangen, die Miß Bascom außerordentlich beunruhigt hätte. Die junge Miß Liddiard war, wie Miß Bascom zu ihrem Leidwesen erfahren hatte, jederzeit bereit, sich für eine Sache zu engagieren, die ihr Interesse geweckt hatte – ganz gleich, wie suspekt sie war. Kein noch so gutes Zureden hatte sie davon überzeugen können, daß junge Damen solche Dinge Älteren überlassen sollten – oder noch besser offiziellen Stellen, wie im Fall von streunenden Katzen oder schlechtbehandelten Pferden, was sich anläßlich zweier denkwürdiger Gelegenheiten am Queen Square als vorteilhafter erwiesen hätte.

2

Das gleichzeitige Eintreffen Trimmers mit dem Hirschhornsalz und eines grauhaarigen, väterlich wirkenden Arztes machte jedoch allen Plänen Eugenias ein Ende, sich sofort weiter mit der Lebensgeschichte ihres neuentdeckten Vetters zu befassen. Sie wurde in ihr eigenes Schlafzimmer verbannt, während Dr. McCarey den Patienten untersuchte, ließ jedoch, während sie sich umzog und ihr Haar bürstete, die Tür leicht angelehnt, und als sie hörte, wie der Arzt das Zimmer verließ, lief sie schnell hinaus auf den Gang.

»Hat er Sie bezahlt?« fragte sie ohne lange Umschweife. Die Brauen des Doktors hoben sich in leichter Überraschung. »Hat er Ihr Honorar bezahlt?« wiederholte Eugenia geduldig. »Ich glaube nicht, daß er viel Geld hat, und immerhin war ich es ja, die Sie hat rufen lassen, daher ist es nur gerecht, wenn ich dafür aufkomme.«

Sie öffnete ihr Ridikül, doch der Arzt versicherte ihr leicht belustigt, daß sein Patient bereits alles erledigt habe.

»Ein Verwandter von Ihnen, Miß –«

»Liddiard«, ergänzte sie bereitwillig. »Ja, er ist mein Vetter. Ist er sehr krank?«

Dr. McCarey erklärte ihr in aller Offenheit, daß sein Patient, soweit er es beurteilen könne, die Gesundheit eines Ochsen habe, daß jedoch sogar ein Ochse nach einer sechsstündigen Fahrt im strömenden Regen einige Schwierigkeiten hätte, gesund zu bleiben, vor allem nach einer fieberhaften Krankheit.

»Ein paar Wochen Erholung und eine ruhige Umgebung, und alles ist wieder in schönster Ordnung«, sagte er. »Doch wenn er nochmal so eine Torheit begeht, würde ich eine Lungenentzündung nicht ausschließen. Leben seine Eltern hier in der Nähe? Sie sollten sie vielleicht benachrichtigen, damit sie sich um ihn kümmern. Sie reisen nicht mit ihm zusammen, soweit ich gehört habe?«

»Nein«, sagte Eugenia. »Doch ich sehe zu, daß jemand sich um ihn kümmert. Ich danke Ihnen vielmals.«

»Eine Terrine heiße Hühnerbrühe und etwas Pfeilwurzelgelee«, empfahl der Arzt. »Und sehen Sie zu, daß er nicht hinausgeht, bevor dieses Unwetter vorbei ist«, sagte er noch und wandte sich der Treppe zu.

Eugenia verabschiedete sich von ihm und stand einen

Augenblick nachdenklich im Gang, bevor sie an Richard Liddiards Türe klopfte.

»Kommen Sie nur herein«, sagte eine angenehme, etwas träge Stimme, die der ihres Vetters sehr ähnlich war, jedoch einen tieferen Klang hatte. Allerdings, so dachte sie, hatte Geralds Stimme sich inzwischen sicher auch verändert und war nicht mehr so jungenhaft, wie sie sie in Erinnerung hatte. Denn jetzt würde er auch ungefähr in dem Alter wie dieser junge Mann sein, etwa Mitte Zwanzig.

Sie öffnete die Türe und ging ins Zimmer.

Richard Liddiard lag immer noch auf dem Bett, doch als sie hereinkam, setzte er sich auf.

»Nein, stehen Sie nicht auf«, sagte sie, ging zu ihm und stellte sich neben das Bett. »Ich bin nur gekommen, um Ihnen zu sagen, daß ich mit dem Arzt gesprochen habe, und er sagt, Sie sollen Hühnerbouillon und Pfeilwurzgelee essen, und dann müssen Sie sich erholen und einige Wochen ruhig leben. Können Sie das tun?« Sie blickte etwas zweifelnd auf den schäbigen olivgrünen Mantel, der auf einem Stuhl neben dem Bett lag. »Sie sehen nicht aus, als seien Sie sehr vermögend«, sagte sie. Er blickte sie an, und zum erstenmal, seit sie ihn kennengelernt hatte, lächelte er.

»Sie halten wohl nicht viel von gesellschaftlichen Formen, nicht wahr?« fragte er.

»Nein. Das ist doch wohl ziemlich sinnlos, nicht? Ich meine, es ist blöd, taktvoll zu sein, wenn man unbedingt etwas wissen möchte.«

»Und was wollen Sie über mich wissen, Miß Liddiard?«

»Sie können mich ruhig Eugenia nennen, denn immerhin sind wir ja miteinander verwandt. Zwar nicht sehr nahe, aber ich habe Gerry auch immer Gerry genannt, und er ist mit mir ebensowenig nahe verwandt wie Sie. Sein Vater war auch ein Vetter von Papa.« Sie legte den Mantel aufs

Bett und setzte sich auf den Stuhl. »Was ich wissen möchte«, sagte sie, »ist, ob Sie jemanden haben, der sich um Sie kümmert, bis Sie wieder in Ordnung sind. Sie sind nicht verheiratet, nicht wahr?«

»Nein.«

»Das habe ich mir gedacht. Sie sehen nicht verheiratet aus. Und Sie können auch keine Brüder oder Schwestern haben, da ja Ihre beiden Eltern so früh gestorben sind. Doch es könnte ja jemand anders da sein – vielleicht Freunde in England?«

»Nein. Ich bin seit zehn Jahren nicht in England gewesen. Der einzige Freund, den ich hier habe, ist ein Mann namens Ned Trice, der in Yorkshire lebt. Er war ein Jokkei, ist dann aber heruntergekommen und ist nun Besitzer einer sehr verrufenen Taverne in Tothill Fields. Aber wirklich, Miß Eugenia Liddiard, das kann ganz und gar nicht Ihre Sache sein –«

»Nun, das wäre es auch nicht, wenn ich jemand anderen finden könnte, dessen Sache es wäre«, sagte Eugenia sachlich. »Doch ich kann ja nicht einfach fortgehen und Sie hier an Lungenentzündung oder etwas ähnlich Schleußlichem sterben lassen.«

»Ich habe nicht die Absicht, eine Lungenentzündung zu bekommen. Oder an irgend etwas zu sterben – wenn Sie das beruhigt.«

»Ja, aber Sie hatten auch nicht die Absicht, unten ohnmächtig zu werden, und sind es doch geworden«, sagte Eugenia nicht ohne Logik. »Ich kann es auch nicht ausstehen, krank zu sein, doch als ich zwölf war, hatte ich Scharlach und war hinterher fast einen Monat lang scheußlich schwach.« Sie blickte ihn zweifelnd an. »Ich glaube nicht, daß sie jetzt kräftig genug sind zu arbeiten«, sagte sie. »Sie müssen doch arbeiten, nehme ich an?«

»Ja. Ich bin auf dem Weg nach Newton Chase, dem Be-

sitz von Sir Harry Pyatt in Oxfordshire. Er braucht jemanden, der sich um seine Ställe kümmert, habe ich gehört.«
Eugenia blickte ihn mit wachsendem Interesse an. »Oh, können Sie mit Pferden umgehen?« fragte sie. »Papa hatte in Coverts – das war unser Gut in Kent – ein kleines Gestüt, doch als mein Onkel Cedric es erbte, hat er alle Pferde verkauft. Er ist nämlich ein Geistlicher und lebt in Canterbury.« Plötzlich kam ihr ein Gedanke. »Wissen Sie«, fügte sie eifrig hinzu, »wenn Sie wirklich der Sohn von Onkel Charles sind – ich meine, sein wirklicher Sohn, ganz legal –, dann müßte Coverts Ihnen gehören. Denn Onkel Charles war Onkel Cedrics älterer Bruder, und daher wäre er der Erbe, wenn er noch gelebt hätte, und natürlich nach seinem Tod auch sein Sohn –«
»Das klingt ziemlich kompliziert«, sagte der junge Mann uninteressiert. »Und außerdem hat es jetzt wenig Sinn, darüber nachzudenken, oder?«
»Doch, es hätte einen Sinn«, sagte Eugenia, die nicht so leicht aufgab, »wenn Sie beweisen könnten –«
»Nun, das kann ich eben nicht«, sagte Richard Liddiard abwehrend. »Diese Hochzeit hat vor einem Vierteljahrhundert stattgefunden, und der Geistliche, der mich aufgezogen hat, stellte alle nur möglichen Nachforschungen an, und das nur zwölf Monate später. Doch er hatte keinen Erfolg –«
Eugenia sagte, daß ihrer Meinung nach Geistliche nicht gerade sehr unternehmend seien, doch als sie sah, daß ihr Vetter wieder sehr erschöpft war, beharrte sie nicht weiter auf der Sache, sondern brachte das Gespräch wieder auf das Problem seiner unmittelbaren Zukunft.
»Wenn ich Sie wäre«, sagte sie ihm, »dann würde ich nicht nach Newton Chase gehen. Ich habe Sir Harry kennengelernt, er ist wirklich ein schrecklicher Mann. Papa hat gesagt, er habe versucht, Frank Buckle zu bestechen,

damit er das Rennen in Newmarket verliert, doch natürlich hat man das nicht beweisen können. Er hat jede Woche neue Stallburschen und Trainer, weil er immer Krach mit allen Leuten kriegt und alle hinausschmeißt, und er hat schon zweimal seinen Stall aufgelöst. Ich würde mich nicht wundern, wenn er es noch einmal täte.« Sie bemerkte, daß Richard zweifelnd eine Braue hochzog.
»Nein, wirklich«, sagte sie eifrig.
»Erzählen Sie mir auch keine Greuelmärchen, damit ich hier den Invaliden spiele?«
»O nein, ich lüge nur ganz selten«, sagte Eugenia ernst. »Ich bin keine sehr gute Lügnerin. Außerdem wäre das nicht sehr anständig von mir, denn ich glaube, daß Sie die Arbeit brauchen.«
»Das stimmt«, versicherte ihr Richard. »Und da ich im Augenblick keine anderen Aussichten habe als Sir Harry, werde ich mein Glück mit ihm versuchen müssen.«
Eugenia zog die Brauen zusammen. »War das nicht sehr riskant?« fragte sie. »Den ganzen Weg von Irland hierherkommen, nur weil man einen Tip erhielt? Haben Sie ihn von Ihrem Freund Ned Trice bekommen?«
»Die Antwort ist ja, und ich glaube, daß es riskant war«, sagte der junge Mann gleichmütig. »Aber ich bin es gewohnt, etwas zu riskieren. So bin ich auch nach Irland gekommen.«
»Sind Sie fortgelaufen?«
»O nein. Es gab nichts, wovor ich hätte fortlaufen müssen.«
»Ist der Geistliche gestorben?« riet sie.
»Ja. Und dann hatte seine Schwester vor, mich zu einem Apotheker in die Lehre zu schicken, damit sie mich los wäre, aber davon habe ich nicht viel gehalten. Daher bin ich dann fort nach Irland.«
Eugenia seufzte. »Das klingt herrlich«, sagte sie voller

Neid. »Wenn ich ein Junge gewesen wäre, dann hätte ich mich nach Papas Tod auch selbständig gemacht. Dann hätte ich nicht auf diese abscheuliche Schule gemußt und hätte auch nicht in Mere leben müssen.« Sie stand auf. »Aber das spielt jetzt keine Rolle«, sagte sie entschlossen. »Sie sehen todmüde aus, und ich sollte nicht so viel mit Ihnen sprechen. Ich werde Ihnen Ihr Essen bestellen, und wenn Sie damit fertig sind, können Sie schlafen.« Als sie an der Tür war, blieb sie stehen. »Wahrscheinlich haben Sie nicht genug Geld, um ein paar Wochen hierzubleiben?« fragte sie mit ihrer jungenhaften Sachlichkeit.
»Sie scheinen mich für leichtsinnig zu halten«, sagte Richard Liddiard, der tatsächlich einen sehr müden Eindruck machte, sie jedoch amüsiert anlächelte, da ihre Direktheit ihm Spaß machte. »Vierzehn Tage in einem Gasthaus in Bristol und außerdem noch ein Arzthonorar – damit hatte ich wirklich nicht gerechnet –«
»Und ich habe von meinem Wechsel keinen Penny mehr übrig, denn ich habe für all diese dummen Mädchen bei Miß Bascoms Geschenke gekauft«, sagte Eugenia bedauernd. »Nun, mir wird schon etwas einfallen.«
Sie ging hinaus, um beim Wirt Richards Essen zu bestellen, und setzte sich dann in den rosa Salon, der neben ihrem Schlafzimmer lag, wo man ihr eine ausgezeichnete Mahlzeit vorsetzte, die aus Kräutersuppe, gekochter Ente mit Zwiebelsauce und frischgebackenem Königskuchen bestand.
Während sie sich über den Kuchen hermachte, kam ihr die Idee. Es war eine so glänzende Idee, daß sie sich fragte, weshalb sie nicht schon früher daraufgekommen war. Sie war schon auf den Füßen und beinahe zum Zimmer hinaus – denn sie konnte es nicht länger aushalten und wollte es sofort Richard Liddiard mitteilten –, als ihr einfiel, daß der Arzt ihm ja Ruhe empfohlen hatte. Wahr-

scheinlich, so dachte sie mit Bedauern, war es besser, bis zum Morgen zu warten. Er würde sicher den Plan überdenken wollen – umständlich wie die meisten Menschen, denen das Leben eine Chance gab –, und daher war es besser, ihn jetzt nicht damit zu konfrontieren.

So setzte sie sich eine halbe Stunde lang an das Salonfenster und schaute hinunter in den regennassen Hof, wo gerade eine Postkutsche angekommen war, die beim Anhalten so viel Wasser hochspritzte, daß ein dünner Herr mit Gamaschen, der aus seiner Kutsche stieg, von oben bis unten naß wurde. Stallknechte eilten herbei, um die Pferde zu wechseln, und am Rande der Szene stand ein Bauer in lebhaftem Gespräch mit einem Fuhrmann, der offenbar ein paar Enten in die nächste Stadt bringen sollte. Eugenia war von dem lebhaften Geschehen, das im Schein der Kutschenlaternen vor sich ging, so fasziniert, daß sie nur unwillig der Mahnung Trimmers folgte und zu Bett ging.

Hier überdachte sie noch einmal – während der Regen unablässig gegen die Fenster trommelte – ihre Pläne für den Morgen. Nicht, daß es dabei sehr viel zu überlegen gab – nein, die größte Schwierigkeit bestand wohl darin, Richard Liddiard davon zu überzeugen, daß ihre Lösung seines gegenwärtigen Dilemmas für ihn durchaus akzeptabel war. Wenn er Gerry wäre und nicht nur sein Doppelgänger, dann gäbe es überhaupt keine Schwierigkeiten, denn Gerry hätte alles als einen tollen Spaß betrachtet und sich mit Vergnügen hineingestürzt.

Sie hatte jedoch den Eindruck, daß Richard Liddiard eine gänzlich andere Sorte Mensch war. Natürlich war er älter als der Gerry, den sie früher gekannt hatte, doch er war auch sonst sehr verschieden – zurückhaltender, besonnener, mit einer Art harter, kühler Entschlossenheit begabt, die Gerrys quecksilbriger Unbeständigkeit völlig entgegengesetzt war.

Mitten in diese Überlegungen hinein überfiel sie der Schlaf. Als sie am Morgen aufwachte, schob Trimmer gerade die Vorhänge ihres Bettes beiseite und öffnete die Fensterläden. Das Licht war fahl, die Luft noch feucht, doch schien es ein heller Tag zu werden. Trimmer sagte, daß sie bereits unten beim Wirt gewesen sei, um sich nach dem Zustand der Straßen zu erkundigen, und er habe ihr gesagt, daß zwischen Thatcham und Reading eine Überschwemmung gewesen sei, daß man jedoch gegen Mittag damit rechnen könne, wegsames Gelände anzutreffen.

»Gut«, sagte Eugenia, hüpfte aus dem Bett, erledigte im Handumdrehen die Toilette, bestellte ein reichliches Frühstück und machte sich dann davon, um nach Richard Liddiard zu sehen.

Sie fand ihn in seinem Zimmer in Hemd und Breeches vor und gerade dabei, sich zu rasieren. Er blickte sie sehr wenig einladend an, als sie erklärte, hereinkommen zu wollen.

»Wo ist denn Ihre Zofe?« fragte er streng. »Ist die nicht imstande, dafür zu sorgen, daß Sie sich nicht in aller Herrgottsfrühe in die Schlafzimmer fremder Männer begeben?«

»Trimmer? Sie ist wirklich nicht übel, wenn man sie erst einmal kennt«, sagte Eugenia großzügig. »Ich habe eine phantastische Idee, aber ich kann Ihnen wirklich nichts darüber sagen, wenn ich hier draußen im Gang stehenbleiben muß.«

»Dann können Sie warten und es mir später unten in der Wirtsstube sagen.«

»Nein, das kann ich auch nicht, denn es könnte jemand hören. Wenn Sie wirklich so langweilig sind, dann können Sie nach dem Rasieren in meinen privaten Salon kommen. Dagegen können Sie doch wirklich nichts einzuwenden haben. Doch Sie sehen nicht so aus, als dürften

Sie schon aufstehen«, fügte sie zum Schluß hinzu, bevor sie sich umdrehte und in Richtung auf ihr Zimmer den Gang hinunterging.
Eine Minute später fragte sie sich, ob es richtig war, ihn einfach allein zu lassen. Er könnte ja auch auf die Idee kommen, sich davonzustehlen und unten eine der Kutschen oder einen Wagen zu besteigen, die abfahrbereit im Hof standen. Er machte einen sehr selbständigen Eindruck.
Doch auf das Klopfen, das einige Minuten später an der Tür ertönte, kam nicht nur ein Kellner mit einem gutbeladenen Tablett herein, sondern auch Richard Liddiard – rasiert und blaß und mit einem Ausdruck, der auf Renitenz schließen ließ.
»Kommen Sie herein und frühstücken Sie mit mir«, sagte Eugenia gastfreundlich. »Wahrscheinlich sollten Sie noch Pfeilkrautgelee oder etwas ähnlich Schleußliches essen, doch ich nehme an, daß auch Toast und Kaffee Ihnen nicht schaden wird.«
»Vielen Dank«, sagte Richard, »aber ich werde mein Frühstück in der Gaststube zu mir nehmen.«
»Also gut«, sagte sie und schien durch diese Abfuhr nicht weiter gekränkt. »Doch Sie können wenigstens eine Minute hereinkommen, denn ich muß Ihnen unbedingt etwas sagen«, fügte sie hinzu, als der Kellner gegangen war. Richard Liddiard, der offenbar beruhigt war, als er Trimmer im Hintergrund bemerkte, kam herein. Er hatte jedoch nicht mit Eugenias Geschick gerechnet. Sie nahm den Deckel von den Platten und stellte fest, daß kein Schinken dabei war, und sie habe doch Trimmer extra angewiesen, Schinken zu bestellen. Ein hübsches, knuspriges Stück, von beiden Seiten gebraten, und Trimmer möge bitte so gut sein, es unten zu bestellen. Trimmer, die mißbilligend die Lippen zusammenkniff, ging nach eini-

gem Zögern fort, und Eugenia wandte sich sofort an ihren Gast. »Wir haben nicht viel Zeit, und daher muß ich es Ihnen schnell sagen«, erklärte sie mit ernstem Gesicht. »Ich habe darüber nachgedacht, und ich glaube, es ist das beste, Sie geben sich als mein Vetter Gerry aus und kommen für ein paar Wochen mit mir nach Mere, bis Sie sich besser fühlen. Man wird dort gar nicht bemerken, daß Sie nicht Gerry sind, und außerdem ist bald niemand mehr von der Familie da, denn Gussie – Lady Chandross – wird mich sehr bald nach London zur Saison bringen, und Cecil ist schon dort – ich meine in London. Und ich kann von Haggart erfahren – er war unser Stallknecht in Coverts, und Cecil hat ihn nach Papas Tod nach Mere geholt –, ob es irgendwo eine Stelle gibt, die für Sie geeignet ist, wenn Sie erst wieder soweit sind, daß Sie arbeiten können. Haggart hat vierzig Jahre lang in Rennställen gearbeitet, er kennt alle Leute im Turf –«

Sie brach ab, weil sie sah, daß Richard Liddiard Anlauf nahm, um ihr wahrscheinlich genau die Antwort zu geben, die sie befürchtete.

»Ich glaube, Sie sollten erst einmal darüber nachdenken, bevor Sie nein sagen«, meinte sie hastig. »Immerhin habe ich ja auch nicht gemerkt, daß Sie nicht Gerry sind, und wenn ich es nicht gemerkt habe, wird es in Mere sicher niemand merken. Denn ich habe ihn besser gekannt als alle andern. Er war ja kaum in Mere, sondern immer in der Schule oder in Oxford, und er hat alle Ferien mit mir und Papa in Coverts verbracht. In Mere hat ihn seit drei Jahren niemand mehr gesehen. Und was die nötigen Informationen betrifft, so kann ich Ihnen während der Fahrt alles erzählen, was Sie über die Leute dort wissen müssen, denn Trimmer ist langsam von Begriff und wird nichts merken. Wenn Sie in irgendeine dumme Situation kommen sollten«, fügte sie hinzu, als sie bemerkte, daß

Richard Liddiard immer noch nicht ganz überzeugt schien, »dann können Sie immer noch tun, was Gerry selbst tun würde – mürrisch sein und nichts sagen oder einfach so tun, als würden Sie nur Spaß machen, was ich ja gestern auch dachte, als Sie mich nicht erkannten.«
Sie machte wieder eine Pause, denn der deutlich skeptische Ausdruck auf Richards Gesicht war nicht gewichen.
»Ich verstehe«, sagte er höflich. »Sie haben alles durchdacht. Doch was geschieht, wenn Mr. Gerald Liddiard plötzlich auftaucht, während ich diese Maskerade mitmache?«
»Nun, ich glaube nicht, daß er dort auftauchen wird«, sagte Eugenia. »Immerhin hat er es ja seit drei Jahren nicht getan. Es ist viel einfacher zu schreiben.«
»Ja, aber wenn ein Brief von ihm ankommt, während ich dort bin?«
»Ja, daran habe ich natürlich auch gedacht, doch ganz ohne Risiko geht es nicht. Und es ist nicht sehr wahrscheinlich, daß er ausgerechnet jetzt schreiben wird, denn die Cheltenham-Affäre ist noch nicht lange vergangen. Er hat nämlich versucht, mit der Tochter eines reichen Eisenwarenhändlers nach Gretna Green zu kommen, und es hat Cecil eine schöne Stange Geld gekostet, um ihm aus der Klemme zu helfen.«
»So ist das also«, sagte Richard Liddiard etwas gequält. »Scheint mir ein ziemlich skrupelloser Bursche zu sein, Ihr Vetter Gerald.«
»Ich habe Ihnen gesagt, daß er es nicht ist«, sagte Eugenia und hob herausfordernd das Kinn. »Doch es ist wirklich eine sehr gute Idee und wird all Ihre Probleme lösen, obwohl Sie nicht der Ansicht zu sein scheinen!«
»Woher wollen Sie wissen, daß ich nicht dieser Ansicht bin?«
»Das sieht man Ihnen an. So wird man immer ange-

schaut, wenn die Leute meinen, daß man nicht ganz bei Trost ist. Doch das kommt nur daher, daß sie keine Phantasie haben. Aber Sie sollten sich jetzt doch besser hinsetzen, nicht wahr«, fügte sie hinzu. »Sicher sind Sie immer noch furchtbar schwach. Wollen Sie nicht doch frühstükken? Die haben alles haufenweise heraufgeschickt.«
Richard erklärte, daß er kein Frühstück haben wolle, und lehnte sich, anstatt sich zu setzen, an den Türrahmen.
»Also wollen Sie es nicht tun?« sagte Eugenia enttäuscht.
»Das habe ich nicht gesagt.« Sie blickte ihn überrascht an und bemerkte einen merkwürdig kalkulierenden und etwas zynischen Ausdruck in seinen dunklen Augen. »Tatsächlich bieten Sie mir nämlich die Gelegenheit, etwas zu tun, was ich schon lange wollte – die Bekanntschaft meiner noblen Verwandtschaft zu machen.«
»Nun, es ist im Augenblick ja niemand in Mere, mit dem Sie wirklich verwandt sind, außer Gussie, und die ist auch nur angeheiratet«, erklärte Eugenia. »Oh, und natürlich die Kinder, doch die sind immer in ihren Kinderzimmern. Ich habe Ihnen ja gesagt, daß Cecil in London ist, und ich wüßte nicht, weshalb er zurückkommen sollte, bevor Sie wieder abreisen können. Wenn er es täte, würden Sie natürlich nicht sehr freundlich behandelt werden, denn er würde Sie natürlich für Gerry halten, und Gerry und er sind nie gut miteinander ausgekommen.«
»Weshalb glauben Sie dann, daß er – oder Lady Chandross – mich in Mere Court willkommen heißen würde?«
»Oh, sie würden Sie nicht gerade willkommen heißen«, gab Eugenia zu. »Doch sie würden Sie aufnehmen, denn immerhin gehört Gerry zur Familie. Und in einem so großen Haus wie Mere spielt es keine Rolle, ob ein Mensch mehr oder weniger da ist. Immerhin hat Mere neunzig Räume und Dutzende von Dienstboten, abgesehen von Cecils Sekretär und Kaplan und Kammerdiener und

weiß der Himmel wieviel andere Leute, die Gussie immer um sich hat. Aber man wird sich um Sie kümmern, bis es Ihnen wieder bessergeht, und das ist ja das einzig Wichtige. Und was Ihre Chance betrifft, die Sie dann bei Sir Harry Pyatt vergeben, so ist das sowieso hinfällig, wenn Sie zwei Wochen krank in Bristol zubringen müssen, ganz abgesehen davon, daß er nicht der Mensch ist, bei dem Sie gern angestellt wären.« Richard sagte nichts, und sie blickte ihn fragend an. »Das stimmt doch, nicht wahr?« fragte sie. »Ja«, sagte er, »das stimmt.« Der merkwürdige, kalkulierende Blick war noch nicht gewichen, doch nach einer Weile sagte er zu ihrer großen Überraschung: »Also gut. Ich glaube, daß ich es schaffen werde. Ich bin dabei.«
»Sie meinen, Sie wollen es wirklich tun? Das hatte ich nicht erwartet. Ich dachte, Sie würden zu –«
»Ehrlich sein? Meine liebe Miß Liddiard, ich habe mit fünfzehn Jahren angefangen, mich allein durchzuschlagen, und Armut kennt keine Skrupel. Außerdem ist dies eine Gelegenheit, die nicht viele Leute bekommen – ein Leben kennenzulernen, das sie selbst geführt hätten, wenn nicht der Zufall eines einzigen fehlenden Dokuments gewesen wäre. Ich könnte mir nie vergeben, wenn ich diese Chance nicht ergreifen würde.« Sie blickte ihn immer noch leicht überrascht an, als sich die Tür öffnete und Trimmer wieder hereinkam.
»Sie werden den Schinken sofort heraufbringen, liebe Miß Liddiard«, sagte Trimmer.
Eugenia nahm sofort den Stier bei den Hörnern. »Trimmer«, sagte sie so sachlich wie möglich, »mein Vetter Gerald wird mit mir nach Mere fahren. Wollen Sie bitte dafür sorgen, daß sein Koffer in die Kutsche kommt?« Sie wandte sich Richard zu. »Und nun, Gerry«, sagte sie, »wollen wir uns nicht zum Frühstück hinsetzen?«
»Auf jeden Fall«, sagte Richard Liddiard.

3

Die Kutsche konnte noch vor zehn Uhr abfahren und kam trotz der anfangs sehr schlammigen Straßen so gut voran, daß sie am frühen Nachmittag schon in London waren und um fünf Uhr in Mere Court ankamen. Eugenia, die die Fahrt nutzbringend dazu verwendet hatte, Richard unermüdlich über die vergangene und gegenwärtige Familiengeschichte zu informieren – wobei sie ihm aber manchmal, wenn er zu müde war, seine Ruhe ließ –, kannte Mere schon seit ihrer Kindheit. Sie war daher nicht besonders beeindruckt, als man am Torwärterhaus ankam, über dessen breitem Torbogen das Wappen der Chandross angebracht war, und als man über den langen Parkweg zum Haus selbst kam, einem imponierenden Flügelbau mit Terrassenhof.

Sie sah jedoch, wie ihr Begleiter plötzlich munter wurde und das schöne Gebäude in seiner ganzen Pracht in sich aufnahm. Das Haus gehörte zu den Extravaganzen des zweiten Earl of Chandross, der vor hundert Jahren gelebt hatte und dessen Architekt bemüht gewesen war, den großen Sir John Vanbrugh noch zu übertrumpfen. So entstand ein barockes Monumentalgebäude, das alle Nachkommen dieses Earl seither verfluchten, weil sie die Mühe hatten, dieses prächtige Bauwerk zu erhalten. In seiner Bauart war es eine gewagte Mischung aus verschiedenen Stilelementen – romantisch, gotisch und Tudor –, und in seiner Größe konnte es Blenheim Konkurrenz machen. Eugenia befürchtete, daß Richards familiäre Maske, die er während der Fahrt mit bewundernswerter Haltung beibehalten hatte, jetzt vor lauter Staunen abfallen könnte. Sie sagte daher, als die Kutsche den langen Fahrweg hinaufrollte, in bedeutungsvollem Ton: »Schön, wieder zuhause zu sein, nicht?«

»Zuhause?«

Er wandte sich ihr erstaunt zu, besann sich jedoch noch rechtzeitig und murmelte: »O ja. Das ist es.«

Wahrscheinlich, so dachte sie sich, hatte er nicht eine solche Pracht erwartet, und sie erinnerte sich an ihr eigenes überwältigtes Staunen, als sie diese riesige Fassade als Kind zum erstenmal sah. Damals, als sie den Dienern gefolgt war, die mit ihren Koffern durch den langen Hauptkorridor zu dem Flügelbau vorangegangen waren, hatte sie geglaubt, Meilen gegangen zu sein, bevor sie endlich bei ihrem Schlafzimmer angelangt waren.

Doch Richard Liddiard, der in einer sehr bescheidenen und kargen Umgebung aufgewachsen war – einem ländlichen Pfarrhaus, das von einem gelehrten Amtsinhaber bewohnt wurde – und der später die rüde, aber auch reiche Gesellschaft des irischen Adels kennenlernte, war nicht geneigt, sich von Mere Court überwältigen zu lassen. Als er neben ihr zur Haupttüre hineinging und Gleaves, dem Butler, seinen Hut gab, nahm er die gigantischen Ausmaße der zweistöckigen Steinhalle, den monumentalen Kamin aus sizilianischem Marmor und die lange Reihe der Marmorstatuen mit einer Gelassenheit zur Kenntnis, als habe er dies alles schon immer gekannt.

Der Butler, der neu war – die Dienerschaft in Mere war immer neu, da Lord Chandross eine mürrische Natur besaß und Lady Chandross eine launische –, blickte ihn fragend an, während er Miß Liddiard begrüßte und ihren Hut und Umhang einem bereitstehenden Lakaien übergab.

»Oh, Gleaves«, sagte Eugenia lässig, »dies ist mein Vetter, Mr. Gerald Liddiard. Ich habe ihn für einen kurzen

Besuch mit nach Hause genommen. Ich nehme an, daß Lady Chandross ein Schlafzimmer für ihn bereitmachen lassen möchte. Wo ist Lady Chandross? Ist sie gerade nicht abkömmlich?«
Gleaves sagte, er glaube, daß sie im Augenblick in ihrem Wohnzimmer sei.
»Ach ja, danke. Dann werden wir gleich hinaufgehen«, sagte Eugenia sofort und fügte, an Richard gewandt, hinzu: »Komm, gehen wir, Gerry.« Als sie sich zusammen auf den Weg machten, fügte sie mit gedämpfter Stimme hinzu: »Nennen Sie sie Gussie, und wenn sie den Eindruck macht, daß sie geküßt werden möchte, dann tun Sie das auch. Sie schätzt Galanterie und ist wahnsinnig elegant, und sie hat Gerry gern, denn er ist nach ihrem Geschmack. Ich werde ihr sagen, daß Sie krank gewesen sind und im ›King's Head‹ ohnmächtig wurden, daher ist es nicht nötig, daß Sie zum Abendessen herunterkommen oder sie heute noch mal sehen müssen. Wenn sie fragt, dann erzählen Sie ihr, daß Sie nach der Cheltenham-Affäre, von der ich Ihnen unterwegs berichtet habe, nach Irland gegangen sind, und alles weitere können Sie erfinden. Übrigens müssen wir uns natürich jetzt vor ihr ›du‹ nennen.«
Es gefiel ihr, daß Richard – während sie zusammen die große, geschwungene Treppe hinaufgingen, die in den oberen Stock führte – einen völlig gelassenen Eindruck machte. Er betrachtete seine glanzvolle Umgebung mit einer Gleichgültigkeit, die sie bewunderte.
Er seinerseits war voller Bewunderung über die Grandezza, mit der sie unten die Situation gemeistert hatte.
»Ich habe gedacht«, bemerkte er, während sie den langen Korridor entlanggingen, der zu Lady Chandross' Räumen führte, »daß Sie nicht lügen können. Das haben Sie mir doch erzählt.«

»Oh, das ist doch nicht lügen – das ist schauspielern«, versicherte sie ihm. »Und außerdem geschah es ja für eine gute Sache.«
»Und wenn man es doch entdeckt? Was werden sie in dem Fall mit Ihnen tun?«
»Mit mir tun?« Sie blickte ihn erstaunt an. »Oh«, sagte sie nach einer Weile, »jetzt verstehe ich, was Sie meinen – ob sie irgend etwas Schreckliches mit mir tun werden? Nein, da brauchen Sie sich keine Gedanken zu machen. Gussie wird wahrscheinlich sagen, daß es sehr, sehr schlimm von mir ist, mich mit so einem ungeeigneten Mann abzugeben, und sie wisse, daß ich Lord X oder Lord Y sehr viel amüsanter finden werde, wenn wir erst mal in London seien. Und niemand wird Cecil etwas davon sagen, denn wenn er sich aufregt, bekommt er Verdauungsstörungen, und außerdem gibt es für ihn wichtigere Dinge, mit denen er sich befassen muß.«
Richard blickte zu ihr herab. »Mit anderen Worten, niemand schert sich den Teufel um Sie?«
Sie zog eine ihrer schmalen Schultern hoch. »Im Grunde genommen«, sagte sie mit einer gelangweilten Kühle, die sie wahrscheinlich Lady Chandross abgeguckt hatte, »bewahrt es einen vor einer Menge unnötiger Schwierigkeiten. Haben Sie das nicht auch festgestellt, als man Sie allein in die Welt stellte?« Und Richard Liddiard, der seit zehn Jahren den Gedanken an den fünfzehnjährigen Jungen verdrängt hatte, der mutterseelenallein nach Irland zog – in der Überzeugung, daß selbst sein Verschwinden von der Erdoberfläche niemand aufregen, sondern im Gegenteil nur eine Erleichterung für jedermann bedeuten würde –, schwor sich in diesem Augenblick, daß die kleine Miß Eugenia Liddiard niemals unter den Folgen ihrer Anteilnahme zu leiden haben sollte, die sie jetzt für ihn zeigte.

Sie hatte ihn zu einer der großen Giebeltüren geführt, die den langen Korridor unterbrachen, und klopfte nun an, nicht ohne ihn noch einmal verschwörerisch anzublicken. Eine gelangweilte, etwas heisere weibliche Stimme bat sie herein. Eugenia öffnete die Tür, und Richard folgte ihr. Er befand sich nun, wie er mit flüchtigem Blick feststellte, in einem eleganten Boudoir, das mit rosa Brokat ausstaffiert war und in dem eine geöffnete Verbindungstür zum Schlafzimmer führte. Dort konnte man ein riesiges Himmelbett sehen, das bedeckt war mit zahllosen offenen Schachteln, aus denen Silberpapier herausblitzte, vor allem aber mit einer Reihe äußerst modischer Hüte, die zum Teil auch auf der blauseidenen Bettdecke lagen.
Die schlanke, hübsche Dame in den Dreißigern, die vor ihrem Toilettentisch saß und sich im Spiegel beschaute, trug einen von diesen modischen Hüten auf ihrem blonden Haar – eine gewagte himmelblaue Kreation mit Jokkeischirm, besetzt mit einem Wald von gekräuselten Federn. »Oh, da bist du ja endlich, meine Liebe«, sagte sie, als sie Eugenia im Spiegel erblickte, »wie kommt es denn, daß du erst so spät hier bist? Wie gefällt dir dieser Hut? Fanchon hat mir ein halbes Dutzend aus London geschickt, doch ich weiß nicht – Gerry!« unterbrach sie sich dann plötzlich, als sie den zweiten Besucher im Spiegel erblickte. Sie drehte sich um und begrüßte Richard Liddiard, wobei sie ihn erstaunt anlächelte. »Gerry, du Schlingel! Du bist es! Wo in aller Welt hast du denn gesteckt?«
»Ich habe ihn ganz zufällig im ›King's Head‹ in Thatcham getroffen«, kam Eugenia ihm eilig zur Hilfe. »Wir mußten dort absteigen, denn die Straßen waren völlig überschwemmt. Er war schrecklich krank und hatte keinen Penny mehr in der Tasche, und da habe ich mir gedacht, du würdest nichts dagegen haben, wenn ich ihn nach Mere mitnehme –«

»Nichts dagegen haben? Ich bin entzückt! Bei uns ist es nämlich im Augenblick entsetzlich langweilig. Cecil ist in London, Robin und Vinnie Carstairs sind nach Schottland gerufen worden, weil seine Tante im Sterben liegt – ja, wieder einmal, meine Lieben –, und ich sitze hier ganz allein mit den Beaminsters, und ihr wißt ja, wie fürchterlich uninteressant die sind.« Lady Chandross hielt Richard ihre magere, mit Rouge betupfte Wange hin, der sie – wie Eugenia bewundernd feststellte – mit Fassung küßte und der ihre beringte Hand, die sie ihm hinhielt, einige Augenblicke länger festhielt, als die reine Höflichkeit erforderte.
»Nein, du schlimmer Junge, du hast dich wirklich nicht verändert. Gib mir meine Hand wieder«, sagte Lady Chandross strafend, wenn auch mit leuchtenden Augen. »Aber, mein Lieber, dieser trostlose Mantel«, fuhr sie fort und musterte mit hochgezogenen Brauen das kränkende Kleidungsstück. »Es muß wirklich schlimm um dich stehen, daß du so einen Lumpen über den Schultern trägst. Wo hast du gesteckt? Wie man sieht, hast du keine andere Erbin gefunden, mit der du durchbrennen konntest!«
»Nein«, sagte er mit seiner tiefen, gedehnten Stimme. »Ich war in Irland. Dort sieht man sich nach Pferden um und nicht nach Frauen, wie du weißt!«
»Wenn ich mich nicht irre, hast du dich nach beidem umgeschaut – und hast in beiden Richtungen kein Glück gehabt«, sagte Lady Chandross. »Du mußt mir unbedingt davon erzählen –«
»Ja, aber nicht jetzt«, sagte Eugenia bestimmt. »Er war krank, Gussie, und ich mußte im ›King's Head‹ für ihn einen Arzt rufen, denn er ist unten in der Gaststube einfach umgefallen, und der Doktor meinte, er müsse einige Wochen lang völlige Ruhe haben. Deswegen hab' ich ihn auch mitgenommen. Und er ist den ganzen Tag über auf diesen schrecklichen Wegen herumgeschüttelt worden –«

Lady Chandross betrachtete Richard Liddiard genauer, der trotz seiner gebräunten Haut sehr bleich war.
»Ja, du siehst wirklich ungemein schlecht aus«, sagte sie. »Mein Lieber, wie scheußlich für dich! Und für mich – wo ich doch gedacht habe, daß du mir vom Himmel geschickt wurdest, damit das Dinner heute sich nicht ganz so unerträglich gestaltet. Broaddis!« rief sie, und die flinke Zofe, die gerade die Hüte wieder in ihre Schachteln gesteckt hatte, kam herein. »Sagen Sie Mrs. Hopkins, daß Mr. Gerald das Blaue Schlafzimmer bekommt, und er wird heute abend dort essen. Ich würde sagen, Bouillon und Syllabub und alle diese scheußlich gesunden Dinge. Sagen Sie ihr, daß er krank gewesen ist. Cecil würde einen Tobsuchtsanfall bekommen, wenn er dich hier sähe«, fuhr sie ohne Pause fort, als Boaddis das Zimmer verlassen hatte. »Er hat gesagt, das nächste Mal würde er dich lieber in den Schuldturm stecken lassen, als nochmals so verheerend viel Geld für dich zu zahlen wie damals, als du die Affäre mit der Brauerstochter hattest –«
»Eisenwarenhändlerstochter«, verbesserte sie Richard gewissenhaft mit einem Blick auf Eugenia.
»Nun, ich glaube, es spielt keine Rolle, ob der Vater von diesem Geschöpf ein Eisenwarenhändler oder ein Brauer war. Ich weiß nur, daß er den armen Cecil fürchterlich ausgenommen hat«, sagte Lady Chandross und wandte sich wieder der kritischen Begutachtung ihres Spiegelbildes zu. »Gefällt dir dieser Hut, Gerry Liebling? Ich werde mich auf dich verlassen. Du hast ja immer einen ausgezeichneten Geschmack gehabt.«
Richard erklärte sofort, daß dieses Gebilde den Gipfel der Eleganz darstelle, wurde aber sofort von Eugenia davongezerrt, die sich – nachdem die Tür hinter ihnen geschlossen war – voller Erleichterung an ihn wandte. »Also ich muß sagen, Sie haben sich wunderbar benom-

men. Woher wußten Sie, daß Gerry ihre Hand so halten würde?«
»Sie haben mir ja ziemlich genau beschrieben, wie er beschaffen ist«, sagte Richard, der selbst einigermaßen mit sich zufrieden schien, obwohl er immer noch seine kühle Zurückhaltung beibehielt, die Eugenia von Anfang an bei ihm aufgefallen war. »Dieser Typ Mensch ist ja nicht ganz selten.«
»Aber Ihr Typ schon?« fragte sie und blickte ihn von der Seite her an, als sie den Korridor hinuntergingen.
»Wahrscheinlich.«
»Das freut mich«, sagte sie und lächelte. »Gerry war wirklich fürchterlich albern, wenn es um Frauen ging. Doch ganz offenbar haben diese das geschätzt. Ich nicht. Komplimente und so ein Quatsch.« Sie deutete auf eine Tür an der rechten Seite. »Das ist mein Zimmer. Und das Blaue Schlafzimmer ist gar nicht weit entfernt, dort bei der Halle. Das ist günstig, im Fall, daß Sie sich mit mir beraten wollen. Und übrigens – Mrs. Hopkins ist die Haushälterin. Sie ist noch kein Jahr hier, und daher hat sie Gerry wahrscheinlich noch nie gesehen. Der einzige Angestellte, bei dem man aufpassen muß, ist Haggart, doch wenn der merkt, daß Sie nicht Gerry sind, kann ich das in Ordnung bringen. Er ist sehr schlau, aber er ist gleichzeitig hier in Mere mein bester Freund.«
Sie brachte ihn zum Blauen Schlafzimmer, in das ein Diener gerade Richards ärmlichen Koffer hereintrug, gefolgt von einem Hausmädchen, das eilig mit Handtüchtern und heißem Wasser herbeikam, wie Mrs. Hopkins es ihr befohlen hatte. Dann ging sie zu ihrem eigenen Zimmer, in dem Trimmer gerade ihre Sachen auspackte und ein sittsames weißes Musselinkleid für sie auslegte. Da sie jetzt vor ihrem Gesellschaftsdebüt stand, hatte sie die Mahlzeiten gemeinsam mit den Chandross' und ihren

Gästen einzunehmen und nicht mehr wie früher mit den beiden kleinen Söhnen des Hauses und deren Gouvernante. Der Gedanke daran war ihr nicht sehr angenehm, denn sie hatte nichts für das glanzvolle Tischzeremoniell übrig, da in Mere Court auch im engeren Kreis der Familie von einer kleinen Armee von Dienern in ihren rot-silbernen Livreen zelebriert wurde. Man versammelte sich bei diesen Anlässen an einem langen Tisch, saß auf prächtigen Stühlen, die mit grünem Genueser Samt bezogen waren, über einem spannte sich ein großes barockes Fresko, das die Kuppel eines Domes darstellte, und man wurde umgeben von allegorischen Stuckreliefs und Putten.
Dann aber sagte sie sich mit einiger Strenge, daß es ihr nicht zustehe, viel Aufhebens wegen eines harmlosen Dinners zu machen, wenn Richard Liddiard es fertigbrächte, seine Rolle als Gerald in einem Haus zu spielen, das er nicht kannte, und umgeben von Menschen, die er noch nie gesehen hatte. Außerdem wußte sie sehr gut, daß sich sowieso niemand um sie kümmern würde, abgesehen vielleicht vom Hauskaplan, Mr. Mortimer, der ein jüngerer Mann war und dazu Junggeselle und der sie neulich zu ihrer eigenen Überraschung sehr viel intensiver betrachtet hatte, als die schiere Höflichkeit es verlangte.
Als sie in die Lange Galerie kam, in der die Familie sich vor dem Dinner zu versammeln pflegte, sah sie jedoch zu ihrer Erleichterung, daß Mr. Mortimer bereits von Mutter und Tochter Beaminster mit Beschlag belegt worden war, die beide eifrige Leserinnen von Predigten und anderen theologischen Werken waren und sich offenbar vorgenommen hatten, seine Angelegenheiten zu den ihren zu machen. Eugenia war andererseits sehr überrascht, als Lady Chandross sie beiseite nahm und genau die Umstände ihres Zusammentreffens mit dem vermeintlichen

Gerald Liddiard wissen wollte. Die Geschichte war bald erzählt, und Eugenia hatte keine Bedenken, zu dem bereits Erzählten weitere Details hinzuzufügen.

»Und er hat dir nicht gesagt, was er hier in unserer Gegend macht?« fragte Lady Chandross, als sie mit ihrem Bericht zu Ende war.

»Nein. Oh – nur irgend etwas von einer Arbeit, die er finden wollte –«

»Arbeit? Gerry?« Lady Chandross hob ungläubig ihre schmalen Schultern. »Mein liebes Kind, wie kannst du nur so naiv sein, so etwas zu glauben! Nein, da geht es bestimmt um eine Frau – oder ein Pferd – oder eine Wette. Ich hoffe nur, daß er nicht vorhat, länger hierzubleiben, denn Cecil wird mir die Hölle heißmachen, wenn ich ihn nur erwähne. Tatsächlich hat Gerry bedeutend mehr Mut, als ich ihm zugetraut hätte. Taucht da einfach hier auf – nach alldem, was in den letzten Jahren geschehen ist. Doch er hat sich tatsächlich verändert – meinst du nicht auch? Natürlich ist er älter geworden – aber auch ernster, finde ich. Wo um Himmels willen«, fügte sie dann übergangslos hinzu, als sie Eugenias Musselinkleid musterte, »hast du dieses entsetzliche Ding her?«

»Miß Bascom hat es für mich gekauft. Sie hat mir gesagt, daß du ihr geschrieben hast, ich bräuchte etwas Passendes.«

»Passendes! Du lieber Himmel!« sagte Lady Chandross schaudernd. »Ich sehe schon, ich muß dich sofort, wenn wir in London sind, zu Fanchon schicken. Kein einziger eleganter Mann wird dir die geringste Aufmerksamkeit schenken, wenn du in einem so uneleganten Kleid bei Almacks erscheinst.«

»Ich nehme nicht an«, sagte Eugenia in ihrer üblichen Offenheit, »daß sie mich überhaupt ansehen werden. Ich bin nicht der geeignete Typ.«

Doch Lady Chandross, die nicht die Absicht hatte, ein junges Mädchen länger zu chaperonieren, als bis es einen Heiratsanwärter gefunden hatte, widersprach sofort.
»Unsinn«, sagte sie. »Du bist dunkel – was ein Glück ist, denn Blondinen sind dieses Jahr überhaupt nicht in Mode – und du hast eine hübsche Figur, das muß man dir lassen. Wenn du in den richtigen Kleidern steckst, läßt sich schon etwas mit dir anfangen. Da ist ein junger Mann, der Sohn eines Freundes von Cecil, Sir Perry Walford, doch er ist ein jüngerer Sohn, und da Sir Williams Vermögen nicht bedeutend ist, kann man aus der Richtung nicht viel erwarten. Doch der junge Walford selbst hat eine vielversprechende politische Karriere vor sich, wie Cecil meint, und daher würde er für dich genügen. Und dann ist Lord Cazdens jüngster Sohn da, der im diplomatischen Dienst ist – Sir Charles Stuart könnte einiges für ihn tun, da gibt es eine lose Familienverbindung. Natürlich können wir nicht auf ein Vermögen oder einen Titel hoffen, da du ja selbst nichts zu bieten hast, doch wenn du dir die Mühe gibst, dich liebenswürdig zu zeigen, könntest du immerhin eine passable Heirat machen.«
Es hätte nicht viel gefehlt, und Eugenia hätte erklärt, daß sie Tom Towntree heiraten werde, dessen Existenz sie allerdings dank der turbulenten Ereignisse der letzten vierundzwanzig Stunden beinahe vergessen hatte. Sie war jedoch vorsichtig genug, es nicht zu tun. Sicher war es besser zu warten, bis sie die Gelegenheit gehabt hätte, mit Tom zu sprechen oder wenigstens von Muffet zu hören, daß er gegen den Plan, den sie betreffs seiner Zukunft ausgeheckt hatten, nichts einzuwenden hatte. Erst dann konnte sie nämlich Gussie von der Sinnlosigkeit überzeugen, eine Reihe von jungen Männern anzupeilen, die dank der Verbindungen Cecils mit Regierungskreisen gewillt wären, um ihre Hand anzuhalten.

In diesem Augenblick wurde die Unterhaltung jedoch unterbrochen, da Gleaves erschien, um zu melden, daß das Essen serviert sei. Nun gingen alle ins Speisezimmer, wo Eugenia fast ungestört ein ausgezeichnetes Mahl genießen konnte, das mit einer Schildkrötensuppe begann, gefolgt von gekochtem Salm, Truthahn á la perigeux, Hammelkoteletts mit Sauce Soubise, gebratener Waldschnepfe, gâteau mellifleur und verschiedenen Cremes und Gelees.

Obwohl sie alle Gerichte mit größtem Appetit verzehrte, war sie doch nicht ganz bei der Sache. Sie mußte immer an Richard Liddiard denken und überlegte sich, wie man eine Eheschließung beweisen könne, die vor einem Vierteljahrhundert an einem Ort irgendwo zwischen Kent und dem Kontinent stattgefunden hatte.

Warum sie es als ihre Pflicht ansah, diese Eheschließung zu beweisen, konnte sie selbst nicht sagen, doch sie nahm an, daß es aus einem Zusammengehörigkeitsgefühl heraus geschah. Sie selbst war in dieser »Zusammengehörigkeit« aufgewachsen, auch wenn ihr Onkel Cecil sich wahrscheinlich keinen Deut um sie scherte, doch sie wußte genau, daß es ihm nie einfallen würde, sie nicht als eine Liddiard anzusehen. Daher hatte sie vielleicht eine übertriebene Vorstellung von dem Ungemach, Richard Liddiard zu sein und zu niemandem zu gehören, den Namen und die Identität eines anderen Mannes annehmen zu müssen, um überhaupt in einem Haus empfangen zu werden, das ebenso zu ihm gehörte wie zu Gerald und ihr selbst.

Und dann war da noch der Gedanke daran, wie sehr viel schlimmer es sein würde, wenn er jemals Coverts sähe. Denn für Eugenia war Coverts nicht nur ein guter Landsitz in Kent mit einem Gutshaus im Tudorstil, das allerdings im Lauf der Jahrhunderte so oft umgebaut worden war, daß kaum mehr etwas von dem ursprünglichen Stil zu erkennen war; Coverts war für sie der eigentliche Stammsitz der Liddiards, der Ort, an dem sie ihre Wurzeln hatten, lange bevor all die barocke Pracht von Mere Court existierte. Und wenn Richard Liddiard der rechtmäßige Besitzer war, könnte nichts schlimmer sein, als dieses Haus zu sehen und zu wissen, daß man dort niemals etwas anderes als ein Fremder sein würde.

Jedenfalls würde sie so empfinden, wenn sie an Richard Liddiards Stelle wäre. Vielleicht, so dachte sie sich, wäre es ihm aber auch nicht so wichtig, wie es auch Cedric Liddiard nicht wichtig war, der Coverts und alle damit verbundenen Aufgaben als Last ansah, da er sich viel lieber seinen gelehrten Studien widmete. Es war auch ihrem Vetter Gerald nicht wichtig gewesen, da er das Leben nur von seiner heiteren oder abenteuerlichen Seite liebte.

Und während sie ihren gâteau mellifleur verspeiste, fragte sie sich zum ersten Mal, wo Gerald – der wirkliche Gerald – jetzt wohl stecken könnte und was wohl geschähe, wenn er durch einen unglücklichen Zufall hier in Mere auftauchte, während Richard Liddiard seine Identität angenommen hatte.

4

»Haggart«, sagte Eugenia am nächsten Morgen zu Lord Chandross' Stallmeister, »glauben Sie, daß es manchmal erlaubt ist, jemanden zu täuschen?«

Haggart blickte sie unter seinen stacheligen grauen Brauen argwöhnisch an. Er hatte gerade seinen Stallrundgang mit ihr beendet, und sie hatte die Bekanntschaft mit all ihren Lieblingen erneuert und auch seiner Kritik an

einem Braunen zugestimmt, den Lord Chandross kürzlich gekauft hatte. »Eine Ansammlung schlechter Eigenschaften, außerdem ohne Widerstandskraft«, war Haggarts geringschätziges Urteil.
»Was haben Sie angestellt?« fragte er nach einer Weile und enthielt sich vorläufig noch einer Meinung.
»Das kann ich Ihnen nicht sagen«, erwiderte Eugenia, »es sei denn, Sie versprechen mir, es streng geheim zu halten. Wenn Lord Chandross es nämlich erfahren würde, gäbe es einen Riesenkrach.«
Haggart spuckte auf den Boden, was vielleicht ein Ausdruck seiner Gefühle seinem Arbeitgeber gegenüber war, vielleicht aber auch nicht. Er hatte Lord Chandross' Angebot, bei ihm in Dienst zu treten, vor drei Jahren angenommen, als Eugenias Vater gestorben war, doch sein Herz hing immer noch an Coverts. Nur seine Überzeugung, daß Miß Eugenia jemanden brauchte, der sie in diesem Narrenhaus an den Zügel nahm, hielt ihn davon ab, Lord Chandross und seinem beklagenswert mittelmäßigen Stall den Rücken zu kehren und sich einen Herren zu suchen, der wirklich etwas von Pferden verstand.
»Na, dem werde ich doch nichts verraten«, sagte er, nachdem er eine Weile geschwiegen hatte und sich die Sache zu überlegen schien. »Womit haben Sie ihn denn getäuscht?«
»Nicht eigentlich ihn, jedenfalls bis jetzt noch nicht. Und Sie haben es mir noch nicht versprochen. Es geht nicht anders, es ist nicht mein Geheimnis«, sagte sie schnell, als sie sah, daß Haggart sie gekränkt anblickte. »Ich würde Ihnen vertrauen, wenn es nur um mich ginge. Doch da ist noch jemand –«
»Ein Mann?« Haggart blickte sie jetzt nicht nur argwöhnisch, sondern auch ungläubig an. Es fiel ihm schwer zu glauben, daß Miß Eugenia, die er noch auf ihr erstes

Pony gesetzt hatte, jetzt in einem Alter war, da so eine Vermutung nicht nur möglich, sondern auch ganz natürlich war. Doch ein Blick auf ihre geschmeidige Gestalt in dem knappsitzenden Reitkleid bestätigte die Tatsache durchaus. Haggart, der jetzt zwei und zwei zusammenzählte und dabei auf fünf kam, gelangte zu dem Schluß, daß es sich bei dieser »Täuschung« um die Machenschaften eines hartgesottenen Dandys handelte, mit Eugenia als ahnungslosem Opfer, und er sagte daher mit finsterem Gesicht: »Sie sollten sich von Männern fernhalten, Miß Eugenia. Vor allem, wenn diese Täuschung im Sinn haben.«

»Aber es war doch nicht seine Idee, es war meine«, erklärte ihm Eugenia. Und als Haggart sie immer noch unversöhnlich anblickte, sagte sie resigniert: »Also gut. Wahrscheinlich muß ich Ihnen alles von Anfang an erzählen. Ich nehme an, Sie haben schon gehört, daß ich meinen Vetter Gerald mit nach Mere gebracht habe?«

Haggart hatte gehört, daß Mr. Gerald in Mere sei. Das verstand sich von selbst – in Mere, wie in jedem anderen großen Haus, wußten die Angestellten jede Neuigkeit über die Familie, der sie dienten.

»Ist es dann Mr. Gerald, für den Sie jemanden anschwindeln?« fragte er mißbilligend. »Das ist nicht sehr klug. Der kommt auch ohne Ihre Hilfe schnell genug in die Patsche.«

»Ja, aber es ist nicht Gerald, für den ich es tue. Wissen Sie, es ist nicht Gerald.« Haggart starrte sie an. »Ich meine, der Mann, den ich mit nach Mere gebracht habe, ist nicht Gerald«, fuhr Eugenia fort. »Er ist Charles Liddiards Sohn. Sie haben doch Charles Liddiard gekannt, nicht wahr, Haggart?«

Sie hatten die offene Stalltür erreicht, und Haggarts Gesicht zeigte in der hellen Morgensonne keinerlei Anzei-

chen von Verwunderung, denn seiner Ansicht nach hatte ein Mann seines Alters und seiner Erfahrung immun gegen Verwunderung zu sein. Doch er setzte sich, als sie draußen waren, plötzlich auf die Bank, die da stand.
»Mr. Charles' Sohn?« fragte er.
»Ja.« Eugenia erzählte ihm kurz, unter welchen Umständen sie Richard Liddiard im »King's Head« in Thatcham kennengelernt hatte. »Deswegen werden Sie verstehen, daß ich ihn nicht einfach dortlassen konnte«, sagte sie zum Schluß. »Krank und ohne einen einzigen Penny. Und jetzt braucht er Arbeit, sobald er sich wieder gut genug fühlt, und ich habe gedacht, Sie könnten ihm dabei helfen –«
Sie brach ab, weil sie sah, daß Haggart etwas loswerden wollte.
»Blöd«, sagte er, »ihr seid wirklich blöd, ihr beiden.«
»Nein, er ist überhaupt nicht blöd«, sagte Eugenia ernsthaft. »Warten Sie, bis Sie ihn kennenlernen, dann werden Sie es schon selbst merken. Er sieht Gerry erstaunlich ähnlich, doch er ist ganz anders. Und er wollte auch gar nicht hierherkommen, nur wußte er wahrscheinlich nicht, was er sonst tun sollte.«
»Und wenn Seine Lordschaft es herausbekommt? Das wird verteufelt viel Staub aufwirbeln«, sagte Haggart. »Er ist genau wie der alte Lord – das wissen Sie ja selbst –, stur wie noch etwas, wenn es um die Familie geht. Wenn dieser junge Kerl sich als ein Liddiard ausgibt –«
»Aber er ist ein Liddiard – ich meine, ein echter«, sagte Eugenia hartnäckig. »Er sagt, daß Charles Liddiard seine Mutter geheiratet hat.«
»Vielleicht ja, vielleicht nein«, sagte Haggart und bedachte einen der Stalljungen, der gerade einen von Lord Chandross' Gäulen bewegt hatte und ihn nun wieder in den Stall führte, mit einem kritischen Blick.

»Können Sie sich daran erinnern, wann es geschehen ist, Haggart? Sie müssen es. Bitte erzählen Sie mir alles – bitte!«

Haggart sagte murrend, er habe besseres zu tun, als in alten Skandalen zu wühlen, die längst vergessen seien. Eine Einleitung, die Eugenia in keiner Weise entmutigte, denn sie wußte, daß er nichts lieber tat, als von alten Schand- und Ruhmestaten der Liddiards zu berichten. Sie setzte sich also auf der Bank neben ihm in der Morgensonne zurecht, um ihm zuzuhören, und nach und nach kam alles heraus.

Es war die übliche Geschichte eines wilden jungen Mannes aus guter Familie und der schönen jungen Tochter eines benachbarten Bauern. Die Eltern des Mädchens, die Justis hießen, waren ehrenwerte Leute, sagte Haggart, und sie hatten versucht, Susan von Mr. Charles fernzuhalten, als sie merkten, was im Gange war. Sie hatten sie sogar für eine Weile zu einer Tante nach Yarmouth geschickt, doch Mr. Charles war ihr dorthin gefolgt und machte sich so lästig, daß die Tante sie sofort nach Hause schickte. Und das nächste, was man dann erfuhr, war, daß die beiden zusammen davongelaufen waren.

Nein, es war nicht Gretna. Lord Chandross – nicht der gegenwärtige, sondern dessen Vater, der Mr. Charles' Vormund war – hatte die beiden verfolgen lassen, und es hatte sich gezeigt, daß sie ins Ausland gegangen waren. Nein, Haggart hatte nie etwas von einer Hochzeit gehört, obwohl er sich sehr gut an das Donnerwetter erinnerte, das es gab, als Susan Justis Seiner Lordschaft geschrieben hatte, daß Mr. Charles gestorben sei und daß sie ein Kind von ihm habe, einen Jungen.

»Sie hat mit Susan Liddiard unterschrieben«, sagte Haggart, »und Seine Lordschaft hat furchtbar getobt, wie ich gehört habe, und erklärt, daß sie keinen einzigen Penny aus ihm herausbekommen würde, weder für sich noch für den Bastard, wenn sie sich weiter einen Namen gebe, zu dem sie kein Recht habe. Und das war das letzte, was man von ihr gehört hat.«

»Ja, weil sie dann auch gestorben ist«, sagte Eugenia. »Und Sie glauben also, daß sie niemals wirklich verheiratet war?«

»Das habe ich nicht gesagt«, meinte Haggart vorsichtig, da er zu den Leuten gehörte, die sich niemals festlegten, wenn sie sich einer Sache nicht sicher waren. »Ich kann gar nichts darüber sagen, weder so noch so. Ich weiß nur, daß Mr. Charles sich ganz schön bei den Mädchen einschmeicheln konnte. Doch Susan Justis war kein leichtfertiges Mädchen. Nein, sie war ernst und hat sich immer zurückgehalten. Ich glaube, sie wäre niemals mit einem Mann auf und davon, ohne einen Ehering am Finger – obwohl man es bei den Weibern nie genau weiß«, fügte er weise hinzu. »Unberechenbar, wie sie sind, heute sagen sie so, und morgen tun sie das Gegenteil.«

Eugenia runzelte angesichts dieser Neuigkeiten die Stirn. »Wenn sie also geheiratet haben, meinen Sie dann, daß es in Kent war?« fragte sie. »Denn sie wäre doch sicherlich nicht nur auf ein Versprechen hin mit ihm auf den Kontinent gegangen? Dazu war sie doch nicht der Typ?«

»Nein, sie war nicht dieser Typ. Ein seltenes, stilles und besonnenes Mädchen. Aber man weiß nie –«

»Ja«, sagte Eugenia, die sich ihre eigenen Gedanken machte. »Doch wenn sie geheiratet haben, warum hat Charles Liddiard es seiner Familie nicht mitgeteilt? Immerhin hat er doch noch fast ein Jahr gelebt, nachdem er und Susan Justis fortgegangen sind?«

»Damit Seine Lordschaft ihn enterbt hätte, weil er seinem Namen Schande machte?« sagte Haggart. »Oh, Sie haben Mr. Charles nicht gekannt! Der war ganz wie Mr. Gerald – immer bereit, sich in ein Abenteuer einzulassen, aber nicht fähig, die Konsequenzen zu tragen. Er wußte, daß es dem alten Lord ganz egal war, wenn er ein halbes Dutzend Weiberröcke auf einmal in seinem Käfig hatte – doch ein Mädchen wie Susan Justis heiraten, ganz offiziell und mit allem Anstand? Nein, das hätte ihm nicht behagt. Sicher hat Mr. Charles keine Lust gehabt, Seiner Lordschaft darüber zu berichten.«

»Und die Eltern Justis? Haben die es denn nicht gewußt?« fragte Eugenia hartnäckig. »Vielleicht hat Susan es ihnen geschrieben –«

»Vielleicht hat sie das. Doch die ganze Familie war verdammt verschwiegen, und sie haben es Susan ebenso verübelt, wie Lord Chandross es Mr. Charles verübelt hat. Nachdem sie mit ihm fort ist, haben sie ihren Namen nie wieder erwähnt, soweit ich gehört hab'. Dann ist der Vater gestorben, und die Mutter und die beiden Jungen sind nach Amerika gegangen –«

»Ach, du lieber Gott«, sagte Eugenia enttäuscht. »Ist denn keiner von der Familie mehr in Kent?«

Haggart sagte, daß seines Wissens keiner mehr da sei, und stand von der Bank auf, als er den Kutscher kommen sah, den er nicht leiden konnte und der, wie er Eugenia finster zuraunte, die Pferde so schinde, daß sie lahm wurden.

Eugenia selbst ging langsam und nachdenklich zurück zum Haus und klopfte beim Blauen Schlafzimmer an, in dem sie Richard Liddiard vorfand, der – unerwartet in einem Brokat-Morgenrock prangend – gerade sein Frühstück beendete.

»Guten Morgen«, sagte sie. »Wie elegant Sie sind! Sie sehen heute schon viel besser aus.«

Richard stimmte ihr zu und erklärte, daß er sich tatsächlich viel besser fühle. Dann deutete er grinsend auf seinen prachtvollen Morgenrock und sagte ihr, daß Lady Chandross, die kurz hereingeschaut habe, so entsetzt über seine eigene Garderobe gewesen sei, daß sie einen Diener geschickt habe, um sie aus dem Kleiderschrank von Lord Chandross zu ergänzen.

»Da hab' ich mich in eine schöne Lage hineinmanövriert«, sagte er. »Das ist wirklich nichts für mich. Ich muß verrückt gewesen sein, überhaupt hierherzukommen. Nein, Miß Liddiard, ich muß da wieder raus, und zwar sofort.«

»Sie waren gar nicht verrückt – nur krank und wahrscheinlich am Ende Ihrer Weisheit«, sagte Eugenia, setzte sich und machte es sich auf der Bergère gemütlich, die ihm gegenüberstand.

»Tun Sie das nicht!« sagte Richard scharf.

»Was soll ich nicht tun?«

»Sich hinsetzen. Sie dürften eigentlich gar nicht hier sein –«

»Sie haben wirklich sehr altmodische Ideen! Immerhin sind Sie ja mein Vetter.«

»Ich bin Charles Liddiards Bastard«, sagte er grimmig und blickte sie unter seinen schweren Lidern mit einer Arroganz an, die seinen Worten hohnsprach.

»Und mein Vetter«, sagte sie mit Nachdruck. »Außerdem – ich glaube nicht, daß Sie es sind – ich meine, sein Bastard. Ich habe mit Haggart über Sie gesprochen –«

»Wie bitte?«

»Ja, das mußte ich. Wenn er Ihnen helfen soll, muß er ja eingeweiht sein. Und es war auch sehr gut, daß ich es getan habe«, fügte sie hastig hinzu, als sie merkte, wie ungehalten Richard sie anblickte. »Denn er weiß alles über die Familie Ihrer Mutter – die Justis – und auch über Ihre Mutter. Und er sagt, daß sie nicht von der Sorte Mädchen war, die mit Charles Liddiard auf und davon wäre, ohne einen Ehering zu tragen. Das bedeutet, daß sie in Kent geheiratet haben müssen, was alles für uns einfacher macht.«

»Für uns?«

»Ja. Sie sind deswegen nach England gekommen, weil Sie diese Heirat beweisen wollen, nicht wahr? Ich habe darüber nachgedacht, und nur so kann ich es mir zusammenreimen. Denn Sie müssen ja in Irland Leute kennen, die Ihnen sehr viel leichter eine Stellung verschafft hätten als irgend jemand hier.«

»Sie sind«, versicherte ihr Richard, nun bereits weniger grimmig, »ein bemerkenswert scharfsinniges Mädchen, Miß Eugenia Liddiard. Sehr gut – ich möchte diese Heirat beweisen. Doch weswegen sollten Sie sich das zu Ihrer eigenen Sache machen?«

Er brach ab, weil er zu seiner Verwunderung sah, daß Eugenia plötzlich rot geworden war. Sie hatte sich bisher ihm gegenüber – einem ja immerhin völlig fremden Mann – so arglos verhalten, daß ihre plötzliche Verlegenheit zumindest verwunderlich war.

Tatsächlich war Eugenia erst jetzt aufgegangen, in welche Lage sie sich begeben hatte. Sie war fast ausschließlich in männlicher Umgebung aufgewachsen und hatte sich weder durch Miß Bascoms Warnungen noch durch die extravagante Atmosphäre, die in Mere herrschte, davon abbringen lassen, daß Männer freundliche Wesen seien, mit denen man sich jederzeit vertraulich einlassen konnte. Doch plötzlich ging ihr auf – wieso, konnte sie auch nicht sagen –, daß Richard Liddiard vielleicht annehmen könnte, sie habe persönliches Interesse an ihm und wolle ihm nur deswegen helfen. Dieser Gedanke hatte ihr die Röte in die Wangen gejagt. Wie von einer Biene gestochen, schoß sie plötzlich hoch.

»Ich muß jetzt gehen«, sagte sie und gab sich dabei betont unbekümmert. »Wir werden in ein paar Tagen nach

London fahren, und dann haben Sie das Haus ganz für sich allein – natürlich bis auf die Dienstboten –, und daher würde ich an Ihrer Stelle noch hierbleiben. Sie können ganz unbesorgt sein, Haggart kann schweigen wie das Grab, und ich glaube sicher, daß er Ihnen – wenn Sie sich erst erholt haben – sagen kann, wo Sie sich nach Arbeit umsehen können.«
Richard hob fragend eine Braue.
»Hab' ich etwas Falsches gesagt?« fragte er.
»Wie bitte?« Sie blickte ihn mit leichtem Hochmut an.
»Ihre plötzliche Abneigung gegen mich. Ich möchte nicht behaupten, daß ich nicht erleichtert bin, wenn Sie dieses Zimmer verlassen, doch wenn ich etwas Falsches gesagt oder getan habe, möchte ich das gern wissen. Ich bin wirklich nicht so ein Tölpel, daß ich nicht dankbar für alles wäre, was Sie für mich getan haben.«
»Ach, das!« sagte Eugenia wegwerfend und fühlte sich erleichtert. Vielleicht hatte er doch nicht das gedacht, was sie befürchtet hatte. »Ich wollte nur nicht, daß Sie meinen, es könnte einen persönlichen Grund haben«, sagte sie vertrauensvoll.
»Das sei weit von mir«, sagte Richard ernst. »So ein Narr bin ich nicht, mir so etwas einzubilden.«
»Sie müssen nämlich wissen«, versicherte ihm Eugenia, »daß ich vielleicht sehr bald Tom Rowntree heiraten werde. Das Land der Rowntrees grenzt an unseres – das heißt an das, das uns einst gehörte«, verbesserte sie sich. »In Kent. Und ich kenne ihn schon ewig.«
»Meine Glückwünsche. Doch weshalb ›vielleicht‹?«
»Nun, ich habe ihn noch nicht gefragt.«
»Sie haben ihn noch nicht gefragt?«
»Ja.« Eugenia bejahte mit aller Ruhe eine Frage, die jede andere Frau in größte Verwirrung versetzt hätte. »Ich finde, daß es dumm ist, wenn es immer die Männer sind,

die fragen müssen. Wahrscheinlich ist es Tom nie aufgegangen, welch gute Idee das ist, weil er ganz einfach keine Gelegenheit hatte, darüber nachzudenken. Doch wir müssen ja beide eines Tages irgend jemanden heiraten – er ist nämlich der einzige Sohn des Squire, und natürlich will ich nicht mein ganzes Leben lang von Cecil abhängig sein – und wir sind immer famos miteinander ausgekommen. Also müßte das doch sehr gut klappen, meinen Sie nicht?«

Richard meinte, daß es – in diesem Licht betrachtet – sicher der Fall sei, fügte jedoch hinzu, daß Tom vielleicht anders darüber dachte.

»Oh, wieso?« fragte Eugenia und blickte ihn überrascht an.

»Nun – wenn ich an seiner Stelle wäre, würde ich es vorziehen, selbst den Antrag zu machen. Vielleicht ein dummes Vorurteil meinerseits – aber so ist es nun mal.«

»O ja, aber Tom ist ganz anders«, sagte Eugenia eifrig. »Wir haben uns doch schon als Kinder gekannt, und er hält ebensowenig wie ich von so einem romantischen Quatsch.«

»Sehr vernünftig von ihm, aber wenn ich Sie wäre, würde ich es vielleicht doch so einrichten, daß er es ist, der den Antrag macht.«

Sie zuckte die Achseln. »Gut, ich werde es versuchen«, sagte sie. »Aber ich bin in solchen Sachen wirklich nicht sehr gut. Gussie sagt, ich sei hoffnungslos. Ich muß zugeben, sie selbst ist darin glänzend. Cecil tut immer genau das, was sie will, nur denkt er, daß die Idee von ihm stammt.« Sie ging zur Türe. »Sie hat doch heute morgen nicht gemerkt, daß Sie nicht Gerry sind, oder?« fragte sie.

»Nein. Sie ist nur ganz kurz geblieben. Ich nehme an, sie hatte wichtigere Dinge im Kopf als Gerald Liddiard.«

»O ja«, sagte Eugenia nachsichtig. »Lord Rushton. Er ist

gerade in der Nachbarschaft zu Besuch, und sie erwartet ihn heute morgen. Er ist ihr Neuester.«

»Ihr Neuester? Oh, ich verstehe. Wahrscheinlich bin ich – wie Sie schon bemerkt haben – außerordentlich altmodisch, doch mir scheint, daß Lady Chandross nicht gerade der geeignetste Vormund ist.«

»Ach was. Ich sehe sie sowieso kaum, wenn ich in Mere bin«, sagte Eugenia. »Ich verbringe bedeutend mehr Zeit mit Haggart, und der ist altmodisch genug, um selbst Sie zufriedenzustellen. Soll ich ihm sagen, daß Sie in ein paar Tagen, wenn es Ihnen bessergeht, zum Stall kommen, um mit ihm zu sprechen?«

Richard zögerte einen Moment. Ihr war klar, was er jetzt dachte – daß er seine Situation in Mere Court unerträglich fand, eine Verirrung, zu der er sich nur durch seine Erschöpfung hatte überreden lassen, und daß er sich so schnell wie möglich daraus befreien müßte.

Etwas anderes war ihr jedoch nicht klar: daß er ein überwältigendes Bedürfnis hatte, ein anerkanntes Mitglied der Familie zu bleiben – wenn auch nur für kurze Zeit und unter falschen Voraussetzungen –, einer Familie, die ihn seit seiner Geburt zurückgewiesen hatte. Hier in Mere war er zum erstenmal in seinem Leben ein Liddiard und nicht nur ein namenloser Bastard, der von Fremden aufgezogen und später von ihnen in die Welt entlassen worden war.

Eugenia beobachtete sein dunkles Gesicht, die unergründlichen dunklen Augen unter den kräftigen schwarzen Brauen. »Sie werden nicht fortgehen, bevor Sie das getan haben, nicht wahr?« fragte sie besorgt. »Wirklich, es gibt keinen Grund, weswegen Sie nicht wenigstens so lange bleiben sollten. Sie haben ja selbst gesehen, daß Gussie keinen Verdacht hat, und sonst ist niemand da –«

Richard blickte sie an und lächelte.

»Also gut«, sagte er. »Sie haben gewonnen. Ich werde bleiben. Doch ich hoffe, daß keiner von uns es einmal bereuen wird.«

5

In diesen letzten Frühlingstagen, als das Laub der Eichen und Buchen voller wurde, als Wildrosen und Schlehdorn, Wiesenschaumkraut und Lichtnelken in voller Blüte standen, schien es nicht so, als würde einer von beiden den Entschluß bereuen. Lady Chandross, die mit ihren eigenen Angelegenheiten beschäftigt war, kümmerte sich wenig darum, wie Eugenia und der angebliche Gerald Liddiard ihre Tage verbrachten. Eugenia konnte auf ihrem Lieblingspferd, einer Fuchsstute, durch die Gegend jagen, Richard konnte hinunter zu den Ställen gehen und sich mit Haggart über die Mängel der Pferde unterhalten, die in eleganten Boxen standen – sie fragte wenig nach ihrem Treiben und hatte auch nichts dagegen, daß Richard weiter seine Mahlzeiten im Blauen Schlafzimmer einnahm und nicht im Speisezimmer erschien.
Einmal sagte sie ihm allerdings, daß er – wenn er ein fürchterliches Donnerwetter vermeiden wollte – gut daran täte, aus Mere zu verschwinden, bevor Lord Chandross sich zeigte. Da dieser jedoch die Absicht habe, die Saison mit ihr in London zu verbringen, und sie selbst sehr bald dorthin aufbrechen werde, bestehe die Möglichkeit, daß er seine dringenden Stadtgeschäfte gar nicht erst abbrechen und sich daher nicht in Mere zeigen werde.
Inzwischen konnte Eugenia zu ihrer großen Freude konstatieren, daß Richard von Haggart – nach kurzen An-

fangsschwierigkeiten – als echter Liddiard anerkannt worden war. Am ersten Tag, als er mit Eugenia zu den Stallungen gegangen war, hatte Haggart ihn mit all dem Mißtrauen und der Zurückhaltung betrachtet, die er auch einem neuen Pferd entgegenbrachte, das Lord Chandross gekauft hatte. Er war offenbar auf das Schlimmste gefaßt. Doch als sie Richard durch die Ställe führten, schmolz Haggarts anfängliches Mißtrauen angesichts der ruhigen, angenehmen und zurückhaltenden Art des neuen Liddiards, der sich als hervorragender Pferdekenner erwies. Er taute dann sogar soweit auf, daß er Richard anbot, sich an einem der Tiere selbst zu versuchen.

»Sicher wollen Sie auch mal einen dieser verdammten Gäule selbst ausprobieren, Sir, wenn Sie erst einmal wieder in Form sind«, sagte er, wobei Eugenia auffiel, daß er es vermied, ihn »Mr. Gerald« zu nennen. »Das hier ist der Beste«, fügte er hinzu und führte sie zu einer Box, aus der ein heller Fuchs, der an einem Bein eine weiße Gamasche hatte, sie aufmerksam anblickte. »Aber er hat keine Manieren und ist verdammt bockig«, erklärte er weiter. »Die Burschen wissen nicht, wie sie mit ihm fertig werden sollen. Miß Eugenia hat mich schon bearbeitet, weil sie ihn selbst reiten will, doch obwohl sie es mit jeder Amazone in ganz England aufnehmen kann, kann ich es nicht erlauben, denn Sie sehen ja selbst, daß der nichts für eine Dame ist.«

Richard sagte sofort, daß er ihn sehr gern eine halbe Stunde ausprobieren würde, wenn Haggart so gut sei, ihn zu satteln. Haggart blickte ihn zwar zweifelnd an, denn trotz seiner bronzefarbenen Haut war er immer noch erschreckend bleich, und Eugenia versuchte ihn abzuhalten, aber schließlich setzte er seinen Willen durch. Hinterher hatte er Haggart dann vollkommen überzeugt. Mr. Gerald, so hatte er Eugenia später anvertraut, sei gar nichts gegen diesen neuentdeckten Liddiard. Er sei ein Liddiard wie ihr eigener Vater, der nur ein Pferd zu besteigen brauchte, um es auch schon bezwungen zu haben. Er, Haggart, kenne mehr als einen Edelmann mit angesehenem Stall, der glücklich sein würde, so einen Reiter in seine Dienste zu nehmen. Es sei jedoch schade, daß er nicht Coverts haben könne und einen eigenen Stall, denn er sei ja wirklich Mr. Charles' Sohn.

»Ja, aber es hat gar keinen Zweck, an so etwas zu denken, wenn wir nicht irgendwie beweisen können, daß Charles Liddiard Susan Justis wirklich geheiratet hat«, sagte Eugenia. »Wenn wir in Kent wären, könnten wir wenigstens Nachforschungen anstellen – es muß ja irgendwo aufgezeichnet sein, daß diese Heirat stattgefunden hat, wenn es wirklich der Fall war –, doch jetzt ist das nicht möglich, wo wir doch übermorgen schon nach London fahren. Ich hatte daran gedacht, Tom Towntree zu schreiben und ihn zu bitten, sich darum zu kümmern, aber ich glaube nicht, daß er so etwas meistern könnte.«

Hierin stimmte Haggart ihr durchaus zu. Master Tom, so sagte er, sei ein ebenso ausgezeichneter Mann wie sein Vater, der Squire, wenn es um Pferde und Jagden gehe, doch wenn es sich um eine Arbeit handele, bei der man seinen Kopf anstrengen müsse, wäre man bei ihm am falschen Platz.

»Nun, ich werde mir einfach etwas ausdenken müssen, um bald selbst nach Kent zu kommen«, sagte Eugenia. Was Haggart dazu veranlaßte, ihr einen zweifelnden Blick zuzuwerfen, denn er wußte, wenn Miß Eugenia sich »etwas ausdachte«, so war das meist der Anfang eines Dilemmas, aus dem sie dann nicht mehr herauskam.

Diese Unterhaltung hatte zwei Tage vor Eugenias Abreise stattgefunden, und am nächsten Tag unternahm sie ihren letzten Ritt zusammen mit Richard, wobei sie von ihm erfuhr, daß er fest entschlossen sei, Mere ebenfalls sofort zu verlassen und sein Glück bei Sir John Alloway in Leicestershire zu versuchen, bei dem, wie Haggart gehört hatte, eine Stelle frei sei. Das sei weit genug weg von Mere, sagte Richard, so daß seine Ähnlichkeit mit Gerald Liddiard kaum auffallen würde, und wenn er fähig sei, mit Eugenia quer durch Essex zu reiten, wäre er wohl auch fähig, eine Arbeit zu tun.

»Eine Stunde auf Landwegen, und das meiste nur im Schritt oder leichten Trab«, sagte Eugenia geringschätzig. »Aber bitte, ich kann es Ihnen nicht verübeln, daß sie fortwollen. Ich bin aber froh, daß Sie wenigstens diese kurze Zeit in Mere gehabt haben. Wahrscheinlich werden Sie jetzt nicht mehr so einfach in Wirtshäusern umfallen.«

Sie ließ ihn bei Haggart zurück, mit dem er sich noch unterhielt, und ging hinauf ins Haus, wobei sie sich überlegte, wie man es wohl am besten machen könnte, Nachforschungen in Kent anzustellen.

Als sie auf dem Weg in ihr Schlafzimmer jedoch in die Halle kam, wurde sie Zeuge einer Szene, die sie sofort vergessen ließ, was sie eben noch beschäftigt hatte.

In der Halle stand niemand anderes als Lord Chandross, noch im Fahrmantel und offenbar von furchtbarer Wut ergriffen. Vor ihm standen zwei Männer in blauen Mänteln und breitkrempigen Hüten, die zwar einen etwas eingeschüchterten Eindruck machten, aber trotzdem entschlossen wirkten. Daneben stand Lady Chandross in einem sehr eleganten Morgenrock und sah ausnahmsweise nicht gelangweilt aus.

»Aber Cecil, Liebling, natürlich ist alles ein dummer Irrtum«, rief sie aus, als Eugenia den Raum betrat. »Es kann unmöglich Gerry sein, nach dem sie suchen! Gerry ist ein Strolch und alles mögliche – aber eine solche Anschuldigung –«

»Aber du gibst zu, daß er in diesem Haus ist!« sagte Lord Chandross zähneknirschend.

»Ja, natürlich ist er das«, erwiderte Lady Chandross nervös, da sie diesen Ton bei ihrem Mann kannte und wußte, daß er nichts Gutes verhieß. »Ich konnte ihm ja wirklich nicht die Tür weisen, wo er kaum auf den Füßen stehen konnte! Sicherlich hättest du es auch nicht anders von mir erwartet. Und es ist ausgesprochen lächerlich anzunehmen, daß er – was er auch immer für Tollheiten begangen haben mag – an so einer Sache schuld ist! Nein, das muß ein Mißverständnis sein. Diese Männer«, und sie wandte sich empört den beiden Fremden zu, die sich in ihrer Haut noch weniger wohl zu fühlen schienen als zuvor, jedoch immer noch stur ihre Stelle behaupteten, »diese Männer haben sicher irgendeinen schrecklichen Fehler begangen.«

In diesem Augenblick fiel Lord Chandross' Blick auf Eugenia, die wie erstarrt unter der Tür stand, und er erfaßte auch Gleaves und einen erschrockenen Diener, die in ihrer Verwirrung nicht wußten, wie sie sich verhalten sollten, und diskret die Marmorstatuen imitierten, die die Halle schmückten.

»Ich kann mich hier nicht darüber unterhalten«, sagte Lord Chandross gereizt zu den beiden Fremden, die offenbar Mühe hatten, angesichts dieses Zornausbruchs die Fassung zu bewahren. »Kommen Sie mit!«

Er führte sie in einen der kleinen Salons, die neben der Halle lagen, und warf, als sie eingetreten waren, die Türe hinter sich zu.

Im nächsten Augenblick eilte Eugenia auf Lady Chandross zu und zerrte sie in den gegenüberliegenden Salon.

»Gussie! Was ist denn los?« fragte sie. »Wer sind diese beiden Männer? Und was haben sie da über Gerry gesagt?«

Lady Chandross sank in einen Armsessel.
»Ich habe wirklich keine Geduld mit Frauen, die hysterische Anfälle bekommen«, stöhnte sie, »doch wenn ich jetzt nicht auch einen bekomme, ist es ein Wunder! Meine Liebe, Entsetzliches ist passiert! Cecil kommt genau in dem Augenblick, wo er nicht erwünscht ist, und sagt, er wolle uns nach London begleiten und hier einmal nach dem Rechten schauen, und in dem Moment erscheinen diese beiden Männer an der Tür –«
»Ja, aber wer sind sie? Und was haben sie mit Gerry zu tun?« fragte Eugenia noch einmal.
Lady Chandross sagte schaudernd: »Meine Liebe, ob du es glauben willst oder nicht, es sind Polizisten aus der Bow Street! Ja, wirklich! Und sie erzählten da etwas ganz Lächerliches über eine Kutsche von Lord Barnstaple, die auf der Bath Road von einem Wegelagerer überfallen wurde, wobei einer seiner Diener getötet wurde, und offenbar glauben sie, daß Gerry der Täter war! Es ist wirklich zu lächerlich! Als ob Gerry –«
Eugenia starrte sie an und war plötzlich sehr blaß.
»Aber hast du ihnen nicht gesagt, daß Gerry seit Sonnabend immer hier war?« fragte sie.
»Natürlich habe ich es getan! Doch offenbar ist die entsetzliche Geschichte zwei Tage davor passiert – wo gehst du hin?«
Doch Eugenia konnte keine Antwort mehr geben, denn schon bevor Lady Chandross ihre erstaunte Frage geäußert hatte, war sie aufgestanden und hinunter zu den Ställen gerannt.
Sie fand Richard und Haggart noch in freundschaftlichem Gespräch, und zu deren Überraschung schob sie sie in den Sattelraum, der zum Glück leer war, und schloß die Türe.
»Ich möchte Sie nicht erschrecken, Richard«, sagte sie

mit leicht bebender Stimme, »doch es ist etwas Furchtbares geschehen, und ich glaube, Sie müssen sofort von hier weg. Es sind nämlich zwei Polizisten aus der Bow Street hier und suchen nach meinem Vetter Gerald. Sie sagen, daß er letzte Woche auf der Straße nach Bath eine Kutsche überfallen hat und daß bei dem Überfall jemand getötet wurde.«

Richard, der zunächst erstaunt die Brauen hochgezogen hatte, als sie so atemlos ankam, blickte sie nun alarmiert an.

»Zum Teufel!« sagte er. »Sind Sie da auch ganz sicher?«

»Vollkommen sicher. Ich habe die Leute selbst gesehen. Und Cecil ist hier – er spricht jetzt mit Ihnen –, und Gussie hat ihnen gesagt, daß Sie im Haus sind. Sie werden bestimmt sofort nach Ihnen suchen, es kann ja sein, daß jemand vom Personal Sie hier gesehen hat –«

»Einen Moment mal, Miß Eugenia«, sagte Haggart beschwichtigend, dem es nicht zu gefallen schien, daß in die Ruhe seines Stalles Tod und Gefahr einbrachen. »Sie sagen, daß die Leute nach Mr. Gerald suchen, Sie suchen doch nicht nach Mr. Richard –«

»Ja«, sagte Richard, »aber wie würde es aussehen, wenn ich versuchte, sie davon zu überzeugen, daß ich nicht Gerald Liddiard bin, wo ich hier fast eine Woche unter diesem Namen gewohnt habe und dazu noch von der Familie als Gerald angesehen wurde. Nein, Miß Liddiard hat ganz recht. Da ich keine Lust habe, das nächste Gefängnis von innen zu sehen, werde ich mich schleunigst aus dem Staub machen und warten, bis der wirkliche Gerald Liddiard gefunden ist.« Er wandte sich Eugenia zu. »Wenn ich eines der Pferde nehmen könnte –«

»Ja, natürlich«, sagte sie sofort. »Und wenn Sie weit genug gekommen sind, stellen Sie es einfach irgendwo an einem Gasthaus ab, unter falschem Namen, so daß niemand es mit Ihnen in Verbindung bringen kann.« Sie runzelte plötzlich die Stirn. »Oh, Richard, es tut mir so entsetzlich leid! Es tut mir entsetzlich leid!« sagte sie. »Wirklich, ich habe nicht gedacht, daß ich Sie in so eine Lage bringe.«

»Natürlich haben Sie das nicht gedacht«, sagte Richard. Er nahm ihren Arm und schüttelte ihn sanft. »Aber machen Sie sich keine Sorge. Ich habe schon schlimmer in der Klemme gesteckt als jetzt. Und wenn ich diese Polizisten abschütteln kann, werden sie sicher früher oder später auf die Spur des wirklichen Gerald Liddiard kommen, und wenn das geschehen ist, kann mich nichts mehr mit dieser Sache in Zusammenhang bringen.« Er schaute zu Haggart. »Der Fuchs wird das beste sein«, sagte er. »Und schnell, wenn es geht.«

Haggart verschwand mit einer Geschwindigkeit, die bei einem Mann seines Alters bemerkenswert war.

»Doch wo wollen Sie hin?« fragte Eugenia besorgt. »Sie haben doch kein Geld, nicht wahr? Und bei Sir John Alloway wären Sie im Augenblick nicht sicher. Ihr Steckbrief – oder der von Gerry, was aufs gleiche herauskommt – wird in jedem Gasthaus in England angeschlagen werden.«

Richard blickte auf ihr besorgtes Gesicht. »Keine Sorge, es wird schon gutgehen«, versuchte er sie zu beruhigen. »Und sicher ist es viel besser, wenn Sie nicht wissen, wohin ich gehe.«

»Ich würde es niemandem sagen«, erklärte Eugenia leicht entrüstet.

»Sicher würden Sie das nicht. Trotzdem, es ist besser so. Sie haben meinetwegen schon viel zuviel Schwierigkeiten gehabt.«

Haggart erschien vor der Tür, den Fuchs am Zügel.

»Schnelle Arbeit!« sagte Richard anerkennend, ging zu

dem Pferd und schwang sich in den Sattel. »Und wenn jemand Sie fragt«, sagte er zu Haggart, während der Fuchs ungeduldig vor der Stalltüre tanzte, »dann habe ich das Pferd genommen, um es zu bewegen, und Sie erwarten mich innerhalb einer Stunde zurück. Auf Wiedersehen, Miß Liddiard. Und Dank Ihnen beiden.«
Bevor einer von ihnen noch ein Wort sagen konnte, trabte er aus dem Stallhof hinaus in Richtung auf den langen Fahrweg, der zum Pförtnerhaus und zur Straße führte.
»Ein tapferer Junge«, sagte Haggart und schüttelte betrübt den Kopf. »Und ein dutzendmal mehr wert als Mr. Gerald. Das war nicht gut, daß Sie ihn hierhergebracht haben, Miß Eugenia! Der ist Mr. Gerald so ähnlich wie ein Ei dem anderen, und er ist es, den sie hängen werden, wenn sie ihn fangen –«
»Dann dürfen sie ihn eben nicht fangen«, sagte Eugenia entschlossen. »Haggart, wollen Sie jetzt bitte mit mir kommen und diesen Leuten erklären, daß Sie immer schon wußten, daß er nicht Gerry ist? Natürlich wird Lord Chandross darüber wütend sein, und es kann Sie sogar Ihre Stellung hier kosten, doch ich verspreche Ihnen, daß ich alles tun werde, um für Sie eine andere zu finden, und Sie können meinen ganzen nächsten Wechsel bekommen –«
Haggart blickte sie gekränkt an und sagte, daß er auch ohne Geld die Wahrheit sagen werde, und er wisse ein halbes Dutzend Leute, die froh wären, ihn einzustellen, falls er Lord Chandross' Dienst verlassen würde.
»Aber diese Polizisten werden mir nicht glauben – und auch Ihnen nicht, Miß Eugenia«, warnte er sie, »wenn wir Ihnen sagen, daß es nicht Mr. Gerald war, der hier war. Sie werden nur denken, daß wir versuchen, ihn zu schützen.«
Und das war es genau, was die Polizisten taten, als sie –

nachdem sie von den Bediensteten gehört hatten, daß Mr. Gerald bei den Ställen zu finden sei – bei ihnen erschienen und ihre Geschichte von dem Zusammentreffen mit Richard Liddiard im »King's Head« in Thatcham hörten. Sie waren in Begleitung von Lord Chandross, der nun sogar noch wütender aussah als zuvor, und der offensichtlich die Meinung der Polizisten teilte, daß Eugenia und Haggart sich die höchst unwahrscheinliche Geschichte ausgedacht hatten, um den verdächtigen Gerald zu schützen. »Ich weiß wirklich nicht, was ihr euch dabei gedacht habt, diese Leute mit so einer Räubergeschichte abspeisen zu wollen«, sagte er zornig, als er die beiden Polizisten davoneilen sah, nachdem sie versucht hatten, aus Haggart und zwei Stalljungen die nötigen Informationen herauszuquetschen. »Es ist verwerflich, wirklich höchst verwerflich, wenn man versucht, die Polizei in dieser Weise irrezuführen! Wenn Gerald wirklich diese fürchterliche Verbrechen begangen hat, dann verdient er die Strafe, die ihm zugemessen wird. Ich jedenfalls werde mich dem nicht widersetzen. Er hat der Familie in jeder nur möglichen Weise Schande gemacht, und so überrascht mich dieser letzte Streich überhaupt nicht.«
»Ja, aber der Mann, nach dem sie jetzt suchen, ist nicht Gerry, wirklich, er ist es nicht«, sagte Eugenia ernst. »Er ist in Wirklichkeit Charles Liddiards Sohn, wie ich es dir gesagt habe, selbst wenn er Gerry wie ein Zwilling dem andern gleicht.«
»Mein liebes gutes Kind«, sagte Lady Chandross, die froh war, daß der Zorn ihres Mannes sich nun von ihr weg auf jemand anderen richtete, »du vergißt, daß ich diesen Mann selbst gesehen und ein dutzendmal mit ihm gesprochen habe. Natürlich war es Gerry! Ich würde mich doch niemals so täuschen! Und da sind doch verschiedene Dienstboten, die Gerry früher kannten. Nicht

einer von ihnen hatte den geringsten Zweifel, daß er es war.«
Vergeblich versuchte Eugenia zu erklären, daß Haggart, der einzige der Angestellten, der Gerald Liddiard gut kannte, willens sei, ihre Geschichte zu bestätigen. Doch weder Lord noch Lady Chandross zeigten die geringste Neigung, ihr zu glauben. So verließ sie sie schließlich und ging hinauf in ihr Schlafzimmer. Dort schickte sie Trimmer fort, die auf sie wartete, um ihr aus dem Reitkleid zu helfen und natürlich auch Einzelheiten über die Gerüchte zu erfahren, die bereits im ganzen Haus verbreitet wurden.
Sie setzte sich hin, um die Lage zu überdenken, die wirklich nicht schlimmer sein konnte. Wenn die Polizisten den wirklichen Gerald Liddiard finden sollten, bestünde durchaus die Gefahr, daß er an den Galgen käme, ob er die Tat begangen hatte oder nicht. Und da sie Gerry kannte, mußte man befürchten, daß er aus reinem Übermut den Wegelagerer gespielt hatte, wobei er das Pech hatte, daß bei dem Unternehmen jemand getötet wurde. Und wenn man statt seiner Richard Liddiard ergriff und er nicht einwandfrei beweisen konnte, daß er nicht Gerald war, könnte dabei ein Unschuldiger gehängt werden. Und das schlimmste daran war, daß sie an allem die Schuld hatte, denn wenn sie ihn nicht dazu überredet hätte, nach Mere zu kommen, hätte niemand daran gedacht, ihn für etwas verantwortlich zu machen, das Gerald Liddiard verschuldet hatte.
Sie stand auf und begann, ihr Reitkleid aufzuknöpfen. Wenigstens, so dachte sie entschlossen, würden sie Richard nicht finden, denn sie würde alles tun, um ihn zu verstecken. Und sie glaubte zu wissen, wohin er gegangen war.
»Der einzige Freund, den ich hier noch habe«, hatte er an

dem Abend im »King's Head« zu ihr gesagt, »ist ein Mann aus Yorkshire namens Ned Trice, der ein Jockei war, dann aber auf die schiefe Bahn geraten ist und nun eine verrufene Spelunke in Tothill Fields betreibt.«
Es war ein Glück, so dachte sie sich, daß Richard sicherlich nach London gehen würde, zu Ned Trice und dieser verrufenen Spelunke in Tothill Fields, und daß sie selbst morgen in London sein würde.

6

Sosehr Eugenia es sich auch vorgenommen hatte, in London sofort nach einer Taverne Ausschau zu halten, die von einem ehemaligen Jockei namens Ned Trice betrieben wurde – kaum hatte sie ihren Fuß in Lord Chandross' prächtiges Stadthaus am Grosvenor Square gesetzt, wurde sie in ein derart geschäftiges Treiben hineingerissen, daß sie die ganze Angelegenheit Haggart überlassen mußte.
Die dringlichste Erledigung war – wenigstens in den Augen von Lady Chandross – die Besorgung einer angemessenen Garderobe, die es ihr erlauben würde, in die vornehme Gesellschaft eingeführt zu werden. So wurde also in den ersten Tagen jede freie Minute damit zugebracht, die Vorführungsräume der angesehensten Mode- und Hutsalons zu besuchen, wo sie – in Begleitung von Lady Chandross oder Broaddis – mit einer so atemberaubenden Anzahl von Straßenkleidern, Ballkleidern und Hüten ausgestattet wurde, daß sie sich, wenn sie in den Spiegel schaute, kaum mehr selbst erkannte.
Nie zuvor hatte ihr Spiegelbild eine so elegante junge Dame mit modisch gelocktem kurzem Haar gezeigt, de-

ren schlanke Gestalt in hochtaillierten Kleidern aus feinem französischem Batist, indischem Musselin, hauchdünnem Mull oder feinster Gaze steckte – einer Toilette, die den sicheren Geschmack ihrer Tante verriet. So flatterhaft, luxusabhängig und egozentrisch Lady Chandross auch sein mochte, man mußte ihr lassen, daß sie in modischen Dingen nicht zu schlagen war. Und da es ihr Ziel war, Eugenia noch vor Ende der Saison loszuwerden, ließ sie all ihre Künste spielen, um sie so vorteilhaft zu kleiden, wie es nur ging, wobei sie das Portemonnaie ihres Mannes in keiner Weise schonte.
Eugenia, die geglaubt hatte, daß sie in den drei Jahren, die sie in Mere gewesen war, gegen die dort übliche Verschwendung immun geworden war, konnte sich angesichts dieser Kleiderpracht kaum beruhigen. Zwischen einem einfachen Tageskleid für fünfzig Guineen und einer Ballrobe für dreihundert, die sie für ihre Vorstellung bei Hofe brauchte, war für jede Gelegenheit das passende Gewand vorhanden. Wenn sie dann noch an all die notwendigen Accessoires dachte – Norwich-Schals, lange französische Glacéhandschuhe, dänische Satinsandalen –, so wünschte sie allmählich, daß ihre Verwandten nicht so viel Geld für sie ausgeben würden. Was sie im Augenblick nämlich viel eher brauchte, war eine bescheidene Summe, die sie Richard geben konnte, sobald sie ihn gefunden hatte. Es würde noch einige Wochen dauern, bis ihr Vierteljahreswechsel fällig war, und unter den gegenwärtigen Umständen bestand kein triftiger Grund, sich einen Vorschuß geben zu lassen. Sie tröstete sich jedoch mit dem Gedanken, daß sie das Geld nicht unbedingt sofort brauchte, da es Haggert bisher nicht möglich gewesen war, die Taverne zu finden, in der Richard sich versteckt haben mußte.
Ein angenehmes Ereignis ihrer beiden ersten Londoner

Tage, das sie die Sorge um Richard etwas vergessen ließ, war ihr Wiedersehen mit Miß Amelie Rowntree. Bereits vier Tage nach ihrer Ankunft, als sie mit Broaddis zum Pantheon Bazar gefahren war, um ein Strumpftäschchen zu kaufen und einen Zweig künstlicher weißer Rosen, hatte sie dort Muffin entdeckt, die in Begleitung ihrer Tante, Mrs. Lighton, war.
Mrs. Lighton, eine große, hagere Frau, die zwar hochmodisch, jedoch mit wenig Geschmack gekleidet war, hatte einen Mann, dessen Vater in der City ein großes Vermögen gemacht hatte. Da sie einen großen Teil ihrer Zeit damit verbrachte, ihre etwas fragwürdige Position in der feinen Gesellschaft zu festigen, hatte sie sich gern bereit erklärt, Muffets Debüt zu beaufsichtigen. Denn eines war sicher, wenn man ein Mädchen bei den Partys der feinen Gesellschaft chaperonierte, dann konnte man selbst die nützlichsten Bekanntschaften machen. Dies zeigte ihr schon ein Blick auf Miß Eugenia Liddiard, die genau mit den Menschen verwandt war, die man am sehnlichsten kennenzulernen wünschte. Mrs. Lighton war davon überzeugt, daß die Begegnung mit Miß Liddiard zur Folge haben könnte, daß Muftet zu einigen Bällen eingeladen würde, zu denen sie sonst niemals Einladungskarten bekäme. Sie spielte sogar einen Augenblick mit der atemberaubenden Vorstellung, solche Karten für Almacks zu bekommen.
Doch dies, daß mußte sie sich schließlich selbst eingestehen, wäre doch ziemlich unwahrscheinlich. Lady Chandross würde sicher die kostbaren Karten von einer der Patroninnen dieser exklusiven Londoner Clubs erbitten. Und sicher würde sie sie auch bekommen, da Sally Jersey und Dorothea Lieven zu ihren intimsten Freundinnen gehörten. Daß Eugenia sie jedoch dazu überreden könnte, dasselbe auch für Muffet zu tun, war eine andere Sache.

Mrs. Lighton wäre durchaus einverstanden gewesen, ihre Einkäufe zu verschieben, so daß Muffet sich so lange wie möglich mit Miß Liddiard unterhalten könnte, doch Broaddis hatte eine Anprobe bei einer der Modistinnen der Bruton Street im Sinn und sorgte dafür, daß Eugenia nicht soviel Zeit verlor. So hatten die beiden Mädchen erst am nächsten Abend, beim Ball der Dalingridges, die Gelegenheit, sich eingehender zu unterhalten.
Und diese Gelegeneheit ergab sich gar nicht so einfach, denn Lady Chandross, die erpicht darauf war, Eugenia schnell an den Mann zu bringen, setzte all ihre Künste ein, um dafür zu sorgen, daß unaufhörlich Gentleman jeder Größe und Haarfarbe an Eugenia vorbeizogen, sich vor ihr verbeugten und sie um den nächsten Tanz baten. Lady Chandross wußte nur zu gut, daß ein Mädchen ohne Vermögen von den heiratswilligen Männern wie die Pest gemieden wurde, vor allem, wenn sie keine Schönheit im landläufigen Sinn war, sondern ein ungewöhnliches, freimütiges Mädchen mit beunruhigend offenem Blick, das von seinem Partner ebensolche Offenheit verlangte.
Zum Glück, so dachte Lady Chandross, sah Eugenia an diesem Abend vorteilhaft aus, und ihre Augen strahlten, was ihrem Gesicht, das in keiner Weise klassisch zu nennen war, sehr gut bekam. Und das Kleid, das sie für sie gewählt hatte, war wirklich eine echte Eingebung – zarter zitronengelber Krepp über einem Unterkleid aus weißem Sarsenett, was die rosa und blauen Töne an den Toiletten der anderen jungen Mädchen geradezu langweilig erscheinen ließ.
Unter der Gentleman, die Lady Chandross so sorgfältig ausgesucht hatte, war einer, auf den sie besondere Hoffnungen setzte. Er erfüllte alle notwenigen Voraussetzungen: gute Familie, doch nicht so gut, um aufgrund seines

Stammbaums ein Vermögen heiraten zu können; genügend Energie und Ehrgeiz, um mit der notwenigen Nachhilfe in der Politik zu resüssieren; ein angenehmes Wesen, das von rücksichtslosen Naturen immer zu ihrem Vorteil eingesetzt werden konnte. Der Name dieses jungen Musterknaben war Perry Walford, und er war – wie Lady Chandross Eugenia schon in Mere erklärt hatte – der Sohn eines alten Freundes von Lord Chandross, der in Surrey lebte.

Mr. Walford bat dann auch, nachdem er Eugenia vorgestellt worden war, pflichtgemäß um den nächsten Kontertanz und übte Terpsischores Kunst mit entsprechender Korrektheit aus. Doch da er ein etwas untersetzter junger Mann war, begann er unter den Einflüssen des überheizten Raumes, eines überhohen Hemdkragens und seiner eigenen Anstrengungen heftig zu schwitzen, und Eugenia, die es gewohnt war, sich mit nervösen Pferden zu befassen, die ebenfalls wegen jeder Kleinigkeit ins Schwitzen gerieten, wünschte sich, sie hätte ihn an der Longe, um ihm zeigen zu können, was er zu tun habe.

Mr. Walford, der zu bemerken schien, was Eugenia von seinen Bemühungen hielt, gestand auch nach einer Weile in ziemlich kläglichem Ton, daß er beim Tanzen nicht gerade ein Held sei.

»Oh, sagen Sie das nicht«, sagte Eugenia freundlich. »Aber wahrscheinlich würde es besser gehen, wenn Sie sich nicht so anstrengen würden. Gehen Sie auf die Fuchsjagd?«

Mr. Walford sah sie etwas überrascht an und sagte, daß er manchmal an Jagden teilnehme, wenn er die Gelegenheit dazu habe, daß sein Vater jedoch keinen besonders großen Stall unterhalte.

»Nun, es ist so, als ob Sie über ein Hindernis springen«, erklärte ihm Eugenia. »Sie machen alles so eilig, dabei geht es langsamer viel besser. Aus welcher Gegend von Surrey stammen Sie?« Mr. Walford sagte, daß er aus der Nähe von Guilford stamme, und erzählte ihr dann – ermutigt durch ihre freundliche Art – von seinen vielen Brüdern und Schwestern, von denen er der jüngste sei, und von seiner gegenwärtigen Tätigkeit als Sekretär von Lord Dalingride. Um diese Stelle, so meinte er, würde er von manchen jungen Männern beneidet, da es fast nichts zu tun gab, doch er würde – um bei der Reitersprache zu bleiben – am Gebiß kauen. »Wenn er nur«, so gestand er ihr, »hin und wieder im Oberhaus sprechen würde, so daß ich ihm seine Rede schreiben könnte, dann wäre es bedeutend vergnüglicher. Aber so tue ich nichts, als mich den ganzen Tag zu Tode langweilen. Der Sekretär Ihres Onkels«, fuhr er neidisch fort und blickte dabei zu Lord Chandross hinüber, der gerade einen Pflichttanz mit Lady Dalingridge absolvierte, »hat sicher den ganzen Tag über fürchterlich viel zu tun?«

»Ja, das nehme ich an. Cecil hält ja immer Reden«, sagte Eugenia. »Warum gehen Sie nicht einfach nach diesem Tanz einmal zu ihm und sagen ihm, daß Sie gern einen Posten hätten, wo es viel zu tun gibt? Er kennt ja Hunderte von Leuten in der Politik.«

Zu ihrer Überraschung scheute jedoch Mr. Wilford vor diesem Vorschlag deutlich zurück. Der Grund dafür war sehr einfach: seine Mutter hatte ihn bei seinem letzten Besuch in Surrey allzu emsig darauf aufmerksam gemacht, daß er sich in London um die Nichte von Lord Chandross kümmern solle, die in dieser Saison debütierte. Ein Engagement in dieser Richtung sei sicher außerordentlich nützlich, da der junge Bolton, der eine entfernte Verwandte von Lord Chandross geheiratet habe, eine erstaunlich schnelle Karriere gemacht habe.

Dies hatte Mr. Walford so erschreckt, daß er Eugenia

wahrscheinlich nie aufgefordert hätte, wenn Lady Chandross ihn nicht praktisch gezwungen hätte. Da er jedoch nicht vorhatte, sich wie ein Schaf zur Schlachtbank führen zu lassen, beschloß er, sämtlichen Locktönen Eugenias zu widerstehen, obwohl sie – das mußte er zugeben – ein ganz prächtiges Mädchen war.
Eugenia jedoch, die sich auf Locktöne gar nicht gut verstand, machte nicht den Versuch, ihn zu umgarnen, sondern sagte nur verständnisvoll, daß sie es ihm nicht verübeln könne, da Cecil, wenn er einmal von Politik anfange, nicht mehr damit aufhören könne. Als der Tanz beendet war, traf sie auf Muffet und zog sie – unter dem Vorwand, daß ihr Rocksaum aufgegangen sei – in einen Nebenraum, damit sie sich dort mit ihr unterhalten konnte. Dies sehr zum Ärger von Lady Chandross, die gerade einen jungen Husarenkornett für sie gefunden hatte, der den nächsten Tanz mit ihr absolvieren sollte.
Der Nebenraum war, als Eugenia und Muffin hereinkamen, gerade von einem jungen Leibgardisten mit schneidigem schwarzem Schnurrbart und einer nicht ganz so jungen Dame im himmelblauen Kleid besetzt, die es sich auf einem gelben Satinsofa bequem gemacht hatten. Eugenia war jedoch so entschlossen, das Feld zu behaupten – da sie draußen sofort von Lady Chandross ergriffen werden würde –, daß die Armee sofort den Widerstand aufgab und sich schmählich zurückzog. »So ist es schon besser«, sagte Eugenia, als die himmelblauen Hüllen und die elegante Uniform verschwanden. Sie zog Muffet neben sich auf das freigewordene Sofa. »Ich habe dir sehr viel zu erzählen, und wir haben nicht viel Zeit. Du mußt mir nur zuvor versprechen, daß du niemandem ein Sterbenswörtchen davon sagen wirst!«
Muffet, die in den Jahren bei Miß Bascom zur Genüge auf ihre Verschwiegenheit geprüft worden war und noch

nicht einmal unter Androhung mitteralterlicher Folter ein Geheimnis preisgegeben hätte, schwor feierlich totales Schweigen.

»Gut«, sagte Eugenia, »dann kann ich ja loslegen. Ich nehme an, du hast schon gehört, was mit meinem Vetter Gerry los ist? Daß er sich als Wegelagerer betätigt hat und jemanden bei einem Raubüberfall tötete?«

Muffet hatte tatsächlich schon gehört, was Gerald Liddiard getan haben sollte. Ganz London hatte offenbar schon davon gehört, sehr zum Ärger von Lord Chandross, der sich überlegte, ob er einige Londoner Zeitungen wegen Verleumdung verklagen sollte, da sie ihn wegen seiner Verwandschaft mit Gerry zum Gegenstand ihrer politischen Karikaturen gemacht hatten.

»Ja, natürlich habe ich davon gehört«, sagte Muffet. »Doch ich nehme an, daß er gar nicht schuldig ist, oder? Gerry würde doch nie –«

»Nun, daß weiß ich nicht«, sagte Eugenia abwägend. »Er hat mir einmal gesagt, daß er alles wenigstens einmal versucht haben wollte, daher könnte er es tatsächlich gemacht haben. Ich meine die Wegelagerei. Aber sicher wollte er dabei niemanden töten. Doch ob er es getan hat oder nicht – die Polizisten sind nun hinter dem falschen Mann her.«

Und sie gab Muffet einen knappen Bericht über ihre sensationellen Erlebnisse seit seinem Abschied von Bath.

Muffet hörte ihr hingerissen zu und vergaß darüber vollkommen, daß dies ihr erster Londoner Ball war, daß sie bisher nicht genug Partner gehabt hatte, um den Abend auch nur als kleinen Erfolg zu bezeichnen, und daß ihre Tante äußerst enttäuscht von ihr war.

»Oh, Eugenia«, seufzte sie, als ihre Freundin fertig war. »Es ist ganz wie in einem Roman. Wirst du ihn jetzt retten?«

»Nun, das werde ich sicher versuchen«, sagte Eugenia. »Denn immerhin bin ich daran schuld, daß er in diese Lage gekommen ist. Und ich glaube, ich weiß auch, wo er jetzt ist. Ich kann nur nicht für längere Zeit von Gussie fort, so daß ich es nicht sicher herausbekommen kann. Doch das«, sagte sie und fixierte Muffet mit einem befehlenden Generalsblick, »ist nun deine Aufgabe. Du wirst Gussie sagen, daß du mich gebeten hast, dich morgen in den Hyde Park zu begleiten, dann kann ich statt dessen versuchen, Richard zu finden.«

Muffet, die Eugenia bedingungslos ergeben war, sagte, daß sie alles täte, was sie von ihr wolle. Doch was würde sie tun, wenn Lady Chandross es herausbekommen würde?

»Ach, und wenn schon! Dann werde ich ihr sagen, ich hatte eine Verabredung mit einem Mann«, sagte Eugenia in sachlichem Ton.

Muffet riß die Augen auf. »Aber wäre sie nicht wütend?«

»O ja – aber nur, weil ich dann nicht mehr als intakt gelte, wenn man es erfährt. Sie warnt mich immer, daß ich nicht etwas Unvorsichtiges tue, bevor sie mich mit Anstand verheiratet hat. Wenn das geschehen ist und ich einen Erben geliefert habe, kann ich tun, was mir gefällt – genau wie sie es auch tut. Eins muß man Gussie lassen: sie ist nicht scheinheilig.«

Muffet erstarrte vor Ehrfurcht, denn hier kündigte sich eine Eugenia an, die sich innerhalb eines Jahres vom Schulmädchen in eine Weltdame verwandeln und mit den vornehmsten Herrschaften eine Affäre nach der anderen haben könnte, alle nach der modischen Eleganz eines Brummell gekleidet, mit Lorgnons bewaffnet, um nach wohlgeformten weiblichen Fesseln Ausschau zu halten. Muffet war in der Tat so hingerissen, daß sie fast vergaß, Eugenia nach der Stunde des gemeinsamen Unternehmens zu fragen.

»Zehn, glaube ich, ist die beste Zeit«, sagte Eugenia. »Gussie wird bis Mittag nicht aufgestanden sein, und bis dahin bin ich sicher zurück. Sie wird mich in der Kutsche zum Haus deiner Tante in der Green Street fahren lassen, und ich kann hineingehen, und wenn wir dann zusammen zu unserem Spaziergang aufgebrochen sind, nehme ich mir eine Droschke und versuche Richard zu finden. Ist dein Mädchen zuverlässig? Ich kann Trimmer wahrscheinlich nicht mitnehmen.«

Muffet sagte, daß sie kein Mädchen habe, doch ihre Tante würde sicher ihres zur Begleitung mitschicken. Dieses Mädchen könnte Mrs. Lighton nicht ausstehen und wäre daher sicher bereit, selbst über alle Schandtaten den Mund zu halten, nur um sie zu ärgern.

»Doch eins muß ich noch wissen«, sagte Eugenia. »Hast du etwas Geld?«

Muffet, die ein sparsames Mädchen war, hatte immer Geld, und sie zeigte sich sofort bereit, Eugenia drei Pfund zu leihen – alles, was sie im Augenblick zur Verfügung hatte, bis sie ihren nächsten Wechsel bekam.

»Es ist für Richard«, erklärte ihr Eugenia. »Er hat gar kein Geld oder fast keines. Natürlich wird er es nicht gern nehmen, doch er muß etwas zum Leben haben, bis diese Geschichte sich aufgeklärt hat. Du kannst es mir morgen geben. Und nun erzähl mir von Tom.«

»Von Tom?« fragte Muffet erstaunt, die immer noch bei Mord, Galgen und tollkühnen Fluchtmanövern verweilte und sich nicht denken konnte, weshalb der Name ihres Bruders jetzt auftauchte.

»Ja«, sagte Eugenia ungeduldig. »Aber wir haben jetzt nicht viel Zeit, denn Gussie oder deine Tante können jeden Augenblick kommen, um nach uns zu sehen. Hast du mit ihm darüber gesprochen, daß er mich heiraten soll?«

Muffet blickte sie schuldbewußt an und sagte, daß sie es versucht habe.
»Was meinst du damit – versucht?« fragte Eugenia. »Er war doch dort im Gutshaus, nicht?«
Muffet gab ziemlich kläglich zu, daß er dort gewesen sei. »Aber ich glaube, er möchte nicht sehr gern über eine Heirat sprechen«, verteidigte sie sich. »Ich meine, ich könnte nicht –« Eugenia blickte sie halb nachsichtig, halb ärgerlich an. »Nun gut, dann werde ich eben selbst mit ihm sprechen«, sagte sie, »sobald ich nach Kent komme. Aber es ist wirklich blöd, daß noch nicht alles geklärt ist. Ich wette, daß Gussie es bald satthaben wird, mich zu den Bällen zu begleiten, und dann werden sie und Cecil mir in den Ohren liegen, daß ich einen der jungen Männer heiraten soll, die sie mir den ganzen Abend über vorgeführt hat. Es wäre viel angenehmer, wenn ich ihnen sagen könnte, daß zwischen Tom und mir alles klar ist.«
Muffet sagte unglücklich, daß es ihr leid tue, worauf Eugenia sie einen Dummkopf schalt und sie fragte, ob sie den Ball auch genieße.
»O ja, wahnsinnig«, sagte Muffet wenig überzeugend. »Ich habe noch nie in meinem Leben so viele elegante Leute gesehen. London ist ganz anders als Kent – nicht wahr?«
»Ich nehme an«, sagte Eugenia und blickte sie aufmerksam an, »daß du noch nicht genug Partner hattest. Komm jetzt mit mir, ich werde dich mit einigen von meinen bekannt machen. Sie sind fast alle nicht sehr erstrebenswert, doch einer oder zwei sind nicht ganz übel.«
Sie nahm die protestierende Muffet am Arm und brachte sie wieder in den Ballsall, wo sie sich sofort auf Mr. Walford stürzte – der gerade dabei war, sich zu überlegen, ob er sich in sie verliebt hatte und sie zu einem zweiten Tanz auffordern sollte. Zu ihrer Zufriedenheit führte er aber

dann ihre Freundin aufs Parkett, noch bevor Lady Chandross mit einem Viscount bei ihr erschien, den sie gerade eingefangen hatte.

7

Am nächsten Morgen, noch vor zehn Uhr, machte sich Eugenia, nachdem sie ihr Frühstück gegessen hatte, auf den Weg zu den Ställen hinter Chandross House, um nach Haggart zu sehen.

»Ja, ich habe diese Taverne gefunden, Miß Eugenia, aber unser Mann ist nicht dort«, begrüßte er sie, als sie in den Stall kam, wo er gerade mit einem Kutschpferd beschäftigt war, das wahrscheinlich den Spat hatte. »Und passen Sie auf Ihre feinen Kleider auf«, fügte er hinzu und blickte tadelnd auf ihr elegantes Straßenkleid aus blauem französischem Taft, das sie für ihren Ausflug in die Green Street gewählt hatte.

Haggart hatte jedoch aus Prinzip etwas gegen elegante Kleidung.

Eugenia jedoch ignorierte seinen Verweis. »Woher wissen Sie, daß er nicht dort ist?« fragte sie, wobei ihr bei dieser schlechten Nachricht schlimm zumute wurde.

»Woher ich es weiß. Weil ich Ihren Ned Trice gesehen habe. Er ist im ›Fighting Cock‹ in der Duck Lane beschäftigt, und er hat von Mr. Richard Liddiard kein halbes Auge gesehen.«

»Hat er Ihnen das gesagt?«

»Das hat er.«

»Aber Haggart –« Plötzlich ging Eugenia ein Licht auf. »Natürlich hat er es Ihnen nicht gesagt! Er hat Sie wahrscheinlich für einen Polizisten gehalten.«

»Ich, ein Rotrock?« Haggart blickte sie angewidert an.
»Ja, warum nicht«, meinte Eugenia. »Sie hätten ja einer sein können. Wirkliche Polizisten sagen doch nicht, wer sie sind, wenn sie versuchen, einen Verbrecher zu fangen.«
Haggart brummte und strich mit der Hand über die kräftige Fessel des Brauen.
»Er ist ein listiger kleiner Mann«, sagte er, »einer, dem man nicht über den Weg trauen kann.«
»Nun, wenn er Richard bei sich im ›Fighting Cock‹ hat und nicht zugeben will, daß er dort ist, kann man ihm ja doch trauen. Ich glaube, ich werde selbst einmal hingehen und ihn fragen. Bei mir wird er ja nicht annehmen, daß ich ein Polizist bin.«
Haggart blickte sie entsetzt an. »Gnade Ihnen Gott, Miß Eugenia, das dürfen Sie nicht tun«, sagte er. »Sich an so einen Ort wagen! Eine junge Dame wie Sie!« Er blickte in ihr entschlossenes Gesicht und sagte mit ungewohnter Strenge: »Sie werden mir sofort versprechen, daß Sie so etwas nicht tun, sonst werde ich mich an Lady Chandross wenden müssen.«
»Ist es wirklich so schlimm?« fragte Eugenia, die sich nicht festlegen wollte.
»Ja!«
»Also gut, dann werde ich darüber nachdenken«, meinte sie und machte sich schnell davon, bevor er eine Zusicherung aus ihr herauspressen konnte.
Sie hatte jedoch nicht die geringste Absicht, ihren Plan aufzugeben, und eine halbe Stunde später, nachdem sie in Lady Chandross' Karriole zu Mrs. Lightons Haus in der Green Street gebracht worden war, erzählte sie alles Muffet. Sie hatten dabei keine Zuhörer, denn sie wurden auf ihrem Weg zum Hyde Park nur von Mrs. Lightons Mädchen begleitet, das ihnen in gemessenem Abstand folgte.
»Ich werde um zwölf Uhr wieder in der Green Street

sein«, sagte Eugenia. »Wenn mir das nicht gelingt, mußt du dir irgend etwas ausdenken, um sie abzulenken. Sag einfach, ich habe ein Mädchen getroffen, daß ich von Miß Bascom her kenne, und bin mit ihr zu Gunthers zum Eisessen gegangen – irgend etwas in der Art, das weißt du selbst am besten.« Bei Miß Bascom war es immer Muffet gewesen, welche die Erklärungen für ihre gemeinsame Übertretungen der Schulregeln zu liefern hatte. »Aber ich muß jetzt weiter – schau, dort ist eine Droschke!«
Und noch bevor Muffet ihren Befürchtungen Ausdruck geben konnte, die nun ebenso lebhaft waren wie die von Haggart, hatte Eugenia den Droschkenkutscher herangewinkt und ihm – sehr zu seinem Erstaunen – die Anweisung gegeben, sie in die Duck Lane zu fahren, einer sehr wenig einnehmenden Gegend.
Eugenia kannte London nicht sehr gut und war daher betroffen von dem Schmutz und Elend, das sie sah, während die Droschke durch die lauten, dichtbevölkerten Straßen fuhr, die zu ihrem Bestimmungsort führten. Der Kutscher, der ihretwegen voller Zweifel war, fragte sich, ob er sie nicht vor den Gefahren ihres Unternehmens warnen müsse oder ihr sogar direkt erklären solle, daß er nur noch bereit wäre, sie nach Hause zu bringen. Schließlich, als die Droschke vor einem niedrigen, heruntergekommenen Haus hielt, über dessen Tür ein schmutziges Schild mit der Darstellung eines Kampfhahnes angebracht war, entschloß er sich, das erstere zu tun.
»Also, Missy«, sagte er in ernstem Ton, »dies ist der ›Fighting Cock‹, doch wenn Sie mich fragen – was Sie nicht tun –, dann sag' ich Ihnen, daß Sie hier nicht hingehören. Besser, ich bringe Sie dorthin zurück, woher Sie gekommen sind.«
»Ja, das können Sie auch sehr bald tun«, sagte Eugenia, »doch zuerst muß ich dort hineingehen, um mich nach

etwas zu erkundigen.« Sie sah sich um und betrachtete aufmerksam die finsteren schwarzen Häuser, deren Türen fast alle offenstanden und die vor allem von streitenden Frauen und schreienden Babys bewohnt zu sein schienen. Eine Gruppe älterer Kinder, angezogen durch den ungewohnten Anblick einer Droschke mit einer jungen Dame, hatten sich schon vor der Tür des ›Fighting Cock‹ versammelt, und jetzt verließ auch ein Verkäufer von Backkartoffeln seinen Stand und ein Schuster seine Bude, um sich zu ihnen zu gesellen.

Der Droschkenkutscher sprang nun von seinem Bock, da er eingesehen hatte, daß es zwecklos war, Eugenia am Aussteigen zu hindern. Er machte ihr den Weg zur Tür frei und versprach, auf ihre Rückkehr zu warten. Eugenia dankte ihm, blickte ihre versammelten Zuschauer freundlich an und trat durch die niedrige Tür des »Fighting Cock«. Kaum hatte sie die Schwelle überschritten, wurde sie von einem kleinen, mageren Mann in Cordbreeches, grauen Strümpfen und schmuddeligem Hemd empfangen, der sie mißtrauisch fragte, was sie wolle.

»Sind Sie Ned Trice?« fragte Eugenia ihrerseits.

»Und wenn ich's wäre?«

»Nun, wenn Sie es sind, möchte ich sehr gern mit Ihnen sprechen. Aber privat«, fügte sie hinzu, wobei sie sich nach dem Schuster, dem Kartoffelverkäufer und den zerlumpten Kindern, die sie alle von der Türe her neugierig anstarrten, umsah.

»Weswegen?« fragte Mr. Trice hartnäckig.

Eugenia schüttelte den Kopf. »Ich habe gesagt, privat«, erklärte sie mit Bestimmtheit. Sie deutete auf eine Tür, die von dem Gang, in dem sie standen, in eine leere Schankstube führte.

»Können wir nicht dort hineingehen?«

Mr. Trice kapitulierte. Er führte sie widerwillig in die Stube und schloß die Tür.

»So ist es schon besser«, sagte Eugenia beifällig. »Was ich Ihnen zu sagen habe, ist nämlich sehr vertraulich.« Sie machte eine kurze Pause, während er sie immer noch mißtrauisch aus seinen gelben Katzenaugen ansah. »Ich bin die Cousine von Richard Liddiard«, sagte sie dann. »Eugenia Liddiard. Ist Richard hier?«

Die gelben Augen verengten sich und sahen nun, wie Eugenia feststellte, noch mehr wie Katzenaugen aus.

»Hier! Was glauben Sie denn?« fragte der Mann barsch. »Ihr Vetter, nicht wahr? Sieht das hier nach feinen Pinkeln aus?«

»Wenn Sie meinen, ob es so aussieht, als ob hier Gentleman wohnten, so muß ich sagen, nein«, gab Eugenia zu. »Doch es wäre möglich. Richard hat mir gesagt, daß Sie sein einziger Freund sind, den er noch in England hat, und als er in Schwierigkeiten geriet, hatte ich mir gedacht, daß ich hier nach ihm suchen könnte. Sie müssen wissen, daß ich es war, die ihn in diese Lage gebracht hat, und daher muß ich jetzt versuchen, ihm zu helfen. Ist er hier?« Sie blickte Ned Trice hoffnungsvoll an, dessen mißtrauischer Blick nun erstaunt wurde.

»An was für eine Hilfe denken Sie denn?« fragte er nach einer Weile vorsichtig.

»Erstens einmal Geld«, sagte Eugenia prompt. »Ich habe jetzt noch nicht sehr viel, doch ich werde bald mehr haben. Und wenn es für ihn nicht sicher genug ist, hier zu bleiben, dann weiß ich einen besseren Ort. Meine alte Nurse hat bei Putney ein Cottage, dort lebt sie ganz allein, und sie würde für einen Liddiard alles tun. Niemandem würde es einfallen, dort nach ihm zu suchen.«

Sie machte ein Pause und gab Mr. Trice Zeit, diese Nachricht zu verdauen. Er dachte eine Weile darüber nach, und währenddessen öffnete sich die Tür, und eine schmuddelige junge Frau mit einem Baby an der Brust kam herein und verlangte ein Gläschen Gin. Sie machte große Augen, als sie Eugenia sah, musterte sie von ihrem schicken Stadthut bis zu den französischen Sandalen, streckte dann die Hand nach ihr aus und bat mit klagender Bettlerstimme um Geld.

»Es tut mir leid, aber ich habe jetzt nichts übrig«, sagte Eugenia und fügte dann hinzu: »Wahrscheinlich hat es keinen Zweck, Ihnen das zu sagen, daß Sie das bißchen, das Sie haben, nicht für Gin ausgeben sollten.« Diese Philosophie entstammte ihrer Erfahrung mit ländlichen Trinkern, doch sie dachte sich, daß die Trinker in der Stadt wohl auch nicht viel anders beschaffen waren.

Die Frau fluchte leise vor sich hin und wurde sofort von Ned Trice aus der Schankstube gedrängt, der sich in der Zwischenzeit seinen Vers auf Eugenia gemacht hatte, ihr aber immer noch nicht ganz zu trauen schien.

»Also, Miß«, sagte er und blickte sie kritisch an, »vielleicht kann ich es möglich machen, Ihren Vetter zu finden. Gibt es etwas, das ich ihm geben kann?«

»Nein, ich möchte ihn bitte selbst sehen«, sagte Eugenia mit Bestimmtheit. »Und es wäre wirklich besser, Sie würden mich sofort zu ihm führen, denn wenn ich Mittag nicht zurück in der Green Street bin, ist der Teufel los. Ist er hier in diesem Haus?«

Ned Trice gab es auf. Mit ein paar handfesten Bemerkungen über feine Damen, die es nicht lassen können, sich in Angelegenheiten zu mischen, die sie besser anderen überließen, führte er sie über enge, schmutzige Stufen zu einer noch dunkleren, engeren Treppe bis hinauf unters Dach, wo er an einer windigen Tür einige Klopfzeichen machte. Man hörte, wie von innen ein Riegel fortgeschoben wurde, und die Türe öffnete sich.

»Oh, Richard«, sagte Eugenia zu dem jungen Mann in Hemdsärmeln, der in der Tür erschien. »Ich bin es. Kann ich hineinkommen?«
Sie wurde schnell von Ned Trice hineingeschoben, der ihr folgte, die Tür schloß und wieder den Riegel vorschob.
»Sprechen Sie leise«, knurrte er sie an und blickte zu Richard Liddiard hinüber. »Diese feine Lady behauptet, Ihre Cousine zu sein«, sagte er.
Er brauchte gar nichts weiter zu sagen, denn er sah schon an Richards Gesichtsausdruck, was er wissen wollte. Es war keine Überraschung in seinen Zügen, sondern nur eine Art grimmiger und bewundernder Resignation.
»Eugenia«, sagte er. »Das hätte ich ja wissen können. Ich habe mich schon hundertmal verwünscht, weil ich Neds Namen und Lokal erwähnte.«
»Nun, das war sehr gut so, denn sonst hätte ich Sie niemals finden können«, sagte Eugenia sachlich. Sie blickte sich in der kleinen, niedrigen Kammer mit ihren wenigen rohgezimmerten Möbeln und der kleinen Dachluke um. Dann blickte sie Richard an und sah, daß er fast genauso blaß wie damals war, als sie ihn im »King's Head« in Thatcham getroffen hatte. »Ich glaube, es ist hier nicht besonders gemütlich«, sagte sie.
»Nicht gemütlich«, sagte Ned Trice mit Nachdruck, »und auch nicht sicher. Doch es ist besser als Rumbo.«
»Rumbo?«
»Das Gefängnis in Newgate«, erklärte ihr Richard.
»Ja, und das ist immer noch besser als Meister Strick«, sagte Mr. Trice, womit er wahrscheinlich den Galgen meinte. Er blickte sie an. »Wenn Sie den Zaster haben, ihn ins Ausland zu bringen, kleine Lady, dann tun Sie es. Ich muß jetzt hinunter, damit sie mich nicht suchen.«
Und er schob den Riegel zurück und verschwand ohne weitere Formalitäten.

Eugenia blickte Richard an. »Leider habe ich heute nicht mehr als drei Pfund bei mir«, sagte sie und öffnete ihr Ridikül. »Doch Ende des Monats werde ich mehr haben. Wenn Sie so lange warten können?«
Sie hielt ihm Muffets Scheine hin, doch er nahm sie nicht. »Vielen Dank«, sagte er. »Aber ich werde hierbleiben. Und ich brauche Ihr Geld nicht. Jetzt müssen Sie aber gehen. Wie sind Sie hierhergekommen?«
»Ich habe eine Droschke genommen«, sagte Eugenia. Sie blickte ihn etwas unsicher an, da sie bemerkte, daß er sie, wenn er wollte, durchaus einschüchtern konnte. »Sind Sie mit mir böse, weil ich Sie da hineinverwickelt habe?« fragte sie zaghaft.
»Mein Gott, nein! Es war ja mein eigener Entschluß, nach Mere zu gehen. Doch ich bin böse mit Ihnen, weil Sie hierhergekommen sind. Ich möchte nicht, daß Sie sich noch weiter in diese Sache einmischen. Haben Sie mich verstanden?«
Eugenia blickte ihn ruhig an. »Ja, ich habe verstanden«, sagte sie. »Aber es ist wirklich nicht fair. Was Sie auch immer sagen, es ist meine Schuld, daß es soweit gekommen ist, und ich möchte Ihnen da heraushelfen. Ich habe darüber nachgedacht, und ich glaube, wenn Sie nach Irland zurückgehen könnten –«
»Ich habe nicht die Absicht, nach Irland zurückzugehen.«
»Oh!« sagte Eugenia und blickte ihn fragend an. »Weshalb nicht? Sie könnten doch dort ohne weiteres Richard Liddiard sein, oder? Unter den Menschen, die Sie kennen. Niemand würde dort annehmen, daß Sie Gerry sind.«
»Um bis zum Ende meines Lebens zu riskieren, als Mörder gefangengenommen zu werden, wenn ich wieder auf englischen Boden komme?« sagte Richard.

Er ging hinüber zur Dachluke, die nur den Blick auf einen Wald grauer Kamine freigab, und blickte hinaus. Plötzlich kam ihr der Gedanke: »Er denkt an Coverts. Er glaubt, wenn er nicht hierher zurückkommen kann, wird Coverts ihm nie gehören.«

»Aber Sie – Sie können hier doch nicht immer bleiben«, begann sie nach einer Weile mit ziemlich unsicherer Stimme.

»Nein«, sagte er mit unbewegtem Gesicht, nachdem er sich wieder zu ihr umgewandt hatte. »Das wird auch nicht nötig sein. Nicht, wenn ich Gerald Liddiard gefunden und dafür gesorgt habe, daß er der Polizei übergeben wird.« Er sah, wie sie leicht zusammenzuckte, und sagte rauh: »Ich weiß, daß Ihnen das nicht gefällt. Doch es ist die einzige Möglichkeit, um diese Angelegenheit für immer zu beenden.«

»Aber er wollte doch niemanden töten, das glaube ich ganz bestimmt«, sagte Eugenia ernst. »Das würde gar nicht zu Gerry passen.«

»Daran kann ich nichts ändern – entweder er oder ich. Ich habe keine Lust, wegen eines Verbrechens, das ich nicht begangen habe, an den Galgen zu kommen.«

Sie blickte ihn an und mußte zugeben, daß er recht hatte, denn sie war ein sehr sachliches Mädchen. Doch da sie ebenso ein loyales Mädchen war, konnte sie ihm nicht dabei helfen, Gerald Liddiard zu finden. Sie hatte für Gerry nie besonders viel übrig gehabt – er war charmant, egoistisch, impertinent und immer fähig, sich Vorteile zu verschaffen –, doch da er ein Liddiard war, konnte sie nicht dazu beitragen, ihn an den Galgen zu liefern.

Sie schüttelte verneinend den Kopf, und Richard, der sie aufmerksam beobachtet hatte, sagte, um das Thema zu beenden: »Er ist jetzt in London, das habe ich erfahren können. Daher muß ich hierbleiben. Und nun«, sagte er, ging zur Tür und öffnete sie, »werden Sie gehen. Und Sie werden nicht wiederkommen – haben Sie mich verstanden?«

»Ich werde kommen, wenn Sie mich brauchen«, sagte Eugenia in dem Ton, der auch hätte sagen können: »Mein Name ist Eugenia Liddiard.« Dann fügte sie hinzu: »Doch ich kann Ihnen nicht dabei helfen, Gerry zu finden. Wollen Sie wirklich nicht das Geld von mir haben?«

»Nein, sicher nicht.« Seine Hand berührte kurz den Rand ihres eleganten Hutes. »Die sollen Sie nicht zu sehr verwöhnen«, sagte er und lächelte zum erstenmal, seit sie ins Zimmer gekommen war.

»O nein. Nur was die Kleider betrifft.« Sie blickte geringschäzig auf ihr blaues französisches Tafelkleid. »Sie können sich nicht denken, wieviel die kosten.«

»Ist Tom damit einverstanden?«

»Tom?«

»Ihr zukünftiger Mann.«

»Oh«, sagte Eugenia. »Den hab' ich noch gar nicht gesehen. Aber ich glaube, er würde es gar nicht bemerken.«

Das Gespräch war zu Ende, und er schloß die Tür. Sie ging hinunter und entdeckte Ned Trice im Flur, wo er offenbar auf sie gewartet hatte. »Nun?« fragte er.

»Er will das Geld nicht nehmen«, sagte sie, »doch vielleicht nimmt er es von Ihnen, wenn er es braucht.« Sie öffnete ihr Redikül, nahm Muffets drei Pfund wieder heraus und gab dem erstaunten Ned die Scheine. »Und wenn Sie mich erreichen wollen«, fuhr sie fort, »dann schicken Sie eine Nachricht an Haggart, das ist unser Stallmeister in Chandross House am Grosvenor Square. Er wird sie mir dann weitergeben.«

Ned blickte das Geld an. »Nanu«, sagte er, »das ist vielleicht ein Ding! Woher weiß die Miß denn, daß ich nicht jeden Penny davon selbst behalte?«

»O nein«, sagte Eugenia ernst. »Das würden Sie sicher nicht tun. Sie würden ihn ja kaum verstecken, wenn Sie ihm nicht ebenso helfen wollten wie ich.«
»Ja, da hat er sich verdammt was eingebrockt«, stimmte ihr Ned zu. »Und was Ned Trice betrifft, so haben Sie recht – der bleibt bei der Stange. Ich würde für Mr. Richard 'ne ganze Menge tun –«
»Sie kennen ihn sicher schon lange?« fragte Eugenia.
»Seit er ein kleiner Knirps war. Ich war Reitknecht beim Reverend Mr. Castle, der ihn erzogen hat. Und alles, was er von Pferden versteht, hat er von mir«, sagte er stolz. »Zu meiner Zeit habe ich die Rennen in Newmarket und Goodwood geritten.«
»Ach ja? Das ist sehr interessant«, sagte Eugenia bewundernd, setzte dann aber sofort sachlich hinzu: »Weshalb ist er hier nicht in Sicherheit?«
Ned hob bedeutungsvoll die Schultern. »Ach, kleine Miß, Sie müssen sich nur umsehn«, sagte er. »Es gibt in der Duck Lane niemanden, der ihn nicht sofort verpfeifen würde für ein Gläschen Gin. Und er bleibt nachts nicht im Haus, denn er sucht nach dem Mann, der ihn hierhergebracht hat. Verdammt scheußliche Lage, in der wir da stecken!«
Er blickte Eugenia aus seinen gelben Augen bekümmert an. Eine Katze, dachte sie sich, auf die man sich verlassen kann. Dann erzählte sie ihm weitere Einzelheiten von dem Cottage ihrer alten Nurse.
»Ich werde morgen zu ihr fahren und ihr berichten, was geschehen ist«, sagte sie. »Und wenn es keinen anderen Ausweg gibt, können Sie Richard dorthin schicken. Er ist ein ganz einsames Haus, er wird dort sicher sein.«
Sie verabschiedete sich von ihm und ging durch die niedrige Tür des »Fighting Cock« hinaus zum Kutscher, der sich und sein Pferd vor einem halben Dutzend Straßen-

bengeln verteidigen mußte, die draußen noch auf sie warteten. Als sie die mageren, listigen Gesichter dieser Kinder betrachtete, wurde ihr klar, daß jedes von ihnen eine Gefahr für Richard sein konnte, wenn er dort oben in der kleinen Dachkammer bleiben würde. Und leider, so dachte sie bekümmert, hatte sie nichts dazu getan, seine Lage zu verbessern, im Gegenteil, sie hatte durch ihr Kommen sogar noch extra auf den »Fighting Cock« aufmerksam gemacht.

Eugenia seufzte und bestieg die Pferdedroschke. Was, so fragte sie sich nun, sollte sie als nächstes unternehmen?

8

Was Lady Chandross betraf, so wußte sie sehr gut, was als nächstes zu unternehmen war, nämlich ein weiterer Ball, eine Maskerade, die an diesem Abend in einem großen Haus in Chiswick stattfand. Zwar war dies nicht ganz die Art der Unterhaltung, die man sich für ein junges Mädchen wünschte, das in die Gesellschaft eingeführt wurde – denn die Gastgeber gehörten zum Kreis des Prinzregenten, der wegen seiner allzu freien Gesinnung etwas berüchtigt war –, doch Lady Chandross war über solche Kleinigkeiten erhaben. Ihr war wichtig, daß an diesem Abend eine genügende Anzahl von Heiratskandidaten vorhanden war, die sie Eugenia zuführen konnte.

»Nicht«, so erklärte sie ihrem Mann sehr unzufrieden, als sie Eugenia beobachtete, die – angetan mit einem apfelgrünen Domino, der ihr orangefarbenes Kleid aus Sarsenett fast völlig verdeckte – gerade von einem ziemlich plumpen Harlekin aufs Parkett geführt wurde, »daß sie das geringste Interesse an irgendeinem dieser jungen

Männer hätte. Stell' dir nur vor, der junge Beardsmore hat heute nachmittag bei ihr angefragt, ob sie morgen mit ihm zum Botanischen Garten fahren wolle, und sie hat ihm doch tatsächlich einen Korb gegeben, weil sie, wie sie sagte, verpflichtet sei, ihre alte Nurse zu besuchen! Sicher wird sie für diesen kleinen Ausflug von mir die Kutsche haben wollen. Doch ich werde sie ihr nicht geben!«

»Es wäre aber besser, du würdest es tun«, sagte Lord Chandross und blickte unfreundlich auf Eugenia, die sich pflichttreu mit ihrem Partner unterhielt, nachdem sie sich zum Tanz aufgestellt hatten. »Sie wird nämlich sonst nur eine Droschke nehmen. Verdammt komisches Mädchen, man weiß nie, was sie sich einfallen läßt. Das kommt davon, daß sie ohne die angemessene weibliche Obhut aufgewachsen ist. Ich habe Walter immer gesagt, er solle wieder heiraten.«

»Walter Liddiard«, sagte Lady Chandross geringschätzig, »hat sich für nichts interessiert als für Coverts und seine Pferde. Und natürlich für Eugenia, die er ganz in diesem Sinne erzogen hat. Schau sie dir doch nur an! Natürlich interessiert sie sich nicht für den aufgeblasenen Gecken, mit dem sie gerade tanzt, doch muß sie dabei ein Gesicht machen, als würde sie einen Pflichtbesuch bei einer alten Tante machen?«

Lord Chandross schüttelt den Kopf und blickte finster vor sich hin. »Wirklich schade«, sagte er. »Dabei ist sie ein attraktives kleines Ding. Aber wenn das so weitergeht, wirst du sie nie unter die Haube bringen.«

Er ging davon und überließ es Lady Chandross, sich auf Mr. Walford zu stürzen, dessen stämmige Gestalt sie unter einem phantasielosen schwarzen Domino entdeckt hatte. Es gelang ihr, ihn auf einen Platz zu manövrieren, der es ihm gestattete, Eugenia um die nächste Quadrille zu bitten.

Dies war nicht weiter schwierig, da Mr. Walford sich inzwischen zu einem glühenden Bewunderer Eugenias entwickelt hatte. Dieses Mädchen gefiel ihm, denn es war nicht so töricht wie andere, und man konnte sich wirklich gut mit ihm unterhalten. Er war also nur allzu willig, sich in die Falle locken zu lassen, und dankte Lady Chandross überschwenglich, weil sie ihm verraten hatte, unter welcher Maske sich die junge Dame versteckte, mit der er zu tanzen wünschte.

Eugenia jedoch, die unter anderen Umständen ihren Spaß an diesem Maskenball gehabt hätte – ebenso wie sie früher ihren Spaß an gemeinsamen Scharaden mit Muffet und Tom hatte –, fand es im Augenblick ausgesprochen trübselig, sich angesichts der Vorgänge im »Fighting Cock« mit solchen Unwichtigkeiten abgeben zu müssen. Es wurde ihr immer klarer, daß Richard auf keinen Fall länger als notwendig dieser gefährlichen Situation ausgeliefert bleiben durfte. Sobald sie mit Old Nan – wie sie ihre alte Nurse nannte, die eigentlich Mrs. Minchinton hieß – besprochen hatte, ihn in ihrem Cottage an der Themse aufzunehmen, mußte sie Haggart mit einer Nachricht zu Ned Trice schicken. So absolvierte sie mechanisch ihre Schritte durch einen Kontertanz, eine Quadrille und den Boulanger, doch ihre Gedanken waren nicht in dem prächtigen Ballsall, der sie umgab, sondern in einem kleinen Dachstübchen in Tothill Fields.

Da sie nicht das geringste Interesse am Flirten hatte, war sie bisher noch nicht in das allgemeine frivole Treiben hineingezogen worden, das Bälle dieser Art so anrüchig machte. Dabei hätte sie durchaus Gelegenheit dazu gehabt, denn Lady Chandross – die Lord Rushton in der Maske Louis XIV entdeckt hatte – hatte im Augenblick besseres zu tun, als auf sie aufzupassen. Als der Boulanger jedoch beendet war, schien auch Eugenia das Schicksal zu ereilen. Ein Gentleman in scharlachrotem Domino, den sie kurz zuvor an der Tür hatte stehen sehen, griff sie um die Taille und drängte sie auf diese Tür zu. »Ach – lassen Sie das«, rief sie entrüstet und bemühte sich, der Umklammerung zu entkommen.

Ein tiefes Lachen kam hinter der Maske hervor, die das Gesicht des scharlachroten Domino verdeckte, und eine ihr bekannte Stimme sagte: »Eugenia! Das habe ich mir doch gedacht. Als du dich zum Tanz aufstelltest und kurz die Maske hochhobst, glaubte ich dich zu erkennen. Verdammt unvorsichtig übrigens bei einer Maskerade, aber diese Dinger können wirklich in so einem heißen Raum scheußlich unangenehm werden –«

Die Stimme schwieg, als Eugenia, die zunächst vor Überraschung starr war, sich nun nicht mehr gegen den männlichen Arm wehrte, sondern sich willig in ein kleines Nebenzimmer führen ließ.

Als sie drinnen waren, wandte sie sich ungläubig zu der großen Gestalt in dem scharlachroten Domino um.

»Gerry« sagte sie. »Es ist doch Gerry, nicht wahr? Nicht – Richard?«

»Wer ist Richard?« fragte der scharlachrote Domino und schloß hinter sich die Tür. »Du willst mir doch nicht sagen, daß du einen Flirt begonnen hast, mein Kind. Als ich dich das letztemal sah, warst du kaum der Wiege entronnen!«

»Du bist es wirklich!« sagte Eugenia erschrocken, ließ sich auf ein weiß-goldenes Sheraton-Sofa fallen und nahm ihre Maske ab. »Ich kann es nicht glauben! Weißt du denn nicht, daß die Polizei hinter dir her ist?«

Der schöngeschwungene Mund unter der schwarzen Maske verzog sich zu einem reumütigen Lächeln.

»Natürlich weiß ich es! Deshalb bin ich ja heute hier auf dieser verdammten Maskerade«, sagte Gerry Liddiard

und setzte sich gemütlich neben sie. »Ich konnte ja nicht einfach schnurstracks zur Tür von Chandross House gehen und Gleaves fragen, ob Cecil zu Hause ist. Das wäre nicht sehr sinnvoll gewesen. Man kann den Dienstboten heutzutage nicht mehr vertrauen, die könnten einen ja verpfeifen. Soviel ich weiß, ist eine Belohnung ausgesetzt.«
»Ja, das stimmt, aber – oh, Gerry, du mußt mir sofort alles erzählen«, rief Eugenia besorgt. »Hast du es getan?«
»Was – eine Kugel durch das Gehirn eines dummen Kutschers zu jagen, weil ich nicht zur gleichen Zeit mit einem Pferd und einer blöden Pistole fertig geworden bin? Wofür hältst du mich eigentlich?« sagte Gerry entrüstet. »Tatsächlich war ich noch nicht einmal dort! Es war dieser idiotische MacGoff –«
»Aber Gerry, jeder sagt, daß du es warst –«
»Ja, weil sie nicht wissen, wovon sie reden«, erklärte Gerry aufgebracht. »Der Bursche hat meine Stute genommen. Und meinen Mantel außerdem. Ich weiß nicht, ob er es willentlich getan hat – obwohl ich nicht glaube, daß er überhaupt genug Hirn besitzt, um an so etwas zu denken. Die Hauptsache ist aber, daß Barnstaple – das ist der Mann, den er überfallen hat – die Stute erkannt hat. Und er hat auch den Mantel erkannt, da er aus der Werkstatt von Stulz kommt –«
»Willst du damit sagen«, unterbrach ihn Eugenia, die der verwirrenden Erzählung Gerrys gespannt gefolgt war, »daß es Captain MacGoff war – unser Captain MacGoff aus Kent –, der die Kutsche angehalten und den Mann erschossen hat? Und er hat deinen Mantel getragen und deine Stute geritten? Aber weshalb hast du das zugelassen?«
»Ich war nicht in der Verfassung, ihn aufzuhalten«, sagte Gerald, der nun selbst einen etwas törichten Eindruck

machte. »Tatsächlich wußte ich noch nicht einmal, daß er fort war. Ich hatte nämlich einen verdammt ausgedehnten Abend – ein oder zwei Glas mehr ›Blue Ruin‹, als unbedingt nötig war –«
»Das heißt also, du warst betrunken«, sagte Eugenia streng. »So betrunken, daß du nicht gewußt hast, was vor sich geht. Denn wenn das nicht der Fall gewesen wäre, hättest du dich nicht mit diesem schrecklichen MacGoff zusammengetan, um Lord Barnstaples Wagen zu überfallen. Gerry, wie konntest du –«
»Nur, weil wir uns zurückholen wollten, was uns gehörte«, verteidigte sich Gerald. »Wir waren so blöd und haben mit ihm Karten gespielt, und der Kerl hat die Karten gezinkt. Und als wir ihn zur Rede stellten, ist er grob geworden, und, zum Kuckuck, wir haben es ihm nicht beweisen können. Zu allem Überdruß hat er uns dann noch weitere fünfhundert abgenommen. Als wir dann hörten, daß er nach Bath fährt, haben wir uns gedacht, wir halten den Wagen auf und erleichtern ihn um das, was er uns gekostet hat. Der Bursche ist ein verdammter Dandy, mußt du wissen, er hätte genügend Ringe und Siegel und anderen Firlefanz bei sich gehabt, um uns zu entschädigen.«
»Nur, daß du dann zuviel getrunken hast und nicht mitmachen konntest, so daß Captain MacGoff dein Pferd und deinen Mantel genommen und den Kutscher versehentlich erschossen hat. Nun glauben alle, daß du es getan hast«, beendete Eugenia die Erzählung für ihn. »O Gerry, du bist doch wirklich ein Narr! Du weißt doch, was mit MacGoff los ist! Papa hat immer gesagt, der würde besser in einen Boxring passen als in eine Abendgesellschaft, weil er so entsetzlich primitiv ist, und Papa war wirklich nicht besonders anspruchsvoll.«
Gerald blickte sie trotzig an. Selbst hinter der Maske, die

er zum Glück nicht abgenommen hatte, konnte Eugenia nun sehen, wie verschieden dieses Gesicht von dem Richards war, trotz der erstaunlichen Ähnlichkeit der Züge und Farbe. Das Gesicht, das sie jetzt erblickte, verriet eine gutmütige Unbekümmertheit, die sie bei Richard nie entdeckt hatte, und nichts von dessen kühler Entschlossenheit zeigte sich in der Unbesonnenheit, die alles auszeichnete, was dieser junge Mann, der dort vor ihr saß, sagte oder tat.

»Du lieber Gott«, sagte er nun in einem Ton, der sie beschwichtigen sollte, »da kennt man alle möglichen Leute, und MacGoff ist wirklich ein prima Kerl. Hat immer ein lustiges Lied und eine hübsche Geschichte auf Lager, ist zu allen tollen Streichen bereit –«

»Ja, alles schön und gut, doch er hat dich jetzt fein in die Klemme gebracht«, sagte Eugenia. »Von Richard gar nicht erst zu sprechen –«

»Schon wieder Richard! Wer ist Richard?« fragte Gerry. »Und was hat er dabei zu tun?«

Eugenia umriß mit ein paar Worten die Geschichte von Richard Liddiards Verwicklung in diese unglückselige Angelegenheit. »Verdammt noch mal«, stieß Gerald zornig hervor, als sie geendet hatte. »Entschuldige, Eugenia, aber das ist wirklich starker Tobak! Und du beschimpfst mich, weil ich mich in die Tinte geritten habe? Wo steckt denn jetzt dieser Bastard von Onkel Charles?«

»Nun, das werde ich dir nicht sagen« erklärte Eugenia. »Denn wenn du dort hingehen würdest, könnte es ihm einfallen, dich der Polizei auszuliefern –«

»Das soll er nur mal versuchen!«

»Oh, ich glaube, das könnte er schon«, sagte Eugenia ohne Umschweife. »Er ist nämlich sehr stark, obwohl er krank war, und sehr entschlossen, dich vor den Richter zu bringen, damit er sich nicht für alle Ewigkeit verstecken

muß, nur weil er dir ähnlich sieht. Es ist wirklich eine scheußliche Lage, in der er steckt!«
»Nun, für mich ist es ebenso scheußlich«, sagte Gerald ziemlich schroff. »Es macht nämlich alles noch viel schlimmer, denn wenn er unvorsichtig genug ist, sich von der Polizei fangen zu lassen, werde ich gezwungen sein, mich zu stellen. Würde mir nicht einfallen, einen Unschuldigen an den Galgen zu liefern, selbst wenn er ein Schwindler ist, der ebensowenig Recht hat, sich als Liddiard zu bezeichnen wie ich, mich Prinzregent zu nennen! Nicht, daß ich nicht ebenso unschuldig wäre wie er – wenn es darum geht!«
»Ja«, sagte Eugenia, die darüber nachdachte. »Und deshalb glaube ich, daß es viel besser wäre, du würdest dich jetzt der Polizei stellen und die Wahrheit sagen. Ich habe dir geglaubt –«
»O ja, du hast mir geglaubt«, sagte Gerald bitter. »Weil du eine Frau bist. Frauen neigen dazu, von Männern immer das Beste zu denken. Doch wird mir so ein alter, ausgedorrter Fuchs glauben, der da im Richterstuhl sitzt? Das ist die Frage! Und außerdem, wird Cecil mir glauben? Was meinst du?«
Eugenia dachte darüber nach und mußte zugeben: »Ich weiß es wirklich nicht. Er ist nämlich ziemlich wütend auf dich und sagt, daß du der Familie in jeder Weise Schande gemacht hast und daß er nichts mehr tun wird, um dir zu helfen.«
»Siehst du«, sagte Gerald. »Und genau das und noch viel mehr werde ich von einem Beamten hören, wenn es mir nicht gelingt, MacGoff zu erwischen und irgendwie die Wahrheit aus ihm herauszuquetschen. Oder dieser Mann – seinen Reitknecht, Kammerdiener, Schläger oder was immer er ist. Denn er kennt die Wahrheit, weil er in der Nacht, als das alles passierte, bei MacGoff war –«

»Wo ist er jetzt? Wo sind die beiden?« fragte Eugenia.
»Sie haben sich nach Kent aus dem Staub gemacht, soviel ich weiß. Würde mich nicht wundern, wenn er plant, ins Ausland zu gehen, obwohl das natürlich vorläufig nicht nötig ist, solange die Polizisten hinter mir her sind. Wenn ich selbst nach Kent fahren könnte, würde ich sehr schnell herausbekommen, was er vorhat, doch das ist zu riskant, ich kann mich im Augenblick nicht fortwagen. Ich wäre auch heute nacht nicht hierhergekommen, doch ich wollte versuchen, mit Cecil zu sprechen. Freddy Smythson – der Freund, der mich versteckt – hat jetzt genug von mir und will, daß ich verdufte. Er hatte eine Einladung für diese Maskerade, und so habe ich ihm gesagt, er soll sie mir geben und für mich eine Maske und einen Domino beschaffen, dann würde ich ihn von meiner Gegenwart befreien und sehen, was der alte Cecil für mich tun könnte. Schäbiger Kerl, dieser Freddy. Wenn ich dran denke, wie oft ich ihm schon aus der Patsche geholfen hab' –«
»Ja, aber diesmal ist es mehr als eine Patsche, Gerry«, wandte Eugenia ein. Sie klopfte, während sie konzentriert nachdachte, geistesabwesend mit dem Absatz ihrer Sandale an das vergoldete Sofabein. »Meinst du«, fragte sie nach einer Weile, »daß du nicht mehr in Mr. Smythons Haus zurückkehren kannst?«
»Das möchte ich nicht. Der hat heute den ganzen Tag wie auf dem Pulverfaß gesessen. Daher habe ich ihm erklärt, daß ich mich heute nacht davonmache.«
»Ohne zu wissen, wohin du willst? Oh, Gerry!« sagte Eugenia vorwurfsvoll. »Das ist doch wieder einmal typisch! Ich glaube es ist das beste, wenn du gleich von hier aus versuchst, zu Old Nans Cottage zu kommen. Wenigtens bist du dort heute nacht sicher, bis ich mit Gussie gesprochen habe und weiß, ob es einen Sinn hat, Cecil um Hilfe zu bitten –«

»Old Nan! Natürlich! Weshalb habe ich denn nicht selbst daran gedacht!« sagte Gerry erfreut. Er blickte sie anerkennend an. »Das ist genau der richtige Ort.«

»Ja, aber du kannst dich dort nicht länger als eine Nacht aufhalten«, sagte Eugenia. »Denn Richard ist dort, wo er gerade ist, auch nicht in Sicherheit, und ich habe seinem alten Freund gesagt, daß er ihn zu Old Nans Cottage schicken kann. Doch das wird erst in ein oder zwei Tagen geschehen, so daß du solange dort bleiben kannst. Ich werde Old Nan morgen besuchen, und dann werde ich dir sagen können, wie die Lage ist, was Cecil betrifft.«

Gerald erklärte ihr, daß sie wirklich ein tolles Mädchen sei, und da sie an dieser Stelle von einem schneidigen Kavalier und einer schüchternen Maria Stuart unterbrochen wurden, die es offenbar auf ihr Sofa abgesehen hatten, schob Eugenia schnell ihre Maske übers Gesicht und drängte Gerald zum Aufbruch.

»Ich hoffe, du kommst sicher an«, meinte sie besorgt, doch Gerald beruhigte sie und sagte, sie brauche sich deswegen keine Gedanken zu machen. Es war eine dunkle, mondlose Nacht, und er würde den Weg über den Fluß nehmen. Wenn er seinen Hut tief ins Gesicht zog, würde ihn sicher keiner der Schiffer erkennen können, zumal sie ja alle verschlafen wären.

9

Etwa eine Stunde, bevor diese Unterhaltung stattfand, ging ein großer junger Mann in olivgrünem Mantel, den Hut tief ins Gesicht gezogen, vom Kai hinunter nach Westminster Steps, wo er einen Fährmann fand, der bereit war, ihn nach Putney zu rudern. Über dem dunklen

Wasser stieg ein leichter Nebel hoch und verhüllte das flackernde Licht der Leuchtfeuer am Ende der Stufen. Da es schon nach elf Uhr war, waren nur wenige Leute unterwegs, und weder sie noch der gähnende Fährmann kümmerten sich besonders um den großen jungen Mann, der sich in dem schmalen Boot einen Platz suchte.
Der Fährmann ruderte ihn pflichtgemäß an den Lichtern der City vorbei bis nach Vauxhall und Chelsea und zu den grünen Ufern der Themse, die dicht mit Buchen und Eichen bestanden waren, hin und wieder unterbrochen von kleinen Bauernhäusern. Der junge Mann war schweigsam, und auch der Fährmann äußerte nichts als hin und wieder ein lautes Gähnen, so daß bis auf das Knarren und Quietschen der Ruder in den Dollen kaum etwas zu hören war.
Schließlich, als sich die hölzerne Brücke von Putney zeigte, deutete der junge Mann auf eine der Anlegestellen, an der ein einzelnes kleines Boot vertäut war. Der Fährmann legte dort an, der junge Mann zahlte seine Fahrt, stieg aus und verschwand schnell im dichten Nebel.
Er schlug einen Weg ein, der ihn bald zu einem kleinen, hübschen Cottage mit strohbedecktem Dach führte, das von Heckenrosen umwachsen war. Der junge Mann klopfte an der verwitterten Eisentüre. Von innen kam keine Antwort, doch als er noch einmal klopfte, tauchte aus dem Dunkel neben dem Haus eine große weiße Katze auf, die sich einige Meter von ihm entfernt auf den Weg setzte und ihm nicht ganz zu trauen schien.
Der junge Mann fluchte leise vor sich hin. Er war gerade dabei, die Türe ein drittes Mal zu attackieren, als er endlich das Quietschen eines Riegels hörte, und kurz darauf stand eine sehr kleine alte Dame vor ihm, deren Nachthäubchen kaum an seinen Ellbogen reichte. Sie hatte eine Kerze in der Hand und hielt sie hoch, um sein Gesicht zu sehen.

»Mitten in der Nacht einfach hier einzudringen«, sagte sie streng und setzte offenbar einen Monolog fort, der schon lange begonnen hatte, bevor sie die Türe aufriegelte. Was wollen Sie? Los, junger Mann, machen Sie Ihren Mund auf und starren Sie mich nicht an, als sei ich ein Gespenst! Wer sind Sie und was tun Sie –«
Doch plötzlich schien sie zu begreifen, denn ihre kleinen schwarzen Augen öffneten sich weit. »Master Gerald«, rief sie aus mit einer Stimme, die Generationen von Liddiards wohlbekannt war. »Master Gerald! Kommen Sie sofort herein! Und vergessen Sie nicht, Ihre Schuhe abzutreten!«
Der große junge Mann zögerte jedoch und folgte nicht ihrem Befehl.
»Es ist nicht Gerald. Es ist Richard«, sagte er. »Hat Miß Liddiard – Eugenia – Ihnen nicht gesagt –«
»Ich habe Miß Eugenia seit Monaten nicht gesehen«, raunzte Old Nan. »Und ich wäre Ihnen sehr dankbar, Master Gerald, wenn Sie Ihre dummen Späße nicht an mich verschwenden würden. Ich kenne Sie ja, und Sie sollten wissen, daß ich nicht darauf hereinfalle.«
Richard Liddiard blieb nun nichts anderes übrig, als seine Schuhe an der Matte abzutreten und einzutreten. Der kleine Vorraum, in dem er nun stand, wurde zwar durch das spärliche Licht der Kerze nur knapp beleuchtet, doch er konnte trotzdem das Glänzen von liebevoll poliertem Holz und Messing und einen makellos sauberen Ziegelboden erkennen. Die weiße Katze, die neben ihm ins Haus geschlüpft war, sprang mit einem Satz in die Kaminecke, rollte sich gemütlich zusammen und harrte der kommenden Ereignisse.
»Die Polizei hinter Ihnen her – wirklich eine schöne Schande für einen Gentleman!« schimpfte Old Nan vor sich hin, während sie die Kerze auf einen Tisch setzte und

sich bemühte, die Tür zu verriegeln. Richard kam ihr schnell zu Hilfe, und als er fertig war und sich umdrehte, bemerkte er, wie sie ihn mit offenem Mund anstarrte.

»Oh«, sagte sie mit bebender Stimme. »Oh, Sie sind nicht Master Gerald! Das kann unmöglich sein!«

»Nein, ich bin es auch nicht. Das habe ich ja bereits gesagt«, antwortete Richard sanft. »Doch weshalb sind Sie so sicher? Eugenia hat mir nicht geglaubt, als ich sagte, ich wäre nicht Gerald, und Lady Chandross hat nie den geringsten Zweifel gehabt.«

»Miß Eugenia«, sagte Old Nan geringschätzig, als sie sich von ihrem Schreck erholt hatte. »Die hat ihn ja auch nicht gekannt, als er noch in kurzen Hosen steckte. Aber ich! Master Gerald wäre nie auf den Gedanken gekommen, mir mit dieser Tür so zu helfen wie Sie.« Sie blickte ihn argwöhnisch an. »Und wer sind Sie, wenn ich fragen darf?«

»Ich habe es Ihnen bereits gesagt, ich bin Richard Liddiard«, sagte Richard, »der Sohn von Charles Liddiard.«

»Der Sohn von Mr. Charles! Aber –«

»Ich weiß, ich weiß. Charles Liddiard hat nie geheiratet, daher kann er keinen Sohn haben –«

Old Nan sagte beschwichtigend: »Nein, nein, keine Sorge, junger Mann! Ich erkenne einen Liddiard, wenn ich einen sehe. Sie sind Master Gerald so ähnlich wie ein Ei dem anderen. Mit diesem wilden Gesicht, das Sie haben –«

»Nun, für mein Gesicht kann ich nichts, nicht wahr?« sagte Richard ungerührt. »Und ich sage Ihnen eins, Nannie – wenn ich könnte, würde ich es auf der Stelle austauschen. Denn wenn ich nicht wie Gerald Liddiard aussehen würde, wäre jetzt nicht die Polizei hinter mir her, und ich wäre nicht zu Ihnen gekommen.«

»Unsinn!« sagte Old Nan, hob die weiße Katze von der

Bank und ließ sie auf den Kaminvorleger fallen, als ob sie sich damit erleichtern wollte. »Ihr seid doch alle gleich!« Sie stand vor ihm und blickte ihn eindringlich an. »Nicht ganz in Ordnung?« fragte sie. »Fieber?«
»Das habe ich hinter mir.«
»Ja, wahrscheinlich. Doch arm wie eine Kirchenmaus. Ich nehme an, Sie haben eine Woche nichts Richtiges gegessen. Warten Sie hier, ich komme gleich wieder.«
Sie humpelte davon, die Kerze in der Hand, und ließ ihn in der Dunkelheit zurück mitsamt der weißen Katze, die sich jetzt dazu entschlossen hatte, freundlich zu sein, und sich schmeichlerisch an seinen Beinen rieb. Es dauerte nicht lange, und Nan kehrte zurück mit einem Teller, der bis an den Rand mit Taubenpastete gefüllt war, und sie stellte ihn einladend auf einen kleinen Tisch. Richard, dem die Kost im »Fighting Cock« wenig behagt hatte, war sofort bereit, der Einladung zu folgen, denn er hatte – da die Polizei sich in der Wirtschaft wieder einmal gezeigt hatte – tatsächlich lange nichts gegessen.
Während des Essens erzählte er Old Nan einiges aus seinem Leben und war erleichtert, als er merkte, daß ihre Loyalität den Liddiards gegenüber so groß war, daß sie auch mit ihm, der von der Familie nicht anerkannt wurde, keine Ausnahme machte. Sie sagte ihm, daß er so lange er wolle bei ihr im Cottage bleiben könne und daß er hier sicher sei, vorausgesetzt, die Polizei sei ihm nicht von London aus gefolgt. Sie jedenfalls wolle es mit jedem aufnehmen, der bei ihr den Versuch mache, herumzuschnüffeln – eine Feststellung, die er ihr sofort glaubte. Dann sagte sie streng, daß er nun leider auf der Bank schlafen müsse, holte eine Decke und ein Kissen für ihn und stieg dann mühsam wie ein Kind, jede Stufe einzeln nehmend, die Treppe hinauf zu ihrem Schlafzimmer.
Richard, der nun allein in dem kleinen Vorrum war –

denn die weiße Katze war wieder hinausgelassen worden –, bemühte sich, seine langen Glieder so bequem wie möglich auf der Bank unterzubringen, und da er nicht geneigt war, sich mit den Problemen des nächsten Tages zu befassen, schlief er sehr rasch ein.

Jedoch schon nach kurzer Zeit wurde er durch ein vorsichtiges Klopfen an der Tür geweckt. Er setzte sich auf, warf die Decke beiseite und zog schnell seine Stiefel an. Das Klopfen wurde nun mit zunehmender Heftigkeit fortgesetzt, begleitet von einer tiefen, drängenden männlichen Stimme; »Nan! Nan! Wach auf! Ich bin's, Gerry!«

»Verdammt noch mal, ausgerechnet das mußte passieren«, dachte Richard.

Sofort war er an der Tür und schob den Riegel zurück. Dann öffnete er blitzschnell, stürzte sich auf die dunkle Gestalt, die davor stand, und zerrte sie in den Vorraum.

Gerald, der durch diese plötzliche und völlig unerwartete Attacke einen Moment lang verwirrt war, faßte sich schnell und wehrte sich verzweifelt, um sich aus der Gewalt seines unbekannten Angreifers zu befreien. Die beiden Männer waren gleich groß und gleich schwer, und obwohl Richard – wie Eugenia gerechterweise zugegeben hatte – wegen seiner Tätigkeit im Freien der Stärkere war, erwies es sich nicht als vergebens, daß Gerald in dem berühmten Boxing Saloon in der Bond Street bei Gentleman Jackson selbst die hohe Schule der Boxkunst erlernt hatte. Es entwickelte sich ein gigantischer Kampf, in dessen Verlauf die Stühle an die Wand flogen, die Bank mit einem heftigen Krach umstürzte und Fensterscheiben zerbarsten. Die Kämpfer waren so mit sich beschäftigt, daß sie nicht bemerkten, wie sich ein Kerzenlicht von der Treppe her langsam auf sie zubewegte. Erst als Gerald, von Richard mit kühnem Schwung zu Boden geworfen, einige Augenblicke ausgestreckt und halb benommen in

der Kaminecke lag, wurde den beiden klargemacht, daß sie noch einen dritten Mitkämpfer hatten.
In diesem Moment nämlich spürte Richard das kräftige Klopfen eines Besenstiels an seinen Beinen und hörte eine schrille Stimme in seiner unmittelbaren Nähe.
»Ihr macht mir meine ganze Möbel kaputt«, schrie die erboste Stimme, wobei sie jedes Wort mit einem kräftigen Schlag ihres Besens unterstrich. »Ihr verdammten, unnützen Schurken –«
Richard blickte zu ihr hinab und beruhigte sie. »Ich werd' schon alles wieder in Ordnung bringen, Nan«, sagte er sanft. »Aber lassen Sie das jetzt mal«, schlug er vor, wand ihr den Besen aus der Hand und lehnte ihn an die Wand. »Geben Sie mir lieber ein Stück Seil, damit ich diesen Burschen fesseln kann.«
Old Nan blickte ihn empört an, und die Bänder ihrer Nachthaube zitterten vor Empörung mit.
»Master Gerald fesseln!« rief sie. »Unglaublich! Wahrscheinlich haben Sie ihn schon getötet, Sie Unmensch! Und es geschieht ihm recht. Mitten in der Nacht in meinem Haus streiten und alles kaputtmachen!«
Sie beugte sich über Gerald, der sich jedoch bereits bewegte und seine Stirn rieb, an der sich eine bemerkenswerte Beule befand. Als sie sah, daß er noch am Leben war, wandte sie sich mißbilligend ab und ging daran, Stühle aufzustellen und Kissen an ihren alten Platz zu setzen, wobei sie auch die Reste einer ehemaligen Prachtvase entdeckte, die bei dem Streit in Scherben gegangen war. Als sie dann die Bank wieder aufrichten wollte, was jedoch über ihre Kräfte ging, kam ihr Richard zu Hilfe.
Gerald setzte sich auf.
»Zum Teufel!« brummte er, immer noch benommen, als er aufblickte und Richards Gesicht sah, das von der Kerze beleuchtet wurde. »Sie sind Eugenias Richard?«

»Ich bin Richard Liddiard – ja«, sagte Richard grimmig und blickte ihn an. »Und Sie und ich, Mr. Gerald Liddiard, werden nun gemeinsam eine hübsche Reise zur Polizei in der Bow Street unternehmen –«

»Seien Sie nicht so dumm, Mensch!« sagte Gerald, der immer noch seinen Kopf hielt. »Ich habe doch diesen verdammten Kutscher gar nicht umgebracht – es war Will MacGoff. Das habe ich Eugenia heute abend bereits beigebracht.« Er erhob sich schwankend. »Nan, haben Sie nicht irgendwo einen Tropfen Brandy? Ich habe rasende Kopfschmerzen«, klagte er.

»Geschieht Ihnen recht«, sagte Old Nan schadenfroh. »Und ich wünschte, er hätte sie auch. Unglaublich! In meinem Haus einen Streit anzufangen!«

Sie schlurfte in Richtung Küche davon, und Gerald, der sich auf die Bank hatte fallen lassen, sagte in grimmiger Bewunderung zu Richard: »Sie haben mir einen rechten Haken versetzt, nicht wahr? Ich bin in schlechter Kondition, sonst hätte ich Ihnen mehr geboten. Wahrscheinlich zuviel Schnaps getrunken in der letzten Zeit. Doch leider«, fügte er hinzu, »sind Sie auf der falschen Fährte, wenn Sie meinen, daß ich Barnstaples Kutscher eine Kugel in den Kopf gejagt habe. Ein Bekannter, MacGoff, hat sich meine Stute und meinen Mantel genommen und die Kutsche überfallen. Er hatte natürlich eine Maske vor dem Gesicht, und daher hat Barnstaple ihn mit mir verwechselt. Verdammt blöder Irrtum, aber so ist es nun mal.«

Richard blickte ihn zweifelnd an. »Wer ist dieser MacGoff?« fragte er.

»Will MacGoff«, sagte Old Nan, bevor Gerald eine Antwort geben konnte. Sie stand mit einem Becher in der Hand in der Tür. »Captain Will MacGoff«, wiederholte sie zornig. »Ein schöner Captain ist mir das! Ein übler

Kerl, den Mr. Walter nie leiden konnte. Wenn das die Gesellschaft ist, in der Sie sich befinden, Master Gerald, dann ist es kein Wunder, wenn Sie nun in der Klemme sitzen.«

Gerald nahm den Brandy dankend entgegen und schüttete ihn mit einem Satz hinunter.

»Ach was, es hat keinen Sinn, jetzt darüber nachzudenken«, sagte er. »Wichtiger wäre es, an der Kerl heranzukommen und irgendwie die Wahrheit aus ihm herauszupressen.« Er blickte Richard vorwurfsvoll an, der immer noch drohend vor ihm stand. »Übrigens bin ich heute bei Lassisters Maskerade aufgekreuzt und konnte ein paar Worte mit Eugenia sprechen. Sie hat mir von Ihrem kleinen Spielchen berichtet. Ich muß gestehen, dazu gehört eine Menge Dreistigkeit, einfach in Mere zu erscheinen und so zu tun, als wären Sie ich. Sie können mir wirklich nicht den Vorwurf machen, daß ich Sie in diese Geschichte hineingezogen habe.«

»Nein, wahrscheinlich nicht«, gab Richard zu. »Doch wenn Sie diesen Kutscher erschossen haben –«

»Ich erklärte Ihnen doch, ich habe ihn nicht erschossen«, sagte Gerald ungeduldig. »Wenn Sie wissen wollen, wo ich in jener Nacht war: ich war in einem Wirtshaus in der Nähe von Hounslow und habe geschlafen. Ich war ein bißchen blau, und daher hat sich MacGoff meine Stute und meinen Mantel nehmen können und ist mit seinem Burschen hinter Barnstaple hergeritten. Der Kerl hatte seine Karten gezinkt und hat uns Geld abgenommen, das MacGoff sich zurückholen wollte. Und ich habe nichts davon gewußt, bis ich am nächsten Morgen in die Gaststube kam und jeder dort erzählte, daß Barnstaple den Mann, der seinen verdammten Kutscher erschoß, als Gerald Liddiard identifiziert hatte. Zum Glück wußte dort niemand, daß ich dieser Gerald Liddiard bin, und so konnte ich mich leise aus dem Staub machen. Natürlich kann ich nicht beweisen, daß ich das Zimmer dort nachts nicht verlassen habe –«

»Ein dummer Tor sind Sie, Master Gerald, und waren es immer«, schimpfte Old Nan. »Doch Sie kommen jetzt besser mit mir in die Küche, damit ich mich um Ihren Kopf kümmern kann. Sie bluten ja! Wir werden etwas englisches Pflaster brauchen.«

Sie zerrte ihn mit sich in die Küche, und Richard, der nun allein war, setzte sich nieder, um darüber nachzudenken, was zu tun war. Sein Ziel – Gerald Liddiard zu stellen – hatte er erreicht. Doch wie konnte er Gerald der Polizei übergeben, da er ja – vorausgesetzt, er sagte die Wahrheit – unschuldig war?

Es war wirklich eine teuflische Situation, denn im Grunde war er geneigt, Geralds Erzählung zu glauben. In der Bow Street würde man ihm sicher keinen Glauben schenken, doch dort hatte man auch nicht gesehen, wie Old Nan Geralds Bericht aufgenommen hatte. Wenn Gerald gelogen hätte, so wäre Old Nan die erste gewesen, es zu merken, doch sie hatte seine Erklärung ohne den geringsten Zweifel akzeptiert.

Richard seufzte verzweifelt. Es gab also keine andere Möglichkeit, als sich auf die Suche nach einem Mann zu machen, von dessen Existenz er bis vor wenigen Minuten nichts gewußt hatte. Er fragte sich, was man in der Bow Street tun würde, wenn sie beide einträchtig dort erschienen und den Beamten die Entscheidung überließen, wer Gerald Liddiard war. Sie konnten ja nicht zwei Männer wegen eines Verbrechens festnehmen, das nur einer begangen hatte. Eine verlockende Lösung, die manches für sich hatte, doch wäre es auf die Dauer nicht die richtige Lösung des Problems. Nein, irgendwie mußte er es zuwege bringen, Will MacGoff zu finden, und Gerald Liddiard mußte ihm einen Hinweis geben, wo er im Augenblick stecken könnte.

10

Am nächsten Morgen – bei Schinken, Ei und Toast in Old Nans Küche – wurde gemeinsam besprochen, wie man Captain MacGoff am besten finden könnte. Während Gerald und Richard beisammensaßen, kam auch Eugenia an, die in Grosvenor Square ein ungewohntes frühes Frühstück eingenommen hatte. Sie war erwartet worden, denn Gerald hatte den anderen schon gesagt, daß sie ihrer alten Nurse an diesem Morgen einen Besuch machen wollte. Eugenia allerdings was sehr überrascht, als sie Richard dort vorfand, zumal er sein Frühstück in Gegenwart eines Mannes offenbar genoß, den er doch der Polizei hatte ausliefern wollen.

»Richard! Was machen Sie denn hier?« rief sie aus und wandte sich dann, noch ehe die Antwort gekommen war, mit banger Stimmer an Gerald. »Wird er dich der Polizei übergeben?« fragte sie. »Und was ist mit deinem Kopf geschehen?«

»Immer der Reihe nach«, sagte Richard gelassen. »Erstens bin ich hier, weil die Polizei gestern abend noch einmal im »Fighting Cock« erschienen ist. Zweitens habe ich im Augenblick nicht die Absicht, Ihren Vetter –«

»Und ebenso Ihren!« warf Gerald grinsend ein.

»– der Polizei zu übergeben. Und drittens ziert dieses englische Pflaster seinen Kopf, weil wir bei seiner Ankunft eine kleine Meinungsverschiedenheit hatten.«

»Eine kleine Meinungsverschiedenheit!« sagte Old Nan erbost. »Das würde ich anders bezeichnen, Miß Eugenia!

Sie haben mit das halbe Haus kaputtgeschlagen und auch die schöne grün-gelbe Vase nicht verschont, die Minchinton mir von Yarmouth mitgebracht hat. Ganz abgesehen davon, daß Master Gerald ein gewaltiges Loch im Kopf hat.« Sie musterte, während sie dies sagte, mit grollender Bewunderung Eugenias elegantes Kleid aus mandelgrünem Musselin und ihren hübschen Stadthut. »Ich fürchte, Sie sind nun eine zu feine Dame, um in meiner Küche Platz zu nehmen«, sagte sie. »Es ist genügend Schinken da und eine Menge gebutterter Toast.«

»O ja, bitte, Nan«, sagte Eugenia glücklich. »Ich habe zwar in Grosvenor Square schon mein Frühstück gehabt, und es ist jetzt Mode, dünn zu sein. Man wird verächtlich angesehen, wenn man richtig ißt und nicht nur damenhaft am Essen nippt.«

»Wenn Sie noch dünner wären, würden Sie wegfliegen«, erklärte Old Nan zornig. »Ich kann Leute nicht leiden, die einem Mädchen, das noch wächst, ein anständiges Essen verübeln.«

»Nun, wachsen werde ich wahrscheinlich nicht mehr, aber ich würde doch sehr gern etwas von dem Schinken haben«, sagte Eugenia und setzte sich zwischen Gerald und Richard auf einen Stuhl, während Old Nan ihren Teller mit köstlichen Dingen füllte. Sie wandte sich an Gerald. »Es tut mir leid wegen deinem Kopf, doch ich habe dir ja gesagt, daß Richard sehr stark ist«, sagte sie ernst. »Und es tut mir auch leid, daß ich keine gute Nachrichten für dich habe, was Cecil betrifft. Ich habe gestern nacht, als wir von der Maskerade nach Grosvenor Square zurückfuhren, versucht, ganz vorsichtig die Sprache auf dich zu bringen. Ich habe nur gesagt, daß ich mit jemandem gesprochen habe, der dich in London gesehen zu haben glaubt. Und alles, was Cecil gesagt hat, war, daß es viel besser wäre, wenn man dich bald festnehmen würde, damit endlich das ganze Gerede um dich aufhöre und die ganze Geschichte in Vergessenheit geriete. Als ich sagte, daß er dir vielleicht dabei helfen könnte, ins Ausland zu kommen, falls man dich fände, sagte er, daß er das bestimmt nicht tun werde. Dann würdest du nämlich nur wieder zurückkommen und etwas noch Schlimmeres tun, obwohl ich wirklich nicht weiß, was noch schlimmer sein könnte als ein Mord. Doch er war in sehr kritischer Stimmung, daher habe ich mir gedacht, es sei besser, das Thema nicht weiter zu behandeln, wenigstens im Augenblick.«

»Um Gottes willen, bloß nicht!« sagte Gerald heftig. »Wenn der in der geeigneten Stimmung ist, wird er mich noch selbst der Polizei ausliefern. Wir werden ohne ihn auskommen müssen, das ist mir klar. Weißt du irgendeinen Weg, wie Richard und ich nach Kent kommen könnten, ohne daß uns unterwegs jemand sieht?« fragte er.

»Nein«, sagte Eugenia und nahm sich ein gebuttertes Stück Toast. »Wirklich nicht, da ihr beide zu groß seid, um in einer Hutschachtel Platz zu haben oder sogar in einem Koffer. Doch wenn dir etwas einfällt, würde ich gern mit nach Kent kommen und selbst auf die Suche nach Captain MacGoff gehen. Denn Gussie wird allmählich sehr lästig mit diesem Perry Walford, der mich unbedingt heiraten soll. Oh«, unterbrach sie sich, und ihre Augen begannen plötzlich zu glänzen. »Das heißt – das heißt, es könnte immerhin eine Möglichkeit geben! Ich meine, eine Möglichkeit für uns alle drei. Natürlich müßte ich dabei Muffets Hilfe haben. Aber niemand wird auf die Idee kommen, sich Lakaien genauer anzusehen, nicht? Ich meine, man würde nur denken, daß ihr beide euch ähnlich seht. Und wenn man nach einem Verbrecher sucht, wird man nicht erwarten, zwei zu finden, nicht wahr?«

Richard und Gerald blicken sich an.
»Haben Sie die geringste Ahnung«, fragte Richard, »was sie meinen könnte?«
»Nicht die allergeringste« sagte Gerald vergnügt. »Ich habe fast den Eindruck, sie plant eine weitere Maskerade, bei der wir beide als Lakaien auftreten sollen. Aber weswegen Muffet?« fragte er Eugenia. »Ich nehme an, du meinst die junge Miß Rowntree?«
»Ja. Ich möchte dir mitteilen, daß ich Tom Rowutree heiraten werde«, sagte Eugenia. »Das heißt, ich werde es tun, wenn es mir gelingt, nach Kent zu kommen, um es ihm zu sagen.«
»Es ihm zu sagen?« wiederholte Gerald ungläubig.
»Ja«, sagte Richard und blickte seinen Vetter bedeutungsvoll an. »Sie müssen nämlich wissen, daß Miß Liddiard es für unfair hält, wenn wir immer diejenigen sind, die zuerst einen Antrag machen.«
»Nur nicht so überheblich«, sagte Eugenia gelassen. »Und sagen Sie bitte ›Eugenia‹ zu mir.« Sie blickte ihre beiden Vettern an, die beiden gutgeschnittenen Gesichter mit den dunklen Brauen, die sich in ihren Zügen so ähnlich waren, jedoch in ihrem Ausdruck so verschieden. »Es ist eine phantastische Idee«, sagte sie. »Vor allem dann, wenn ich erst mal alles bis zum Ende durchdacht habe. Wenn ich nämlich Gussie und Cecil sage, daß Tom mir einen Antrag machen will, aber im Augenblick nicht von zu Hause wegkann, dann werden sie mir sicher anbieten, mich zu Besuch nach Kent zu schicken. Dann kann Haggart die angemessenen Livreen für euch besorgen, und ihr könnt beide als Lakaien mitkommen.«
Richard und Gerald blickten einander wieder an.
»Ich kann«, sagte Richard nach einer Weile nachdenklich, »mindestens sechs entscheidende Haken in diesem Plan entdecken. Soll ich sie Ihnen nennen? Erstens sind

Sie gar nicht eingeladen worden, die Rowntrees zu besuchen –«

»Oh, das spielt keine Rolle. Ich kann ja sagen, daß Mrs. Rowntree mir geschrieben hat und daß ich den Brief verlegt habe. Und Mrs. Rowntree wird gar nichts dagegen haben, wenn ich komme. Sie mag mich nämlich sehr gern.«

»Glauben Sie nicht«, sagte Richard, »daß es ziemlich schwierig sein wird, ihr klarzumachen, weshalb Sie mitten in der Gesellschaftssaison vor ihrer Tür erscheinen, wo sie doch eigentlich in London sein sollten?«

»Ach, daran habe ich noch nicht gedacht«, gab Eugenia zu. »Doch ich nehme an, es wird mir – oder Muffet – unterwegs schon etwas einfallen, bevor wir dort ankommen. Muffet war immer sehr gut in Ausreden, obwohl man es ihr gar nicht ansieht.«

»Oh«, sagte Richard höflich. »Miß Rowntree wird Sie also begleiten?«

»Aber natürlich! Ohne Muffet könnte ich gar nichts anfangen«, sagte Eugenia, nachdem sie noch einmal herzhaft von ihrem Stück Toast abgebissen hatte. »Wenn ich versuchen würde, allein zu fahren, würde man mir ja Trimmer aufzwingen, und dann hätte alles keinen Zweck. Doch wenn Muffet auch mitkommt, kann sie ihrer Tante sagen, daß Gussie mir Trimmer mitgibt, und ich kann Gussie sagen, daß Muffet von Mrs. Lightons Zofe begleitet wird. Und so wird es uns gelingen, mit keiner von beiden zu reisen.«

Sie blickte triumphierend von Richard zu Gerald, die als echte Männer jedem Plan mißtrauten, den sie nicht selbst ausgedacht hatten.

»Das letzte Mal, als ich einem Ihrer gutgemeinten Ratschläge folgte, Miß Liddiard – Verzeihung, Eugenia«, sagte Richard, »endete es damit, daß ich von der Polizei wegen Mordes gesuchte wurde. Sie können sich daher denken, daß ich diesmal nicht ganz so begeistert einstimme. Wenn ich Ihnen dann noch einige andere undichte Stellen in Ihrem Plan nennen darf? Was wird zum Beispiel der Kutscher von Lady Chandross denken, wenn ihm zwei Lakaien beigegeben werden, die er noch nie gesehen hat?«

»Aber es wird doch nicht der Kutscher sein, es wird Haggart sein«, sagte Eugenia, die diesem Einwand ebenso erfindungsreich begegnete wie dem anderen zuvor. »Ich werde Gussie fragen, ob er nicht die Kutsche statt Suggs fahren kann oder statt uns in der Postkutsche reisen zu lassen, da er unbedingt seine Schwester in Kent besuchen muß, die sehr krank ist –«

»Hat Haggart überhaupt eine Schwester – krank oder nicht krank?« fragte Richard unerbittlich.

»Nein«, sagte Eugenia. »Doch das weiß Gussie nicht.« Sie blickte ihn etwas schuldbewußt an. Gerald brach in schallendes Gelächter aus.

»All die Dinge, die Gussie nicht weiß und nicht wissen soll«, sagte er. »Du hast wirklich Fortschritte gemacht, seit ich dich zum letzten Mal gesehen habe, Mädchen! Wieviele Flirts sind denn bei dir im Gange, von denen Gussie auch nichts weiß?«

»Überhaupt keine«, sagte Eugenia indigniert. »Und damit hat es auch nichts zu tun. Jetzt geht es wirklich um Leben oder Tod.« Sie blickte ihn argwöhnisch an. »Soll das heißen, daß du es nicht tun willst?« fragte sie. »Mein liebes Cousinchen«, sagte Gerald. »Ich würde es auf der Stelle tun, wenn ich der Ansicht wäre, daß wir es durchführen könnten. Doch –«

»Ihr würdet euch beide sehr gut als Lakaien eignen«, sagte Eugenia ermunternd. »Ihr habt genau die richtige Größe. Gussie ist doch so snobistisch, daß sie sich einen

Lakaien unter eins achtzig niemals zulegen würde. Daher würden euch die Livreen der Chandross-Lakaien sicher passen. James muß allerdings, glaube ich, seine Waden wattieren, doch ihr werdet vielleicht –«
Sie blickte die beiden jungen Männer fragend an.
»Wofür hältst du uns eigentlich?« sagte Gerald leicht gekränkt. »Wir haben doch keine Storchenbeine! Sicher kann ich wie jeder andere ein Paar weiße Seidenstrümpfe ausfüllen, und was Richard betrifft, so wird er bei seinen Boxkünsten bestimmt auch überall die notwendigen Muskeln aufzuweisen haben!«
»Vielen Dank!« sagte Richard leicht sarkastisch. »Und vielleicht können Sie oder Eugenia mir nun sagen, was mit diesen bemerkenswerten Zwillingslakaien geschehen wird, wenn sie nach Kent kommen, wo ja ihre Gesichter außerordentlich gut bekannt sein dürften –«
»Nun, daran habe ich noch nicht gedacht«, gestand Gerald. »Dort können wir natürlich nicht als Lakaien erscheinen, das ist klar.«
Er blickte Eugenia an, die gerade mit ihrem Toast und Schinken fertig geworden war und die beiden Männer stirnrunzelnd anblickte, das Kinn in die Hand gestützt. Die weiße Katze zeigte sich plötzlich im offenen Flügelfenster, sprang mit einem anmutigen Satz auf den Boden und setzte sich neben sie, wobei sie erwartungsvoll zu den Fleischresten auf dem Teller hochblickte. Eugenia begann sie geistesabwesend zu füttern. Auf einmal hörte sie damit auf, und ihre Augen blitzten triumphierend.
»Lady B.!« verkündete sie.
»Was?« fragten Gerald und Richard gleichzeitig.
»Lady Brassborough«, erklärte Eugenia ungeduldig. »Gerald, du mußt zugeben, daß sie genau die Richtige wäre. Niemand besucht Dower House – jedenfalls kein Mensch, der einen guten Ruf hat –, und ihre Angestellten

sprechen kein Englisch. Und da sie so alt wie Methusalem ist und nie ins Dorf kommt –«
Sie blickte Gerald hoffnungsvoll an, der ihre Worte zu überlegen schien.
»Du meinst, sie würde uns aufnehmen – wie?« fragte er nach einer Weile.
»Sicher würde sie das tun. Sie wäre hingerissen! Du weißt, sie hat dich immer gern gehabt – und mich auch.«
Sie blickte zu Old Nan hinüber und sagte vergnügt blinzelnd: »Ich weiß nicht, wie oft der arme Papa von Old Nan ausgeschimpft wurde, weil er mir erlauben wollte, Dower House zu besuchen.«
Old Nan hob ihre Nase in die Luft und sagte gekränkt: »Meine Sache war es ja nicht, Mr. Walter zu sagen, wie er Sie zu erziehen hatte. Doch für meine Begriffe ist es unglaublich, ein sittsames junges Mädchen den Fängen einer anrüchigen Frau auszuliefern –«
»Oh, Nan! Lady B. ist keine anrüchige Frau. Jedenfalls nicht mehr, seit sie Lord Brassborough geheiratet hat, und der ist seit zwölf Jahren tot.«
»Doch bevor sie ihn geheiratet hat, war sie beim Theater«, sagte Old Nan verächtlich. »Und hat dort ihre Beine gezeigt, nach allem, was man hört.«
Gerald sagte grinsend: »Und sicher waren das zwei prachtvolle Beine, obwohl sie seitdem allerhand Gewicht zugelegt hat.« Er blickte Eugenia an. »Ja, das könnte klappen«, gab er zu. »So etwas könnte ihr Spaß machen. Und du hast ganz recht, bei ihr werden wir sicher sein. Keiner der Angestellten wird im Dorf herumklatschen.«
Eugenia wandte sich an Richard. »Wahrscheinlich sollte ich Ihnen erklären, daß wir von der Witwe Brassborough reden, die in ihren jungen Jahren beim Theater war. Vielleicht haben Sie sogar von ihr gehört – Meg Morvin? Jetzt lebt sie ganz in der Nähe des Gutshauses und hat nur

französische Angestellte, weil sie und Lord Brassborough immer im Ausland gelebt haben. Als er starb, kam sie zurück, um in Dower House zu leben und um die jetzige Lady Spite zu ärgern, wie sie sagt, die eine fürchterlich eingebildete Person ist –«

Sie legte eine Pause ein, weil sie ziemlich atemlos geworden war, und blickte ihn aufgeregt an.

»Ich glaube«, bemerkte Richard im Plauderton, »daß ihr beide verrückt geworden seid. Wenn ich bedenke, daß ich früher immer die Bekanntschaft meiner vornehmen Verwandten machen wollte –«

»Oh, Eugenia und ich sind nicht vornehm«, erklärte Gerald gemütlich. »Das ist nur Cecil, und dessen Bekanntschaft sollten Sie gar nicht erst machen, denn mit dem können Sie sicher nichts anfangen. Und ich kann nicht verstehen, weshalb Sie meinen, wir hätten nicht alle Tassen im Schrank, denn ein tolleres Ding, als Sie in Mere gedreht haben, gibt es ja gar nicht. Was wir jetzt vorhaben, ist nicht halb so schlimm. Wir werden in Dower House so sicher sein wie in Abrahams Schoß, und von dort aus können wir beide diesen schurkischen MacGoff ausfindig machen und dafür sorgen, daß er seinen gerechten Lohn bekommt.«

Er und Eugenia gingen nun daran, den Plan weiter auszuarbeiten, damit sie ihn so bald wie möglich in die Praxis umsetzen konnten. Richard jedoch, der von der gemütlichen kleinen Küche aus auf die blühenden Büsche und Hecken blickte, hing seinen Gedanken nach. Als er die beiden beobachtete, wurde ihm bewußt, daß sie noch Kinder waren, obwohl Gerald sicher nicht jünger war als er selbst und Eugenia ihre eigene Art von Weisheit hatte und eine Lebenspraxis, die ihrem Alter nicht entsprach.

Doch er selbst hatte einmal einen Mann am Galgen sterben sehen, einen Mann, den er gekannt hatte und mit

dem er in Irland zusammengearbeitet hatte. Was für ihn und Gerald Liddiard am Ende bei dieser Angelegenheit herauskommen konnte, war kein Kinderspiel, über das man am Schluß nur lachte.
Er sah, wie Eugenia ihn plötzlich anblickte, da sie zu bemerken schien, wie nachdenklich er war.
»Richard«, sagte sie ernst. »Sie werden es doch tun, nicht wahr? Wirklich, es ist alles ganz ungefährlich. Ich würde es Ihnen wirklich nicht vorschlagen, wenn es nicht so wäre!«
»Ganz ungefährlich«, dachte er sich. Eine abscheuliche Maskerade, deren Erfolg von ihrer Kühnheit abhing. Und das gemeinsam mit zwei Schulmädchen und einem leichtsinnigen jungen Tunichtgut.
Doch es war der einzige Weg, der ihm offenstand. Er konnte sich nicht ständig in Old Nans Cottage verstecken, und er wollte es auch nicht Gerald Liddiard überlassen, die Wahrheit über jene Nacht an der Bath Road allein an die Öffentlichkeit zu bringen. Sicher war dies nun auch seine Aufgabe, da er in Mere die Rolle Geralds gespielt hatte.
»Also gut«, sagte er ruhig – ebenso ruhig wie in Thatcham im »King's Head«, als ihm ein anderer und ebenso riskanter Vorschlag gemacht worden war. »Ich bin dabei.« Und er sah, wie ihre Augen erleichtert und erregt zu leuchten begannen.
»Oh, Richard, ich bin so froh!« sagte Eugenia. »Ich bin fest davon überzeugt, daß alles wunderbar klappen wird.«
Gerald sagte: »Famos!« und Old Nan, die wie immer ihre Mißbilligung zu erkennen gab, jedoch zugleich praktisch dachte, fragte, ob irgend jemand noch Schinken oder Toast wolle.

11

Es sollte sich jedoch zeigen, daß Eugenia bezüglich der Durchführung ihrer Pläne allzu optimistisch gewesen war. Als sie Old Nans Cottage verlassen und den Kutscher angewiesen hatte, sie in die Green Street und nicht direkt zurück zum Grosvenor Square zu fahren, konnte sie sich kurz darauf mit Muffet besprechen und war alles andere als zufrieden mit deren Reaktion. Es zeigte sich nämlich, daß ihre Freundin trotz aller Loyalität die größten Bedenken hatte.

Sie erklärte Eugenia eindringlich, daß man so etwas niemals machen könne, und was solle sie denn um alles in der Welt ihrer Mama sagen, wenn sie beide so unerwartet in Kent ankämen?

»Ich kann ihr doch nicht sagen, daß du gekommen bist, weil Tom dich heiraten will«, sagte sie aufgebracht, »denn vielleicht will er es gar nicht. Er wäre sehr böse mit mir, wenn ich ihm sagen würde, er solle es tun! Und überlege dir doch mal, in welche Situation ich ihn damit brächte. Er würde ja gezwungen sein, dir einen Antrag zu machen!«

»Unsinn!« sagte Eugenia ungeduldig. »Natürlich brauchst du deiner Mama gar nicht zu sagen, daß Tom mich heiraten will. Das werde ich nur Gussie sagen müssen, damit sie mir erlaubt, nach Kent zu fahren. Du hast nichts anderes zu tun, als ihr zu schreiben, daß wir durch all unsere Verpflichtungen hier in London völlig erledigt sind und daß Gussie es für eine gute Idee hält, wenn wir eine oder zwei Wochen ruhig auf dem Land verbringen.«

»Aber Tante Lizzie wird das nicht wollen! Was soll ich ihr denn sagen?«

»Sag ihr, daß Gussie mich für erholungsbedürftig hält und daß du mich zu einem Besuch im Gutshaus eingeladen hast. Doch du mußt ihr unbedingt auch sagen«, fügte Eugenia welterfahren hinzu, »daß Lord Chandross uns in seiner Kutsche hinbringen lassen will. Sie hat eine große Vorliebe für Wappen, nicht wahr?«

Muffet gab unwillig zu, daß Mrs. Lighton sicher mit allem einverstanden war, wenn die Chance bestand, daß sie und ihre Nichte in die Kreise des Hochadels eingeführt würden. Sie war jedoch immer noch voller Zweifel, ob sie dieses gewaltige Täuschungsmanöver durchführen könne, so daß Eugenia ihr schließlich versprach, daß sie selbst Mrs. Lighton und auch Gussie von der Einladung ins Gutshaus und einem verlegten Brief berichten würde.

Für eine junge Dame, die sich als schlechte Lügnerin bezeichnet hatte, geriet sie nun allerdings in beträchtliche Schwierigkeiten, doch sie tröstete sich damit, daß alles zu einem guten Zweck geschähe und sie es nur als Rolle auffassen müsse, wie damals, als sie Richard nach Mere brachte.

Sie fuhr also zurück zum Grosvenor Square – in die Höhle des Löwen.

Die Höhle des Löwen erwies sich als Gussies Schlafzimmer, denn Lady Chandross war eine notorische Spätaufsteherin und gerade dabei, ihr Schokoladenfrühstück inmitten ihrer weichen Kissen und rosa Seidendraperien zu beenden. Sie war nicht in allerbester Stimmung, denn sie hatte gerade die Einladung zu einer sehr verlockenden Party bei einer besonders indiskreten Dame der Gesellschaft bekommen, die sie gern angenommen hätte, zu der sie Eugenia jedoch nicht mitnehmen konnte. Als Eugenia ihr Schlafzimmer betrat, gab sie sich gerade den trübsinnigen Vorstellungen von weiteren langweiligen Monaten hin, die sie mit ihrer heiratsunwilligen Nichte verbringen mußte, und dabei zeigte sich eine unmutige Falte zwischen ihren Brauen. Eugenia hätte tatsächlich keinen besseren Moment wählen können, um ihr von Toms angeblichen Heiratsabsichten zu berichten.

»Der junge Rowntree!« Eugenia konnte, als sie ihre Rede beendet hatte, förmlich sehen, welche Gedanken nun durch Gussies Kopf jagten: »Zwar keine besonders glänzende Partie, jedoch immerhin eine angemessene. Ein beträchtlicher Besitz, soviel ich gehört habe, und er ist der einzige Sohn. Natürlich ist er wahrscheinlich ein fürchterlicher Bauerntölpel, doch man muß die beiden ja nicht oft in Mere haben. Ich kann mir nicht denken, daß Cecil etwas dagegen haben wird – nicht, wenn er sich davon überzeugt hat, wie dieses Mädchen jede Chance, die wir ihr geboten haben, in den Wind geschlagen hat.«

Laut sagte Gussie jedoch nur: »Gut, meine Liebe. Aber wie gerissen du doch bist! Deshalb hast du jedem anderen Bewerber, den ich dir angeboten habe, die kalte Schulter gezeigt. Ist er ein gutaussehender Junge, dein Tom?«

Eugenia, die nie darüber nachgedacht hatte, da Tom für sie eben Tom war, den sie schon kannte, als sie ihre ersten Schritte tat, sagte nach einer Weile, daß er es wahrscheinlich sei.

Gussie lachte. »Nun, du scheinst mir aber gar nicht so begeistert zu sein«, sagte sie. »Jedenfalls nicht wie ein Mädchen, das bis über beide Ohren verliebt ist.«

Eugenia beeilte sich zu sagen, daß sie Tom sehr gern habe, doch zur gleichen Zeit regte sich ein ziemlich ungemütliches Gefühl der Ungewißheit in ihr – es war ein ungewohntes Gefühl, denn sie war es nicht gewohnt, ihre eigenen Entscheidungen anzuzweifeln. In einigen Tagen würde sie – wenn alles wie geplant verliefe – in Kent sein und konnte Tom sagen, welche Vorteile es für sie beide haben würde, miteinander verheiratet zu sein. Er würde ihr sicher zustimmen, und dann würde eine Nachricht an

die »Morning Post« geschickt werden, was eine unaufhörliche Folge von Ereignissen auslösen würde, die alle schließlich bei ihr als Mrs. Thomas Rowntree endeten. Das war es dann genau, was sie gewünscht und geplant hatte.
Weshalb also auf einmal dieses unangenehme, unsichere Gefühl?
Sie verwies diese Gedanken jedoch vorläufig noch in den hintersten Winkel ihres Gemüts und fuhr in ihren Unterhandlungen mit Gussie fort, die zu einem außergewöhnlich befriedigenden Ende führten. Dann besuchte sie Haggart in seiner Löwenhöhle – den Stallungen – und informierte ihn über die Rolle, die er bei der Flucht nach Kent zu spielen habe. Wie zu erwarten gewesen war, zeigte er sich entrüstet und erteilte ihr eine ernste Lektion über die Unziemlichkeit, sich in so eine Angelegenheit zu verwickeln. Schließlich erklärte er sich jedoch, wenn auch nur grollend, damit einverstanden, seine Rolle zu spielen. Nun blieb nur noch Mrs. Lighton übrig, mit der man fertig zu werden hatte, und dies zeigte sich unerwarteterweise als schwierigster Teil. Trotz aller Vorliebe für adlige Wappen war sie nicht geneigt, Muffet so ohne weiteres aus London zu entlassen – just in dem Moment, wo sie auf dem besten Wege war, unter die Haube zu kommen.
»Sie haben sicherlich bemerkt, meine Liebe«, sagte sie, »daß Mr. Blenkinsopp sich außerordentlich aufmerksam ihr gegenüber zeigt, und es ist niemals dienlich, so lange zu warten, bis ein Gentleman vielleicht kalte Füße bekommt. Eine Abwesenheit von einer oder zwei Wochen kann sich als außerordentlich fatal erweisen – so begehrt, wie er ist.«
Eugenia, die genau wußte, daß Muffet nicht die geringste Neigung für Mr. Blenkinsopp verspürte – ein grünes Bürschchen, das zwar einen bemerkenswerten Besitz in

Derbyshire zu erwarten hatte, sonst jedoch nichts aufweisen konnte, was ihn einer jungen Dame empfahl –, überkam eine Erleuchtung, und sie wiederholte ein Gerücht, daß sie von Gussie gehört hatte. Der junge Blenkinsopp, so sagte sie, habe sich offenbar allzuweit in die Londoner Spielhöllen vorgewagt und werde nun von seinem erbosten Papa nach Derbyshire zurückkommandiert.
Mrs. Lighton, die von dieser Neuigkeit offensichtlich beeindruckt war, äußerte sofort, daß man sich dann eben auf Mr. Fincher konzentrieren müsse, der zwar ein Witwer sei und etwas alt für die liebe Amelia, jedoch insgesamt keine schlechte Wahl darstelle.
Zum Glück zeigte sich aber, daß Mr. Fincher London unerwarteterweise aus geschäftlichen Gründen verlassen mußte und erst in vierzehn Tagen zurückerwartet wurde. So bekam Muffet die Erlaubnis, eine Weile die Hauptstadt zu verlassen und ihrem Heim in Kent einen kurzen Besuch abzustatten. Eugenia und Muffet feierten ihren Triumph mit einem improvisierten Walzer in der oberen Halle des Hauses in der Green Street und machten sich dann an die Arbeit, um die notwendigen Briefe zu schreiben. Muffet informierte ihre Mama kurz über ihre bevorstehende Ankunft, und Eugenia sandte einen etwas längeren und ziemlich geheimnisvollen Brief an Lady Brassborough und bat sie um Hilfe in einer Sache, bei der es um Leben oder Tod ging. Gleichzeitig bat sie darum, »zwei unschuldige Opfer widriger Umstände« in ihrem Haus unterbringen zu dürfen.
Inzwischen wurden die beiden Opfer widriger Umstände durch Haggart davon in Kenntnis gesetzt, sich bereitzuhalten, da am frühen Montagmorgen die Abreise nach Kent geplant sei. Falls sie bezüglich des Plans doch noch ihre Zweifel hatten, so konnte man es ihnen jedenfalls nicht ansehen. Zwei prächtige Gestalten in der rot-silber-

nen Livree des Hauses Chandross – von Haggart zuvor geliefert – verließen Old Nans Cottage, wobei der eine, Gerald, vor sich hin grinste und der andere, Richard, seine übliche Gelassenheit zur Schau trug. Nach einigen kurzen Worten mit Eugenia nahmen sie ihre Plätze hinten auf der Kutsche ein, und fort ging die Fahrt nach Kent bei herrlichstem Sonnenschein.

Während der ersten Stunde hatte Eugenia ständig das Gefühl, daß die Kutsche zweimal so groß und auffallend war wie sonst und daß die Leute auf der Straße sie besonders aufmerksam anblickten. Es schien ihr, als hätte man Gerald und Richard genausogut ein Plakat umhängen können, auf dem sie steckbrieflich gesucht wurden. Mit der Zeit gewöhnte sie sich jedoch an diese Lage, und als sie schließlich an einem Gasthaus hielten, um die Pferde zu tränken und zu füttern, gelang es ihr sogar, mit größter Souveränität vom Wagen zu steigen und gemeinsam mit Muffet einen Imbiß zu nehmen, während Haggart und die beiden »Lakaien« in den Schankraum gingen, um sich dort mit kaltem Roastbeef und hausgebrautem Bier zu stärken.

Im Gegensatz zu Eugenia war Muffet außerordentlich nervös und erwartete jeden Augenblick das Auftauchen der Polizisten aus der Bow Street, was die Gemütlichkeit des Mahles empfindlich störte. Eugenia hatte einige Mühe mit ihr und war sogar gezwungen, sie energisch in den Arm zu kneifen, als der Kellner unerwartet erschien, um ihnen eine zweite Kanne Kaffee zu bringen.

Tatsächlich hatte es jedoch, wie sie später erfuhren, einige Schwierigkeiten gegeben, und zwar durch einen alten Mann, der allgemein in einem schlechten Ruf stand und bösartig genug war, alle Gäste in der Schenke auf die bemerkenswerte Ähnlichkeit der beiden Lakaien mit dem gesuchten Gerald Liddiard hinzuweisen. Dieser, so sagte

er, sei wegen Mordes gesucht, das habe er einem Steckbrief entnommen, der vor einiger Zeit im Wirtshaus angeschlagen war.
»Tja, wenn zwei gesucht würden, hätten wir sie nun beide«, sagte er, »so ähnlich, wie die sich sind.« Und er begeisterte sich so über seine eigene Findigkeit, daß er beim Wirt ein zweites Glas Bier bestellte.
Gerald, der nicht so leicht in Verlegenheit zu bringen war, erklärte mit gut vorgetäuschtem Sarkasmus, daß er sofort mit Gerald Liddiard tauschen würde, denn der sei, wie man hört, ein Gentleman und würde daher sicherlich niemals mit dem Galgen Bekanntschaft machen, da seine Verwandtschaft ihm schon aus der Klemme helfen würde.
»Ah«, sagte er mit Überzeugung, »der kann jederzeit an meine Stelle treten, und ich werde seine übernehmen. Was meinst du, Dick?« fragte er seinen »Zwilling«.
Richard jedoch meinte, daß er die gegenwärtige Stelle für nicht ganz so schlecht halte, im Vergleich zur letzten, worauf das Gespräch sich einem weniger bedenklichen Thema zuwandte, wie Haggart erleichtert bemerkte. Als die beiden schließlich wieder draußen waren und auf ihre Plätze stiegen, ließ er seinen Gefühlen freien Lauf und erklärte ihnen, einer sei so schlimm wie der andere, und sie sollten es gefälligst unterlassen, das Schicksal weiter herauszufordern. Gerald jedoch erklärte, daß er das Zwillingsdasein höchst erfreulich fände, denn so könne man für alles, was man selbst verbrochen habe, dem anderen die Schuld zuschieben.
Eugenia war mit dem bisherigen Verlauf der Reise voll zufrieden, und als sie sah, daß man sich heimatlichen Gefilden näherte, kam sie erst recht in Stimmung.
Große, würdige Gutshäuser inmitten blühender Hecken, sanfte Hügel und dichte Wälder – dies war die Welt ihrer

Kindheit, zu der sie zurückkehren würde, wenn sie Tom heiratete.
Bei dem Gedanken an Tom wurde ihr jedoch wieder sehr ungemütlich ums Herz, und sie konnte dieser merkwürdigen Empfindung nur entkommen, indem sie sich die Situation in Dower House ausmalte und sich fragte, wie Lady Brassborough die beiden »unschuldigen Opfer widriger Umstände« wohl aufnehmen würde.
Dower House – ein Bau aus jakobinischer Zeit, der den Brassboroughs als Hauptwohnsitz gedient hatte, bis der sechste Baron unter Georg II. ein größeres und prächtigeres Gebäude auf einem Hügel in der Nähe errichten ließ – lag wohlverborgen hinter einer Kastanienallee und doppelten schmiedeeisernen Toren am Ende des Dorfes. Als die Kutsche die Allee hinaufrollte und vor der Südfront hielt, sah Eugenia, wie sich die Eingangstore öffneten und eine imponierende, gewichtige Gestalt in der Türöffnung erschien. Dies war kein diskreter, unauffällig gekleideter Butler, sondern Lady Brassborough selbt, mit Brokat und Juwelen geschmückt, farbenprächtig und schillernd wie ein Pfau. Sie bewegte sich langsam die Stufen zur Kutsche hinunter, und als Gerald herabsprang, die Wagentüre öffnete und Eugenia und Muffet beim Aussteigen half, hob sie ihre Lorgnette ans Auge, um zunächst Gerald und dann Richard zu mustern.
»Ha!« rief sie mit einer Stimme, die einstens das Drury Lane Theatre erschüttert hatte, als sie dort noch als Heroine auftrat. »Wen haben wir hier? Nicht nur einen Gerry, sondern gleich zwei. Wenn du mir sagen willst, mein Junge, wie es dir gelungen ist, dich in zwei Teile zu teilen, werde ich dir ewig dankbar sein. Und weshalb als Lakaien? Soll ich euch beide anstellen? Es wird mir ein Vergnügen sein! Eugenia, mein liebes Kind –«

Sie umarmte Eugenia mit großer Gebärde und deutete dann auf Muffet. »Und wer ist das?« fragte sie.
Muffet, die die großen, lebensklugen und skeptischen Augen der Lady auf sich gerichtet fühlte, erklärte schüchtern, daß sie Amelia Rowntree sei.
»Sie kennen doch die Rowntrees, Lady B.«, sagte Eugenia. »Ihr Land grenzt an unseres – ich meine, an Coverts.«
»Ah, ja«, sagte Lady Brassborough, die Muffet immer noch eindringlich beäugte. »Ihre liebe Mama macht mir nicht die Ehre, mich anzuerkennen, glaube ich«, sagte sie mit ihrer tiefen Stimme. »Erkennen Sie mich an, Miß Rowntree?«
Muffet nickte schnell und ängstlich, da es ihr nicht gelang, einen vernünftigen Satz zu bilden. Eugenia sagte mit gewohnter Sachlichkeit: »Natürlich erkennt sie Sie an, Lady B., sonst wäre sie ja nicht hier. Doch können wir jetzt hineingehen? Und vielleicht können Gerry und Richard hinaufgehen und sich sofort umziehen, so daß Ihre Angestellten sich nicht wundern, daß Sie Lakaien als Gäste haben. Denn Sie wissen doch, daß sie Ihre Gäste sein müssen und daß absolut niemand erfahren darf, daß sie hier sind – nicht wahr?« fragte sie ängstlich.
»Weiß ich das?« sagte Lady Brassborough und hob die Brauen. »Dein Brief war ziemlich unklar, mein liebes Kind. Doch wenn du mir zwei hübsche junge Männer ganz zu meinem eigenen Gebrauch daläßt, werde ich dir noch einmal verzeihen. Hier in diesem Teil von Kent gibt es nämlich bedauernswert wenig hübsche junge Männer. Komm mit mir, Gerry.«
»Das ist aber Richard«, rief Eugenia hinter ihnen her, als Lady Brassborough Richards Arm nahm und mit ihm davonzog. Sie beeilte sich, ihr mit Muffet und Gerald zu folgen. »Er ist der Sohn von Charles Liddiard«, erklärte sie.

»Haben Sie Onkel Charles gekannt, Lady Brassborough?«
»Ja, als ich mit dem armen B. verheiratet war, habe ich ihn einen kurzen, glorreichen Augenblick lang erlebt«, sagte Lady Brassborough, ohne sich umzudrehen. »Ich bin mit ihm nach Kent gekommen, das heißt mit B., und wenn mein Gedächtnis mich nicht täuscht, haben Charles und ich bei einem Jagdfrühstück miteinander geschäkert. Ein charmanter Junge, doch unbeständig, furchtbar unbeständig. Jedenfalls glaube ich, daß sein Name Liddiard war.«
Sie waren in die Halle gekommen – die mit schwarzweißen Rautenmarmor am Boden und hellen, verblaßten Wandbehängen geschmückt war –, als ein außerordentlich alter Butler auf sie zutrottete, um Hüte und Mäntel entgegenzunehmen. Er schien keineswegs erstaunt darüber zu sein, seine Herrin Arm in Arm mit einem Lakaien in voller Livree anzutreffen.
»Matthieu, mon cher«, wandte sich Lady Brassborough in einem sehr anglisierten Französisch an ihn. »Dies sind meine Freunde, les Messieurs Liddiard, die mir einen kurzen Besuch machen. Niemand außer Haus darf wissen, daß sie hier sind – comprenz-vous? Und sagen Sie Dunoyer, daß sie das Blaue und das Grüne Schlafzimmer bekommen. Allez-vous-en!« endete sie mit einem dramatischen Winken des Arms.
Der alte Butler nickte und trottete die breite alte Eichentreppe hinauf, gefolgt von les Messieurs Liddiard. Lady Brassborough führte dann Eugenia und Muffet in einen großen Salon, der vollgestopft war mit erlesenen französischen Möbeln, Porträts, Miniaturen, Theatererinnerungen, Stickrahmen, Romanen und eleganten Nippes, worauf Muffet, die dergleichen noch nie gesehen hatte, so verwirrt war, daß sie sich beinahe in einen Louis-Seize-

Fauteuil gesetzt hätte, der bereits von einem fetten, kampflustigen Mops okkupiert war.
»Nein, nein, nicht dorthin, meine Liebe«, sagte Lady Brossborough tadelnd. »Das ist Wellingtons Sessel. Er gestattet es niemandem, sich dorthin zu setzen, außer sich selbst.« Sie nahm den Mops auf den Arm, so daß Muffet nicht umhin konnte, einen Vergleich zwischen ihrem und Wellingtons Gesicht zu ziehen, die sich in ihrem aggressiven Ausdruck außerordentlich ähnlich waren. Lady B. nahm auf einem zarten vergoldeten Sofa mit einer theatralischen Anmut Platz, die sowohl ihrem Gewicht als auch ihren Jahren alle Ehre machte, und sagte ermunternd zu Eugenia: »Und nun, liebes Kind, mußt du mir alles genau erzählen, was dein kleines Geheimnis betrifft und warum Gerry auf einmal einen Zwilling bekommen hat und außerdem zum Lakaien wurde.«
»Also gut«, stimmte Eugenia zu. »Doch wir können nicht lange bleiben, weil wir im Hause der Rowntrees erwartet werden. Aber Sie wissen sicher schon von dem Mißgeschick, das Gerry geschehen ist?«
Sie blickte Lady Brassborough fragend an, die gerade ihr und Muffet Bonbons anbot, wobei sie Wellington mit strenger Stimme erklärte, daß er zu fett sei, um auch nur einen zu bekommen. Dann wählte sie einen für sich selbst.
»Nicht«, sagte sie gemütlich, »daß ich nicht auch zu fett wäre, doch zum Glück kann Wellington mir das nicht vorhalten, obwohl er es wahrscheinlich sehr gern täte. Ist das die Geschichte von Barnstaples Kutscher, von der du sprichst?«
»Ja«, sagte Eugenia, »doch Gerald hat es in Wirklichkeit nicht getan. Es war Captain MacGoff, der sich Gerrys Stute und Mantel genommen hat, und daher hat Lord Barnstaple der Polizei gesagt, daß es Gerry war, und natürlich haben sie ihm geglaubt.«

Sie beeilte sich, Lady Brassborough einen ausführlichen Bericht zu geben, und vergaß auch nicht zu erzählen, wie Richard Liddiard in die ganze Geschichte hineinverwikkelt wurde. Als sie geendet hatte, mußte sie feststellen, daß Lady Brassborough sie unbewegt und mit der gleichen erfahrenen Skepsis anblickte, mit der sie immer der Welt begegnete.
»Toll!« erklärte sie. »Toll, ihr alle zusammen! Natürlich bin ich entzückt, euch zu helfen, mein liebes Kind, doch es ist ja nicht ausgeschlossen – nicht wahr? –, daß deine beiden jungen Männer gezwungen sind, mir einen recht ausgedehnten Besuch zu machen, falls dieser schreckliche MacGoff nicht gefunden wird. Er hat mir vor etwa sechs Jahren die zweifelhafte Ehre erwiesen«, sagte sie mokant, »mir die Ehe anzubieten. Er muß völlig geblendet gewesen sein, nehme ich an, als er dies sah – und sie streckte ihre prachtvoll beringten Hände aus –, und dachte wohl, daß es die einzige Heilung für ihn sein könnte. Ich glaube, ich habe an diesem Abend auch die Pontowski-Smaragde getragen, was natürlich das Seinige dazu beigetragen hat, ihn völlig außer Fassung geraten zu lassen.«
»Wie schrecklich für Sie«, sagte Eugenia entrüstet. »Ich frage mich, wie er es gewagt hat –«
»Mein liebes Kind, ein Heiratsantrag ist nie ganz von der Hand zu weisen, wenn man mehr als neununddreißig Lenze erlebt hat«, sagte Lady Brassborough, »ganz egal, von wem er kommt, auch wenn er durch Diamanten und nicht durch strahlende Augen hervorgerufen wurde. Es ist immer noch bei weitem amüsanter als Patiencen zu legen und erinnert einen an glücklichere Tage, als man Herzöge und Marquis ad infintium abgewiesen hat, wenn das der richtige Ausdruck ist – oder ist es ad nauseam? Nur habe ich das nie getan, denn ich habe es immer ge-

nossen, selbst wenn sie ziemlich dick waren, wie der arme Aldersworth, oder etwas dämlich, wie der alte Lord Parradine, der mir aus Peru ein ausgestopftes Lama mitgebracht hat – wie eine Katze, die einem eine Maus vor die Tür legt, um zu beweisen, wie tüchtig sie ist. Es war natürlich viel zu groß, um es zu behalten –«

Eugenia, die voraussah, daß Lady Brassboroughs Redefluß in absehbarer Zeit nicht aufzuhalten sein würde, entschuldigte sich an dieser Stelle und erklärte, daß sie unbedingt aufbrechen müßten. Sie nahm Muffet beim Arm und drängte sie hinaus zur wartenden Kutsche.

12

Zwanzig Minuten später fuhr die Kutsche vor dem Gutshaus vor, einem stattlichen Gebäude im charakteristischen Fachwerk der Tudorzeit mit seinen weinblauen Wealdenziegeln. Mrs. Rowntree hielt bereits nach ihnen Ausschau und kam in die Halle geeilt, sobald ihnen die Tür geöffnet worden war. Sie war eine stämmige, gemütliche Frau, obgleich sie im Augenblick nicht sehr gemütlich aussah, da sie – seit sie Muffets Nachricht von ihrer und Eugenias Ankunft bekommen hatte – den Gedanken nicht mehr hatte loswerden können, daß eine von beiden sich entweder schändlich benommen hatte oder todkrank war. Als sie die beiden jedoch quietschvergnügt hineinmarschieren sah, ließ sie ihren Gefühlen freien Lauf und schimpfte sie fürchterlich aus. Sie wurde jedoch bald durch das Erscheinen des Squire unterbrochen, der gerade zusammen mit seinem Verwalter einen Inspektionsritt gemacht hatte und sehr glücklich war, seine kleine Muffet wieder zu Hause zu sehen.

»Also hast du von London genug gehabt«, sagte er und kniff sie in die Wange. »Na ja, es war ja auch die Idee deiner Mutter, dich dorthin zu schicken, denn ich habe gar nichts davon gehalten. Eines Tages wird sie uns so einen städtischen Schwiegersohn präsentieren, habe ich ihr gesagt.«

»O nein, Papa«, rief Muffet entrüstet. »Ich werde überhaupt nicht heiraten und sicherlich keinen städtischen Schlawiner, was immer du auch darunter verstehst. Ich werde immer hier zusammen mit euch und Tom leben.«

Der Squire war ein großer, freundlicher Mann, der nun herzlich lachte und ihr sagte, daß das sicher in bester Ordnung wäre, solange er und ihre Mutter noch lebten. Doch wenn Tom erst einmal verheiratet sei, wäre seine Frau vielleicht nicht ganz so erfreut, sie im Haus zu haben – was Muffet dazu veranlaßte, Eugenia einen verschwörerischen Blick zuzuwerfen und zu lächeln. Worauf Eugenia zu ihrem eigenen Entsetzten rot wurde, und als Tom, der auf Kaninchenjagd gewesen war, erschien, hatte sie das dringende Bedürfnis, auf der Stelle davonzulaufen.

Tom war ein großer, blonder junger Mann mit frischem Gesicht und blauen Augen, ganz wie sein Vater. Wenn er älter würde, käme er sicher noch mehr auf den Squire hinaus, würde ebenso stämmig und jovial wie dieser werden und sein Land gut in Schuß halten – genau der Mann, auf den die Grafschaft sich verlassen konnte. Eugenia war natürlich viel zu jung, um dies alles jetzt schon wissen zu können, doch sie fühlte, daß Tom der beste Freund war, den sie je hatte, abgesehen von Muffet, und wenn sie auf einmal mit schrecklicher Deutlichkeit erkannte, daß sie ihn nicht heiraten wollte und es nie tun würde, dann nur, weil mit ihr selbst etwas nicht stimmte und nicht mit ihm. Als Folge davon verspürte sie während des ganzen vorzüglichen Dinners ein heftiges Schuldgefühl und konnte nicht mit dem üblichen Appetit all die aufgetragenen Köstlichkeiten verspeisen – es gab Enten, einen jungen Hasen, eine Suppe aus jungen Erbsen und den Savoy-Cake, den sie immer so gerne aß. Als der Squire sich nach dem Essen in das Herrenzimmer zurückzog und Mrs. Rowntree – die ihren Stickrahmen nahm – vorschlug, daß die jungen Leute doch noch an die gute Luft gehen sollten, fiel es Eugenia schwer, dieser Aufforderung zu folgen, weil sie wenig Lust hatte, sich zu einem Gespräch á trois mit Muffet und Tom zu begeben.

Dieses Gespräch wandte sich jedoch zum Glück zunächst einem Gegenstand zu, der wenig mit der quälenden Frage einer Ehe mit Tom zu tun hatte. Sie und Muffet hatten zuvor besprochen, daß es am besten sei, Tom ins Vertrauen zu ziehen und sich seiner Hilfe zu versichern, damit man herausfinden könne, ob sich Captain MacGoff in diesem Teil von Kent aufhalte. Tom könnte in der Nachbarschaft Erkundigungen einziehen, ohne Verdacht zu erregen, und er könnte vielleicht selbst schon etwas in dieser Hinsicht gehört haben.

Kaum waren sie – trotz eines heraufziehenden Gewitters – aus dem Haus und in die Dämmerung hineingeschritten, da begann Muffet schon, ihrem Bruder zu erzählen, was der eigentliche Grund ihrer Reise nach Kent war. Tom hörte ihr voller Spannung zu. Wie jeder richtige Mann fand er Geschmack an Abenteuern und erklärte sich sofort bereit, nicht nur zu erforschen, ob sich MacGoff in der Nähe aufhalte, sondern auch persönlich dafür zu sorgen, daß er der Polizei übergeben werde.

»Ja, aber ich glaube, es wäre nicht ganz richtig, wenn du das tun würdest«, sagte Eugenia, »denn natürlich wird er ableugnen, mit der Sache etwas zu tun zu haben, bevor Gerry und Richard sich nicht überlegt haben, wie sie ihm am besten ein Geständnis abzwingen. Gerry hat gesagt, er wolle es mit Gewalt aus ihm herauspressen, doch Richard meint, es wäre sinnvoller, die Wahrheit aus seinem Burschen herauszubekommen, der ja dabei war, als es passierte, und der vielleicht bereit wäre, Kronzeuge zu werden. Auf jeden Fall glaube ich, daß es besser ist, es ihnen zu überlassen.«

Tom erklärte rebellisch, daß er sich nicht ausschließen lassen werde, doch er versprach, nichts zu unternehmen, ohne Gerald und Richard vorher Bescheid gesagt zu haben, wenn es ihm gelingen sollte, MacGoffs Aufenthaltsort herauszufinden.

Inzwischen waren sie beim Kräutergarten hinter dem Haus angekommen und machten sich trotz des zuvor genossenen exzellenten Dinners mit größtem Appetit über die jungen Erbsen her.

»Tom«, begann nun Muffet, die sich nicht länger zurückhalten konnte, »Eugenia hat dir noch nicht gesagt, daß sie einen zweiten Grund hatte, mit mir hierherzukommen. Sie hat eine ganz wundervolle Idee – wenigstens hoffe ich, du wirst sie auch wundervoll finden.«

Sie blickte Eugenia erwartungsvoll an. Diese geriet sofort wieder in Panik, zumal sie Toms fragenden Blick bemerkte, und erklärte ausweichend, man könne diese Angelegenheit ja auch ein andermal besprechen.

Muffet blickte sie überrascht an. »Aber du hast mir doch gesagt, daß du ihn fragen willst, sobald du ihn siehst«, sagte sie.

»Mich was fragen?« erkundigte sich Tom.

Eugenia, die sich nun in die Enge getrieben sah, sagte gequält, daß es sich, wenn er es unbedingt wissen müsse, darum handle, sich zu verheiraten.

»Sich zu verheiraten?« wiederholte Tom erstaunt. »Wer will heiraten? Hast du die Absicht –«

»O, nein – nein!« sagte Eugenia hastig. Sie sah, wie Muf-

fet sie erstaunt anblickte, und machte einen neuen Anlauf, so verzweifelt, als müsse sie sich in einen Abgrund stürzen. »Das heißt, nein, wenn du nicht auch willst –«
»Ich nicht auch will?« sagte Tom und starrte sie an. »Wenn ich was nicht will?« Auf einmal schien ihm die Erleuchtung zu kommen. »Wenn ich dich nicht heiraten will?« fragte er und blickte sie entgeistert an.
Eugenia nickte kläglich. Wie konnte sie sich jemals eingebildet haben, so fragte sie sich jetzt, daß es so einfach sei, einen Mann zu fragen, ob er sie heiraten wolle. Und das schlimmste war, daß er nun, da sie diese Frage gestellt hatte, nicht so unritterlich sein konnte, nicht zuzustimmen. Und sie müßte dann den Rest ihres Lebens mit einem Mann verbringen (denn Tom war ein Mann und kein Junge mehr, das war ihr plötzlich klargeworden), der sie nur aus Pflichtgefühl geheiratet hatte.
Doch in diesem Fall hatte sie die Rechnung ohne Tom gemacht. Obwohl er sich, wie durch Zauberhand, für sie auf einmal in einen Mann verwandelt hatte, war sie für ihn immer noch das kleine Mädchen von früher, das zwar zu allen Streichen bereit war und unbeirrbar zu ihm hielt, das jedoch auch manchmal recht lästig werden konnte. Er blickte sie verständnislos an.
»Du bist wohl nicht ganz bei Trost«, sagte er. »Wieso sollte ich dich auf einmal heiraten wollen – oder irgend jemanden, wenn wir schon mal darüber sprechen? Ja, sicher werde ich das eines Tages tun müssen, schon um einen Stammhalter zu haben, doch es wird noch viele Jahre dauern, bis ich dazu bereit bin. Ja, verdammt noch mal, sehr viele Jahre!«
Eugenia fühlte sich auf einmal sehr erleichtert, doch bevor sie etwas sagen konnte, hatte Muffet sich schon in die Bresche gestürzt.
»O nein, Tom! Wie kannst du nur so grausam sein!« rief

sie vorwurfsvoll. »Weißt du denn nicht, daß Eugenia dann gezwungen ist, irgendeinen schrecklichen Menschen wie Mr. Walford oder Lord Cazdens Sohn zu heiraten, wenn du es nicht tun willst. Und sie wird im Ausland leben müssen, in diplomatischen Kreisen, oder wenigstens in London, und wir werden sie nie wiedersehen! Und es könnte alles so hübsch werden, wenn du nur wolltest –«

Tom, der jetzt wie ein störrischer Stier aussah, der die Hörner gesenkt hatte und entschlossen war, seinen eigenen Willen durchzusetzen, meinte, daß dies alles schön und gut sei, doch er sähe nicht ein, weshalb sie überhaupt irgendeinen dieser Männer heiraten müsse.

»Weil«, sagte Muffet mit der Stimme eines Lehrers, der seinem Schüler eine sonnenklare Tatsache zu erklären versuchte, »sie nicht das kleinste bißchen Geld hat! Und du kannst wirklich nicht von ihr erwarten, daß sie für immer und ewig weiter in Mere leben wird!«

Tom murmelte eigensinnig vor sich hin, daß dies ja nicht das schlechteste sei, wurde jedoch im selben Augenblick von einem grellen Blitz unterbrochen, der im Westen aufleuchtete, gefolgt von einem nachdrücklichen Donnergrollen und einem plötzlichen Platzregen, der auf die Erbsenstauden niederprasselte. Dadurch kam das Gespräch zu einem schnellen Ende, und sie kehrten schleunigst ins Haus zurück.

Als sie dort ankamen, goß es bereits in Strömen, so daß sie den nächsten Eingang über die Küche wählten. Hier standen die Köchin, zwei Hausmädchen und das Küchenmädchen beisammen, und alle waren offenbar in höchster Erregung.

»Oh, Master Tom!« stöhnte die Köchin, als die jungen Leute atemlos hereinstürzten. »Wie haben Sie mich erschreckt! Einfach so hereinzustürmen, wo ich doch so-

wieso schon halbtot bin vor Schreck über dieses Gewitter und die Polizisten, die eben ins Haus gekommen sind.«
»Polizisten!« Gleichzeitig kam es aus dem Mund der drei Freunde, seitens Tom in ungläubigem Entzücken, seitens der Mädchen in blankem Entsetzten.
Die Köchin, die mit Befriedigung bemerkte, daß die sensationelle Nachricht ihre Wirkung tat, fügte bescheiden hinzu, daß sie sie selbst nicht gesehen habe, sondern Gladys (wobei sie auf das ältere der Hausmädchen deutete), die man ausgeschickt habe, um Miß Amelia und Miß Eugenia zu suchen, da sie es offenbar seien, welche die Polizisten zu sehen wünschten.
»Oh«, sagte Muffet mit erstickter Stimme. »Uns wollen sie sehen? Wie merkwürdig! Was können die denn von uns wollen?«
Sie blickte hilfesuchend auf Eugenia, die sich gerade schreckensbleich ausmalte, wie Gerald und Richard bereits in Dower House entdeckt und nach Newgate geschleppt worden waren.
»Ja, es ist wirklich sehr merkwürdig«, sagte sie dann jedoch mit fester Stimme, wobei sie einen warnenden Blick auf die beiden Rowntrees warf. »Ich glaube, wir müssen jetzt selbst einmal nachsehen, um zu erfahren, was sie von uns wollen, meint ihr nicht auch? Vielleicht ist es, weil wir gerade erst aus London gekommen sind, obwohl mir unterwegs keine verdächtigen Personen aufgefallen sind.«
»Gladys meint, er könnte etwas mit Mr. Gerald zu tun haben, Miß Eugenia«, warf die Köchin triumphierend ein, doch diesmal verfehlten die Worte ihre Wirkung, denn Eugenia war mit ihren beiden Freunden bereits auf dem Weg hinaus.
Aus dem Wohnzimmer waren Stimmen zu hören, daher ging sie entschlossen auf diesen Raum zu. Als sie hineinkam, erkannte sie sofort die beiden Polizisten der Bow

Street, die sie an dem Tag, als Richard nach London geflohen war, in Mere Court gesehen hatte. Sie standen da, breitbeinig und grimmig, während der Squire, der offenbar gerade mit einer Schimpfkanone fertig geworden war, einen wütenden Eindruck machte.
Mrs. Rowntree, die bei all ihrer sonstigen Gutmütigkeit ziemlich aufgebracht und verzweifelt wirkte, sah die drei jungen Leute zuerst und sagte sofort voller Erleichterung: »Oh, da seid ihr ja, meine Lieben! Wo seid ihr denn um Gottes willen gewesen bei diesem Unwetter?«
»Jetzt aber Schluß, Millie!« sagte der Squire. Er schritt durch den Raum und stellte sich entschlossen neben Muffet. »Nun, Baker, oder was immer ihr Name ist«, wandte er sich mit einem ärgerlichen Blick an den größeren der beiden Polizisten, »hier sind meine Tochter und Miß Liddiard, und ich wäre Ihnen sehr dankbar, wenn Sie jetzt wiederholen würden, welch unglaubliche Anschuldigungen Sie hinter ihrem Rücken vorgebracht haben!«
Baker, der den Squire aus seinen dichten Brauen heraus störrisch anblickte, erklärte, daß er keine Anschuldigungen vorbringen werde.
»Es ist nur«, sagte er an Eugenia gewandt, da Muffet sich inzwischen hinter der kräftigen Gestalt ihres Vaters versteckt hatte, so daß nur noch die Nase und ein paar ängstliche Augen zu sehen waren, »es ist nur, daß man uns berichtet hat, zwei junge Damen wären heute nach Kent gekommen, die mit einem Bediensteten reisten, der große Ähnlichkeit mit einem gewissen Gerald Liddiard haben soll. Liddiard wird wegen Mordes und Raubüberfalls gesucht –«
»Was nur wieder einmal beweist«, unterbrach ihn Mrs. Rowntree ernst und wandte sich gleichzeitig an Eugenia, »wie sehr die Polizei sich irrt, meine Liebe, denn Haggart

hat nun wirklich nicht die geringste Ähnlichkeit mit dem armen Gerry. Ganz abgesehen davon, daß er alt genug ist, um sein Großvater zu sein. Und übrigens«, fuhr sie an die Polizisten gewandt fort, »haben Sie beide ja gesagt, daß es zwei Bedienstete waren, was beweist, daß Ihr Informant betrunken gewesen sein muß, denn man wird wohl kaum mit zwei Kutschern auf die Reise gehen, selbst wenn sie sich gleichen wie ein Ei dem andern.«

»Es waren keine Kutscher, Missus«, wandte der zweite Polizist, der Cartwright hieß, plötzlich ein. »Es waren Lakaien.« Worauf er wieder in schüchternes Schweigen verfiel.

»Nun, das macht es nur noch schlimmer«, erklärte Mrs. Rowntree, die sich nicht so leicht einschüchtern ließ. »Denn das sieht ja so aus, als ob diese zwei Kinder ganz allein, das heißt nur in Begleitung von Haggart reisen durften, ohne Zofe oder Lakaien oder irgendeine andere Dienerschaft, was natürlich ganz außerordentlich leichtsinnig von meiner Schwester und Lady Chandross war, und das werde ich ihnen auch sagen, wenn ich sie das nächste Mal sehe. Ich bin vielleicht etwas altmodisch, doch zu meiner Zeit –«

»Millie!« ermahnte sie der Squire noch einmal mit drohender Stimme.

Mrs. Rowntree, die keinerlei Furcht vor ihrem Mann kannte, blickte ihn verärgert an, gab jedoch um des Familienfriedens willen nach.

»Sie sehen also«, sagte der Squire und wandte sich wieder an Mr. Baker, was ihn deutliche Überwindung zu kosten schien, »daß meine Frau meine Erklärung bestätigt: meine Tochter und Miß Liddiard sind heute nur in Begleitung eines älteren Kutschers hier erschienen, den wir seit Ewigkeiten als Haggart kennen und der wirklich nicht die geringste Ähnlichkeit mit Mr. Gerald Liddiard hat. Im übrigen hat Gerald Liddiard, wie ich ganz genau weiß, keinen Zwillingsbruder. Er war einziges Kind, was man in der Bow Street bisher vielleicht auch festgestellt haben könnte, wenn man sich die Mühe gemacht hätte.«

»Das wissen wir, Sir«, brachte Mr. Baker ziemlich gequält heraus. »Das ist es ja, was uns so gewundert hat. Doch die Miß hat uns damals gesagt, als wie in Mere Court nach ihm gesucht haben, daß er es nicht war, der dort gewesen sei, sondern ein anderer Mann, der ihm wie ein Zwilling ähnlich sieht –«

Er blickte Eugenia an, die nun das kalte Entsetzen ergriff, während sie sich überlegte: »Wenn er mich nun direkt fragt und ich ihn anlüge, wird er es sofort merken. Ich muß irgend etwas tun –«

Doch zu ihrem Erstaunen – und auch zum Erstaunen aller Anwesenden – war es Muffet, die jetzt in die Bresche sprang. Sie trat aus dem schützenden Schatten ihres Vaters hervor und sagte mit der Ruhe der Verzweiflung, die sie auch schon bei Miß Bascom gezeigt hatte, wenn es darum ging, Eugenia und sich aus einer fatalen Situation zu retten: »Bitte, Papa, dazu möchte ich etwas sagen. Lady Chandross hat zwei Lakaien zur Begleitung mitgeschickt. Sie sind aber nicht mit hierhergekommen, weil ihre Mutter, die in Tunbridge Wells lebt, krank ist, und sie wollten sie so gern besuchen. Daher hat Eugenia es ihnen erlaubt. Und Haggart wird sie wieder abholen, wenn er nach London zurückfährt, so daß Lady Chandross es gar nicht erfahren muß, daß sie nicht mit uns hierhergekommen sind.«

Sie vermied es, dank langjähriger Erfahrung, dem Squire oder den Polizisten ins Gesicht zu blicken, und schaute statt dessen auf das dunkle Porträt einer Ahnin, die von der gegenüberliegenden Wand sittsam auf sie herabäugte.

Mr. Baker war der erste, der die Fassung wiedergewann. »Und wo«, fragte er den Squire schonungslos, »ist nun dieser Haggart, Sir, wenn ich bitten darf?«
Der Squire, den die Eröffnungen seiner Tochter offensichtlich noch zu beschäftigen schienen, blickte ihn leicht verwirrt an. »Ja«, sagte er nach einer Weile langsam, »er hat gesagt, daß er seine Schwester besuchen wollte. Ja, das hat er wohl gesagt.«
Auf seinem geröteten Gesicht zeigte sich ein verwundertes Stirnrunzeln, und er wandte sich an seine Frau: »Meine Liebe«, sagte er, »hast du jemals gehört, daß Haggart eine Schwester hat?«
»Natürlich hat er keine Schwester«, erklärte Mrs. Rowntree. »Und wenn er eine hat, muß sie in Schottland wohnen. Vielleicht ist es so, obwohl ist es merkwürdig finde, daß er über Kent nach Schottland will –«
Die Polizisten machten den Eindruck, als würden sie das auch sehr merkwürdig finden. Mr. Baker wandte sich wieder an Eugenia und blickte sie grimmig an. »Wie waren die Namen dieser beiden Lakaien, Miß, wenn ich bitten darf?«
»Charles«, äußerte sie prompt. »Charles und James.«
Da jeder zweite Lakai so hieß, fiel ihr die Antwort nicht weiter schwer.
»Charles und James, und wie weiter?«
Sie hob mit leichtem Hochmut die Brauen. »Dafür habe ich mich wirklich nicht interessiert«, sagte Miß Eugenia Liddiard, die von jedem Angestellten, der mit ihr unter einem Dach wohnte, immer die vollen Namen, familiären Zusammenhänge und häuslichen Probleme kannte.
Die Männer machten nun einen deutlich niedergeschlagenen Eindruck und fühlten sich zudem zurechtgewiesen. Der schweigsame Polizist hielt es für angemessen, sich zu seiner Berufsehre zu bekennen, und erklärte im Amtston:

»Einen Beamten im Dienst des Gesetzes an der Ausübung seiner Pflichten zu hindern –«

»Unsinn!« sagte der Squire gereizt. »Niemand hindert sie, lieber Mann. Meine Tochter hat Ihnen die Angelegenheit sehr deutlich klargemacht. Wenn Sie sich nach Tunbridge Wells begeben und dort nach diesen Lakaien der Chandross' suchen wollen, können Sie das natürlich tun, und niemand wird Sie daran hindern. Allerdings kann ich mir nicht vorstellen, weswegen Chandross seinen eigenen Neffen als Lakaien anstellen und außerdem noch einen zweiten im Dienst haben sollte, der sein Zwilling sein könnte.«

Er blickte die Polizisten angewidert an, die sich nun kurz und mit gedämpfter Stimme miteinander berieten, wobei Eugenia nur die Worte »Tunbridge Wells« und »beschwindeln« verstehen konnte. Offensichtlich hielten sie sich für die Opfer einer Verschwörung, doch wußten sie nicht, wen von den fünf Leuten, mit denen sie es hier zu tun hatten, sie der Täuschung bezichtigen sollten.

Es blieb ihnen also nichts anderes übrig, als sich zu verabschieden – im Augenblick ein ziemlich mißliches Unternehmen, da es draußen immer noch in Strömen goß, der Sturm sich nicht gelegt hatte und hin und wieder laute Donnerschläge zu vernehmen waren. Doch weder der Squire noch seine Lady, die in der Nachbarschaft allgemein wegen ihrer Gastfreundschaft bekannt waren, zeigten den unglücklichen Gesetzeshütern gegenüber Erbarmen, die nun in die dunkle Nacht hinausgingen, die Krägen hochgestellt und die Köpfe vor dem Sturm gesenkt.

»Eine Schande!« sagte der Squire zornig, als sich die Türe hinter ihnen geschlossen hatte. »Man kann sich nur fragen, wo das noch enden soll, wenn sie solche Leute losschicken, um das Recht zu schützen. Als ob Gerald Liddi-

ard so dämlich wäre, auf einer Kutsche in der Gegend herumzufahren, wo jeder Polizist im Lande nach ihm Ausschau hält!«
Muffet, die nach ihrem heldenhaften Einschreiten einen ziemlich geschwächten Eindruck machte, blickte Eugenia auffordernd an, und diese erklärte auch sofort, müde zu sein und es für das Beste zu halten, gleich ins Bett zu gehen.

13

»Du siehst also«, sagte Muffin niedergeschlagen, als sie und Eugenia schließlich allein in Muffets Schlafzimmer waren und sich – angetan mit ihren Nachthemden und Schlafhäubchen – zusammen auf dem großen Pfostenbett hingesetzt hatten, »es war das einzige, was ich sagen konnte. Mir ist ganz elend zumute, weil ich Papa getäuscht habe, aber ich konnte Gerry einfach nicht im Stich lassen –«
»Nein, natürlich konntest du das nicht«, sagte Eugenia herzlich. »Und du hast es einfach wunderbar gemacht – viel besser, als ich es hätte tun können, denn ich war in diesem Moment völlig durcheinander. Die beiden Polizisten sollen jetzt ruhig mal nach Tunbridge Wells ziehen, so können wir Zeit gewinnen und uns ausdenken, was wir zu tun haben –«
In diesem Moment klopfte es.
»Ich nehme an, das wird Tom sein«, sagte Muffet, rutschte vom Bett und rannte zur Tür, um ihn einzulassen.
Es war tatsächlich Tom, der hereinkam, ganz rot im Gesicht vor Aufregung, und der sich nicht viel dabei zu denken schien, daß Muffet und Eugenia beide en déshabillé waren.

»Also«, begann er sofort, »was sollen wir jetzt tun? Soll ich schnell nach Dower House hinüberreiten und Gerry vor den Polizisten warnen?«

»Um Gottes willen, bloß nicht«, sagte Eugenia entsetzt. »Diese beiden Leute können ja immer noch in der Gegend herumlungern, um abzuwarten, ob wir nicht genau so etwas tun und sie damit auf die richtige Fährte setzen. Nein, in die Nähe von Dower House dürfen wir jetzt auf keinen Fall gehen.«

Tom, der offensichtlich darauf brannte, etwas zu unternehmen, blickte sie enttäuscht an und fragte, was man denn dann tun solle?

»Nach Captain MacGoff suchen, natürlich«, erklärte Eugenia prompt. »Das ist das Allerwichtigste. Muffet und ich werden dabei sicher nicht sehr nützlich sein, weil wir ja nicht in der Schenke ›Zum Schwan‹ mit den Leuten sprechen können und erst recht nicht in dieser unmöglichen kleinen Herberge, in der er immer abstieg, wenn er nicht in London war. Das wird alles deine Sache sein, Tom.«

Sie hatte inzwischen beinahe vergessen, was sich zuvor im Küchengarten abgespielt hatte, und war daher überrascht, als sie bemerkte, daß Tom, statt ihr eine Antwort zu geben, mit einer gewissen Verwirrung auf ihr meergrünes Nachthemd blickte. Dieses elegante Kleidungsstück war aus der gleichen feinen Brüsseler Spitze wie ihr Nachthäubchen, unter dem ihr dunkles Haar in losen Locken auf die Schulter fiel. Tom hatte sie zwar früher schon mit offenen Haaren gesehen, doch aus irgendeinem komischen Grund schien ihm der Anblick, der sich ihm nun bot, den Atem zu rauben.

Er konnte sich nicht mehr genau daran erinnern, was dort unten alles gesagt worden war, denn es war ihm wirklich höchst lächerlich vorgekommen, daß die kleine Eugenia

Liddiard auf einmal etwas von einer Ehe daherplapperte. Doch auf einmal entdeckte er, daß sie nicht mehr die kleine Eugenia Liddiard von früher war, sondern ein fremdes junges Mädchen mit einem bezaubernden Gesicht und einer reizenden Figur –

»Tom!« holte Muffets überraschte Stimme ihn aus seinen verwirrten Überlegungen zurück. »Was ist denn bloß mit dir los? Hast du nicht gehört, was Eugenia gesagt hat?«

Tom riß sich zusammen und sagte ruppiger als unbedingt nötig, daß er es natürlich gehört habe. Er war auf einmal in sehr gehobener Stimmung, doch wollte er es sich nicht anmerken lassen. Er malte sich in Gedanken aus, wie er MacGoff finden, ein Geständnis aus ihm herauspressen und ihn im Triumph den Polizisten übergeben würde, so daß diese neue Eugenia nichts anderes tun könnte, als ihn mit Bewunderung und Dankbarkeit zu belohnen. Wenn er darüber hinaus noch erreichen könnte, sie vor Verfolgung und Gefahr zu retten, würde das Leben wirklich vollkommen sein.

In der Zwischenzeit hatten Eugenia und Muffet, Tom nicht weiter beachtend, damit begonnen, für den nächsten Tag ihre eigenen Pläne zu schmieden. Sie hatten sich dazu entschlossen, zwei Fliegen mit einer Klappe zu schlagen: erstens wollten sie die Polizisten von Dower House fortlocken, falls die sich dort in der Nähe herumtreiben sollten, und zweitens bei der Gelegenheit versuchen, ob sie Richard dabei helfen konnten, seine legitime Herkunft zu beweisen. Dies wäre am besten zu bewerkstelligen, indem man alle Pfarrstellen der Umgebung durchkämmte, um nach einer Eintragung zu suchen, die anläßlich der Heirat von Charles Liddiard und Susan Justis erfolgt sein mußte. Dem Squire und Mrs. Rowntree würden sie nur sagen, sie brächen zu einem langen Geländeritt mit Tom auf, doch in Wirklichkeit wollte man sich kurz nach dem Verlassen des Gutshauses trennen. Tom sollte ins Dorf reiten, um dort seine Nachforschungen bezüglich Captain MacGoff anzustellen, und Eugenia und Muffet wollten ihre eigenen Wege zu den Pfarreien einschlagen.

»Wenn sich also die Polizisten dazu entschließen sollten, uns zu folgen«, sagte Eugenia, »anstatt in Tunbridge Wells nach Gerry zu suchen, werden sie ihre Zeit verschwenden, und Gerry und Richard werden in Dower House ganz ungefährdet sein. Ich wünschte, wir könnten sie davor warnen, daß die Polizei hier nach ihnen sucht, doch ich glaube, das Risiko ist zu groß, und ich nehme doch an, daß sie so vernünftig sind und sich nicht in der Nachbarschaft zeigen.«

Tom machte sich, als er aus Muffets Schlafzimmer entlassen wurde, auf den Weg in sein eigenes Zimmer, um die Heldentaten des nächsten Tages zu planen. Dieser Tag erwies sich dann trotz des stürmischen Abends als außerordentlich freundlich und sonnig, so daß Mrs. Rowntree nichts dagegen hatte, als die jungen Leute ihr von dem geplanten Geländeritt erzählten. Eugenia, die ein elegantes blaues Reitkleid mit dazu passendem Federhut (der das seine tat, um Toms Verwirrung noch zu verstärken) trug, trennte sich am Ende des Weges, der zur Hauptstraße führte, von den beiden. Wenige Minuten später galoppierte sie einen staubigen Landweg hinunter – umsäumt von Ehrenpreis und Lichtnelken – in Richtung auf die Dörfer, die östlich des Gutshauses lagen.

Sie hatte sich nicht überlegt, daß die Nachforschungen bezüglich einer Heirat zwischen Charles Liddiard und Susan Justis, die vielleicht vor einem Vierteljahrhundert stattgefunden hatte, nicht nur erfolgslos sein könnten, sondern auch beträchtliches Aufsehen erregen würden. Der Name Liddiard war in der ganzen Umgebung wohlbekannt, und selbst der diskreteste Pfarrer – das stellte sie bald fest – konnte nicht ganz seine Neugierde darüber verbergen, was sie zu diesem Interesse an seinen Kirchenbüchern veranlaßte. Alle waren sie außerordentlich höflich und hilfsbereit – so höflich, daß sie in einem Pfarrhaus sogar zu einem kalten Imbiß eingeladen wurden und sich anschließend die Kirche von St. Faith mit sämtlichen Grabmälern ansehen mußte.

Alle diese kirchlichen Herren platzten, wie gesagt, vor Neugierde und wollten erfahren, weshalb Miß Eugenia Liddiard die Gegend wie ein Jagdhund durchstöberte, um nach einem Beweis für die Eheschließung zwischen einem längst verstorbenen Onkel und einer jungen Frau zu suchen, deren Namen hier niemand kannte. Es war nun ein Vierteljahrhundert her, daß die Familie Justis aus Kent verschwunden war, und keiner der geistlichen Herren, die Eugenia an diesem Tag antraf, war so lange in seiner Pfarrei im Amt gewesen. Alles, was sie ihr sagen konnten, war, daß es keine Eintragung bezüglich einer Eheschließung zwischen Charles Liddiard und Susan Justis gab, und daher war Eugenia, als sie nachmittags wieder mit Muffet und Tom zusammentraf, sichtlich enttäuscht.

Ihre Stimmung wurde noch weiter getrübt, als Muffet und Tom von den Ergebnissen ihrer Nachforschungen berichteten. Muffet hatte ebenso wenig erfahren können wie Eugenia, während Tom nur etwas mehr Erfolg gehabt hatte. Er hatte von zwei verschiedenen Seiten gehört, daß MacGoff in der Nachbarschaft gesehen wurde, doch keiner seiner Informanten hatte ihm sagen können, wo genau der Captain sich jetzt aufhielt. Und es war durchaus möglich, so sagte Tom, daß er Kent schon wieder verlassen habe, denn man hatte erst vor kurzem eine hübsche Karriole auf dem Weg nach Tunbridge Wells gesehen, auf der er zusammen mit seinem Reitknecht saß.

»Nun, wir werden es morgen eben noch einmal versuchen müssen«, sagte Eugenia, die sich bemühte, die anderen zu ermutigen. Es zeigte sich jedoch, daß auch dies auf Schwierigkeiten stoßen sollte, denn als sie in das Gutshaus zurückkehrten, fanden sie eine aufgeregte Mrs. Rowntree vor, die sich über ihre lange Abwesenheit beklagte und begierig war, ihnen von einem gesellschaftlichen Ereignis zu berichten, das ihnen bevorstand.

»Ein junger Mann namens Walford hat seinen Besuch gemacht, während ihr fort wart«, berichtete sie ihnen hastig. »Solch ein angenehmer junger Mann, meine Lieben! Und er hat gesagt, daß er euch in London kennengelernt hat, und als er von Lady Chandross hörte, daß ihr hier in Kent seid, während er gerade in der Nähe einen Onkel besuchte, ist er heute hergeritten, um zu fragen, ob ihr an einem Sommerfest teilnehmen wollt, das sein Onkel morgen gibt. Oh, ich habe euch noch gar nicht erzählt, daß sein Onkel Mr. Childrey ist, der Pfarrer von St. Aldwyns. Natürlich habe ich schon lange von ihm gehört. Ich weiß selbst nicht, weshalb ich ihn noch nicht kennengelernt habe, doch wir haben in dem Teil der Grafschaft nie viel zu tun gehabt, nur damals, als meine arme Mama noch lebte, denn ihre Schwester Lizzie lebte viele Jahre lang in Dymchurch –«

An dieser Stelle mußte Mrs. Rowntree eine Pause machen, da sie eingesehen hatte, daß sie sich im Irrgarten ihrer eigenen Worte verloren hatte.

»Und natürlich«, fuhr sie nach einer Weile munter fort, »habe ich ihm gesagt, daß ihr mit dem größten Vergnügen die Einladung annehmen würdet.« Als sie sah, daß die drei keine sehr erfreuten Gesichter machten, sagte sie tadelnd: »Ich weiß, ihr seid von all euren Londoner Vergnügungen erschöpft, doch es wäre wirklich sehr unhöflich gewesen, abzulehnen, denn Mr. Walford war ja den ganzen Weg bis hierher geritten, um euch die Einladung zu überbringen. Und es wird ganz anders sein als ein Londoner Ball – nur ein paar Leute, und bei dem herrlichen Wetter –«

Eugenia und Muffet fügten sich dem Unvermeidlichen und sagten resigniert, daß sie natürlich gehen würden, doch konnten sie es später, als sie unter sich waren, nicht lassen, einige erbitterte Worte über wohlmeinende Eltern loszuwerden. Sie trösteten sich dann damit, daß sie am nächsten Morgen noch je eine Pfarrei aufsuchen konnten, ehe man sich zu dem blödsinnigen Fest von Mr. Walfords Onkel begeben mußten. Eugenia fügte noch hinzu, daß die Polizisten, falls sie noch in der Nähe seien, jetzt sicher von all ihren Unternehmungen völlig durcheinandergebracht wären und wahrscheinlich vermuteten, daß Gerry in einer Kirche Zuflucht fand, wie Verbrecher es im Mittelalter getan hatten.

Am darauffolgenden Tag – nach einem weiteren fruchtlosen Morgenausflug – zog Eugenia sich ein besonders reizvolles Kleid aus rosa Kambrik mit reichverziertem Saum an, während Muffet ein Musselinkleid wählte, das zwar weniger elegant war, ihr jedoch sehr gut stand. Sie stülpten sich noch beide die breitkrempigen Sonnenhüte über und wurden dann in der altmodischen Kutsche der Rowntrees auf die kurze Reise geschickt. Tom, der sich geweigert hatte, sie zu begleiten, obwohl auch er eingeladen war, hatte die Absicht, seine Suche nach Captain MacGoff fortzusetzen, so daß der Nachmittag doch nicht ganz verloren sein würde.

Das Pfarrhaus, in dem Mr. Walfords Onkel, Mr. Childrey, nahezu vierzig geruhsame Jahre verbracht hatte, lag am westlichen Ende eines jener Dörfer von Kent, in denen die Zeit seit mehreren hundert Jahren stillzustehen schien. Die Häuser mit ihrem schönen Fachwerk waren

in Sommerblumen und Sommergrün eingebettet, Enten trieben friedlich auf einem kleinen Fluß dahin, und das alte Wirtshaus mit seinen winzigen Fenstern lag gemütlich zwischen grünen Hängen im hellen Sommerlicht.
Das Pfarrhaus selbst, aus roten Ziegeln gebaut, lag hinter einer niedrigen Ziegelmauer und einem schmiedeeisernen Gitter und machte einen recht verträumten Eindruck. Der ansehnliche Garten, der es umgab, war von einer Reihe großer Linden umsäumt und reichte hinunter bis zum Fluß.
Der junge Mr. Walford, der schon nach ihnen Ausschau gehalten hatte, führte sie ins Haus, das innen ebenso friedlich war, wie es von außen wirkte – alles glänzendes altes Holz und verblaßte chinesische Tapeten –, und machte sie dann mit dem Pfarrer bekannt. Mr. Childrey war ein großer, dünner, höflicher Gentleman mit silberweißem Haar, der aussah, als sei er genau für diesen Posten ausgesucht worden, denn sein friedliches altes Haus bedurfte eines friedlichen alten Pfarrers, um ganz vollkommen zu sein. Tatsächlich war er jedoch, als er nach St. Aldwyns kam, ein schneidiger Junggeselle gewesen, und er hatte vierzig Jahre dazu gebraucht, um die Würde zu erlangen, die ihn heute auszeichnete.
»Guten Tag, ich freue mich, sie zu sehen«, sagte er, als er Eugenia herzlich die Hand gab. »Ich kannte nämlich Ihren Vater. Was für ein prächtiger junger Mann! Natürlich ist das viele, viele Jahre her. Sie und Perry haben also vor, sich zu –«
»Nein, nein, Onkel!« unterbrach ihn Mr. Walfords entsetzte Stimme. Eugenia, die sofort bemerkt hatte, daß Mr. Childrey – bei dem, wie bei vielen zerstreuten Menschen, Vergangenheit, Gegenwart und Zukunft ineinanderflossen – der Meinung war, daß das, was zweifellos hier als Zukunftsplan erörtert worden war, schon ein Fait accom-

pli war, mußte sich zusammennehmen, um nicht herauszulachen. Mr. Walford blieb nichts anderes übrig, als einige unzusammenhängende Worte zu stammeln und sich verzweifelt um eine Konversation zu bemühen, die das prekäre Thema einer eventuellen Eheschließung mit Eugenia vermied.

Indem er dies tat, drängte er Muffet und sie zum Haus hinaus, fort von der Gegenwart seines Onkels, und führte sie zu einer kleinen Gruppe junger Damen und Herren, die sich zwischen den wohlgepflegten Erdbeerbeeten ergötzten und sich hin und wieder eine der sonnenwarmen Früchte schmecken ließen. Es sei aber, wie Mr. Walford sie weiter stammelnd belehrte, im Eßzimmer auch ein kaltes Buffet bereitet, da es ja ein so warmer Tag wäre, doch vielleicht wolle man sich zuvor damit begnügen, die Erdbeeren zu versuchen?

Eugenia, die immer einen ausgezeichneten Appetit hatte, erklärte sich natürlich einverstanden. Sie wurde, nachdem sie mit den anderen Gästen bekannt gemacht worden war, mit einem kleinen Körbchen ausgestattet und hätte sich sicherlich sehr gut unterhalten, wenn sie sich von den bedrückenden Gedanken an Richard und Gerry hätte freimachen können.

Sollte nicht einer von ihnen, so überlegte sie sich, alle Vorsicht außer acht lassen und hinüber nach Dower House reiten, um zu sehen, wie die Dinge dort standen? Offenbar waren die Polizisten nicht mehr in der Nähe, denn niemand hatte mehr etwas von ihnen gehört oder gesehen, seit sie an jedem stürmischen Abend das Gutshaus verlassen hatten. Wahrscheinlich waren sie jetzt in Tunbridge Wells und suchten nach Zwillingen in Lakaienlivree, vielleicht waren sie aber auch schon wieder in London angekommen. Sie hatte das Gefühl, daß sie unbedingt bald mit den beiden jungen Männern sprechen mußte, um ihnen zu versichern, daß die Suche nach MacGoff eingeleitet war. Wer weiß, ob nicht einer von ihnen (oder sogar beide) sonst allmählich ungeduldig wurde und etwas Unbesonnenes unternahm. Plötzlich hörte sie eine Stimme neben sich, die sie aus ihren Gedanken aufschreckte.

»Miß Liddiard!« Es war der junge Mr. Walford – ziemlich rot im Gesicht, vielleicht von den Erdbeeren, vielleicht aber auch von drängenden Seelennöten. »Dürfte ich – dürfte ich vielleicht ein bißchen mit Ihnen sprechen?« fragte er, nun wirklich puterrot. »Dort – dort ist es vielleicht etwas kühler –«

Er deutete auf einen kleinen Steinwall am Ende des Gartens, von dem aus man hinunter zum Fluß blicken konnte. Eugenia sah ihn überrascht an.

»Du lieber Himmel, ich fürchte, der will mir einen Antrag machen«, dachte sie, jedoch ohne Triumph und die innere Verwirrung, die ein sittsames junges Mädchen bei solcher Gelegenheit zu empfinden hatte. »Wie komisch der jetzt aussieht, nein wirklich!«

Sie fragte sich, ob sie ihm nicht sofort sagen sollte, daß sie nicht die Absicht habe, ihn zu heiraten, schon um ihn von seiner Bedrängnis zu befreien. Doch leider war dies nicht möglich, da er sie ja noch gar nicht gefragt hatte und da verschiedene Leute in der Nähe waren, die jedes Wort mithören konnten. Sie folgte ihm also fügsam auf dem Weg durch den Garten und hinunter zum Steinwall, nahm dort Platz und wartete freundlich darauf, daß er nun sprechen würde.

Nichts geschah jedoch. Wenn sie seine Gedanken hätte lesen können, wäre ihr aufgegangen, daß der junge Mr. Walford fieberhaft überlegte, ob er a) neben ihr auf dem Steinwall Platz nehmen, b) sich sofort vor ihr auf die Knie werfen oder c) auf den Beinen bleiben sollte, um sich wie ein würdiges Mitglied des Parlaments in die Debatte über ein gewisses Thema hineinzubegeben. Eugenia, die im allgemeinen nicht zu träumerischen Phantasien neigte, mußte unwillkürlich an das Märchen von Dornröschen denken, doch war der arme Mr. Walford sicher nicht der Prinz, der in der Lage war, sie zu wecken. Sie beugte sich nach vorn, und da die Mauer sehr niedrig war und der Fluß sehr hoch stand, konnte sie mit ihren Händen das sanft fließende Wasser erreichen.

»Oh, Miß Liddiard!« sagte Mr. Walford plötzlich, der angesichts dieses poetischen Anblicks – eine elegante junge Dame in einem bezaubernden Kleid, die ihre Hand malerisch ins Wasser streckte – nicht mehr an sich halten konnte. Noch einmal legte er seine Seele in diese Worte: »Oh, Miß Liddiard!«

Eugenia blickte ihn fragend an. Im nächsten Augenblick war der junge Mr. Walford, von dem sie eine so romantische Handlung gar nicht erwartet hatte, bereits auf die Knie gesunken und ergriff feurig ihre Hände.

»Oh, Miß Liddiard!« sagte er noch einmal, als ob dieser Name allein genügte, um ihn völlig der Sinne zu berauben. »Eugenia!« (Das, so mußte sie feststellen, gefiel ihr schon bedeutend besser.) »Wollen Sie die meine sein? Wollen Sie meine Frau werden?« Dann verdarb er alles, indem er pflichtgemäß hinzufügte: »Ich habe die Erlaubnis von Lord Chandross, Ihnen meinen Antrag zu machen –«

Eugenia, die angesichts dieser Szene eine merkwürdige, sie selbst völlig verwirrende Erfahrung machte, indem sie auf einmal den Eindruck hatte, daß dieser Mann vor ihr gar nicht Mr. Walford war, sondern ein anderer, der diese Worte zu ihr sprach, kam bei der Nennung von Lord Chandross' Namen auf einmal zu sich. Sehr schnell war sie aus ihrem merkwürdigen Traum erwacht und erklärte mit der ihr eigenen Sachlichkeit, daß Lord Chandross mit dieser Angelegenheit wirklich nichts zu tun habe. »Der sagt nämlich nichts anderes, als daß ich jeden heiraten könnte, der gut genug sei, um in Mere empfangen zu werden«, erklärte sie ungerührt. »Stehen Sie jetzt auf, Perry. Natürlich werden wir immer gute Freunde sein, doch heiraten kann ich Sie wirklich nicht.«

»Warum nicht?« fragte Mr. Walford, der angesichts dieser zwar freundlichen, doch sehr bestimmten Abfuhr auch wieder begann, die Angelegenheit sachlich einzuschätzen. Er stand auf und klopfte den Staub von seinen rehfarbenen Breeches. »Ich glaube, wir würden ausgezeichnet zueinander passen.«

Eugenia erklärte, immer noch freundlich, doch auch ein wenig ungeduldig, daß sie nicht seiner Ansicht sei.

»Ich sehe nicht ein, weshalb nicht«, wandte Mr. Walford ein, obwohl sich bei ihm nun auch Zweifel regen mußten, denn eine Dame, die zu einer so kühlen Antwort fähig war, konnte kaum zu dem Bild passen, das man sich kurz zuvor noch von ihr gemacht hatte. »Gibt es – gibt es denn jemanden anderen?« fragte er mit plötzlich aufsteigendem eifersüchtigem Verdacht.

Eugenia fing an, ihm gereizt zu erklären, daß es natürlich keinen anderen gäbe, doch plötzlich verstummte sie und konnte einfach nicht weitersprechen. Denn während sie Mr. Walford vor sich sah, verschwamm auf einmal seine Gestalt im flimmernden Sonnenlicht, und ein anderer erschien an seiner Stelle, ein großer Mann mit gebräuntem Gesicht und schwarzen Augen unter kräftigen dunklen Brauen. »Ach, das ist es also«, sagte sie zu sich selbt, da ihr nun aufgegangen war, was sie bisher nur undeutlich empfunden hatte. Und Perry, der ihre strahlenden Augen bemerkt hatte, vergaß alles, was er eben gehört hatte, und fragte sie noch einmal, ob sie ihn nicht heiraten wolle.

»Nein, Perry, ich kann nicht, wirklich, ich kann nicht«, sagte Eugenia, doch nun sehr viel sanfter und in einer merkwürdig geistesabwesenden Art.

Sie wandte sich wieder von ihm ab und blickte ins Wasser. Mr. Walford, der fühlte, daß er entlassen war, schluckte einige Male, versuchte dann vergebens, nochmal etwas zu äußern, und ging nach einigen Augenblikken betrübt davon. Eugenia jedoch blieb versonnen sitzen. Einige Enten paddelten heran, die Sonne versteckte sich kurz hinter den Wolken, und sie hatte das Gefühl, als lebe sie in einem Traum. Alles war anders als zuvor, und die Welt, die sich ihr nun eröffnete, konnte manches für sie bereithalten, darunter auch viel Schmerz. Denn Richard liebte sie ja gar nicht und betrachtete sie sicher nur als lästiges kleines Mädchen, das plötzlich erschienen war, um in seinem Leben einige Verheerungen anzurichten. Doch man konnte nicht alles haben, und was sie nun hatte, war die Freude, die Liebe einmal erfahren zu haben.

Auf einmal hörte sie neben sich eine Stimme, die sie aus ihren Gedanken riß.

»Meine liebe Miß Liddiard, Sie sitzen ja hier ganz allein! Das ist aber nicht schön.« Es war Mr. Childrey, der sich nun neben sie setzte und sie freundlich anlächelte. »Wir wollen jetzt alle hineingehen und etwas Richtiges essen«, fügte er hinzu. »Sonnenwarme Erdbeeren schmecken ganz gut, doch sie genügen nicht. Ich hoffe, Sie haben sich gut unterhalten?« fragte er etwas unsicher.

Eugenia, die in Gedanken noch bei Richard war, sagte, daß sie sich sehr gut unterhalten habe. Dann kam ihr auf einmal in den Sinn, daß sie eigentlich, da sie schon einmal in St. Aldwyns war, auch hier anfragen könnte, ob es irgendwelche Eintragungen bezüglich einer Ehe zwischen Charles Liddiard und Susan Justis gäbe. Der Pfarrer er-

leichterte es ihr, indem er auf einmal wehmütig sagte: »Ich habe doch Ihren Vater und Ihre Mutter getraut. Ach ja, wie lang ist das schon her, und welch schönes Paar waren sie doch. Deswegen hat es mich so gefreut, als Perry mich heute mit Ihnen bekannt gemacht hat und ich mich überzeugen konnte, welch glückliche Frucht diese Verbindung gebracht hat –«
Er unterbrach sich, weil Eugenia ihn völlig entgeistert anstarrte.
»Aber – aber –«, stammelte sie nach einer Weile, »das ist doch ganz unmöglich! Sie können Papa und Mama gar nicht getraut haben. Sie haben ja in London, in St. Georges am Hanover Square, geheiratet. Oh, Mr. Childrey, erzählen Sie mir ganz schnell – sind Sie ganz sicher, daß es nicht Charles Liddiard war, den Sie getraut haben, sondern Walter?«
Mr. Childrey blickte sie verwundert an und begann zu überlegen.
»Ja, was soll ich dazu sagen«, meinte er versonnen. »Ich habe natürlich gedacht, als Perry mir zuerst Ihren Namen nannte, daß Sie die Tochter des Mr. Liddiard sind, dem Coverts gehörte –«
»Ja, das bin ich auch«, sagte Eugenia ernst. »Doch Sie können ihn wirklich unmöglich getraut haben, Mr. Childrey, also muß es ein anderer Liddiard gewesen sein. Könnte es nicht sein Vetter Charles gewesen sein, was meinen Sie? Er hat vor sechsundzwanzig Jahren geheiratet, und wir nehmen an, daß es irgendwo in Kent war – doch sicher wäre das in den Kirchenbüchern zu finden, nicht wahr? Oh, Mr. Childrey, können wir bitte ganz schnell nachsehen?«
Sie war aufgesprungen und blickte ihn erwartungsvoll und bittend an. Mr. Childrey schien ziemlich verwirrt.
»Ja, gewiß«, sagte er. »Mein verflixtes Gedächtnis – ich

kann mich wirklich nicht mehr daran erinnern, ob der junge Mann Charles oder Walter hieß, mein Kind. Wir müssen uns natürlich das Register ansehen. Doch im Augenblick, Sie müssen verstehen, kann ich meine Gäste nicht allein lassen.«

Er war jetzt auch aufgestanden und bot ihr den Arm an, um sie ins Haus zu geleiten. Es blieb ihr also nichts anderes übrig, als ihm zu folgen und sich eine halbe Ewigkeit lang – so kam es ihr jedenfalls vor – durch Sandwiches, Aspik, Kuchen und Limonade hindurchzuquälen, die ihr ausnahmsweise einmal gar nicht schmecken wollten. Ihre Gedanken waren ganz woanders, und sie empfand zugleich Freude und Furcht. Furcht davor, daß Mr. Childreys Erinnerung sich als trügerisch erweisen könnte und daß in St. Aldwyns niemals ein Gentleman namens Liddiard getraut wurde. Freude, ja sogar Jubel, weil sie vielleicht bald beweisen konnte, daß Richard ein echter Liddiard war und daher Anspruch auf Coverts hatte.

Am anderen Ende des Raums wurde Perry Walford, der einen gekränkten Eindruck machte, gerade von Muffet getröstet. Er hatte ihr die ganze Geschichte von Anfang bis Ende anvertraut, und da sie selbst für Eugenia eine Art Heldenverehrung empfand, war sie in der Lage, mit ihm zu fühlen. Die beiden würden ein ausgezeichnetes Paar abgeben, dachte Eugenia, als sie beobachtete, wie tröstend und zugleich hoffnungsvoll Muffets blaue Augen Perry anblickten. Und mit der Anteilnahme einer neu Verliebten schwor sie sich in diesem Moment, alles zu tun, was in ihren Kräften stand, um auch Muffet zu dem Glück zu verhelfen, das sie selbst empfand, und den jungen Mr. Walford in die richtige Richtung zu weisen.

Endlich war es soweit. Die letzten Gäste hatten sich verabschiedet, und Mr. Childrey, der seine Pflicht als Gastgeber erfüllt hatte, konnte mit ihr beginnen, die Kirchen-

bücher nach dem Namen des Charles Liddiard zu durchforsten.
»Ich erinnere mich ganz genau daran – nur nicht an den Namen, das heißt den Vornamen«, erklärte er einer atemlos erwartungsvollen Eugenia, während seine knochigen Hände die staubigen Seiten des Kirchenregisters umblätterten, in das viele, viele Paare aus Kent, die nun inzwischen Großeltern waren, hoffnungsfroh ihre Namen geschrieben hatten. »Eine so wunderschöne Frau, nur ziemlich aufgeregt, hatte ich den Eindruck, was kein Wunder war, bei den Umständen, denn sie haben ja mit Sondergenehmigung geheiratet, und er war von zu Hause davongelaufen. Ah, aber hier haben wir es!«
Sein dünner Zeigefinger deutete auf zwei verblaßte Unterschriften – eine kühn und unbekümmert, die andere gewissenhaft und zitternd: Charles Frederick Norrys Liddiard, Susan Elisabeth Justis.
»Es stimmt also«, sagte Mr. Childrey triumphierend. »Ich wußte, daß ich mich nicht irren konnte.« Er wandte sich eifrig nach Eugenia um und bemerkte, daß ihre Augen feucht waren. »Aber mein liebes Kind, Sie weinen doch nicht etwa?« fragte er.
»O ja, ich weine«, sagte Eugenia, die über ihre eigene Schwäche entsetzt war, sich jedoch so voller Freude fühlte, daß es sie nicht weiter bekümmerte. »Aber nur, weil ich so glücklich bin! Oh, Mr. Childrey, Sie werden doch bitte gut auf das Buch aufpassen, nicht wahr! Denn Sie müssen wissen, daß sehr, sehr viel davon abhängt!«

14

In der selben goldenen Wärme des späten Nachmittags, die das Pfarrhaus von St. Aldwyns einhüllte, döste auch Dower House dahin, eingeschläfert vom Summen der Bienen und dem Rascheln einer leichten Brise in den Kastanienbäumen. Oben in ihrem Schlafzimmer wurde Lady Brassborough – die sich inzwischen auch ihren eigenen Plan ausgeheckt hatte, den sie ihren beiden Gästen jedoch noch nicht unterbreitete, weil sie jungen Männern keine Diskretion zutraute – von ihrer alten Zofe Hortense gerade bei ihrer Abendtoilette unterstützt. Sie hatte ein außerordentlich prächtiges Gewand aus karmesinrotem Brokat gewählt, einen Turban aus karmesinrotem Satin, der von einem Buschen Straußenfedern gekrönt wurde, dazu einen glitzernden Schal, spanische Sandalen und das Pontowski-Smaragdgehänge, das ihren majestätischen Busen zierte und von dort aus in reichen Kaskaden zu ihrer nicht existierenden Taille herabfiel. Ihre wundervollen dunklen Augen leuchteten vor Übermut, und auch ihr breiter, beweglicher Mund verriet heute nicht ihre übliche Skepsis, sondern ganz im Gegenteil größte Befriedigung.

In dem großen Salon unter ihr langweilte sich Richard Liddiard beim Durchblättern eines Romans und dachte sehnsüchtig an einen ausgedehnten Galopp über die Felder. Er hatte gerade beim Pikett mehrere tausend Pfund von Gerald gewonnen – allerdings ein reichlich theoretischer Gewinn, denn sie beide hatten keinen Pfennig Geld, es bestand auch nicht die Aussicht, zu Geld zu kommen. Gerald, der dem gegenwärtigen Lebensstil noch weniger abgewinnen konnte als Richard, hatte erklärt, daß er hinauf in sein Schlafzimmer gehen werde, um sich bis zum Dinner schlafen zu legen, doch insgeheim hatte er sich aus dem Haus geschlichen.

Das war ziemlich unklug, wenngleich man sich nicht vorstellen konnte, daß hinter den Kastanienbäumen oder dem Rhododendron Gefahr lauern könnte. Doch selbst als Gerald nur ziellos auf der Terrasse herumspazierte, sollte es sich zeigen, daß ein Paar scharfe Augen auf ihn gerichtet waren, und wenn er nicht von der vielen Langeweile und der Hitze des Tages leicht schläfrig gewesen wäre, hätte er sicher bemerkt, daß sich hinter ihm auf einmal die Büsche teilten und eine dunkle Gestalt sich leise an ihn heranschlich.
Mr. Baker von der Bow Street berühmt für die unerwarteten Attacken, mit denen er seine ahnungslosen Opfer ergriff.
Gerald war gerade am Ende der Terrasse angekommen und drehte sich um. Die Sonne schien ihm direkt in die Augen, so daß er nur noch blinzeln konnte, und in diesem Moment packte ihn von hinten ein kräftiger Arm.
»Ich habe ihn!« rief Mr. Bakers Stimme triumphierend.
Gerald der sich verzweifelt wehrte, mühte sich vergebens, denn schon war eine zweite Gestalt herangekommen, und Mr. Cartwright, um den es sich natürlich handelte, hatte sich im Nu seines Armes bemächtigt.
»Ich habe ihn!« kam es wie ein Echo aus seinem Mund, während Mr. Baker ein Paar Handschellen aus seiner Tasche zog und sie geschickt um Geralds Handgelenke legte.
»Im Namen des Gesetzes, ich verhafte Sie, Gerald Liddiard, wegen Mordes an Josiah Slook«, sagte Mr. Baker etwas atemlos, da ihn die Strapazen des Auflauerns offenbar mitgenommen hatten. »Ein gutes Stück Arbeit!« lobte er sich dann selbst hochbefriedigt.
Gerald, der gerade dabei war, einen wütenden Protest loszulassen, wurde unterbrochen, denn an der Eingangstüre von Dower House erschien sein Double, das die beiden Polizisten anstarrten, als handle es sich um ein Gespenst.

Die Erscheinung, die einen Roman in der Hand hielt, bewegte sich mit größter Gelassenheit auf sie zu.
»Mein guter Junge«, sagte er zu Gerald und blickte die beiden Polizisten erstaunt an, »was soll denn das heißen? Ich nehme an, es handelt sich um einen Scherz!«
Die beiden Polizisten, die immer noch Geralds Arme gepackt hielten, blickten einander erschrocken an. Offenbar bemühten sie sich fieberhaft, die Frage zu klären, ob sie ihr gegenwärtiges Opfer freilassen und statt dessen das andere ergreifen sollten. Doch da der neu Hinzugekommene nicht die geringsten Anstalten machte, vor ihnen zu fliehen, sondern ganz im Gegenteil offenbar die Absicht hatte, genau dort zu bleiben, wo er war, kamen sie zu dem Schluß, daß der Spatz in der Hand besser sei als die Taube auf dem Dach.
Gerald, der sofort begriff, was Richard im Sinn hatte, sagte kein Wort, sondern überließ es den Gesetzeshütern, den nächsten Schachzug zu machen.
Es war Mr. Baker, der zu sprechen begann. »Und wer sind Sie, Sir?« fragte er Richard vorsichtig.
Die kräftigen Brauen des Angesprochenen hoben sich erstaunt. »Ich habe den Eindruck«, sagte er in seiner gedehnten Sprechweise, »daß ich es eigentlich sein sollte, der diese Frage zu stellen hat. Auch würde ich ganz gern wissen, wie Sie dazu kommen, einem Gentleman Handschellen anzulegen, der in diesem Hause Gast ist. Ich fürchte, Lady Brassborough wird sich so etwas kaum bieten –«
Mr. Baker, der sich nicht so leicht einschüchtern ließ, erklärte, daß sie Polizisten aus der Bow Street seien und daß er einen gesetzlichen Haftbefehl für einen Gerald Liddiard habe.
»Ein Gerald Liddiard«, wiederholte Richard nachdenklich. »Ein Gerald Liddiard. Gibt es denn zwei?«

Mr. Baker blickte verdutzt drein.
»Natürlich nicht zwei Gerald Liddiard«, erklärte er, immer noch die Entschlossenheit eines Kampfhundes zeigend. »Doch einer von Ihnen ist es, und welcher, das werde ich noch herausbekommen.«
»Nun, ich werde es Ihnen nicht sagen«, erklärte Richard kalt. »Und da Sie nicht zwei Haftbefehle haben, schlage ich Ihnen vor, daß Sie diesen Gentleman freilassen, ehe Sie nicht genau wissen, welchen von uns Sie haben wollen. Übrigens kann ich Ihnen verraten, daß Sie in Wirklichkeit gar niemanden von uns haben wollen. Denn dieser Mord wurde nicht von Gerald Liddiard begangen, sondern von einem Captain Will MacGoff, der Gerald Liddiards Stute geritten und seinen Mantel getragen hat. Diese Umstände haben dazu geführt, daß Lord Barnstaple einen falschen Mann identifizierte.«
Diese Ausflucht – denn als solche mußte sie den Beamten erscheinen – war jedoch nicht angetan, sie von ihrer Entschlossenheit, Gerald Liddiard festzunehmen, abzubringen. Mr. Baker sagte mit deutlichem Argwohn, daß sein Haftbefehl Gerald Liddiard beträfe und nicht Will MacGoff, und es sei Gerald Liddiard, den sie daher festnehmen würden, selbst wenn sie gezwungen wären, Lady Brassborough selbst um die Identifizierung zu bitten.
»Bitte, dann fragen Sie sie doch«, sagte Richard friedfertig. »Aber ich kann mir nicht denken, daß sie erbaut sein wird, Sie zu empfangen, und ich zweifle auch daran, daß sie in der Lage sein wird, Ihnen zu sagen, wer von uns beiden Gerald Liddiard ist. Doch stellen Sie ihr ruhig die Frage, wenn es unbedingt sein muß. Ich würde jedoch empfehlen, diese unangenehmen Handschellen vorher zu entfernen. Lady Brassborough ist

zwar eine ungemein tolerante Dame, doch wahrscheinlich wird sie es nicht sehr freundlich aufnehmen, einen ihrer Gäste in diesem Zustand vorzufinden.«

Dazu konnte sich Mr. Baker jedoch unter keinen Umständen bereit erklären. Es war ihm gelungen, wenigstens einen eventuellen Gerald Liddiard außer Gefecht zu setzen, und da er die Größe und Muskelbeschaffenheit des anderen abschätzte, hatte er nicht die geringste Neigung, sich und seinen Kollegen der Übermacht von zwei solchen Burschen auszusetzen.

So war also Gerald zu seinem größten Unbehagen gezwungen, Dower House in Handschellen und unter den diskreten Augen des alten Matthieu zu betreten, der als Butler schon so viel gesehen hatte, daß es ihn nicht einmal aus der Fassung gebracht hätte, wenn der Prinzregent selbst inmitten zweier Wächter hereinmarschiert wäre.

»Priez Madame la baronne, s'il vous plaît, à venir ici«, sagte Gerald, der die Erfahrung gemacht hatte, daß Matthieu auf sein schlechtes Französisch bedeutend besser reagierte als auf das makelloseste Englisch.

Matthieu antwortete mit einem »Oui, Monsieur« und bewegte sich bereitwillig auf die Treppe zu. Doch in diesem Augenblick erschien Lady Brassborough selbst in all ihrem beeindruckenden Glanz aus rotem Brokat, Straußenfedern und riesigen Smaragden und blickte vom Ende der Treppe auf die merkwürdige kleine Versammlung hinab.

»Hortense! Hortense!« rief sie ihrer Zofe gebieterisch zu. Das alte kleine Jüngferchen trottete heran. »Bringen Sie mir meine Lorgnette. Meine Augen sind offenbar nicht mehr das, was sie waren. Ist dieser junge Mann in Handschellen, Hortense?«

»Oui, Madame«, bestätigte ihr die Zofe und kniff die

Augen zusammen, um die Gruppe unten besser sehen zu können.
»Un-möglich!« zischte Lady Brassborough in einem Ton, der in ihrer Rolle als Lady Macbeth soviel Eindruck auf ihr Publikum gemacht hatte. Sie begann nun langsam und drohend die Treppe hinabzuschreiten. Mr. Baker und Mr. Cartwright machten einen ziemlich verängstigten Eindruck, während Richard ihr beifällig und amüsiert entgegenblickte. Lady Brassborough, das war gewiß, würde ihre Rolle in der vortrefflichen Weise spielen, um ihre zwei Schützlinge zu entlasten. »Was«, fragte sie, als sie mit größtmöglichem Effekt das Hinabschreiten beendet hatte und sich nun vor dem hochroten Mr. Baker aufpflanzte, »was, wenn ich bitten darf, soll das bedeuten, mein lieber Mann?«
Richard und Gerald schwiegen schadenfroh, so daß Mr. Baker die Frage selbst beantworten mußte.
»Wenn ich bitten darf, Mylady –«, begann er mit unglücklicher Stimme.
»Warten Sie!« befahl Lady Brassborough und hielt eine Hand mit dramatischer Gebärde hoch.
Die kleine Zofe, die inzwischen auch die Treppe hinabgehuscht war, reichte ihr die Lorgnette, die Lady Brassborough nun an die Augen hielt, um damit Mr. Baker und seinen Kollegen mit erbarmungsloser Eindringlichkeit zu mustern. Sie senkte sie dann langsam und sagte noch gebieterischer als zuvor: »Fahren Sie fort!«
Mr. Baker schluckte, und sein Adamsapfel bewegte sich konvulsivisch.
»Ja, Mylady«, sagte er gehorsam. »Nun, sehen Sie, Mylady, es war so. In Ausübung unseres Amtes haben wir einen Burschen – einen Gentleman – ergriffen, den wir für Gerald Liddiard halten, gesucht wegen Mordes und Raubüberfalls –«

»Sie haben den falschen Mann«, erwiderte Lady Brassborough prompt.
»Den falschen Mann?« Mr. Bakers Augen bewegten sich triumphierend zu Richard hin, und er machte unwillkürlich einen Schritt in seine Richtung.
»Den falschen Mann«, wiederholte Lady Brassborough streng. »Der Mann, den Sie hätten verhaften sollen, mein lieber Idiot, ist Captain Will MacGoff. Er wird sehr bald hier erscheinen, und dann können Sie, wie Sie es nennen, ihr Amt ausüben und ihn verhaften.«
»Hier erscheinen!« riefen Richard und Gerald gleichzeitig aus, und dann fügte Gerald in ungläubigem Staunen hinzu: »Wollen Sie damit sagen, daß Sie ihn gefunden haben, Lady B.? Bei Gott, Sie sind ja phantastisch!«
»Natürlich habe ich ihn gefunden«, sagte Lady Brassborough selbstgefällig. »Und es war noch nicht einmal schwierig. Ich habe nichts anderes getan, als in der Nachbarschaft verlauten zu lassen, daß ich danach schmachte, ihn wiederzusehen, und natürlich ist er in die Falle gegangen, der törichte Tropf! Wir haben Briefchen ausgetauscht, und er wird innerhalb einer halben Stunde hier sein.«
Wie sie es allerdings angefangen hatte, dies »verlauten zu lassen«, sagte sie nicht. Denn das wäre auf einige Schwierigkeiten gestoßen, da in Dower House keine Gäste empfangen worden waren, seit die beiden jungen Leute angekommen, und da sie selbst auch nicht ausgegangen war. Doch es wurden ja immer irgendwelche Dinge geliefert, und wenn ein Schlachterjunge das Gerücht in der Gegend herumerzählte, würde es sehr schnell in den letzten Winkel bekannt werden.
Weder Richard noch Gerald zeigten gegenwärtig jedoch die Neigung, sich damit zu befassen, welcher Methoden sie sich bedient hatte, und die beiden Polizisten waren da-

mit beschäftigt, einander lange Blicke zuzuwerfen, die andeuteten, daß sie ihre Tat verdammten, Gerald Liddiard überhaupt gefangengenommen zu haben. Denn es würde der Weisheit eines Salomo bedürfen, um herauszufinden, wer von beiden nun wirklich Gerald Liddiard war, und außerdem war es ja nun vielleicht gar nicht Gerald Liddiard, nach dem sie sich umzusehen hatten.
»In der Zwischenzeit«, wandte sich Lady Brassborough mit ihrer gebieterischen Stimme an Mr. Baker, »wollen Sie bitte diese scheußlichen Instrumente von den Händen dieses Gentleman entfernen, und dann werden wir uns hinsetzen und unsere Pläne machen. Denn ich glaube, wir sollten einen Plan haben, obwohl sich andererseits, wenn man den Dingen ihren Lauf läßt, oft alles auf die erstaunlichste Weise von selbst ergibt. Los, beeilen Sie sich ein bißchen, guter Mann!« fügte sie streng hinzu, als Mr. Baker sie nur wie benebelt anstarrte. »MacGoff wird nämlich sehr bald hiersein!«
Mr. Baker, der die Stimme der Autoriät erkannte, gab auf und öffnete die Handschellen.
»Gut!« sagte Lady Brassborough. »Und nun kommen Sie mit mir.«
Sie ging voran in den Salon, wo Mr. Cartwrigth, der von dieser Pracht aus Rot und Gold völlig benommen war, sich aus Versehen auf Wellingtons Sessel zu setzen versuchte, was ihm sofort einen wütenden Biß eintrug, der jedoch glücklicherweise nicht ins Fleisch ging.
»Und nun«, sagte Lady Brassborough, die Wellington auf den Arm nahm und sich auf einen Fauteuil setzte wie eine Königin auf den Thron, »kommen wir bitte gleich zur Sache. Ich nehme an, daß die beiden Herren«, und sie richtete ihre schönen, glänzenden Augen auf Baker und Cartwright, »daran interessiert sind, den Mann zu ergreifen, der Lord Barnstaples Kutscher anläßlich eines Raub-

überfalls an der Bath Road tötete. Doch zuerst müssen wir natürlich den Beweis erbringen, daß er es getan hat, und daher bin ich dabei, einen Plan zu machen. Ich habe mir zu dem Thema einiges ausgedacht, denn wenn man in so vielen Stücken gespielt hat wie ich, ist man um geeignete Handlungen nicht verlegen. Und das beste scheint mir – da sie ja nun dank der Gunst des Schicksals als Vertreter des Gesetzes anwesend sind –, daß wir uns für die Handlung des »Betrogenen Betrügers« entscheiden. Ist Ihnen dieses Stück bekannt? Nein? Dann werde ich es Ihnen genau schildern.«

Zur größten Verwunderung ihrer Zuhörer begann sie nun die höchst komplizierte Geschichte einer Intrige aus der vornehmen Welt zu erzählen, wobei es ihr besonders auf eine Szene ankam, bei der sich verschiedene Personen – einzeln und in Gruppen – hinter einer großen Stellwand versteckt hatten und in den unpassendsten Momenten hervorlugten, um geheime Machenschaften, meist amouröser Art, zu beobachten.

»Natürlich haben wir es hier nicht mit Verliebten zu tun«, sagte Lady Brassborough, wobei sie die beiden Polizisten streng anblickte, damit diese nicht etwa auf komische Gedanken kämen, »obgleich MacGoff so etwas sicher vortäuschen wird, da er wahrscheinlich immer noch nicht die Hoffnung aufgegeben hat, mich zur Ehe verleiten zu können. Doch der springende Punkt ist, daß wir eine Stellwand zur Verfügung haben« – und sie deutete triumphierend auf einen prachtvollen chinesischen Paravent, der mit höflichen Mandarinen und schlitzäugigen Damen bemalt war. »Damit können Sie sich alle verstecken, während ich aus MacGoff ein Bekenntnis herauslocke, das ihn überführen wird. Ich bin außerordentlich gut im Verlocken«, sagte Mylady nicht ohne Stolz, »doch habe ich es bisher allerdings noch nie in einem Kriminalfall getan.

Und dann können Sie im geeigneten Moment erscheinen und Ihr ›Amt ausüben‹, wie Sie es nennen. Und nach der Verhaftung brauchen Sie dann den armen Gerald nicht weiter zu belästigen.«
Die Polizisten blickten sich hilflos an. Offenbar hatten sie nicht ganz verstanden, was Lady Brassborough mit ihrem »Plan« meinte, und argwöhnten, zu Mitspielern eines Theaterstücks gemacht zu werden, das Lady B. zu ihrem eigenen Spaß aufführte.
Doch selbst wenn sie gegen das höchst merkwürdige Programm einiges einzuwenden gehabt hätten, wäre aller Protest nutzlos gewesen, denn in diesem Moment klopfte es sehr vernehmlich an der Eingangstüre.
»Da ist er schon!« rief Lady Brassborough und sprang mit einer Vehemenz auf, die ihrem Alter alle Ehre machte. »Schnell, schnell, hinter den Paravent – alle zusammen!«
Die beiden Polizisten fühlten sich zu ihrem großen Verdruß hinter den breiten chinesischen Paravant gedrängt, gefolgt von Gerald und Richard, die sich dicht neben sie stellten.
»Und bitte nicht das geringste Geräusch«, ermahnte Lady Brassborough sie, »denn sonst verderben Sie alles. Wellington, mein Schatz, nein, nein, nein!« Diese letzten Worte waren an den Mops gerichtet, der gerade dabei war, Mr. Cartwrights Stiefel zu attackieren, da er offenbar das Gefühl hatte, dieser wolle sich aus dem Staub machen, ohne vohrher gehörig für sein Eindringen bestraft worden zu sein. »Der nette Mann wird uns eine große Hilfe sein«, sagte Lady Brassborougth tadelnd und nahm den Hund hoch, »den darfst du nicht beißen. Du kannst aber Captain MacGoff beißen, wenn du willst, weil er – oh, da ist er ja schon!« Sie blickte hoch und strahlte, als ein großer, kräftiger und ziemlich derb aussehender Mann um die Vierzig hereinkam und Matthieu, der An-

stalten machte, ihn förmlich anzumelden, grob beiseite schob. »Will MacGoff«, sagte sie und blickte ihn verführerisch an, als er ihr mit breitem Lächeln entgegenkam. »Ich habe gerade Wellington erzählt, daß er Sie beißen darf, wenn er will, weil Sie sich so lange nicht bei mir blikken ließen! Und nun setzen Sie sich und erzählen Sie mir alles, was Sie getan haben. Sie schlimmer, schlimmer Mann!«

Sie nahm einladend auf einem rotseidenen Tête-à-Tête-Sofa Platz.

Der Captain, der mit gierigen Augen auf ihr riesiges Smaragdgehänge blickte, das sich über ihre Vorderfront ergoß, setzte sich bereitwillig neben sie.

15

Für die vier Lauscher, die dicht aneinandergedrängt hinter dem chinesischen Paravent standen, war die nächste halbe Stunde eine ebenso außergewöhnliche wie entnervende Erfahrung. Es bot sich ihnen die seltene Möglichkeit, Beobachter – oder wenigstens Zuhörer, denn sie konnten ja nicht über den Paravent blicken – einer amourösen Szene zu sein, die sich zwischen einem vollblütigen Offizier zweifelhaften Rufes und einer erfahrenen Dame reifen Alters abspielte. Zunächst waren alle vier außerordentlich verwirrt. Die beiden Polizisten blickten starr vor sich hin und vermieden es, einander anzublicken, Gerald grinste leicht verlegen, und Richard machte mehr denn je einen uninteressierten Eindruck.

Doch die menschliche Natur hat ihre eigenen Gesetze, und als der Captain sich immer leidenschaftlicher gebärdete und die Lady immer zimperlicher, wurden vier Paar

Ohren immer kühner, befreiten sich von den Skrupeln der Konvention und konzentrierten sich mit größtem Interesse auf die zu vernehmenden Geräusche: Scharren von Schuhen, heftiges Klopfen des Fächers, gelegentliches schweres Atmen (der Captain) und tiefes, glucksendes Lachen (Lady Brassborough).

»Nein, nein, nein, Sie böser, schlimmer Mensch!« Das war Lady Brassborough mit ihrer dramatischen Stimme. »Sie vergessen sich, Sir! Ich habe nichts versprochen!«

»Ah, aber Ihr Brief, meine allerliebste Lady – Ihr reizender Brief!« Das war natürlich der Captain in leidenschaftlich schmeichelndem Irisch. »Ich habe ihn hier!« Er war ein Ausruf, der gefolgt wurde von einem Klopfen, offenbar auf seine mächtige Brust, um zu bedeuten, daß er das fragliche Dokument bei sich trug. »Haben Sie mir nicht selbst geschrieben, daß ich kommen soll, und haben Sie mir nicht selbst gesagt, daß es zu meinem Vorteil sein könnte? Und haben Sie nicht auch gesagt, daß es auch zu Ihrem Vorteil sein könnte? Was kann denn zu unser beider Vorteil sein, als wenn wir uns zusammentun! Sie haben einen feinen, starken, hübschen Mann, und ich habe etwas warmes für die Nacht –«

An dieser Stelle ertönte ein scharfer, doch nicht sehr heftiger Schlag, und die faszinierten Zuhörer vernahmen ein lautes, zufriedenes Lachen. Dann hörte man die Stimme des Captains sagen: »Ach, Sie sind eine mutige Frau, Lady B.!«

»Das bin ich«, ertönte Lady Brassboroughs Stimme, die nun das unverfälschte Irisch der kleinen Meg Morvin sprach. »Und ich werde einen mutigen Mann heiraten, Will MacGoff, nicht eine armselige Kreatur, die nur mehr soviel Mark in den Knochen hat, um müde am Kamin zu sitzen. Ah, mein armer Brassborough – das war ein ganzer Kerl! Ganz Paris haben wir zusammen auf den Kopf ge-

stellt, bevor dieser schreckliche Krieg anfing – ja, und Lissabon und Wien auch –«
»Und könnten wir es nicht ebenso tun, wir beide ganz allein?« fragte der Captain. »Denn ich werde Sie auf den Kontinent bringen, meine Liebe, sobald wir verheiratet sind. Ich habe nämlich genug von England, wenn Sie es wissen wollen – kein Platz für einen Mann meiner Talente. Jetzt hören Sie zu, hören Sie mir gut zu.« Die Stimme des Captains wurde tief und drängend. »Ich habe mir die Jacht eines Freundes geliehen – ein feines Schiff, Mannschaft und alles, was dazugehört –, und sie wird mich am Freitag nach Antwerpen bringen. Sie brauchen nur ja zu sagen, und wir fahren zusammen. Wir können heiraten, sowie wir angekommen sind –«
»Mein lieber Junge, das geht mir wirklich zu schnell«, hörte man jetzt Lady Brassboroughs Stimme, begleitet von einer Serie kurzer, wütender Beller von Wellington, der offenbar ihre Ansicht teilte. Der Captain fluchte.
»Shocking!« sagte Lady Brassborough tadelnd. »Vor Damen oder wenigstens einer Dame – denn ich bin eine Dame, wie Sie wissen, dank der Liebenswürdigkeit des armen Brassborough.«
»Das Biest hat mich gebissen«, brummte der Captain mißgestimmt.
»Hat er das?« sagte Lady Brassborough gemütlich. »Das Tier hat wirklich mehr Vernunft als ein Mensch. Natürlich mag er es nicht, wenn Sie sich so auf mich stürzen, als wollen Sie mich auffressen! Hier – nehmem Sie mein Taschentuch.«
Dann vernahm man das Geräusch von klirrenden Juwelen, begleitet von einem heftigen Rascheln, was andeutete, daß Lady Brassborough in der Fülle ihrer Stoffhüllen nach ihrem Ridikül suchte.
»Nun«, fuhr sie fort, »das ist jetzt schon viel, viel besser,

nicht wahr? Wegen so einer kleinen Schramme so ein Geschrei zu machen! Und das von einem Soldaten! Wurden Sie denn nie verwundet in all den großen Schlachten, die Sie mitgemacht haben?«
Gerald, der den Captain gut kannte, wußte, daß nun mindestens eine Viertelstunde lang eine farbenreiche Beschreibung aller Heldentaten, die dieser Gentleman im Laufe seiner Karriere begangen zu haben behauptete, folgen würde. Und er stöhnte – wenn auch nur im Geiste – bei der Vorstellung, es in diesem heißen Versteck noch so lange aushalten zu müssen, bis der Captain endlich mit seinem Schwadronieren zu Ende war. Mr. Baker und Mr. Cartwright hatten sich offenbar zum Mittagessen eine reichliche Portion Zwiebeln gegönnt, Richards Ellbogen bohrte ihm ins Kreuz, und darüber hinaus mußte er das heftige Bedürfnis unterdrücken zu niesen, das sich wahrscheinlich nur regte, weil er genau wußte, wie fatal es sich auf ihre Pläne auswirken würde.
»Gott segne Sie, Lady Brassborough!« dachte er dankerfüllt, als diese mit Entschlossenheit den phantasievollen militärischen Erinnerungen ein Ende machte und MacGoff erklärte, dies sei alles schön und gut, doch habe es sich in seiner Jugendzeit abgespielt, und sicherlich täte er jetzt nichts lieber, als am Kamin zu sitzen und Lügenmärchen seiner einstigen Taten aufzutischen.
»Während Brassborough, mein lieber Mann«, sagte sie, »niemals seinen Elan verlor, wenn Sie überhaupt wissen, was das bedeutet. Können Sie sich vorstellen, was er ein Jahr vor seinem Tod getan hat, als wir in St. Petersburg waren? Der liebe Himmel weiß warum, ich meine, warum wir in St. Petersburg waren, denn es war so kalt, wie es in der Hölle wäre, wenn man dort die Temperaturen nach der anderen Richtung herumstellen würde. Nun, es ereignete sich, daß er sich mit einem dieser russischen

Prinzen in ein Spiel einließ – nein, es war nicht Pontowski, und überdies unterlassen Sie es bitte, meine Smaragde so gierig zu beäugen –, und da hat es mit den Karten nicht ganz seine Richtigkeit gehabt. Nichts, was Brassborough hätte beweisen können, doch er war entschlossen, sein Geld zurückzubekommen. Sobald dann sein russicher Freund dumm genug war, in der Nacht abzureisen, legte er sich auf die Lauer – mit Maske und allem Drum und Dran, wie ein englischer Staßenräuber – und hat ihm genug abgenommen, um für seinen Verlust entschädigt zu sein –« Hinter dem Paravent lauschten Richard und Gerald atemlos, denn diese kühne Version der eigenen Aktivitäten des Captains muße ihn ja herausfordern. Wenn er nur in die Falle gehen würde!
Der Captain ging in die Falle.
»Verdamm mich, wenn ich nicht vor einem Monat das gleiche getan habe«, begann er zu plaudern. »Als dieser gemeine Barnstaple die Karten gezinkt hatte, bei einem ganz freundschaftlichen Spiel! Hat versucht, mich zu betrügen, der Schurke, doch ist er da an den Falschen geraten. Ich habe ihn an der Bath Road gestellt – Maske und Pistole, genau wie Sie sagen – und habe mit ihm abgerechnet.«
»Barnstaple? An der Bath Road?« sagte Lady Brassborough mit bewundernswert ruhiger Stimme. »Sie haben also hinter dieser Geschichte gesteckt! Doch da haben Sie Brassborough ja sogar noch übertroffen, glaube ich. Ist nicht bei der Gelegenheit ein Mensch getötet worden? Sie sind ein gefährlicher Mann, Will MacGoff!«
Der Captain erklärte selbstgefällig, daß er das allerdings sei. »Ein richtiger Mann schert sich nicht um ein bißchen Blut«, sagte er, »wenn er so viele Schlachten geschlagen hat wie ich, meine Liebe. Natürlich hatte ich nicht die Absicht, so weit zu gehen – ist ja schließlich kein Krieg und

kein Duell, nicht wahr! Und wenn dieser Tölpel von einem Kutscher nicht mein Pferd erschreckt hätte und ganz durch Zufall meine Pistole losgegangen wäre. – Nicht, daß ich nicht beim Duell in Paddington Green so manchem Kerl eine Kugel durch den Kopf gejagt hätte, auf zwanzig Schritt Entfernung – o nein, Sie heiraten keinen Schwächling, meine Liebe, darauf können Sie sich wirklich verlassen!«

Doch an dieser Stelle wurde seinen Prahlereien energisch Einhalt geboten. Mr. Baker und Mr. Cartwright hatten für ihren Zweck genug gehört, und so trat der erstere mit gezogener Pistole aus seinem Versteck hervor, gab sich zu erkennen und erklärte dem Captain, daß er verhaftet sei.

Der Captain, der beim Anblick des Polizisten einen gehörigen Schreck bekam, wurde blaß und fluchte, doch da er trotz all seiner Prahlerei ein vorsichtiger Mann war, blieb er auf dem Sofa neben Lady Brassborough sitzen und rührte sich nicht. Als dann Gerald und Richard auftauchten, wurde er noch blasser, starrte Gerald an und starrte dann noch entsetzter Richard an, bis es ihm schließlich gelang, in drohendem Ton zu Mr. Baker zu sagen: »Stekken Sie die Pistole weg, Mann! Wie kommen Sie dazu, in den Salon einer Dame einzubrechen und mit Waffen herumzuhantieren. Sie sind wohl betrunken oder nicht ganz bei Sinnen?«

»O nein, er ist nicht betrunken – oder von Sinnen«, sagte Lady Brassborough und erhob sich in aller Ruhe von ihrem Sofa, als gehöre es zu ihren täglichen Obliegenheiten, Gäste an die Polizei auszuliefern. »Und er ist auch keinesweg in meinen Salon eingebrochen. Ich habe ihn nämlich selbst gebeten, sich hinter diesen Paravent zu stellen, damit er sich anhören konnte, was Sie ihm gerade gesagt haben. Sie sind ein großer Tor, Will MacGoff. Sie haben sich gerade mit ihrer eigenen einfältigen Zunge selbst gehängt – obwohl dies schließlich wohl doch nicht eintreffen wird«, fügte sie nachdenklich hinzu, »denn ich habe immer gefunden, daß Männer Ihrer Sorte so viele Leben haben wie eine K-a-t-z-e. Ich kann das Wort leider nicht richtig aussprechen, weil Wellington sie absolut nicht leiden kann und genau merkt, wenn man von ihnen spricht, sogar auf französisch, während er es nicht merkt, wenn ich dieses Wort buchstabiere.«

Während dieses interessanten Monologs war notgedrungen jede Aktion unterblieben, obwohl Gerald offensichtlich darauf brannte, MacGoff eine Lektion bezüglich der Machenschaften zu erteilen, die ihn dazu gezwungen hatten, sich während der verganenen Wochen versteckt zu halten. Und auch Mr. Baker schien begierig, seinem Gefangenen die offizielle Amtsformel vorzubeten. Es zeigte sich jedoch, daß keiner von ihnen in der Lage war, sein Vorhaben auszuführen, auch nicht nach Lady Brassboroughs Rede, denn in diesem Augenblick ertönte auf einmal laut vernehmlich eine andere Stimme.

»Alles so stehenbleiben!« erklärte die Stimme, die aus der Richtung eines der Terrassenfenster kam, »und herunter mit der Pistole, oder ich werde ein Loch durch die Lady jagen!« Die letzten Worte waren an Mr. Baker gerichtet, der wie alle anderen anwesenden völlig verdutzt auf einen stämmigen jungen Mann mit einem breitkrempigen, schmierigen Hut und zerfransten Mantel starrte, der direkt vor dem offenen Fenster stand und eine sehr brauchbar wirkende Pistole auf die Gruppe richtete. »Herunter damit, habe ich gesagt!« wiederholte er und unterstrich diesmal seine Worte, indem er seine Pistole mit ohrenbetäubendem Knall agieren ließ.

Die Kugel zertrümmerte eine kunstvolle Lampe, die dicht neben Lady Brassboroughs Ellenbogen stand, so daß Mr. Baker vernünftigerweise seine Pistole senkte.

»Gute Arbeit, Joe!« sagte Captain MacGoff, der nun seinen breiten Mund zu einem anerkennenden Grinsen verzog. »Verdammt, ich hab' doch recht gehabt, es war eine Falle.« Er machte sich sofort daran, die Pistole aufzuheben, die Mr. Baker fallen ließ, dann holte er eine ähnliche aus Mr. Cartwrights Jackentasche. »Komm jetzt herein und halt diese Leute in Schacht, während ich mir die Juwelen hole«, befahl er dem jungen Mann, den er Joe nannte und den Gerald als Burschen des Captains gut kannte. Der junge Mann tat, wie ihm befohlen war, und MacGoff grinste Lady Brassborough unverschämt an. »Wenn ich Sie und Ihr Vermögen nicht haben kann, meine Liebe«, sagte er, »muß ich mich offenbar mit all dem prächtigen Glitzerkram begnügen, den Sie gesammelt haben. Wir werden mit den Smaragden beginnen und mit diesen großen Diamanten an Ihren Fingern – ich kann sie nämlich sehr gut gebrauchen, da ich auf dem Kontinent ein komfortables Leben führen möchte. Und dann wäre ich Ihnen dankbar, wenn Sie mir den Schlüssel Ihres Schmuckkastens überlassen würden –«

Lady Brassborough reckte sich, so daß sie in ihrer ganzen imponierenden Größe dastand.

»Ich werde nichts dergleichen tun –«, begann sie mit drohender Stimme, doch Richard unterbrach sie und flüsterte beschwörend: »Tun Sie lieber, was er sagt, Lady Brassborough. Er ist entschlossen, sie sich zu holen. Wahrscheinlich war das der wirkliche Grund, weswegen er heute nachmittag hierhergekommen ist –«

»Nun, wer immer Sie auch sind, Sie haben recht«, stimmte ihm der Captain zu. »Nicht Gerry Liddiard – das ist mir klar, so ähnlich Sie ihm auch sehen, denn der hat in seinem ganzen Leben noch nicht so etwas Vernünftiges gesagt.«

»Sie verdammter Schurke!« sagte Gerald zornig.

»Bis jetzt haben Sie Glück gehabt. Aber glauben Sie ja nicht, daß Sie diesmal ungeschoren davonkommen. Verdammt nochmal, Mensch, wissen Sie denn nicht, daß dieses Haus voller Dienstleute steckt? Die müssen doch den Schuß gehört haben, und ich wette, daß sie schon irgendwo Hilfe geholt haben.«
»Ja ja, und bis sie jemanden gefunden haben, bin ich längst davon«, sagte der Captain seelenruhig, »denn die sind alle nahe an Neunzig und bewegen sich mit der Schnelligkeit von Schildkröten. Und jetzt, Lady B.«, wandte er sich an seine wütende Gastgeberin, »würden Sie bitte diese Smaragde herausgeben, oder soll ich sie mir selbst holen?«
Lady Brassborough blickte ihn haßerfüllt an, löste das Smaragdgehänge von ihrem Hals und legte es in seine ausgestreckte Hand.
»Warum stehen Sie so da und tun nichts, Sie Trottel?« fuhr sie den hilflosen Mr. Baker an. »Ich nehme an, dafür zahlen wir Steuern – um bei hellem Tageslicht unserer Juwelen beraubt zu werden, in Gegenwart von zwei Polizisten aus der Bow Street! Nur nicht so hastig!«
Diese letzte Ermahnung galt Captain MacGoff, der, nachdem er die Smaragde eilig in seine Tasche gesteckt hatte, sich ihres Ridiküls bemächtigte und fieberhaft nach dem Schlüssel suchte. Sie entriß ihm den Beutel, wobei sich der ganze Inhalt auf den Boden ergoß, was ein lustiges Durcheinander von Riechfläschen, Taschentüchern, Stickseiden, Scheren und anderen Kleinigkeiten ergab.
Der Captain fluchte und ging auf die Knie, um seine Suche fortzusetzen. Währenddessen nützte Lady Brassborough die Gelegenheit, zog einige ihrer großen Diamantringe von den Fingern und steckte sie schnell in den Mund.
Unglücklicherweise wurde dieser Trick von dem schmie-

rigen Jungen mit der Pistole bemerkt, der prompt dem Captain einen Wink gab. Dieser befahl ihr, die Ringe sofort wieder ans Tageslicht zu bringen, und da sie ihm keine entsprechende Antwort geben konnte, letztlich jedoch lieber auf ihre Juwelen verzichtete als auf die Betätigung ihres Mundwerks, folgte sie seiner Aufforderung. Diese Handlung begleitete sie mit den unvorteilhaftesten Bewegungen über die Vorfahren und persönlichen Eigenschaften des Captains, die sogar Mr. Baker und Mr. Cartwright dazu veranlaßten, sie voller Bewunderung anzustarren.

Der Captain jedoch war nicht zu erschüttern. Er ließ die Ringe in seine Tasche gleiten, in der sich bereits die Smaragde befanden, und als er aus dem Inhalt ihres Ridiküls einige Schlüssel herausgefischt hatte, fragte er sie, welcher denn nun den Schmuckkasten öffnete.

»Das werde ich Ihnen nicht sagen, Sie flegelhafter, dämlicher, feiger Kerl«, erklärte Lady Brassborough unumwunden. »Das können Sie selbst herausfinden.«

Der Captain erklärte, daß er das auch tun werde, ging zur Tür hinüber und öffnete sie, mußte jedoch feststellen, daß sich draußen einige von Lady Brassboroughs alten Angestellten versammelt hatten, die aufgeregt miteinander schwatzten. Als er mit gezogener Pistole vor ihnen stand, wichen sie erschrocken zur Seite, und da er schnell zur Treppe lief, hatte er in dem Durcheinander nicht bemerkt, daß inmitten der Dienerschaft eine junge Dame im modischen Kleid aus rosa Kambrik und einem breitkrempigen Hut stand – kurz und gut, es war Miß Eugenia Liddiard.

Ihre Anwesenheit in der Halle war der Tatsache zu verdanken, daß sie und Muffet beschlossen hatten, auf dem Weg zurück ins Gutshaus in Dower House anzuhalten, damit Eugenia Richard die gute Nachricht überbringen konnte, die sie in der Pfarrei bekommen hatte. Die Kutsche hatte gerade vor der Eingangstür gehalten, als die Insassen durch den Schuß erschreckt wurden, den der Bursche des Captains abgegeben hatte.

Der Kutscher, ein vorsichtiger Mann, hatte sofort seine Pferde angetrieben, damit man aus der Nähe der Schießerei fortkäme. Muffet, die selbst sehr erschrocken war, hatte nichts getan, um ihn daran zu hindern, und erst als Eugenia drohte, aus dem Wagen zu springen, falls er nicht anhielte, hatte er nachgegeben und seine Pferde zum Stehen gebracht.

Eugenia hatte dann mit Bestimmtheit erklärt, daß sie hineingehen würde, und war trotz aller Beschwörungen von Muffet und dem Kutscher vom Wagen gestiegen. Doch bevor sie die Gelegenheit hatte zu klopfen, wurde sie von dem aufgeregten Matthieu eingelassen.

Was dann mit Muffet und dem Wagen geschah, konnte sie nicht wissen, denn sie wurde sofort von einer Gruppe erschrockener Angestellter empfangen, die alle nicht wußten, was zu tun war, und die die Verantwortung nur zu gern auf die Schultern von Eugenia luden.

Und bis der Captain an der Türe des Salons erschien, hatte Eugenia von ihnen erfahren, daß zuvor einer der jungen Männer, die Lady Brassborough zu Besuch hatte, von zwei merkwürdig aussehenden Fremden – »hommes sans importance«, wie Matthieu sich ausdrückte, in Handschellen ins Haus gebracht worden war und daß die ganze Gesellschaft zusammem mit Lady Brassborough und dem andern jungen Mann in den Salon gegangen sei, wohin ihnen nach einer Weile Captain MacGoff folgte.

Wer dann auf wen geschossen hatte und warum, konnten sie jedoch nicht sagen, aber Matthieu hatte sofort aus seinem Zimmer eine sehr große und reichverzierte französische Pistole geholt, die so aussah, als stamme sie noch aus

dem Dreißigjährigen Krieg, und hatte sie der erstaunten Eugenia gereicht.
»Ist sie geladen?« fragte sie und blickte die Waffe zweifelnd an.
»Mais oui, Mademoiselle, oui!« versicherte ihr Matthieu enthusiastisch.
Eugenia, die immer noch sehr skeptisch schien, untersuchte das altertümliche Objekt, von dem sie annahm, es würde sofort explodieren, wenn sie es nur anrührte. Doch da sie den Captain hörte, wie er oben wütend auf der Suche nach dem Schmuckkasten herumtrampelte, beschloß sie, sofort zu handeln, um ihre Freunde aus ihrer mißlichen Lage zu befreien. Sie holte tief Atem, ging auf die Tür des Salons zu, stieß sie auf und hielt die schwere Pistole so ruhig in der Hand, wie sie es vermochte.
Was dann geschah, konnte hinterher niemand mehr genau sagen, denn es ging alles viel zu schnell. Der schmierige Bursche, der an der Tür plötzlich eine junge Dame mit geladener Pistole sah, hob schnell seine eigene Waffe. Lady Brassborough stieß einen markerschütternden Schrei aus, und Richard schrie: »Eugenia, nein!« Dann stürzte er sich in kühnem Hechtsprung auf den Burschen, schlug ihm die Pistole aus der Hand, worauf sie losging und die Kugel den Kristallüster traf, der klirrend zerbrach. Die beiden Polizisten stürzten sich nun ihrerseits auf den Burschen, Wellington benutzte die Gelegenheit, um Cartwright zu beißen, und Lady Brassborough fiel ohnmächtig in die Arme des erstaunten Gerald.
Natürlich bestand kein Zweifel darüber, daß der Kampf zwischen den beiden Beamten und dem Burschen zugunsten der ersteren ausgehen mußte, sobald man ihm die Pistole aus der Hand geschlagen hatte, und im Nu

trug er die Handschellen, die zuvor Gerald abgenommen worden waren.
Inzwischen entriß Richard Eugenia die Pistole, da ihm klar war, daß der Captain den Schuß oben gehört haben mußte, schob sie hinter das Sofa, auf dem Lady Brassborough und der Captain ihr Liebesgeplänkel absolviert hatten, und erklärte ihr streng, daß sie sich dahinter zu verbergen habe. Dann bewegte er sich schnell auf die Türe zu, begleitet von Mr. Baker, der sich der Pistole des Burschen bemächtigt hatte, während Gerald sich bemühte, die schlaffe und nicht gerade leichte Lady Brassborough auf einem anderen Sofa zu deponieren.
Sobald Richard und Mr. Baker an der Türe des Salons angekommen waren, hörten sie schon die Schritte des Captains, der eilig die Treppe herabkam. Er erreichte gemeinsam mit ihnen die Halle, erfaßte sofort die Situation und rannte zur Eingangstüre hinaus, nachdem er die alten Diener, die wie aufgeregte Hühner herumliefen, auseinandergejagt hatte.
Mr. Baker, der seine Pistole nicht abfeuern konnte, da er Angst haben mußte, einen der Diener zu treffen, machte sich an die Verfolgung. Obwohl Richard ihm half, hatten sie keinen Erfolg, denn der Captain war bereits in seine Karriole gesprungen, die vor der Eingansstüre stand. Er entriß dem alten Reitknecht, der sie beaufsichtigte, die Zügel, gab seinem Pferd die Peitsche und rollte davon. Eine Kugel, die Mr. Baker ihm noch schnell hinterherschickte, verfehlte ihr Ziel. Mr. Baker fluchte.
»He – Sie!« wandte er sich eilig an den Reitknecht. »Ich brauche ein Pferd –«
»Mais non, non!« ertönte die stolze Stimme des alten Matthieu auf einmal hinter ihm. »Monsieur verra, tout s'arrangera.«
Richard drehte sich um. Der alte Mann war hinter ihnen

herausgekommen und sagte nun noch etwas auf französisch zu Richard, der seine Brauen hob, grinste und ungläubig fragte: »Assurément?«
»Assurément, Monsieur«, sagte Matthieu und nickte begeistert.
»Was schwatzt er da?« fragte Mr. Baker eilig. »Verstehen Sie denn nicht, ich brauche ein Pferd –«
Plötzlich ertönte ein lauter Krach und das erschrockene Wiehern von Pferden aus der Richtung des Fahrwegs.
»Es ist alles in Ordnung«, sagte Richard und klopfte dem alten Matthieu herzlich auf die Schulter. »Er sagt, wir sollten uns nicht aufregen, weil er dem Reitknecht die Anweisung gab, die Räder der Karriole ein bißchen zu bearbeiten. Ich nehme an, sie – oder wenigstens eines von ihnen – sind bereits losgegangen. Wollen wir nicht einmal nachsehen?«

16

Der Friede eines warmen, goldenen Spätsommernachmittags umgab Dower House. Mr. Baker, der den übel zugerichteten Captain MacGoff aus den Trümmern seiner Karriole gerettet hatte, war mit ihm, Mr. Cartwright und dem schmierigen Burschen davongezogen, nicht ohne sich jedoch zuvor bei Lady Brassborough und Gerald für alle Unannehmlichkeiten entschuldigt zu haben, die sie ihnen bereitet hatten. Lady Brassborough, die sich von ihrer Ohnmacht erholt hatte und auf dem Sofa saß, auf dem Gerald sie placiert hatte, ließ sich einen französischen Cognac schmecken und war glücklicherweise wieder im Besitz ihrer sämtlichen Juwelen. Trotzdem war sie nicht mit sich zufrieden, da sie es sich nicht verzeihen

konnte, so schwach gewesen zu sein, in den aufregendsten Minuten des Nachmittags dahinzuschwinden.
»Es ist wirklich eine Schande«, sagte sie. »Noch nie in meinem Leben war ich so töricht, nicht einmal damals, als Brassborough und ich in einer venezianischen Gondel von drei bewaffneten Männern überfallen wurden und ich den einen in den Kanal schmiß und er die beiden anderen mit seinem Schwert erledigte.«
Gerald sagte, daß dies sicher noch viel aufregender gewesen sei als das kleine Handgemenge an diesem Nachmittag, und dann ergingen sich Richard und er in Lobpreisungen über ihre Überlistung des Captains, so daß sie einigermaßen getröstet war.
Inzwischen konnte sich Eugenia – die sich auch zu einem Cognac hatte überreden lassen – kaum noch zurückhalten, weil sie Richard so gerne berichtet hätte, was sie in St. Aldwyns erfahren konnte. Doch noch bevor es ihr gelang, alles zu berichten, hörte man draußen das Hufgeklapper eines galoppierenden Pferdes, gefolgt von einem heftigen Klopfen an der Türe und einem Stimmengewirr in der Halle.
Lady Brassborough hob verwundert die Brauen. »Was soll denn das bedeuten?« fragte sie resigniert. »Ich hoffe, es sind nicht wieder diese schrecklichen Polizisten, die zurückkommen, weil sie ihre Gefangenen verloren haben.«
Doch es waren nicht Mr. Baker und Mr. Cartwright, die in den Salon eindrangen, sondern zum Erstaunen von Lady Brassborough und ihren Gästen erschienen der Squire Rowntree, Tom und der Kutscher der Rowntrees auf der Bildfläche, alle bewaffnet mit Vogelflinten, von denen sie offenbar Gebrauch zu machen gedachten. Beim Anblick von Lady Brassborough, die gemütlich im Beisein von Eugenia, Richard und Gerald ihren Cognac trank, blieb der Squire verdutzt an der Tür stehen.

»Aber – aber«, stammelte er. Und auf einmal wurde er hochrot und wandte sich wütend an seinen Kutscher. »Sie verdammter Dummkopft!« rief er. »Was haben Sie sich denn dabei gedacht, sollte das vielleicht ein Scherz sein?«

Eugenia sprang schnell auf. »Oh!« sagte sie, da sie zu begreifen schien. »Der Schuß! Sie sind gekommen, um uns zu retten! Wie nett von Ihnen, Squire! Doch sie sind zu spät gekommen – ich meine, es ist jetzt alles vorbei, und wir sind wirklich ganz in Sicherheit.«

Lady Brassborough erhob sich vom Sofa und bewegte sich auf die verstörten Eindringlinge zu.

»Mr. Rowntree, nicht wahr? Und der junge Master Tom«, sagte sie und schenkte ihnen ihr berühmtes Lächeln. »Wollen Sie nicht Platz nehmen – natürlich, sobald Matthieu Ihnen diese bedrohlichen Waffen abgenommen hat – und sich eine Erfrischung gönnen? Es ist ja ein so warmer Tag. Matthieu hat sicher einen Humpen mit Ale in der Küche und« – sie wandte sich an den alten Butler, der sich im Hintergrund beschäftigte – »den Manzanilla für die Herren, glaube ich, Matthieu. Ein ganz ausgezeichneter Sherry –«

Sie hielt inne, weil sie bemerkte, daß der Squire ihr nicht zuhörte, sondern statt dessen Gerald und Richard anstarrte, die aufgestanden waren, wobei der erstere ihn freundlich anlachte und der letztere mit seiner gewohnten lässigen Zurückhaltung auf ihn blickte.

»Du lieber Gott!« sagte der Squire ungläubig. »Es gibt ja tatsächlich zwei von den beiden, genau wie diese verdammten Polizisten gesagt haben.«

»Ja, es gibt zwei«, beeilte sich Eugenia zu erklären. »Richard ist nämlich der Sohn von Charles Liddiard. Ich habe erst heute nachmittag herausbekommen, daß Onkel Charles tatsächlich Susan Justis geheiratet hat – das ist

Richards Mutter gewesen, Mr. Childrey in St. Aldwyns hat bestätigt, daß er die Trauung selbst vollzogen hat.« Sie wandte sich an Richard, der auf einmal blaß geworden war und sie mit einem ungläubigen Stirnrunzeln anblickte. »Nein, es ist wirklich wahr«, sagte sie. »Ich kenne nämlich Perry Walford, den Neffen von Mr. Childrey. Er ist gerade zu Besuch im Pfarrhaus und ist herübergeritten, um Muffet und mich zu einer Erdbeerparty einzuladen, und während ich dort war, habe ich Mr. Childrey gefragt, ob er Charles Liddiard und Susan Justis getraut hat, und er hat gesagt, daß er es getan hat. Muffet und ich haben in der ganzen Nachbarschaft die Pfarrer gefragt, doch niemand wußte etwas über Onkel Charles, bis ich Mr. Childrey gefragt habe. Er hat sich genau daran erinnert und mir das Kirchenbuch gezeigt mit den Unterschriften. Es ist alles ganz legal, und daher sind Sie Richard Liddiard, und Coverts wird Ihnen gehören und nicht Onkel Cedric«, beendete sie ziemlich atemlos ihre Erzählung.
Sie hätte es vorgezogen, das alles nicht vor so vielen Leuten sagen zu müssen, doch nun war es schon geschehen, und sie freute sich, als der Squire, der ihren Worten aufmerksam gefolgt war, auf Richard zuging und ihm herzlich die Hand schüttelte.
»So, so«, sagte er, »dann sind Sie also Charles Liddiards Sohn! Ich habe Ihren Vater gut gekannt, denn wir waren fast gleich alt. Jetzt werden Sie also nach Coverts ziehen, das wird für den Besitz sehr gut sein. Denn Cedric lebt ja in Canterbury und hat sich nie viel um das Land gekümmert. Doch als Walter noch lebte, hat er ein sehr schönes kleines Gestüt gehabt –«
»Setzen Sie sich doch bitte, Mr. Rowntree«, sagte Lady Brassborough und unterbrach den Squire mit einer energischen Gebärde, da er sonst wahrscheinlich kein Ende gefunden hätte. »Sie und Richard können dann soviel Sie

wollen über Land und Pferde sprechen, doch wir haben alle einen sehr anstrengenden Nachmittag gehabt, so daß ich glaube, wir sollten uns besser im Sitzen über all dies unterhalten.«

Aber zur Überraschung aller beantwortete der Squire die Einladung mit einem Stirnrunzeln, blickte schnell auf Gerald und sagte mit rauher Stimme: »Nein, Mylady, ich danke Ihnen, aber ich möchte mich nicht hinsetzen. Nicht in Gegenwart eines Mannes, der wegen Mordes gesucht wird –«

»Aber das stimmt doch nicht«, sagte Eugenia schnell. »Sie meinen natürlich Gerry, aber das ist jetzt alles vorbei, denn die Polizisten haben heute nachmittag hier den Mann verhaftet, der es wirklich getan hat. Deswegen hat es ja diese Schießerei gegeben. Es war Captain MacGoff, und Lady Brassborough hat ihn mit großer List hierhergelockt und ein Geständnis aus ihm herausgeholt. Er hat versucht, ihre Juwelen zu stehlen, und dann hat die Polizei ihn verhaftet. Dabei ist Gerry jetzt völlig rehabilitiert –«

Der Squire, der ihr erstaunt zugehört hatte, bekundete größte Freude über diese Wendung der Ereignisse, entschuldigte sich bei Gerald und nahm schließlich die Einladung von Lady Brassborough an, sich zu setzen und am Sherry teilzuhaben, den Matthieu hereingebracht hatte.

Die ganze Gesellschaft erging sich dann in einer ergötzlichen Plauderei, die sich um die Ereignisse des Nachmittags drehte und woran der Squire, Gerald und Lady Brassborough sich am regsten beteiligten. Eugenia, die sich durch ihre lange Erzählung verausgabt hatte, beschäftigte sich vor allem damit, Richard zu beobachten, der still dasaß und trotz der freudigen Ereignisse und der für ihn glücklichen Wendung keinen besonders fröhlichen Eindruck machte. Sicher hatte sie keinen Dank erwartet, doch ein bißchen gekränkt war sie schon, daß er sich gar nicht dazu äußerte, zumal sie selbst ziemlich stolz darauf war, was sie an diesem Nachmittag geleistet hatte. Vielleicht war Richard auch verärgert, weil sie in aller Öffentlichkeit, vor dem Squire und Tom, über die Frage seiner Legitimität gesprochen hatte. Letztlich paßte es jedoch nicht zu ihm, so auf seiner Würde zu bestehen, und er mußte sich ja klarmachen, daß die Geschichte von Charles Liddiard und Susan Justis in dieser Gegend schon bekannt war. Sie blickte ihn etwas bang an und wünschte sich, daß sie Gelegenheit hätte, allein mit ihm zu sprechen. Während sie dies noch dachte, hörte man draußen das Geräusch von Wagenrädern, und wenig später erschien Matthieu unter der Tür und verkündete mit Stolz, da er nun endlich einen vornehmen Gast hineinzuführen hatte: »Mylady Chandross!«

Eugenia sprang entsetzt auf. Sie hatte nicht die geringste Ahnung gehabt, daß Lady Chandross in der Nähe war, doch als sie – wie immer nach dem letzten modischen Chic gekleidet – im Salon erschien, ging ihr sehr schnell auf, was sie zu diesem Besuch veranlaßt haben konnte. Es bestand kein Zweifel darüber, daß Mr. Baker und Mr. Cartwright sich in der betreffenden Nacht nicht nach Tunbridge Wells begeben hatten, sondern nach London, um dort Lady Chandross über die verschwundenen beiden Lakaien zu befragen, welche die Kutsche der Chandross' nach Kent begleitet hatten. Und Lady Chandross, die ob des Auftauchens zweier ihr gänzlich unbekannter Lakaien verständlicherweise sehr beunruhigt sein mußte, hatte sich schleunigst nach Kent begeben, um der Wahrheit auf die Spur zu kommen.

Eugenia, die genau wußte, daß jetzt detaillierte Erklärungen von ihr erwartet wurden – immerhin war sie in Begleitung zweier junger Männner gereist, die nicht im Dienst der Familie Chandross standen, was an und für sich schon ungehörig war –, sah der Befragung mit einiger Beklemmung entgegen. Sie hoffte nur, daß Lady Chandross milder gestimmt würde, wenn sie erführe, daß Geralds Name nun nicht mehr im Zusammenhang mit dem Mord genannt werden konnte.

Lady Chandross, die trotz ihres gelassenen Auftretens in Wirklichkeit sehr ärgerlich war, hatte als Dame von Welt nicht die Absicht, ihr Mündel in Anwesenheit von Fremden zur Rede zu stellen. Sie begrüßte daher Lady Brassborough auf ihre übliche gelangweilte Art und Weise, entschuldigte sich für ihr plötzliches Erscheinen und erklärte, daß sie gerade vom Gutshaus käme, wo Mrs. Rowntree ihr einige beunruhigende Nachrichten bezüglich der Situation in Dower House mitgeteilt habe.

Lady Brassborough, die sich diebisch darüber freute, daß in ihrem Hause endlich einmal wieder Glanz zu spüren war, erklärte ihr, daß es keinen Grund zur Beunruhigung gebe, reichte ihr ein Glas Sherry und begann, in blumiger Weitschweifigkeit von den Geschehnissen des Nachmittags zu erzählen. Lady Chandross war auch hier wieder ganz Dame von Welt, hörte sich alles gelangweilt an und zeigte wenig Erstaunen, als sie Gerald Liddiard in doppelter Ausfertigung erblickte. Sie ließ sich nur zu einem leichten Hochziehen ihrer Brauen herab, als sie vernahm, daß einer der beiden Geralds in Wirklichkeit der legitime Sohn von Charles Liddiard und als solcher rechtmäßiger Besitzer von Coverts sei. Sie erklärte Gerald, daß er ein Schurke sei, weil er sie alle mit seiner neuesten Missetat wieder einmal ins Gespräch gebracht habe. Cecil werde aber wohl über die Wendung der Ereignisse so erleichtert sein, daß er wahrscheinlich etwas für ihn tun werde, vorausgesetzt, er führe in Zukunft ein vorbildliches Leben.

»Es scheint mir also, daß sich schließlich doch noch alles

zum Besten gewendet hat – ganz wie bei diesen langweiligen Komödien, wo zum Schluß alle zur Tugend bekehrt sind, bevor der Vorhang fällt«, sagte sie und blickte dann zu Tom hinüber. »Eugenia hat mir natürlich von euren Plänen erzählt, mein lieber Junge«, sagte sie. »Ich hoffe, daß die Hochzeit bald stattfinden wird. Lange Verlobungen sind so trostlos, finden Sie nicht auch?«

Der Squire starrte sie an. »Lange Verlobungen«, rief er erstaunt aus, während Tom über und über rot wurde und Eugenia, die den dringenden Wunsch verspürte, der Boden möge sich öffnen und sie verschlingen, völlig versteinert dasaß und kein Wort sprechen konnte. »Wieso, was meinen Sie, Mylady?« fragte er und blickte Tom halb vorwurfvoll und halb erfreut an. »Du alter Gauner, was hast du denn da hinter meinem Rücken getrieben?« wandte er sich an seinen Sohn. »Ihr einen Antrag gemacht, ja? Ohne mir ein einziges Wort zu sagen!«

So, dachte Eugenia entsetzt, jetzt ist es soweit, jetzt habe ich das auszulöffeln, was ich mir einbrockte. Tom würde leugnen, auch nur eine einzige Andeutung in dieser Richtung gemacht zu haben, und der Squire würde aufgebracht und empört sein. Und Gussie würde – und das stand ihr voll und ganz zu – noch ärgerlicher sein als je zuvor.

Doch als sie auf das Fallen des Henkersbeils wartete, hörte sie zu ihrem Erstaunen, wie Tom sagte: »Ja – ja, so ist es, Sir. Ich möchte Eugenia heiraten.« Sie blickte ihn entgeistert an. Sein Gesicht war immer noch hochrot, doch er sprach mit völlig ruhiger Stimme. Seine Aussage konnte also nicht, wie sie angenommen hatte, auf den Einfluß von Lady Brassboroughs Sherry zurückgeführt werden. »Wenn du nichts dagegen hast –«, fügte er mit einem etwas schüchternen Blick auf seinen Vater hinzu.

»Dagegen haben? Aber nicht das geringste! Ich bin er-

freut, mein Junge, wirklich hocherfreut«, sagte der Squire, dessen breites, vergnügtes Gesicht bewies, daß er die Wahrheit sagte. »Das Beste, was du tun kannst – dir früh im Leben eine feine junge Frau suchen und bald Kinder in die Welt setzen. Und es gibt kein besseres Blut für die Familie als das der Liddiards und kein hübscheres Mädchen als Miß Eugenia«, fügte er hinzu, plötzlich beunruhigend galant werdend. Dann setzte er sein Glas nieder, kam auf Eugenia zu und umarmte sie herzlich. Er küßte sie und sagte zur Verwunderung der Zuhörer, daß Tom ein glücklicher Hund sei und daß er, wenn er zwanzig Jahre jünger und nicht schon gebunden wäre, durchaus selbst versuchen würde, bei ihr sein Glück zu wagen.
Inzwischen wußte Eugenia überhaupt nicht mehr, wo sie hinblicken sollte. Es hatte sich alles so schnell entwickelt, daß sie nicht zu sagen wagte, was sie am liebsten gesagt hätte: daß Tom ihr gar keinen Antrag gemacht hatte und daß sie ihn auch gar nicht heiraten wolle, und daß er nur aus Ritterlichkeit so handle, um sie vor den Konsequenzen der Irreführung zu bewahren, die sie bei Lady Chandross praktiziert hatte. Man beglückwünschte sie und Tom nun von allen Seiten: Lady Brassborough, Gerald und – was ihr das Ärgste war – auch Richard, der seine Glückwünsche sehr höflich und comme il faut vorbrachte. Sie hatte das Gefühl, daß sie Tom nicht in aller Öffentlichkeit bloßstellen konnte, indem sie ihm sagte, daß sie ihn gar nicht heiraten wolle, und daß sein Opfer daher umsonst sei. Sie wartete besser, bis sie zurück im Gutshaus waren, wo sie ihm alles unter vier Augen sagen konnte.
Gussie würde natürlich wütend sein, aber das spielte jetzt keine Rolle mehr. Da ihr nun selbst klar war, was sie für Richard empfand, konnte sie es nicht zulassen, daß Gussie in London irgendeinen Mann heranschleppen würde, der willens war, sie zu heiraten.

»Ich werde also irgendwo Gouvernante werden müssen«, sagte sie sich und hoffte um Toms willen, daß sie nicht so unglücklich aussah, wie sie sich fühlte.
Doch Tom hatte im Augenblick keine Augen für sie, da er durch all die Aufmerksamkeit, die ihm entgegengebracht wurde, zu verwirrt war, um an irgend etwas anderes zu denken als an sich selbst.
Die Besucher aus dem Gutshaus und mit ihnen auch Lady Chandross, die Mrs. Rowntrees Einladung angenommen hatte, während ihres Aufenthalts in Kent bei ihr zu wohnen, erhoben sich jetzt, um sich zu verabschieden. Richard bedankte sich so ruhig und gelassen für ihre Hilfe, daß nicht einmal Lady Chandross daran Anstoß nehmen konnte, obwohl sie ihm natürlich nicht verzieh, daß er sie in Mere getäuscht hatte und nun auch noch die Stirn besaß, als echter Verwandter anerkannt werden zu wollen.
Eugenia winkte ab und sagte in möglichst erwachsenem Ton: »Ach, das war doch gar nichts!« Sie fühlte sich nicht in der Lage, ihre eigene Dankbarkeit Richard gegenüber auszudrücken, der ihr immerhin das Leben rettete, als er sich auf den schußbereiten Burschen gestürzt hatte.
Dann gingen sie alle hinaus, wo die Kutsche der Rowntrees schon wartete und der Kutscher bereits auf dem Bock saß, froh darüber, der barbarischen Küche entkommen zu sein, in der nur Französisch gesprochen wurde.

17

In der Kutsche war Eugenia dann mit den drei Personen alleine, denen sie am liebsten die wahre Sachlage erklärt hätte. Das konnte sie jedoch nich tun, da der Kutscher alles mitgehört hätte. Sie war daher gezwungen, schweigend dabeizusitzen, wie der Squire und Lady Chandross sich darüber stritten, wo die Hochzeit stattfinden solle. Der Squire war natürlich der Ansicht, daß die Hochzeit in der Dorfkirche stattzufinden habe, die Eugenia und Tom seit ihrer frühesten Jugendzeit besucht hatten, doch Lady Chandross bestand darauf, daß die Kirche St. George's am Hanover Square der angemessene Ort sei. Während der kurzen Fahrt blickte Tom sie auch einige Male kurz an, um herauszubekommen, wie sie sein kühnes Auftreten in Dower House aufgenommen habe, doch sie weigerte sich, in eine persönliche Unterhaltung gezogen zu werden, bis sie das Gutshaus erreicht hatten.

Sobald sie dort waren und Muffet sowie Mrs. Rowntree sich noch zu ihnen gesellt hatten, begann sie jedoch, ihre Erklärung abzugeben. Es werde, so sagte sie, keine Verlobung zwischen ihr und Tom stattfinden, denn es sei alles ein Irrtum gewesen. Tom habe nämlich nur aus Ritterlichkeit gehandelt, als er behauptete, er habe ihr einen Antrag gemacht.

»Aber das stimmt doch nicht«, wandte Tom zu ihrem Erstaunen ein. »Ich meine, ich habe nicht aus Ritterlichkeit so etwas gesagt. Sei doch nicht so dumm, Eugenia! Natürlich werden wir heiraten. Es gibt nichts, was ich lieber täte.«

Eugenia starrte ihn an. »Aber du hast doch genau das Gegenteil gesagt, als ich dich fragte –« begann sie, biß sich dann jedoch auf die Zunge, weil sie merkte, wohin sie sich verirrt hatte. Sie hatte jedoch genug gesagt, um die scharfsinnige Lady Chandross auf die richtige Fährte zu bringen.

»Du wirst uns doch nicht sagen wollen, daß du ihn gefragt hast, du unmögliches Kind«, sagte sie ungläubig.

»Nein, das hat sie nicht getan, ich war es«, sagte Muffet

prompt und eilte der Freundin zu Hilfe. »Ich meine«, fuhr sie fort und begann unter Lady Chandross' eisigem Blick leicht zu stottern, »ich meine – ich dachte, es sei ein guter Gedanke, wenn Tom Eugenia heiraten würde –«

Mrs. Rowntree blickte sie empört an und sagte, sie hätte es nie für möglich gehalten, daß ihre Tochter so wenig Delikatesse besitzen könne.

»Delikatesse, verdammt noch mal!« sagte der Squire, der jetzt genug von dem Gerede hatte und in seiner üblichen Art kurz und bündig reagierte. »Was spielt das alles für eine Rolle, wer wen gefragt hat, solange die Sache klar ist? Wenn Tom nicht den Mumm hatte, selbst zu fragen, dann ist es doch nicht schlimm, wenn seine Schwester es für ihn getan hat.«

»Sie hat es nicht getan!« sagte Tom entrüstet, worauf sich eine kurze und heftige Debatte zwischen Bruder und Schwester entwickelte, die so fatal an ihre Kindertage erinnerte, daß die Eltern erklärten, sie würden jetzt genug haben und nicht mehr mitmachen.

Eugenia, der nur zu bewußt war, daß sie an all dieser Konfusion die Schuld trug und daß sie der Sache ein Ende machen könnte, indem sie erklärte, Tom heiraten zu wollen, wußte nicht mehr aus noch ein. Sie wünschte, sie hätte es sagen können, doch sie konnte es nicht. Wenn sie Richard nicht heiraten konnte, wollte sie überhaupt nicht heiraten. In ihrer Verzweiflung äußerte sie schließlich, daß sie Gouvernante werden wolle, was jedoch von Lady Chandross mit kaltem Zorn, von Tom mit Widerwillen und von Mrs. Rowntree mit sanftem Entsetzten aufgenommen wurde. Was den Squire betraf, so hatte er sich wütend in seinen Arbeitsraum begeben und erklärt, daß er die modernen jungen Leute nicht verstehen könne und es auch niemals tun würde.

»Du bist eine große Närrin, mein Kind«, sagte Lady

Chandross, die vor lauter Entsetzen vergaß, ihren gelangweilten Ton anzustimmen und sich statt dessen deutlich ausdrückte. »Ausgerechnet eine Gouvernante! Was meinst du denn, was Cecil dazu sagen würde? Wenn du Tom Rowntree nicht heiraten willst, dann mußt du den jungen Perry Walford nehmen. Sicher kannst du den jederzeit haben, wenn du nach ihm pfeifst.«
»Nein, das kann ich nicht«, sagte Eugenia, die nun wirklich am Rande der Verzweiflung war. »Der hat mir schon einen Antrag gemacht, und ich habe ihn abgelehnt.«
Sie floh hinauf in ihr Schlafzimmer, was jedoch auch nicht die richtige Lösung war, denn Muffet folgte ihr unter dem Vorwand, ihr zu helfen, und versuchte ihr klarzumachen, wie wunderbar es für alle wäre, wenn sie sich dazu entschließen könnte, Tom zu heiraten.
»Ich weiß wirklich nicht, weshalb du es nicht willst«, wiederholte sie, und Eugenia machte schließlich den fatalen Fehler, ihr zu sagen, daß sie es nicht könne, weil sie schon jemand andern liebe.
»Jemand anderen? Aber wen denn?« fragte Muffet mit weit aufgerissenen Augen. Dann begann sie Eugenia so mit ihren Fragen zu quälen, daß diese sich am liebsten ins Bett gelegt und die Decke über sich gezogen hätte und in Frieden gestorben wäre.
Sie hatte sich früher niemals viel Gedanken über das Verliebtsein gemacht, da sie keine romantische Neigungen besaß und nur wenige der Romane gelesen hatte, über die die anderen jungen Damen bei Miß Bascom genüßlich Tränen vergossen. Doch offenbar, so dachte sie sich, als sie am Ende des Tages schließlich ins Bett ging, war es wirklich eine so ungemütliche Angelegenheit, wie diese dicken Bände es beschrieben. Jeder war mit ihr böse. Lady Chandross hatte ihr mit strengen Worten erklärt, daß sie am nächsten Tag nach London gebracht würde,

wo man von ihr erwarte, daß sie sich wie ein Mündel des Earl of Chandross benehme und nicht wie irgendein dahergelaufenes Mädchen ohne Adel, das es nötig hatte, sein eigenes Geld zu verdienen. Und Richard – Richard hatte sich so höflich und formell bei ihr dafür bedankt, Mr. Childrey gefunden zu haben, als ob sie niemals zusammen im »King's Head« in Thatchham einen geheimen Plan geschmiedet und in Old Nans Cottage gebutterten Toast gegessen hätten.

Bei dem Gedanken, daß jene glücklichen Tage niemals wiederkommen würden, zog sie die Decke über den Kopf und begann bitterlich zu weinen – ebenso bitterlich wie all die Heldinnen, deren Drangsal ihre Mitschülerinnen bei Miß Bascom so erschüttert hatte.

Am nächsten Morgen erschien ihr – ganz anders als sonst – die Lage auch nicht viel besser. Sie würde mit Lady Chandross zusammen nach London aufbrechen müssen, sobald diese vornehme Dame gefrühstückt hatte und von ihrer Zofe für die Reise angezogen worden war. Doch dies würde sicher erst am späten Vormittag sein, und so lange müßte sie die gesamte Familie Rowntree über sich ergehen lassen und sich alles anhören, was sie zu sagen hatten. Nein, sie konnte einfach nicht in ihrem Schlafzimmer bleiben, weil Muffet und Mrs. Rowntree und vielleicht auch Tom sie dort sicher besuchen würden. Daher zog sie ihr Reitkleid an und erklärte, daß sie zu einem kurzen Ritt aufbrechen wolle, bevor sie nach London fahren müsse.

Es gelang ihr, aus dem Haus zu kommen, bevor Muffet und Tom, die sie sicher gern begleitet hätten, entdecken konnten, was sie vorhatte. Nach kurzem Ritt befand sie sich – wie durch einen seltsamen Zufall – in der Nähe der Eingangstore von Dower House.

Nun, da sie sich in diese Gegend verirrt hatte, erschien es ihr nur angemessen, Lady Brassborough auf Wiedersehen zu sagen und ebenfalls Gerald und Richard, falls diese noch dort sein sollten. Sie lenkte also ihre Stute auf den Kastanienweg und wurde an der Tür von Matthieu empfangen, der trotz der Aufregungen des vergangenen Tages völlig gelassen war und ihr mitteilte, daß Lady Brassborough sich im Frühstückssalon aufhalte.

»Oh, und – und Mr. Liddiard? Ich meine, die beiden Mr. Liddiard?« fragte Eugenia und hoffte, daß ihre Stimme ruhig klingen möge, denn sie fühlte auf einmal, wie ihr Herz rasend klopfte.

Matthieu sagte, daß einer der jeunes messieurs bereits ausgegangen und der andere noch nicht aufgestanden sei, konnte ihr jedoch nicht sagen, welcher was getan hatte. Und da sie Richard – ob nun im Bett oder bereits ausgegangen – doch nicht erreichen konnte, folgte sie Matthieu gehorsam und untröstlich in den Frühstückssalon.

Hier fand sie Lady Brassborough in einem außergewöhnlichen Negligé aus lila Seide und Brüsseler Spitze vor und wurde sofort herzlich begrüßt und eingeladen, an Schokolade und Kuchen teilzunehmen.

»Nein, vielen Dank«, sagte Eugenia, was Lady Brassborough, die wußte, welch guten Appetit das Mädchen sonst hatte, dazu veranlaßte, sie prüfend anzublicken und ihre Brauen hochzuziehen. »Ich bin nur gekommen, um mich zu verabschieden, Ihnen für alles zu danken und Ihnen zu sagen, wie wunderbar Sie gestern waren«, sagte Eugenia. »Gussie wird mich nämlich heute nach Londen zurückbringen.«

Lady Brassboroughs sehr ausdrucksvolle Brauen gingen noch einmal hoch.

»Schon so bald?« sagte sie. »Ich verstehe. Lady Chandross scheint keine besonders romantische Dame zu sein. Ich meine, weil sie die Turteltauben einfach auseinanderreißt. Ist der junge Master Tom nicht traurig?«

Eugenia, die eifrig ein Meißener Salznäpfchen in der Hand herumdrehte, als wolle sie es von jeder Seite betrachten, erklärte, daß sie keineswegs Turteltauben seien und daß es Tom wahrscheinlich ganz gutgehe, wenn er auch sicher etwas böse auf sie sei, weil sie ihn nicht heiraten wolle.

»Denn ich will es nicht«, fuhr sie fort, indem sie das Salznäpfchen immer noch begutachtete. »Ich habe es einmal gedacht, und es ist meine Schuld, daß er mir den Antrag gemacht hat, denn ich habe Gussie gesagt, daß er es tun würde, damit sie mich nach Kent reisen ließ. Und natürlich hat sie gestern gedacht, daß er es schon getan hat, und er hat es auch bejaht, weil er wirklich ein sehr netter Mensch ist, und ich glaube, er hätte eigentlich nicht viel dagegen, mit mir verheiratet zu sein. Doch er ist überhaupt nicht in mich verliebt, und ich –«

Sie unterbrach sich.

»Und du bist auch nicht in ihn verliebt«, beendete Lady Brassborough ihren Satz.

»Ja«, sagte Eugenia leise. »Ich meine, nein. Das heißt, ich bin nicht –«

Lady Brassborugh schenkte sich noch eine Tasse Schokolade aus der Silberkanne ein und beobachtete dabei ihren Gast mit klugen, wachsamen Augen.

»In Wirklichkeit«, fuhr sie nach einer Weile ruhig fort, »bist du nicht nur nicht in den jungen Master Tom verliebt, sondern liebst einen anderen. Liebes Kind, soll ich raten, wer es ist?«

»Nein!« sagte Eugenia schnell und blickte Lady Brassborough erschrocken an. Sie wurde auf einmal feuerrot im Gesicht. »Das heißt, ich – ich liebe gar niemanden«, leugnete sie hastig. »Ich habe mich dazu entschlossen, nie zu heiraten. Ich werde Gouvernante werden.«

»Ach, tatsächlich?« sagte Lady Brassborough amüsiert.

»Eine sehr schätzenswerte Beschäftigung, liebes Kind, doch ich fürchte, entsetzlich langweilig. Ich glaube, wenn du wirklich für keinen anderen Mann etwas empfindest, wärest du bedeutend besser dran, Master Tom zu heiraten –«

»Nein!« sagte Eugenia noch heftiger als zuvor.

»Ich verstehe«, sagte Lady Brassborough ruhig.

Eugenia hätte ihr am liebsten bedeutet, daß sie es überhaupt nicht verstünde, doch sie hatte das schreckliche Gefühl, sofort weinen zu müssen, wenn sie etwas sagte, und daher begann sie von neuem, das Salznäpfchen zu untersuchen. Lady Brassborough widmete sich weiter ihrem Frühstück.

Nach kurzer Zeit bemerkte sie betont beiläufig, nicht ohne jedoch Eugenias Gesicht prüfend zu beobachten: »Ich nehme an, Gerry ist noch nicht aufgewacht. Soll ich ihn nicht wecken lassen, damit du dich auch von ihm verabschieden kannst?«

»O nein«, sagte Eugenia. Sie hatte sich jetzt ganz unter Kontrolle und sagte es ziemlich traurig, da ihr traurig zumute war.

Die ausdrucksvollen Brauen von Lady Brassborough gingen wieder in die Höhe. »Ich habe gedacht«, sagte sie nach einer Weile sehr langsam und abwägend, »da jetzt alles so erfreulich aufgeklärt ist, werde ich wieder für eine Weile ins Ausland gehen und Gerry als eine Art Kurier mitnehmen.«

Eugenia sagte, immer noch mit der traurigen, geistesabwesenden Stimme, daß Gerry das sicher sehr gern tun würde.

»Er braucht nämlich eine Frau«, fuhr Lady Brassborough fort. »Keine Engländerin, stelle ich mir vor, sondern eine junge Frau mit viel Geld und einer entsprechenden Erziehung, die weiß, wie sie mit seiner Verschwendungssucht und seiner Untreue fertig werden kann. Er ist ein schlimmer Junge, hat aber viel Charme, und ich glaube, wenn er die richtige Frau findet, wird er sich nicht ganz ruinieren.«

Sie machte eine Pause. Eugenia, der es im Augenblick völlig gleich war, ob Gerald sich ruinierte oder nicht, erklärte nach einer Weile, daß Lady Brassborough sicher ganz recht habe.

»Ich freue mich, daß du auch meiner Meinung bist. Was nun aber Richard betrifft«, fuhr sie mit der gleichen Gelassenheit fort, »so wird der eine ganz andere Sorte Frau brauchen. Jemanden, der damit zufrieden ist, auf dem Land zu leben, und der sich mehr für Pferde und die Ländereien interessiert als für Bälle, Amüsement und elegante Kleider – und darüber hinaus auch jemanden, den er wirklich liebt –«

Eugenia stieß heftig ihren Stuhl zurück und sprang auf. Sie wußte ja, daß Richard sie nicht liebte und niemals lieben würde, doch es war furchtbar, nun noch anhören zu müssen, wie jemand über seine Liebe und Ehe sprach.

»Ich – ich muß sofort zum Gutshaus zurück«, sagte sie. »Gussie will bald nach London aufbrechen –«

»Dann willst du also nicht warten, bis Richard zurückkommt?« fragte Lady Brassborough, die sich über die plötzliche Erregung ihres Gastes zu wundern schien. »Er ist sehr früh fortgeritten, um in St. Aldwyns mit Mr. Childrey zu sprechen, doch ich glaube, er wird bald zurücksein.«

»Nein – nein, ich kann nicht warten«, sagte Eugenia hastig, da sie fürchtete, sofort in Tränen auszubrechen, wenn Richard hereinkäme. »Sagen Sie ihm – sagen Sie ihm, daß ich sehr froh bin, daß er Coverts bekommen wird, und – und daß ich hoffe, daß er sehr glücklich wird –«

Sie küßte Lady Brassborough und verließ schnell den Raum. Lady Brassborough nahm sich, sobald sie allein war, eine weitere Tasse Schokolade, seufzte, lächelte und klingelte nach Matthieu, um ihm zu sagen, daß sie Monsieur Richard sofort sehen wolle, wenn er zurückgekommen sei.

Sie brauchte nicht lange zu warten. Schon nach wenigen Minuten hörte sie Richards Schritte in der Halle, und kurz darauf kam er herein.

»Nun?« sagte Lady Brassborough und deutet auf einen Stuhl. Er setzte sich.

»Ich nehme an, es ist alles in Ordnung«, sagte er. Er war ernst und etwas schroff. »Ich habe Childrey gesehen – es scheinen bezüglich der Eheschließung keine Zweifel zu bestehen. Als nächstes werde ich mich wahrscheinlich mit Cedric Liddiard in Verbindung setzen müssen. Ich werde heute nachmittag nach Canterbury aufbrechen.«

»Sie machen«, sagte Lady Brassborough nachdenklich, »keinen besonders begeisterten Eindruck für jemanden, der gerade einen beträchtlichen Besitz geerbt hat.«

»Ach, wirklich?« sagte Richard, stand wieder auf, ging zum Fenster und blickte zu dem schönen Morgenhimmel hinauf. »Vielleicht bin ich auch nur ein bißchen überwältigt – das wird es sein.«

»Überwältigt – oder beschäftigen Sie sich in Gedanken mit etwas anderem?« fragte Lady Brassborough. »Das tut man ja oft, sogar in den unpassendsten Augenblicken. Ich erinnere mich, als Brassborough und ich geheiratet haben, konnte ich nur daran denken, ob Hortense auch meinen Chinchilla-Muff eingepackt hatte, was natürlich ganz albern war, denn es war Hochsommer, und ich hätte ihn niemals brauchen können. Eugenia kam hier angeritten, während Sie fort waren, um sich zu verabschieden«, fügte sie, ohne eine Pause zu machen, im gleichen Plau-

derton hinzu. »Es scheint, als würde sie Tom Rowntree nun doch nicht heiraten. Sie sagt, sie wolle eine Gouvernante werden.«
»Eine Gouvernante«, sagte Richard entsetzt und drehte sich abrupt um. »Warum um alles in der Welt will sie denn eine Gouvernante werden?«
»Das wollen sehr junge und unerfahrene Mädchen immer tun, wenn sie in der Liebe enttäuscht worden sind«, erklärte ihm Lady Brassborough freundlich. »Denn sie halten es nicht nur für passend, sondern auch für romantisch, was natürlich keineswegs der Fall ist.«
Richard blickte sie stirnrunzelnd an. »In der Liebe enttäuscht?« fragte er nach einem Moment unvermittelt. »Meinen Sie damit, daß der junge Rowntree sie nun doch nicht heiraten will?«
»Mein lieber Junge«, sagte Lady Brassborough besänftigend. »Ich nehme an, er wäre nur zu glücklich, denn Eugenia ist ja wirklich ein besonders hübsches Mädchen. Doch es gibt auch noch andere junge Männer in der Welt. Zum Beispiel Sie –«
»Mich?«
Richard blickte sie an, und sie hatte den Eindruck, daß er unter seiner gebräunten Haut blaß wurde.
»Ja«, sagte sie sanft. »Natürlich habe ich mir damals, als sie Sie und Gerry hierhergebracht hat, gedacht, daß sie in einen von euch verliebt sein muß, doch ich habe sie so wenig gesehen, daß ich erst heute morgen gemerkt habe, wer von euch es ist. Sie war nämlich völlig uninteressiert, als ich ihr erzählte, daß man Gerry verheiraten müsse, brach aber fast in Tränen aus und rannte aus dem Haus, als ich davon sprach, daß man eine Frau für Sie finden müsse –«
Sie machte eine Pause und blickte Richard erwartungsvoll an, der sich wieder ans Fenster gestellt hatte. Nach

einigen Augenblicken sagte er mit rauher, aber fester Stimme: »Ich habe viel Respekt vor Ihrem Scharfsinn, Lady B., doch in diesem Fall glaube ich, daß Sie sich irren. Eugenia hat mir nie eine Andeutung gemacht –«

»Ihnen nie eine Andeutung gemacht, daß sie Sie liebt? Mein lieber Junge, reden Sie nicht so einen Unsinn«, sagte Lady Brassborough energisch. »Ich wette, das Kind hat es selbst nicht gewußt, bis sie durch all dieses Heiratsgerede dazu gezwungen war, ihre Gefühle zu prüfen. Ich versichere Ihnen, daß sie sich im Augenblick irgendwo die Augen ausheult oder wünscht, daß sie die Möglichkeit dazu hätte, und wenn Sie nicht schnell etwas unternehmen, wird sie davonlaufen und irgendwo Gouvernante oder Kammerzofe oder etwas ähnlich Schreckliches spielen. Und schließlich wird Chandross alle Verantwortung ablehnen und sie völlig ruinieren.« Sie blickte Richard zum ersten Mal etwas ängstlich an. »Mein Gott!« sagte sie. »Ich kann mich doch nicht so irren, nicht wahr? Sie haben sie doch gern, oder? Sie haben gestern so wild ausgesehen, als Lady Chandross davon sprach, daß Eugenia Tom heiraten würde, und dann waren Sie auf einmal so erschreckend höflich, daß ich mir sicher war –«

Richards Gesicht hellte sich auf einmal auf. »Nein, Sie haben sich nicht geirrt Lady B.« sagte er. »Ich habe sie wirklich sehr gern, sogar so sehr, daß Coverts mir überhaupt nichts bedeutet, wenn ich sie nicht dort haben kann. Wenn Sie glauben, daß ich eine Chance habe, werde ich mein Glück versuchen. Wenn sie mich nicht meinetwegen haben will, wird sie mich vielleicht wegen Coverts –«

»Richard, Richard, sagen Sie ihr das bitte nicht!« warnte ihn Lady Brassborough, doch Richard hatte bereits den Raum verlassen.

»Männer!« sagte Lady Brassborough erzürnt und blickte

ihre leere Tasse mit ihren dunklen, skeptischen Augen an. »Wenn sie eine Liebesszene nicht auf die eine Weise verpfuschen, gelingt es ihnen auf eine andere.«
Dann schenkte sie sich eine weitere Tasse Schokolade ein.

18

Als Richard eine Viertelstunde später im Gutshaus ankam, erwartete er, daß Eugenia gerade dabei wäre, mit Lady Chandross nach London aufzubrechen, doch dies war nicht der Fall. Schon an der Eingangstüre, als er sich beim Butler nach ihr erkundigen wollte, merkte er, daß etwas nicht in Ordnung war, denn Mrs. Rowntree und Muffet erschienen plötzlich in der Halle und schienen sehr enttäuscht, als sie ihn dort sahen.
»Oh – Sie sind es nur, Richard«, sagte Muffet, als sie ihn erblickte. »Haben Sie Eugenia gesehen? Wir sind in der schrecklichsten –«
Ein warnender Blick ihrer Mutter ließ sie innehalten. Sie schaute ungeduldig auf den alten Butler, der natürlich alles wußte, was vorging, jedoch so tat, als ob er nicht nur blind und taub, sondern auch völlig uninteressiert sei, und drängte Richard schnell ins Wohnzimmer.
»Haben Sie Eugenia gesehen?« fragte sie noch einmal. »Wir sind ihretwegen in schrecklicher Aufregung. Sie ist heute morgen zu einem frühen Ritt aufgebrochen und noch nicht zurück, und Lady Chandross will sie nach London mitnehmen und glaubt, daß sie weggelaufen ist. Oh, Mama«, fuhr sie dann fort und wandte sich an ihre Mutter, die hinter ihnen in den Raum gekommen war und Richard verwirrt ansah. »Dies ist Richard Liddiard,

von dem ich dir gesagt habe, daß er wie Gerry aussieht, und dem Coverts gehören wird.«

Richard begrüßte Mrs. Rowntree und sagte, daß Eugenia am Morgen in Dower House war, doch sei sie, soviel er wisse, zeitig genug aufgebrochen, um längst wieder hier zu sein.

»Das Dower House?« ächzte Mrs. Rowntree. Ihr molliges Gesicht verzog sich kummervoll wie bei einem Baby, das zu weinen anfängt.

»Ach, du lieber Gott, ach, du lieber Gott! Das ist es, was ich befürchtet habe«, jammerte sie. »Diese schreckliche Frau hat sie dazu verleitet durchzubrennen – vielleicht will sie ihr sogar dabei helfen, auf die Bühne zu kommen. Dann wäre sie total ruiniert, und Tom kann sie nicht mehr heiraten, obwohl er natürlich darauf bestehen wird. Und ich weiß nicht, wie wir ihn davon zurückhalten sollen, denn selbst wenn er noch nicht mündig ist, wird er behaupten, es zu sein, und die Leute werden ihm glauben, weil er für sein Alter so groß und kräftig ist –«

Richard, der es für nötig hielt ihren Redestrom aufzuhalten, unterbrach sie und sagte beschwichtigend, daß er mit Lady Brassborough gesprochen habe, nachdem Eugenia Dower House verlassen hatte, und daß auch sie nicht wisse, wohin sie gegangen sei. Dann fragte er Muffet, die von den beiden die Vernünftigere war, ob Eugenia an diesem Morgen keine Andeutung gemacht habe, wohin sie reiten wollte.

»Nein«, sagte Muffet. »Doch ich glaube, sie war in sehr schlechter Verfassung, weil wir sie alle dazu überreden wollten, Tom zu heiraten, was sie aber nicht will. Denn sie liebt einen anderen, müssen Sie wissen.«

»Hat sie Ihnen das gesagt?« fragte Richard, der auf einmal das Gefühl hatte, daß die Sonne besonders strahlend zu scheinen begann, was natürlich absurd war, denn sie

hatte schon den ganzen Tag so hell wie nur möglich geleuchtet an diesem wolkenlosen Himmel.
»Ja«, sagte Muffet und blickte ihn neugierig an. »Aber sie wollte nicht sagen, wer es ist. Wissen Sie es denn?«
Richard sagte, daß er es nicht wisse, doch man könne ja immer die Hoffnung haben.
»Oh!« sagte Muffet mit aufgerissenen Augen. »Sind Sie –? Wollen Sie –?«
»Ja«, sagte Richard. »Ich bin und ich will. Und haben Sie keine Sorge, Mrs. Rowntree«, fuhr er, an die aufgeregte Dame gewandt, fort. »Ich werde sie finden, und wenn ich ganz Kent nach ihr durchstöbern müßte. Und ich werde sie nicht als Gouvernante weggehen lassen und auch nicht als Schauspielerin.« Dann fragte er Muffet: »Wo würde sie hingehen, wenn sie weinen will?«
»Weinen will?« Muffet blickte ihn zuerst erschrocken an, begann dann aber zu überlegen. »Ich nehme an, sie würde nach Coverts gehen«, sagte sie nach einer Weile. »Hier könnte sie nicht weinen, weil man versuchen würde, sie daran zu hindern, doch dort wohnt im Augenblick niemand –«
Richard war bereits zum Wohnzimmer hinaus und auf dem Weg zur Haustür.
Er hatte Coverts nie gesehen, doch Eugenia hatte es ihm so oft beschrieben und auch die Lage, daß er sein Pferd gleich in die richtige Richtung lenken konnte. Er war allerdings etwas zu sicher gewesen, denn nach kurzer Zeit befand er sich in einem verzwickten Netzwerk aus kleinen Pfaden und Viehwegen, die sich wie Tunnel durch die Wälder zogen, so daß er nicht mehr weiter wußte. Zum Glück entdeckte er einen kleinen Jungen, der eine Kuh vor sich hertrieb und der ihm den richtigen Weg zeigen konnte. So kam er bald, ohne viel Zeit zu verlieren, direkt vor dem Haus an.

Da stand es friedlich inmitten der Wiesen, als ob es ebenso wie diese aus der Erde herausgewachsen und von ihr ernährt worden war – das große, verschachtelte Gutshaus aus Sandstein, Ziegeln und altersblassem Holz, das aus dem ursprünglichen, viereckigen Tudorbau herausgewachsen war. Die Sonne spiegelte sich blendend in den bleigefaßten Fenstern. Eine Herde von Gänsen watschelte um eine Ecke, und die Tiere begannen sich in der brütenden Hitze das Gefieder zu putzen. Überall war nichts als Frieden und Stille. Richard hielt den Atem an. Nach einer Weile stieg er ab, band sein Pferd an einen Baum und wollte gerade mit seiner Suche beginnen, als sein Pferd heftig wieherte und sofort aus der Richtung hinter dem Haus eine Antwort bekam. Richard ging ums Haus herum und sah Eugenia unter einer großen Silberpappel sitzen, an die sie ihre Stute gebunden hatte. Sie war so vertieft in ihre eigenen Gedanken, daß sie nicht hörte, wie er herankam, und so konnte er – bevor sie schließlich erschrocken zu ihm aufblickte – noch sehen, daß sie einen sehr bekümmerten Eindruck machte.
»Oh!« rief sie aus. »Sie sind es! Was machen Sie denn hier?« Sie sprang so schnell auf, daß sie sich in dem weiten Rock ihres Reitkleides verfing und gestürzt wäre, hätte Richard sie nicht festgehalten.
»Ich habe Sie gesucht«, sagte Richard, der keine Eile hatte, sie loszulassen. »Und ich habe Sie gefunden. Haben Sie geweint?« Eugenia, die in ihrer Tasche wütend nach einem Taschentuch suchte, was Richard dazu zwang, sie freizulassen, erklärte mit erstickter Stimme, daß sie natürlich nicht geweint habe. Sie nahm das große Taschentuch, das Richard ihr schweigend gab, trocknete sich ihre verräterisch feuchten Augen und schneuzte sich trotzig die Nase.
»Der Grund, weswegen ich gefragt habe, ist«, sagte Ri-

chard, sobald dies beendet war, »falls das zufällig mit mir etwas zu tun haben sollte, ich meine, wie Sie sich fühlen, dann ist es nicht nötig –« was Lady Brassborough, wenn sie zufällig oben in den Zweigen der Pappel versteckt gewesen wäre, an dieser Stelle dazu bewegt hätte, verächtlich »Männer!« zu sagen, in demselben empörten Ton wie damals im Frühstückssalon des Dower House. »Ich meine«, fuhr Richard fort, der nun trotz seines mangelhaften männlichen Verständnisses für die Anforderungen einer Liebesszene zu merken begann, daß er alles verpfuschte, »ich würde mich schrecklich freuen, wenn Sie mich heiraten würden, um hier in Coverts mit mir zusammen zu leben –«

Eugenia schien dieses Angebot nicht besonders aufzuheitern, denn ihre Augen wurden wieder verdächtig feucht.

»Oh, Richard«, sagte sie. »Wie sehr – wie schrecklich freundlich von Ihnen! Doch ich kann unmöglich so ein Opfer annehmen.«

»Ein Opfer!« sagte Richard und blickte sie völlig entgeistert an. »Aber das ist doch kein Opfer. Wie können Sie nur so etwas Blödsinniges denken?«

Doch bevor Eugenia ihm eine Antwort geben konnte, wurden sie von Hufgeklapper unterbrochen, das aus der Richtung der Einfahrt ertönte, und um die Ecke des Hauses kam ein sehr langsam fahrender Einspänner, gelenkt von einem dicklichen, sehr gelehrt wirkenden Geistlichen. Dieser machte einen äußerst zerstreuten Eindruck und schien die Sorge um die einzuschlagende Richtung seinem Pferd zu überlassen, während er selbst sich erhabeneren Dingen widmete. Beim Anblick von Richard, Eugenia und deren Stute stoppte das Pferd, anstatt zum Stall zu traben, was wohl die Absicht des Fahrers gewesen war, falls er überhaupt eine gehabt hatte. Der Geistliche wachte aus seinen Meditationen auf und erblickte sie.

»Eugenia, meine Liebe! Und Gerald!« rief er freudig aus. Im gleichen Augenblick lief Eugenia auf ihn zu und rief ebenso freudig: »Onkel Cedric! Was machst du denn hier?«
»Einmal im Vierteljahr mache ich meine Inspektionsfahrt«, erklärte ihr Mr. Cedric Liddiard, kletterte von seinem Einspänner, ohne die geringste Vorsorge dafür zu treffen, daß sein Pferd nicht seine eigenen Wege ging. Richard nahm ihm diese Aufgabe ab und band das Pferd an einen Baum. »Solch eine Bürde, meine Liebe«, fuhr Mr. Liddiard fort, »denn es fällt mir so schwer, Willcox zu folgen, wenn er die Gutsangelegenheiten mit mir bespricht. Sicher ein sehr schätzenswerter Mann, doch er kann wirklich nicht verlangen, daß ich etwas von Dränagen verstehe. Gerald mein Junge«, fuhr er fort und wandte sich höflich Richard zu, »wie geht es dir? Du hast dich ja wieder einmal, soweit ich gehört habe, in Schwierigkeiten begeben?«
»Das ist nicht Gerald. Es ist Richard«, sagte Eugenia. »Er sieht genauso aus wie Gerry, doch er ist es nicht. Er ist der Sohn von Onkel Charles und Susan Justis, die in St. Aldwyns von Mr. Childrey getraut worden sind, und daher ist er dein Neffe und hat Anspruch auf Coverts.«
Mr. Liddiard blickte sie überrascht an.
»Ja, es ist wirklich wahr, Sir«, sagte Richard. »Ich könnte sagen, daß es mir leid tut, Sie des Besitzes zu berauben, aber es wäre eine Lüge. Ich hatte dieses Haus bis vor fünf Minuten noch nie gesehen, doch ich weiß jetzt schon, daß ich hierhingehöre.«
»Ja, ja, natürlich ist es so – wenn Sie der Sohn vom armen Charles sind«, sagte Mr. Liddiard zerstreut. »Mein Gott, mein Gott! Da werde ich mich erst daran gewöhnen müssen. Und doch können Sie sich nicht denken, wie erleichtert ich bin, mein lieber Junge! Ich verstehe nichts vom

Land und habe es nie getan, und doch hatte ich die Verpflichtung – nein, wirklich, ich kann mein Glück immer noch nicht fassen! Werde ich wirklich nie mehr hierherkommen müssen?«
»Es sei denn, Eugenia und ich laden Sie ein – was wir hoffentlich sehr oft tun werden, Sir«, sagte Richard fröhlich. »Wir werden nämlich heiraten.«
»Nein, wirklich? Mein Gott, das ist tatsächlich ein Tag glücklicher Überraschungen!« sagte Mr. Liddiard und strahlte Eugenia an. »Wie herrlich für dich, mein Kind! Ich weiß doch, wie sehr du immer an Coverts gehangen hast! Und nun wirst du wieder hier zu Hause sein.«
»Doch ich werde nicht –«, begann Eugenia und blickte Richard entrüstet an, denn man konnte wirklich von keinem Mädchen verlangen, daß es seinen liebsten Herzenswunsch an einem Tag zweimal opferte. »Richard ist nur so freundlich –«
»Sie hat sich noch nicht ganz an die Vorstellung gewöhnt, wissen Sie, Sir«, sagte Richard milde. »Und da sie bei den Rowntrees zurückerwartet wird und ich ihr offenbar noch einiges zu erklären habe, werden Sie uns vielleicht für den Augenblick entschuldigen? Wenn ich sie zum Gut gebracht habe, kann ich zurückkommen, und wir können uns dann unterhalten, wenn Ihnen das paßt.«
»O ja! Ja, natürlich! Es paßt mir sehr gut«, sagte Mr. Liddiard freundlich. »Ich werde Willcox alles über Sie erzählen, und er wird Ihnen den Besitz sicher zeigen. Er wird sich sehr freuen, ganz bestimmt wird er sich freuen. Ich nehme an, Sie verstehen eine Menge von Dränagen und Wiesen und Kühen –«
Richard sagte, daß er nicht von allem etwas verstehe, doch er könne den Rest ja noch lernen. Dann machte er Mr. Liddiards Pferd vom Baum los und half dem glück-

lichen geistlichen Herrn in seinen Einspänner, der dann in Richtung auf den Stall davonrollte.
Sobald er verschwunden war, wandte sich Richard Eugenia zu, doch bevor er noch ein Wort sagen konnte, wich sie vor ihm zurück und streckte abwehrend ihre Hände aus.
»Nein, Richard, bitte!« sagte sie in verzweifeltem Ton. »Ich weiß, daß sie es nur aus Freundlichkeit tun – und überhaupt nicht an sich selbst denken, genauso wie neulich, als Sie diesen schrecklichen jungen Mann davon abgehalten haben, in Dower House auf mich zu schießen –«
»So weit ist Richard davon entfernt, freundlich zu sein«, sagte er und nahm sie stürmisch in die Arme, trotz all ihrer Abwehrversuche, »daß er Sie vielleicht prügeln wird, wenn Sie noch weiter so dumm daherreden. Meine liebste, dumme kleine Närrin! Ist es dir denn noch nie aufgegangen, daß ich mich damals schon, als ich dich im ›King's Head‹ in Thatcham zum ersten Mal sah, in dich verliebt habe? Sonst hätte ich mich doch niemals zu diesem verrückten Abenteuer in Mere bereit erklärt!«
»Aber Sie haben nie – Sie haben nie«, begann Eugenia zu protestieren, was ihr jedoch wenig nützte, da er sie so fest in den Armen hielt, daß er sicher das wilde Klopfen ihres Herzens spüren konnte.
»Ich habe es dir nie gesagt?« beendete Richard für sie den Satz. »Ich wäre ja ein verdammter Schuft gewesen, wenn ich dich gebeten hätte, einen mittellosen Bastard zu heiraten, der dir noch nicht einmal einen Namen anzubieten hatte. Und als ich dann erfahren habe, daß die Lage sich geändert hatte, warst du schon mit Tom Rowntree verlobt.«
»Das«, gab Eugenia zu und senkte den Kopf, »war ein Irrtum.«

»Das habe ich inzwischen erfahren.«
»Und«, fuhr sie dann fort, da ihr offenbar etwas eingefallen war, was sie interessant fand, »du kannst mir auch jetzt noch keinen anbieten, Richard. Ich meine, einen Namen – wenigstens keinen neuen, denn wenn ich dich heirate, werde ich immer noch Eugenia Liddiard sein. Oder wäre es dann Eugenia Liddiard-Liddiard?«
Richard sagte, daß sie, wenn es nach ihm gehe, Mrs. Richard Liddiard sein werde, und hier konnte er nun seine stürmischen Gefühle nicht mehr zurückhalten, so daß selbst Lady Brassborough, wenn sie von der Pappel auf sie herabgeblickt hätte, nichts mehr gegen ihn hätte einwenden können. Eugenia, die atemlos aus einer feurigen Umarmung (auch Lady Brassboroughs romantischster Hauptdarsteller hätte sie nicht besser ausführen können!) hervorging, blickte Richard strahlend an.
»Oh, Richard«, sagte sie. »Ich glaube – ich glaube wirklich, daß du mich vielleicht liebst.«
»Glaube!« sagte Richard. »Vielleicht! Du lieber Gott, Mädchen, was soll ich denn sonst noch machen, um es dir zu beweisen?«
Doch an dieser Stelle wäre Lady Brassborough, die unter Umständen sehr diskret sein konnte, aus ihrem Hochsitz in der Pappel weggeflogen und hätte bemerkt: »Ja, so ist es schon viel besser.« Und sie hätte das, was sich dort unten als außerordentlich befriedigende Liebesszene abzuspielen schien, sich selbst überlassen – in dem goldenen Glanz eines duftenden Junitages.